HEYNE BÜCHER

Fantasy

Herausgegeben von Friedel Wahren

Von JANE GASKELL erschienen in der Reihe
HEYNE SCIENCE FICTION & FANTASY:

Der Atlantis-Zyklus in fünf Bänden

1. *Der Turm der Göttin* · 06/3508, auch 06/4451
2. *Der Drache* · 06/3516, auch 06/4452
3. *Im Reich der Atlantiden* · 06/3530, auch 06/4453
4. *Im Land der Affenmenschen* · 06/3543, auch 06/4454
5. *Die Länder des Sommers* · 06/4455

Der Atlantis-Zyklus in drei Bänden

1. *Der Turm der Göttin* · 06/9121
   (enthält Band 1 und 2 der ersten und zweiten Ausgabe)
2. *Im Reich der Atlantiden* · 06/9122
   (enthält Band 3 und 4 der ersten und zweiten Ausgabe)
3. *Die Länder des Sommers* · 06/9123
   (enthält Band 5 der zweiten Ausgabe)

JANE GASKELL

Der Turm der Göttin

ERSTER BAND
DES ATLANTIS-ZYKLUS

Roman

WILHELM HEYNE VERLAG
MÜNCHEN

HEYNE SCIENCE FICTION & FANTASY
06/9121

Titel der Originalausgabe
THE SERPENT
Übersetzung aus dem Englischen von
Horst Pukallus
Das Umschlagbild schuf Mike van Houten

Dieser Band enthält die Romane
DER TURM DER GÖTTIN
(erschienen erstmals 1976 als Heyne-Buch Nr. 06/3508)
und
DER DRACHE
(erschienen erstmals 1976 als Heyne-Buch Nr. 06/3516)

Umwelthinweis:
Dieses Buch wurde auf chlor- und
säurefreiem Papier gedruckt.

Neuausgabe 1/2001
Redaktion: Friedel Wahren

http://www.heyne.de
Printed in Germany 2000
Umschlaggestaltung: Nele Schütz Design, München
Technische Betreuung: M. Spinola
Satz: Schaber Satz- und Datentechnik, Wels
Druck und Bindung: Ebner Ulm

ISBN 3-453-17886-6

ERSTES BUCH

Der Turm der Göttin

Inhalt

So genau, wie ich es vermochte, habe ich dies übersetzt, nicht allein in unsere Muttersprache, sondern auch in die Sprache unserer Zeit; denn die Chronistin bediente sich sehr stark damals gebräuchlicher umgangssprachlicher Wendungen, vor allem in den ersten Teilen ihres Buches, weshalb wir zu der Vermutung neigen, daß sie sich diese Ausdrucksweise entweder von den Dienerinnen ihrer Mutter aneignete, bei den seltenen Anlässen, da sie ihnen begegnete, oder ihre Betreuerinnen nicht ganz so abgrundtief streng waren, wie sie in ihrer jugendlichen Unschuld glauben mußte. Man wird feststellen, wie sie diesen Stil in dem Maße überwindet, in welchem ihre Reise sie zwingt, ihr kindliches Wesen abzustreifen.

Das beinahe unglaubliche Alter des Tagebuchs ist unbestreitbar. Außerdem verzeichnet es auf höchst überzeugende Weise das alltägliche Leben von Atlantis und stimmt darin fast genau mit Legenden und den Annahmen von Atlantis-Forschern überein. Zahlreiche verschiedene Einzelheiten in diesem Buch kennt man heute als uralte Sagen. Es handelt sich hauptsächlich um alte südamerikanische und keltische Sagen – und wirklich: hält man Britannien für einen Rest des atlantischen Kontinents, der zurückblieb, nachdem sich Atlantis unter dem Antlitz des Himmels zu einem Greuel entwickelt hatte und die Prinzessin, welche die Geheimnisse der Großen Deiche herausfand, es zerstören half, erklärt sich vieles, was bisher rätselhaft erschien.

Ich kann an dieser Stelle nicht die Beweise dafür anführen oder auf andere Art die Behauptung untermauern, daß Atlantis und Mu existierten und daß es einst eine Zeit gab, in welcher die Erde keinen Mond besaß (der ursprüngliche Satellit geriet, über Millionen Jahre hinweg von der höheren Schwerkraft des Planeten angezogen, in eine immer engere Umlaufbahn und stürzte schließlich auf die Erde), nicht auf die Schlußfolgerungen von Geologen eingehen oder auf Gondwanaland, auf die immanente Beweiskraft der Flora und Fauna, der miteinander verquickten Legenden des Altertums, der Sprachen der Erde, der verstreuten Standorte unserer Pyramiden, der Schwärme von Zugvögeln, die alljährlich dorthin fliegen, wo Atlantis gelegen haben soll, kreisen und kreisen, das Land suchen, von dem sie, wie die Atlantis-Anhänger versichern, durch ihr instinktmäßiges, allen Tieren eigenes Artgedächtnis wissen, daß es dort sein müßte. Hier vermag ich lediglich einen kurzen, recht unvollständigen Überblick jener Bestandteile von Mythen zu geben, die ich im Zusammenhang mit dem vorliegenden Tagebuch als bedeutsam befunden habe. Gelehrte, die sich mit diesen Dingen beschäftigen, werden sie ohnehin alle kennen. Vieles davon wußte auch ich bereits; anderes ergab sich erst später und versetzte mich mit seiner Bedeutung in Erstaunen.

Atzlan war der vorgeschichtliche Abstammungsort der amerikanischen Azteken; der *Frevelmut* der Atlantiden im Bericht Platos; der amerikanische Stamm der Linapy kannte ein uraltes Lied, das von dem Land Rusuaki erzählte und wie ein großes Feuer es zerstörte und die Erdschlange es zerbrach, die Zio gleichkommt, dem Kriegsgott des prähistorischen Britannien mit dem scharlachroten Antlitz; das Krokodil, Gestalt des Dämons Set in Ägypten, welches schon immer als Kolonie der Atlantiden galt; die aztekische Göttin Cioacatl, ›durch die die Sünde in die Welt kam‹, gewöhnlich mit einer Schlange abgebildet; die ganze Geschichte von Adam und Eva und dem Paradiesgarten; die Gottessöhne, welche Menschentöchter als schön erkannten; daß in der Vorzeit Riesen auf der Erde wandelten; ebenso, daß, wenn die Gottessöhne den Menschentöchtern beischliefen und diese gebaren ihnen Kinder, selbige Kinder zu Macht und Ruhm gelangten und ein hohes Alter erreichten; die Riten, mit welchen im südamerikanischen Dschungel die Mädchen der Frauenschaft geweiht werden, und die das Gelöbnis einschließen, jene sterblichen Männer, die sie heiraten müssen, zu umhegen und sie nicht zu mißachten, weil sie nicht den Göttern gleichen, mit denen jedes Mädchen vor seiner Geburt vermählt wird.

Der Puma entstammt dem Pleistozän, und das Verhalten von Cijas ›weißem Puma‹ ist völlig glaubwürdig. Noch heute nennen die Gauchos der argentinischen Pampas den Puma *Amigo del christiano.* Die außergewöhnlich großen Schnecken Südamerikas erweckten das Interesse von Colonel Fawcett. Bei den riesigen Vögeln, welche das Nordheer benutzt, handelt es sich offenbar um den prähistorischen, einst in Amerika weit verbreiteten, ungefähr 170 Zentimeter hohen *Diatryma.*

Cija spricht man Key-a. Diese leicht keltische Aussprache liefert den Schlüssel zu den einzigen anderen schwierigen Namen in den aufgezeichneten Abenteuern.

Gagl – Gahl.

Ious – Yuhs.

Die Handlung des Buchs spielt vorwiegend in jenem Erdteil, den wir heute Südamerika nennen.

Der Turm

Von keinem anderen Fenster aus kann ich die Dinge so gut sehen.

Der nächste Berg, eine riesige verwaschene schildkrötengrüne Masse, spitzgipflig, schauderhaft, liegt so nahe, daß ich die dicht baumbestandenen Kämme zu erkennen vermag, die blauen Abgründe und grauen Schluchten. Der Berg dahinter, den das Meer vom anderen trennt, ist weniger gleichmäßig gestaltet, und an klaren Tagen scheint er sich vorwärts zu schieben. Es war ein beeindruckender, aber unheilverkündender Anblick. Der dritte Berg, zwischen und hinter den beiden anderen, ist so weit entfernt, daß ich selbst bei guter Sicht nie mehr erspähen kann als ein verschwommenes Muster wechselnder Schatten, Täler und Hänge, die am unwirklichen Horizont schweben.

Und jenseits des Horizonts erstrecken sich die Nordlande, woher die Schreckensgeschichten kommen. Meine eigenen Kindermädchen pflegten mich mit Schauermärchen zu ängstigen und zu erschrecken, daß man mich den grausamen barbarischen Tiermenschen, die dort leben, schenken würde, sei ich nicht brav. Die Menschen dort sind Tiere, sie stammen nicht wie wir von den Göttern ab. Ihre Natur entbehrt aller Güte, aller Barmherzigkeit, allen Mitleids oder Sanftmuts. Sie sind habgierig und wild; im günstigsten Fall sind sie herzlos, schlimmstenfalls sadistisch, und in diesem Fall gibt es keine Gräßlichkeit, die ihnen den Spaß verderben könnte. Äußerlich sind sie roh, viehisch. So ist es ein erregendes Gefühl, hinaus über das Meer und die Berge zu blicken und zu wissen, daß sie mich von den Nordlanden abschirmen, mich schützen, mich sichern im Segen unserer Ahnen, der Götter, und in unserem eigenen blühenden Wohlstand und Glanz.

Und von diesem Fenster aus sieht man das Meer näher als von jedem anderen Fenster des Turms. Während der Stürme böte es einen prachtvollen Anblick, doch meistens verbergen es die mächtigen, ununterbrochen herniederrauschenden Regenschwaden vor meinen Augen. Die verwitterten Steine, welche das Fenstersims bilden, waren sehr heiß, als ich sie zum erstenmal zu berühren wagte.

Einer wankte, verharrte, kippte und fiel in die Tiefe.

Ich beugte mich so weit hinaus, wie ich mich traute und beobachtete seinen fürchterlichen Sturz. Er hinterließ eine seltsam unvertraute Lücke im Sims.

Das war wirklich einmal ein Tag, an dem sich etwas *ereignete.* Ich zitterte ohne Aufhören, aber ich richtete mich langsam auf, stützte mich ab, erklomm das Sims und schritt über die wackligen brüchigen Steine bis fast zur Kante. Behutsam, langsam, ganz langsam, hockte ich mich nieder, und dann schaute ich erstmals auf die Dinge unter mir hinab.

Es war wundervoll; ich fühlte mich wie ein Dichter und Forscher in *einer* auserlesen verwegenen Haut.

Ich war so gebannt, daß ich die Gefährlichkeit meiner Lage an der Simskante fast vergaß.

Das erste Mal war wundervoll, und die anderen Male waren wirklich ebenso wunderbar, aber auch verbunden mit stärkerem Bewußtsein der Gefahr. Dort unten ist ein kleines rundes Plateau. Es ist grasbewachsen in der Mitte, rundum jedoch steinig, und ein kleines dünnes blaues Ding zog sich hindurch und schimmerte. Und vom Lesen wußte ich sofort, daß das, was ich sah, ein Fluß sein mußte.

Ich starrte auf das neue, unerwartete Bild hinunter, und ständig war mir ein blitzender weißer Fleck in den Augenwinkeln bewußt. Ich reckte mich, bis ich mir fast den Hals ausrenkte, und sah, während meine Hände sich fest an einen Mauervorsprung klammerten, den Teil eines weißen Steinbauwerks.

Meine Augen, starr vor Staunen, weiteten sich.

Jedenfalls glaube ich, daß sie das taten, denn meiner meisten Lektüre zufolge müssen sie das in einer solchen Situation unbedingt tun.

Wortlos hing ich dort und starrte abwärts auf neue Grenzen.

Das weiße Bauwerk, dessen Außenanlagen ich sah, begann offensichtlich irgendwo völlig außerhalb meines Blickfelds. Ich dachte (auf Anhieb richtig), es könne ein Stück des Turms sein, aber erkennen konnte ich es nicht.

Es ist eine steinerne Terrasse in Sonnenlage mit einer wunderschön gearbeiteten Brüstung, die aus dieser Höhe winzig aussieht, und dahinter erstreckt sich ein Vorbau mit Flachdach, in dessen schattig-blaue saubere Säulengänge ich ein Stück weit blicken konnte, bevor er in den eigenen Schatten eintaucht.

Alles sah so kühl und unerreichbar aus.

Ich staunte und staunte.

Gehörte es zu meinem Turm? Doch nein, seit meiner Kindheit hatte ich ihn Winkel um Winkel erkundet. (Ich weiß sogar viel mehr über ihn als die anderen.)

Das muß die äußerste Terrasse des Palastes meiner Mutter sein, dachte ich.

Dann bog ich mich rückwärts, bis mein ganzes Gewicht wieder auf dem heißen breiten Sims ruhte. Ich kletterte über die lockeren Steine zurück in den sicheren kleinen Gang, der hinter dem Fenster liegt. Das nächste Mal würde ich meiner Mutter ein paar Fragen stellen.

Ich tat es auch, aber sie wich mir aus und stellte selbst Fragen an mich, und ich mußte sehr viel Geschick aufwenden, um *ihren* Fragen auszuweichen, denn ich will nicht, daß jemand von dem Gang erfährt. Doch inzwischen bin ich davon überzeugt, daß es ein Teil vom Palast meiner Mutter ist und ich ein Stück der Welt dort draußen gesehen habe.

Am dritten Tag einer jeden Woche – jede Woche kann falsch sein, aber *immer* am *dritten* Tag – ziehen die anderen lange weite Schürzen über ihre Hosen und schrubben die Böden. Wenn sie meinen, ich sei besonders unartig gewesen, muß ich ihnen helfen, und ich habe ihnen nun monatelang geholfen, nur in einer Woche nicht.

Der Grund, warum ich dies Tagebuch beginne, ist der, daß ich ganz einfach mit allem randvoll bin und ein bißchen loswerden muß, und ein guter Weg dazu ist, es niederzuschreiben, *also werde ich das tun.*

Es würde mir wahrhaftig nichts ausmachen, wenn Glurbia das Tagebuch in die Finger bekäme und läse, was ich von ihr halte und von den anderen, aber *vor allem* von ihr; trotzdem schreibe ich in meiner persönlichen Geheimschrift, und um es noch deutlicher als ausschließlich mein Eigentum betrachten zu können, bewahre ich es in dem kleinen Gang auf. Wenn alles weiterhin solche Fortschritte macht, muß ich das Tagebuch vielleicht für viele Jahre als meine einzige Vertraute beibehalten, aber zum Glück ist es ein dickes Buch, das deshalb noch dicker ist, weil die Blätter dünn sind, und darum schreibt man schlecht darauf, hat jedoch mehr Seiten. Es ist eins von Glurbias Haushaltsbüchern, und sie wäre die nächsten fünf Jahre lang damit hingekommen, aber sie mußte sich ein anderes besorgen, weil dieses verschwunden ist. Doch sie glaubt, sie müsse es verlegt haben, denn hätte *ich* es genommen, was könnte *ich* denn damit anfangen? Na, wir werden schon sehen.

Am Gangende habe ich ein Versteck dafür gemacht. Ich habe es versteckt, mitsamt dem klebrigen tiefschwarzen Stift, den ich, zusammen mit dem niedlichen kleinen Schlüssel, mit einer langen Schnur am Schloß befestigt habe – unter einigen Steinen versteckt (wo es ziemlich verstaubt, aber das ist gleichgültig).

Und ich habe mir gelobt, so weitschweifig und kindlich zu schreiben wie ich mich fühle, denn wofür ist ein geheimes Tagebuch, wenn nicht zur Aufzeichnung *aller* Empfindungen?

Manche Leute können natürlich richtige *Ereignisse* in

ihren Tagebüchern verzeichnen, falls man meinen Büchern glauben darf, aber wie könnte *ich* auf *so etwas* hoffen?

Ihre Beine sind dick und blau-weiß, und wenn sie die Hosen hochkrempeln, fast bis an die Knie, damit sie besser hinknien können, sieht man es in abscheulicher Deutlichkeit.

Die Beine sind nicht bloß abstoßend, es macht mich regelrecht krank, sie sehen zu müssen.

Und ich armer Wurm, natürlich sind meine Beine länger und schlanker und viel schöner gebaut, doch tat es nicht sonderlich gut, als ich erkennen mußte, daß sie genauso blau-weiß sind. Wann immer die Beine der Frauen in den Büchern erwähnt werden, handelt es sich um ›prachtvoll goldbraune Beine‹. Und solche begehre ich. Aber *nicht einmal* diese kleine Befriedigung kann ich mir verschaffen, o nein. Glurbia erwischte mich, als ich ohne Hosen neben dem Springbrunnen in der Sonne lag.

»Cija!« Die gute Alte schnappte nach Luft und wurde im Gesicht ganz karmesinrot. »Du böses, *böses* Mädchen! Oh, du unartiges… Zieh sofort deine Kleider an. Wie kannst du dir so etwas erlauben? Was würde deine Mutter sagen? Du sündiges, schändliches Mädchen!«

»Ich möchte braun werden«, sagte ich.

Bescheiden genug. Es war wirklich überflüssig, das Genörgel, welches noch wochenlang unvermindert anhielt und man spricht noch immer davon.

Ich habe Glurbia nicht verraten, daß ich von Frauen mit goldbraunen Beinen gelesen hatte. Also dachte sie, das sei mein eigener Einfall, meiner persönlichen *Sündhaftigkeit* entsprungen. Hätte ich jemand auf diese Bücher aufmerksam gemacht, sie wären aus dem Bücherzimmer entfernt worden.

Mein Trost ist, daß ich mich, wann immer ich kann, zur Fensternische am Ende des kleinen Gangs schleiche.

Und dort, wo der Sonnenschein über die Berge herab*strömt,* ziehe ich mich aus. Ich bin schon herrlich braun. An einigen Stellen, so an den Schienbeinen, bin ich knusprig golden wie ein gut gebackener Fisch. Mehr faltige Stellen, zum Beispiel zwischen meinen Brüsten und den Achselhöhlen oder zwischen meinem Bäuchlein und den Leisten, sind immerhin hellbraun. Die Adern jedoch schimmern nach wie vor blau durch die Haut. An meinem Zufluchtsort kann ich gut ihre Stimmen hören, wenn sie nach mir rufen: »Cija! Cija!« Falls man irgend etwas Blödes von mir will oder ich mich in schlechter Stimmung befinde, bleibe ich einfach sitzen und lasse sie rufen.

Dort suchen sie nie nach mir.

Ich glaube, sie wissen gar nicht von der Tür zum Gang hinter den alten Wandbehängen.

Sie sind ziemlich dumm.

Für heute ist das tägliche Gezänk vorüber (außer es wird ein Tag mit mehrmaligem Gezänk).

Ich war zum Sonnenbad im Gang und hatte ihr Gerufe: »Cija, Cija, Cija« usw., usw., usw., völlig mißachtet.

Dann, beim Essen, fragte Glurbia: »Cija, wo hast du gesteckt?«

»Ach, nirgends.«

»Du bist frech und trotzig«, sagte Snedde. »Anscheinend vergißt du all die Aufmerksamkeit und Fürsorge, mit der wir uns bemühen, ein nettes und wohlerzogenes Mädchen aus dir zu machen.«

Rasch küßte ich ihre Wange, nicht etwa, weil mich die *Wahrheit* ihrer Worte mit Reue erfüllt hätte, sondern weil es ein wahrer Makel gewesen wäre, die schwachsinnige Alte zu ärgern. Sneddes Schnurrbart kitzelt. Ich entzog mich der Umarmung, mit der sie reagierte, während ich das Bewußtsein dessen, daß ich böse und undankbar *bin,* zu unterdrücken versuchte.

»Hier ist dein Brot«, sagte Rorla und reichte einen Teller herüber.

Ich nahm den Teller und sagte kein Wort über die Risse darin, in denen es schimmelt. Hätte ich sie erwähnt, Glurbia würde heftig mit Rorla gescholten haben, weil sie den

Teller mir gab, denn Rorla hatte ihn so zugerichtet, und deshalb sollte sie ihn benutzen, bis Vorräte eintreffen, darunter auch neues Geschirr. Ich hoffe, daß es bald kommt.

»Wann ist der nächste Besuch meiner Mutter?« erkundigte ich mich dann so unbefangen wie möglich.

»Deine Mutter besucht dich morgen. Deshalb müssen wir die Böden putzen.«

»Schon wieder?«

»Dein Ton mißfällt mir«, sagte Glurbia, indem sie die wohlbekannte unfreundliche Kälte in ihre Stimme legte.

»Es machte mir nicht viel aus, wenn die Böden tatsächlich schmutzig wären«, erklärte ich betont vernünftig. »Aber wenn wir sie noch einmal putzen, werden sie nicht sauberer als sie bereits sind.«

»Deine Vorstellung von Sauberkeit bezeugt keineswegs Gewissenhaftigkeit, Cija. Und es ist sehr enttäuschend, ständig dein Gejammer zu hören, sobald du einmal ein bißchen zugreifen sollst. Andere Mädchen in deinem Alter müssen viel mehr *Härten* ertragen.«

Mit wenigen kalten spöttischen Sätzen kann sie mich dazu bringen, sie zu hassen. In der Tat, mittlerweile hasse ich sie alle und hasse sie nur noch.

Na gut, na gut, ich bin selbstsüchtig und faul und denke niemals an jemanden außer an mich. (Nebenbei. Soll das nicht richtig sein, obwohl ich weit und breit die einzige interessante Person bin?) Nun, ich *bin* so, und ich ziehe es vor, sie dahin zu bringen, daß ich selbstsüchtig und faul bleiben kann.

»Andere Mädchen in meinem Alter werden nicht so wie ich behandelt«, sagte ich deshalb. »Sie dürfen Leute sehen …« Dann verstummte ich. Wirklich, ich weiß, daß *das* zu weit geht.

Ich vermute, daß es ungehörig, aufsässig und falsch von mir ist so zu sprechen. Nur weil ich etwas Besonderes bin (wiewohl nicht in solchem Maße, daß ich keine Böden schrubben müßte), darf ich in diesem schöngelegenen und behaglichen Turm wohnen, mit einem Dutzend Frauen, die mich umsorgen – wenn auch nicht gerade nach meinem Belieben. Ich bin anders als die anderen Menschen hier; mein Blut ist einzigartig. Man umhegt mich mit großer Behutsamkeit seit dem Tag meiner Geburt, denn ich bin kostbarer als das wertvollste Stück zerbrechlichen Porzellans.

Aber ich hob die Schultern.

»Es bricht mir das Herz«, sagte ich bitterlich, eher um zu widersprechen als aus Überzeugung, recht zu haben, weil ich weiß, daß vieles mein Fehler ist, »daß ihr alle so nett ward und mit mir gesprochen und mir vorgelesen und mit mir gespielt habt, und plötzlich schimpft ihr mich *bloß noch* aus!«

Ich drehte ihnen den Rücken zu und ging zum Springbrunnen.

Es schmerzt, jemanden zu kränken, der einem so nahesteht, aber es bereitet auf traurige Weise ein bitteres Vergnügen, jemanden zu verletzen.

Ich schlüpfte aus den Sandalen und hielt meine Füße in den kühlen, frischen Sprühregen des Springbrunnens.

»Mein liebes Kind«, hörte ich Glurbias beherrschte Stimme hinter mir, und ich glaube, sie fühlte sich nicht gekränkt und ich glaube auch, daß sie mich nicht liebte, sie nahm mich nicht ernst (so machen sie es immer), »du bemerkst offenbar nicht, daß du im vergangenen Jahr unausstehlich und launisch geworden bist, daß du es nicht vertragen kannst unrecht zu haben, selbst wenn du es genau weißt.«

»Ich mag nicht gescholten werden und bin es satt«, erwiderte ich und begann mit den Füßen im Wasser herumzuspritzen. »Ihr behandelt mich wie ein Kind. Ich bin jetzt siebzehn Jahre alt.«

»Du hast vielleicht größere Brüste und breitere Hüften als vor ein paar Jahren, doch in anderer Beziehung bist du noch ein Kind und stehst unter unserer Obhut und Anleitung. Du hast dich nicht widersetzt, als du acht warst, warum also solltest du es heute müssen? Und du wirst noch lange unter Obhut bleiben. Du bist noch nicht alt genug und deshalb sind wir nicht deine Dienerinnen; wir sind deine Betreuerinnen und können mit vollem Recht Gehorsam und Dankbarkeit erwarten – allermindestens aber deinen Respekt!«

Ich sprang auf.

»Das ist es, was ich nicht aushalten kann!« schrie ich, so laut ich konnte.

»Es macht mich verrückt! Ich muß hier mit euch sitzen, wer weiß wie viele Jahre lang, bis ich die Welt sehen darf und andere Gesichter und wirklich zu leben anfangen kann! Ich würde mich am liebsten umbringen, ich möchte es oft, ich langweile mich schrecklich, ich weiß bloß, *daß* ich lebe, aber ich bin vom Leben abgeschnitten, habe nichts als immer nur – *das* hier!«

»Cija ...!«

»Ihr sagt, ich sei edel – aber was habe ich davon?«

Ich ergriff mein letztes Stück Brot mit Honig, schmiß es wütend in den Springbrunnen und lief hinaus, ließ sie gekränkt und verärgert, besorgt und beleidigt zurück. Als sie mir folgten, hatte ich mich bereits in meinen geheimen Gang geflüchtet.

Mit leichtem Schluckauf wanderte ich in der spinnwebendurchsetzten Dunkelheit auf und nieder.

Mehr als alles andere ärgerte mich vielleicht, daß sie mit dem Ratschlag, den sie ewig zu wiederholen pflegten, nämlich daß ich während des Essens nicht aufstehen und herumlaufen solle, ganz und gar recht behielten, weil man wirklich Schluckauf davon bekommt.

Meine Betreuerinnen beugten ihre Häupter so tief wie sie es vermochten, jedoch war das nicht sonderlich tief, denn an diesem Tag plagte sie wieder ihr gemeinsamer Rheumatismus, und meine Mutter schritt langsam durch ihre Mitte.

Sie kam zu mir, streckte die Hände aus, so daß alle ihre Armreifen und Armbänder klimperten und klirrten, und legte sie auf meine Schultern.

»Was für ein entzückendes Kleid, liebste Cija. Wer hat es gemacht?«

»Cija hat es selbst angefertigt«, sagte Glurbia voller Stolz.

»Tatsächlich? Ihr unterrichtet sie gut.«

»Sie haben mir viel geholfen«, sagte ich verdrossen. Ich wollte nicht die ganze Verantwortung für den scheußlichen Fetzen übernehmen.

»Und war sie seit meinem letzten Besuch brav?«

»Wirklich sehr brav, Gebieterin.«

Meine Mutter lächelte, die Frauen schoben sich an ihr vorbei, und der kleine Hof war geräumt für Cija und ihre Mutter, worauf die beiden sich auf die Einfassung des Springbrunnens setzten; es blieben natürlich die Sklavinnen dabei, welche die Schleppe der Herrscherin vom Boden fernhielten.

»Was für ein schönes sonniges Wetter wir haben.«

»Ja, Mutter.«

Ich hatte den Eindruck, daß meine Mutter in Gedanken verloren war.

Sie lächelte auf unbestimmbare Weise zum Himmel empor, musterte die von der Sonne erwärmten Steine, das seidenglatt wirkende Meer weit unter der Brüstung und fummelte mit den Fingern an dem riesigen Onyxring, der an jener Hand stak, die so mütterlich die meine hielt.

Ich sagte ein paar nebensächliche, einfältige Dinge. »Ich bin froh, daß das neue Geschirr eingetroffen ist.« – »Sneddes Schildkröte ist ziemlich munter, vielleicht legt sie Eier, was meinst du?« Dann erlaubte ich mir eine Frage. »Denkst du an irgend etwas, Mutter?«

Die Herrscherin wandte den Kopf, sah mich an und lächelte ein wenig klarer.

»Ich dachte an eine Angelegenheit der Welt draußen, die mir Sorgen bereitet«, sagte sie. »Doch, Cija, paß auf, ich habe ein Geschenk für dich.«

»Ein Geschenk?« wiederholte ich; die Herrscherin klatschte in die Hände.

Eine der Schleppenträgerinnen kam hinzu, während eine andere Sklavin unverzüglich die freie Ecke der Schleppe übernahm.

»Ooldra soll kommen«, sagte die Herrscherin.

Die durchsichtigen Hosen der Sklavin rauschten, als sie aus dem Hof eilte.

»Was ist das Geschenk, Mutter?« wollte ich wissen.

Aber die Herrscherin war schon wieder geistesabwesend.

»Ein Geschenk ist etwas, das man stets empfangen sollte, als würde man morgen sterben«, murmelte sie.

»Es ist nicht nötig, daß du mir Belehrungen erteilst, Mutter«, sagte ich aufgebracht. »Davon bekomme ich genug zu hören.«

»Arme Cija. Und wie locker dein Haar liegt, Kind. Ist es frisch gewaschen? Du solltest es mit dem Öl salben … du weißt doch … das braune Öl …«

»Ich kenne das Öl. Es ist braun und es stinkt!«

»Hast du kein Parfüm, um deinem Kopf anschließend Wohlgeruch zu verleihen?«

»Ich darf kein Parfüm benutzen …«

»Oh, Cija, schnell, sieh dort, dort oben, Kind – siehst du diese lieblichen kleinen rosa Vögelchen, die auf dem Dach spielen?«

»Wie süß. Mutter, ich darf kein Parfüm benutzen. Kannst du nicht einmal mit ihnen darüber reden?«

»Ach, da kommt Ooldra. Gib mir das Päckchen, Ooldra, das für unsere kleine Cija.«

Begierig und ängstlich zugleich hob ich die Augen und begegnete Ooldras Blick.

Ooldra lächelte.

»Hier ist das Päckchen, Cija.« Die plumpen Finger der Herrscherin (ganz anders als meine) zupften an der Verschnürung. »Schau her, liebste Cija, eine hübsche Halskette. Laß sie mich dir umlegen.«

»Oh«, machte ich atemlos; jedenfalls glaube ich, daß ich es tat.

Sogar die Sklavinnen beugten sich vor, um einen Blick zu erhaschen. Ich sah weiße Steine schimmern und fühlte sie gleich darauf hart und kalt an meiner Kehle. Ich schloß die Augen.

Jemand schrie auf.

Ich öffnete die Lider, hörte die Halskette mit einem Klirren auf die Fliesen prallen, sah das Entsetzen in den Augen der Sklavinnen, sah meine Mutter eine Peitsche aus ihrem breiten Gürtel zerren und unbarmherzig auf eine der Sklavinnen einprügeln.

»Meine Schleppe! Du hast meine Schleppe den Boden berühren lassen!«

Ich begriff nun, was geschehen war, und stöhnte vor Furcht.

Die andere Sklavin, die jetzt beide Enden der Schleppe hielt, zitterte wie dürres Gezweig im Sturm.

»Zum erstenmal seit zweitausend Jahren hat die Schleppe des Herrschers den Boden berührt!«

Der Himmel hatte sich bewölkt, und es begann zu regnen.

Dicke Regentropfen klatschten auf meine Stirn.

Die Sklavin, wie gelähmt vor Entsetzen über die omenhafte Bedeutung ihres Mißgeschicks, wagte unter den brutalen Peitschenhieben meiner Mutter trotz der Schmerzen nur ein verhaltenes Wimmern auszustoßen.

Die dritte Sklavin wich zurück, und ihr nackter Fuß trat auf meine Halskette, daß es knirschte.

Urplötzlich rollte Donner über den Himmel.

Schon war es zu dunkel, um etwas sehen zu können, aber sogar durch das Rauschen des Regens und den Donner vernahm man das Pfeifen der Peitsche.

Ooldra lachte.

Ich legte das Kleid, von dem Glurbia darauf *beharrte*, ich hätte es ganz allein angefertigt, sorgsam in seine siebzehn verwickelten Falten und schob es ordentlich in mein Kleiderfach.

Das kleine Zimmer lag im Dunkeln. Ich darf nach Anbruch der Abenddämmerung niemals Kerzen anzünden.

Entschlossen streckte ich mich auf meinem Bett aus. »Ich will jetzt schlafen. Ich möchte nicht mehr daran denken.«

»Oh, aber es ist so schrecklich.«

»Es ist schrecklich.«

»Es ist auch schrecklich.«

Das Wort kreiste noch lange in meinem Kopf. Ich war müde, zu müde, um wirklich länger Entsetzen zu empfinden. Ich bin noch immer müde, aber irgendwie aufgeregt, und meine Schrift wird groß und krakelig, obwohl ich mich fast nach jedem dritten Satz zusammenreiße.

Das Omen, das sich ereignete, ist das allerschrecklichste der mir bekannten Dinge, die jemals geschehen könnten, und es ist geschehen; zum erstenmal seit zweitausend Jahren hat die Schleppe einer Herrscherin den Boden berührt.

Ein Windstoß, der plötzlich lautlos durch das Fenster fuhr, blies die Bettdecke von meinem Körper.

Sofort saß ich aufrecht und starrte und starrte in abergläubischem Mißtrauen zum Fenster hinüber. Ich fragte mich, ob in der Welt noch irgend etwas sicher ist.

Dicke Regentropfen wehten herein.

Ich schlüpfte aus dem Bett und ging zum Fenster, um die Läden zu schließen. Allerdings mußte es dadurch warm und sehr still im Zimmer werden.

Ich würde erst recht nicht schlafen können; wahrscheinlich – so oder so – auf gar keinen Fall.

Das Nebenzimmer wirkte im Finstern fremdartig. Gleichgültig, um welchen Einrichtungsgegenstand es sich handelt und was für eine Form er besitzt, er sieht genau so aus, als habe er sich gerade geduckt, um einen anzuspringen. Bei Nacht sind sie alle herrenlos, und nur der Schlaf verbirgt uns ihr nächtliches Unwesen.

Die Tür hinter den Wandbehängen quietscht nicht, weil ich sie inzwischen so oft benutze. Der kleine Gang ist für mich zum Inbegriff der Geborgenheit geworden. Vor ein paar Monaten war mir auf irgendeine halbbewußte Weise aufgefallen, daß ich ihn mit meiner Seele verglich.

Es ist das erste Mal, daß ich nachts hier bin.

Fast völlige Finsternis herrscht – ich verderbe mir die Augen, und es ist ein Glück, daß ich imstande bin, die Schriftzeichen auswendig und ohne Licht zu malen. Aus der Nische kam starker Luftzug. Die langen, feinen Spinnweben über mir schaukelten, ich weiß es. Die zersprungenen Fliesen unter meinen nackten Füßen waren eisig kalt. Ich ging zur Nische.

Ich glaube, heute hat sich mein Leben geändert.

Ich bin ein neuer Mensch. Eine Katastrophe hat sich ereignet – ich bezweifle, daß es eine schlimmere hätte geben können; und in mancher Hinsicht bin ich abgebrühter als alle anderen, doch in anderer Beziehung habe ich vielleicht eine Krise erreicht. Ja, ich fühle mich irgendwie erleichtert, als würde ich bald ins Freie gelassen, als dürfte ich bald von hier fort und hinaus in die Welt, in der meine Mutter lebt. Auf einmal scheint mir alles möglich zu sein. Die Katastrophe ist geschehen. Hier ist es bei Nacht gefährlich. Wie der Wind bläst! Ständig klatschen Regentropfen auf mein Papier. Ich kann nichts sehen, aber ich weiß sehr wohl, daß unter mir der Abgrund ist. Ein Licht – dort ist ein Licht … ich sehe den schwachen, feinen Schein. Gäbe es so ein Ding noch, würde ich sagen, es sei ein Mond – aber vor Jahrtausenden ist auch der Mond herabgefallen. Ich muß wissen, was das Licht verursacht.

Ich kroch so weit zur Simskante hinaus, wie ich es in einer stürmischen Nacht wagte, spähte über die Kante und verspürte … und verspürte … ich weiß es nicht – wahrscheinlich ist es – Triumph?

Ich sah wahrhaftig etwas vom Leben der Außenwelt.

Auf der Terrasse des weißen Bauwerks konnte ich mehrere sehr helle Lichter sich langsam bewegen sehen, manchmal unordentlich durcheinander, als würden sie von Leuten gehalten, die gelegentlich, während sie sich unterhielten, ein paar Schritte taten. War das wegen des Omens, das wir am Nachmittag erlebt hatten?

Der regnerische Wind stand gegen mich. Ich war durchnäßt, aber ich fror nicht, und der Wind drückte mich gegen das Gemäuer und wollte mich nicht fortreißen, und so – furchtbar leichtsinnig, gewiß, aber ich war ja so neugierig – reckte ich mich noch weiter seitwärts und starrte durch die schauerliche Finsternis hinab auf die kleinen wandernden hellen Lichter der Welt.

Jeder Puls meines Körpers entdeckte sich mir.

Ich hatte nie gedacht, daß es auch im Ellbogen einen Puls gibt und einen in den Zehen – oder war es das Blut, das so laut durch meine Adern pochte?

Trotz Regen und Wind, und obwohl mein Nachtgewand dünn ist, empfand ich die dunkle Nacht nicht als kalt. Ich dachte, ich könne dort die ganze Nacht hindurch hängen, falls erforderlich, bis ich mehr über das Geheimnis jenes Lebens hinter den Lichtern herausfand.

Nach einer Weile jedoch sammelten sich die Lichter, verharrten für eine Zeitlang, und dann verschwanden sie, eins nach dem anderen, seitwärts aus meinem Blickfeld.

Ich fühle mich schrecklich komisch, denn gerade erwachte ich und merkte, daß ich in der Fensternische geschlafen hatte, gefährlich dicht am Sims! Ich muß in der Nacht vor Aufregung halb von Sinnen gewesen sein.

Doch es hat sich kein neues Unglück ereignet und nun geht die Sonne auf. Ich kann ganz gut noch bleiben und zuschauen.

Am Morgen schlafen sie immer noch stundenlang.

Ich verhalte mich wie ein einsamer, mutiger Mitwisser. Das macht mich richtig stolz auf mich.

Die Umrisse von Vögeln gleiten sanft über die Oberfläche des Himmels, der sich senkrecht hinter dem nächsten Berg zu erheben scheint. Der Morgen wimmelt so sehr von Leben, weit mehr als die Schwüle des Tages. Kleine haarige Schlangen mit vielen Beinen winden sich durch die geborstenen Steine. Die Spinnen, die in den Irrgärten ihrer Webwerke wohnen, quirlen darin umher. Glurbia würde erschaudern, wüßte sie, wie viele Spinnweben es im Turm gibt. Ich kann die Augen der größeren Spinnen sehen – sie wirken zu klug und nicht kalt genug, um die Augen solcher Tiere zu sein.

Dieser Morgen ist ganz und gar blau.

Der Nebel bringt so etwas wie einen Hauch von Tau, und er schimmert, obwohl er dünn ist, bläulich; darüber, dahinter und in der Ferne ist der Himmel ganz hellblau, und die Täler darunter sind türkis durch das frische Gras auf den Hängen, die mit den Nebelschwaden darum ringen, ihre Pracht zu enthüllen; das Meer hat den sanften Farbton von Lavendel, außer dort, wo gelegentlich das schmale Weiß einer Welle den Wasserspiegel kräuselt und langsam ans Ufer rollt – eine lange, dünne Falte, die langsam wandert, auf all dem Lavendel.

Von überall her kommen Düfte – aus dem glitzernden Sandstrand am Fuß des Berges, mit den Steinen, welche das Sonnenlicht hell und klar abhebt; aus dem *durchtränkten* Gras, das auf den Höhen des Turmgemäuers wächst; vom Meer, mit einer schwachen und doch rauhen Brise, welche die dünnen, milchigen Kronen der jungen Wellen gegen den Strand treibt; von den Blumen im Gras; vom Naß des nächtlichen Regens, das noch überall steht; von den Flechten, die jene unregelmäßigen gelben und roten Kalksteine zieren, welche das Gemäuer bis empor zu meinem Fenster umsäumen und eingefaßt halten.

Nun gut!

Von unten kam ein Geräusch – das Geräusch eines Steins, der fällt.

Erschrocken fuhr ich herum und wollte in mein Zimmer laufen, um den Grieß vom Mörtel und die Knitterfalten aus meinem Schlafgewand zu entfernen (so gut es gehen mochte), bevor mir auffiel, daß das Geräusch unten ertönt war. Ich lief zurück zum Fenster und spähte hinaus.

Der gepflasterte Sockel ist nicht besonders steil – ich konnte jemanden den Hang zu meinem Turm erklimmen sehen. Ich bezweifelte, daß es Wirklichkeit sei, aber die Person setzte ihren Weg so beständig fort, daß ich eigentlich davon hätte überzeugt sein müssen. Sofort kroch ich hinaus zur Simskante.

Dann sah ich die Person direkt von oben.

Ich sah ein Haupt, ein schwarzes Haupt mit einem silbernen Stirnband, die Oberseiten von Schultern (zu breit, um harmonisch sein zu können, und ihr Anblick verriet mir als erstes, daß ich eine Mißgebildete beobachtete), einen schlichten, roten Umhang mit silbernen Schulterschnallen – und mehr vermochte ich von oben nicht zu erkennen. Sie kletterte rasch und ohne Mühe, aber unachtsam. Das Poltern von Steinen und das Scharren metallverstärkter Sandalen schien das ganze Tal zu erfüllen. Natürlich hallt das Klirren von Metall besonders widerlich.

»Sei doch leiser!« zischte ich. »Kannst du nicht leiser sein?«

Augenblicklich – gutes Gehör und guter Richtungssinn, stellte ich fest – hob sich der Kopf zu mir empor. Vor Überraschung verengten sich die Lider.

»Pst, pst, pssst!« machte ich, ehe die Fremde sprechen konnte. »Bestimmt hört man dich! Laß doch das Getrampel!«

»Warum darf man mich nicht hören?« Ihr Flüstern klang übertrieben verschwörerisch.

»Jemand könnte kommen, um nachzuschauen, was los ist, und mich sehen, und ich darf hier nicht erwischt werden. Du übrigens auch nicht.« An der schlichten Kleidung und daran, daß sie überhaupt keinen Schmuck trug, hatte ich nun erkannt, daß sie *auch* bloß eine der Palastfrauen meiner Mutter war, die ständig herüberkommen, um etwas auszuleihen, etwas leihweise zu bringen oder Mitteilungen auszurichten. Den Kopf unverändert erhoben, die Lider noch immer schmal, als traue sie ihren Augen nicht, grinste diese Frau mich nun an und kletterte weiter aufwärts, ziemlich geräuschlos und sogar zügiger als zuvor.

Als sie eine Stelle erreicht hatte, wo es nicht mehr höher ging, blickte sie wieder zu mir herauf. Ich wünsche mir, wenn ich *jetzt* daran denke, eine Peitsche. Sie grinste wieder, ein besonders dreistes, abschätzendes Grinsen. Niemals zuvor habe ich jemanden mit einem so großen Körper gesehen. In der Tat, sie war wirklich eine Riesin! Sie bog sich zurück, lehnte sich gegen den größten Felsen, der dort unten liegt, überkreuzte ihre mächtigen Arme und hob eine Braue.

»Äh ...«, sagte ich und bereute es sofort, denn es war würdelos; dann sagte ich: »Ja ... was machst du hier eigentlich?«

»Na, zuerst einmal besichtige ich dies Bauwerk.« Ihre Stimme jagte mir einen Schrecken ein. Sie klang sehr hart und fremdartig. Ich überlegte, ob sie wohl aus einem fremden Land stammen mochte.

»Warum gerade das hier?«

»Der Turm soll verzaubert sein, mußt du wissen. Du bist ein ermutigender Anblick – und falls du ein Trugbild bist, dann dennoch ein sehr ermutigendes.«

Indem sie einen dunklen Arm ausstreckte, auf dessen Muskeln und Sehnen das Sonnenlicht spielte, vermochte sie gerade meine Füße zu berühren. »Hübsche kleine nackte Zehen. Sogar ohne grüne Krallen.« In dem Moment wünschte ich, es wären grüne Krallen.

»Aber ich habe dich nicht hergebeten – ich habe dich nur aufgefordert, leise zu sein.«

»Gewiß, aber dein Anblick überzeugt mich so sehr davon, daß es hier keine Geister, Wilde oder Räuber gibt, daß ich ...!«

Ich verabscheue Frauen, die ihre Witzigkeit für gut halten, wenn sie an Frechheit grenzt, vor allem, wenn sie vorzutäuschen versuchen, sie hätten vergessen, wer *ich* bin.

»Dagegen glaube ich, daß deine Anwesenheit nicht länger erforderlich ist«, bemerkte ich äußerst frostig. »Ich bin nicht daran gewöhnt, mit Dienstweibern zu plaudern, wie störrisch sie auch sein mögen, und du solltest in deine Unterkunft zurückkehren.«

Diesmal hob sich die andere Braue. Ich habe das geübt, aber ich kann's nicht so gut.

»Ich habe den Eindruck, daß deine Worte eines Zusammenhangs entbehren. Und ich sollte keineswegs in meine Unterkunft zurückkehren. Dort ist es ungemütlich, und außerdem erkunde ich das Tal lieber in der Morgendämmerung.«

»Ich fürchte, ich muß mich nach deinem Namen erkundigen«, sagte ich darauf, nun ruhig. »Dein Benehmen ist vermessen, falls nicht gar frevelhaft. Sobald ich deinen Namen kenne, werde ich dich Glurbia *oder* meiner Mutter persönlich melden.«

»Komisch, ich hege keine Bedenken, dir meinen Namen zu verraten: Zerd.« (Wahrscheinlich stimmt er nicht, aber immerhin.) »Bist du nun entschlossen, deine schaurige Drohung zu verwirklichen?«

Ich starrte sie an.

»Dein Verhalten ist ja ... Du wirst höchstwahrscheinlich enthauptet!«

»Ach, ich weiß nicht. Ich bin deiner Mutter sehr nützlich. Du bist Cija, vermute ich.«

»Falls du nicht vollständig unwissend bist, wenn du tatsächlich schon meinen Namen vernommen hast, solltest du dich so gut auskennen, daß du *anständig* von mir sprichst, nämlich von der Göttin Cija.«

»Der Göttin ...!« Erneut grinste die Riesin. »Na, dann muß ich dir wohl meinen Glückwunsch aussprechen.«

Jetzt wurde es schwierig für mich. Sie wußte, daß sie bis zu einem gewissen Umfang so unverschämt sein konnte, wie sie wollte, denn in meiner Doofheit hatte ich ihr gesagt, daß niemand erfahren durfte, wo ich mich herumtrieb – zugleich der Grund, aus dem ich, wie wir beide wußten, sie wohl kaum melden würde. (Ich mache mir

Sorgen, ob *sie* erzählen wird, daß sie mich gesehen hat. Doch wenn sie sich nicht sehr vorsichtig ausdrückt, würde sie gleichzeitig verraten, daß sie herumgelaufen ist, wo sie nichts zu suchen hatte, denn ich bin sicher, daß das Fenster, außer aus der Nähe, aussieht wie eine der abgesackten Stellen des Gemäuers, und aus der Ferne hätte sie mich niemals sehen können.) Wir blickten einander an. Ich wollte zurück, hinein in den Gang, aber es war Sache der Dienerin, zu weichen.

Sie flegelte sich weiterhin herum – o ja, sie gefiel sich glänzend – und musterte mich in stiller, aber offensichtlicher Erheiterung.

Sie war ein reichlich widerliches Weib. Ich hoffte, sie werde verschwinden, bevor ich Glurbia rufen mußte, damit sie sie fortscheuchte. Sie besaß ein recht kantiges, breites Gesicht, eine Art von dunkelblauer Haut, ein scheußlich eckiges Kinn, außergewöhnlich dicke, schwere, schwarze Brauen, die dennoch erstaunlich beweglich waren, und einen vollen, breiten und unerfreulich aufsässig verzogenen Mund sowie schwarze Augen, die schwere Lider aufwiesen und starkes Selbstvertrauen widerspiegelten.

»Gehst du jetzt oder muß ich jemanden rufen, der dich vertreibt?« meinte ich schließlich, nachdem wir uns mehrere Minuten lang angestarrt hatten.

»Oh, du unterhältst eine besondere Truppe kräftiger Männer, um unwillkommene Gäste hinauszuwerfen?« Ihre Stimme zeugte von gelindem Interesse.

Was für ein geistesschwacher Scherz.

»Du willst nicht gehen?«

»Ärgere dich nicht, Schätzchen. Ich gehe. Richte deinen Leuten aus, daß ich sie nicht aus dem Schlaf reißen wollte.«

»Rede nicht so närrisch daher.«

Ich empfand schreckliche Erleichterung, als ich sah, daß sie sich umdrehte, aber ihr Rückzug befriedigte mich nicht recht. Ich glaube, sie ging nur, weil sie sich sowieso langweilte, nicht jedoch, weil sie es für ratsamer hielt.

Dann blieb sie für einen Moment stehen. Sie wandte sich um. Ich fürchtete, sie könne plötzlich etwas Gegenteiliges sagen, und so kehrte ich mit steifen Gliedern in den Gang zurück, kroch über den Boden, um außer Sicht zu bleiben, hockte mich hin und begann wieder zu schreiben. Die Sonne scheint nun sehr heiß. Ich bin jetzt schon lange hier, und die haarigen Schlangen mit den vielen Beinen werden schläfrig. Ich gehe wohl besser auf mein Zimmer.

Meine Mutter hätte viel mehr besorgt sein sollen als ich, weil doch die Schleppe den Boden berührt hatte – ich bin regelrecht entsetzt durch dies Ereignis, das ich für unmöglich erachtet, worüber man mich jahrelang belehrt hatte, es kündige, sollte es einmal durch den allerunglückseligsten Zufall eintreten, ganz großes Unheil an.

Aber als meine Mutter mich heute, vier Tage später, wieder besuchen kam und ich eine angemessen düstere Miene aufsetzte, überraschte es mich, daß ihr Verhalten und ihr Mienenspiel so unbestimmt und gelassen waren wie stets.

Und wie immer hielten Sklavinnen die Schleppe sorgfältig in die Höhe.

Als ich neben ihr Platz nahm und wir wie üblich unsere standesgemäß gezierten Bemerkungen austauschten, überkam mich der unerhört widerwärtige Verdacht, daß meine Mutter listig die Sklavinnen zum Schweigen verpflichtet und das Land nicht vom Unglück unterrichtet habe, daß sie so tat, als sei es nicht geschehen, und *dies* sei der Grund, weshalb sie die Schleppe noch trug, weshalb die Sklavinnen sie nach wie vor über den Boden hielten.

Der Tag heute ist weiß von Hitze. So erbarmungsloser Hitze, daß während des ganzen Tages Lähmung, Düsternis und Melancholie die Atmosphäre erfüllten.

Der Himmel ist mit Donner geladen.

Ich möchte weinen. Ich werde aber nicht weinen. So etwas kann ich mir nicht durchgehen lassen.

»Warum siehst du so trübselig aus, Cija?« fragte die Herrscherin.

»Ich fühle mich elendig. Alles, was geschehen ist und geschieht, bedrückt mich so. Warum, das weiß ich nicht.«

»Das ist die Jugend, Liebste«, sagte die Herrscherin mitfühlend.

Immer ist meine Mutter so schrecklich unbestimmt. Sie besitzt keine echten Gefühle, nicht einmal tief im Innern. Oder es gäbe vielleicht mehr gegenseitiges Verständnis zwischen uns, könnten wir über die Dinge sprechen, die uns interessieren. Aber es ist mir nie gelungen, ihr von den Gedanken zu erzählen, die mich unablässig bewegen; sie wiederholt bloß ständig, ich müsse mein geheimes Ich bezwingen und mich damit abfinden, ein dermaßen einzigartiges Mädchen zu sein, daß man mich von allen anderen fernzuhalten habe; und von ihrem Leben in der Welt draußen könne sie mir nichts erzählen, weil ich es nicht verstünde.

»Hast du … hast du dem Land von dem Zwischenfall mit der Schleppe kundgetan?« forschte ich; nur versuchsweise.

»Ja, Liebling.«

»Machen sich jetzt alle Sorgen?«

»Nun, Schatz, weißt du … sie sind nicht in dem Sinne besorgt, denn das Unheil, das die Entweihung der Schleppe angekündigt hat, ist bereits über uns hereingebrochen. Es geschah schon wenige Stunden nach meinem letzten Besuch.«

Mir entfuhr ein Aufschrei.

Ich war doppelt erstaunt, weil ich nicht wirklich damit gerechnet hatte, meine Mutter werde mir eine solche Neuigkeit aus der Welt draußen weitersagen. Politik, Skandale – solche Sachen verheimlichte sie mir gewöhnlich. Ich bekomme sehr wenig davon mit, und sobald ich Fragen stelle, erhalte ich die Antwort, ich bräuchte nicht mehr zu wissen, es würde mich ohnehin nicht interessieren.

Ich schaute meine Sandalen an, tat so, als gelte ihnen meine volle Aufmerksamkeit in der Hoffnung, sie werde vergessen, daß sie mir normalerweise nichts verriet.

Doch meine Mutter sprach recht bereitwillig weiter, offenbar in vollem Bewußtsein dessen, zu wem sie redete.

»Du mußt wissen, Cija – ich nehme an, daß du mich verstehen wirst, weil du dergleichen sicher schon oft in deinen Büchern gelesen hast –, daß wir uns gegenwärtig in einer sehr schmachvollen Lage befinden. Unser Land ist besetzt.«

»Oh, gewiß«, murmelte ich nichtssagend.

»Das heißt, mein Schatz, daß ein feindliches Heer einmarschiert ist und zwar ganz unbefangen, in der Absicht, unser Land als Stützpunkt zu verwenden.«

»Haben unsere Heere denn nicht gekämpft?«

Sie machte ein finsteres Gesicht.

»Das war ausgeschlossen, mein Liebchen.«

»Aber unser Land hat doch Heere, oder?«

»Du könntest das verstehen, würdest du den Feldherrn des Gegners kennen. Sein Feldherr ist … nun, er ist unschlagbar, rastlos …«

»Er?«

»Er!«

Ich lachte. »O Mutter!«

»Warum lachst du, Liebste?« fragte die Herrscherin nach einem Moment des Zögerns.

»*Er!* sagtest du!« (Gewöhnlich spotte ich nicht über die kleinen Versprecher anderer Leute, es sei denn, ich bin schlecht gelaunt, aber an diesem Tag war ich nervös.) »Du sprichst von ihr, als wäre sie ein Mann!«

»Er ist ein Mann, Schätzchen«, sagte die Herrscherin im Tonfall äußerster Entschlossenheit.

»Aber die Männer sind doch ausgestorben! Meinst du, es gibt noch einen … eine atavistische Rückentwicklung … oder so etwas?!« Ich war aufgeregt, furchtbar aufgeregt. Ich hatte schon immer einen Brontosaurier sehen wollen, von denen Snedde mir gesagt hatte, sie wären ebenfalls ausgestorben wie die Männer; oder jedenfalls fast.

»Liebste«, sagte die Herrscherin, »deine Betreuerinnen und ich, wir haben dich aus gewissen Gründen, natürlich ausschließlich in deinem Interesse, über Tatsachen des Lebens in der Welt außerhalb des Turms irregeführt … es gibt so viele Männer wie Frauen.«

Ach, ich weiß nicht mehr, was ich tat oder was ich empfand – womöglich fühlte ich mich für eine Minute oder zwei ein bißchen erniedrigt.

»Um genau zu sein, sogar mehr«, sagte sie nachdenklich.

»Die gleichen wie in meinen alten Büchern?«

Ich glaube ihr. Aber ich fühle mich so wunderlich. Es ist seltsam, so etwas zu erfahren, wenn Menschen, denen man vertraut, ein Leben lang das Gegenteil behauptet haben.

Ich begann zu weinen.

Die Herrscherin seufzte und trocknete meine Augen mit einem Zipfel ihres Unterkleids.

»Wie sentimental selbst die Besten angesichts der Tränen eines Kindes werden«, klagte sie; es klang wie eine Rechtfertigung.

»Verzeih mir«, schluchzte ich, während ich das Gesicht vom Gewand meiner Mutter hob.

»Es ist gut, Liebste. Es *muß* ein schwerer Schock für dich sein zu erfahren, daß die Männer nicht ausgestorben sind und die Menschen nicht aus Eiern kommen. Aber es war wirklich in deinem Interesse.«

»*Das* Gerede hasse ich.«

»Ja, natürlich haßt du es. Wirst du noch länger weinen?«

»Ich glaube nicht … doch – ich muß weinen.«

»Nun, Liebste, unterdessen werde ich zu dir sprechen«, erklärte die Herrscherin, während ich wieder in ihr Kleid rotzte. »Bekümmere dich nicht, deine Tränen sind eine ganz natürliche Reaktion. Ich vermute, dir ist klar, daß ich dir das niemals gesagt hätte, wäre ich nicht nunmehr bereit, dir zu gestatten, den Turm zu verlassen.«

»Ja, das verstehe ich«, wimmerte ich.

»Das wolltest du doch schon immer.«

»O ja!«

Die Herrscherin streichelte meinen Kopf und sprach weiter. »Ja, ich habe entschieden, daß es unvermeidlich ist, die Prophezeiung zu mißachten. Dein Haar ist schauderhaft unordentlich, Liebste. So ist es stets. Du wirst dir mehr Mühe geben müssen, sobald du anfängst, dich unter dem Volk sehen zu lassen. Richtig, lach nur. Du weißt ja, daß bei deiner Geburt eine Prophezeiung ausgesprochen wurde, daß du bis ins Alter jede Verbindung zur Welt meiden solltest. Aber das ist nicht die ganze Wahrheit, und nun will ich dir den Rest sagen. Wir mußten sichergehen, daß du bis zu deiner Reife keinem Mann begegnest, denn erst nachher wird es, der Prophezeiung zufolge, ungefährlich für dich sein. Also beschlossen wir, daß dir die Wahrheit über die Außenwelt verschwiegen wird, bis zu dem Zeitpunkt, da dich dies Wissen nicht mehr zerstören könne, beschlossen wir, alle Verbindungen zur Welt zu unterbrechen, zu jedermann, sogar den Priesterinnen – ausgenommen zu mir und Ooldra.«

»Und einigen deiner Weiber und Sklavinnen.«

»Bedienstete zählen nicht.«

»Kürzlich habe ich eine Dienerin getroffen, die war sehr von sich eingenommen.«

»So? Ich will dir sagen, warum wir diese Beschlüsse faßten. Dir wurde gesagt, du dürftest keine anderen Menschen sehen, weil du gute Obhut bräuchtest, weil du ein zu edles Kind seist, um mit Personen aus niedrigeren Kasten Umgang zu pflegen, auch wenn sie nicht zur richtigen Außenwelt gehörten, nur aus dem Bestreben, nicht dem Wort der Prophezeiung zuwider zu handeln. Du hast Groll geäußert … Glurbia und Snedde und Rorla und die anderen begreifen nicht, wie natürlich das ist.«

»Und meine Außergewöhnlichkeit war nicht der wahre Grund?« Trotz meiner mit Neugier untermischten Erleichterung und meiner Freude über die Wendung, welche die Lage genommen hatte, fühlte ich mich reichlich gedemütigt, weil sie dafür gesorgt hatten, daß ich mich für so lange Zeit über jedes andere Mädchen erhaben glaubte.

»Nun, du bist wirklich außergewöhnlich, mußt du wissen. Deshalb spreche ich mich jetzt mit dir aus, Cija. Du weißt, daß nach deiner Geburt, wie es üblich ist, die Weisen über dich befragt wurden … es hieß, du seist ein Mensch, den man nur schwer daran hindern könne, Unheil zu bringen … daß du, falls man nicht jede erdenkliche Vorsicht walten lasse, noch vor deiner Reife dich verlieben, daß du durch diese Liebe die Erfüllung einer anderen, älteren Prophezeiung verursachen würdest, einer Prophezeiung, die man seit Jahrhunderten kennt.«

»Was war das für eine Prophezeiung?«

»Sie lautete so, daß die dritte einer Reihe weiblicher Herrscher das Land in völlige Unterwerfung und gänzlichen Niedergang stürzen würde … unser Land unter fremde Herrschaft fallen lassen … unter fremdländische Herrschaft.« Die Herrscherin starrte geradeaus, mit Augen, die ihre Farbe verloren zu haben schienen, die so tief wirkten wie ein Spiegel, gesenkt in das Wasser zu ihren Füßen. »Meine Mutter war eine große Herrscherin. Ich folgte ihr. Ich wußte, daß niemand von deiner Geburt erfahren durfte, denn der Gedanke an die Prophezeiung hätte das Volk ins Chaos gestürzt, und man hätte dich – auf irgendeine Weise – bald beseitigt. Wegen der Prophezeiung und weil es sein Ansehen zerstört hätte, wäre es bekannt geworden, daß er ein Kind zeugte, nahm dein Vater dich nach deiner Geburt mir fort und beabsichtigte, dich zu töten. Die Männer, die er mietete, um dich ertränken zu lassen wie eine Katze, sie waren meine Männer; sie brachten dich mir zurück, und seither habe ich dich in diesem Turm verborgen gehalten. Dein Vater hält dich für tot.«

»Er hat keine Ahnung …?«

»Dieser Turm stand tausend Jahre lang leer.«

»Wer ist mein Vater?«

»Dein Vater, Cija, ist ein äußerst untauglicher Hohepriester, der sich gegenwärtig als sehr großes Ärgernis erweist, indem er das Volk gegen mich aufzuhetzen versucht.«

Die Herrscherin erhob sich. Ihre Sandalen machten auf

den Fliesen scharfe, metallisch klingende Geräusche, während sie zur Brüstung schritt und ihre feinen Gewänder wehten im schwülen Luftzug.

Sie erreichte die Brüstung. Sie lehnte sich dagegen und blickte hinaus ins Sonnenlicht, das über dem Meer loderte.

Der Himmel war rot.

Meine Mutter ist eine beschäftigte Frau. Sie hat andere Sorgen, dort draußen in der Welt, die sie beanspruchen. Mein Vater macht ihr Sorgen, und der fremde Feldherr will unser Land unterjochen. Es gibt Männer in der Welt ...

»Ich habe gelesen, daß ein Mann die Mutter seiner Kinder stets liebt«, sagte ich. »Wie kann es sein, daß mein Vater das Volk gegen dich zu hetzen sucht?«

»Du hast Legenden gelesen und fromme Märchen«, sagte die Herrscherin. »Die Liebe ist etwas, das rasch erlischt, sobald ein Mann und eine Frau einander richtig kennenlernen. Weißt du, die Persönlichkeit zählt gering. Wir haben uns vor sehr langer Zeit getrennt, und dein Vater erinnert sich nicht mehr an mich und daran, daß wir einmal ineinander vernarrt waren, und täte er's, so nur widerwillig. Du wirst die Welt verstehen lernen müssen, in die du nun gehen wirst, Cija. Jene – und deren sind es viele –, welche den harten Adel der Wirklichkeit nicht zu begreifen vermögen, nennen es traurig, daß einstige Liebhaber der Feindschaft fähig sind. Diese Menschen, deren Ideale zerbrechlich sind und auf ihre Art selbst eine traurige Sache, erlangen niemals eine Spur von Glück. Du sollst deine Geschichten schätzen, die du gelesen hast, Cija; aber nicht weil sie Ideale verkünden, denen du folgen müßtest, sondern vielmehr, weil sie schön sind – und erlogen. Sie sind ganz nett, aber sie sind weltfremd und haben nichts mit dem tatsächlichen Leben gemein.«

Unaufhaltsam ging die Sonne unter. Gerade so, als sei dies ein Tag wie jeder andere.

»Also gibt es nicht so etwas wie ewige Liebe?«

»O doch, natürlich gibt's die, aber nur selten. In der Tat äußerst selten. Wenige der Millionen von Liebenden in der

Welt lernen sie kennen. Ehe und Familie sind goldige Gepflogenheiten – für das Volk, meine ich; die Führer schaffen sich eigene Ideale. Und es gibt immerhin so etwas wie anhaltende, sogar ewige *Zuneigung.* Diese ist es, welche die meisten Liebenden empfinden. Deine Klugheit freut mich, Cija. Du bist weder in Ohnmacht gesunken noch in Hysterie verfallen, obwohl du nun erfahren mußtest, daß keineswegs alles sich so verhält, wie du es dein Leben lang gelernt und geglaubt hast. Ich vermute, die Welt hat dich immer so wenig berührt, daß die Frage der Geschlechter dir ohnehin nur wenig bedeutete.«

Dazu sagte ich nichts.

Der Versuch, über ihre Annahme, ich sei nicht schrecklich und grauenhaft außer Fassung geraten, Erheiterung vorzutäuschen, hätte wahrscheinlich in hysterischem Lachen oder Weinen geendet.

Ich fühle mich höchst seltsam – nicht geistig, wie man meinen möchte; ich bin sehr ruhig und denke angestrengt sachlich über fast völlig unwichtige Einzelheiten nach; doch körperlich fühle ich mich erschöpft, bleiern, heiß und kalt, ich spüre kaum meine Glieder und Gelenke und fürchte mich davor, aufzustehen oder mich bloß zu bewegen.

»Selbstverständlich mußt du wissen, warum du den Turm verlassen darfst«, sagte meine Mutter in lebhaftem Tonfall, »und zwar endgültig und für immer verlassen – und gegen alle Absichten, die wir mit dir hatten.« Meine Mutter löste sich von der Brüstung. Ihre Stimme klang frisch, doch ihr Gesicht war ausdruckslos, und sie bewegte sich langsam.

Noch immer reglos, weil ich meinen Knochen und meinen Muskeln nicht zu trauen wagte, sah ich sie in stummer Erwartung an.

Die kleingewachsene Gestalt meiner Mutter erhob sich dunkel, düster vor dem weiten, gelben, mit Gold befleckten Himmel. Die feinen, lockeren Gewänder, welche sie einhüllten, hingen schlaff als dunkle Schatten, die ihrer

Silhouette eine unregelmäßige Form verliehen, an ihrem Körper.

»Ich habe entschieden, wen du heiraten wirst.«

»Heiraten?«

Ich stammelte.

»Ich hege volles Vertrauen in deine unvergleichliche Klugheit. Mehr noch, ich vertraue darauf, daß es dir gelingen wird, eine Prophezeiung zu widerlegen. Du mußt entschlossen und hart sein, Cija, dann wirst du es durchstehen. Ich habe deinen künftigen Gemahl auserwählt.«

»Aber ... aber ...« Hunderte von Gedanken wirbelten zugleich durch meinen Kopf. Ich wollte mir meinen Gemahl selbst suchen, doch ich wußte, daß es sinnlos wäre, das meiner Mutter zu sagen; ich begriff auch, daß diese Ehe der Preis meiner Freiheit war, weil meine Mutter sagte, ich müsse eine Prophezeiung zu widerlegen versuchen, und so verband sie mit dieser Hochzeit zweifellos einen Zweck. Ich sagte das einzige, das mir noch zu äußern möglich war, völlig dessen bewußt, daß es läppisch und einfältig klingen würde. »Ist er nett?«

»Er ist einer der allermännlichsten Männer der Welt und aller Zeiten.«

Ich wagte die nächste Frage. »Warum möchte er mich heiraten?«

»Du mußt dafür sorgen, daß er es möchte.«

»Meinst du das ernst?« frage ich ungläubig, verunsichert.

Fünf Vögel flogen über uns hinweg. Ihre ineinander verschmolzenen Schatten glitten lautlos über die weißen Fliesen.

»Bäh!« machte ich und gurgelte und spuckte.

Das Wasser rauschte über meine Stirn und gluckerte in meine Ohren.

»Macht es dir keinen Spaß, das Haar gewaschen zu bekommen?« fragte Ooldra. (Vermutlich Ooldra.)

Snedde goß mir ein zweites Becken voller Wasser, diesmal eiskaltes, über den Kopf.

»Bitte?« blubberte ich.

»Macht es dir keinen Spaß, das Haar gewaschen zu bekommen?«

»Ich würde es lieber selbst tun. Ich bin sicher, ich könnte besser mit dem Wasser umgehen, so daß es mir nicht immer in die Ohren liefe.«

»Ich halte das Öl und das Parfüm bereit«, bemerkte Ooldra und ging zum Tisch.

»Ich werde parfümiert?«

»Anscheinend«, grunzte Snedde mürrisch.

Ich sagte nichts mehr. Ich wollte keinen Zank mit meinen Erzieherinnen, mit keiner, weil ich sie in wenigen Tagen verlassen sollte.

Schließlich richtete jemand meinen Kopf auf und wikkelte ein großes Handtuch darum.

Während ich meinen Kopf rieb, blickte ich verstohlen zu Ooldra hinüber. Ooldra trat mit langen, jugendlichen Schritten, ganz anders als meine Betreuerinnen, zu mir.

»Nimm das Handtuch herunter«, forderte sie mich auf, »dann tränke ich dein Haar mit dem Öl. Keine Angst, diesmal ist es parfümiert.«

Ich legte das Handtuch beiseite und betrachtete das weiche, braune Zeug, das in Ooldras Handflächen lag und duftete.

Dann spürte ich, wie Ooldras Finger es in meine Kopfhaut massierten.

»Ich mag deine Hände«, sagte ich.

»Stemm dich dagegen«, sagte Ooldra.

»Draußen regnet's«, stellte ich fest, als ich zur Seite durch die offene Tür schielte.

»Ich schließe die Tür«, versprach Snedde hastig.

»O nein, ich sehe es gerne«, bat ich.

Snedde zögerte einen Moment lang, dann ließ sie die Tür unberührt und kehrte zurück zum Tisch.

»Fürchtest du dich?« fragte Ooldra.

»Ich? Nun …« Ich dachte nach. »Die Furcht ist mit Aufregung vermischt. Ich bin nicht mehr wirklich ich selbst. Ich bin nur ein Gefäß für die wildesten Gefühle, für eine solche Menge von Gefühlen, daß kaum eines vorzuherrschen vermag. Meine einzige echte Sorge ist die, ob ich tatsächlich imstande sein werde, ihn zu töten.«

Ooldra lachte.

Einen Augenblick lang empfand ich Verwirrung. Ooldra lacht so selten. Und wenn sie lacht, klingt es reichlich merkwürdig.

Der Regen fegte silbern durch die Tür, und Snedde wandte sich erbittert um und schloß sie. Selbst während Cijas letzter Tage vor ihrer Entlassung in die Außenwelt gab es nicht *zu* viel Rücksichtnahme auf ihre Launen.

Ich zog ein böses Gesicht.

Das ist genau jene Art kleiner, unnötiger Gewohnheiten, in denen sich die widerspenstige Feindschaft von Hausweibern gegen die Schönheit und Aufrichtigkeit der Elemente ausdrückt, die mich hindert, diese Alten in dem Maße zu lieben, wie ich es sollte, sogar jetzt, obwohl wir uns bald trennen müssen, wahrscheinlich für immer. Ich weiß ganz genau, daß ein paar Regentropfen es nicht schwerer als sonst gemacht hätten, den Boden zu putzen.

»Deine Mutter wird gleich eintreffen«, sagte Ooldra.

Ich bedauerte es, daß sie das gesagt hatte. Ich hatte den Gesprächsstoff nicht wechseln wollen, ich würde sie gerne nach dem Grund ihres Lachens gefragt haben.

»Ich bin froh, daß du mich begleitest, Ooldra.«

»Warum?«

»Du weißt so viel. Ich habe dich nie außerhalb des Turms gesehen, aber ich spüre es.«

»Aus dem Grund schickt deine Mutter mich mit dir.«

»Ja, das ist mir klar. Ich bin wirklich froh.«

»Du kannst jetzt aufstehen. Ich bin fertig mit deinem Haar.«

Gehorsam erhob ich mich; meine Glockenhose wehte unter dem kurzen, steifen Hemd.

»Und da kommt sie auch schon«, sagte Ooldra.

Die Tür wurde geöffnet, und die Herrscherin trat ein, gefolgt von den Sklavinnen, die nie von ihrer Seite wichen. Zwei davon hielten ihre Schleppe.

»Puh, ist das naß draußen«, erklärte die Herrscherin, während sie ihre ellenlangen Handschuhe abstreifte und den triefenden Umhang ablegte. »Ist alles gut Cija, meine Liebste?« Sie schnupperte. »Mmm, ein feines Parfüm. Sehr streng. Das wird ihm gefallen. Er steht nicht auf kindliche Frauen. Komm, Cija, Liebe, setz dich in einen Sessel. Noch heute abend wirst du deinem alten Turmgemäuer Lebwohl sagen.«

»Noch heute?«

»Ja. Snedde, bring mir eine Schüssel Suppe, heiße Suppe. Ich friere jämmerlich. Dieser ekelhafte Regen. Die Dinge entwickeln sich rasch. Der Schuft arbeitet schneller als jeder Feldherr unserer Truppen es jemals nötig hatte. Ich habe den Verdacht, daß sein König ihn mit Botschaften drängt, doch trotzdem. Heute abend gehst du, mein Täubchen.«

»Aber ich bin noch nicht vorbereitet ...«

»Hat Glurbia entgegen der Anweisung deine Sachen nicht gepackt?«

»Doch, das hat sie, aber das meine ich nicht. Ich habe mich noch nicht geistig darauf ...«

»Unsinn, Cija. Alle unsere Pläne hängen von dir ab. Du hast nur die notwendigen Schritte zu vollziehen, Gedanken kannst du dir später darüber machen. Außerdem wirst du genug Zeit haben, um dich in die richtige Stimmung zu versetzen. Ich verlange nicht von dir, daß du ihn schon in der ersten Nacht tötest, weißt du. Wähle selbst, welche Gelegenheit die beste ist. Du mußt wissen, daß du für nicht wenige Monate unterwegs sein wirst. Danke, Snedde.«

»O Mutter«, heulte ich, »aber ...«

»Hier«, sagte die Herrscherin und schöpfte mir einen Löffel voll heiße Suppe ein.

Ich schlürfte sie, obwohl ich es nicht mag, Löffel zu benutzen, mit denen vorher andere Leute gegessen haben, nicht einmal, wenn es sich um meine Mutter handelt.

Wärme durchdrang mich bis fast in meine kalten Zehenspitzen.

»Fühlst du dich jetzt zuversichtlicher?«

Ich nickte willenlos.

»Schön. Ooldra wird dich begleiten, wie du weißt. Ich bedauere es, nicht mehr Zeit zu haben, um dich auf das Leben vorzubereiten, weil du ein sehr wichtiger Bestandteil meiner Pläne bist. Auf jeden Fall … beherzige stets folgendes: Du gehst zu einem bestimmten Zweck hinaus in die Welt, einem Zweck, der sehr viel für dich bedeutet; alle anderen Gründe sind bei mir und den Interessen unseres Landes zu suchen – aber dieser eine Grund ist deine Sache … du mußt jene Prophezeiung widerlegen, willst du nicht untergehen. Du wirst deine Chance bekommen. Snedde, zieh Cija die Sandalen aus und säubere sie.«

Snedde kam zu mir, Tränen in den Augen, und löste die Sandalen von meinen Füßen. Ihre Berührung war so sanft, ihr Gesicht so traurig. Ich begriff, daß diese alten Frauen, sobald ich fort war, nichts mehr besaßen, wofür sie lebten. Seit meiner frühesten Kindheit hatten sich mich umhegt. Ich darf hinaus in die Welt, aber sie bleiben ohne irgend etwas zurück.

Ich senkte eine Hand und legte sie auf Sneddes Kopf.

Snedde blickte auf; ihre komische Nase war fleckig wie immer, wenn sie weint.

»Sklavin«, sagte die Herrscherin, »hole Glurbia und die anderen.«

Eine Sklavin rannte hinaus.

»Du brauchst weder aufgeregt noch nervös zu sein, Cija«, versicherte die Herrscherin. »Für alles wird gesorgt. Ooldra weiß, wie du unversehrt davonkommen kannst, daß du ihn auf irgendeine Weise töten mußt, daß dir das nur gelingen kann, wenn du mit ihm allein bist. Sehr wahrscheinlich wirst du dich mächtig anstrengen müssen, um ihn dazu zu bringen, daß er dich heiratet oder so etwas, aber das ist die einzige Möglichkeit, um in seine Nähe zu gelangen, ohne daß seine Leibwächter dabei sind. Deine Aufgabe ist nicht unerfüllbar. Sei lieb zu ihm. Beschwatze ihn, sag ihm, du seist meine Erbin, und du hast ihn in der Hand.«

»Ist das nicht viel von einem Kind gefordert, daß es einen so abgebrühten Hurenbock verführen soll«, meinte Ooldra mit seltsam gepreßt klingender Stimme, »wenn sie erst vor kurzem erfahren hat, daß es außer dem eigenen noch ein anderes Geschlecht gibt?«

Wie nett von Ooldra, dachte ich. Ihre Stimme zeugte von aufrichtiger Sorge um mich; um mich persönlich.

»Wenn er ein abgebrühter Hurenbock ist«, erwiderte die Herrscherin leichthin, »wird Cija um so weniger Mühe haben. Cija, ich setze voraus, du weißt, daß Männer … daß sie wirklich entschieden anders sind als Frauen?«

»Ich habe ein paar von den Büchern gelesen, von denen Glurbia nicht weiß, daß sie im Bücherzimmer stehen«, sagte ich schroff.

»Du weißt, daß du regelmäßig dein Haar waschen sollst? Dein Halsschmuck … du darfst nicht wie ein Waschweib aussehen. Achte auf deinen Körper, und die Männer werden ihn beachten müssen; sie verstehen, was der Körper einer Frau verrät. Denk an deine Hüften, wenn du gehst, dann beginnen sie hübsch zu schaukeln.«

»Das wird ihm gefallen?«

»Und schon hast du's geschafft«, behauptete meine Mutter; reichlich unvermittelt, wie ich dachte. Vergnügt begann sie mit einem Rubin an ihrer Hand zu spielen. »Er wird wie ein Stück Vieh neben dir schnarchen«, sagte sie, indem sie auf die schrecklich schwierigen Einzelheiten einging, als spräche sie bloß vom Blümchenpflücken. »Dann … nun, du hast dein Messer. Trage es immer bei dir, was du auch machst. Nur so, durch entschlossenes, mutiges Handeln, vermagst du die Prophezeiung zu widerlegen, die besagt, du würdest Unheil über unser Land bringen. Töte ihn – räche das Elend, in das sein unbarmherziger Vater unser Land gestürzt hat, an dessen Überwindung ich jahrelang arbeiten mußte. Töte ihn, der die größte Gefahr für uns ist. Töte ihn und hebe den Schicksalsspruch auf, der dich seit deiner Geburt belastet. Befreie die Welt von seinem bösen Geschlecht.«

»Herrscherin?« meldete sich Glurbia.

»Ach, Glurbia. Sind die anderen auch hier? Ich entbinde euch von euren Pflichten. Das Heer bricht heute abend auf. Liegt ihr Gepäck bereit?«

»Ja, Herrscherin.«

Unbehaglich sah ich sie an, meine acht Betreuerinnen, die alle bleich waren und aus Ehrfurcht vor der Herrscherin ihre Tränen zu verbergen suchten. Sogar Glurbia wirkte so, als müsse sie gleich weinen. Ich entsann mich all der zahllosen Kleinigkeiten, die sie für mich getan hatten. Wie sie während meiner Kindertage mit mir balgten; wie oft ich sie kränkte; an Glurbias einfühlsame, aber strenge Aufsicht. Ich spürte, wie eine Träne auch über meine Wange rann, und ich war froh darum, denn sie mußten sie sehen und glauben, ich weine, weil ich nicht von ihnen fort wolle, wogegen ich allerdings bloß weinte, weil der ganze Abschied so grauenhaft trübsinnig ausfiel.

»Jemand hole Cijas Umhang«, befahl die Herrscherin.

Ooldra ging, um den Umhang zu holen.

»Und nun, Cija, verabschiede dich von deinen Erzieherinnen. Weine nicht zu sehr, Kind.«

Da waren Dutzende von kleinen, unglaublich hellen, silbernen Flecken auf den Fliesen und auf dem Pflaster. Sie verwirrten mich. Ich wollte meine Mutter darauf ansprechen, doch schon näherte der Wagen sich ihnen. Als wir uns darüber befanden, schaute ich hinab und erkannte, daß es Pfützen waren, fast ausgetrocknet. Wenn man sie aus einem bestimmten Blickwinkel sieht und die Sonne scheint darauf, wirken sie wie Flächen unerklärlichen Silbers.

Dieser Wagen, worin ich, meine Mutter und Ooldra vor die Stadtmauern zum feindlichen Heerlager gebracht wurden, war ein sonderbares, aber nützliches Ding, über das ich sehr gestaunt haben würde, hätte ich Bilder davon in meinen Büchern gefunden. Er rollte schnell dahin, gezogen von vier Pferden – zwei braunen, einem mit graugeflecktem und einem mit beinahe gestreiftem Fell. Das mit dem beinahe gestreiften Fell warf häufig seine mit Metall unterlegten Füße in die Höhe und wollte ausbrechen, doch wenn es merkte, daß das nicht möglich war, lief es mit den anderen weiter; dann, etwas später, pflegte es den Versuch zu wiederholen. Vorn am Wagen, aber außerhalb, befand sich jemand, der den Pferden ständig etwas zurief, vor allem dem beinahe gestreiften Pferd. Ich vermute, diese Person war ein Mann. Es bringt einen ganz durcheinander, einen solchen Menschen zu sehen und dabei so zu tun, als sei er ein ganz normaler Mensch.

»Ein störrisches Geschöpf«, bemerkte die Herrscherin, als das komische Pferd wieder mit den Beinen um sich schlug.

Eine kurze Weile später, als wir um eine Ecke bogen, schaute ich nach hinten und sah, daß uns ganze Haufen von ihnen (den Männern) hinterdrein- und vorauseilten; sie trugen alle die gleiche Kleidung. Sie war grün, mit irgend etwas Rosafarbenem an den Säumen der Tunikas. Aber sie waren schwer zu erkennen; aus den Fenstern des Wagens ließ sich einfacher schauen, wenn auch bloß nach den Seiten. Es waren beileibe nicht solche, wie zu sehen ich gewohnt war; wenn man beim Bau Steine verwendet hatte, und das traf nur selten zu, dann niemals Marmor. Und so viele Fassaden nebeneinander – ich hatte niemals mehr als ein Gebäude *von innen* gesehen, und das mein Leben lang. All das Neue, das Fremdartige, die Ungewißheit und die Verantwortung für die Aufgabe, die mir bevorstand, versetzten mich in eine regelrecht fiebrige Verfassung.

Ich bemerkte den krummen, schwarzen Nagel, der dicht

neben meiner Schulter aus dem Fensterrahmen ragte; den weißen Fleck auf einem von Ooldras Fingernägeln; das verwickelte Muster der fast ausgetrockneten Pfützen, die man überall sah; doch solche Dinge wie das pochende rote Herz der Sonne, die unterging, den leichten, wechselhaften Wind, die grauen Bauten, die Reihen um Reihen grauer Bauten, die Menschen, welche scheinbar ziellos dazwischen umherirrten, die Laternen, die an den Balkonen baumelten, die Bäume, die da und dort standen, und deren Wurzeln bisweilen so weit in die Mitte der Straße wucherten, daß der Wagen zwischen dem Baumstamm und dem benachbarten Haus nur knapp durchpaßte – all das betrachtete ich ernsthaft, doch irgendwie vermochte ich nicht recht daran zu glauben ... ich versuchte ernsthaft, die Tatsache ihrer Existenz in mein Bewußtsein eindringen zu lassen, wirklich ernsthaft, doch schon im nächsten Moment, bevor mein Verstand handeln, ehe ich sie einordnen konnte, flossen sie in den Wirbel jenes haltlosen, unruhigen, flackernden Fiebers ein, das gegenwärtig mein Ich ausmachte. Mein Kopf schmerzte, und ich wußte, daß ich erkranken würde, falls nicht diese unglaubliche Erregung, die kalt war und heiß und doch pulsierte, meine schier unerträgliche Anspannung entlud, obgleich diese Erregung die Ursache meiner Übelkeit sein mußte.

Ein Sonnenuntergang und überall die Spuren des Regens – kupferne Farbtöne mit grauen Nuancen, wachsende Verwaschenheit, die Straßen in sonderbar sanften Farben. Die Häuser bildeten dunkle Schatten, dazwischen ein weicher Himmel, rosa, gelblich, silbrig, mit einem Schimmer wie von Perlen. Fast alle der kleinen Lampen, die unter Türen und an Balkonen hingen, waren mittlerweile entzündet worden. Der Wagen rumpelte durch Torbogen: niedrige schwarze Löcher, brüchige alte Mauern, Pilze in den Rissen, Huschen über den Steinen, das man, sah man genauer hin, als die Bewegung kleiner, schlanker Echsen erkannte statt, wie es auf den ersten Blick schien, als das Flimmern ersterbenden Sonnenscheins; es war die mir vertraute Art von steinernen Bauten. Die Torbogen führten durch flache Gebäude; die meisten davon wirkten verlassen und leer.

Über das Pflaster gingen Menschen, verschwanden in den halb erleuchteten Türen, deren Lampen sich in den Pfützen widerspiegelten. Ich sah sogar einige andere Fuhrwerke; ihre Räder, als sie vorbeirollten, vibrierten und surrten. Allerdings konnte man es durch das Dröhnen unserer Räder und die Geräusche der vielen Menschen kaum vernehmen.

Nur wenige Leute schenkten uns, als wir so fuhren, Beachtung; Ooldra hatte mir gesagt, wir säßen in einem ganz gewöhnlichen Wagen, und in den letzten Tagen wären viele Wagen hinaus zum Lager gefahren.

Die Herrscherin, die zurückgelehnt saß, blickte von ihren Fingerkuppen auf, die sie aneinander gelegt hatte.

»Wie gefällt dir deine Stadt, Cija?«

Höflich murmelte ich etwas mit leiser, unnatürlich klingender Stimme.

Die Herrscherin nickte

Ihre Mundwinkel bildeten kleine, Zufriedenheit ausstrahlende Aufwärtsfalten.

Sie saß zurückgelehnt und schaute gutgelaunt zum Wagendach empor.

»Dich erwartet ein sehr aufregendes Leben«, sagte die Herrscherin.

Ich wandte den Kopf und sah sie an.

»Ich fürchte mich so sehr«, sagte ich.

»Du siehst nicht so aus.«

»Im Moment empfinde ich eigentlich gar keine richtigen Gefühle. Aber ich habe mich gefürchtet und werde mich wieder fürchten.«

»Natürlich. Wie fremd dir alles sein muß, und es kann niemals eine erfreuliche Aufgabe sein, einen Mann zu töten. Aber du brauchst nur daran zu denken, was für ein Ungeheuer er ist.«

Ich schaute wieder aus dem Wagenfenster. Dazu fiel mir

nichts ein. Ich weiß alles darüber, wie gemein dieser Mann ist. Ich weiß, daß er nicht nur gnadenlos ist, sondern auch grausam, daß Eroberungen und Macht sein einziges Streben sind, seines und jenes Königs, dem er dient.

»Es ist ein wahrhaft süßer Trost«, meinte die Herrscherin, »daß er bald tot sein wird.«

»Hat er keinen Sohn, der an seiner Stelle das Heer befehligen könnte?«

»Nein, Liebste, nein. Der einzige Mann, der den Befehl übernehmen könnte, ist sein Vetter, ein völlig unfähiger junger Bursche. Jenes große Land wird in der Welt keine Macht mehr sein, sobald es seinen Feldherrn verloren hat.«

»Den Feldherrn.«

»Ein niedriges Schwein.« Die Herrscherin ballte ihre Hände zu Fäusten. »Er und sein Vater haben diese Stadt zweimal zu einem jammervoll kahlen Ort voll Asche, Wildnis und knarrenden Galgen gemacht. Nun ist er unserer Schwäche so sicher, daß er durch unser Land zieht, es verächtlich zurückläßt, um ein Land fern im Westen zu erobern. Er läßt hier nur einen lächerlich kleinen Teil seiner Truppen.«

»Na, können wir ihm nicht unser Heer nachsenden, wenn er abmarschiert ist?«

»Wie könnten wir, Liebes? Abgesehen von der Tatsache, daß unsere Truppen sich noch nicht von den früheren Gemetzeln erholt haben, nimmt er Geiseln mit, von denen du, mein Liebling, nur eine bist. Es sind Söhne und Töchter und sogar Gemahlinnen unserer bedeutendsten Persönlichkeiten. In gewisser Beziehung war es glücklich für meine Pläne, daß er vor ein paar Tagen plötzlich auch meine Tochter als Geisel forderte. Ich hatte das sehr behutsam eingefädelt, indem ich deine Existenz beiläufig erwähnte, aber ich dachte schon, sein Interesse verfehlt zu haben. Doch offenbar hat er's sich anders überlegt. Insgesamt hat er acht Gäste, wie er sie nennt. Der Schurke, dieser Schurke, so ein niedriger Schurke, diese Spottgeburt von einem Bastard!«

»Bastard?«

»Seine Mutter war eine dieser schwarzen Riesinnen aus dem Norden.« Sie kann sich wirklich sehr ereifern. »Fast beneide ich dich«, ergänzte sie mit einem Seufzer.

»Es ist eine so hohe Verantwortung«, versuchte ich mich zu entschuldigen. »Ich bin sicher, daß ich nicht tief genug steche oder in die falsche Stelle.«

»Wenn du kräftig von der Seite in seine Gurgel stichst, wird er lautlos und ganz bestimmt sterben. Auf diese Weise bereitet er dir den geringsten Kummer ... frohlocke beim Anblick seines widernatürlichen Blutes ... Versuch's nicht mit dem Herz, dafür muß man Erfahrung haben, um es richtig zu treffen. Die Klinge gleitet leicht an den Rippen ab ... Anfänger vermeinen immer, mit dem Herz ginge es am besten, aber die Gurgel ist am einfachsten. Du wirst nicht versagen, Liebes. Und Ooldra bringt dich in Sicherheit, bevor seine Gefolgsleute überhaupt bemerken, daß er tot ist. Ooldra ist sehr geschickt. Fürchte dich nicht. Denke daran, wieviel davon abhängt. Bedenke, daß du, sobald er tot ist, die Welt von einer ungeheuerlichen Brut erlöst hast, die Prophezeiung widerlegt hast, daß du Unheil übers Land bringen würdest, indem du es unter fremde Herrschaft fallen läßt.«

Entschlossenheit verdüsterte mein Gemüt.

Ich beugte mich ganz dicht ans Fenster, aber ich sah nichts.

Die Herrscherin saß zurückgelehnt, aber ihr Körper war verkrampft. Ihre kurzen, kräftigen, stumpfkuppigen Finger krallten sich in das Fell über ihren Knien. Ihr Kinn war straff vorgeschoben.

Langsam drang die Tatsache in unser Bewußtsein, daß Ooldra die ganze Angelegenheit anscheinend am wenigsten beeindruckte.

Ooldras Schweigen hatte uns nicht gestört, sie spricht so wenig, doch nun fiel uns auf, daß ihr Körper, ihre Haltung – anders als bei uns – keine Anzeichen innerer Verzweiflung und finsterer Entschlossenheit aufwiesen.

Ooldra lag angelehnt in einer Ecke des schaukelnden Wagens, einer ihrer dünnen, weißen Arme hing schlaff an der Troddel, die vom Wagendach baumelte, ihr Kinn war fast auf die Brust gesunken.

»Du schläfst ja fast, Ooldra«, bemerkte ich.

Ooldra hob den Blick; sonst nichts.

»Wir überqueren jetzt den Fluß, Liebes, schau nur, sieh dort, da ist er. Ein wunderbarer Fluß, meine Mutter hat sein Bett umleiten lassen, damit er unsere Stadt bewässert.«

Ich blickte hinaus und sah den schimmernden, flachen, silberblauen Strom, in dem Inselchen aus Abfällen trieben, an dessen uneben gepflastertem Westufer entlang wir nun rollten. Auf der anderen Seite gab es kein Ufer, dort erhoben sich vielmehr Reihen alter, schiefer Häuser auf ihren Grundmauern, die tief im Wasser liegen mußten. Oh, es war wunderschön. An den malerischen, zierlichen Giebeln vieler Häuser, die ineinander verschachtelt waren, ein Geschoß ins andere, Balkon um Balkon übereinander, hingen kleine Lämpchen. Ihr schwaches Licht beleuchtete da und dort schiefe, schmale Fensterchen, ein paar Handbreit wackliger Mauerkronen, und gelegentlich ein hölzernes Kreuz, das wohl dem Zweck diente, die morschen Mauern zu stützen, aber das selbst schon verrottete. Ich erspähte das Fachwerk eines hohen, schmalen Hauses, zwischen zwei reichverzierte, mit baufälligen Balkonen, Giebeln, Geländern und Brüstungen völlig überladene, wuchtige Bauten gezwängt. Der matte Schein der Lichter spielte in ihren dunklen Umrissen, spielte auch auf dem Wasser. Während wir hinüberschauten, begannen in verschiedenen Winkeln, als man weitere Lampen entzündete, neue Lichter zu schimmern. Für einen winzigen Augenblick sah man dann das Gesicht der Person, die das tat, bevor sie wiederum im Hintergrund verschwand.

»Zauberhaft, das Stadtviertel, nicht wahr?« Die Herrscherin kicherte.

»Traumhaft«, sagte ich.

»Das ist es sogar am Tage. Richtig unwirklich.«

»Aber wohnen die Leute in diesen brüchigen, schiefen Buden nicht ziemlich ungemütlich?«

»Sie finden die Feuchtigkeit ungemütlich, aber der Fluß, der ist ihr Leben. Dort, da unten – neben der Laterne, schau hin, schnell, bevor es vorbei ist … ein Boot neben dem anderen. Des Nachts liegen sie dort vertäut. Am Tage … sie machen alles, vom Fischen bis zum Frachtverkehr für die großen Kaufläden.«

Das Stadtviertel schien sehr ausgedehnt zu sein.

Meine Augen ermüdeten unheimlich, während ihr Blick pausenlos über schräge Dächer glitt und über schmale, steinerne Wendeltreppchen, die auf niedrige, schummrige, teilweise verfallene Bogengänge führten und zu wunderlich kunstfertig behauenen Brückchen mit Dächern, über verrammelte Läden, Haufen von leeren, moosbewachsenen Fässern; und überall lagen Reihen von Booten auf dem leise plätschernden, vor Unrat manchmal fast unsichtbaren Wasser … all das erkannte ich mit flüchtigen Blicken, niemals als Ganzes; Streifen silbrig-gelblichen Laternenscheins erhellten dies und jenes, ob schön oder häßlich, aber alles empfand ich als köstlich. Nun, da ich es so aufgeschrieben habe, kommt es mir dumm vor. Köstlich auf irgendeine schreckliche Weise. Meine Lider waren bald bleischwer, und mein Blick schweifte oft unwillkürlich ab, einfach deshalb, weil ich mich nicht länger auf jenes konzentrieren konnte, das mir gefiel.

»Ich bin so müde, Mutter«, murmelte ich.

Ich nenne sie nicht häufig Mutter.

»Setz dich und nimm dich zusammen. In Kürze wirst du einigen anderen Geiseln begegnen, gar nicht zu reden vom Feldherrn – und seinem Heer. Diese Nacht wirst du im Lager schlafen.«

»Ich möchte nicht fort von dir, Mutter.«

»Unfug. Du bist müde, Cija.«

»Ja.«

»Sie geht hinaus in eine gefahrvolle Welt«, sagte Ooldra.

»Was war das?« fragte ich.

»Der Wagenlenker schimpft mit diesen abscheulichen Pferden. Ooldra hat recht, mußt du wissen. Ja. Sie hat recht.« Die Herrscherin seufzte schwer und drückte sich tief in die sanften, weichen Polster. »Die Welt ist voller Gefahren.«

»O ja, das weiß ich«, sagte ich. »Es gibt Krankheiten. Und wilde Tiere. Und Kriege und alle möglichen scheußlichen Sachen.«

»Ach, daran stören sich die Menschen nicht weiter … die Welt steckt auf viel ärgere Weise voller Gefahren.«

»Aber alles ist doch vorausbestimmt, oder?« meinte ich. »Voraussehbar und abzuwarten? Gefahren kommen nie ganz unerwartet. Eine gute Seherin weiß alles, was geschehen wird, und sie wird sich oder jene, denen sie dient, nicht überraschen lassen.«

Ooldra lächelte ihr ruhiges, breites, wohlbemessenes Lächeln. Es wirkte im Lampenschein, der von draußen in den Wagen drang, noch weitaus rätselhafter als sonst.

»Nun, das ist gerade das Übel … nur allzuoft wird das Schicksal eines Volkes für Jahrtausende verändert, durch die Tat einer Person, jene Tat, von der man vorausgesehen hat, daß sie sie begehen wird.«

»Noch etwas, mein Liebes«, sagte die Herrscherin. »Du wirst draußen in der Welt feststellen müssen, ausgerechnet dann, wenn du nach ein paar Wochen richtigen Verhaltens, der Beharrlichkeit und Wachsamkeit Selbstvertrauen erlangt hast, wie schwach es noch ist – plötzlich ist es wieder fort und du fühlst dich wieder klein, demütig und fürchtest dich, bist verunsichert und bloß, weil jemand dich zurechtweist oder du gegen irgendwelche Regeln verstößt. Laß dich niemals entmutigen. Es hört sich nicht schlimm an, wenn man es so sagt. Aber das ist wirklich das Schlimmste im Leben. Das Leben beschert diese Zusammenbrüche des Selbstvertrauens wieder und immer wieder, hartnäckig und ganz unberechenbar, mindestens bis du fünfzig Jahre alt bist.«

»Ihr macht Eure Tochter nervös.«

»O nein, ich bin keineswegs nervös … keineswegs. Gar nicht, wißt ihr, gar nicht … beileibe nicht. Jedenfalls nicht richtig. Ich bin bloß nervös, weil das so ein unwahrscheinliches Abenteuer ist, das alles, obwohl ihr mich nun wochenlang darauf vorbereitet habt, aber … ja, werde ich jemals einen wundervollen Mann heiraten können, wenn ich meinen ersten Gemahl umgebracht habe?«

»Mach dir darum keine Sorgen, Liebling. Indem du ihn tötest, hebst du die Prophezeiung auf und kannst in der weiten Welt leben, statt in dem langweiligen Turm zu versauern und alt zu werden. Außerdem ist es gar nicht übel, unverheiratet zu bleiben … ich muß es wissen … für eine Weile ist es ganz nett, das Leben mit einem Mann zu teilen, beide glauben, sie würden alles füreinander tun … aber es treibt einen unvermeidlich in ein Verhältnis gegenseitiger stumpfsinniger Abneigung … oder gar Abscheu. Für eine kluge Person ist die Entscheidung, jemanden zu heiraten, die gleiche Entscheidung wie die einer Person, die so zornig ist, daß sie die Aussicht auf die Schrecken einer Aburteilung und Hinrichtung in Kauf nimmt und für die wenigen Augenblicke der Genugtuung, die sie verspürt, ermordet sie den Urheber ihres Zorns. Viele arme Narren meinen, es sei die eigene Schuld, wenn Partner nicht ewig zusammenleben können, und machen sich und einander die allerbittersten Vorwürfe. Deshalb ist es wirklich kein Nachteil, bleibt man unverheiratet.«

»Deine Mutter ist eine sehr kluge Frau«, bemerkte Ooldra. Ihre Stimme klingt immer ausdruckslos.

»Danke, Ooldra.« Die Herrscherin nickte.

Ich blickte von einer zur anderen; viel konnte ich jedoch im dunklen Innern des ratternden Wagens nicht sehen.

»Wie soll ich mich in einer solchen Welt nur zurechtfinden?« klagte ich.

»Oh, das ist keine Sache der Gefühle, Cija. Es kommt darauf an, daß man die Spielregeln des Lebens beherrscht. Die meisten Menschen finden sie heraus, indem sie jahrelang herzzerreißende und herzzerbrechende Erfahrungen sammeln. Aber du sollst diese Kenntnisse mit auf deinen Weg nehmen.«

»Verrate sie mir«, bettelte ich. Meine Stimme klang dünn. Ich fühlte mich immer mehr nervös und unglücklich.

»Merke dir, daß es sehr wichtig ist, von allem, das irgend jemand sagt, höchstens ein Viertel zu glauben. Nun ... wenn es sich um jemanden handelt, den du gut kennst und den du für vertrauenswürdig und aufrichtig hältst, kannst du's dir leisten, ihm die Hälfte zu glauben. Falls der Grund für die Lügen nicht in bestimmten Absichten oder in eigennützigem Streben liegt, dann im Stolz oder dem Wunsch, sich nicht lächerlich zu machen. Es ist auch außerordentlich wichtig für dich, zufriedenstellende Lügen erzählen zu lernen ... gute, hieb- und stichfeste Lügen innerhalb eines winzigen Augenblicks erfinden zu können. Lüge so selten wie möglich, dann gerätst du in den Ruf der Wahrhaftigkeit, und die Leute werden auch deinen Lügen glauben.«

Jetzt fühlte ich mich endgültig elend. Der Wagen rollte langsamer.

Vielleicht befanden wir uns kurz vor unserem Bestimmungsort!

Das Pochen unter meinen Brüsten schien meine Rippen brechen zu wollen; es wummerte fürchterlich.

Werde ich allein bestehen können?

Immer häufiger passierten wir Laternen, und wiederholt schimmerte ihr Schein in Ooldras Augen. Jedesmal, wenn Ooldras Augen wieder in der Dunkelheit aufleuchteten, blickte sie aus dem Fenster in eine andere Richtung.

Ihre Augen machten mich schwindelig. Kann sie nicht aufhören, in die Gegend zu schauen?

Die Herrscherin legte eine schwere, mütterliche, feste Hand auf mein Knie.

»Der beste Rat, den man *jedem* erteilen kann, der seinen Weg ins Leben geht – und das betrifft alle –, ist der, sich um nichts zu scheren, das man sieht oder das einem widerfährt, körperlich oder geistig. Halte dich an deine Grundsätze und an deine Gewohnheiten... sie sollten dehnbar sein und beweglich, aber übertritt sie niemals. Traue niemandem zu stark; selbst wenn du jemanden sehr liebst, hege stets insgeheim einen Vorbehalt, denke daran, daß er vielleicht doch nicht vertrauenswürdig sein könnte. Halte dich nicht für treulos, wenn du diesen kleinen Zweifel bewahrst; er braucht deine Liebe nicht einzuschränken, sondern wird sie wahrscheinlich erhöhen, und du wirst freudig überrascht sein, wenn jemand sich doch als zuverlässig erweist. Fühle dich allen überlegen, aber verachte keinen, wer es auch ist oder was er tun mag. Schließlich beachte, daß es am gescheitesten ist, zu jedermann freundlich zu sein, bis du endgültig entscheiden kannst, ob er dein Feind sein muß oder nicht. Um die Freundschaft von Menschen zu gewinnen, muß man sehr behutsam vorgehen. Laß es dir niemals anmerken, wenn du Zynismus empfindest, wie die Leute das nennen, sie werden sich dir sofort unterlegen fühlen und dich dafür hassen. Stelle dich stets unschuldiger als du bist – es ist sehr nützlich, von den Leuten unterschätzt zu werden. Berücksichtige nichts von dem, was ich oder Ooldra dir gesagt haben, falls deine Erkenntnisse dagegen sprechen. Wie du dich verhalten mußt, hängt davon ab, unter welchen Menschen du dich befindest, und es gibt zu viele unterschiedliche Arten von Menschen auf der Welt, um Regeln für den Umgang mit ihnen aufstellen zu können.«

»Aber diese Regeln, die du mir eben gesagt hast, sind normalerweise richtig?«

»Diese Regeln werden sich nur äußerst selten als wertlos erweisen.«

Nun habe ich sie alle aufgeschrieben, so daß ich sie nicht vergessen kann; jetzt ist es Zeit zum Schlafen.

Die Reise

Ringsum *unglaublicher* Raum. Verschwenderische Weite.

Ich verließ den Wagen, in der Erwartung, meine Aufmerksamkeit würde sofort von den Menschen, den anderen Wagen, Soldaten und allem möglichen angezogen, aber als ich vom Trittbrett stieg, blickte ich geradeaus – und vermochte den Blick nicht mehr abzuwenden.

Dort war eine Ebene, und sie erstreckte sich weithin in die Ferne, bis sie mit dem Himmel verschmolz.

Und sie war durchsetzt, übersät mit kleinen, roten Lichtern, dicht bei dicht, viele, sehr viele.

Die Luft erklirrte unter dem Dröhnen kleiner, schwarzer Trommeln.

Ich zuckte zusammen, als eine Hand sich auf meine Schulter legte. Es war nicht die plumpe, schwere Hand meiner Mutter, sondern der fremde, lebhafte, aufwühlende Griff von Ooldras Hand. Es ist schwer, unter ihrer Berührung nicht zusammenzufahren.

»Komm«, sagte Ooldra.

Wir schritten inmitten eines langen Zugs über die breite, gepflasterte Krone der Stadtmauer. Von dort oben konnte man das Heerlager in der Ebene deutlich erkennen.

Überall waren Trommler.

»Ich fürchte mich«, sagte ich immer wieder. »Ich fürchte mich.«

»Es wäre eine Überraschung, würdest du dich nicht fürchten.«

Ach, ich fühlte mich ganz und gar, wirklich restlos verwirrt. All der Lärm, das Trommeln und die Soldaten. Einige waren unsere, aber die ganz in der Nähe die seinen – die seines Heers. Sie gehören zu diesem rohen Menschenschlag, der Rasse, die in dieser Welt heimisch ist. Sie waren gekommen, um mich auf dem Rest des Weges zum Lager zu begleiten. Ihre Waffenkleider sind nicht so schön wie die der unseren – sie sind rot, die Umhänge haben merkwürdige, schräge Schlitze, steife Mützen mit roten Kokarden gehören dazu und Lederstiefel. Niemand hatte sie angehalten, ihre Knöpfe zu putzen, bevor sie sich zu mir aufmachten. Unten, innerhalb der Stadtmauern, hatten sich viele Menschen versammelt. Sonderbare, untereinander verwirrte Laute kamen aus ihren Kehlen.

»Was ist das?« fragte ich beunruhigt. »Was reden sie alle?«

»Verschiedenes«, antwortete Ooldra erheitert. »Manche unterhalten sich, andere rufen dir gute Wünsche zu, wieder andere verfluchen die Fremden.«

Während wir über die Mauer schritten und miteinander sprachen, mußten wir ständig achtgeben, daß wir nicht mit den Zehen in Spalten gerieten oder in Pflanzen oder anderem kleinen Zeug hängenblieben.

Die Soldaten, die vorausgingen, benahmen sich überhaupt nicht würdevoll; sie schwatzten, machten Witze und lachten mit rauhen Stimmen.

»Weiß das Volk, wer ich bin?«

»Ja, man hat's ihm gesagt«, antwortete Ooldra unbefangen.

Ich wollte noch fragen, wie mein Vater die umwerfende Neuigkeit aufgenommen habe, daß ich am Leben war, doch in diesem Moment erreichte der Zug das Ende der Mauer.

Die Soldaten blieben stehen und taten auf Befehl ihres Anführers, eines sorglos dreinblickenden Menschen, allerlei Gefuchtel mit ihren Speeren. Das war eine Art von Zeremonie.

»Einen so langen Weg bin ich noch nie an einem Stück gelaufen«, sagte ich. »Im Turm gab es keine Zimmer, die so groß waren wie diese Mauer lang ist.«

Für eine Weile ruhte der Blick der Herrscherin zärtlich auf mir, aber ich weiß, daß sie die Stimmung ihrer Untergebenen immer ziemlich rasch spürt und die Spannung, welche die Menge erfüllte, konnte ihr deshalb nicht entgehen.

Ihr Blick schweifte über die Menge. Es war ein scharfer Blick. Sie kennt die Masse durch und durch, weiß um ihre Launenhaftigkeit, ihre Sprunghaftigkeit, ihre Triebkräfte, und so bleibt sie vor der Masse jederzeit Herrin der Lage.

Aber diesmal wollte sie wissen, wie die Menge zur Lage stand.

Ihr Gehör, durch lange Übung besser als meins auf das Stimmengewirr eingestellt, war angestrengt auf die verschiedenartigen Äußerungen der Menge gerichtet, während sie über die Mauer zur Treppe schritt, die hinab zum Haupttor führte.

(Ooldra erzählte mir später davon.)

Sie hörte Jubelrufe. Die gab es immer zu hören. Sie lieferten keinen Aufschluß über die Haltung der Menge, obwohl es gelegentlich besonders herzlichen Jubel gab, der besagte, daß die Leute sich über diese oder jene kürzlichen Frechheiten seitens der niedriger gestellten politischen Gegner der Herrscherin geärgert hatten. Aber sie hörte auch – und spürte sie – die Spannung der Menge, die sich im Gemurmel kundtat. Ihr strenger Mund lockerte sich ein wenig. Das Volk war ziemlich aufgeregt. In der Nähe sah sie den Hohepriester. Er stand auf dem höchsten Absatz der zweiten Treppe, welche die Priester bei Prozessionen und ähnlichem immer zu benutzen pflegten. Seine Unterpriester sangen. Er war bleich.

»Ich fürchte mich«, sagte ich.

Ich wußte, das war mein Vater; niemand brauchte es mir zu sagen.

Ooldra meinte, ich sei weiß gewesen, viel blasser als mein Vater. Ich zitterte und ging sehr unsicher. Ich begann zu wanken. Ich hatte meinen Gleichgewichtssinn verloren.

»Stütze sie, Ooldra«, flüsterte die Herrscherin.

Ooldras kühle Hand straffte mich.

»Cija«, sprach die Herrscherin, »mein Volk – dein Volk –

beobachtet dich. Siehst du den Mann in der weißen Robe, dort drüben vor den anderen? Er ist dein Vater, der glaubte, dich nach deiner Geburt beseitigt zu haben. Zeige unter seinen Augen keine Schwäche.«

Ich versuchte, meinen Vater ein zweites Mal anzuschauen, aber sein Gesicht verschwamm, als ich ihn ansah; nur seine Augen blieben klar und deutlich zu erkennen, und ihr Blick war nicht auf mich, sondern auf die Menge gerichtet. Anscheinend interessierte ihn nicht mein Auftauchen, sondern vielmehr das, was das Volk davon hielt.

Das Speergeschwinge wurde beendet. Der Anführer kam zu mir und verbeugte sich. Er sagte etwas, aber umsonst, denn die Menge machte zuviel Lärm, so daß ich nichts verstand. Plötzlich hatte sie zu jubeln begonnen. Alle jubelten. Es war schrecklich laut, wie ein Sturm über dem Meer, bloß viel näher, so daß die Luft erzitterte.

Auf einmal begriff ich, daß sie mir zujubelten!

Jetzt weiß ich, warum meine Mutter für das Volk lebt. Die Menge strahlt etwas aus, das wie ein Teil eines Menschen werden kann, das zu ihm gehört, wie sein Haus oder … nun, ich weiß nicht recht, wie eine Kraft, ein Ding voller Leben. Sie jubelten mir zu, weil die Herrscherin erklärt hatte, daß ich ihre Tochter war, und weil ich mich in die Gewalt der Feinde begab.

Zehn weitere Schritte … die Herrscherin umarmte das Mädchen (mich), das sie ihre Tochter nannte … die Trommeln bummerten … die Menge starrte und schrie, führte vermutlich auch aufgeregte Reden, und dann, ziemlich plötzlich, vernahmen wir sie nur noch gedämpft, als Ooldra, ich und die feindlichen Soldaten zur Tortreppe einbogen.

Ich folgte Ooldra über die schwarzen Basaltstufen. Komisch, aber in diesem Moment empfand ich regelrechte Panik. Vor und hinter uns ertönten andere menschliche Geräusche, die Schritte der Soldaten. Aber die Mauern erstickten diese Geräusche, so daß sie dumpf und hohl klangen.

Jenseits des Tors wehte ein Wind, der kalt über die Ebene hinüber zum Heerlager blies.

Und dorthin strebten auch wir.

Es war die Vielfalt von Geräuschen, die ich am stärksten wahrnahm, als ich so hinaus in die weite Welt schritt; ich hörte sie durch den Marschtritt der Soldaten, und nach ein paar Minuten fand ich sie so interessant, daß ich fast meine Furcht vergaß. Das kurze, heisere Bellen, das so laut hallte, obschon es unregelmäßig kam, daß es den ganzen anderen Lärm von Stimmen und Metall und Geschäftigkeit, der sich aus dem riesengroßen Lager erhob, ohne weiteres übertönte, *wenn* es kam, interessierte mich am meisten. Ich vermochte mir nicht vorzustellen, was es verursachte. Gewohnheitshalber riefen die Wachtposten uns an, und unser Anführer – ich meine, der Anführer der Soldaten, die mich begleiteten – machte irgend etwas mit seiner Hand, und wir zogen vorbei. Einmal, als wir einem anderen Unterführer begegneten, den er offenbar gut kannte, quatschte er mit ihm und ließ uns unterdessen eine Ewigkeit lang herumstehen. Ringsum standen Zelte, brannten Feuer, und außerdem trugen viele Männer Fackeln. Fast alle Männer aßen gerade, hockten um die Feuer, unterhielten sich auf ihre Art (Soldaten unterhalten sich vornehmlich mit Grölen und Lachen), drehten Fleisch über den Feuern, schnitten Stücke heraus, um sie zu verzehren, und tranken. Niemand beachtete uns sonderlich. Während der letzten Tage mußten häufig Geiseln eingetroffen sein. Die ersten Vögel, an denen ich vorbeikam, standen abseits der Feuer im Schatten, und ich bemerkte sie erst gar nicht richtig, weil alle Umrisse und Gestalten in dem vielen Feuerschein und den vielen Schatten seltsam aussahen. Doch als wir uns näherten, begannen wieder einige zu bellen, ganz in der Nähe. Als ich sie bemerkte, fiel ich vor Schreck fast in Ohnmacht. Sie hatten ihre Hälse ausgestreckt und stierten aus großen, schmalen Augen auf mich herab. Dabei wirkten sie in dem schwarz-roten Zwielicht noch nicht einmal so scheußlich wie sie am hellichten Tag aussehen.

Ganz allgemein gesagt, sie sind gräßlich, sie haben einen ziemlich länglichen Leib, zwei ungeheuer starke, leicht eingeknickte Beine mit gespreizten Klauen und schauderhaften Sporen. Gleich darauf waren wir vorüber, und ich hatte nur einen flüchtigen Eindruck von ihnen bekommen, aber der war erst einmal schrecklich. Ich hörte es noch lange, das Bellen, das aus ihren widerlichen Kehlen drang, nachdem wir sie schon längst passiert hatten, weil diese Laute in meinen Ohren widerhallten. Aus der Ferne klingt es unangenehm, aber in der Nähe ist es fürchterlich. Ihre bloße Gestalt hatte mich in Schrecken versetzt, doch erst am nächsten Morgen sah ich ihre ganze Scheußlichkeit, ihre Narben, die knotigen Sehnen, ihre Geschlechtsmerkmale, ihr Gefieder, das häßliche, gelb gespenkelte schwarze Gefieder, die großen, krummen, zähnebewehrten, kampfzerschrammten Schnäbel, lernte ihren fürchterlichen Eigensinn kennen.

Nun, schließlich erreichten wir dies Zelt, die Soldaten machten alle diese komische Geste mit der Hand und ließen uns davor stehen, so daß wir wußten, daß es für uns bestimmt war.

Der Anführer wollte mir zulächeln, aber ich vermute, daß ich zu müde, eingeschüchtert und teilnahmslos wirkte, und so widmete er sein Lächeln Ooldra.

»Hier, das ist es. Das ist eures.« Er sprach, als beglückwünsche er uns.

Und es ist wirklich ein hübsches Zelt. Es ist dunkelblau und hat zwei goldbeschlagene Stangen im Innern, die es wohl aufrecht halten, und es ist wesentlich größer als die Zelte der Soldaten, die – falls sie überhaupt welche haben – nur so groß sind, daß ein Mann darin liegen kann und, falls er selbst groß ist, die Füße noch hinausstrecken muß. Es ist zweigeteilt und im einen Teil sind zwei Betten für Ooldra und mich; die Polster liegen am Boden, sind aber sehr bequem, und wir können auch darauf sitzen, und wir haben jede eine Kleidertruhe, die bereits hier waren, als wir eintrafen (Soldaten hatten sie, während wir noch auf der Stadtmauer stolzierten, vom Wagen geladen und ins Lager gebracht). Der andere Teil umfaßt eine Mischung von Schlaf- und Kochstätte für unsere Dienerin. Glurbia hatte es sein wollen, aber ich glaube, meine Mutter befürchtete, Ooldra und Glurbia würden darüber in Streit geraten, wie ich zu behandeln sei; die Dienerin ist – allen guten Göttern sei Dank – eine aus dem Palast meiner Mutter, die ich nie zuvor gesehen habe und die mir aufs Wort gehorcht.

Und mir niemals widerspricht.

Eigentlich habe ich selten mit ihr zu tun; sie heißt Tilia und besitzt einen reichlich großen Busen.

»Wann findet die Abendmahlzeit statt?« fragte Ooldra.

»Nun, also, wann ihr's wollt«, sagte der Anführer unklar.

»Ihr meint …?«

»Unser Herr«, erklärte der Mann, nachdem ihm eine vernünftige Antwort eingefallen war, »nahm an, daß ihr es vorziehen würdet, im eigenen … äh … Privatzelt zu essen und nicht in der Unruhe und dem Gedränge, das bei den Anführern herrscht.«

»Aber sicherlich ist ihm doch daran gelegen, seine Geiseln in absehbarer Frist einmal kennenzulernen?« forschte Ooldra.

Er hatte diese Frage erwartet. Man sah ihm an, daß er dachte, was für eine ärgerliche Aufgabe es doch sei, Geiseln ins Lagerleben einführen zu müssen, die sich in ihrem eigenen, kleinen Land für wichtige Leute halten durften.

Er begann ganz einfach, seine Antwort zu wiederholen, aber Ooldra unterbrach ihn.

»Wann werden wir ihm vorgestellt?«

»Nun, wenn ihr natürlich Wert darauf legt … er wäre hocherfreut … würde sich geehrt fühlen … zwei so nette Frauen … Edelfrauen, meine ich … ich meine, ich könnte euch heute abend vorstellen … nachdem er gegessen hat …«

»Wir halten es für angemessen, ihm vorgestellt zu werden. Möchtet Ihr mit uns essen?«

»Wäre mir ein Vergnügen. Vielen Dank.«

Er nahm die Einladung bereitwillig an, wahrscheinlich froh um diese Gelegenheit, dem Gespräch eine Wendung geben zu können. Außerdem erforderte es wirklich die bloße Höflichkeit, daß sich am ersten Abend im Lager überhaupt irgend jemand um uns kümmerte. Also kam er herein und setzte sich, und Tilia bereitete uns eine Mahlzeit aus gebratenem Fleisch mit weißen Wurzeln, schmackhaften Gemüsen und pikanten Soßen, doch ich brachte kaum etwas hinunter, wogegen Ooldra wie immer wirkte und der Anführer beständig sagte: »Was für eine hervorragende Köchin ihr habt.« Das Kauen fiel mir schwer, und ich wünschte, ins Bett gehen und alles vergessen zu können.

Jetzt ist es endlich soweit.

Ooldra hat soeben den Kopf hereingesteckt und gesagt, ich solle die Kerze ausblasen und mich auskleiden.

Während des Essens erzählte er von allem möglichen und benahm sich ungemein höflich.

Dabei wandte er sich ständig an mich, weil ich ja die eigentliche Geisel bin und die Tochter der Herrscherin, doch vermutlich wirkten meine Augen so abgestumpft, wie ich mich fühlte, und obwohl ich mir wahnsinnig Mühe gab, einen interessierten und wachen Eindruck zu erwecken, fiel sein Blick am Ende eines jeden Satzes, den er sprach, auf Ooldra; anscheinend vermochte ich ihm nicht so recht zu folgen. Schließlich beachtete er mich gar nicht mehr und redete bloß noch mit ihr.

Er sagte, am Morgen könnten wir, wenn wir's wollten, ein Bad nehmen, und wir meinten: »Aber morgen früh marschieren wir doch ab.«

Darauf erwiderte er: »Es ist Sache der Sklaven, unsere Zelte rechtzeitig abzubrechen, und wir haben es nicht nötig, uns deswegen zu beeilen.« Ooldra war darüber erfreut, da sie, wie ich glaube, gerne ins Wasser geht, wogegen ich es nicht mag und ungern bade. Außerdem hatte ich erst am Abend zuvor ein Bad genommen. Doch Ooldra meint, ich müsse *mindestens* einmal wöchentlich baden, denn Reisen mache schmutzig; inzwischen weiß ich, daß sie recht hat.

Dann erzählte er, für uns beide stünden zwei Reitvögel zur Verfügung (aber nicht für unsere Dienerin Tilia, die mit den anderen Bediensteten zu Fuß gehen müsse und froh sein könne, habe sie gelegentlich das Glück, auf einem Maultier reiten zu dürfen), und ich sagte: »In unserem Land haben alle Leute Maultiere oder so etwas.« (Das war das erste Mal, daß ich es als peinlich empfand, ein Leben lang im Turm gesessen zu haben. Ich täusche ständig vor, so viel wie die anderen Menschen über das Leben zu wissen, und das macht das Zusammensein mit ihnen so anstrengend.) Ich hatte vergessen, daß wir ziemlich rückständig wirken müssen, weil wir keine Reitvögel haben, sie aber daran gewöhnt sind.

»Oh, Vögel sind viel besser als alle anderen Reittiere«, sagte folglich der Anführer, »sie sind groß und stark, und wir züchten sie, damit sie unsere Soldaten auf langen Feldzügen und in die Schlacht tragen.«

»Sind sie nicht unheimlich wild?« erkundigte ich mich.

»Doch, aber das ist nur gut, sie tragen niemanden, den sie nicht kennen. Sie lassen sich ganz gut abrichten und gehorchen ihren Herren völlig.

Aber keine Sorge, für euch und eure Begleiter sind ältere und deshalb weniger wilde Exemplare ausgesucht worden.«

»Begleiter?«

»Die anderen … die anderen Edlen und Edelfrauen eures Landes, die unsere Gäste sind.«

»Ich verstehe.«

»Na, wollen wir hinaus und sie anschauen, da wir nun alle gegessen haben?« Draußen war es sehr dunkel, und ich blieb ein wenig hinter den beiden zurück, um nicht plötzlich vor den Vögeln zu stehen, aber schon bald verharrten der Anführer und Ooldra, und ich gesellte mich dazu.

»Hier sind sie«, sagte der Anführer, und ich schaute um mich, und plötzlich stellte ich fest, daß ich es war, der ihnen am nächsten stand, sie waren neben mir, und auf einmal senkte einer seinen Kopf und schubste mich an der Schulter, so daß ich aufkreischte.

Na, der Anführer sprang zu mir, als sei ich angegriffen worden, der Reitknecht bestieg den Vogel, der den Kopf hob, und ich kam mir reichlich dumm vor.

Ich versuchte die unangenehme Situation mit einem Lachen zu retten, aber es klang müde und nervös; ich glaube, der Anführer lachte lediglich aus Vorsicht nicht über mich, und der Knecht sprach dem Vogel besänftigend zu, als meine er, ich hätte ihn geärgert, und ich begann mich schon leicht schuldig zu fühlen.

»Das ist deiner, glaube ich«, sagte der Anführer zu Ooldra.

Dann fiel ihm ein, mir meinen zu zeigen, und der Knecht hielt widerwillig eine Fackel in die Höhe, damit ich das Tier anschauen konnte. Mein Reitvogel ist steinalt und grau, hat ein gräßliches Triefauge und sieht in seinem gelbgesprenkelten Grau aus, als sei er räudig; daß er's ist, bezweifle ich allerdings.

Sein Name lautet Sheg.

»Nun fände ich es angebracht, dem Feldherrn vorgestellt zu werden«, sagte Ooldra.

»Natürlich«, erwiderte der Anführer eifrig. Ich glaube, er vergaß den Eindruck, den er zuvor gemacht hatte; jedenfalls bemühte er sich um ein versöhnliches Verhalten.

Also gingen wir alle weiter, durch das Lager, vorbei an Zelten und Feuern und Vögeln und allem.

Allmählich wurde ich wirklich nervös, aber immerhin trug ich mein bestes Kleid und meine beste Hose (wenn auch nicht die allerbesten, welche ich für Feierlichkeiten aufheben wollte, und selbstverständlich durfte ich mich nicht grundlos allzu fein kleiden); das Kleid mit den roten, grauen und goldenen Streifen und langen Ärmeln sowie die einfarbige, weiße Hose, die fast so glockenförmig weit war wie die Hose einer Sklavin. Und ich trug mein gehämmertes Silberhalsband, den Fußreif und die blauen Schuhe, nicht die mit den Mosaiksohlen, sondern jene, welche jeden zweiten Zeh freilassen, und am großen Zeh des linken Fußes hatte ich den Ring mit dem weißen Stein. Unglücklicherweise war der Abend ein kleines bißchen zu kalt, um ohne Umhang ins Freie zu gehen, aber ich hoffte, daß es im Anführerzelt warm genug war, so daß ich ihn ablegen und meine ganze Pracht zeigen konnte. In unserem Zelt hatte ich den Umhang getragen, weil es mir dort zunächst nicht sonderlich behaglich erschienen war, trotz der Fackeln und dem irdenen Ofen, auf dem Tilia kochte, und so hatte ich die Wirkung meiner Erscheinung nicht am Anführer zu erproben vermocht.

Wir kamen an – es war kein Zelt, sondern ein großer Stall, den die Unterführer des Feldherrn seit dem Einmarsch in die Ebene, wahrscheinlich ganz unabhängig von der Billigung oder Mißbilligung des Eigentümers, als Treffpunkt und Aufenthalt benutzten.

Die Wächter ließen uns hinein. Drinnen waren Fackeln und lautes Gerede und so weiter, und irgend etwas störte mich; nun, das ist womöglich nicht richtig ausgedrückt, aber der Fackelschein und das laute Gerede übten irgendeinen Einfluß auf mich aus, keinen, der mir das Gefühl verlieh, so zu sein wie die Menschen darin, aber irgendwie verschwand meine Furcht.

Leute (Männer) riefen: »Hallo, Ious, du elender Schurke!« und: »He, Ious!« und: »Wo warst du den ganzen Abend, Ious? Ach, hinter Geiseln her?« und: »Trinkst du einen mit, Ious? Warum nicht? Na, dein Pech!« Schließlich erreichten wir einen Tisch in einer geräumigen Ecke, verräuchert vom bläulichen Rauch der Fackeln, und daran saßen eine Menge Männer, die tranken und würfelten.

Sie tranken aus Lederschläuchen und würfelten mit uralten, emaillierten Elfenbeinwürfeln.

Zu dem Zeitpunkt verstand ich nicht, was sie da taten – ich weiß noch immer nicht, *wie* man es spielt, aber das

Spiel geht um Geld und zieht die Spieler ganz in seinen Bann, weil sie nie wissen, wer gewinnen wird –, und wir und unsere Begleiter standen und warteten auf eine Unterbrechung der Gespräche, die mir ziemlich sonderbar erschienen.

Das meiste davon habe ich noch im Kopf, allerdings ohne die Vielfältigkeit der Klangunterschiede und Laute, das Seufzen, das Rülpsen, das Schmatzen der Handrücken, die nach dem Trinken über die Münder fuhren, das Knurren, das plötzliche, brüllende Gelächter; rauhe, aber gutmütige Flüche; ruhige, übellaunige Verwünschungen.

»Mögen die Götter deine Gebeine verfluchen, Eng. Hör auf zu gewinnen. Du sackst heute ganze Vermögen ein.«

»Darunter auch deins.«

»Das finde ich nicht lustig. Der Feldherr hat in der vergangenen Nacht bloß gewonnen und sich meinen halben weltlichen Besitz angeeignet. Schieb den Wein rüber, Zerd.«

»Stehst du vor dem Ruin, Clor?«

»Du kannst lachen, du kannst lachen. Wäre nicht der Wein so hervorragend, ich würde deinem Heer den Arsch zuwenden. Ein wüster Haufen. Alle spielen wie verrückt.«

Ein Knabe schlenderte herbei und begann sich um die am weitesten heruntergebrannten Fackeln zu kümmern.

»Diese jungen Lümmel haben es am besten, verdammt noch mal«, bemerkte Eng. »Während der Rest des Heeres, von den Rüstmeistern abwärts, sich die Knochen schindet, um alles für morgen vorzubereiten, spazieren diese Bürschlein herum und tauschen Fackeln aus – falls sie Lust haben, ihre Mütter und Schwestern für ein paar Minuten zu verlassen und sich anderer Leute Fackeln anzunehmen.«

»Und du, du sitzt faul in einer gemütlichen, warmen Bude und säufst und spielst«, erwiderte darauf der Knabe.

»Wir haben die Befehle erteilt und damit ist unsere Arbeit getan. Während sie befolgt werden, können wir uns ausruhen. Du solltest hier sein, wenn die tägliche Planung gemacht wird. Da bräche dir der Schweiß aus. Ihr Götterherzen, ihr Götterherzen!« Clor begann zu stöhnen. »Mein Kopf dreht sich jetzt noch.«

»Hä, hä, hä!« lachte der Knabe, ohne seine Tätigkeit zu unterbrechen.

»Unverschämter kleiner Bastard. Du steigst doch nicht aus, Clor?«

»Vermindern wir die Einsätze.«

»Bei meiner Leber, Mensch, du bist doch kein Bettler.«

»Aber fast, aber fast. Fast!«

»Er vergißt allen Stolz, wenn er eine Gelegenheit sieht, den Betteltopf auszupacken.«

Unverzüglich fuhren sie sich mit wilden Schreien an die Kehlen. Eng spielte weiter, das heißt, wenigstens würfelte er weiter; Isad und Clor rangen über dem Tisch, und Zerd blickte nun ungeduldig zu unserem Begleiter auf, der noch hinter ihm stand.

»Die Herrin wünscht dich zu sehen, Heerführer«, sagte Ious, indem er einen Titel für mich erfand.

Offenbar war mein Name, falls er ihn jemals vernommen hatte, seinem Gedächtnis entfallen.

Zerd schnitt ein finsteres Gesicht, aber er drehte sich nach uns um. Einen schauderhaften Moment lang ruhte sein Blick auf uns. Ich begann den jungen Unterführer, der uns zu ihm gebracht hatte, zu bemitleiden. Doch dann kreuzte sich Zerds Blick mit meinem. Schon die ganze Zeit, während sie würfelten, hatte ich das Gefühl gehabt, den Namen des Feldherrn zu kennen, und als er aufschaute, wußte ich sofort den Grund. Sein Kopf und die Schultern, die er, vom Spiel gebannt über den Tisch gebeugt hatte, waren mir gleich bekannt vorgekommen. Ich entsann mich gerade noch im letzten Augenblick, daß er ja ein Mann ist, bevor ich rufen konnte: Du bist doch das Palastweib!, wie es mir auf der Zunge lag.

Seine Augen sind sehr kühn (auf eine gelangweilte, ablehnend-überhebliche Art), schwarz und kalt, doch als er mich erkannte – da blitzten diese Augen so unheimlich auf, daß mir zumute war, als habe mich jemand auf den Bauch geschlagen.

»Setzt euch«, sagte er einigermaßen herzlich.

Wir taten es, wobei wir vortäuschten, vom Toben der beiden Streithähne unbehelligt zu sein, obwohl ein Ruck, den Clor und Isad, die anscheinend alles ringsum vergessen hatten, beim Prügeln dem Tisch versetzten, uns fast von den Beinen warf.

Dann geschah etwas Seltsames. Als sie Platz nahm, blickte Ooldra Zerd in die Augen – sehr tief, wie es mir schien –, und ich hätte geschworen, daß in diesem Moment ein gleichartiges Erkennen in seinen Augen aufblitzte.

O ihr Götter, dachte ich und fühlte mich plötzlich übel, sie können sich doch nicht – sie können sich unmöglich kennen ... O ihr Götter, *nein*, nicht Ooldra, ich bin in ihrer Hand, sie ist die einzige Person im Lager, die alles von mir weiß, und ich bin ihr ausgeliefert.

Aber natürlich kam das nur von meiner überreizten Phantasie. Er wandte langsam den Kopf, wogegen sie ihn weiterhin musterte, gerade so, wie ich es tat.

Der Feldherr bemerkte, daß unser Begleiter unverändert hinter ihm stand, und nickte ihm zu, er solle sich ebenfalls setzen.

Er schob mir einen Weinschlauch zu. Nachdem Ious Ooldra so bevorzugt hatte, freute ich mich darüber.

Obwohl natürlich feststand, daß es mir rangmäßig zukam, zuerst zu trinken, war ich über die Aussicht des Getränks selbst durchaus weniger erfreut. Es ist schwierig, aus so einem Lederschlauch zu trinken, und außerdem hatten alle diese Fremden ihn schon am Mund gehabt. Ich setzte den Schlauch an und schloß die Lippen um das Mundstück, und bei der Vorstellung, es könne fremder Speichel daran sein, begann ich fast zu würgen, doch ich trank tapfer, weil ich wußte, daß ich ihn nicht verärgern durfte; ich hatte wirklich so etwas gesehen, aber inzwischen glaube ich, es war bloß Schaum.

Der Schlauch war sehr schwer, doch obwohl auf einem benachbarten Tisch Becher standen, bot er mir keinen an, obgleich er sehen mußte, welche Mühe ich mit diesem Ding hatte. Er saß dort und klopfte rhythmisch mit einem Würfel auf die Tischplatte, sah mir gleichgültig beim Trinken zu und Eng dabei, wie er den Würfel von der linken in die rechte Hand und zurück rollen ließ, während Isad und Clor sich unter wildem Röhren und schweinischem Grunzen auf dem Tisch wälzten.

Das Getränk brannte grauenhaft, schmeckte heiß, wie ein scharfes Gewürz, aber es war nicht gewürzt. Es schmerzte im Hals, so daß ich hustete und hustete.

Zerd streckte einen Arm aus, nahm mir den Schlauch fort und reichte ihn Ooldra. Unbekümmert klopfte er mir auf den Rücken. Ich fühlte mich schrecklich tolpatschig.

»Es tut mir leid«, sagte ich mit verlegener, honigsüßer Stimme. »Wie *dumm* von mir.«

Anscheinend nahm er mir das ab.

Ich ließ den Umhang von meinen Schultern gleiten, aber er beachtete mich kaum. Ich begriff, daß ich noch einen Fehler begangen hatte. Ich hätte den Umhang ablegen sollen, als wir an den Tisch traten oder als er sich umdrehte, um ihm so meine ganze Pracht zu enthüllen, das schicke Kleid und die Glockenhose.

Clor brach auf dem Tisch zusammen. Isad hörte auf, ihn zu schlagen und stieß mich (unglücklicherweise und deshalb nur schwach) in den Magen, genau dort, wo es mir zuvor unter Zerds Blick mulmig geworden war.

Zerd richtete sich halb auf, streckte einen langen Arm über den Tisch und hieb Isad seinerseits in den Magen, so daß er schwankte und auf den Boden fiel. Er interessierte sich mehr für seine Unterführer als für mich. Er entschuldigte sich nicht für Isad und forderte ihn auch nicht auf, sich zu entschuldigen; er stellte mir auch niemanden vor. Allmählich empfand ich Verzweiflung. Seine Einladung zum Sitzen und Trinken galt wohl kaum für die ganze Nacht – wahrscheinlich bloß für einen Schluck. Ooldra hatte auch schon getrunken. Bekam Ious etwas? Ja, er trank. Nun, wenn er fertig war, sahen wir den Feldherrn vielleicht für eine Ewigkeit nicht, ich wußte nicht, für *wie* lange.

»O weh«, sagte ich und putzte den Schmutz von meinem Kleid, der von Isads Stiefel stammte.

Zerd warf Isad einen bösen Blick zu und beugte sich vor, um den Fleck zu begutachten. Er schaute nur den Fleck an, ohne zuvor in mein Gesicht zu blicken. Ich wölbte meinen Brustkorb und atmete schwer, so daß meine Brüste sich hoben und senkten, und strengte mich auch an, ihm etwas vom Duft meines Parfüms zuzuwedeln. Für den Moment, während er mein Kleid betrachtete, sah ich sein Gesicht verwirrend nahe. Seine Haut ist sehr grob und ... nun, es klingt vielleicht zu poetisch, aber es wäre falsch, zu sagen, sie sei blaugrau ... seine Haut besitzt die Farbe einer Gewitterwolke. Das kommt, vermute ich, vom Blut seiner Mutter. Er putzte noch einmal persönlich an dem Fleck herum, und es blieb keine Spur zurück, denn der Dreck war locker (wahrscheinlich fand er meine Zimperlichkeit abscheulich) – und ich sah seine rauhe Haut noch dichter vor meinen Augen. Er ist ganz und gar mit großen Schuppen bedeckt!!! Wie eine Echse. Ich war vollständig abgestoßen, entsetzt. Meine Mutter hat recht. Er ist wirklich kein menschliches Wesen.

Also, dann sah dies Ungeheuer, daß Ious getrunken hatte, Isad und Clor wieder friedfertig am Tisch hockten und Einsätze machten, und so wandte er sich in höflichem Ton an mich: »Ich bin hocherfreut, daß ich dir noch einmal begegnen durfte, Göttin.«

Alle standen auf. Ich lächelte einfältig.

»Es war nett, Euch wiederzutreffen. Unter so vielen Fremden ist mir Euer Gesicht beinahe schon vertraut.«

Er schaute überrascht drein. »Ich hoffe, es wird euch beim Heer gefallen«, meinte er. Dann sagte er sogar noch einen Satz: »Wenn ihr etwas benötigt, zögert nicht, euch an jemanden zu wenden.«

Nach diesen beiden Sätzen, die er offenbar für das

äußerste Maß an Zuvorkommenheit hielt, die man einer Geisel gegenüber walten lassen sollte, verbeugte er sich vor mir, recht tief, aber schnell, neigte den Kopf, als Ooldra an ihm vorbeiging, setzte sich wieder und begann, während wir uns entfernten, erneut zu würfeln.

Den ganzen Tag hindurch reisen wir in Gesellschaft der anderen Geiseln mit dem Troß.

Die Reitvögel sind schrecklich, aber mit dem eigenen wird man ganz gut fertig, und meistens ist der Reitknecht in der Nähe. Er mag mich überhaupt nicht, aber wenn's erforderlich ist, hilft er mir. Gewöhnlich ruft man ihn Blob. Er ist nämlich klein und dick. Er hat einen schwabbligen Bauch, bläuliche Stoppeln am Kinn, buschige Brauen und verfilztes, stets ungekämmtes Haar; und zur Erhöhung seiner Knechtstätigkeit maßt er sich (praktisch völlig unbegründet) philosophische Klugheit an. Aus den geringsten Anlässen schmollt er.

In gewisser Beziehung reite ich gerne, abgesehen davon, daß ich nach wie vor fürchterlich steif davon werde; innerhalb der ersten beiden Tage tat mir alles weh, und wenn ich ins Bett ging, mußte ich mich auf den Bauch legen, und selbst das Öl, das Ooldra mir in den Rücken massierte, half den Schmerz nicht zu lindern.

Ich glaube, sie ist ans Reiten schon lange gewöhnt; jedenfalls machten sie und ihr Reitvogel sich binnen einer Stunde bestens miteinander bekannt, obwohl man es ihnen nicht anmerkte. Blob bewunderte sie unheimlich.

Reiten; Wind und Staub; die endlosen Kolonnen, rasch marschierende Truppen, Sandalen und Beine bis zu den Knien kalkig grau vom Staub, das ungeheuer weite, so flache Land, der unerhört breite, gewundene Fluß, dessen Bett wir Tag um Tag folgen, seine Farben, seine reißenden Wasser, seine buckligen Sandbänke; all die verschiedenen Waffenröcke; das rauhe Bellen und Krächzen der Reitvögel, die Rufe der Reiter, das Gebrüll der Unterführer, das Rumpeln der Wagenräder, das Blöken der Ochsen (wir führen eine ganze Viehherde mit und die Tiere tragen ebenfalls Gepäck) – nun, alles ist wahnsinnig rege und lebhaft, eine eigene Welt, eine Welt in ständiger Bewegung.

Heute hat es erstmals geregnet. Der endlose Heerwurm kroch weiter, während der Regen in die Gesichter prasselte, so daß kaum jemand irgend etwas sehen konnte. Eine Zeitlang genoß ich die Erfrischung, aber dann wurde mir der Regen zu stark, und ich stieg zu Ijleldla in den Wagen. Die meisten Geiseln ziehen den Wagen den Vögeln vor. Die Fremden verstehen das nicht, sie haben allen zuerst einmal Vögel angeboten.

Ich mag niemand von den anderen Geiseln.

Ijleldla ist die schlimmste, andererseits aber zu mir am freundlichsten. Sie beharrt darauf, mich wie ihre Busenfreundin zu behandeln. Sie ist – außer mir – die jüngste Geisel, aber aufgeklärter als ich. Eigentlich war es heute ganz nett in ihrem Wagen, wie wir durch den Schlamm rollten, durch den schon die endlosen Kolonnen von Männern und Vögeln und Pferden getrampelt waren und worin man zahllose Radspuren sah, während der Regen durch die Fenster fegte und aufs Dach trommelte.

Es regnet noch immer, und der Regen trommelt nun auf das Zeltdach. Ich höre das Wasser draußen im Erdreich gurgeln. Hoffentlich sickert es nicht ins Zelt.

Ooldra verbringt den Abend mit Ijleldla und wahrscheinlich ein paar anderen, wie Iren und Smahil, in Ijleldlas Zelt. Sie mögen Ooldra alle; obwohl sie immer sehr still ist, wirkt sie so teilnahmsvoll, und sie sagt so interessante Dinge. Mich halten sie für ungesellig. Ijleldla hänselt mich manchmal deswegen.

Ich mag sie alle nicht. Die älteren darunter hasse ich sogar. Da ist so ein grauenhaft aufgeblasener, alter, graubärtiger Edelmann, der Onkel von einem der wichtigsten Berater meiner Mutter; Ijleldla ist die Tochter eines anderen Beraters. Eine fette Alte von wohl vierzig Jahren, die Gemahlin von irgendeinem bedeutenden Mann. Ijleldla hat ihren Bruder dabei, einen überaus steifen, höfischen, kindischen, jungen Trottel namens Onosander. Der Name gefällt mir; es ist eine Schande, daß seine Eltern ihn so genannt haben, denn ich werde den Namen nie mehr hören können, ohne an diesen Tölpel zu denken. Iren ist dünn und spitzfindig und spöttisch, weshalb sie und alle anderen – nur ich nicht – glauben, sie besäße eine starke Persönlichkeit. Smahil kenne ich kaum, er ist klein und mager und blaß und hat sehr helles Haar, aber er gehört zu ihrem Klüngel. Er ist irgend jemandes Vetter. Ich bin die siebte und letzte Geisel.

Draußen erschallt Gebrüll.

Ich lief zum Zelteingang und spähte hinaus.

Es war lustig. Die Soldaten, alle reichlich mißgestimmt und streitsüchtig, weil sie im strömenden Regen sitzen müssen, Decken oder ähnliches über den Köpfen, hatten die Feuer, worauf sie kochen, im Schutz ihrer Zelte entzündet. Ein Zelt der Blauen war dabei irgendwie in Brand geraten. Die Flammen loderten wundervoll. Sämtliche Goldenen tanzten vor Schadenfreude um die Flammen. Sie hassen die Blauen und freuen sich jedesmal, wenn sie irgendwelche Fehler machen oder ihnen ein Mißgeschick widerfährt, und natürlich haben die Blauen kein besseres Verhältnis zu ihnen. Sie sind jene beiden Scharen, die einander so sehr hassen, daß sie nicht gemeinsam zu irgend etwas eingesetzt werden können. Während ich zusah, begann eine Schlägerei, doch mehrere ihrer Anführer sprangen dazwischen und trennten die Streithähne, obwohl sie sich untereinander nicht weniger verabscheuen als ihre Männer. Das nennt man *Führungsgeist.*

Der Regen tut keinem weh, aber Ijleldla hat den ganzen Tag lang gestöhnt und gejammert, wie lästig er sei.

Ich dagegen erwarte den Sommer nicht besonders freudig. Reiten und Marschieren unter Gluthitze, das wird kein Vergnügen sein. Und bis dahin werden wir den Fluß weit hinter uns haben.

Heute war es warm, und die Erde fast wieder so gut wie trocken.

Ich ritt auf meinem Vogel, mir blies der Wind ins Gesicht, ich hatte ein wundes Gesäß und wünschte mich zurück in die Sicherheit und Behaglichkeit meines Turms.

»Hallo, Cija«, rief Ijleldla und beugte sich aus dem Fenster ihres Wagens. »Gestern abend haben wir dich vermißt, Schätzchen. Warum bist du nicht mit Ooldra gekommen?«

»Ich hatte rasende Kopfschmerzen.«

»Armes Mädchen. Ach, steig ein und setz dich zu mir.«

»Ich kann Sheg nicht einfach laufen lassen.«

»Scher dich doch nicht um dieses blödsinnige Tier. Warum läßt du dir keinen Wagen geben wie wir? Den ganzen Tag zu reiten, das ist nichts für ein Mädchen.«

»Ich weiß, aber es gefällt mir besser als ein Wagen, Ijleldla, ehrlich. Wagen sind muffig.«

»Überhaupt nicht.«

»Doch, wenn man lange genug darin sitzt.«

Wir hatten uns halbwegs angeschnauzt, eigentlich ohne Grund. So ist es immer. Ijleldla führt einen entschlossenen Kampf, um mich zugänglicher zu machen. Wahrscheinlich ist ihr das selbst nicht richtig klar, aber es ist so.

»Steig ab. Blob ist dort drüben. Er kann sich um Sheg kümmern.«

»Ich habe noch Kopfschmerzen, Ijleldla. Ich bleibe lieber an der frischen Luft.«

»Du redest, als gäbe es in meinem Wagen keine Luft«, sagte Ijleldla und mußte fast selber lachen. »Ach, komm, Cija, allein langweile ich mich so«, schmollte sie und zog eine grämliche Miene.

Manchmal habe ich nichts dagegen, mich überreden zu lassen, aber wenn es ein Dauerzustand wird, habe ich keine Lust mehr, obwohl ich ungern abweisend bin. Ich faßte einen Entschluß; heute wollte ich mich nicht erweichen lassen.

»Oh, fang nicht mit so etwas an, Ijleldla.« Ich lachte. »Ich spüre heute Riesenkräfte. Ich will reiten.« Damit gab ich

Sheg die Sporen (in der Hoffnung, er werde mir gehorchen, und zum Glück war er nicht dagegen) und ließ ihren Wagen hinter mir. Soll sie darüber denken, wie sie will. Entweder findet sie sich damit ab, daß ich frei bin, oder sie ist beleidigt und erzählt den anderen, ich hätte schlechte Manieren.

Ich war blindlings drauflos geritten und befand mich plötzlich unter allen möglichen Arten häßlicher Ochsen, unter Hennen und ganzen Herden schmutziger, stinkender Ziegen, die von kleinen Jungen getrieben wurden, welche fast nackt waren, aber wegen ihrer unnatürlich braunen Haut gar nicht so aussahen.

Zunächst wollte ich mir das Viehzeug bloß ein Viertelstündchen lang ansehen und dann zurückreiten und Ooldra suchen; es war aber so nett, daß ich bis mittags bei den Herden blieb.

Heute setzte ich mich so bald wie möglich von Ooldra und Blob ab und ritt wieder zu den Herden. Ich habe mich mit einem der Buben angefreundet, den die anderen Ow nennen. Die anderen kennen mich jetzt auch. Unaufhörlich schnattern sie und balgen andauernd, und die Hitze ermüdet sie offenbar gar nicht; sie macht ihnen anscheinend überhaupt nichts aus.

Am Nachmittag sah mich einer der Troßmeister.

Er schien besorgt zu sein und meinte, während er sich wiederholt verneigte und mich ständig Göttin nannte, ob ich, die wichtigste der Geiseln, sicher sei, daß ich unter dem Vieh reiten wolle; ja, sagte ich, ich wolle das. »Ja, und laß niemanden zu mir, die Leute regen mich auf, du kannst weitermachen wie immer.«

Am Abend schlug man wie üblich ein Lager auf. »Wo warst du?« erkundigte sich Ooldra mit unverändert ruhiger Stimme; worauf ich erwiderte: »Ich war bei den Ochsen und Ziegen und dem ganzen Getier im Troß«, und sie wollte wissen: »Warum?«, und ich antwortete: »Weil es mir dort gefällt und weil ich die anderen Geiseln nicht mag.«

»Du bist eine Närrin«, stellte Ooldra fest.

Das gab mir einen Schreck. Sie ist stets ruhig und plaudert ihre Meinungen nicht aus, aber gewöhnlich meint sie auch nicht so etwas.

»Wieso?« fragte ich.

»Weil du dich völlig von ihnen absonderst. An ihrem gemeinschaftlichen Leben und Treiben teilzunehmen, ist für dich unbedingt notwendig. Sie sind deine einzige Verbindung zum Leben der Befehlshaber – und zu *ihm* ...«

»Wir sehen ihn doch nie, Ooldra. Also, Ooldra, wirklich, er steckt immer mit seinen Unterführern zusammen ... nehme ich jedenfalls an. Wir sehen ihn wirklich nie ...«

»Seine Unterführer dürften sich alsbald für die Geiseln interessieren. Ijleldla ist ein sehr schönes Mädchen. Vom Umgang mit den Unterführern bis zu *ihm* ist es nur ein kleiner Schritt. Vielleicht verabscheust du sie, aber es ist töricht, daß du dich von ihnen absonderst.«

Ich hatte nicht gedacht, daß Ijleldla schön sei. Nun muß ich wohl glauben, daß sie es ist.

So hatte ich mir das nicht überlegt. Alles ist eben sehr schwierig für mich. Sie scheint mit jedermann gut bekannt zu sein, aber ich dachte, das sei bloß, weil man sie sowieso kenne.

»O weh«, sagte ich und erzählte Ooldra, daß Ijleldla womöglich auf meine Gesellschaft keinen Wert mehr lege, weil ich sie gestern früh so schroff abgewiesen hatte.

»Gestern?« wiederholte Ooldra. »Und seither hast du sie nicht gesehen? Du mußt sofort zu ihr ins Zelt. Ich komme mit, wenn du es möchtest.«

Natürlich sagte ich, daß ich es wünschte.

Wenn Ooldra dabei ist, fühle ich mich unweigerlich wohler, sie ist mein ganzer Halt. Zweimal habe ich sie schon gefragt, auf welche Weise sie mich denn in Sicherheit zu bringen gedenke, sobald ich *ihn* getötet hätte, aber darauf antwortete sie jedesmal nur, es sei für mich besser, das nicht zu wissen, bis der Zeitpunkt gekommen sei, und so bin ich ganz darauf angewiesen, daß sie immer an meiner Seite bleibt. Die Erinnerung an jene Nacht erfüllt mich mit Scham. Wie hatte ich so undankbar, so übernervös und so tückisch sein können, ihr zu mißtrauen?

Wir suchten also Ijleldlas Zelt auf, und die ganze Horde war schon dort. Ich glaube, sie treffen sich dort an jedem Abend. Alle zusammen haben sie nur wenig Platz. Ijleldla saß auf den Knien ihres Bruders, Onosander, und Onosander saß auf ihrer Kleidertruhe. Die fette, mütterlichstrenge Edelfrau räkelte sich auf dem weichen Bett. Der alte, verkalkte Onkel des Beraters stand herum und hielt in großmächtigen Tönen, die Daumen in seine Schärpe gehakt, eine Rede über irgend etwas, das niemanden interessierte, und dabei wackelten die mottenzerfressen wirkenden Stickereien seines Gewands und sein grauer Bart. Smahil hockte auf den Teppichen, summte vor sich hin und füllte eine ganze Runde Becher. Iren, die sich auf höchst unziemliche Weise über ihn gehängt hatte, anscheinend unbemerkt von den beiden älteren Geiseln, welche wohl die eigene Wichtigkeit vollends beanspruchte, streckte gelegentlich einen geziert schlaffen Arm über seine Schulter, um seine Hand zu diesem oder jenem Becher zu lenken, damit er dem Gebräu dies oder jenes beifüge. Ijleldlas Zofe bleibt gewöhnlich mit der Dienerin im Küchenteil des Zeltes.

In dem Moment, als wir eintraten und die Lage überblickten, schaute Ijleldla auf und sah uns.

»Meine Liebe!« kreischte sie, stieß sich von Onosander ab, stolperte beinahe über Smahils Füße und stürzte fast über die Knie der Edelfrau, und kam mit ausgebreiteten Armen zum Eingang. Sie umarmte mich stürmisch. Ich war froh, daß sie mit dem Aufschrei mich gemeint hatte und nicht Ooldra. Ich weiß, daß sie Ooldras Gesellschaft schätzen, und schließlich hätte Ijleldla mir böse sein können.

»Ich habe dich Abende lang nicht gesehen!«

Man hätte denken können, ein Abend sei eine furchtbar

lange Zeit. Nun ja, sie gehen wesentlich später als ich ins Bett.

Die anderen sagten: »Hallo, Cija. Hallo, Ooldra«, in recht unterschiedlicher Lautstärke und unterschiedlicher Begeisterung, und Ijleldla nahm meine Hand und zerrte mich zur Kleidertruhe. Sie schubste Onosander hinab und nahm auf seinen Knien Platz, als er am Boden saß, zu meinen Füßen.

»Ooldra«, sagte der Edle mit den mottenzerfressenen Stickereien gewichtig, »du hast doch den neuen Rundbau besichtigt. Was hältst du von den zusätzlichen Kuppeln?«

»Willst du *Verzücker* in deinen Becher, Cija?« fragte Smahil.

»Was ist das?«

Iren krähte vor Heiterkeit. »Ach, ist sie nicht *süß?!*«

»Das grüne Zeug«, sagte Smahil.

»Ich versuche es«, sagte ich. Wie üblich fühlte ich mich unbeholfen und unwohl. So treibt Iren es stets mit mir; früher oder später erhält sie bestimmt eine Gelegenheit.

»Ich habe dich schon für ein Weilchen nicht mehr gesehen, Cija«, bemerkte die Edelfrau. Ich glaube, sie mag mich nicht. Ich vermute, daß sie meint, ich sei zu jung, um mich über andere junge Leute erhaben fühlen zu dürfen.

»Ach, Cija und ich hatten gestern einen blöden, kleinen Zank«, schrillte Ijleldla. »Deshalb war ich so aufgewühlt, als sie eben unter dem Eingang auftauchte. Das bedeutet, daß sie mir verziehen hat.«

»So«, sagte Smahil, »hier.« Er verteilte die Becher.

Ich öffnete den Mund, um etwas zu sagen, aber sie lächelte mir mit so herzlicher Zärtlichkeit zu, daß es fast aufrichtig wirkte, und schob mir eine Frucht in den Mund. »Na, Cija, wie bekommt dir der *Verzücker?*« erkundigte sich der Edle mit den mottenzerfressenen Stickereien voller übertriebener Besorgtheit und Freundlichkeit, und in diesem Augenblick hielt ich ihn beinahe für meinen eigenen Onkel statt für den des wichtigen Beraters meiner Mutter.

»Ich habe noch nicht gekostet«, entgegnete ich und trank hastig aus meinem Becher.

Im nächsten Moment verstummte das ganze Geschwätz, und ich hustete und hustete und hustete.

»Uff, uff! Arrgh!« Es schüttelte mich, als das Zeug in meinen Bauch rann. »Um das zu trinken, muß man ein Salamander sein!«

»Sie ist noch sehr jung«, sagte Ooldra nachsichtig. »Alkohol ist sie nicht gewohnt.«

»Ich bin bloß ein Jahr älter«, meinte Ijleldla, »aber mich hat man von Kindesbeinen an mit kleinen Mengen daran gewöhnt.« Diesmal musterte sie mich ein bißchen vorwurfsvoll.

»Ihre Erzieherinnen waren außerordentlich streng«, sagte Ooldra, und damit – meinen teuren Ahnen, den Göttern, sei Dank – war die Sache erledigt.

Iren redete über irgend etwas, und alle anderen hörten zu und lachten; sogar ich lachte manchmal.

Schließlich kann man nicht vollständig ruhig und mißmutig bleiben, wenn ringsum alle aus vollem Halse lachen.

Iren kann reden und reden, und sie redet in der uneingeschränkten Überzeugung, jedermann mit ihrer faszinierenden Persönlichkeit in ihren Bann zu ziehen.

Und komisch daran ist, daß alle anderen die gleiche Meinung von ihr haben.

Sicherlich, sie beherrscht eine Reihe gekünstelter Auftritte. Ihre Stimme klingt bei ihren Vorträgen tief und heiser, ihre Hände flattern und fuchteln, ihre Schultern gleiten pausenlos, und sie vermag fünf verschiedene, sehr ausdrucksvolle Grimassen zu schneiden. Aber nach einer halben Stunde in ihrer Gesellschaft kennt man ihre Kniffe vorwärts und rückwärts und weiß genau, wann sie welchen anwendet. Nach einer Woche wird man ihrer Gesellschaft überdrüssig. Sie besitzt keine eigene, ursprüngliche Persönlichkeit, sondern bloß Masken. Dennoch liegen ihr anscheinend alle zu Füßen. Onosander bewundert sie ganz offensichtlich. Ich bezweifle, daß er in sie verliebt ist, aber sie beeindruckt ihn schrecklich, und er redet geistreiches Zeug, um *sie zu* beeindrucken, doch das merkt sie gar nicht. Eine Äußerung Onosanders, in die das einfloß, was er für *seine* Persönlichkeit hält, lieferte ihr schließlich den nächsten Stoff zum Reden.

»Es war schrecklich lustig«, sagte Iren, indem sie das Eigenschaftswort als Spielwiese ihrer Stimme mißbrauchte. Die beiden ersten Silben sprach sie heiser aus, die letzte, nach einem winzigen Bruch, mit hellem Quieken. Sie ließ sich über einen leder- und silberverzierten Weinkrug aus, das Festgeschenk einer ihrer Freundinnen in der Stadt. »Er sah so schön aus, aber als wir Wein einfüllen wollten, stellten wir fest, er konnte einfach keinen halten. Sie war so fassungslos. Er hatte so schön ausgesehen, aber der Wein lief einfach zwischen den Silberplättchen durch. Er war mit Silberplättchen besetzt, müßt ihr wissen, schuppig, wie ein Krokodil.«

»Wie unser Gastgeber, der Feldherr«, meinte Onosander; das war so etwas, das er für geistreich hielt.

»Oh, er ist *nicht* wie ein Krokodil…«, quietschte Iren aufgebracht.

»Ich meine die Schuppen«, unterbrach Onosander, um sich zu erklären.

»Er ist geradezu göttlich!« plärrte Iren ihn nieder. »Er hat warme Augen, ganz anders als ein Krokodil – nein, heiße Augen… heiße, *unerhört* schwarze Augen, und er bewegt sich so herrlich. Er ist so groß und… oooh, er macht mich ganz aufgelöst im Innern.«

»Aber warum?« fragte ich mit einer Lautstärke, die gewährleistete, daß man mich hörte. »Er ist nicht schön; er ist nicht einmal hübsch.«

Onosander wandte sich mir zu, lächelte zu mir herüber und erläuterte: »Weißt du, Kleines, es ist wohl an der Zeit, daß du dir merkst, daß man Männer als ›gutaussehend‹ bezeichnet.«

Das fand ich nicht nett. Aber Iren, der gewöhnlich an niemandes Bemerkungen etwas auffällt außer den eigenen, bewahrte mich davor, ausgekichert zu werden. »In diesem Fall sieht er nicht einmal gut aus«, schrie sie, »ganz im Gegenteil, er ist häßlich, aber …« – ihre Stimme sank zu einem heiseren, leidenschaftlichen Flüstern herab – »… er ist *anziehend.*«

»Unwiderstehlich«, ergänzte Smahil und begann wieder das Gesöff zu mischen.

»Ja, das ist er wohl«, räumte ich ein.

Iren wirbelte herum. »Du hast ihn getroffen?«

»Zweimal«, sagte ich.

»*Zweimal!* Mein Kindchen! Wie das? Ich habe ihn bloß aus der Ferne gesehen.«

»Er kam meine Mutter besuchen.« Das ist sogar wahr. Als ich ihn unter meinem Fenster am Turm sah, befand er sich auf dem Weg zu ihr. »Dann bin ich ihm am ersten Abend im Lager nochmals begegnet.«

»Du … ja, du bist *wirklich* damit geehrt worden. Er hat sich nicht herabgelassen, einen von uns zu sich zu rufen und zu begrüßen.«

Ich schwieg.

»Also, du mußt uns ihm vorstellen.«

»Oh, das kann ich nicht.«

»Du mußt«, sagte Iren mit plötzlich ganz normaler Stimme.

Ich wußte, daß das bloß eine neue Effekthascherei war, aber es ärgerte mich, daß sie sich damit an mir versuchte.

»Ich kann's nicht«, wiederholte ich. »Ich bin nicht mit ihm befreundet. Er ist ein bösartiger Feind unseres Landes, eine Geißel aller echten, friedliebenden Menschen, ein Ungeheuer, sogar körperlich … willst du etwa andeuten, du würdest ihn nicht verabscheuen?«

Iren widmete mir einen sonderbaren Blick, erkannte jedoch, daß ich meine Weigerung völlig ernst meinte, und begann, mich mit irgendwelchem Geschwätz zu besänftigen, weil es ihr ratsam zu sein schien, sich vorerst mit dieser Antwort abzufinden; doch gleich darauf schweifte sie schon ab und schmeichelte Onosander.

Ooldra kam zu mir. »Ich gehe jetzt, Cija«, sagte sie.

»Oh, ist es schon Zeit?« meinte ich eilfertig.

»Nicht für dich. Ich gehe. Du bleibst hier. Der Edle Gagl wird mich heimwärts begleiten. Edelfrau Ronea bricht auch auf.«

»Ihr jungen Leute sitzt länger herum, als ich's aushalten kann«, sagte die Alte und wackelte wohlgelaunt mit einem dicken Zeigefinger. Sie fand mich wieder nett, weil ich noch mit den anderen jungen Leuten aufbleiben wollte, während sie ins Bett ging. Sie mag alle jungen Leute, die ausschweifend sind und ungezogen, aber zugleich harmlos und strohdumm.

Schließlich hatten wir uns alle von ihnen verabschiedet, und sie waren fort. Zu meiner Überraschung lehnten Iren und Ijleldla sich zurück und lachten hemmungslos.

»Oh, den Göttern sei Dank, daß sie abgehauen sind. Ronea ist so aufdringlich mütterlich. Und der Bart des Edlen Gagl wackelt – rauf und *runter …*«

Herauszufinden, daß sie sie ebenfalls nicht mochten, erstaunte mich.

»Ich wußte seinen Namen bis heute gar nicht«, sagte ich. »Ich kannte ihn bloß als den Edelmann mit den mottenzerfressenen Stickereien.«

Daraufhin kreischten und schrien sie vor Lachen und krümmten sich übereinander.

»Das Kind ist Gold wert, wißt ihr das«, quakte Ijleldla. »Wißt ihr auch, daß sie das einzige von uns Mädchen ist, das einen Vogel reitet wie ein Bursche? Sie reitet toll. Kein Wunder, daß sie immer früher ins Bett geht als wir.«

»Trink noch einen«, sagte Smahil. »Du verdienst es. Du *verdienst* es. Nicht?«

»Danke, nein.«

»Und sie sind so schrecklich, diese Vögel. Ehrlich, Cija, selbst mein Bruder Onosander schätzt sie nicht.«

»Wie meinst du das, Ijleldla«, sagte ich, »›das einzige von uns Mädchen‹? Wir sind doch insgesamt bloß drei. Oder zählst du Ronea als Mädchen?«

Ich dachte, sie würden wieder alle lachen, aber Iren sah mich nur an und fragte: »Hast du nicht die anderen Wagen gesehen? Vor allem den schönen, metallbeschlagenen Wagen?«

»Nein. Habe ich nicht gesehen. Wovon sprichst du?«

»Mädchen, Cija. Mädchen wie wir, allerdings ganz andere.«

Sie tat so merkwürdig und geheimnisvoll, daß ich fast die Geduld verlor.

»Wirklich, wovon redest du eigentlich?«

»Ich habe jene in dem metallbeschlagenen Wagen gesehen«, verkündete Onosander eifrig. »Sie lehnte sich aus dem Fenster und unterhielt sich mit einem der Anführer.«

»Worum geht es denn nun?« Ich fühlte mich plötzlich ganz kalt.

»Wie sieht sie aus?«

»Ooh, blendend. Du würdest sie beneiden, Iren.«

»Das wohl kaum.«

»Erzähl weiter.«

»Sie hat langes, pechschwarzes Haar und schräge, pechschwarze Augen und einen vollen, weichen Mund.«

»Hat sie dunkelblaue Haut?«

»Ist sie gepanzert wie ein Drache?«

»Sie sieht blendend aus«, wiederholte Onosander im Tonfall bewußt übertriebener Begehrlichkeit.

»Na und, was trug sie?«

»Oh, irgend etwas in verwaschenem Weiß, und zwischen ihren Brüsten lag ein Rubin.«

Die beiden darauffolgenden Nächte verbrachte ich ebenfalls in Ijleldlas Zelt; gestern abend ging ich wieder früh ins Bett.

Anscheinend mögen sie mich ziemlich gern, und manchmal, für Momente, gefällt es mir sogar bei ihnen, obwohl ich sie nicht mag und inzwischen auch weiß, daß ich ihnen nicht vertrauen kann – die Edle Ronea fiel gestern über mich her und war so erbost über mich, wie sie es nur vermag, und zeterte: »Iren sagte mir, du rennst herum und schimpfst den Edlen Gagl den ›Edelmann mit den mottenzerfressenen Stickereien‹! Hegst du keine Achtung vor Alter und Weisheit? Eine so billige Unverschämtheit gegenüber einem Mann, der …«; und so weiter, und so fort, blah, blah, blah.

Ich hasse Iren.

Und nachdem ich nun von den Frauen weiß, die den Anführern gehören … und dem Ungeheuer – welche Hoffnungen kann ich mir noch machen? Ich wußte, daß dem Heerwurm ein ganzer Rattenschwanz von Eheweibern und anderen Frauen anhing, aber …

Angesichts der tatsächlichen Verhältnisse finde ich den eifrig geschmiedeten Plan meiner Mutter ein wenig unbesonnen; es ist offensichtlich ausgeschlossen, daß *er* mich heiraten wird. Alles andere wirkt nach wie vor vernünftig. Allein mit ihm sein, ohne Wächter, am besten, wenn er schläft … aber wird er mich überhaupt anschauen? Er hat sie, wer sie auch sein mag, und nach der Beschreibung … ich meine, hat es überhaupt einen Zweck, es zu versuchen?

Wir sehen ihn niemals, aber wenn ich einen Weg fände, um seine Aufmerksamkeit auf mich zu lenken …

Ich meine, da ist ein furchtbar entscheidender Haken, den meine Mutter anscheinend zu berücksichtigen vergessen hat.

Ich bin nicht schön. Ich bin nicht einmal anziehend.

Alle, vom Edelmann Gagl über den Anführer Ious bis zum Reitknecht Blob, sind auf der Stelle von Ooldra gebannt.

Die Leute, Männer wie Frauen, bewundern – wie es scheint – Irens persönliche Ausstrahlungskraft.

Und jeder sagt, Ijleldla sei schön, und sie ist überall so beliebt.

Aber mich bemerkt anscheinend niemand, jedenfalls nicht richtig; niemand wirkt auch bloß im geringsten *angezogen* von mir.

Heute abend betrachte ich mich im Spiegel. Aber ich schaue und schaue mich an und weiß nichts mit mir anzufangen.

Ich werde die offensichtlichen Dinge aufschreiben und sehen, wohin mich das führt.

Ich habe einen Mund, der nicht so sanft ist wie Onosander es an jener Frau so begeisterungswürdig findet, aber das ist bei den anderen ebensowenig. Meiner ist breiter als Ijleldlas, aber nicht so breit wie Irens, und meine Lippen sind voller als Irens, doch nicht so voll wie Ijleldlas; mein Mund beweist also überhaupt nichts.

Meine Augen sind grau, nicht schwarz, wie *ihre* sein sollen, und Irens Augen sind so etwas wie moosgrün, was ich ganz und gar nicht angenehm empfinde. Ijleldlas Augen sind blau. Ooldra hat irgendwie silbrige Augen, ein helles, klares Grau, aber genau sieht man das niemals.

Ich habe ein ausgeprägteres Kinn als Ijleldla, aber es ist weniger ausgeprägt als bei Iren oder Ooldra.

Ijleldla ist blond. *Sie* hat schwarzes Haar. Ooldras Haar ist von heller, orange-goldener Farbe, und Iren hat dunkelbraunes. Meines liegt irgendwie dazwischen, es ist ungefähr hellbraun, stellenweise jedoch noch heller.

Anscheinend habe ich mich so ziemlich daneben entwickelt.

Wenn ich einen etwas größeren Mund hätte oder vielleicht einen etwas kleineren, oder eine geradere Nase oder eine rundlichere …

Und vielleicht besitze ich keine Persönlichkeit.

Heute hat sich nichts ereignet. Morgen marschieren wir fort vom Fluß.

Heute entfernten wir uns vom Fluß. Künftig wird Ooldra keine Fische mehr geschenkt bekommen. Die Männer murren alle ein bißchen, aber sie führen jede Menge Wasserschläuche mit, ganz zu schweigen von den Wasservorräten auf den Karren, und heute war es sowieso nicht sehr warm.

Aufgrund der Gespräche, die ich so aufschnappe, glaube ich, daß das Heer aus reichlich unerfahrenen Truppen besteht. Das begreife ich nicht recht. Ich war der Meinung, *er* führe pausenlos Kriege. So weiß man es jedenfalls von ihm; Ijleldla und ihre Freunde kennen allerlei alte Geschichten davon.

Heute abend kamen zwei ziemlich junge Unterführer, ein bißchen betrunken, glaube ich, an Ijleldlas Zelt vorbei, als sie gerade hinausblickte. Sie winkte sie herbei und lud sie ein, und alle waren ungeheuer lustig. Ich benahm mich sehr schüchtern, weil ich weiß, daß ich nicht schön bin und sich niemand gerne um mich kümmert. Als der eine Unterführer sich neben mich aufs Bett setzte, tat er mir regelrecht leid, weil er offenbar dachte, er müsse mit mir plaudern, und so gab ich bloß einsilbige Antworten, um ihm zu zeigen, daß er nicht mit mir plaudern müsse, der arme Bursche; eigentlich bin ich ohnehin nicht sonderlich gesprächig.

Heute sagte Ow, daß ich schön sei. Er rannte mit den anderen Viehjungen durch die Gegend (einfach wahnsinnig, wie so kleine Jungs den ganzen Tag hindurch kreuz und quer rennen, ohne daß ihnen schwindelig wird oder sie müde werden), und einer rief mir zu: »Gib uns was zu trinken, Cija, ich bin durstig!« Darauf schrie Ow: »Die schöne Cija wird so einem Affenarsch wie dir doch nichts zu trinken anbieten!«, und auf der Stelle begannen sie sich zu prügeln, wie kleine Jungs es offenbar unvermeidlich tun. Ich weiß, daß Ow mich mag, aber ob er mich bloß gutmütig aufziehen wollte, als er das sagte? Bin ich denn wirklich überhaupt kein bißchen anziehend?

Wenigstens brauche ich keine Böden mehr zu schrubben.

Wenn ich daran denke, daß ich mir Sorgen deswegen gemacht habe, weil wir zum Sommeranfang vom Fluß fortziehen!

Die Wagen und die Kolonnen haben sich zwei Tage lang durch kniehohen Schlamm gewälzt. Nicht eine Minute lang hörte es auf zu regnen, und wir sind alle durchnäßt und zittern bloß noch. Abseits vom Fluß und seinen waldigen Ufern läßt sich nur schwer Brennmaterial finden. In den Nächten lagert das ganze Heer buchstäblich in Jauche. Das bißchen Reisig, das man sammeln kann, will nicht brennen, und wir Geiseln sind übler dran als alle anderen, vor allem jene unter uns, die keine männlichen Diener haben, welche sich um so etwas kümmern könnten. Es dauert eine Ewigkeit, auch nur die kleinsten Mahlzeiten zu bereiten. Am Tag schlurfen die Kolonnen stumpfsinnig und ganz langsam durch den schweren, tiefen, zähen Morast und durch den prasselnden Regen. Alle sind übellaunig. Niemand bemüht sich, uns Geiseln ein wenig beizustehen. Die Anführer übersehen uns.

Meine Kerze flackert, und draußen höre ich den Regen plätschern, aufs Erdreich und aufs Zeltdach. Das Zelt ist von Schlamm besudelt, auch drinnen, obwohl wir das meiste abgewaschen haben. Jemand hat ihn geworfen.

Heute ritt jemand im Regen neben mich.

»Bist du nicht auch alles satt?« erkundigte sich eine Stimme, so dumpf, wie im Regen alle Stimmen klingen.

Ich dachte, es sei Ooldra. »Heute abend kannst du die liebe, süße Ijleldla allein besuchen«, sagte ich mürrisch, »sie bekommt nämlich eine grauenhafte Erkältung.« Da zog mir plötzlich jemand die Kapuze rücklings vom Kopf, so daß ich mich umschaute; es war Smahil.

»Laß meine Kapuze«, sagte ich grob und schob sie mir wieder über den Kopf.

»So kannst du doch nicht viel sehen«, sagte er.

»Das brauche ich auch nicht. Übrigens, wegen dir ist jetzt mein Haar naß.«

»Wie bedauerlich. Es tut mir leid.«

Er wollte offenbar bloß mit mir quatschen, aber da er über nichts zu reden wußte, sah ich auch keinen Anlaß, es ihm zu erleichtern, solange er sich nichts einfallen ließ. Also ritt er bloß neben mir dahin.

Die beiden Vögel zischten sich an, weil ihnen der Regen mißbehagte und der eine im anderen eine Gelegenheit sah, seiner Gereiztheit Ausdruck zu verleihen; wir dagegen schwiegen und Smahil starrte auf Shegs Ohren und seine nasse, zerzauste Brust hinab. Dieser vermochte sich anscheinend nicht zu entschließen, ob er sein Brustgefieder sträuben sollte oder nicht. Die finstere, verdrossene Übellaunigkeit dieser Tiere weicht niemals ganz; sie tun stets verärgert und man weiß nie, ob sie nicht schon beim nächsten Anlaß in wahre Raserei geraten, in einen grauenhaften, tobsüchtigen, wahnsinnigen Amoklauf, denn das geschieht bisweilen. Ich habe es schon mehrmals beobachtet.

»Ich kann unter der Kapuze nur deine Nase und deinen Mund sehen«, stellte Smahil fest.

»Was macht das?« murmelte ich.

»Bitte?«

»Was macht das?«

Ich murmelte auch beim zweitenmal. Erstens war es mir gleichgültig, ob er mich verstand oder nicht, ob er weiterhin neben mir ritt oder sich verdrückte; zweitens wäre es mir gar nicht unrecht gewesen, hätte er mich wegen meiner Unhöflichkeit angeschnauzt, denn dann hätte ich ihn auch anschnauzen können, und danach stand mir der Sinn.

»Nun, du hast doch ein sehr hübsches Gesicht«, meinte er nach einem Weilchen, und zwar durchaus freundlich.

»Meine Stimme ist auch hübsch. Falls du nicht sowieso lieber verschwinden willst, kannst du dich auch damit zufriedengeben.«

Für einen langen Moment, während nur der Regen rauschte, schwiegen wir wieder. Endlich bemerkte Smahil: »Wohin es wohl gehen mag?«

»Wir können überall lagern, sobald es dunkel wird, glaube ich.«

»Das meine ich nicht … in meine, in welches Land?«

Ich richtete mich auf und hob den Kopf ein wenig, damit mir die Kapuze aus dem Gesicht rutschte. »Nach Osten, oder?« Mehr wußte ich nicht zu sagen.

»Wirklich? Wir marschieren aber südwärts.«

»Meine Mutter hat gesagt wir marschieren ins Ostland. Er will es erobern.«

»Vielleicht müssen wir einen Umweg nach Süden machen, bevor wir die östliche Richtung einschlagen können. Vor uns liegen Berge. Wir müssen sie bald erreichen. In zwei Wochen dürften wir sie schon sehen.«

»Woher weißt du das?«

»Jemand hat mir eine Karte gezeigt. Ein Unterführer, mit dem ich kürzlich getrunken habe.«

»Hat er sonst etwas gesagt … Smahil? Ich meine, hat er außerdem etwas gesagt?«

»Er verriet mir, daß fast das ganze Heer aus unerfahrenen Truppen besteht – aus Männern, die noch nie einen Feldzug mitgemacht haben, und erst recht keine richtige Schlacht. Die Anführer haben große Schwierigkeiten mit ihnen. Nur einige wenige Scharen haben ihn schon auf Feldzügen begleitet … und wie er sagte, ist es obendrein ein kleines Heer, verglichen mit der Macht des Gegners, der uns erwartet.«

Smahil musterte mich. Über seine Kapuze, die im Nacken hing, rannen Regentropfen, auch über sein helles Haar, das dadurch noch heller wirkte, fast weiß. Er machte einen genauso verwirrten Eindruck, wie ich mich verwirrt fühlte.

»Hast du schon Ijleldla und den anderen davon erzählt?«

»Sie hören mir nicht zu, sie sind am Heer nicht interessiert – und Onosander sagt, er hofft, daß sie alle erschlagen werden … sonst nichts …«

Wir bemerkten, daß die Kolonne angehalten hatte, und sahen, wie man ein Stück weiter vorn langsam einen Ochsen aus dem Morast befreite, in den er eingesunken war; er blökte laut durch den Regen, und seine dumpfen, klagenden Laute klangen noch aufdringlicher als das gewöhnliche Viehgebrüll. Sie übertönten die gedämpften, erstickten, zähneknirschenden Flüche der Männer.

Sheg bellte, und dann geriet er offenbar in seine Bellwut, denn er wollte nicht mehr aufhören. Mir selbst war zumute, als müsse ich laut schreien. Ich verspürte Lust, ihn zu töten und den Ochsen und Ijleldla und den Feldherrn, und dann heimzukehren in meinen behaglichen alten Turm. Mehrfach schlug ich Sheg mit der flachen Hand, aber er kollerte weiter.

Blob, wäre er dabei gewesen, hätte sich aufgeregt, denn Schläge waren genau das geeignete Mittel, um einen Vogel ganz um den Verstand zu bringen, aber seltsamerweise schien Sheg die Hiebe gar nicht zu fühlen; er kümmerte sich überhaupt nicht um mich, sondern bellte und bellte.

Sein Gekrächzte störte den anderen Vogel, und die beiden beäugten sich und fauchten sich an. Ich schlug Sheg hart die Faust auf den Kopf, worauf er sein Brustgefieder sträubte, doch ansonsten blieb er unbeeindruckt.

Zuerst dachte ich, der Regen sei noch stärker geworden, aber dann begriff ich, daß mir Tränen über die Wangen liefen.

Smahil streckte eine Hand herüber und strich mir eine Locke zurück unter die Kapuze.

»Abscheulich, nicht wahr?« sagte er.

Ooldras ruhige Augen und ihr Lächeln, das ihren ruhigen Blick so bereichert, daß beides zusammen wie eine wahre Wohltat wirkt, besänftigen mich stets so sehr, daß ich alle Furcht verliere und nicht länger unsicher bin.

Sie erwartete mich, als ich am Abend zum Zelt kam.

»Du bist früh hier«, sagte ich.

»Cija, kommt aus dem Regen und herein.«

Ich tat es.

»Du bist zu ängstlich, Cija«, sagte sie. »Ich war kürzlich ungeduldig mit dir.« Das war allerdings ein bedeutsames Eingeständnis; wenn Ooldra sich ärgert, gerät sie dabei so wenig außer Fassung, daß es einer Vertraulichkeit gleicht, wenn sie es ausspricht. »Mittlerweile habe ich scharf nachgedacht und die Ursache deiner Unzulänglichkeit entdeckt.«

»Und das ist?« fragte ich.

»Die Gesellschaft von Ijleldla und Iren schüchtert dich ein. Du glaubst, du wärst nichts neben ihnen. Du kennst deine Fähigkeiten nicht. Erringe Selbstvertrauen, Cija. Dann, das sage ich dir, wirst du auch *ihn* erringen.«

Ich setzte mich und fühlte mich erschöpft.

»Weißt du das genau, Ooldra?«

»Ja.« Sie lächelte, während sie mich musterte. »Vielleicht hat dir niemals jemand gesagt, daß ich es war, die bei deiner Geburt jene verhängnisvolle Prophezeiung aussprach? Ich war es, Cija.«

»Nein. Nein. Es überrascht mich nicht, Ooldra. Ich kann mich nicht entsinnen, daß es mir jemals jemand gesagt hätte, aber ich glaube, ich habe es immer geahnt.«

»Wirst du künftig bei den anderen Geiseln bleiben? Du weißt, daß das der einzige Weg ist.«

Demütig und aufrichtig versprach ich es ihr.

»So habe Selbstvertrauen, Cija. Du brauchst nur das, um deine Fähigkeiten, die Macht deiner Persönlichkeit zu entfalten.«

»Kannst du mir nicht helfen, ihm zu begegnen? Kannst du mir nicht helfen, ihn zu umgarnen?«

»Das kann ich nicht. Ich weiß nur, was du tun mußt. Nun will ich schlafen, denn es bekümmert mich, dir unrecht getan zu haben.«

»Schlaf nur, Ooldra. Du warst bei meiner Geburt dabei, Ooldra? Wie alt bist du?«

Sie lächelte. »Ich bin einer jener Menschen ohne Alter. Ich weiß nicht, wann mein Leben enden wird. Vielleicht schon morgen.«

»Ich mag dich so gern, Ooldra.«

Sie schläft, das Gesicht zum Vorhang gekehrt.

Mir ist klar, daß sie zu den Menschen ohne Alter zählt.

Ihr Gesicht und ihr Körper sind jung, aber ihre Augen nicht. Sie sind so ruhig; ich glaube nicht, daß sie ausdruckslos sind, aber ihre Farbe ist ein so klares, mattes Silber, daß man darin nur schwer und nach langem Hinschauen einen Ausdruck zu erkennen vermag.

Der Blick ihrer Augen wäre erschreckend, wenn nicht immer eine Spur von Lächeln auf ihren Lippen läge, welches ihrem ruhigen Blick jene Freundlichkeit verleiht, die mich so ermutigt.

Heute war das Wetter wieder schlecht, aber am Morgen ließ der Regen nach und hörte schließlich fast ganz auf. Ich glaube, alle begannen sich etwas wohler zu fühlen. Dann, ganz plötzlich, nachdem wir eine Stunde lang durch feinen, beinahe angenehmen Nieselregen geritten waren, verdunkelte sich der Himmel, und es rumpelte außerordentlich furchterregend, und plötzlich goß und goß und goß der Regen herab; alles und jeder muß im ersten Augenblick völlig durchnäßt gewesen sein, und die Vögel krächzten und richteten sich auf. (Gewöhnlich laufen sie mit gesenkten Köpfen und krummen Rücken, und in dieser Haltung sind sie sehr schnell.)

Sheg – es war sehr ärgerlich, daß er sich wegen des Unwetters so anstellte, denn gewöhnlich wird es nicht mehr schlimmer mit ihm, wenn er ohnehin garstig und verdrossen ist – bäumte sich so überraschend auf, daß ich von seinem Rücken glitt und in den Schlamm fiel. Nur der Umstand, daß die nachfolgenden Vögel ebenfalls die Hälse streckten, bewahrte mich davor, niedergetrampelt zu werden. Ich war in Ooldras Nähe geritten, aber ich mußte mich eilends aus dem Weg der anderen Vögel machen (ihre Klauen wirken riesig, wenn man dazwischen im Dreck liegt), und als ich mich endlich außer Gefahr befand, hatte ich völlig den Überblick verloren. Ich konnte weder Ooldra sehen noch Sheg oder Blob oder überhaupt irgend jemanden. Ich meine, der Regen rauschte in Strömen herab, so daß man kaum die Gesichter der nächsten

Männer erkennen konnte. Zu allem Überfluß kreischten und bockten die Vögel weiterhin, und ein heftiger Tritt warf mich wieder in den Schlamm. Erneut wich ich den Klauen aus – der Schlamm war so tief und zäh, daß ich mich mehr winden mußte, als daß ich zu kriechen vermochte – und fand schließlich eine Stelle, wo ich mich aufraffen konnte.

Das ganze Heer schien sich in Auflösung zu befinden.

Eine Anzahl anderer Wagen näherte sich. Ich hoffte, daß jemand Bekanntes dabei sein möge.

Aber es waren andere Wagen als unsere; statt von Pferden wurden sie von Vögeln gezogen.

Dann preschte eine weitere Gruppe von Reitern heran, und ich fürchtete ernsthaft, sie würden mich in den Schlamm trampeln. Ich konnte nicht richtig stehen und kaum das Gleichgewicht behalten, hatte einen Schuh verloren, und ein langes Stück aus meinem Kleid schleifte in Fetzen hinter mir her. Wohin ich trat, rutschte und glitt ich. Im letzten Moment schwang ich mich hinten auf den letzten der Wagen, als er vorbei rollte, und entzog mich so der Reiterhorde.

Ich war völlig durcheinander und bestürzt.

Und der Donner war ein so einschüchterndes Geräusch.

Ich klammerte mich an den Wagen, der durchgerüttelt wurde, und Schlamm spritzte nach allen Seiten und auch auf mich. Ich war verdreckt von oben bis unten.

Wieder kam eine große Reitertruppe. Deren Vögel waren sehr diszipliniert, wohl viel mehr feurig als eigensinnig, und nur gelegentlich geriet einer in Unruhe. Ein Reiter, eine große, schwarze Gestalt, die Beine bis weit hinauf mit Schlamm besudelt, lenkte seinen Vogel neben das Fenster des Wagens, an dem ich hing.

Jemand riß das Fenster auf, und heraus schaute *sie*. Es war wirklich sie, ich war sicher infolge ihres rabenschwarzen Haars und der schrägen, schwarzen Augen. (Ich sah ihr Gesicht von der Seite.) Sie hat tatsächlich einen weichen, vollen Mund, dessen Lippen einen irgendwie düsteren rosa Farbton besitzen. Natürlich war sie geschminkt, aber es gefiel mir gut. Sie hat sehr lange Wimpern.

Die Gestalt auf dem Vogel schob ihre Kapuze zurück und fragte: »Geht's dir gut?«

»Es braucht schon mehr als ein Gewitter, um mich zu erschrecken«, erwiderte sie hochmütig und lachte.

»Schön«, lautete die unbeeindruckte Antwort. Er streckte eine riesige Hand aus und drückte kurz die ihre, die wie eine leichte, weiße, etwas karmesinrötliche Blume, die der Wind dorthin geweht hat, auf dem Fensterrahmen ruhte, dann lenkte er den Vogel, der störrisch krächzte, zur Seite.

Unterdessen versuchte ich wie besessen, mein Gesicht vom Dreck zu säubern, aber ich verschmierte ihn bloß noch ärger. Ich schabte meine Füße und Beine an der Wagenrückwand, um den Lehm abzuwischen, riß den Fetzen, der aus meinem Kleid hing, ganz ab und zupfte das Vorderteil meines Kleids tiefer, damit es mehr von meinen Schultern und Brüsten enthüllte, aber es rutschte wieder ein bißchen hinauf, weil das Kleid noch neu war und ein wenig steif.

Als er vorbei am Wagenheck ritt, streckte ich mich und griff nach seinem Umhang.

Ich konnte ihn nicht länger als für einen Augenblick festhalten und dachte schon, er würde mich überhaupt nicht bemerken, aber einer der Stallmeister sprach ihn an: »Feldherr, der Dienstbursche der Schönsten hat anscheinend eine Nachricht für Euch, er will Euch etwas sagen.«

»Sie hat keinen Dienstburschen«, sagte *er*, aber er hielt den Vogel an und sah sich nach mir um.

Ich starrte ihn an und wußte nicht, was ich sagen sollte; ungeduldig ritt er heran.

»Was ist los?« schrie er in das Tosen des Unwetters.

»Ich ... ich habe mich verirrt«, sagte ich.

»Ja, hier gehörst du gewiß nicht hin«, pflichtete er mir bei. »Und was soll ich jetzt machen? Wohin gehörst du?«

Ich sah zu ihm auf, und er bemerkte, daß er mich kennen sollte; und er erkannte mich.

Er lachte, verdammt soll er sein; und lachte nochmals.

»Das ist ja ungemein bedauerlich«, meinte er. »Und eine deiner Sandalen ist auch weg. Aber woher hast du dieses Burschenwams?«

»Das ist mein Kleid. Es ist unten zerrissen, und ich habe die Fetzen ganz entfernt, aber es ist kürzer als ich dachte. Meine Hose ist derartig schlammgetränkt, daß sie sich wahrscheinlich nie mehr reinigen läßt.«

»O weh! Bist du vom Vogel gefallen?«

»Er hat gebockt«, erklärte ich.

»Natürlich. Clor, Eng, begleitet unsere arme, kleine Göttin zurück an ihren Platz im Troß.«

Ich hasse ihn.

»Oh, wollt nicht Ihr mich begleiten?« winselte ich. »Mit Euch würde ich mich viel sicherer fühlen. Dieses grauenhafte, unheimliche Gewitter macht mir solche Angst!«

Ich war viel geschickter als sie. In den Büchern, die ich gelesen habe, werden alle Frauen, die hilflos und furchtsam in Not steckten, mit Liebe überschüttet.

»So, so«, sagte er, »*das* gefällt mir. Bei unserer ersten Begegnung warst du beileibe nicht so nett und höflich. Ich würde dich gerne begleiten, Göttin, aber leider muß ich mich gerade jetzt überall um alles kümmern. Doch Clor und Eng werden dich in Sicherheit bringen.«

»Oh, wie unüberlegt von mir«, flötete ich. »Selbstverständlich sind Eure Pflichten viel wichtiger! Dennoch, ich hoffe, wir sehen uns bald wieder.«

Er nickte und ritt davon.

Alles ist grau und trocken; der Monat neigt sich seinem Ende zu, ich bin erschöpft und langweile mich, doch zugleich habe ich das Gefühl, daß alles, was sich ereignen könnte, mich weit überfordert.

Aber es wird sich sowieso nichts ereignen.

»Hallo, Schätzchen«, schrie Ijleldla, als ich heute abend ihr Zelt betrat, »was glaubst du, was passiert ist?! Wir sind alle zur Jagd eingeladen! Wir nähern uns Wäldern, in denen es viele Tiere gibt, und einige Anführer wollen dorthin, und sie haben uns eingeladen … oh, das ist Alurg, Unterführer Alurg, der die Einladung überbracht hat. Das ist meine Freundin, Unterführer, die Göttin Cija, aber ihr kennt euch schon, glaube ich, nicht wahr? Ach, wenn bloß endlich Iren käme, damit ich's ihr erzählen kann …«

Auf ihrem Bett saß ein Unterführer, der ziemlich verlegen wirkte und ständig seine langen Beine (die in prachtvoll glänzenden Stiefeln steckten) bewegte, bis ihm einfiel, daß neben ihm ein Becher am Boden stand, den er nicht unbedingt umkippen mußte.

Es war jener Unterführer, der ein paar Abende zuvor mit einem Freund hier gesessen und mit mir gesprochen, aber selten eine Antwort bekommen hatte, weil ich ihm zeigen wollte, daß er nicht mit mir plaudern müsse.

Er blickte zu mir auf und errötete ein wenig (vielleicht entsann er sich ungern an mich) und murmelte: »Wie geht's?«, dann betrachtete er wieder seine Stiefel, als erwarte er gar keine Antwort.

Aber ich beschloß, heute etwas gesprächiger zu sein. Womöglich ist das ein eigennütziger Standpunkt, mit anderen Leuten nach Lust und Laune zu reden, aber auf die Dauer ist es sehr anstrengend, stets darauf zu achten, daß man sich niemandem aufdrängt. »Oh, das ist schön«, sagte ich also, »Ihr geht auf eine richtige große Jagd, ja?«

»Ach, wir jagen, wann immer es möglich ist und wir erlegen täglich etwas, ich meine, wenn wir Glück haben … wir dachten, vielleicht fändet ihr die Wälder ganz nett, ich meine, wir dachten, daß es euch vielleicht Spaß machen würde …«

»Wie lieb von Euch, auch einmal an die Geiseln zu denken! Aber wir wissen gar nicht, wie man jagt, um ehrlich zu sein, nicht wahr, Ijleldla?«

»Ich meine, ihr sollt ja auch nur mit uns reiten… ich meine, ihr müßt natürlich nichts erlegen…«

»Das wird ein Spaß!« krähte Ijleldla.

Ob *er* an der Jagd teilnehmen wird?

Oh, vielleicht; vielleicht.

Ich wollte einfach nicht danach fragen, obwohl ich mit diesem Gedanken im Laufe des Abends mehrmals spielte.

Onosander trat ein und bekam alles erzählt, und er schrie vor Freude wie ein kleiner Junge, warf seine Mütze in die Luft und konnte sie nicht auffangen.

Als Ijleldla und Unterführer Alurg sich danach bückten, kamen auch Iren und Smahil.

»Oh, hallo, Leute«, sagte Iren, »ihr seid aber früh hier.« Dann bemerkte sie den Unterführer, den sie noch nicht kannte. Man stellte sie also einander vor, und Ijleldla schwirrte herum und schenkte Getränke ein. Der Unterführer nahm wieder Platz. Er sagte, er freue sich, und er wolle uns versprechen, den anderen Anführern nicht zu erzählen, was für einen guten Wein die Geiseln hätten, weil sie sonst wie ein Heuschreckenschwarm über uns herfallen würden.

»Oh, das würde uns überhaupt nichts ausmachen«, versicherte Ijleldla.

»Die Anführer haben uns bisher reichlich vernachlässigt, nicht wahr?« meinte Iren.

Der Unterführer schaute betroffen drein und sagte, nun, alles sei etwas schwierig mit edlen Frauen, und man hätte sich nie Gedanken darüber gemacht, wie uns das Lagerleben gefalle, worauf Iren sagte: »Seid ruhig ehrlich, Ihr hattet nicht die Gnade, Euch uns zu widmen, nicht wahr?«, und der Unterführter schaute noch bekümmerter drein.

»Nun, jetzt hat er herausgefunden, wie gut unser Wein schmeckt, und künftig werdet ihr nicht mehr allein sein, Kinder«, sagte Smahil und blinzelte mir zu.

Ich weiß nicht, ob er mich mit Iren oder Ijleldla verwechselte; auf jeden Fall ärgerte ich mich.

Ich machte kein freundliches Gesicht auf sein Zwinkern

hin, ich widmete ihm kaum einen Blick, schwach die Stirn gerunzelt; ich glaube, meine Miene war eher abweisend.

»Ich werde mein gelbes Kleid anziehen«, sagte Ijleldla, »das mit der seidenen Hose.«

»Ich nehme das blaue«, entschied Iren.

»Es wäre schön«, sagte Ijleldla, »kämen uns jeden Abend möglichst viele Anführer besuchen.«

»Aber nicht zu viele«, rief Onosander, »sonst müssen wir einander auf dem Schoß sitzen!«

»Das wäre doch nicht so schlimm«, sagte der Unterführer.

»Oh, Ihr seid ja schrecklich!« quietschte Iren und lachte; es war dieses spröde Quietschen, das nur die Person für natürlich hält, die es ausstößt.

Smahil beugte sich zwischen mir und dem Unterführer übers Bett und fragte leise: »Warum siehst du mich so böse an?«

Mir war nicht bewußt daß ich eine unverändert bösartige Miene gemacht hatte, deshalb sagte ich: »Oli, ich bin nicht böse, ich meine, ich habe doch keinen Grund.«

»Dann mach auch nicht so ein Gesicht«, sagte er. »Du siehst aus, als seist du furchtbar schlecht gelaunt.«

Der Unterführer rutschte auf Ijleldlas Bett zur Seite, als Smahil sich zwischen uns schob; plötzlich sprang er auf. »Nanu, ich fürchte, ich habe mich auf etwas gesetzt«, sagte er zu Ijleldla.

»Oh!« kreischte Ijleldla und stürzte zu dem kleinen bestickten Beutel, der auf den Boden gerutscht war. »Das ist bloß meine Nachtwäsche … ich hätte sie hier nicht aufbewahren sollen.«

»Sie trägt blaßrosa Nachtwäsche«, sagte Iren.

»Ooh!« jammerte Ijleldla und versuchte, Iren den Beutel auf den Kopf zu schlagen. »Du mußt das doch nicht jedem erzählen!«

»Durchsichtige«, ergänzte Smahil.

»Wie *kannst* du es wagen?!« kreischte Ijleldla empört. »Woher weißt *du* denn das?«

»Von Iren«, erwiderte Smahil, stand auf und verdrückte sich in den Hintergrund.

»Mußt du denn mit aller Welt über mein Nachtzeug klatschen?!« schrie Ijleldla, wandte sich gegen Iren und schaffte es diesmal, nach kurzem Ringen, ihr den Beutel über den Kopf zu hauen.

Der Beutel platzte auf, und eine Menge durchsichtiger, blaßrosa Wäsche quoll heraus.

»Darin würde ich dich gerne einmal sehen!« kicherte Onosander, der ein Höschen nahm und damit durchs Zelt zu tanzen begann.

Ijleldla lachte und tat einen verzweifelten Sprung nach ihm, bemerkte, daß Iren ein Hemd genommen hatte, setzte ihr nach, verfolgte beide; Iren warf das Hemd Smahil zu, worauf Ijleldla unter lautem Geheul zu ihm stürzte. Der Unterführer wäre beinahe niedergetrampelt worden.

»Liebe Zeit«, sagte er zu mir, »deiner Freundin ist es sicherlich angenehmer, wenn ich jetzt gehe.«

Er rieb einen Fleck von seinem linken Stiefel, wo Ijleldla ihn versehentlich getreten und den Hochglanz ein wenig beeinträchtigt hatte.

»I wo, wie kommt Ihr denn darauf?«

»Nun, äh, das scheint mir doch ein etwas peinlicher Zwischenfall zu sein ...«

»Es wäre eine Schande, würdet Ihr schon gehen.«

»Vielleicht hast du Lust, einen Spaziergang mit mir zu machen?«

»Ein *wundervoller* Einfall!« rief ich und nutzte die Gelegenheit. Ooldra sagt, je mehr Anführer ich kenne, um so besser.

»Gut«, sagte er und freute sich sichtlich über meine Begeisterung. »Ist das dein Umhang hier?«

»Ja«, sagte ich; er legte ihn mir um die Schultern, und wir erhoben uns und gingen hinaus.

Draußen war es dunkel und natürlich kühl, aber nicht kalt. Wir strebten rasch vom Zelt fort und vorüber an den

Gehegen der Reitvögel, bis wir das Lachen und Johlen nicht mehr hörten.

»Was für merkwürdige Geiseln ihr seid«, sagte er. »Wenigstens *du* wirkst normal, Na, du *wirkst* normal. Sind sie denn kein bißchen beunruhigt? Ich meine, für Geiseln sind sie doch ziemlich jung.«

»Beunruhigt? Wir wüßten nicht, daß es irgend etwas zu befürchten gäbe. Oder hat *er* beschlossen, uns nach und nach zum Frühstück zu verspeisen?«

Er lachte unsicher.

»Nein, das wohl nicht. Nein. Aber wir marschieren ja schließlich nicht in ein Land, wo Milch und Honig fließen, und …«

»Oh, erzähle nur weiter.«

»Nun, es wird wohl ein recht harter Feldzug, jedenfalls gelegentlich … inzwischen sieht es jedenfalls so aus. Die Karten, welche man uns gegeben hat, stimmen anscheinend nicht, wenigstens stellenweise nicht …«

Wir schlenderten an weiteren Gehegen vorbei (wir mußten uns nämlich dort aufhalten, wo noch etwas los war, denn es ist verboten, nachts zwischen den Zelten herumzulaufen, denn die Soldaten sollen schlafen können, weil sie auf dem Marsch nicht schlappmachen dürfen), und er besann sich. »Natürlich möchte ich euch keine Angst einjagen, es wird alles gut gelingen, wenn wir umsichtig vorgehen …«

Ich stellte ihm viele Fragen, zum Beispiel, wohin wir ziehen würden, weshalb und so weiter; zuerst wich er mir aus, als hätte er keine Lust, sich über Kriege zu unterhalten, aber schließlich fühlte er sich doch geschmeichelt und plauderte allerhand aus, das ich nun aufgeschrieben habe.

Ihr Land ist sehr groß und mächtig (das glaube ich, weil meine Mutter das gleiche sagt) und erstreckt sich fast über den gesamten Norden unseres Erdteils. Außerdem gibt es große Landstriche, die niemandem richtig gehören und wo nur ein paar wilde Stämme wohnen, und dann ist da – an der Westküste – unser Land. An der anderen Küste gibt es anscheinend unwahrscheinlich viele bedrohliche Berge, die noch nie jemand zur Küste hin überquert hat, weil es darin von allerlei gefährlichem Viehzeug wimmelt. Ferner gibt es zahlreiche Ebenen und Wälder und Flüsse, und das ist das Gebiet, das wir gegenwärtig durchqueren, und es erstreckt sich wahnsinnig weit, so daß wir lange unterwegs sein werden; von Küste zu Küste verläuft eine hohe Bergkette, wohinter ein anderes Land liegt, noch viel größer und mächtiger als das Nordland.

Nun ist es so, daß der König des Nordlands so viel von der *östlichen* Küste wie möglich für den Handel braucht, aber in seinem Reich hat er bloß wenig davon, wie groß es auch sein mag, weil wegen der Berge niemand an die Küste und kein Schiff dort anlegen kann. Und was die Ostküste außerhalb seines Landes angeht, so nutzt sie auch nichts, weil die fürchterlichen wilden Stämme und Untiere und der Dschungel in den Bergen das Reisen so gut wie unmöglich machen.

Und wir taugen auch nichts, da unser Land an der *Westküste* liegt, nur wenig Handel betreibt und außerdem nicht groß ist.

Also bleibt nur das große Land südlich der Bergkette. Es besitzt anscheinend eine sehr zugängliche Ostküste; mehr als es allein gebrauchen kann; so schickte das Nordland Gesandte mit zahlreichen Geschenken dorthin, um die Südländer zu bitten, dem Nordland einige weniger genutzte Küstenstreifen für Handelsstützpunkte abzutreten.

Die Südländer aber, die anscheinend äußerst grausam und barbarisch sind (viel ärger noch als die Nordländer) und sich hinter ihren Bergen sehr sicher fühlen, sprangen sehr übel mit den Gesandten um, auf welche Weise, das bekam ich nicht richtig mit; aber es war vermutlich schlimmer als nur Mißhandlung, und ich glaube, sie sägten ihnen Glieder ab und sülzten sie unter ihren Augen ein und schickten sie dann zurück ins Nordland mit der Antwort *Nein* und den Armen und/oder Beinen der Gesandten, alle säuberlich eingepökelt und verpackt, als Gegengeschenke.

Nur ein Drittel der Gesandten schaffte es, ins nördliche Königreich heimzukehren. Als das Volk die Nachricht vernahm, die sie dem König überbringen mußten, und die widerlichen Gaben sah, geriet es über diese Antwort auf das friedfertige Gesuch und die Mißhandlungen der Gesandten über alle Maßen in Zorn. Auch war man ein bißchen beunruhigt. Die Gesandten berichteten, sie hätten in der Hauptstadt des südländischen Herrschers Kriegsvorbereitungen beobachtet; und wen sollten die Südländer angreifen als das Nordland, denn die Wilden im dazwischenliegenden Land zu überfallen, hätte es solcher Vorbereitungen nicht bedurft.

So rief der König des Nordlands seine Räte zusammen und man beschloß gemeinsam, ihren besten Feldherrn mit einem Heer, so gut sich gerade eines sammeln ließ, auszuschicken und die Südländer zu überraschen, bevor sie ihre Absichten zu verwirklichen und das Nordland anzugreifen vermochten.

Die Nordländer hatten derzeitig nicht viele Soldaten abkömmlich, weil sie dabei waren, ihr Reich auszudehnen und zu festigen und deshalb sowieso mit jedem Land Krieg führten, das sich in ihrer Reichweite befand (nebenbei hatten sie auch unser Land besetzt). Es kostete viel Mühe, für dies gewagte Unternehmen genug Scharen aufzustellen. Aus diesem Grund besteht das Heer vorwiegend aus unerfahrenen Soldaten, die noch nie eine Schlacht oder einen langwierigen Feldzug mitgemacht haben (zu dem das Unternehmen sich, wie man immer deutlicher sieht, entwickelt).

Nun glaube ich, daß Onosander mit dem recht hatte, was er – Smahils Worten zufolge – gesagt haben soll: ich hoffe auch, daß sie sich alle gegenseitig umbringen und fertig.

»Und jetzt gähnst du schon«, seufzte der Unterführer, als ich gähnte. »Endlich hatte ich's geschafft, dich von diesem schönen, feurigen Jüngling fortzulocken, und dann reden wir bloß über den Feldzug, bis es Zeit für dich ist, ins Nest zu gehen! Das nächste Mal mußt du von dir erzählen, das wird gewiß viel erfreulicher und interessanter sein.«

Vor dem Zelt legte er die Hände auf meine Schultern. Er beugte sich mit fragendem Blick vor. Ich war ein wenig nervös, aber es überraschte mich doch, als er schließlich meinen Mundwinkel küßte. Sein Mund war hart, aber die Berührung sanft. Jemandem vom anderen Geschlecht so nahe zu sein, ist ein seltsames Gefühl.

Ich hatte mir ein paar Gedanken über Smahil gemacht. Doch als ich hinein zu Ooldra ging, kam er mit Iren vorüber. Sie hatten die Arme umeinander geschlungen. Während sie flüsterten, rieb sie ihre Wange an seiner, obwohl er nicht so groß ist wie sie.

So ist das. Ich stehe in ihrem Kreis bloß am Rande.

Es ist seltsam, hier bin ich in dieser Welt – denn ein Heer auf dem Marsch ist eine ganze Welt für sich – und irgendwo ist er, auch irgendwo darin. Doch uns trennen Rasse und Rang, und die Wahrscheinlichkeit, daß wir uns nochmals begegnen, ist gering.

Ich muß mir mehr Mühe geben. Ich muß es versuchen. Würde und Gefahr zählen nicht. Irgendwie muß es mir gelingen; nicht bloß irgendwie, sondern auf jeden Fall.

»Du mußt warten«, pflegt Ooldra zu sagen.

Ooldra täuscht sich.

Ich trat ein und streifte den Umhang ab, aber Ooldra war noch nicht dort; dabei war es schon schrecklich spät. Gagl ist ein Schwätzer, der kein Ende findet. Ich sollte schlafen, aber ich fühle mich zu kalt und steif, also schreibe ich. Ich war stundenlang unterwegs; nachdem ich entschieden hatte, daß ich unverzüglich etwas tun mußte, ging ich hinaus. Müde. Lief durch das ganze, dunkle Lager, durch die Reihen großer, schwarzer Zelte und die vielen hohen, schwarzen, furchterregenden Bäume; wurde mehrmals für eines jener Lagerweiber gehalten, und ein Mann (ein Posten, glaube ich) wollte sich durchaus nicht abwimmeln lassen, er folgte mir und quatschte allerhand Blödsinn. Er versuchte mich zu packen, und ich fiel gegen einen Pfosten am Pferch, worauf er mich erst recht packen mußte, um mich vor den verärgerten Vögeln zu retten, und dabei zog er mich an sich.

Er redete etwas daher, ob ich nicht wisse, daß es Bettzeit sei und was ich mir denke, und ich sagte: »Ich suche das Feldherrnzelt.« O weh, wie war mir mies zumute! Leute, die mich aufdringlich berühren, habe ich immer schon gehaßt und er hing so dicht auf mir; sein Atem war nicht ausgesprochen schlecht, bloß heiß und fremd. »Na, Kleines«, sagte er wieder, »versuch dich nicht mit der Masche zu drücken, wolltest du zum Feldherrnzelt, wüßtest du wohl, wo es ist. Und nebenbei«, sagte er, »weiß ich zufällig, daß die Schönste dort ist.«

»Das weiß ich auch«, sagte ich, »ich bin ja auf dem Weg dorthin. Laß mich los!« Ich zappelte ein bißchen, und er packte fester zu, so daß es schmerzte. »Na, na«, sagte er, »du möchtest doch wohl nicht, daß die Schönste dir die hübschesten Körperteile auskratzt. Bleib hier und verrichte deine Aufgabe.« Er warf mich auf den Boden. Ich wollte schreien, aber mein Kopf war in die Falten seines Umhangs verwickelt so daß meine Laute erstickt wurden. Ich war sowieso zu verwirrt, um anständig schreien zu können. Als er mit einer Hand an meinem Leibchen zu fummeln begann, vermutete ich, daß es dies war, was im Buch Mirianya der Schönen Märtyrerin widerfährt, aber er mußte ein sehr entschlossener Mann sein, weil er sogleich mein Kleid nach oben schob. Ich zog die Knie an und stieß sie ihm in den Magen. Er ließ ab, fluchte und wollte mich erneut packen, aber ich raffte mich auf und lief davon. Die Vögel kreischten mir für ein Weilchen verräterisch nach, während ich um den Pferch rannte, und der Posten brüllte ebenfalls, doch dann hängte ich ihn ab und verirrte mich dabei zwischen den Bäumen. Einige Zeit lang hörte ich ihn und die Vögel zetern, aber ich erreichte heil das Zelt, ausgenommen ein paar Kratzer an den Beinen, die vom Unterholz stammten, denn natürlich schlägt man nicht erst eine Lichtung, bevor man ein Lager errichtet. Es ist sehr spät. Morgen will ich es besser machen. Ooldra kommt endlich zurück und gähnt, eine Regung, die an ihr ungewöhnlich ausdrucksvoll wirkt.

Ich sehe der Schönsten gerne zu, wenn sie ihr Haar bürstet.

Sie hat sehr dichtes, dickes Haar. Es ist eigentlich sogar mehr als Haar. Es ist ein regelrechtes besonderes Geflecht. Es behält seine eigenen Formen bei, hartnäckig und geschmeidig zugleich, und es widersetzt sich allen anderen Formen, welche die Trägerin anstrebt. Die Bürste, welche sie mit fester Hand führt, weicht nie von der Gleichmäßigkeit der Bewegung ab, doch die Locken kräftigen, glitzernden, schwarzen Haars, die durch die Borsten gleiten, bleiben so gleichgültig wie Wellen, die ein Steuerruder umspülen, und sobald die Bürste sich den Durchweg erzwungen hat, schnellen sie zurück in ihre alten, schaumgleichen Flocken.

Sie zieht es vor, ihr Haar selbst zu bürsten; ich glaube, sie liebt es, und auch mir erscheint es wie ein wahres Element. Für sie ist es wohl der sinnlichste Ausdruck ihrer ganzen Persönlichkeit und die liebt sie selbstverständlich von allem in der Welt am meisten. Ich stehe bloß hinter ihr und darf nur Öl ins Haar gießen, sobald sie glaubt, es für die Nacht ausreichend gezähmt zu haben. Manchmal darf ich Tressen einflechten; bisweilen aber stört es sie, wenn ich es überhaupt berühre. Zweimal, als ich es berührte, ohne daß sie es erwartete, fuhr sie aus der Verzückung, in die das Bürsten sie versetzt, und knurrte mich richtig an. Denn beim Bürsten steigert sie sich in eine wahre Verzückung hinein; wie ich glaube, mehr durch die Begeisterung am eigenen Haar selber als durch den gleichmäßigen

Rhythmus des Bürstens. Wenn ihr Haar des Nachts völlig gelöst ist, ähnelt es einer schwarzen, reglos dräuenden Wolke. Es besitzt einen natürlichen, kraftvollen Duft; es ist weder fein noch weich, sondern sehr grob.

Heute abend bin ich allein in ihrem Zelt, denn sie ist schon sehr früh zu ihm gegangen.

In dem Moment, da sie mich allein ließ, tat ich einen Satz über ihr Bett und meines, schwang mich am Kreuzbalken und schlug rund durchs Zelt ein Rad nach dem anderen hinauf.

Im Turm war ich immer sehr gut im Radschlagen, aber ich hatte mich schon monatelang nicht mehr darin geübt. Hier ist so viel Platz! Ihr Zelt umfaßt in Wirklichkeit drei Zelte, deren Zeltbahnen man teilweise aufgerollt hat, um eins draus zu machen. O herrliches großes Zelt, in dem ich ganz allein bin und ohne Furcht vor Ooldras plötzlichem Auftauchen! Ich habe die aus Kristall gemeißelte, funkelnde Kassette mit den Spezereien der Schönsten geöffnet und mir etwas von ihrer tiefrosa Salbe auf die Lippen geschmiert, nicht so viel wie sie davon benutzt, aber es genügt, um mich in eine ganz andere Person zu verwandeln; an ihre außergewöhnlichen Parfüms habe ich mich allerdings nicht getraut, denn sie würde den Duft zweifellos erkennen. Im ganzen Zelt brennt nur eine Lampe, die neben meinem Bett, doch die Schatten auf den vielen Seiden ringsum sind so sanft, daß sie mir richtig wohl tun, meine Furcht erheblich mindern. Die Fläschchen und Kästchen auf ihrem Tisch funkeln herüber. Sie sind wie Edelsteine, die geschliffenen Facetten ihrer Oberflächen wirken vergrößert, als wollten sie aus ihrer Dunkelheit an mein Licht vordringen, und das Flackern der Lampe täuscht vor, sie schmölzen oder zögen sich zusammen.

Es war dumm von mir. Natürlich hätte ich's mir denken müssen.

Ijleldla war immer so still gewesen, wenn jemand den Feldherrn erwähnte. Nach einer Minute des Nachdenkens wäre ich darauf gekommen, daß sie einen großen Anschlag auf ihn beabsichtigte.

Wie sie herausfand, wo sein Zelt steht und wohin er reitet, jene Dinge, die herauszufinden ich mich monatelang bemüht hatte, das weiß ich nicht; ich vermute jedoch, daß sie einen höchst einfachen Weg beschritten hat, zum Beispiel den, schlichtweg danach zu fragen, so etwas ganz Normales, das zu tun ich mich stets zu minderwertig und zu schuldig gefühlt hatte.

Auf jeden Fall, eines Tages, als ich mich bei Ow und den Tieren aufhielt, ritt plötzlich Ijleldla auf einem Pferd heran.

»Hallo, Cija. Was für ein herrlicher, sonniger Tag.«

»O ja, kann schon sein, wenn man etwas davon sehen könnte in diesem Dschungel. Was machst du auf einem Pferd?«

»Darauf reiten«, sagte Ijleldla leichthin, aber mit übertriebener Einfalt. Sie wirkte so offensichtlich natürlich, daß ich es verdächtig fand.

»Ich dachte immer, ein Wagen sei dir lieber.« In diesem Moment holte uns Irens Wagen ein, und die dumme Gans schnatterte mit Onosander und Smahil, die daneben ritten. Ich hatte den Eindruck, daß Ijleldla sich ein bißchen ärgerte. Aber sie begrüßte die anderen herzlich. »Ich habe euch doch gesagt, daß ihr nicht nach mir zu schauen braucht«, sagte sie. »Cija und ich vertreiben uns hier die Zeit.«

»Ach, ich finde es netter, wenn wir alle zusammen sind«, meinte Iren. »Hier ist es wirklich lustig, bei diesen ganzen Tieren und solchen Viechern, nicht wahr? Vielleicht sollten wir uns häufiger hier treffen.«

Ich erhielt kaum Gelegenheit, um darüber nachzudenken. Ijleldla stieß einen lauten, markerschütternden Schrei aus und jagte mit dem Pferd davon.

»Das Pferd geht mit ihr durch!« rief Onosander, und er und Smahil galoppierten hinterdrein.

Ich hatte gesehen, dessen war ich völlig sicher, daß Ijleldla ihrem Pferd die Fersen in die Flanken trat und es zur Seite riß. Der Schrei hatte die Aufmerksamkeit der anderen abgelenkt, doch auf mich machte er einen *sehr* gekünstelten Eindruck. Ich mißachtete Iren, die Fragen quietschte und sinnlos in ihrem Wagen fuchtelte, und folgte, sicher am wenigsten erregt, den beiden Jungen.

Wir kamen langsamer voran als es uns recht war, wegen all der Wurzeln und Sträucher und Ranken und dergleichen, die die Tiere überall behinderten, und die Tiere scheuen leicht vor den vielen Insekten. Die meisten davon sind harmlos. Aber sie sind so groß und surren so laut und bösartig, während sie in der schwülen, stillen Luft schweben, mit einem so schnellen Flügelschlag, daß die Flügel so gut wie unsichtbar sind. Allerdings war es am Fluß viel schlimmer, mit den Stechmücken und Moskitos und Fliegenschwärmen und ähnlichem.

Dann geschah erst einmal etwas, das ich nicht begreife.

Die langen, pelzigen Blätter von herabhängenden Kletterpflanzen streiften mein Gesicht, meinen Nacken… Smahil und Onosander entfernten sich immer weiter, wogegen ich immer mehr zurückblieb… ich begann mich zu fürchten, als Sheg über Wurzeln strauchelte, die sich plötzlich vor seine Beine, die sonst so unglaublich sicher sind, geworfen zu haben schienen… ich verlor die beiden ganz aus dem Blickfeld, und es gab nur noch Sheg und mich und die Millionen Bäume und das bedrohliche, flüchtige, unaufhörliche Gleiten von Blättern über meinen Kopf, meine Schultern… keine vertrauten Geräusche, kein Blöken, kein ächzendes Knarren von Wagenrädern. Ich begann zu glauben, daß ich mich hoffnungslos vom Heer entfernt hatte.

»Sheg!« schrie ich. »Sheg! Zurück! Wir verirren uns!«

Ich verstehe nicht, wieso mich diese Furcht überkam.

Ich besitze keine ausgeprägte Vorstellungskraft – oder ich verlasse mich jedenfalls äußerst selten darauf.

Der Urwald selbst schien mir nicht feindlich gesonnen zu sein. Er warnte mich – in diesem lächerlichen, fürchterlichen Wachtraum, den ich hatte; er versuchte mich aufzuhalten, die Berührungen des Laubs schienen mich zur Umkehr mahnen zu wollen, der ganze fremdartige, stille Wald war geschäftig mit der Anstrengung, mich *zu warnen;* nicht zu bedrohen. »Sheg!« Ich begann dem Wald zu glauben. »Sheg, zurück! Du – du hast dich verirrt! Du läufst in die falsche Richtung!«

Und dennoch wußte ich in jedem Moment, daß wir uns nicht verirrt hatten, daß wir dem Troß lediglich um eine kurze Strecke voraus waren, und daß ich erfahren würde, was der Wald wußte. Ich ritt weiter. Doch etwas in mir, nicht ich selbst, *wehrte* sich verzweifelt dagegen, um es zu erfahren; und Sheg lief weiter, die Ohren angelegt, in seltsam stiller Wut, wenn eine Wurzel ihn hinderte. Er stolperte und stürmte weiter, und ich klammerte mich mit beiden Händen ans Sattelhorn, das Laub streifte mich häufiger und flüchtiger ... und dann prallte ich im Sattel zurück, als das Sonnenlicht wie ein Blitzschlag auf mich und Sheg niederbrach, und da, da hatten wir eine Lichtung erreicht, und Ijleldla sprach mit dem Feldherrn.

Das sah ich als erstes, seltsamerweise, denn zwischen ihnen und mir standen Onosander und Smahil, auf die mein Blick hätte zuerst fallen müssen.

Aber er trug einen weiten Umhang – ein schweres Schaffell, doch kein gewöhnliches Schaffell, sondern eins aus warmem Gold, ein goldenes Vlies, und die Sonne schlug blendend helle Funken daraus, die ringsum tanzten. Seine Brust war nackt – und, o mein unbekannter Vetter, o ihr Götter, die Sonne prasselte auch in wahren Funkengarben auf die Schuppen seiner Brust und der Arme. Außer bei gutem Licht kann man ihn leicht mit einem Menschen verwechseln, aber dort stand er, unzweifelhaft ein Ungeheuer – und, o du mein göttlicher Ahne, er war *schön!* Ich fand ihn schön, wie er dort stand, überheblich und bedrohlich, und schimmerte wie ein mächtiger Drache, der keine Furcht kennt! Es war bloß die Illusion eines Augenblicks, aber, o mein Vetter, ich hätte nicht so empfinden dürfen. Und es schien so wirklich zu sein!

Andere Männer waren dort – Clor, auch Eng, der zweite Befehlshaber, und andere der obersten Hauptleute. Sie hatten sich offenbar, abseits vom Heerwurm, für eine kurze Besprechung oder so etwas hier gelagert; am Rand der Lichtung bereiteten Sklaven und Diener ein Mahl. Es waren eine Menge Leute auf der Lichtung, doch Ijleldla und ich wären die einzigen Frauen gewesen, hätte sich nicht auch die Schönste in diesem Kreis aufgehalten. Am jenseitigen Rand der Lichtung saß sie auf einem weißen Vogel und beobachtete uns.

Ich lenkte Sheg zwischen Onosander und Smahil.

»Was bedeutet das alles, bei allen Göttern?« erkundigte ich mich.

»Kleine Cija … stets so rasch verstört. Ijleldla ist gerade dem Feldherrn in die Arme galoppiert, der die Zügel gepackt und das Pferd aufgehalten hat. Sonst nichts.«

»Worüber reden sie?«

»Nichts Bedeutsames, es ist ja eben erst passiert. Ijleldla entschuldigt sich, und der Feldherr ist höflich … aber wenn du den Mund hältst, können wir sie besser verstehen.«

Ijleldla stierte auf schwindelerregend einfältige Weise hinauf in die Augen des Feldherrn, und halb erschrocken, halb erheitert erkannte ich in ihrem Gesicht genau jene dümmliche Miene, mit welcher bereits ich bei unseren gelegentlichen Begegnungen seine Aufmerksamkeit zu wecken versucht hatte. Ijleldlas Kuhblick kam offenbar aus tiefstem Herzen. Doch als Smahil und ich schwiegen, nickte der Feldherr Ijleldla in seiner flüchtigen Art zu und wandte sich ab. Es war ein Fehlschlag.

Ich verstand die Verzweiflung, die sie empfand – doch das zu tun, das nun sie tat, hätte ich niemals den Mut aufgebracht: sie lief ihm nach, ergriff ihn am Arm und schaute ihm so unverhohlen schmachtend ins Gesicht, daß ich an ihrer Stelle Verlegenheit verspürte.

»Ich danke Euch nochmals«, vermochte sie bloß zu sagen. »Ich sollte mein Tier besser beherrschen lernen.«

Drüben am Waldrand schoben sich die gebieterischen Brauen der Schönsten zusammen.

Mittlerweile weiß ich, daß Ijleldla kein Unheil angerichtet hätte, wäre sie wirklich eine Verlockung für ihn gewesen, aber er fühlte sich gelangweilt oder sogar angewidert. »Entschuldige mich, Teure«, sagte er ungeduldig. »Dein Pferd lief genau auf mich zu. Sei zufrieden damit.«

Ijleldlas Hand fiel herab.

Niemand von uns hätte den Satz verstanden, wäre nicht durch Ijleldlas Verhalten seine unterschwellige Bedeutung klar geworden; doch nun trat Onosander wutentbrannt vor.

»Ihr beleidigt meine Schwester?« schrie er.

Der Feldherr blieb wieder stehen, drehte sich um und musterte ihn.

»Nun?« schnauzte Onosander. »Wir verstehen Eure schmutzige Rede sehr wohl, so vermeint nicht, wir ließen sie Euch durchgehen.« Ich drückte Sheg mit den Beinen und lenkte ihn noch ein Stück vorwärts. Onosanders angenehmes, junges und stolzes Gesicht war rot angelaufen, sein Kehlkopf hüpfte wie verrückt, und die Adern an seinem Hals traten wie dicke Stränge hervor. Er ballte die Fäuste und trat dicht vor den Feldherrn, so daß er ihm ins Gesicht schauen konnte. Ich teilte seine Wut, denn die Beleidigung des Feldherrn war unverzeihlich geschmacklos gewesen. Ohne den Feldherrn zu einer Entschuldigung aufzufordern oder ihm eine Gelegenheit zur Äußerung zu gewähren, schrie Onosander: »Säuisches Reptil!«, und schlug ihm übers Gesicht.

Er wartete einen Moment lang, aber der Feldherr tat nichts. Wir hatten alle gewußt, daß er nichts tun würde, denn Onosander war eine Geisel und außerdem ein jüngerer, schwächerer Mann, und ihn anzugreifen, wäre höchst unehrenhaft gewesen. Dann stieß Onosander ein kurzes, verächtliches Lachen aus und schlenderte davon.

Der Feldherr wirkte erheitert.

»Jaleth«, sagte er ruhig, »nimm den edlen Herrn beiseite und gib ihm sechs Peitschenhiebe.«

Jaleth winkte. Zwei Männer traten vor und packten Onosander.

Dessen Miene geringschätzigen Hochmuts und offenen Mutes wich einem Ausdruck von Bestürzung und Entsetzen, doch selbst als sie ihn zu einem Baum zerrten und daran banden, das Gesicht zum Stamm gewandt, vermochte ich nichts anderes zu glauben, als daß der Heerführer Onosander nur einschüchtern wolle und ihn, falls er sich entschuldige, unbehelligt lassen werde. Aber der Heerführer sagte nichts dergleichen, und ein Mann brachte eine mächtige Zopfpeitsche – ein gräßliches Folterwerkzeug, wie ich noch keines gesehen hatte, mit sägeblattartigen Reihen von Metallspitzen; und schon versetzte er Onosander den ersten, pfeifenden Hieb auf den Rücken. Ijleldla wimmerte. Sie stand noch zu stark unter dem Schock, konnte noch gar nicht schreien.

Sofort zerfetzten die scheußlichen, metallenen Zahnreihen Onosanders Hemd, rissen einen langen, klaffenden Schlitz hinein, dessen Ränder sich rot von Blut färbten. Als der Mann die Peitsche wieder hob, sahen wir, wie sich Onosanders bleicher Rücken mit schwammigem, quellendem Dunkelrot überzog. Und das schon nach dem ersten Schlag. Onosander sackte zusammen und hing mitleiderregend an seinen gefesselten Handgelenken. Zwei Schreie waren nun erschollen: einer von Ijleldla und einer von Onosander.

Ich zögerte einen Augenblick lang, als der zweite Hieb fiel. Aber Smahil hatte sich auf seinem Reitvogel nicht einmal vorgebeugt; seine Lippen preßte er fest aufeinander, doch sonst tat er nichts. Ich war die einzige Person, die jetzt etwas unternehmen konnte. Ich lief zu dem Mann mit der Peitsche und packte seinen Arm, als er zuschlug, klammerte ich mich an das Handgelenk. Trotzdem vermochte ich den Hieb nicht aufzuhalten. Die Metallspitzen klatschten seitlich auf Onosanders Schulter und jede riß eine neue, blutige Wunde. Ich befand mich jetzt in Onosanders Nähe und sah genau das aufgeplatzte Fleisch, die kleinen Streifen von Haut, die von seinem Rücken hingen, die großen, bereits dunkelgrünen Blutergüsse. Es war furchtbar; Onosander schluchzte. Mir war speiübel.

Der Peitschenmann starrte auf mich herab, aber ich hielt hartnäckig sein Handgelenk, und er wußte nicht recht, was er machen sollte. Der Feldherr trat heran und stand einen Moment lang daneben, die Daumen in den Gürtel gehakt und musterte mich wie ein großer, freundlicher Onkel, aber ziemlich interessiert, denn mein Eingreifen war etwas, womit wirklich niemand gerechnet hatte.

»Ist das die Art, wie Nordländer ihre vertrauensvoll ausgelieferten Geiseln behandeln?« keuchte ich.

Er machte sich nicht die Mühe, mir zu antworten. Er spricht nur, wenn er will; er zieht es vor, die anderen sprechen zu lassen, und daß es sie aus der Fassung bringt, ist rein zufällig, obwohl ich dessen sicher bin, daß es ihm Vergnügen bereitet.

»Laßt ihn, laßt Onosander frei«, sagte ich, fast unter Tränen, und ich fürchtete, seine Verachtung zu erregen.

Er lächelte mich an, ein behäbiges, freundliches Lächeln; einen solchen Ausdruck sah ich zum erstenmal an ihm. Doch zugleich gab er dem Peitschenmann ein Zeichen, der daraufhin sein grausames Werk fortsetze. Ich packte den Arm des Feldherrn mit beiden Händen und versuchte ihn zu schütteln. Dabei bemerkte ich, daß ich nun *tatsächlich* weinte. »Aufhören«, rief ich, »bitte, bitte, oh, Onosander ...!« Mir fiel nichts Gescheiteres ein, aber ich bezweifle, daß das etwas ausmachte, denn wegen meines Schluchzens konnte man mich gewiß ohnehin nicht verstehen. In diesem Moment sah ich Smahil absteigen und zu uns kommen, aber dieses Ereignis kam mir erst später zu Bewußtsein; in jener Minute fiel es mir gar nicht auf. Ich vernahm jedoch das Lachen des Feldherrn. Er hielt meine Hand mit Leichtigkeit fest, als sie nach dem Dolch in seinem Gürtel griff, und als ich den Druck seiner Finger um mein Handgelenk spürte, hörte ich auf zu weinen. Mein Kopf schmerzte plötzlich fürchterlich; die Sonne brannte glutheiß herab. Onosander wurde nicht länger gepeitscht; man hörte ihn jetzt lauter schluchzen. Ich weiß nicht, ob das durch die Verwirrung kam oder ob er die sechs Hiebe schon erhalten hatte. Die rauhen Finger des Feldherrn umschlossen noch immer mein Handgelenk. Er muß wissen, dachte ich, daß ich ihn hasse. Aber alles hatte sich so unerwartet, unüberschaubar und geradezu unfreiwillig ergeben, daß ich mich nicht einmal zu entsinnen mochte, ob es wirklich in der Absicht geschehen war, als ich nach dem Dolch griff, ihn zu töten.

Im nächsten Augenblick meldete sich die Schönste zu Wort.

»Ach, was für eine bemerkenswerte Geisel das ist«, sagte sie interessiert. »Ein höchst reizendes Geschöpf. Hätte ich sie nur eher gesehen, sie wäre statt jener stumpfsinnigen Sklavin meine Dienerin geworden.«

»Vorzüglicher Einfall«, sagte der Feldherr und führte mich zu ihr. Beifällig sah sie auf mich herab. Anscheinend gefiel ich ihr außerordentlich. Warum, das weiß ich nicht, ich hatte die ganze Zeit geheult und inzwischen lief mir Rotz aus der Nase. Ich kann kaum besonders anziehend ausgesehen haben. Vielleicht wenigstens auf den zweiten Blick, denke ich.

»Wie heißt sie?« fragte sie den Feldherrn. »Weißt du's?«

»Ihren Namen habe ich vergessen«, antwortete er. Keinem von beiden kam es in den Sinn, mich zu fragen. »Aber sie ist die allerwichtigste Geisel – der Balg der Herrscherin und des Hohepriesters.«

»Um so besser«, meinte sie.

Sie wandten ihre Blicke von mir, und ich begriff, daß ich ihr nun folgen mußte. Von jetzt an gehörte ich ihr. Aber Sheg mußte mir bleiben; ich lief zu ihm, während ich vor Aufregung und unerwartetem Triumph zitterte. Sie sah mir überrascht nach, als ich von ihrer Seite wich, sagte jedoch nichts. Smahil gesellte sich zu mir. »So bist du jetzt die Sklavin einer emporgekommenen Mätresse des nordländischen Feldherrn«, sagte er, als ich Sheg bestieg.

»Das ist mehr, als jeder von uns bisher in diesem Heer gegolten hat«, stellte ich fest. Er blickte spöttisch drein, aber ich war unwahrscheinlich aufgeregt über mein wahnsinniges Glück... ich besaß keine Chance, den Feldherrn verführen zu können. Aber künftig konnte ich ständig in seiner Umgebung sein, und ihn zu töten, würden sich tausenderlei Gelegenheiten ergeben... ich stellte mir Ooldras Gesicht vor, wenn ich ihr's sagen würde... die Jahre des Wartens – mir schien es jedenfalls so, als zögen wir schon jahrelang als Geiseln mit dem Heer durchs Land – waren vorüber... ich sah Smahil kühl an, denn ich begann ihn zu verabscheuen, weil er nichts zu Onosanders Schutz unternommen hatte, und machte Anstalten, hinüber zur Schönsten zu reiten.

»Tja«, meinte Smahil, »wir werden uns wohl lange nicht sehen.«

»Wahrscheinlich nicht«, antwortete ich unbestimmt und trieb mein Tier zur Schönsten, die bereits abritt, gemeinsam mit allen anderen, die sich auf der Lichtung befunden hatten. Ich mußte einen Bogen machen, damit Sheg nicht auf Ijleldla trampelte, die zusammengesunken am Boden lag, wimmerte und hysterisch schluchzte. Drüben am Baum banden zwei Soldaten Onosander los. Wie betäubt wankte er davon. Ich wollte nicht mit ihm reden. Die Schönste verschwand zwischen den Bäumen. Als ich sie einholte, wurde mir bewußt, daß Smahil so etwas wie Lebewohl gesagt hatte, und ich war grob und rücksichtslos gewesen; es tat mir leid, aber es beschäftigte mich nicht sonderlich, denn fortan war ich keine Geisel mehr, keiner jener laschen Parasiten, die jeder, der im Heer Rang und Namen besaß, mißachtete. Ich zählte nun zur Gefolgschaft des Feldherrn.

Dann entwickelte sich zunächst einmal doch nicht alles so gut, wie ich's erwartet hatte. Ich hatte nämlich gedacht, man werde mir weiterhin Ooldras Gesellschaft gestatten, doch die Schönste erklärte, sie wolle in ihrem Zelt keinen ganzen Weiberhaufen aushalten, zwei Dienerinnen wären genug. »Ooldra ist doch kein Haufen«, entgegnete ich. »Sie ist *meine* Dienerin.« – »Dienerinnen haben keine Dienerinnen«, sagte die Schönste finsteren Gesichts. »Laß das Gequassel und ordne mein Haar.« Ich glaube, daß es ihr jedesmal unerhörte Genugtuung bereitet, die Tochter einer Herrscherin zur Dienerin zu haben, wenn sie daran denkt.

Doch auch Ooldra selbst benahm sich merkwürdig. Sie wirkte beinahe verärgert, als ich ihr von meinem Glück erzählte.

»Aber künftig werde ich zahllose Chancen haben, Ooldra! Etwas Besseres hätte mir gar nicht widerfahren können – von so etwas haben wir nicht einmal zu träumen gewagt, denn es war so unwahrscheinlich. Du hast doch gesagt, ich solle mich ihm nähern.«

»Das ist etwas anderes, als wahrhaftig in seine Gefolgschaft eingereiht zu werden.«

»Aber … Ooldra … du findest es doch nicht schlecht? Du willst doch, daß ich dort bleibe? … Ich weiß, es ist …«

»Nun gut. Sage ihr, daß du mich brauchst.«

Das jedoch, wie ich schon erwähnt habe, blieb erfolglos. Und wirklich, ich bin froh darüber. Ohne Ooldras ständige Anwesenheit fühle ich mich unvorstellbar frei. Ich hätte nie gedacht, daß das einen solchen Unterschied ausmachen könne.

Seither habe ich einmal auch die Geiseln wiedergesehen. Gestern, als ich für die Schönste eine Besorgung machte, kam ich an ihnen vorbei. Iren lehnte sich aus ihrem Wagen und zupfte an meinem Ärmel. Ich mußte ein paar Minuten lang mit ihr schwatzen. Zumindest schien sie sehr beeindruckt und neidisch auf meinen Aufstieg zu sein. Ich fand es nett, sichtlich beneidet und umworben zu werden, von ihr, die stets die ungekrönte Königin unserer kleinen Gemeinschaft war und nie daran zweifelte, mir unaussprechlich überlegen zu sein. Im Augenwinkel sah ich Ijleldla, steif und blaß, und sie schielte ganz so herüber, als hasse sie mich. Smahil nickte mir zu, verhielt sich jedoch nicht kontaktfreudiger als ich. Er macht nicht den Eindruck, als hielte er meinen ›Aufstieg‹ für allzu großartig. Onosander war nicht dabei, ebensowenig Ooldra.

Aber ich muß mich um wichtigere Angelegenheiten kümmern.

Auf jeden Fall ist mein Leben nun sehr angenehm und voller Gelächter und Musik und Prunk. Ich gelte bereits als eine der Schönheiten des Heeres. Ein Dutzend junger Unterführer wie Alurg umgeben mich, auch mehrere hochgestellte Diener, wiewohl ich einräumen muß, daß keiner mir stärkere Aufmerksamkeiten erweist als den anderen Mädchen in dieser Umgebung. Das Essen ist hervorragend, und Sheg hat sich nun doch mit seinem neuen Reitknecht abgefunden, einem, der wesentlich bescheidener sein muß als Blob, denn ich kann mich nicht entsinnen, ihn schon einmal bemerkt zu haben. Die Schönste schätzt sehr die Musik, oder immerhin irgendeinen Lärm zur Untermalung; ständig befindet sich jemand mit einem Instrument in ihrer Nähe, meistens einem möglichst schaurig und schummrig klingenden, wie ein Ghirza oder einer dieser kleinen Trommeln, die man um den Hals hängt. Ich behaupte, daß unser Teil des Heerzugs der sicherste ist, weil er den größten Lärm macht. (Anscheinend fand die Beratung auf jener Lichtung eben *wegen* der Lichtung statt; denn es war eine Lichtung – es gab frische Axtspuren an den angrenzenden Bäumen und alte Baumstümpfe im Gras. Wir ziehen durch ein Dschungelgebiet, das dicht von irgendwelchen Wilden bevölkert ist, die angeblich – man weiß es nur von Gerüchten – Eindringlingen nicht besonders freundlich gesonnen sind, doch unsere Zahl, der Lärm und die Waffen genügen wohl, um ihnen einen Überfall wenig empfehlenswert erscheinen zu lassen. Trotzdem ist es ein komisches Gefühl, zu wissen, daß man uns von allen Seiten beobachtet.)

Und da ist noch etwas, worüber ich mir Gedanken mache.

Er hat offenbar nicht die leiseste Ahnung, daß ich ihn

hasse – seit jenem Tage habe ich zweimal mit ihm gesprochen, manchmal kommt er abends ins Zelt zur Schönsten, unterhält sich heiter mit ihr und ihren Gästen, ißt Früchte und lauscht dem Ghirzaspiel des Knaben; und über mich macht er sich wegen des Zwischenfalls lustig. Gestern abend schob er mir eine Hand unters Kinn. »Haßt du mich noch, Göttin?« fragte er, während sie lachte. Obschon sie selbst es nie tut, mag sie es, wenn er mich ›Göttin‹ nennt, weil es sie daran erinnert, was für ein kostbares Gut sie besitzt. »Aber nein!« stotterte ich heftig und wurde knallrot. Das war natürlich das Beste, was mir passieren konnte, jedenfalls bei jemandem, der so dumm und überheblich zugleich ist. So aber lachte er, und beide gingen hinaus. Bevor er aus dem Zelt trat, sah er mich an, doch nur flüchtig. Ich fürchte seinen Blick. Ich werde ihn bald töten.

Und heute erreichten wir die Wasserfälle.

Wir hätten sie schon vor Tagen aus der Ferne gehört, die donnergleiche Vielfalt zahlloser Wassertropfen, ihr Brüllen und Klingeln, täglich einem widerhallenden Röhren ähnlicher als einem dumpfen Rauschen – aber der Lärm, den wir selbst verursachten, übertönte es, und gestern abend erst vernahmen wir ihr unverkennbares Brausen. Und da war es schon laut.

Heute marschierten wir an dem vielfach gewundenen Fluß entlang, der halb unter grellem Sonnenlicht verborgen lag und halb unter den gurgelnden, violetten Schatten des steilen rechten Ufers; das Wasser schoß unter Rauschen und Gluckern und Gurgeln durch ein Flußbett, aus dem scharfe Felsen ragten. Nach einer Weile erwies unser Ufer sich als unsicheres Gelände. Große Klumpen dichter, grüner Pflanzen hingen vom Ufer locker auf das Wasser; darunter zerrte und riß die starke Strömung, unterspülte das Gestein, lockerte das Erdreich, entblößte die Wurzelstränge der riesigen Farne. Ich fragte mich, seit wieviel Sekunden von wieviel Minuten, von wieviel Tagen, von wieviel Jahren, von wieviel Jahrzehnten, von wie vielen

Jahrhunderten dieser Fluß seine Wasser schon gegen das Grün peitschen mochte, das an seinem Ufer wucherte. Das Gewicht des Wassers im durchtränkten Farn zog die knarrenden Wurzeln jedes Jahr um einen Zoll weiter seitwärts. Das Ufergestein wies breite Spalten und Risse auf. Jeder Schritt lockerte und löste es weiter und erhöhte die Gefahr für die Nachfolgenden; und mehrere Männer und ein paar Tiere verschwanden rettungslos in dem Grün und Violett und der schaumgekrönten Strömung, bevor die nächsten Kameraden zugreifen konnten.

Schließlich kamen die Wasserfälle, deren Brausen wir schon seit gestern vernahmen, in Sicht. Als wir durch die Bäume der nächsten Flußbiegung zogen, glaubten wir zuerst, einen unheimlich nebelhaften Wind in dem hohen, hellgrünen Dschungel zu sehen, der sich vor uns erhob; doch einen Moment später, nachdem unsere Augen sich auf den ungewohnten Anblick eingestellt hatten, sahen wir, daß es kein Dschungel war, sondern wir vor winddurchfurchten, hellgrünen Wasservorhängen standen, die aus schauderhaften Höhen hinab in ebensolche Tiefen stürzten, wo sie in gelbweißer, quirlender, schäumender Gischt verschwanden.

»Tod der Schlange«, hauchte die Schönste; eine Gotteslästerung, die in ihrem Mund wohl so etwas wie mit leichter Unruhe gemischte Bewunderung ausdrückte.

Es war in genau diesem Moment, als die meisten von uns hinüber zu den Fällen starrten, daß uns die Bolas um die Ohren flogen. Fast die Hälfte der Soldaten, die vor mir marschierten, kam ums Leben, ehe ich begriff, was das laute Schwirren bedeutete – es entstand, als die Angreifer die Steine an den Riemen um ihre Köpfe wirbelten, bevor sie sie warfen, und sie warfen sehr gut. Jemand – wahrscheinlich Clor, der sich in meiner Nähe aufhielt – gab mir einen Stoß, der mich von Shegs Rücken auf den Boden schleuderte. Läßt er uns nun, in dieser Not, im Stich? dachte ich in erbittertem Zorn – dann bemerkte ich, daß er mich vor einer Bola gerettet hatte, die über Sheg hinwegwirbelte und den Knaben mit der Ghirza traf, ihn von seinem Vogel riß, worauf er sich, das Genick schon gebrochen, überschlug und langsam – jedenfalls kam es mir in diesem Moment langsam vor – über die Böschung rutschte, hinab in den reißenden Strom.

Unten, zwischen Shegs gefährlich unberechenbaren Klauen, sah ich mich plötzlich Auge in Auge mit der Schönsten. Sie hatte niemand von ihrem Vogel geworfen, sondern sie war gestürzt. Der Vogel war tot. Gemeinsam krochen wir aus dem Gefahrenbereich der vielen Vogelbeine zur Seite, dicht ans Ufer. Sie lachte ein bißchen, lautlos, aus unschuldigem Vergnügen an der Aufregung. »Das ist wie damals«, sagte ich, »am großen Tag des Sandsturms.« Sie nickte mit blitzenden Augen, und da erst entsann ich mich dessen, daß sie nicht wissen konnte, wovon ich sprach. Allgemein war das Durcheinander aber das gleiche. Oder gar schlimmer. Unsere Männer schleuderten Speere in den Wald, woher die Bolas gekommen waren, aber schon hagelte es neue Bolas, diesmal aus einer anderen Richtung, die weitere töteten. Die Schönste und ich duckten uns zwischen die Felsen des unsicheren Ufers, direkt über dem fürchterlichen Wasser. Sie lachte jetzt laut, ihren Kristallstirnreif hatte sie beim Sturz verloren, so daß ihr schwarzes Haar über ihr Gesicht und ihre Schultern wehte. Ich hatte sie mir niemals vorgestellt, wie sie hastig im Dreck zwischen trampelnden Vogelklauen kroch, aber ich muß zugeben, daß es ihrer Würde keinen Abbruch tat. Sie besaß eine innere, echte Würde. »Herrin«, sagte ich, während ich über sie nachdachte, »Euer schönes weißes Kleid ist völlig zerfetzt und verschmutzt.«

»Ruhig, Sklavin«, erwiderte sie. »Bist du Sklavenseele genug, um sogar in einer solchen Stunde an nichts als deine Arbeit zu denken?«

Hinter uns stürzten zwei Männer in den Fluß, und wir wagten uns seitwärts zu einer unbewachsenen Stelle. Dabei spürten wir, wie die Felsplatte unter uns wankte.

Die Schönste rutschte, errang jedoch das Gleichgewicht zurück, als ich eilig ihren Knöchel umklammerte. Erbost über die Einmischung, schaute sie sich um und knurrte mich an, wie sie's macht, wenn ich unerlaubt ihr Haar berühre. Wir krochen weiter und hielten uns sorgsam in der Mitte der Felsplatte, damit sie nicht zu stark wackelte und womöglich kippte. Als wir den nächsten Felsen erreichten, schlitterte die Felsplatte dumpf polternd hinab in den Fluß. Sie hatte auf einer schmalen Säule harten Erdreichs geruht, auf sonst nichts.

»Steh auf«, befahl die Schönste, »und sieh dich um, was geschieht.«

»Alles ist durcheinander, alles ist durcheinander... Bolas reißen Männer von ihren Vögeln oder Pferden... Sterbende liegen im Gras... ah!« – »Was ist?« fragte sie mit scharfer Stimme. »Sheg – mein Vogel trampelt auf einem Mann herum... o Götter, mir wird schlecht. Habt Erbarmen, Herrin, laßt mich hinab, laßt mich nicht länger stehen.« – »Auf die Beine, elende Närrin. Wo ist er? Was ist mit ihm?« Einen Moment lang starrte ich vor mich hin, bevor ich begriff, daß sie den Feldherrn meinte. Ich schüttelte ihre Hand ab. Für eine Weile wirkte sie abstoßend auf mich, weil sogar ihre inneren Körperteile so völlig dem Feldherrn übereignet zu sein schienen. »Er lebt«, sagte ich so gleichmütig, wie ich es konnte. »Nur an seiner Schulter ist Blut, wo ihn ein scharfer Bolastein gestreift haben muß. Es ist helles, aber sehr dickes Blut.« Den letzten Satz sprach ich in etwas vorwurfsvollem Ton. »Ja, so ist sein Blut...«, bemerkte sie aber bloß. »Kämpft er mächtig?«

Ich wollte gerade antworten, daß die Speere, die er schleuderte, anscheinend so wirkungslos blieben wie die der anderen, als plötzlich unsere Gegner erschienen, aus dem Wald stürmten und dabei ihre Bolas schwangen.

Sie ließen sie um die Köpfe kreisen, so daß man kaum erkennen konnte, was der Schimmer ihrer Schuppen war und was das Schwirren der Bolas, denn sie wirbelten damit in irrsinniger Geschwindigkeit. Langes Haar wallte ihnen hinterdrein. Sie stießen heulende Schreie aus, und ihre Augen glitzerten hellgelb wie Rotz.

»Sie haben Schuppen!« rief ich entsetzt. »Vielleicht sind sie von seiner Art?« fügte ich leiser hinzu.

»Die Fouls!« schrie sie ohne Zögern. Und sprang auf und lief.

Sie rannte zu jenem Felsvorsprung, der den Wasserfällen am nächsten lag und unter dem die Farne am dichtesten wucherten. Als ich ihr folgte, war ich dumm genug, mich umzuschauen. Die Geschöpfe wüteten nun mitten unter unseren Männern. Es waren vergleichsweise wenig, aber sie hatten nicht allein den Vorteil der Überraschung auf ihrer Seite, sondern besaßen außerdem die besseren Wurfgeschosse – sie schleuderten ihre Bolas, ehe man ihnen mit dem Schwert zu Leibe rücken konnte, und im Gedränge waren die langen Speere nicht gut zu gebrauchen; außerdem schienen sie überall zu sein. Ich wußte nicht, daß die Fouls in diesen Wäldern leben. Ich stolperte bis zur Klippe hinauf hinter der Schönsten her und hörte mich schluchzen, obwohl keine Tränen über meine Wangen rannen.

Im Schutz der dicksten Bäume an den Fällen hatte man die Ochsen, Ziegen und Geiseln zusammengetrieben.

Die Schönste kam vor mir dort an, eilte durch den Schleier zahlloser Wassertröpfchen, den der Wind von den Fällen herübertrieb; ich hatte gedacht, sie wolle sich in Sicherheit bringen, doch sie hegte eine ganz andere Absicht. Sie zog Smahils Schwert.

»Nein, nicht«, rief er durch das Tosen des Wassers, »nehmt Onosanders Schwert, er kann es ohnehin nicht gebrauchen.« Er nahm ihr seine Waffe wieder ab.

»Onosander?« meinte sie verwirrt. Smahil deutete auf einen Wagen.

Nun lief ich durch den Wasserschleier.

»Smahil!« schrie ich. »Wieso kann er's nicht gebrauchen – ist Onosander tot?«

Smahil sah mich an, als sähe er mich jeden Tag. »Onosander liegt in seinem Wagen«, antwortete er. »Seit einer Woche, und für immer verkrüppelt.«

»Oh – war die Auspeitschung so schlimm?«

»Seine Schwester behauptet es jedenfalls.«

»Herrin!« kreischte ich, als die Schönste nun mit dem anderen Schwert auftauchte. »Ihr wollt doch nicht kämpfen; Ihr müßt hier bleiben!« Ich vermeinte, sie hätte mich nicht gehört, verließ Smahil und eilte ihr wieder nach. »Behindere deine nette, edle Herrin nicht!« rief Smahil mir hinterdrein. »Oder macht es dir etwas aus, wenn sie in den Tod rennt?« Das brachte mich wirklich zur Besinnung. Es würde mir nichts ausmachen, wenn sie starb. Vielmehr wäre es mir von großem Vorteil gewesen. Ihre Dienerin war ich nur aus einem Grund geworden. Und Smahil hatte recht, sie war eine Feindin, überdies eine, die unter ihresgleichen etwas galt und Einfluß besaß. Vor einer Minute noch hatte ich den Kampf als einen zwischen ›unseren‹ Männern und den Fouls empfunden; doch beides waren Fremde, ja Feinde. In diesem Fall konnte man Smahil keinen Feigling schimpfen, wenn er nicht kämpfte. Ich blieb zurück.

Aber die Schönste wollte sich – entgegen meiner Annahme – nicht ins Getümmel stürzen, sondern bloß in der Nähe Wache halten. »Hol dir eine Waffe, dumme kleine Gottheit«, befahl sie mir aufgebracht. Sie wollte nicht, daß ich ums Leben kam.

Ich schaute mich um. Ich durfte das Messer, das ich stets in einer Scheide an einer Halskette unter den Kleidern trage, nicht zeigen.

Smahil zog seinen Dolch aus dem Gürtel und gab ihn mir. Ich nahm ihn ebenso wortlos, wie er ihn übergab und hielt ihn in der Hand. Ich spähte nach Ijleldla, Iren und besonders aufmerksam nach Ooldra aus, doch ich sah lediglich Edelmann Gagl und Edelfrau Ronea aus dem Fenster eines Wagens starren. Ow und die anderen Knaben standen dicht beieinander zwischen dem Vieh. Wir erkannten uns, aber winkten oder riefen nicht. Dann fühlte ich eine Erleichterung, als sei ich heimgekehrt: der Schlag eines anderen Wagens wurde geöffnet, und Ooldra stieg aus und kam zu mir.

»Ooldra!« rief ich.

Sie war ernst und feierlich, als sie mich erreichte. »Cija«, sagte sie, »mißachtest du nun deine Ideale, deine Mutter und dein Land?«

»Ooldra«, flüsterte ich erschrocken, »wessen verdächtigst du mich? Ooldra! Du weißt doch, daß ich nichts getan habe.«

Sie schaute zur Schönsten hinüber und senkte ihre Stimme, so daß sie sich durch das Brausen der Fälle kaum noch vernehmen ließ. »Ja, Cija, und es grämt mich, es aus deinem eigenen Mund zu hören! Von dir, der größten Hoffnung, die deine Mutter besaß!«

»Ooldra, sprich nicht in Runen! Ich flehe dich an, was habe ich getan? Ich schwöre dir, ich liebe meine Mutter … aber das weißt du doch, warum sollte ich's dir schwören müssen …«

»Nichts. Du hast nichts getan. Schau dort, die Nordländer drängen die Angreifer zurück. Solange der Kampf noch währt, ändere deinen Sinn, überwinde deine Schwäche, erringe deine Treue wieder und töte das Untier, während du Zeit dazu hast!«

»Ooldra, was sprichst du da?« rief ich bestürzt. »Ich kann doch nicht mitten in dies Wüten laufen und ihn einfach töten!«

»Zuvor warst du ihm näher und hast deine Gelegenheit versäumt. Nun eile zu ihm und …«

»Nein, das werde ich nicht. Das werde ich nicht. Ich kann's nicht, Ooldra! Du siehst doch … die Fouls …«

»Du mußt es«, sagte sie ruhig und packte meinen Arm mit ihrer kraftvollen Hand. »Dir wird kein Leid geschehen … Cija, hör mir zu, ich weiß, daß dir nichts geschehen …«

Ich hörte auf, mich zu wehren, als ich spürte, wie sich Ooldras Finger nacheinander von meinem Arm lösten. Smahil hatte ihr Handgelenk ergriffen. Ihre Blicke trafen sich in gegenseitiger Verwunderung.

»Laßt mich los, edler Smahil«, sagte sie leise, aber in solchem Ton, daß er begriff, falls er es vergessen hatte, daß es eine Unverschämtheit war, sie so anzufassen.

»Ich erhielt den Eindruck, edle Ooldra«, sagte Smahil höflich, doch ohne einen Anflug von Entschuldigung, »als dränget Ihr die Göttin zur Kampfstätte.«

Weder ich noch Ooldra lächelten, während er sprach, obwohl es ihn sicherlich beruhigt hätte; der Anblick mußte ihn sehr befremdet haben, obschon er sich äußerst behutsam ausdrückte. »Welcher Art Eure Meinungsverschiedenheit auch sein mag, gewiß kann sie bis zu einem günstigeren Zeitpunkt auf ihre Austragung warten...« Innerlich war ich zutiefst erschüttert. Dachte Ooldra nun fälschlich schlecht von mir, weil ich die Chance, ihn zu töten, versäumt hatte? Verachtete, verabscheute sie mich jetzt...? Aber die Vorstellung, in das mörderische Gewimmel zu laufen, erfüllte mich mit einem Schrecken, der an Übelkeit grenzte. Ich vermochte nicht zu glauben, daß weder die Fouls mich totschlagen, noch später ein paar Nordländer meine Tat bezeugen würden... die Schönste mußte es auf jeden Fall sehen... und hielt Ooldra – selbst Ooldra – es für möglich, durch diese Wälder allein zurück in die Heimat zu finden? O meine Mutter, so muß ich dir die Erfüllung deiner größten Hoffnung versagen! Denn weil mein Körper mir selber und nicht Ooldra glauben will, werde ich *nicht* handeln, sondern Schmach und Schande auf mich laden!

Das Kampfgewühl wogte zu uns herüber. Bei den Wagen hinter uns erschollen Schreie. Die Fouls hatten die Nordländer von Anfang an gegen das Ufer zu drängen versucht.

Der Feldherr focht mit dem Schwert in der einen und einem abgebrochenen Speer in der anderen Faust. Ich wandte mich Ooldra zu, und sie kehrte ihren Blick von Smahil und richtete ihn auf mich. Er war eindringlich. Es verlangte mich danach, mich ihrer Freundschaft als wert zu erweisen. Ich wollte nicken, vermochte es aber nicht. Doch sie mußte mein Verlangen gespürt haben. Sie streckte ihren Arm an Smahil vorbei und stieß mich mit großer Kraft vorwärts, und als ich zu taumeln und zu stolpern aufhörte und mein Gleichgewicht wiederfand, war ich bei *ihm.* Ein Foul hing auf seinem Rücken, ein zweiter an seiner Kehle. Beide brüllten vor Begeisterung und Triumph. Ich zögerte einen Moment lang, doch meine Hoffnung, daß sie ihn töten würden, war vergeblich. Unter seinen Hieben und Stichen fiel erst der eine, dann der andere, jener auf seinem Rücken, zuckend und gurgelnd ins Gras. Ich stürzte hinzu, Smahils Dolch erhoben, um ihn in *seine* Kehle zu rammen. Ich dachte an Ooldras beruhigende Augen, um mir Mut und Zuversicht einzuflößen. Während ich lief, drehte er sich um und bemerkte mich, war überrascht. Ringsum rasten Fouls, aber die meisten besaßen keine Bolas mehr, und ihre Zähne und Klauen waren gegen die Schwerter der Soldaten unzureichende Waffen. Gleich werden sie gewonnen haben, dachte ich verzweifelt, ich bin hier, *jetzt* muß ich ihn töten. Endlich war ich ihm nahe genug, um nach seiner Gurgel zu stechen. Sein Arm packte zu. Ich glaubte, er halte mich von sich. Doch das war nicht der Fall. Sein Arm schwang mich um meine Achse, und als ich stillstand, sah ich Smahil durch das Gewühl der Kämpfenden laufen, und dann zerrte er mich fort. Innerhalb eines Moments war die Chance vertan, *er* und ich waren wieder getrennt. »Laß mich los, Smahil«, schluchzte ich. »Was hast du getan?« – »Komm zu Verstand, Cija«, hörte ich seine Stimme; sie klang besorgt und so scharf, daß ich es niemals vergessen werde. Der Kampflärm schwoll ab, und ein anderer begann ihn zu übertönen. »Du hast mich ja hinter die Bäume geschleppt«, sagte ich. »Schweig«, sagte Smahil. »Du kannst jetzt nicht zurück. Willst du, daß sie dich noch einmal ins Verderben stürzt? Du hattest Glück, daß der Feldherr dich zu packen bekam. Ihr Götter, Cija, jetzt begreife ich, warum du es vorgezogen hast, in den Dienst jenes Weibs zu treten! Ooldra muß halb verrückt sein. Warum haßt sie dich?«

Ich konnte ihm nicht den wahren Grund dafür verraten,

warum Ooldra mich gezwungen hatte, mich in die Gefahr zu wagen. Wir lagen im hohen Gras und keuchten. Die Zweige einiger niedriger Sträucher verbargen uns. Neben uns floß der tiefe Strom, kühl und glatt wie trübes, blaues Glas; dicht unter uns ergoß er sich schaumig und gischtig über die Klippen, toste in die Tiefe mit einem unablässigen Brausen, das weithin hallte, eine nie verstummende Wand aus Donner und Donnerhall.

Ich wandte den Kopf und sah Smahils Gesicht dicht neben meinem, hinter dem regenbogengleichen Schillern der Tröpfchen des unaufhörlichen Wasserschleiers, durch den das Sonnenlicht fiel.

»Dort«, rief ich, indem ich mich bemühte, die Lautstärke meiner Stimme über den Lärm der Wasserfläche zu erheben, »sie erschlagen die letzten Fouls. Sie haben gesiegt. Sollen wir jetzt zurück?«

»Warte, bis die Lage völlig klar ist«, sagte er. »Du mußt unbedingt weiterhin mit der Schönsten reiten und Ooldra aus dem Weg gehen.«

Ich vermute, sein Feingefühl verbot es ihm, nochmals Fragen über Ooldra zu stellen. Ganz ruhig lagen wir nebeneinander im Wasserschleier der Fälle und beobachteten das Geschehen unten am Ufer. Es machte einen sehr unwirklichen Eindruck, weil wir keinen Laut von drunten hören konnten, wiewohl das Schlachten noch anhielt, so daß gewiß ziemlich lautes Gebrüll und Getöse herrschte. Die Tiere trieb man bereits wieder zu Marschsäulen zusammen. Kleine Gestalten liefen durch das orangene Sonnenlicht und zerrten ihre winzigen Schatten mit, wohin sie auch eilten.

Smahils Hand ruhte noch auf meinem Arm, der im Gras lag. Unsere Finger, die Fingernägel, jeder Grashalm, alles war von runden silbernen Tröpfchen bedeckt. Sie hingen an Smahils Haut, rannen sehr gemächlich darauf abwärts, indem sie jedem Zug seines Gesichts folgten, hingen an den Spitzen seiner Wimpern. Unendlich winzigkleine Tröpfchen schwebten durch die regenbogenhaft schillernde Luft.

Ein kleines Insekt kam geflogen, hüpfte wie betrunken, die Flügel schwer von Nässe. Wir beobachteten seinen mühselig schwerfälligen Tanz. Es ließ sich in meinem Haar nieder. Es sputete sich, darin zu verschwinden, aber Smahil fischte es heraus. Ich griff nach seinem erhobenen Arm. »Smahil, du bist ja verwundet!«

»Was für eine Übertreibung! Nun darf ich mich als Held fühlen, weil ich das Glück hatte, von einem Schwert der eigenen Seite einen Kratzer zu bekommen.« Als er von der ›eigenen Seite‹ sprach, unterbrach er sich kurz, hielt jedoch offenbar eine Verbesserung für überflüssig, weil er davon ausging, daß wir beide wußten, was er meinte.

»Auf jeden Fall bist du verletzt«, beharrte ich. »Auch wenn's nicht tief ist, es muß verbunden werden. Laß mich die Bluse zerreißen.« Er trug eine weite, weiße Bluse aus feinem Stoff. Ich grub beide Hände hinein und zerrte in entgegengesetzte Richtungen, aber die Luft war feucht und die Bluse auch. »Ihr Götter«, meinte er, »muß ich dir helfen, den eigenen Verband abzureißen? Wie furchterregend stark du bist!« Er riß einen Streifen heraus und legte sich auf den Rücken, um sich seinen Arm verbinden zu lassen. »Es war sehr tapfer von dir, zu mir zu eilen«, sagte ich, »weil du mich in Bedrängnis glaubtest. In dem Toben hätte man mich leicht versehentlich niedermachen können.« – »Dich in Bedrängnis geglaubt!« Er sprach ein bißchen höhnisch. »Du *warst* in Gefahr! Zwei Fouls waren hinter dir, und zweimal haben dich, dem Himmel sei Dank, schwertschwingende Nordländer nur um Haaresbreite verfehlt! Und der Feldherr hätte dich nicht ununterbrochen schützen können. Was meinst du, wohin sie dich gestoßen hat? In ein goldiges kleines Blümchenbeet?«

Würdevoll knüpfte ich einen Knoten.

»Ich habe lediglich deine Tapferkeit erwähnt, und nur, weil ich dich bis dahin für einen Feigling hielt. An jenem Tag war es deine Aufgabe, einzugreifen und Onosander beizustehen, und du hast es nicht getan.«

»Ich wußte nicht, daß das irgend jemandes Aufgabe war. Es kann ihm nicht schaden.«

»Ihm nicht... Na, ich wußte, daß du Onosander nicht leiden magst. Beneidest du ihn um seine männliche Hübschheit und ...?« Ich hatte noch Größe und Ritterlichkeit sagen wollen.

»Er hat die Auspeitschung unausweichlich herausgefordert. Er beleidigte und schlug den Feldherrn vor dessen Leuten, dann blieb er vor ihm stehen, um ihm die übliche Gelegenheit zum Gegenschlag zu geben – aber sich wohl dessen bewußt, daß er keinen zu erwarten hatte, wie auch alle anderen wußten, denn der Feldherr würde sich nicht die Schmach antun, eine Geisel mit eigener Hand zu schlagen. Dann ging er mit absichtlich verächtlichem Lachen davon, als sei der Feldherr ein Feigling, weil er dort stand und sich so etwas gefallen ließ. Zweifellos mußte der Feldherr seinen Männern zeigen, wie er ein solches Verhalten zu vergelten pflegt! Davon abgesehen... Onosander verdiente es. Ich hatte nicht erwartet, daß dich eine Auspeitschung so aufregen könnte.«

»Warum hätte ich sonst eingreifen sollen? Ich wollte ihm die weiteren Hiebe ersparen!«

»Und hast erreicht, daß er nach fünf von sechs beabsichtigten Hieben gehen durfte, mehr nicht.«

»Komm, Smahil. Die Angelegenheit ist vorüber. Sie marschieren weiter.«

Die klaren silbernen Tröpfchen in seinen Wimpern zitterten allesamt, als er sich mir zuwandte.

»Du warst es, der es eine Angelegenheit genannt hat«, murmelte er. Ich setzte an, um zu fragen, was er damit meine; doch da bemerkte ich, daß er mir näher war als jemals zuvor. Die Wassertröpfchen fielen herab, als er den Blick auf meinen Mund senkte. Er zog mich an sich, durch das feuchte Gras, so daß es schien, als schwömmen wir im Fluß. Zugleich bog er meinen Kopf zurück, so daß ich aufwärts ins niedrige Laub eines Baums blickte, und auf meinem Mund spürte ich seine nassen Lippen. Meine Finger bohrten sich in seinen Körper, doch sie rutschten ab und glitten in die Falten seiner zerrissenen Bluse, denn sein Leib, der schwer auf meinen Brüsten lastete, war vom Naß aalglatt, obwohl angenehm warm. Das beharrliche Rauschen der Wasserfälle verwandelte sich in meinen Ohren in einen rhythmischen Klang, als sein Mund den meinen öffnete. Unsere Jugend rief uns, rief uns dringlicher, als ich es jemals für möglich gehalten hatte. Seit meiner Kindheit und jenen sonnendurchtränkten Tagen des Vergnügens, des Forschens und des Hasses im Turm war es mir in Vergessenheit geraten, wie überwältigend die Jugend sein konnte. Der Punkt war überschritten, bis zu welchem Smahil Rücksicht auf mich nehmen würde oder ich auf ihn. So lagen wir, Mund an Mund gepreßt, Schulter an Schulter, Brust gegen Brüste, bis es mir recht plötzlich mehr oder weniger bewußt durch den Kopf schoß: Es dauert zu lange, wir müssen hinab, oder sie setzen den Marsch ohne uns fort. Ich löste mich aus seiner Umarmung und wandte den Kopf. Im Schatten des Laubs warf Smahil mir einen Blick zu, der Überraschung widerspiegelte, aber natürlich sagte keiner von uns etwas.

Wir standen auf, gingen hinunter zum Ufer und blinzelten ins Sonnenlicht, das wir plötzlich als grell empfanden.

Ich nahm in der Kolonne meinen Platz neben der Schönsten ein. Shegs Klauen waren blutig; ich verabscheute ihn mehr denn je.

Smahil ging wortlos an Ooldra vorüber. Sie starrte ihm nach. Ihre ungewöhnliche Aufmerksamkeit galt nicht seinem Verband, sondern einem winzigen Muttermal, das man auf seinem Rücken zwischen den Fetzen der Bluse sah.

Noch am Abend betrat der Feldherr das Zelt.

Bei seinem Anblick entfuhr der Schönsten ein Aufschrei. Sein Rücken war kreuz und quer verbunden, weshalb er unter seinem Umhang merkwürdig plump wirkte. Der Foul mußte ihm fast die gesamte Haut abgekratzt haben, und ich wünschte, er möge daran verrecken, doch es sind keine tiefen Wunden. Jedenfalls nicht tief genug. Er war recht blaß und vermochte sich kaum zu rühren, und wenn, dann nur steif und behutsam; das bewies, daß seine Verletzungen nicht zu unterschätzen waren, denn wäre es ihm möglich gewesen, hätte er auch verhehlt, wie schwer ihm jede Bewegung fiel – sein Gesicht dagegen verriet keinen Schmerz. Allerdings lächelte er während des ganzen Abends bloß zweimal und blieb ansonsten reichlich grimmig gelaunt oder stumpfsinnig. Wie immer plapperten die Mädchen allerlei Blödsinn, um ihn zu erheitern. Der neue Knabe, welcher nun die Ghirza spielte, begeistert von seiner vielversprechenden Aufgabe, klimperte die allerlieblichsten Weisen, aber er bekam nicht einmal den Kopf getätschelt. Während er so auf den Stapeln parfümierter Kissen ruhte, das Haupt in den weichen Schoß der Schönsten versenkt (»Du hättest nicht kommen sollen, du solltest ausruhen, morgen mußt du den ganzen Tag lang reiten«, wiederholte sie ständig, aber ich glaube, wenn er Ruhen und Reiten hörte, dachte er an etwas ganz anderes), hob er mir für einen winzigen Moment seinen weingefüllten Becher entgegen und sah mir über den Gefäßrand in die Augen.

Ich erwiderte seinen Blick mit einer unausgesprochenen Frage in meinem, weil ich wußte, daß er sie vielleicht beantworten würde.

»Bist du verletzt worden?« fragte er.

Niemals sprechen sie mich mit meinem Namen an, nicht einmal in ihrer besten Laune. Immer behandeln sie mich wie eine richtige Sklavin.

»Nein.«

Er hob die Brauen. Sie sind sehr beweglich, ich erinnere mich an eine Zeit, da mich das in Erstaunen versetzte. »Nicht? Du bist mitten unter die Kämpfenden gelaufen«, sagte er, »und ich sollte dich wohl fragen, warum?«

»Eine Frau hat sie geschubst«, sagte die Schönste, als ich zögerte. »Es war diese Frau, von der du sagtest, sie sei deine Dienerin«, fügte sie hinzu, indem sie sich an mich wandte. »Du solltest nunmehr froh sein, daß ich dir ihre Gesellschaft nicht gestattet habe.«

»Sie wollte mir nichts Böses tun«, verteidigte ich Ooldra.

»Dann hatte sie Glück, daß dir nichts geschah«, bemerkte der Feldherr. »Welchen Grund besaß sie dazu?« Ich wartete, weil dem kleinen Schankmädchen soeben aufgefallen war, daß er den Becher geleert hatte, und es beeilte sich, ihn wieder zu füllen. Meine Gedanken drehten sich rasend im Kreis.

»Nun?« meinte der Feldherr aus dem Schoß der Schönsten, als das Schankmädchen ging und ich nach wie vor zögerte. Inzwischen empfand er Heiterkeit. Er sah, daß ich mich unbehaglich fühlte, und mir war klar, daß er mich jetzt nicht in Ruhe lassen würde, bis ich ihm eine Antwort erteilt hatte.

Da sprach ganz unerwartet das Schankmädchen. Es errötete dabei und stammelte. Für die Kleine war es schwierig, denn der Junge mit der Ghirza, der leiser klimperte, wenn wir sprachen, tat das gleiche nicht für sie. »Herr«, sagte sie, »mein Bruder befand sich bei den Viehherden und hat alles gesehen. Die Frau, die sie stieß, rief aus: ›Dort hängt ein Foul auf dem Rücken unseres Herrn! Lauf und steh ihm mit deinem Messer bei, denn er ist in großer Not!‹«

Ich sah sie scharf an. Ich hatte bereits gewußt, daß Ow eine Schwester unter den Schankmädchen besaß und richtig erraten, daß sie's war; daß sie jedoch erkannte, wann sie für mich lügen mußte, war wirklich wunderbar.

Der Feldherr lehnte sich zurück. Die Antwort, als er sie endlich bekam, hatte ihn offensichtlich überrascht und fast enttäuscht. »So ängstigte sich Ooldra heute nachmittag um mich«, sagte er. »Das hätte ich nicht von ihr gedacht. Dennoch, die hilfreiche Tat überließ sie dir.« Damit ließ er es bewenden, zumal er sah, daß mein Becher leer war (nervös und hastig hatte ich ihn ausgetrunken), so daß er rief: »Füllt den Becher der Göttin!« Ein dickliches Schankmädchen stürzte hinzu, denn Ows Schwester zitterte noch immer, weil sie den Feldherrn anzusprechen gewagt hatte.

Es verwunderte mich, daß er Ooldras Namen kannte. Doch er würde mir wohl kaum eine Erklärung liefern, und so wandte ich meine Überlegungen anderen Dingen zu. In den Reihen dieser Gefolgschaft darf man bloß das Mögliche erwarten und muß stets bereit sein, sich rasch auf Veränderungen einzustellen, ohne irgend jemandem oder irgend etwas nachzutrauern.

Göttin. Mittlerweile ist das mein Spitzname. Alle rufen mich Göttin, bis hinab zu den kleinen Putzlümmeln und den kahlköpfigen Säuglingen auf den Rücken ihrer Mütter im Troß. Ist es das Schicksal meines unglaublich edlen Blutes, meiner Göttlichkeit, von den Rassen, die irdischer Abstammung und in dieser Welt heimisch sind, verspottet zu werden? Nein, nicht verspottet – geduldet, aber behandelt wie ein Nichts, mißachtet, weil niemand die ganze Bedeutung meiner Göttlichkeit versteht und sich auch niemand bloß den leisesten Gedanken darum macht. Manchmal ahne ich den Zorn meines Gottes, nicht gegen mich, sondern gegen sie. Doch ich bin hilflos, und mein Vetter ist mir unbekannt. Was bedeuten wir *ihm* schon?

Er unterhielt sich noch eine Zeitlang mit der Schönsten, leise, über persönliche Dinge. Einmal jedoch stöhnte er hell auf, wie unter einem heftigen Schmerz; und ich glaube kaum, daß die Ursache die sanfte Hand der Schönsten war.

Schließlich sagte uns die Schönste, wir könnten alle gehen. Für einen Moment bildeten sich Grüppchen, die untereinander schnatterten, dann eilten alle mit ihren verschiedenen Sachen hinaus. An diesem Abend hatten wir das Lager früher als sonst aufgeschlagen. Über die Schwelle fiel noch rotes Sonnenlicht. Die nächsten Bäume erhoben sich bereits schwarz gegen den Himmel, doch das Laub, wohinter die Sonne schwebte, war noch verwaschen von ihrem Widerschein und funkelte inmitten seines schattenfinsteren Grüns in allen Farben, die eine

Abendsonne schenken kann – rosa und blau und sonderbare violette Töne. Vor dem Zelt hielt ich das kleine Schankmädchen auf, das sich an den Feldherrn gewandt hatte. Wie ich vermutete, hatte es bemerkt, daß ich weder für mich antworten noch eine Antwort geben wollte, die Ooldra in Schwierigkeiten brachte, und da war ihm etwas eingefallen, das uns beiden half. Die Kleine war sehr schüchtern, so daß ich sie gleich gehen ließ, obwohl ich gerne länger mit ihr gesprochen hätte. Ich kehrte zurück ins Zelt. Die Schönste hatte die Lampen verdunkelt, so daß im Zeltinnern ein Samtdunkel herrschte, das der Farbe der Kissen glich, auf denen sie lagen. Doch ich kannte mich inzwischen gut im Zelt aus und strebte ohne Zögern zu meiner Unterkunft. »Sind alle fort?« ertönte die Stimme der Schönsten. Ich hielt es für überflüssig, das Offensichtliche zu bestätigen. Während ich das Zelt durchquerte und dabei auf die Kissen trat, die überall zurückgeblieben waren, blieb mein Fuß plötzlich in einer harten Umklammerung stecken. Ich versuchte, mich zu befreien, da begriff ich, daß jemand mich festhielt. Iren und Smahil pflegten über die Vorstellung zu lachen, wie vorsichtig die Schönste sein müsse, um nicht von der Schuppenhaut des Feldherrn zerkratzt und zerschrammt zu werden, doch in Wirklichkeit ist seine Haut weich, glatt und geschmeidig, ähnlich wie die jener Schlange, die Glurbia einmal im Turm fing, abgesehen davon, daß deren Haut kalt war und seine warm ist.

»Hat das heutige Gefecht die erhabene Göttin in Furcht versetzt?« drang seine Stimme an meine Ohren; er lachte leise. Er hoffte auf einen Anlaß, um mich hänseln zu können. Ich hielt meinen Fuß still.

»Es hat die Welt von ein paar Leuten gesäubert, die sie bis dahin zu verunreinigen pflegten«, erwiderte ich.

Er lachte; lachte *beifällig.* Er ließ meinen Fuß los; ein Prickeln sickerte durch den Knöchel. Ich setzte den Weg bis zu meinem Bett fort und ließ die Zeltbahn herunter, die mich von ihnen trennte. Während sie nebenan murmelten, hüpfte auf meiner Kehle das Messer, das ich an der Halskette trage.

Am folgenden Tag begegnete ich Ooldra wieder. Sie fragte mich, was das bedeuten solle; es gingen Gerüchte im Lager um, daß sie mich ins Kampfgetümmel getrieben habe, um mich in den Tod zu jagen. Ich sagte, das sei gewiß besser, als wenn jemand wüßte, daß es geschehen war, damit ich den Feldherrn töte; daraufhin benahm sie sich abweisend kalt, ganz ruhig und schweigsam, geradezu wie Eis. Dann sagte ich, daß ich nichts dafür könne, und außerdem hätte ich ein anderes Gerücht vernommen, das besage, sie habe das getan, damit ich dem Feldherrn beistehe, weil sie sehr um ihn gebangt habe. Da wurde sie jedoch noch viel frostiger, und ich fühlte mich außerstande, sie zu fragen, wieso der Feldherr ihren Namen so gut kannte.

Ich verließ sie, weil ich nicht zu lange aus der Nähe der Schönsten fortbleiben darf.

Ich hasse es, auf Sheg zu reiten. Er ist schrecklich.

Der Wald hat einen sonderbar durchdringenden Geruch angenommen.

Es ist nicht der gewöhnliche Waldgeruch, jene Mischung von Blumen, die blühen, sterben und verfaulen; von Früchten, die reifen, fallen und verrotten; von Laub und Insekten und Borke und Farnen und Unterholz und Tieren und Wasser, von Sonnenschein und Schatten auf alledem – es ist ein Geruch, der sich all dessen bemächtigt hat. Gestern preßte ich meine Nase an einen Baumstamm, um meinen Geruchssinn am starken, irdischen Duft der Rinde zu erproben – und roch die Rinde einfach nicht!

Ich roch ausschließlich diesen neuen, allem anhaftenden Geruch.

Wir gieren regelrecht danach, wieder etwas anderes zu riechen. Jedermann spricht darüber. Dieser neue Geruch ist keiner, den man herkömmlich als unangenehm bezeichnen könnte – er ist allgegenwärtig, aber nicht aufdringlich.

Ein Geruch wie von Gummi oder schalem Wasser. Jedermanns Nüstern brennen schon vor Verlangen nach irgendeinem anderen Duft.

Man streitet über vielerlei Erklärungen, doch scheint mir keine davon vernünftig zu sein. Anscheinend empfinden ihn sogar die Tiere als bedrückend, und ich habe den Eindruck, daß wir nun auf dem Marsch viel ruhiger und schweigsamer sind.

Ich glaube, die Anführer machen sich Sorgen wegen der Soldaten. Bisher hat es keine ernsthaften Anzeichen von Erschöpfung oder Entmutigung gegeben, doch immerhin sind sie zumeist unerfahren. Ious sagt, daß noch immer Gefahr von den Fouls (oder vielleicht auch anderen Stämmen) droht.

Ows Schwester ist wirklich ein süßes kleines Ding. Warum sie ausgerechnet mich zum Gegenstand ihrer Anbetung erhoben hat, weiß ich nicht; aber sie folgt mir auf Schritt und Tritt und starrt mich unaufhörlich in unverhohlener Bewunderung aus großen Augen an und staunt vertrauensvoll über meine allereinfältigsten Worte. Sie ist wirklich süß. Aber sie ist auch eine nette Freundin. Wir lachen über den gleichen Unfug und haben gar schon ein paar scherzhafte Wendungen entwickelt, die nur uns verständlich sind; und sie ahmt mich nicht bloß nach, sie hat auch selbst lustige Einfälle. Sie ist wild und schüchtern zugleich, aber nicht linkisch, denn das Leben in der Gefolgschaft hat ihr einiges beigebracht.

Ihr Name lautet Narra. Sie ist älter als Ow, ungefähr elf oder zwölf Jahre alt, und klein und mager. Sie ist wirklich süß und wird eines Tages ein liebliches Mädchen sein.

Die seltsame Herrschaft jenes unaufdringlichen Geruchs hält an. Wir alle sind nun viel vorsichtiger und wachsamer.

Da und dort glomm träge die Asche von Feuern – falls ›träge‹ das richtige Wort ist – zwischen den dunklen Umrissen des Lagers auf, tief unter dem Glitzern der Sterne. Ich schob den Kopf und die Schultern aus der Wölbung des Zelts und verharrte, ehe ich es verließ und mich aufrichtete. Dann schlenderte ich zwischen die Zeltreihen. Kein Posten behelligte mich. Selbst im Finstern ist meine Erscheinung vertraut genug, um erkannt zu werden, und ich werde überall geduldet.

Ich spazierte ohne Absicht und ohne Ziel umher. Ich verspürte Sehnsucht nach Ooldra und hoffte ein bißchen darauf, daß sie es ahnte und zu mir kommen würde; doch anscheinend schlief sie, wo auch immer. Ohne daß ihr Atem eine Spur von Unruhe verriet, schritt ich durch die Schatten der Vögel; mein Selbstvertrauen gewährleistete, daß sie sich nicht bedroht oder gestört fühlten, und sie verhielten sich so, als sei ich überhaupt nicht in ihrer Nähe. Was die Posten betrifft, so haben die meisten mich wahrscheinlich gar nicht bemerkt; ich trug nämlich meinen schwarzen Umhang über meinem Nachtzeug. In den Zelten war es still.

Die beiden Wächter, welche die Vögel beaufsichtigten, hockten neben dem Gehege; der eine teilte irgendwelche runde Früchte mit dem Kameraden, doch es war den beiden nicht beschieden, in Ruhe essen zu dürfen. Der Vogel im äußersten Winkel des Geheges hörte sie kauen, begann zu krächzen und hörte nicht auf damit, bis er einen Happen bekam, rieb seinen Schnabel an der Schulter des einen Wächters und schnob ebenso jämmerlich und heiser; nachdem er dann etwas erhalten hatte, damit er still sei, merkte dies der Vogel daneben, worauf er grenzenlosen Neid verspürte und krakeelte, bis er ebenfalls eine Handvoll bekommen hatte. Das ärgerte den benachbarten Vogel, der daraufhin auch einen Anteil forderte, und so weiter, bis die ganze Reihe versorgt worden war. Die Männer lachten und widmeten sich den restlichen Früchten. Trotzdem war es ruhig genug, um all das ungestört beobachten zu können.

Deshalb empfand ich starke Überraschung, als jemand hinter mir mich ansprach. »Ist es interessant?«

Ich fuhr herum. »Nicht besonders«, sagte ich so lässig wie ich's vermochte. Mein Herz jedoch schlug fast schmerzhaft hart. Er trug das goldene Vlies, aber unter den Sternen sog es sich mit ihrem Schein voll, glänzte halb mattgolden, halb silbern. »Ach, natürlich«, fügte ich hinzu. »Ich hatte Eure Gewohnheit vergessen, des Nachts allein zu wandeln.«

»Ich wußte gar nicht, daß du die gleiche Gewohnheit pflegst.«

»Nur heute. Ich kann nicht schlafen.«

Nachdem ich mich umgedreht hatte, muß ich ihn auf eine Weise angegafft haben, die ihm nicht entgehen konnte; vermutlich fühlte er sich geschmeichelt, aber er sagte nichts, auch nicht zu der Verwirrung, die er mir im ersten Augenblick angesehen haben muß. Doch ganz unbeabsichtigt hatte ich ein unterschwelliges Verlangen nach ihm zum Ausdruck gebracht. Insgeheim dankte ich Ooldra. Oder vielleicht verdiente mein Vetter den Dank. Ich wünschte mir bloß, diesen Anflug von Widerwillen aus meiner Stimme verdrängen zu können.

Doch anscheinend fand er daran nichts Verdächtiges. »Weißt du«, sagte er und legte leicht einen Finger unter mein Kinn, »ich glaube, du hast mir die Auspeitschung noch nicht verziehen.«

Sein Tonfall war ein ganz klein wenig anders als sonst; seine Stimme klang nicht ganz wie gewöhnlich. Sie zeigte eine Spur von Verwunderung – und sie war sanft, zu sanft.

»Doch, Herr, natürlich«, sagte ich. »Es hat mich nur ein bißchen geärgert.«

»Niemand hatte von dir erwartet, kleine Göttin, daß du eingreifen würdest, um jemandem Schmerzen zu ersparen, und obendrein in solcher Wut. Weißt du noch, daß du sogar nach meinem Dolch gegriffen hast? Hättest du ihn wirklich gegen mich erhoben?«

»Ich ... ich erinnere mich nicht daran«, sagte ich erschrocken. »Das habe ich vergessen.«

Aber er lachte bloß. »An dem Tag hast du mich wahrlich überrascht«, bekannte er. »Ich hatte nie damit gerechnet, daß du mir irgendeine Überraschung bescheren würdest.«

Für wie schlaff er mich halten mußte! Nun, um so besser. Doch wozu davon schwatzen? dachte ich. Nur die Gegenwart zählt. »Gebieter«, sagte ich, »wie schön Euer Umhang ist.«

Mittlerweile hatten wir den Waldrand erreicht, der das Lager säumte, und als wir unter die Baumwipfel traten, wich der Glanz seines Fellumhangs. Ich war verblüfft, als ich seine Finger auf meinem Handgelenk spürte, die meine Hand in das mähnige, weiche Fell lenkten. »Ja«, sagte er. »Fühle es, es ist das schönste Schaffell der Welt.«

»Es fühlt sich ein bißchen körnig an«, sagte ich.

»Das ist das Gold.«

»Stammt das Fell von einem verzauberten goldenen Widder?«

Er lachte aus vollem Hals, eines dieser anhaltenden, durch und durch natürlichen und aufrichtigen Lachen, das allein Männer nicht scheuen. »Würde es dich sehr erstaunen«, meinte er dann in jenem komisch sanftmütigen Tonfall, »wäre es so, kleine Göttin?«

In der Finsternis verzerrte sich meine Miene zum Ausdruck des Hasses, den ich für ihn empfand. »Oh, mein Gebieter«, sagte ich, »anscheinend verspottet Ihr mich… doch um ehrlich zu sein – wie sollte ich wissen, ob es goldene Widder gibt oder nicht?«

»Ich dachte, die Weiber eures Landes glauben an alles mögliche?«

»Alles mögliche?«

»Dinge, die man nicht sehen kann, Hexenwerk, eigene Göttlichkeit…«

So hatte es kommen müssen.

»In den Adern unseres Volkes fließt das Blut jener Götter, die in uralten Tagen unseren Frauen ihre Gunst schenkten«, stellte ich zornig fest. »Ein jeder meines Geschlechts ist den Göttern verwandter als…«

»Du nennst deinesgleichen ein Volk?« fragte er belustigt. Er weigerte sich, mich überhaupt ausreden zu lassen.

»Es gefällt Euch offensichtlich, ungnädig zu sein, mein Gebieter.«

»Ist Vaterlandsliebe das einzige Gefühl, das du kennst? – Sobald ich deine Heimat erwähne, verlierst du völlig die Fassung. Laß das, du bist gewöhnlich viel umgänglicher.« Seine Hand strich durch mein Haar, streichelte meine Wange, glitt in meinen Nacken; und wieder zurück. »Na, was für ein zartes Haar! Viel weicher als mein verzaubertes Schaffell. Ich bekam es als Tribut von einem Häuptling geschenkt. In der nördlichen Wildnis benutzt man Schaffelle, um das Gold aus den Flüssen zu waschen. Zum Schluß sind die Felle selbst goldene Kostbarkeiten.«

»Der Umhang muß reichlich schwer sein.«

»Für mich nicht.« Für einen Moment verlor seine Stimme den gekünstelten Anflug von Sanftmut und nahm einen sachlicheren Klang an. Ich fand diesen Tonfall angenehmer als den anderen. Der Verstand sagt einem, daß ein nachsichtiger Tonfall so etwas wie eine Beleidigung ist, denn sein Gehalt an Ehrerbietung ist so geringfügig, daß er in Scharfzüngigkeit umschlägt, wann immer es dem Sprecher paßt; die Sinne allerdings flüstern einem genau das Gegenteil ein, unterstützen das, was er einem vorzutäuschen versucht, nämlich, daß man nett, begehrenswert und bewundernswürdig sei.

Nichtsdestoweniger war es eben diese falsche Sanftmut, deren ich mich in Erfüllung meiner Pflicht nun befleißigen mußte.

»Wie stark Ihr sein müßt«, gurrte ich.

Es hätte mich nicht überrascht, ihn erwidern zu hören, das sei er tatsächlich, aber er versetzte mir einen üblen Stich. »Deine Freundin Ijleldla ist scharfsinniger. Wie beeindruckend eure Frauen gewesen sein müssen, daß sie sogar die Gunst von Göttern gewinnen konnten – oder hast du die Redekunst deiner erhabenen Ahninnen nicht erlernt?«

»Ihr sprecht sehr abfällig von heiligen Dingen«, sagte ich, »und es wird die Götter erzürnen. Ich hoffe, Ihr sprecht so nicht auch von Euren Göttern.«

»Ich habe keine Götter«, sagte er. Ganz einfach. Ruhig. Beiläufig. Oh, ich glaubte es ihm, man brauchte nur zu hören, wie er es aussprach. Ich überlegte, ob es am besten sei, ihn rasch hier in der Finsternis zu erstechen und die Welt von diesem anmaßenden Ungeheuer zu erlösen.

Wir drangen tiefer in den Wald ein. Ich spürte, wie sein Finger über meinen Rücken glitt, die Wirbelsäule hinab; dann prüfte er, ob mein Leibgurt fest säße. Ich tastete nach meinem Messer.

»Seltsam«, bemerkte er plötzlich. »Wie es scheint, wird dieser merkwürdige Geruch stärker.«

»Tatsächlich?« Ich faßte das Messer am Griff. »Ich habe mich schon dermaßen daran gewöhnt, daß ich ihn gar nicht länger wahrnehme.«

»Nun, er ist in der Tat stärker als sonst.« Er streckte eine Hand aus und hielt mich fest; ich blieb stehen. Plötzlich bemerkte ich, daß er todernst war, daß wir beide verharrten, er ein Buhler und ich eine Mörderin, die gemeinsam vor einer unbekannten Gefahr standen. Fest umklammerte ich das Messer meiner Mutter. »Warum kehren wir nicht um?« flüsterte ich.

»Weshalb, Göttin? Bist du nicht neugierig?«

»Aber vielleicht belauert uns etwas wahnsinnig Gefährliches … es ist Eure Pflicht gegenüber dem Heer, Euer Leben zu bewahren.«

»Ja, gewiß, das ist klar. Dann geh zurück.«

»Ihr müßt mitkommen.«

»Dann komm mit mir, wenn du dich allein fürchten würdest, doch sei ruhig.«

Trotzdem rügte er mich nicht, als ich flüsterte: »Was glaubt Ihr, was es ist?«

»Ich rate niemals. Und du?«

»Ooldra sagt, es sei eine Fäulnis im ätherischen Leben des Urwalds.« Ich sprach Ooldras Namen laut und deutlich aus, so daß er ihn unmöglich überhören konnte, aber er ließ sich nicht im mindesten darauf ein. Er deutete voraus – ich erkannte die Geste am Aufblitzen seiner metallenen Armschiene –, und als ich hinschaute, spürte ich, wie er neben mir lautlos lachte.

Zuerst vermochte ich nichts zu sehen, doch dann erkannte ich, daß vor uns, am Boden, in den Bäumen, in Haufen übereinander (wie Schildkröten), Dutzende von riesigen Schnecken lagen – reglos, scheußlich, ein Ausbund von Widerwärtigkeit.

Mir war nicht zum Lachen zumute. Wie natürlich der Anblick auch sein mochte, er hatte mich zu sehr überrascht.

»Ich wußte nicht, daß Schnecken stinken«, sagte ich.

»Sie waren wohl noch nie so groß, daß man's gemerkt hätte.«

»*Die* sind wahrhaftig groß! Aber wir hätten doch überall und auf allem gewaltige Schneckenspuren sehen müssen …«

»Sie liegen noch im Winterschlaf. Und jetzt …«

»Ich bin müde. Bringt mich zurück.« Tatsächlich bebten meine Knie zu sehr, um mein Vorhaben in dieser Nacht ausführen zu können.

Heute zog das Heer am Schlafplatz der Riesenschnecken vorüber. Ich begriff, daß Zerd nach der Entdeckung der vergangenen Nacht die Marschrichtung willkürlich geändert hatte, damit jeder sehen konnte, was die Ursache der Ängste war, die alle während der letzten Tage durchstehen mußten. Und wirklich waren alle irrsinnig erleichtert und froh über die glückliche Wendung; es verblüffte, durch den Urwald, der bis dahin so still und bedrückend gewesen war, auf einmal Geschrei und Gewitzel schallen zu hören. Unwahrscheinlicher Trubel entstand. Die Vögel in den Bäumen und die großen Insekten, die sich schon an unsere Anwesenheit gewöhnt hatten, schwirrten aufgescheucht davon; die Unruhe übertrug sich auf die Vögel, und stellenweise brachen die Kolonnen auseinander, ein Vogel wandte sich in seiner Erregung sogar gegen seinen Reiter, warf ihn ab und zerfleischte mit den Krallen dessen Leib, so daß ein Unterführer den Befehl erteilen mußte, den Mann gnädig rasch mit einem Lanzenstich zu töten. Der Vogel allerdings besann sich alsbald und wurde einem Soldaten übergeben, der sein Tier im kürzlich stattgefundenen Gefecht verloren hatte. Dieser Zwischenfall traf die Goldenen, weshalb die Blauen sich mächtig freuten.

Bald darauf begannen die Männer die Wälle und Säulen von Schnecken zu attackieren – denn so sahen die Bäume aus, wie gewaltige Säulen von Schnecken, so dicht beieinander und aufeinander und übereinander klebten sie daran – und traten unter höhnischen Beschimpfungen auf sie ein, und die armen Viecher erwachten, während man ihre Gehäuse eintrat, und zischten und knisterten, nicht aus Mäulern, sondern mit ihrem ganzen Fleisch, und das machte ihr Unglück irgendwie rührend bemitleidenswert. Die Soldaten schrien vor Lachen und zertrümmerten die Gehäuse mit den Waffen vollends. Das reinste Blutbad entwickelte sich. Der Lärm war fürchterlich. Anfangs hegte ich die Überzeugung, die Unterführer würden dem Schlachten Einhalt gebieten, doch der Marsch wurde so gut wie gar nicht dadurch behindert, und außerdem glaube ich, daß sie meinten, dieser allgemeine Wutausbruch sei für die Soldaten besser als schlecht für die Zucht; nach den Tagen der Angst war das wohl eine richtige Auffassung.

»Der wahre Grund ist«, behauptete allerdings Smahil, als er etwas später neben mir ritt, »daß die Männer lernen sollen, den Befehlshabern zu vertrauen, weil uns viel Schlimmes bevorsteht. So unerfahrene Leute müssen für die Führer eine ständige Quelle des Ärgers und der Unsicherheit sein.«

Seit dem Gefecht bei den Wasserfällen hatte ich Smahil nicht mehr gesehen, und gewiß wirkte ich ziemlich merkwürdig, als ich ihn peinlich berührt anschielte, den Blick abwandte, ihn wieder ansah; und das mehrmals. »Wieso«, fragte ich leichthin und mit heiterer Stimme, »was könnte schlimmer sein?«

Wie schaute er mich an? Er wirkte irgendwie ein wenig verändert, sah mich nicht so an, wie ich's von ihm kannte, sondern anders, mit einer Art von Ausdruck verschwörerischer Mitwisserschaft. Ich hatte – wie es mir noch oft unterläuft – wieder einmal versäumt, den Gesprächsstoff selbst zu bestimmen.

»Vieles«, erwiderte er gedankenverloren; wir wußten beide, was für eine hohlköpfige Frage ich gestellt hatte. »Nimm Shegs Zügel fester«, ergänzte er. »Er scheint ziemlich aufgeregt zu sein.«

»Das könnte ihn ärgern«, jammerte ich. »Ich hasse ihn. Niemals kann ich ihm trauen, nie verstehe ich ihn.«

»Blob würde sagen, es läge daran, daß du kein guter Reiter seist.«

»Ich bin ein sehr guter Reiter!«

»Na gut, aber Blob sagt wirklich das Gegenteil. Er sagt auch, er habe dich in der vergangenen Nacht mit unserem großmächtigen Gastgeber, dem Feldherrn, in den Wald spazieren sehen.« Smahil sah mich von der Seite her an, während er seinen Vogel zum gleichmäßigen Gang zu zügeln versuchte.

»So, ist er ein elendes Miststück, das einmal vorgetäuscht hat, mein Reitknecht zu sein, um zu verbergen, daß er mir nachspioniert?«

»Ärgerst du dich, Cija?«

Ich schenkte ihm einen verächtlichen Blick, und da bemerkte ich, daß er grinste. Ich zog eine böse Miene. »Ach, halt den Mund. Ich finde das nicht lustig – soll ich etwa erfreut darüber sein, wenn so ein Schwachkopf solches Geschwätz über mich verbreitet?«

»Natürlich ist er dreist. Er mochte dich noch nie. Aber er wußte genau, wovon er sprach. Er hat es nicht aus der Luft gegriffen.«

»Er kann sich getäuscht haben.«

»Hat er sich?«

Es bestürzte mich, eine derartig direkte Frage von jemandem zu hören, der keinerlei Recht dazu besaß, überhaupt danach zu fragen. Die Gewohnheit, mich des Lügens und Betrügens zu befleißigen, war mir schon so sehr in Fleisch und Blut übergegangen, daß ich schon leugnen wollte, doch da entsann ich mich der Mahnung meiner Mutter, nicht zu häufig zu lügen, damit man mir im Ernstfall auch meine Lügen glaube. »Nein«, sagte ich im Tonfall der Übellaunigkeit, »er hat sich nicht getäuscht, aber dessen konntest du nicht gewiß sein. Ich spazierte durchs Lager, weil ich nicht zu schlafen vermochte, und der Feldherr tat das gleiche – ich konnte mich wohl kaum weigern, als er mich ansprach, ihn zu begleiten.«

»In den Wald?«

»Der Geruch lockte uns dorthin, und wir fanden die Schnecken. Deshalb hat er das Heer heute an ihnen vorbeimarschieren lassen.«

»Ein übler Geruch, um sich davon angelockt zu fühlen. – Macht nichts. Warum warst du nicht vorsichtiger, damit dich niemand mit ihm sehe?«

»Weil ich nicht wußte, daß jemand mir nachspionierte«, schnauzte ich. »Warum fragst du mich so aus – glaubst du etwa, du besäßest ein Recht, jeden meiner Schritte zu überwachen, weil du mich einmal küssen durftest? Na schön, wenn du's unbedingt wissen willst, er versuchte mich ebenfalls zu küssen, doch mehr oder weniger gelang es mir, ihn daran zu hindern.«

Smahil hatte zweifellos etwas anderes sagen wollen, aber als er das hörte, begannen seine Augen zu funkeln. »Mehr oder weniger?«

»Es half mir, daß wir die Schnecken entdeckten. Wir stießen ganz plötzlich auf sie.«

»So, aha. Nun, auf jeden Fall, ich wollte dir sagen, daß Blob es sämtlichen Geiseln weitererzählt hat, und dein Verhalten findet die höchste Mißbilligung von Edelmann Gagl und der dicken Edelfrau Ronea. Was sagst du dazu?«

»Aber … ach, sie gehen mich nichts an, ich habe nichts mehr mit ihnen zu schaffen, aber … das ist eine ekelhafte Frechheit von Blob! Nun – ich danke dir für die Warnung, doch ich brauchte sie nicht, denn dergleichen wird sich wahrscheinlich kaum wiederholen.«

Plötzlich funkelten Smahils Augen erneut; er kann niemals darauf verzichten, die Glaubwürdigkeit einer Äußerung durch eine scheinbar unbedeutende Bemerkung in Zweifel zu ziehen. »Nicht?«

Als ich das Grau seiner Augen bewunderte und dann unvermeidlich *in* seine Augen sah, spürte ich, daß meine Hand, die Shegs Zügel hielt, zitterte. Ich erinnerte mich, wie unsere Jugend Smahil und mich über den Wasserfällen, die rauschten und brausten, einander nahe gebracht hatte, unglaublich nahe, überwältigend, so daß nichts anderes gezählt hatte, wenn unsere Körper sich nur nahe sein konnten. Ich schlug auf Sheg ein, der bösartig schnarrte, gab ihm die Sporen, worauf er wütend mit seinem mächtigen Schnabel mahlte und knirschte, und ritt von Smahils Seite.

Heute abend zeigte der Feldherr im Zelt der Schönsten beiläufiges Interesse für Lisia, eine große, freche, hellhäutige Sklavin, die bei der geringsten männlichen Aufmerksamkeit dazu neigt, sich dummgeil aufzuführen. Als sie ihm Wein einschenkte, berührte er ihre Hand, und im Laufe des Abends widmete er ihr wiederholt seinen bewußt eindringlichen Blick. Ich verstand völlig, warum er für den Feldzug die Schönste zur Begleiterin gewählt hatte; sie ist immer lebhaft, ermüdet anscheinend nie. Die Rundungen ihres Körpers, ihre vollen, prallen Brüste, ihre etwas zu kurzen, leicht krummen Arme, ihr fester Bauch, das schwarze, knisternde Haar und die langen, kraftvollen Beine bilden eine Gesamtheit reiner Sinnlichkeit; sie ist zähe, ungezähmte, tierische Weiblichkeit und ich glaube, wäre ich ein Mann, würde ich sie sehr begehren. Sie lag hinter ihm ausgestreckt auf den Pelzkissen, Herrscherin des Zeltes, aber seine Sklavin, sobald er eintritt. Natürlich ist das einer ihrer Kniffe; sie fühlt sich keineswegs als seine Sklavin. Vielmehr ist sie auch *seine* Herrin, falls nicht noch mehr.

Narra und ich schwatzten und kicherten in einer Ecke, im Schatten der Deckengehänge, aber mir war nicht wohl zumute. Der Mangel an Ehrerbietung, den diese Menschen an den Tag legen, selbst befreundete, wie Narra, gegenüber den Göttern, die unsere Urahninnen schwängerten, begann mich allmählich stark zu bedrücken; ich hatte den Eindruck, daß sie sich unsere Götter lediglich als dümmliche Lüstlinge vorstellten, die es mit unaufschiebbarer Dringlichkeit nach Frauen verlangt hatte, nicht jedoch als erleuchtete, unaussprechlich heilige Wesen, wie sie's sind, die unser Geschlecht auswählten, um es über alle anderen zu erheben. Und wie es immer mit der Gottlosigkeit ist, sie steckt an. Ich fühlte mich jämmerlich und viel weniger überzeugt.

In dieser Nacht heulte der Wind um das Lager, als hasse er es; Narra und ich hörten ihn gegen unseren Erdwall antoben, und wir wußten, wie einsam die Posten sich fühlten und daß die Feuer nur schwach und tiefrot glommen.

Im Zelt jedoch ergötzten sich der Feldherr und seine Günstlinge. Die Troddeln der Dachgehänge schwangen leicht unter dem Ansturm des Winds über ihren Köpfen, und in den goldenen Bechern kräuselte sich der Wein; die windgeschützten Lampen aber brannten gleichmäßig, und alle lachten und sangen zum Ghirzageklimper des Knaben. Heute waren ein paar Hauptleute dabei, darunter Clor und Eng, die sich rasch sehr betranken. Auf Clors Knien räkelte sich ein Mädchen; einmal hatte er ihr das Kleid hochgeschoben, um ihren Bauch zu streicheln, aber inzwischen hegte er kein Interesse mehr und grölte mißtönend ein Lied. Das Mädchen, glaube ich, war dann ganz eingeschlafen, zuckte gelegentlich mit den Beinen, und die Goldborten an der Hose Clors schimmerten im Lampenlicht.

Ansonsten verlief alles recht anständig. Die Schönste war eine vorzügliche Gastgeberin, und es gab jede Menge Essen und Trinken und viel Musik. Zwei Hauptleute hatten kleine Trommeln mitgebracht, die sie ganz gut schlagen konnten; auf jeden Fall war das besser als das ständige Ghirzageklimper. Isad hatte ein Horn, womit er jedem ins Ohr blies. Alle grölten lauthals Trinklieder. Manchmal glaubte ich die Stimme des Feldherrn herauszuhören: sie ist tief und dröhnt, aber schöner als die anderen sang er auch nicht.

Einmal waren zu viele Becher gleichzeitig leer; ich mußte den Winkel verlassen und beim Einschenken helfen. Isad blies mir ins Ohr und ärgerte sich, weil ich nicht erschrak. »Alarm, Alarm!« schrie er; das ist der im Heer übliche Warnruf. Ich wollte schon erschrocken tun, als mir einfiel, daß ihn das erheitern würde; also beschloß ich, mir diese Mühe nicht zu machen und sah ihn lange kalt an, während ich einem anderen den Becher füllte. Er stieß mich mit dem Horn gegen den Arm. »Wem hältst du dich, kleine Hure, hä?« Ich verschüttete ein bißchen vom Wein, und der Mann, dessen Becher ich füllte, blickte auf und lachte; als ich mich umdrehte, schlug er mich auf den Hintern. Der Feldherr kümmerte sich gar nicht um mich; er hatte mich gesehen, küßte aber gerade Lisia, so daß mir wenigstens sein Gelächter erspart blieb.

Als ich in die Ecke zu Narra zurückkehrte, legte sie den Kopf schief und schaute mir ins Gesicht. »Warum bist du so ernst, Cija? Du preßt ja die Lippen ganz fest zusammen.«

»Diese Lümmel«, sagte ich und rieb mir den Hintern.

»Oh, du bist das nicht gewöhnt, ich weiß, aber sie meinen es nicht böse. Viele wissen auch nicht, daß du eine Prinzessin bist ...«

»Aber sie sollten wissen, was sich gehört. Außerdem bin ich keine Prinzessin. Ich habe dir das schon oft genug erklärt, aber du begreifst es einfach nicht.«

Sie machte ganz große, verzweifelte Augen.

»Bitte vergib mir, Cija. Ich weiß, daß du in Wirklichkeit eine … daß du von euren Göttern abstammst …«

»Und deinen Göttern, Dummerchen. Jedermanns Göttern.«

»Gewiß, Cija.« Sie nickte eifrig. Aber sie versteht mich nicht, sie meint auch, jedes Land habe eigene Götter.

Ich zog die Knie an.

»Oh, dieser Wind.«

»Fürchtest du dich, Cija?«

»Natürlich nicht. Aber fühlst du dich nicht niedergeschlagen?«

»Doch, jetzt, weil du's bist.«

Die großen Troddeln, die unter dem Zeltdach schaukelten, warfen große, obszöne Schatten. Jemand verschluckte sich am Wein. Ohne Ankündigung sprang Eng auf und kotzte. Der Feldherr grinste, wogegen die Schönste die Brauen hob. »Narra!« rief sie, und die Kleine lief hinaus, um einen Eimer und einen Lappen zu holen.

Höchste Zeit, daß sie alle gehen, dachte ich. Sie werden doch merken, daß das Gelage seinen Höhepunkt überschritten hat?

Narra kam wieder herein, aber sie stürmte zum Feldherrn. »Erhabener!« schrie sie. »Erhabener!«

Als er sie ansah, um zu hören, was los sei, kamen mehrere Posten ins Zelt gelaufen; sie blieben am Eingang stehen und brüllten auf den Feldherrn ein.

»Wir sind umzingelt!« – »Feldherr, wir sind verloren!« – »Die Waldmenschen, Erhabener!« So und ähnlich schrien sie durcheinander. Der Feldherr stand auf, enthedderte sein Schwert aus seinem scharlachroten Umhang und ging mit den Posten hinaus. Die Mädchen schauten furchtsam drein. Die Hauptleute zogen ihre Schwerter und eilten ebenfalls hinaus. Eng wankte, und Clor war der letzte, der auf die Beine kam. Die Schönste rührte sich nicht, abgesehen davon, daß sie sich ein wenig aufrichtete und auf den Ellbogen stützte; ihre Lider waren schmal. Sie lauschte.

Ich hörte nichts außer Narras Keuchen, als sie zu mir

stürzte und sich an mein Kleid klammerte. Aber ich hatte geahnt, daß der Wind etwas bedeutete.

Das Waldvolk hatte unser Lager ringsum eingeschlossen. Von unseren Kundschaftern war keine Warnung gekommen: sie hatte man alle im tiefen Dschungel lautlos niedergemacht. In diesem Gelände war das Nordheer dem Waldvolk weit unterlegen.

Der Häuptling, der persönlich erschien, im Schutz der Dschungeldämmerung und seiner wildäugigen Krieger, war ein unermeßlich großer Mann, gekleidet in Felle. Auf den ersten Blick meinte man, er trüge keinen Schmuck, und das hätte auch keine Rolle gespielt, denn sein gebieterisches Gehabe und Gerede verriet seine Häuptlingswürde auf der Stelle. Dann allerdings sah man, daß er viel Schmuck trug, Armreifen, Ketten und Spangen aus einem stumpfen, unauffälligen Metall, das man in seinen Fellen kaum zu erkennen vermochte und nur ganz selten aufglänzte; um den Hals hingen zwei Ketten aus schweren, bemalten Metallplatten bis zum Nabel hinab.

Hinter ihm standen unzählige Waldmenschen, so viele wie der Wald Bäume hat, bildlich gesprochen; auf jeden Fall eine Anzahl, die man gar nicht schätzen konnte, und alle wirkten unwahrscheinlich wild und kriegerisch. Wir saßen gefangen.

»Warum seid ihr in mein Land gekommen?«

»Wir sind nicht in dein Land gekommen, Waldhäuptling«, antwortete der Feldherr. »Wir marschieren bloß hindurch.«

»Und stört uns und erlegt unser Wild und macht Lärm und schlagt Breschen in den Wald und benehmt euch wie Eindringlinge. Ihr habt keinen Tribut entrichtet, nichts dafür gegeben, daß ihr den Wald durchquert.«

Unverzüglich nahm man Verhandlungen auf. Sie dauerten nicht lange, aber die Waldkrieger begannen des Zuhörens bald überdrüssig zu werden und schleuderten Speere ins Lager. Und sie schleuderten sie sehr zielsicher.

Damit fingen sie gerade an, als Narra und ich – wir waren nach draußen gekrochen und lauschten – uns aufmachten, um zurück ins Zelt der Schönsten zu kehren, weil wir ihr alles berichten sollten, was wir herauszufinden vermochten. Es war sinnlos. Wir sind vollständig von den gewaltigen Scharen der Waldkrieger umzingelt, die im Wald daheim sind wie Fische im Meer. Wir besitzen keine Aussicht auf erfolgreichen Widerstand oder Flucht. Der Feldherr verhandelte sehr höflich; das ist ein unmißverständlicher Beweis dafür. Er will sich mit dem Häuptling möglichst gütlich einigen.

Am Morgen, nach dem Frühstück, streiften Narra und ich durchs Lager, im Bestreben, dieses oder jenes zu beobachten und irgendwelche Nachrichten aufzuschnappen. Von beidem erwarteten wir nicht viel, vom ersten jedoch mehr. Neuigkeiten erfährt man in einem Heerlager schlecht, wogegen die Gerüchte unzählbar sind. Natürlich bestand an diesem Morgen gar kein Gedanke an einen Abmarsch. Noch in der Nacht hatten die Waldmenschen sich rings um unser Lager ihrerseits gelagert, wobei sie sich ganz unbefangen und lautstark verhielten. Unsere Männer machen so etwas wie Urlaub; sie nutzen nach dem langen Marsch die unerwartete Rast, um sich bei alten Freunden blicken zu lassen, ihr Zeug zu flicken oder ihre Harnische zu putzen. Die Mehrzahl allerdings liegt bloß untätig herum und erholt sich. Den Anführern mißfällt es, daß sie nichts tun, so daß sie sich irgendwelche Beschäftigungen für sie ausdenken; die Anführer selbst sind durch die neue Lage sehr erregt, laufen im Lager umher, schütteln beständig die Köpfe – betont lässig, aber sichtlich beunruhigt – und verstärken die Posten, kommen zurück und widerrufen den Befehl, ziehen die Hälfte der Posten wieder ab, damit die Waldmenschen nicht argwöhnisch werden.

Unterdessen, am Spätvormittag, kamen Gruppen von Waldmenschen und streiften neugierig durchs Lager, begafften alles genau und unterhielten sich darüber.

Es gab keine ernsten Zwischenfälle bis auf einen, als ein Soldat dagegen war, daß ein Waldmensch sein Kochgeschirr durchstöberte, und ihn niederschlug. Der Waldmensch erhob ein mächtiges Geschrei, und seine Begleiter liefen hinzu und schlugen den Soldaten nieder. Eine allgemeine Prügelei drohte sich zu entwickeln, aber Anführer des Nordheers – anscheinend auch ein paar des Waldvolks – warfen sich dazwischen und verhinderten es. Die Unterführer des Waldvolks scherten sich nicht sonderlich darum, es schien ihnen reichlich gleichgültig zu sein, ob in unserem Lager ein Kampf ausbrach oder nicht, wogegen die Anführer des Nordheers sich entschieden und nachdrücklich darum bemühten, das zu vermeiden.

»Das könnte das Zelt sein«, sagte Narra.

»Hmm.«

Wir knieten beide hin und lauschten, die Ohren an der geschlossenen Lasche des Zelteingangs.

»Viel Gerede, aber unverständlich«, sagte Narra enttäuscht.

In diesem Moment klappte plötzlich jemand die Lasche zurück, und wir fielen ins Innere. Als mein Kopf aufprallte, sah ich dicht vor meinen Augen die mit Metallreifen verstärkten Lederstiefel des Waldhäuptlings, und ich hörte den Feldherrn lachen, als wolle er platzen. Aus irgendeinem Grund klatschte mir Narras Fuß auf den Mund, und gleich darauf erhielt ich weitere Stöße in den Rücken. Der Sklave, der die Lasche aufgeklappt hatte, war sofort zur Seite getreten, um auch die zweite vom Eingang zu entfernen, denn wir waren ausgerechnet am Ende des Palavers eingetroffen, so daß sich alle anschickten, das Zelt zu verlassen, und deshalb waren zwei andere Leute über mich und Narra gestolpert und auf uns gefallen.

»Nimm deine Füße aus meinem Nacken«, hörte ich Smahils Stimme, und er schob sie roh von sich. Für einen Moment krabbelten wir durcheinander und riefen uns überrascht bei den Namen, wie ein Nest von Otterjungen, dann rafften wir uns auf und starrten den Feldherrn an, der schallend lachte.

»Meine Geiseln«, erklärte er dem Häuptling.

Der Häuptling verbeugte sich knapp, aber würdevoll; falls er Ungeduld empfand, verbarg er sie.

Narras schmächtiger Brustkorb blähte sich vor Stolz.

Dann strömten er, der Häuptling und beider Gefolgsleute aus dem Zelt, und wir blieben am Eingang zurück und musterten uns. Die Person in Smahils Begleitung war Ijleldla.

»Also zieht Zerd dich nicht ins Vertrauen, Cija. Du mußt lauschen.« Sie lächelte haßerfüllt.

Ich begriff sofort, wie verdreht es in ihrem Kopf aussah.

»Dich auch nicht, Ijleldla.« Ich kicherte. Ich war so selbstsicher wie noch nie und behandelte sie mit zuckersüßer Freundlichkeit, als bemerkte ich ihren Haß nicht; das mußte ihre Wut bis zum Wahnsinn steigern.

»Er besitzt auch keinen Grund, um *mich* ins Vertrauen zu ziehen«, fauchte sie. »Dich dagegen, unsere unschuldige kleine Göttin, die mit Seiner Erhabenheit in den Wald geht ...«

»Oh, oh, deine Eifersucht macht dich blind, Ijleldla. Ist es die Furcht, daß sie wahr sein könnten, die dich dazu verleitet, alle schmutzigen Nachreden Blobs zu glauben?«

»Wer hat dir das gesagt?« Ihre großen blauen Augen schielten zu Smahil hinüber. »Noch etwas, liebe kleine Göttin, es dürfte Iren gar nicht behagen, wie du dich jetzt Smahil an den Hals wirfst.«

»Wie dumm von mir, zu vergessen, daß Smahil Irens Eigentum ist.«

Ijleldla keuchte vor Zorn.

»Smahil – Smahil, sag ihr, sie soll ihre Zunge besser hüten!«

Smahil schenkte uns beiden sein besonders rätselhaftes Lächeln und öffnete den Mund, um etwas zu sagen, als sein Blick auf Narra fiel.

Sofort veränderte sich sein Gesichtsausdruck. »Ijleldla, du hast ja das Kind zum Weinen gebracht.«

»Na, das gefällt mir!« rief Ijleldla in verständlichem Erstaunen. Smahil legte einen Arm um Narras Schultern und nickte mir zu. Wir ließen Ijleldla stehen.

Smahils Zelt ist größer als die der anderen Geiseln, welche ich gesehen habe. Sein Diener war fort und so setzte er Narra auf einen Stapel zerdrückter Kissen und trocknete ihre Tränen. Sie rotzte und schnaufte noch ein Weilchen, nahm jedoch einen Becher Milch an. »Du darfst dich von Ijleldla nicht erschrecken lassen«, besänftigte er sie und winkte mir zu, ich möge Platz nehmen, während er sich um sie kümmerte.

»Ich kann's nicht hören, wenn jemand so böse zu Cija ist«, sagte sie. Ihre Stimme war jetzt heiser vom Weinen.

Smahil hob die Brauen und sah mich an.

»Wer ist die Kleine?« fragte er. »Anscheinend bewundert sie dich mehr als Leute deiner Sorte es tun.«

»Bewunderst du mich nicht, Smahil?«

»Komm mir nicht mit deiner Göttlichkeitsgeschichte. Dein Vetter ist einer unserer Großonkel, und das genügt mir, um mich auch göttlich fühlen zu können.«

»Das sollte es aber nicht. Es ist allgemein bekannt, daß du bloß ein Adoptivsohn bist. Narra …«

»Ich muß fort«, sagte Narra. Sie hatte die Milch getrunken und war natürlich schon wieder völlig heiter und sorglos. »Sie wird mich brauchen.«

Wir umarmten uns kurz, und sie rannte hinaus, fast zu schüchtern, um sich vor Smahil zu verneigen.

Smahil lehnte am Mittelpfosten des Zelts und hatte die Arme über der Brust verschränkt. Er lächelte. Wenn er so lächelt, mit geschlossenem Mund, bilden seine Lippen einen schmalen Wulst verkörperter Selbstzufriedenheit über seinem Kinn.

»Warum, Cija, hast du dich dagegen gewehrt, ich könne Irens ›Eigentum‹ sein, statt dich in jungfräulicher Empörung dagegen zu wenden, du würdest dich mir ›an den Hals‹ werfen?«

»Ich habe mich zu sehr geärgert. Ich wollte mich nicht verteidigen, sondern ihr meine Meinung sagen.« Ich erhob mich, doch Smahil rührte sich nicht. »Möchtest du mich nicht vorbeilassen?« Meine Stimme besaß einen Anflug von Gereiztheit, als ich ihn darauf hinwies, daß er mir den Weg versperrte.

Er lachte.

»Komm, wirf dich mir an den Hals.« Damit streckte er mir die Arme entgegen.

Für einen Augenblick stand ich reglos, dann schüttelte ich den Kopf.

»Nein.«

»Was ist los mit dir?«

»Wenn du mich jetzt küßt, Smahil, heute, wirst du mich fortan stets küssen, sobald du Gelegenheit erhältst, und ich würde es dir nicht verweigern können.«

Er verließ den Zeltpfosten, kam zu mir und hob meinen Kopf – ich wollte es nicht, aber er ist stärker als ich –, so daß ich ihm aus unmittelbarer Nähe in die Augen schauen mußte. Netze winziger Äderchen wanden sich um seine Augäpfel, in denen ich mein Gesicht zweifach widergespiegelt sah.

»Und was wäre schlecht daran?«

»Wir lieben einander nicht, Smahil.«

»Ihr Götter ...« Er war angewidert. »Bei deinem Vetter, Cija, ich hatte nicht gedacht, daß du zu dieser Art von Tränentieren gehörst. Gut, wir lieben uns nicht – aber sicherlich hast du bemerkt, wie gut das Zusammensein uns tut, so gut wie keiner von uns es mit anderen empfindet. Hat dein Körper jemals einem anderen so leidenschaftlich geantwortet wie meinem? Hat er das? Wie wäre das möglich?«

»Ich weiß es nicht, außer dir hat mich noch niemand geküßt«, sagte ich so spröde wie ich es konnte.

Überrascht ließ er mich los.

»Und der Feldherr?« meinte er.

»Dein Benehmen ist wirklich umwerfend!« sagte ich zornig. »Wofür hältst du mich eigentlich?«

Manchmal kann ich die verschiedenen Rollen, die ich spielen muß, nicht trennen, aber ich verriet mich nicht, was die Tatsache anging, daß ich schon seit Monaten versuche, den Feldherrn dazu zu bewegen, mich zu küssen.

Ich überlegte mir schon die nächste Antwort, als ich plötzlich Smahils Lippen auf meinem Mund spürte; er drückte meinen Kopf nach hinten, während seine rauhen Finger meinen Nacken umklammerten.

Die Verkrümmung, in die er meinen Rücken zwang, schmerzte, bis ich nachgab und ihn noch weiter bog. Das war falsch, denn hinter mir gab es keinen Halt. Ich versuchte mich loszureißen. Doch obwohl er jung und nicht allzu schwer ist, besitzt er viel größere Kraft als ich, gegen die ich nicht anzukommen vermochte. Unter dem entschlossenen Druck seiner Lippen konnte ich nicht sprechen. Mein Rückgrat zu entspannen, war die einzige Erleichterung, die ich mir verschaffen konnte, und die Kraft seiner Arme bog mich rückwärts, rückwärts, rückwärts. Sobald ich meine Furcht vor einem Sturz überwunden hatte, richtete ich mich mit einem Ruck auf. Ich fühlte das verzweifelte Drängen der Jugend, die wir miteinander teilten, aber ich hatte ihm den Grund gesagt, warum er mich jetzt nicht küssen sollte. Es war ein guter Grund. Ich wollte nicht Smahil gehören.

Er lockerte seinen Griff nicht, im Gegenteil. Die Umklammerung meines Nackens glich einer Mißhandlung. Er hatte beschlossen, meine Sinne zu wecken, im wahrsten Sinne des Wortes; denn er hat ganz recht. Ich fand niemanden anziehender als ihn. Wäre er ein anderer, hätte er schiefe Zähne oder schlechten Atem, unreine Haut oder Schlitzohren oder wäre er ein feister alter Sausack, ich hätte mich mit vollem Recht seiner erwehrt, doch Smahil ist wie eine männliche Ausgabe von mir, alles an ihm ist angenehm – doch *ich werde mich nicht* zu einer machen lassen, die er jederzeit in irgendeiner Ecke küssen kann, die er lächerlich macht, sobald sie ihm einen Kuß verweigert, nachdem sie ihm viele Küsse schon gewährt hat.

Ich schlug um mich und wand mich. Smahils Kraft versetzte mich in Wut. Ich biß ihn in den Arm. Meine Widerspenstigkeit erzürnte andererseits ihn. Er ließ nicht ab, mich mit der Nähe seines Körpers erregen zu wollen, aber ich blieb der wahre Sieger. Ich hörte nicht für einen Augenblick auf zu kämpfen.

Ich kämpfte um meine Persönlichkeit.

Alles wäre anders gewesen, hätte Smahil mich geliebt.

Plötzlich spürte ich unerwartet den Griff einer fremden Hand auf meiner Schulter, jemand riß mich zurück und gab mir einen Schlag auf die Wange, daß es klatschte, und ich fiel.

Die Lider von Edelmann Gagl bebten, während er mich angeekelt musterte. »Steh auf«, sagte er. »Was für eine widerliche Überraschung. Da komme ich, um mit dem ehrbaren Edlen Smahil zu sprechen, und finde dich hier am Werk. Verschwinde dorthin, wo deinesgleichen sich wohl fühlt, und laß uns in Frieden.«

»Du solltest wohl dein Kleid in Ordnung bringen«, fügte Iren hinzu. Sie war zugleich mit Gagl eingetreten. Ihrem grimmig verzerrten Gesicht entnahm ich, daß sie den ahnungslosen Edelmann in voller Absicht hergelockt hatte, allerdings wohl in Erwartung eines nicht ganz so bestürzenden Anblicks. Ijleldla hatte sehr gut gewußt, warum sie sofort plapperte.

Ich senkte den Blick und sah, daß mein Kleid zerrissen, eine Brust fast entblößt war; ich glaube, mir wären die Tränen gekommen, wäre sie wirklich unter ihren Augen entblößt gewesen, es hätte mir den Rest gegeben. Ich biß mir auf die Lippe und hielt die Fetzen über meiner Brust zusammen.

Smahil – ich hatte seine Kleidung ebenfalls zerrissen – warf Iren einen verächtlichen Blick zu.

»Wie kannst du nur ...« Sie rang um Atem. »Dieses kleine liederliche Stück ...«

»Los, hinaus«, sagte er.

Er nahm seinen Umhang von einem Lampenhaken und legte ihn um meine Schultern, während die beiden mich haßerfüllt anstarrten.

»Ich meine euch, versteht ihr«, sagte er, wandte sich ihnen zu und hob die Brauen.

»Smahil ...«, begann Iren mit scharfer Stimme.

Es war bodenlos dumm von ihr, es in diesem Ton zu versuchen. Sie hätte wissen müssen, daß er mit den Vertraulichkeiten, die er ihr erlaubt hatte, sich vergnügte und nicht sie.

Er unterbrach sie mit einer so bedrohlich sanften Stimme, daß es mir kalt über den Rücken lief. »Seid ihr noch immer in meinem Zelt?«

Iren starrte ihn an, zutiefst bestürzt, verwirrt und gekränkt.

Edelmann Gagl jedoch wandte sich zum Gehen. Iren stand allein, sie mußte ihm folgen. Ihr schmales Gesicht war leichenblaß, mit einem roten Flecken auf jeder Wange. Das war das erste Mal, daß ich jemandes Gesicht so sah, obwohl ich schon oft davon gelesen hatte, und es sieht aus wie Gift und Galle.

An der Eingangslasche drehte der Edelmann sich um. »Schickt ihr die Schlampe nicht fort?« fragte er; seine Augen drohten vor Wut und Ungläubigkeit aus den Höhlen zu quellen, als er bemerkte, daß ich mich nicht gerührt hatte.

Ich wußte, daß Smahil dieser Gelegenheit nicht würde widerstehen können.

»Gewiß, Iren kann mit Euch gehen«, antwortete er.

Ich vermeinte, er habe nun, indem er bloß seiner Schwäche für Wortspiele aller Art nachgab, die Auseinandersetzung von der rohen, feindseligen Ebene auf eine scharfsinnigere Ebene gelenkt, und hauchte schon einen Seufzer der Erleichterung, obwohl ich beinahe so etwas wie enttäuscht war, denn ein richtiger, allseitiger Ausbruch von unverhohlenem Haß hätte vielleicht zu einer viel größeren Erleichterung verholfen. Iren allerdings faßte seine Entgegnung als bösartige Kriegserklärung auf, weshalb meine Geringschätzung wuchs, die ich ohnehin für sie empfand.

»Du wagst es, so von mir zu sprechen, während *sie* neben dir ...«

»Ihr müßt Verzeihung von der Edlen erheischen!« zeterte Edelmann Gagl.

Ich erwartete, Smahil werde sich nun an mich wenden und um Entschuldigung für etwas bitten, aber diesmal beherrschte er sich.

Er schritt zum Eingang, so daß die beiden ihm ausweichen mußten, und schlug die Zeltlasche beiseite. Edelmann Gagl beugte instinktiv die Schultern, damit er hinaus könne, dann aber verharrte er in dieser Haltung und glotzte Smahil mit seinen Froschaugen ins Gesicht. Offenbar verspürte er gerechten Zorn oder so etwas und sah dabei saublöd aus.

»Uns werft Ihr hinaus und duldet diese ... diese Göre!« sprach er weiter. »Eure ehrwürdige Pflegemutter würde Euch das Passende dazu sagen, wüßte sie davon!«

»Das bezweifle ich«, erwiderte Smahil trocken. »Los, los, seid ihr denn noch nicht fort?«

Edelman Gagl zog die Mundwinkel abwärts und verzerrte sein Gesicht zu einer Grimasse des Abscheus, als seien Smahil und ich bloß ein übler Gestank, der ihm in die Nase geriet. Er ging hinaus. Iren, ehe sie ihm folgte, griff nach meinem Kleid und riß einen weiteren Fetzen heraus. Sie spie mir ins Gesicht. Ihr eigenes war verzerrt; sie täuschte vor, eine ehrbare, anständige Geisel zu sein, die eine verräterische Metze anspie, aber das war nur der Vorwand, unter welchem sie sich ihrem Haß hingab. Ihr Speichel in meinem Gesicht verursachte mir Übelkeit. Meine Knie bebten. Ich erregte wohl den Eindruck einer schwächlichen Person, denn ich sank gegen Smahils Schulter und sagte nicht ein Wort zu Iren.

»Morgen wird dein Feldherr davon erfahren«, zischte sie gehässig, eine Vorstellung, an der sie sich offensichtlich weidete.

Smahil gab ihr eine schallende Ohrfeige; sie krümmte den Nacken wie eine Schlange vor dem Biß, dann verließ sie langsam das Zelt.

Ich zitterte, löste mich matt aus Smahils Armen und wischte mir Irens Haßseiber aus dem Gesicht.

»Es tut mir leid, daß das geschehen mußte«, sagte Smahil.

»Mir auch. Ich bin froh, daß es dir leid tut.«

»Hier, trink einen Schluck Wein. Nur zu, ich habe das Mundstück noch nicht berührt, es ist ein ganz neuer Schlauch. Du hättest mir sofort sagen sollen, daß diese Zeit des Monats die falsche ist.«

Also dachte er, das sei der Grund meines Widerstands. Warum, das weiß ich nicht, aber ich fühle mich immer beleidigt, wenn diese Annahme ungerechtfertigt ist, als handle es sich um etwas, das außer in meinem in keinem Kopf etwas zu suchen habe; wenn sie jedoch stimmt, genieße ich jedes Mitgefühl, als stünde es mir zu. Ich fand, daß diese Äußerung von einem Mann zu jeder Zeit eine Beleidigung war, und daß Männer so tun müßten, als hätten sie gar keine Ahnung davon; ja, viel besser wäre es, sie hätten wirklich keine, dann brauchten sie auch nichts vorzutäuschen.

»Ein für allemal, Smahil«, sagte ich müde, und der Wein, der meine Kehle erwärmte, vertiefte lediglich meine Stimmung des Grolls gegen alles und jeden, »wir haben nichts miteinander und werden's niemals haben.« Dann empfand ich das plötzlich als Ungerechtigkeit, denn gerade erst hatte er die Freundschaft der anderen Geiseln verloren – der »anständigen« Geiseln, doch andererseits, das war nicht meine Schuld.

Ich erhob mich und schickte mich an, das Zelt zu verlassen. Meine Knie zitterten noch immer.

»Du fürchtest dich, weil sie zum Feldherrn rennen will.«

Auf entschiedene, endgültige Weise schüttelte ich den Kopf, um ihm zu zeigen, daß es keineswegs das war. »Nein, Smahil. Ich fürchte mich nicht.« Ich verließ das Zelt.

Nicht weit davon sah ich den Feldherrn, der auf seinem mächtigen, schwarzen Vogel saß, mit Iren sprechen. Während ich hinüber zu ihnen taumelte, wandte Iren sich ab und ging an mir vorbei; sie widmete mir einen langen, vielsagenden Blick heißen, erbitterten Triumphs. Glücklicher hätte es wirklich kaum kommen können. Als ich mich ihm näherte, erkannte ich, daß ihn sogar nicht einmal jemand begleitete.

Ich wankte, und er streckte ein Bein, dessen Fuß noch im Steigbügel ruhte, um mich zu stützen. Ich hatte auf seine Hand gehofft, aber man soll nichts überstürzen.

In der Hoffnung, daß der Vogel nicht treten werde, ließ ich mich an seine Wade sinken, aber das Tier war sehr diszipliniert. Für einen schrecklichen Moment glaubte ich, er würde nichts sagen; doch dann vernahm ich seine Stimme: »Geht es dir nicht gut?«

Unverzüglich stöhnte ich auf. »Arme Cija«, bemerkte er, »du bist krank.« Und endlich senkte er einen Arm; er hob mich zu sich empor in den Sattel. Bebend drängte ich mich gegen ihn und lehnte meinen Kopf an seine Schulter. Er legte eine Hand auf meine Schulter, um mich zu beruhigen. Bezüglich seiner Hand hatte ich mich sehr getäuscht. Ihre Berührung war schwer, bedächtig und alles andere als beruhigend. Er besitzt wahnsinnig männliche Hände.

»Gebieter«, murmelte ich, »so könnt Ihr mich nicht zu Euren Begleitern bringen.«

»Im Moment habe ich keinen Begleiter außer dir«, antwortete er. »Sorge dich nicht, dies Gestrüpp ist zu dicht und wirr, so daß nicht einmal von den nächsten Zelten jemand uns sehen könnte. Trink.« Er hob einen Lederschlauch an meine Lippen, der mir sehr bekannt vorkam, und es gelang mir, daraus zu trinken, ohne zu sabbern. Es war ein alter Schlauch, schäbig und schmuddlig, und er hing immer an seinem breiten, von Silbernägeln starrenden Gürtel. »Ich hoffe, nie wieder solche Unruhestifter von Geiseln zu erhalten. Das Waldgroßmaul wird erst am Abend wieder erscheinen, und ich kann das Gefasel und Gejammer meiner Hauptleute nicht mehr ertragen, doch selbst hier finde ich keinen Frieden. Besser?«

Ich begriff, daß er mich meinte, und nickte.

»Aber ich zittere noch so.« Das stimmte. Ich überlegte, ob ich ihn auffordern solle, meine Knie zu berühren und zu spüren, wie sehr ich zitterte, doch ich entschied, daß das sich als unklug erweisen könne. Allerdings fand ich es wirklich schade um ein so ehrliches, echtes, ordentliches Zittern.

»Deine magere Freundin hat mir, falls ich sie richtig verstanden habe, irgendeine höchst herzzerreißende Anekdote zu erzählen versucht. Du wirkst allerdings beileibe nicht so froh und glücklich, wie sie behauptete.«

»Ich bin's auch nicht!« Ich hob den Kopf von seiner Schulter und richtete mich auf. Sein Blick fiel auf meinen geschwollenen Nacken, das zerfetzte Kleid und meine zerkratzten Arme, die die Fetzen hielten. Unglücklicherweise blutete keiner der Kratzer; einige jedoch schmerzten.

Seine buschigen, beweglichen Brauen rutschten leicht empor. »Soll das heißen, daß dieser junge Bursche über dich herfiel – und du warst *nicht* willig?«

Wut und Scham zwangen mich erst einmal zum Schlucken, und ich mußte um den Erhalt meiner aufrichtig scheinenden, einfältigen Maske ringen. An diesem Morgen hing alles von meiner Bereitschaft zur Erniedrigung ab. Man sagte Dinge zu mir, die hinzunehmen ich nicht nötig habe, und hätte ich nicht meine Rolle zu spielen, sie wären nicht von mir geduldet worden.

»Nein«, sagte ich. »Smahil hat mir nichts getan.« Ich hob meine Unterarme, um meine Kratzwunden deutlicher vorzuweisen, und bemerkte bei dieser Gelegenheit, daß ich noch Smahils Umhang trug. Das war dumm, denn beim

Gehen hatte ich gesagt, daß ich nichts mit ihm zu tun haben wollte; aber Narra konnte ihn ihm bringen. »All das hat mir Iren angetan.«

Ich begann zu weinen, ganz ausgezeichnet und fast ganz natürlich und echt, denn es war alles so aufregend.

»Iren? Deine dünne Freundin?«

»Ja, das Mädchen, welches Euch das erzählt hat«, erklärte ich zwischen meinem hemmungslosen Schluchzen.

»Weine nicht«, sagte er sanft, aber ziemlich gleichmütig. Das ist die Schwierigkeit mit einem Mann, der schon so viele Frauen kannte, daß weibliche Tränen ihn nicht länger zu rühren vermögen. »Hier, nimm diese Spange und halte die Fetzen damit zusammen. Warum hat sie das gemacht?«

»Sie haßt mich!« heulte und rotzte ich.

»Konntest du's ihr nicht heimzahlen? Du hast sie so nett und hübsch zu mir kommen lassen.«

Ich sah ihn mißtrauisch an, aber das ›kommen lassen‹ war offenbar nicht wörtlich gemeint. »Alles ereignete sich so plötzlich«, sagte ich, dann begann ich wieder zu weinen und klapperte mit den Zähnen. Jetzt war nichts wichtiger als so lange wie möglich bei ihm bleiben zu können. Während ich die Fetzen des Kleids mit der Spange befestigte, ein Ding aus Kupfer und Malachit, so groß wie ein Dolch, entblößte ich meine Brüste weit genug, um ihm ein beträchtliches Stück weißer Haut zu zeigen – die leichte Sonnenbräune hatte ich schon längst verloren –, die sich wunderschön fest wölbte, in der Hoffnung, daß er auch hinsah.

Als ich damit fertig war, drückte er mir einen großen Brotfladen und ein Stück Fleisch in die Hände. Ich nahm es, mehr um mein Gesicht zu wahren und nicht, weil ich Appetit hatte, und begann zu kauen.

Ich aß so langsam wie möglich.

Er aß ebenfalls; das Essen war in einem Beutel gewesen, der neben dem Weinschlauch hing – ich hatte gedacht, Feldherrn genehmigten sich bessere Speisen. Dabei starrte er die blöden Bäume an.

»Was für einen prachtvollen Vogel Ihr reitet«, sagte ich, um seine Aufmerksamkeit wieder auf mich zu lenken.

»Vollblüter. Deiner nicht?«

»Nicht so prachtvoll, meint Ihr? Selbstverständlich nicht.« Ich nutzte seine freundliche Antwort, um zu plaudern. »Mein Vogel heißt Sheg. Er ist abscheulich.« Ich ereiferte mich richtig, als ich mich dessen entsann, wie abscheulich Sheg in der Tat ist. »Er ist alt und schäbig. Immer hat er schlechte Laune … ich kann ihn kaum bändigen … oftmals fürchte ich mich vor ihm. Ich glaube, er kann mich nicht leiden … und wie sollte ich mit ihm fertig werden, falls es ihm einfällt, ganz durchzudrehen? Einmal hat er einen Mann zertrampelt.«

»Er muß aufgebracht gewesen sein.«

»Darum geht's nicht, es geht darum …« Ich verstummte, als mir auffiel, daß ich die Augen verkniffen hatte, so daß mein Gesicht reichlich häßlich aussehen mußte. Hastig setzte ich wieder eine liebreizende Miene auf und sah ihn flüchtig an. Ich bekam den Eindruck, daß der Blick, mit dem er mich musterte, ziemlich eindringlich war, und ich war heilfroh, daß ich die Tränenspuren auf den Wangen hatte. Sofort schaute ich noch lieber drein und atmete, um eine Erklärung für die Unterbrechung zu liefern, tief durch – wobei die Risse im Stoff über meinen Brüsten sich auf gewiß hochinteressante Weise weiteten – und sagte: »Wie himmlisch der Wald hier duftet.«

»Das ist nur der übliche Waldgeruch und der von unseren Männern und Tieren.«

»Wie?«

»Kein Grund zur Verwunderung, meine ich. Wir sind aus dem Schneckengestank heraus, und alles riecht wieder ganz gewöhnlich. Ich meine, keine neuen wundersamen Düfte sind aufgezogen.«

»Oh.« Während der vergangenen Tage hatte ich den Schneckengeruch nicht mehr wahrgenommen und daher gemeint, ich habe mich daran gewöhnt, ohne zu ahnen, daß er tatsächlich verschwunden war. Ich erinnerte mich, unter welchen Umständen ich die Schnecken gesehen hatte, und errötete.

Er führte einen Finger über die Länge meines Scheitels.

»Wieviel Haar du hast! Es ist wie eine seidene Wolke.«

»Es wird flauschig, wenn ich es frisch gewaschen habe.«

»Ich hoffe, mein Weib wird solches Haar besitzen.«

»Weib? Verlangt es Euch, eine Gefährtin zu nehmen, Gebieter?«

Er betrachtete mich, dann grinste er. »Ja, vielleicht, eine die ein wenig edlerer Herkunft ist als meine gegenwärtige Begleiterin. Geht's dir wieder gut, Flauschhaar? Steig ab, die Vesper ist vorüber, und ich muß mich um andere Dinge kümmern.«

Ich ging mit heißen Wangen und tief gedemütigt. Du hast nichts erreicht, dachte ich, nichts außer einigen nebensächlichen, unschuldigen Freundlichkeiten.,

Doch am Abend kam ein Mann mit einem jungen, schwarzen vollblütigen Reitvogel zum Zelt der Schönsten. »Mit einem Gruß von Seiner Erhabenheit«, sagte er.

»Ich werde sie rufen«, erwiderte ich.

»Nein«, sagte er, »der Vogel ist für dich.«

Kurz vor Anbruch der Dämmerung begann es zu regnen.

Trotzdem herrschte in unserem Teil des Lagers anhaltende Unruhe, und ich lief in jeder Minute mindestens einmal zum Eingang, um nach dem Anlaß der Geschäftigkeit zu schauen.

Die Schönste rief mich jedesmal zurück. Sie litt unter Kopfschmerz und hatte beschlossen, heute niemanden zu empfangen, sondern ins Bett zu gehen und sich zu erholen. Sie macht dabei einen wahnsinnig umständlichen Wirbel und entspannt ihren Körper, wie sie sagt, Pore um Pore, angefangen bei den Füßen; einmal hatte sie mir erklärt, wozu es gut sei. Dabei ließ sie mich jedoch nicht fort. Sie wollte die Kerzen umgestellt haben, die Kissenbezüge ausgetauscht und die Stirn gekühlt. Nicht mit Wasser – »Dummes Kind!« –, sondern mit Wasser, in dem zerstoßener Farn schwamm, weil das ihre Schmerzen lindere. Sie wollte Wein ans Bett, und warum *müsse* ich bloß dies scheußliche Karmesinrot tragen?

Sie ist sonst nicht so mäklig, aber sie wird schrecklich nervös, wenn sie früh ins Bett geht, weil sie's nicht gewohnt ist; was das Karmesinrot betrifft, so verlangt sie schließlich, daß in ihrem Haushalt alles schick aussieht. Ich erklärte, das sei ein Schal, den ich mir beim Troß geliehen habe, von der Frau eines Reitknechts, um einige Löcher in meinem Kleid zu verbergen, die zu flicken ich noch keine Zeit gefunden hätte.

Sie befahl mir, statt des Schals eine grüne, silberbestickte Stola umzulegen (nach der es mich schon immer gelüstet hatte), und ich solle ihr den gräßlichen roten Lappen nie wieder unter die Augen kommen lassen. Endlich durfte ich mich entfernen.

Nun, als ich die ersehnte Freizeit hatte, zögerte ich. Ich wagte mich nicht an den Zelteingang zu stellen, um irgendwelche Ereignisse abzuwarten, denn die Schönste würde sich zu recht über die Zugluft beklagen, und ich hatte gegenwärtig niemanden, mit dem ich durchs Lager streifen konnte, denn Narra half bereits seit dem Nachmittag in der Feldküche und befand sich noch immer dort.

Ich entschied mich dafür, mir meinen neuen Reitvogel genauer anzuschauen.

Das Geschenk hatte mich fürchterlich aufgeregt. Sheg hatte ich schon für einen recht guten Preis an einen Anführer verkauft. Ich beabsichtigte, der Schönsten nichts davon zu erzählen, denn es war ein bedeutsames Geschenk, vor allem, wenn man berücksichtigte, von wem es stammte. Sie selbst würde wahrscheinlich nie merken, daß ich mein Reittier gewechselt hatte.

Ich machte mich auf den Weg zum Pferch. Der Reitknecht, ein umsichtiger Mann, hatte eine Decke an einen Pfahl gehängt, damit ich ihn fände, und so brauchte ich bloß einen Umhang überzustreifen und vom Zelt der

Schönsten dorthin zu gehen. Unterwegs hielt jemand mich an. »Smahil!«

»Ich wollte meinen Umhang abholen.«

»Natürlich ... ich hatte vor, Narra zu schicken ...«

»Also komme ich gerade rechtzeitig. Du trägst ihn ja.«

»Nein, das ist meiner, sie ähneln sich ... Wenn du hier wartest, nur für einen Augenblick, hole ich ihn dir. Wie peinlich für mich, daß du kommen mußtest.«

»Was glaubst du, warum ich dich damit habe gehen lassen?«

Darauf wußte ich keine Antwort. Ich schnitt ein finsteres Gesicht und machte mich auf, um seinen Umhang zu holen. Aber er begleitete mich. Ich mußte etwas sagen.

»Du machst alles unnötig schwierig.«

»Nichts könnte einfacher sein.«

»Es ist nicht einfach!«

»Was für ein prächtiges Tuch du da hast.«

Wir erreichten das Zelt, ehe die Unterhaltung sich richtig entwickelte. »Warte hier, Smahil. Sie will schlafen.«

Auf den Zehenspitzen schlich ich hinein. Die verwaschenen, gelben Flammen der Kerzen flackerten ein wenig. Die Schönste schlief anscheinend, einen Arm, krumm wie eine reglose Kobra, in die Tiefe ihres schwarzen Haars vergraben.

Mit Smahils Umhang kehrte ich zurück in das regendurchrieselte Zwielicht und händigte ihn aus.

»Danke.«

Wortlos trat ich erneut den Weg zum Pferch an, doch Smahil blieb beharrlich an meiner Seite. Sein Profil, das helle Haupthaar unbedeckt, glitt unter dem leichten Schimmer der silbernen Regenfäden durch die Dunkelheit.

»Du bist wirklich albern, Cija«, hörte ich ihn leise und freundlich sagen. »Du rennst lieber mit schroffer Miene hin und her, als dich bereitzufinden, mir Gesellschaft zu leisten.«

Ich gab keine Antwort.

»Sag mir wenigstens, was du von mir befürchtest.«

»Du schmeichelst dir. Ich bin unterwegs zu meinem Vogel.«

»Lächerlich. Du verabscheust ihn.«

»Wenn du darauf bestehst, mich zu begleiten, kann ich dich nicht aufhalten«, sagte ich schroff und wandte mich zur Reihe von Vögeln unter dem Pfahl mit der Decke.

Smahil starrte den großen, feurigen, blau-schwarz glänzenden, vollblütigen Vogel an, vor dem wir standen. Sheg war nirgends zu sehen, und den Worten des Reitknechts war zu entnehmen, daß das Tier mir gehörte.

Wie hätte ich, da er nun schon hier war, der Versuchung widerstehen können, ihm den Vogel genau zu zeigen?

»Sein Name lautet Umsarunza. Ein junges Männchen, dessen Vatertier das Eigentum des Nordlandkönigs ist. Der Kürze wegen nenne ich ihn Ums, das ist zwar kindlich, aber verständlich, denn es ist die erste Silbe des Namens. Das Auge hat er im Kampf um ein Weibchen verloren, aber er hat schon an mehreren Schlachten teilgenommen und ist niemals verletzt worden.«

»Woher hast du ihn?« fragte Smahil langsam.

»Der Feldherr hat ihn mir gegeben.«

»Und ich bin der einzige Mann, der dich jemals geküßt hat?«

»Wie meinst du das, Smahil?«

»Du weißt, was ich meine. Nun gut, bleib deinem Liebhaber treu, der zu erfahren ist, um treu zu sein. Aber es ist schade, daß du eine Lügnerin bist.«

Er wandte sich um und ging.

Ich hatte genug von ihm. »Schön, ich hoffe, daß du, da du nun eine Entscheidung getroffen hast, auch bei ihr bleiben wirst«, schnauzte ich, doch ich widmete mich nicht sofort wieder dem Vogel.

Der Schimmer seines hellen Haars verschwand langsam in der regnerischen, trüben Dämmerung.

Ungefähr eine Viertelstunde später erhob sich ein Lärm aus Gebrüll, Vogelgekrächze und Waffengeklirr. Ich lief hinaus und sah den Feldherrn und den Waldhäuptling vorbeireiten. Ihnen folgten Zerds Hauptleute und eine Kolonne von Waldkriegern. Die Waldkrieger waren zu Fuß und hielten ihre Speere wie Stöcke; es waren ausschließlich hochgewachsene Krieger, so groß, daß sie neben den berittenen Hauptleuten nicht zwergenhaft wirkten. Das war die Leibwache des Waldhäuptlings; die Waldvölker bestehen hauptsächlich aus kleingewachsenen Menschen. Der Häuptling ritt einen ziemlich kleinen, zerzausten und wilden grauen Vogel, der kluge, aber erschreckend dunkle silberne Augen besaß.

Zerd bemerkte mich und hob die Hand zum Gruß.

»Besteig deinen neuen Vogel und folge uns.«

Er mußte gut gelaunt sein. Atemlos lief ich zum Pferch und ließ Ums satteln. Beim Aufsteigen war ich sehr vorsichtig; es war das erste Mal. Aber er hielt ganz still. Er war wundervoll abgerichtet. Ich zog behutsam an den Zügeln, und sofort drehte er sich und trug mich zur Reiterschar, Sein ganzer Leib pochte von schwarzem Leben. Ich ritt nach vorn und gesellte mich zu ihm.

Er sagte nichts; das enttäuschte mich.

Wir ritten durchs Lager, zwischen den Feuern hindurch, die sich im Regen zu Tode zischten, dahin unter dem fleischigen Baldachin der Blätter, dann hinein in den dunklen Wald.

Ich hätte gern gefragt, wohin wir ritten, wagte es aber nicht. Statt dessen betrachtete ich den Feldherrn an meiner Seite. Wir mußten auf dem Weg zu einer großen, bedeutenden Beratung sein, denn ich hatte ihn noch nie in so aufwendiger Kleidung gesehen. Seine Schultern und den Brustkorb umhüllte ein Netzwerk aus Lederstreifen, und überall dort, wo die Streifen sich kreuzten, funkelten bucklige, rotgoldene Knöpfe mit Achaten darin. Über seiner Stirn hielt ein goldenes Band sein Haar, das in einer schweren Welle nach hinten zu fallen pflegt, wie eine lange, dichte Mähne, und in dem Band, in der Mitte über seinen Augen, glänzte ebenfalls ein Achat. Auf den Lederstreifen saßen Reihen weiterer goldener Knöpfe mit spitzen Splittern rohen, matten Achats und Knöpfe aus buntem Glas; diese bildeten ein Muster. An seinem Gürtel hingen in reich geschmückten Scheiden sein Langschwert, der Dolch und ein Zeremoniendolch, außerdem zwei ovale Spiegel, dick, damit sie nicht zerbrachen, und in Silber eingefaßt, damit man sich nicht schnitt. Am mir zugekehrten Arm trug er eine lange, schwere, gehämmerte Armschiene aus Gold, aus der kristallene und elfenbeinerne Zähne ragten. Sie umschloß den gesamten Unterarm, und eine gewölbte Platte erstreckte sich bis über den Handrücken. Dadurch wird das Handgelenk, wiewohl es prachtvoll aussieht, in seiner Bewegungsfreiheit und der Schnelligkeit des Gebrauchs erheblich eingeschränkt. Man sieht darin so etwas wie eine Geste, eine förmliche Zuversicherung, gedacht für mißtrauische Freunde, daß man nicht zur Waffe zu greifen beabsichtigt, obschon man welche trägt. Allerdings stellte ich fest, daß Zerd die Schiene nur am linken Arm trug.

Der nächtliche Wald raschelte, flüsterte; es kroch darin.

Kleines Getier flitzte zwischen den Klauen unserer Vögel; die Geschöpfe, die sich über uns in den Wipfeln bewegten, stießen kurze, unnatürlich klingende Laute aus, und bei dem Gedanken an Schlangen bekam ich eine Gänsehaut, was mir am Tage nicht passiert. Aus verschiedenen Richtungen starrten grüne und blaßgelbe, halbmondförmige Augen uns an und verschwanden.

Einmal erscholl hinter uns ein gedämpfter Schrei, und einer der Männer warf seinen Speer. Ein schrilles Kreischen gellte durch den Wald, etwas taumelte über meinen Kopf hinweg, und für einen Moment erhaschte ich einen Blick auf einen gänzlich unirdisch wirkenden, schmalen Schädel, ein gierig klaffendes Maul mit Kiefern voller verkümmerter Zähne, und Augen, die in plötzlichem Schrecken blitzten. Dann war das Wesen fort.

»Einer dieser Reptilvögel, die heutzutage selten sind«, bemerkte Zerd zu mir.

»Wenn man sie sieht«, sagte ich und schauderte, »versteht man, daß sie nicht von dieser Welt stammen.«

»Nicht von dieser Welt?«

Selbst in der Finsternis ahnte ich, wie er abschätzend das Kinn vorschob, spürte die fast ungeduldige Heiterkeit in seinen Augen.

»Die Sporen, aus denen sie entstanden sind, trieben von einem anderen Planeten zu uns herab.«

Er warf den Kopf in den Nacken und lachte lauthals in die Urwaldfinsternis hinaus. Meine Hand krampfte sich unwillkürlich um Umsarunzas Zügel. Oh, Ihr findet mich lächerlich, Gebieter? dachte ich mit beinahe herzlicher Giftigkeit.

»Wohin reiten wir?« fragte ich, da er nun das Schweigen zwischen uns gebrochen hatte.

»Zum Festmahl unseres Freundes. Er hat mich eingeladen, damit seine Ratgeber und das Volk von mir über unsere friedlichen Absichten aufgeklärt werden. Dein neuer Vogel, ist er störrisch?«

»Ich habe eben unwillkürlich am Zügel gerissen. Es ist so dunkel, ich fürchte mich ein bißchen. Ich wußte, daß wir zu einem besonderen Zweck fortreiten, denn andernfalls hättet Ihr keine *Spiegel* mitgenommen.«

Er musterte mich von der Seite. Ich glaube, er lächelte. »Du bist ein pfiffigeres Kind als du den Eindruck erweckst. Spiegel sind das Handwerkszeug der Gecken, gewiß, und erfunden haben sie die Affen, um schauen zu können, ob sie Dreck oder Läuse am Arsch kleben haben. Doch während ich mein Haar kämme – und das ist schließlich nur höflich gegenüber unserem Gastgeber –, kann ich beobachten, was hinter mir geschieht. Oder ich kann, falls ich unvermittelt überfallen werde, das Licht auffangen und den Angreifer für einen Augenblick blenden. Man soll kein Hilfsmittel gering schätzen, Flauschhaar.«

»Ihr führt ein sehr sonderbares Leben, Gebieter. In unserem Land hat es niemand nötig, sich etwas auszudenken, wie er sich eines Freunds oder Gefährten erwehren könnte.«

Für ein Weilchen beachtete er mich nicht, und ich fragte mich, ob ich wohl zu weit gegangen war; doch ich glaube, er macht sich nicht viel aus dem, was er meinen Dünkel nennt, und oftmals verzichtet er sogar auf die Mühe, sich darüber zu belustigen. Er unterhielt sich mit dem Häuptling; ich konnte nichts verstehen, aber das ist gleichgültig, denn es klang lediglich nach höflichen Floskeln.

Etwas später wandte er sich wieder an mich. »Du hast mir noch nicht für den herrlichen schwarzen Vogel gedankt.«

Ich war aufrichtig froh, daß er mir erneut seine Aufmerksamkeit schenkte. Ich dankte ihm überschwenglich für das neue Tier, erzählte ihm, wie ich mich Shegs entledigt hatte und ein paar andere Nebensächlichkeiten. »Die anderen sind so neidisch«, schloß ich mit mädchenhaftem Kichern.

»Die anderen Geiseln? Sie haben Glück, daß sie noch unter uns weilen.«

»Wieso das? Sie hassen die Nordländer und die Unannehmlichkeiten des Geiseldaseins im Heer.«

»Du meinst, sie würden es vorziehen, bei unseren Freunden, den Waldmenschen zu bleiben?«

»Was … nein, wieso? Nein, natürlich nicht, aber was besteht da für ein Zusammenhang …?«

»Kindische kleine Geisel, wenn die Dinge sich tatsächlich so entwickelt hätten, wie sie sich anfangs abzuzeichnen schienen, der Waldschrat hätte den alten Knaben mit der schrulligen Schärpe als meinen Onkel zum Zeichen meines guten Willens bekommen, und wäre ihm vielleicht an einer hübschen jungen Frau gelegen gewesen, auch meine Nichte Ijleldla, scheinbar zur Gesellschafterin für seine eigene Tochter, auf die er sehr stolz ist …«

»Aber … wir sind vertrauensvoll ausgelieferte Geiseln … Ihr würdet doch nicht die Absprache mit der Herrscherin einfach brechen …«

»Was, ziehen etwa irgendwelche Geiseln täglich mit der Einbildung mit uns, sie würden jemals ihre Heimat wiedersehen?« Offenbar fand er auch diese Vorstellung lustig. »Sicherlich nicht. Sind Geiseln erst einmal weit genug von ihrem Heimatland entfernt, lohnt es sich nicht länger, sie am Leben zu erhalten, damit der Herrscher ihres Landes keine Hinterlist begeht; weil jenes Land schon weit zurückliegt, empfindet das Heer, mit dem sie ziehen, sie nur noch als lästige Anhängsel. Wird die Lage schlecht, entledigt man sich ihrer … oder bedient sich ihrer auf die eine oder andere Weise …«

»Dann … aber …« Ich riß mich zusammen, obwohl ich Entsetzen verspürte.

Ich erinnerte mich jetzt an mancherlei. Ich glaube, Smahil wußte, und vielleicht wußten's auch Edelmann Gagl und Edelfrau Ronea, daß wir niemals heimkehren würden. »Wußte die Herrscherin … wußte sie, daß Ihr solchen Verrat plant … sie an einem Angriff auf Euer Heer zu hindern, bis Ihr unser Land durchquert habt … und uns niemals zurückzubringen?«

»Deine Mutter ist eine lachhafte Führerin, aber ich vermute, daß sie wenigstens soviel Verstand besitzt, um sich darüber im klaren zu sein, daß sie dich nie wiedersehen wird. Sie ließ dich laufen, um das Ansehen deines Vaters so stark wie möglich durch dein Auftauchen zu schädigen – niemand kann beweisen, daß du seine Tochter bist, aber die Behauptung der Herrscherin erschüttert das Vertrauen des Volkes zu ihm in ausreichendem Maße, um ihre Stellung wieder unangefochten zu machen, denn man hielt ihn für einen Heiligen.«

Sie hat mich auch aus einem anderen Grund gehen lassen, dachte ich. Und ganz bestimmt hofft sie wenigstens auf ein Wiedersehen. Dennoch hatten seine sachlichen Worte mich tief erschüttert. »Es wundert mich«, sagte ich bloß, »daß Ihr einen so wertvollen Vogel, wiewohl nur vorübergehend, an jemanden verschwendet habt, dessen Ihr Euch, wie ich's verstanden habe, alsbald zu entledigen gedenkt.«

Er lachte.

»Du brauchst nicht nach einer Rechtfertigung dafür zu suchen, daß du ihn reitest, ich bin so wenig großmütig wie du es zu sein mir vortäuschen wolltest. Umsarunza ist eine Anlage. Ich hege nicht die Absicht, dich zu beseitigen. Vielleicht finden wir sogar einen nordländischen Gemahl für dich.«

Ich hielt den Atem an. Allmählich fügte sich alles ineinander …

»Also sorge dich nicht länger, Flauschhaar.« Er streckte den schweren, von der goldenen Schiene umhüllten Arm aus und koste mein Haar. Seine Stimme hatte einen leisen, fast unwiderstehlich sanften Tonfall angenommen. »Laß uns von erfreulichen Dingen sprechen. Erzähl mir etwas von dir …«

»Da gibt's nichts zu erzählen …«

»Oh, komm. Du bist eine sehr interessante Person. Erzähl mir von deinem Land – ich weiß wenig darüber, obwohl in Friedenszeiten einmal mein Weib dort …«

»Weib?!«

»Ja, gewiß, wußtest du das nicht? Du hast doch wohl schon vernommen, daß ich der Schwiegersohn unseres Königs bin?«

Einige Augenblicke lang war ich wie gelähmt und schwieg. Dann zwang ich meine Lippen, weiter ihren Dienst zu verrichten (und war erstaunt, daß sie gehorchten), und sagte: »Nein, das wußte ich nicht.«

Jetzt entsann ich mich an Gerüchte, die ich vor langer Zeit gehört hatte, von meinen Betreuerinnen, als sie glaubten, ich vernehme ihr Geschwätz nicht, über einen fremden Hauptmann, der um die Gunst der Tochter des Nordlandherrschers buhle, um Heerführer zu werden. Aber damals hatte ich gedacht, der fremde Hauptmann sei eine Frau.

Der hellblaue Rauch quoll beständig zwischen mich und die Dinge vor meinen Augen, außer ich blickte in eine

Richtung, wo es im Dach ein Loch gab, so daß der Regen, der hereinrieselte, den Rauch durchlöcherte, ihn zerstreute.

Der Waldmensch neben mir goß mir unaufhörlich Wein nach. Er war ein junger Mann und sah ganz gut aus. Sein Name lautete Falicq. Er hatte es mir gesagt. Er schüttete mir solche Mengen von Wein ein, daß ich Anlaß zu dem Verdacht besessen hätte, er wolle mich aus bestimmtem Grund meiner Sinne berauben, doch er sprach viel zu schwärmerisch und geistreich auf mich ein, um so etwas annehmen zu können. Er saß neben mir und redete. Anschauen tat er mich kaum dabei. Ich nickte, obwohl ich nicht einmal genau wußte, ob ich wegen seiner Worte nickte – ich bekam verschwommen mit, daß er gerade von irgendwelchen Anklagen redete – oder aus Schläfrigkeit.

Der blaue, wohlriechende Rauch schob sich anhaltend zwischen mich und Zerd, und ich konnte ihn dort nicht sehen, wo er mit der Häuptlingstochter saß. Sie saßen auf einer der hölzernen Bänke, die in der langen, weiten Halle verteilt standen. Dieser Rauch war nicht so dick wie der blaurote Qualm aus den Fackeln und Lagerfeuern der Nordländer; ich hätte ihn sehen müssen, doch vielleicht waren meine Augen ermüdet.

Oh, sei still, was gehen mich diese Anklagen an!

Auf den Bänken, worauf die hochgestellten Persönlichkeiten sitzen, liegen ziemlich stinkige Felle. Sie können unmöglich richtig getrocknet worden sein. Der Geruch des Eukalyptusholzes, das mit hellblauen Flammen in den Feuern verbrennt, ist wesentlich angenehmer. Außerdem gibt es jede Menge Sitzplätze für die weniger wichtigen Leute, ich meine, viele rohe Holzbänke, wovon viele unterhalb der Löcher im Dach stehen, durch die es reinregnet. *Tip-tip-tip,* macht der Regen. *Görchel, spotz, patsch, plitsch, ping,* macht er. Er fällt von den Blättern durch die Löcher im Dach herab auf die Ohren der Waldmenschen, die darunter auf ihren Bänken sitzen. Überall sind Leute, es ist wirklich zu voll; jemand bietet mir eine große Platte gebratener Nagerkeulen an, aber ich schüttle den Kopf. Ich bin nicht mehr hungrig. Ich war hungrig, als wir eintrafen, vor langer Zeit, nachdem wir im Wolkenbruch, der plötzlich einsetzte, die schwankende Hängebrücke aus strohgeflochtenen Seilen überquert hatten, die über einen Fluß führt, der im verwaschenen Licht, während er über Felsen schäumte, ganz milchig wirkte. Wir mußten unsere Reittiere zurücklassen. Sie können die Brücke zu dieser großartigen verborgenen Versammlungshalle der Waldmenschen nicht überqueren, und ich befürchtete sogar, die Brücke würde nicht einmal unser Gewicht tragen, zumal auch noch der Regen daraufttrommelte. Ich hoffe, daß unsere Vögel bei den Waldmenschen, bei welchen wir sie gelassen haben, in guter Obhut sind. Ich war hungrig, sehr hungrig, aber jetzt bin ich's nicht länger. Wir befinden uns schon, wie es mir scheint, seit Jahrhunderten hier.

»Falicq«, sagte ich, setzte mich auf und packte seinen Arm, »warum sind die Balken dort oben alle schwarz?«

»Vom Rauch«, sagte er und sah mich an; ich hatte ihn unterbrochen.

»Jahrhunderte von Rauch … Oh, Falicq, aber der Rauch ist blau, wieso sind die Balken schwarz geworden? Sie müßten blau sein.«

Er hob hilflos die Schultern und sprach weiter, wobei er mir erneut Wein nachschenkte. Nun, da ich aufrecht saß, verstand ich ihn anscheinend besser.

»Oh, Falicq, entschuldige«, sagte ich, »ich dachte, du sprächest von Anklagen, ich habe nicht mitbekommen, daß es um Angelhaken geht.«

Wieder sah er mich an, diesmal überrascht.

Ich trank, lehnte mich zurück und nickte ihm zu, er solle weiterreden.

Ich stellte fest, daß mein Blick sich, wohl durch das vorübergehende Aufsetzen, ein wenig geklärt hatte. Nochmals schaute ich hinüber zu Zerd und der Häuptlingstochter. Sie waren ineinander versunken.

Sie war hübsch, aber nicht schön. Sie besaß dünne,

etwas zerzauste Brauen, aber lange Wimpern. Ich vermochte die Farbe ihrer Augen nicht zu erkennen; so etwas pflegt mich zu verunsichern, denn ich vermag keine Person richtig einzuschätzen, deren Augenfarbe ich nicht kenne. Vielleicht besaß sie jene Art von Augen, deren Farbe unbestimmbar ist, weil sie ständig wechselt (ich hatte recht, sie besitzt tatsächlich solche). Ihr Kinn ist rundlich und ziemlich plump. Sie sieht sehr süß und sanft aus. Gekleidet ist sie in helles Rosa. Mein Silbergrün ist viel aufregender, dachte ich. Ich hatte für Zerd eine freche Bemerkung ausgebrütet, weil ich sicher war, daß er die Stola in der beleuchteten Halle erkennen werde; aber er hat mich im Laufe des Abends noch nicht ein einziges Mal angeschaut.

Er ist verheiratet. Und ich hatte schon geglaubt, er wolle mich heiraten.

Ich frage mich, ob ihn die vielen kleinen, rosa Schweinchen stören, die zu seinen Füßen mit den Rüsseln in den Schilfmatten stöbern. Anscheinend bemerkt er sie gar nicht.

Nun bringen sie Tänzerinnen herein. Falicq dreht sich seitwärts, um ihnen zuzuschauen. Sie tragen sehr wenig und versetzen ihre großen Bäuche in schwindelerregende Windungen und Zuckungen. Die dünnen, lächerlich kleinen Brustschalen, die sie tragen, hüpfen ebenfalls, so daß sie häufig eine Brustwarze zeigen oder beide. Ihre Körper zerteilen den Rauch, er umarmt sie. Sie tanzen, ohne sich an ihm zu stören. Die Lichter stehen hinter ihnen, und sanfte Schatten gleiten über die Leiber. Niemand macht Musik, aber die Männer klatschen und stampfen zu dem fremdartigen, erotischen, wilden Rhythmus mit Händen und Füßen. Er würdigt auch die Tänzerinnen keines Blicks. Er und das Mädchen in Hellrosa bleiben völlig ineinander versunken.

Was für ein Aufruhr entstand, als wir eintrafen, wie lange es schon her ist!

Die Waldmenschen, allesamt, schüttelten die Fäuste und

fuchtelten mit den Speeren, forderten Tribut von uns für ihre Duldsamkeit und ihren guten Willen, an unsere Friedensbeteuerungen zu glauben, statt uns auf der Stelle umgebracht zu haben. Sie wollten für jeden Tag unseres Aufenthalts im Wald eine große Anzahl Tiere und viele Metallgegenstände. Es war unmöglich, es ihnen zu verweigern. Nur ihresgleichen, so heulten sie im Chor, dürfe die Wälder ohne Gegenleistung durchqueren. Sie regten sich fürchterlich auf.

Das Mädchen hat einen blöden Mund, wieso kann es so sehr seine Aufmerksamkeit fesseln?

Ich erhob mich und ging zu den beiden hinüber.

Seine Stimme besaß jenen kunstvoll gesäuselten Klang, der stets meine Knie erweicht. »Nun erzähl mir von dir«, sagte er gerade. Sein ausgestreckter Arm lag hinter ihr auf der Lehne. »Oh, da gibt's nicht viel zu erzählen …«, stammelte sie, indem sie ihn bewundernd anstarrte.

Ich entfernte mich, umwimmelt von den kleinen rosa Waldschweinen. Die beiden hatten mich nicht bemerkt.

Wie könnte ich jemals die Rückkehr ins Lager am folgenden Nachmittag vergessen?

Die aufgereihten Scharen gafften, schwarze Trommeln dröhnten. Clor war natürlich noch vom Fest stockbesoffen und schwankte im Sattel. Die Eskorte wurde umständlich und feierlich verabschiedet. Das Mädchen weinte, als es vom Vater Abschied nahm, doch als er fortritt, lächelte es tapfer. Für eine lange Weile vermochte es das Lächeln gar nicht wieder zu lösen. Die Nachmittagssonne sank zum grün verwaschenen Horizont. Die Sonne war rosa, wie durch einen Nebel; ihr rosa Schein fiel auf das Kleid des Mädchens. Rosa ist die Lieblingsfarbe der Häuptlingstochter. Durch das Lager zog der vielfältige Geruch der Küchen.

Bald darauf kam die Schönste auf ihrem Vogel.

Auf dem Tier strahlte sie wie ein Juwel. Sie trug Blau, ein tiefes Blau, das der Farbe des Meers ähnelte, wie ich es vom Turm aus sah. Ihr schwarzes Haar fiel über ihre

Schultern. Ihre großen, weißen Brüste strafften das Blau ihres Ausschnitts, ihr voller, weich geschminkter Mund schmollte, als sie den Blick auf *ihn* richtete.

»Wie spät du kommst!« beschwerte sie sich. »Begleite mich sogleich ins Zelt, ich habe eine Stärkung für dich bereitet, so gut ich's vermag. Nach diesem Ritt mußt du essen und trinken. Ist alles gut verlaufen mit den Baummenschen oder was sie sind?«

Sie lenkte das Tier an seine Seite und führte ihre weißen Fingerspitzen zärtlich über seine Wange. In seinem Gesicht zuckte grimmig ein Mundwinkel. Er nahm ihre Hand in die seine, blieb jedoch ansonsten kühl. »Du bist müde?« sprach sie weiter. »Haben sie Tribut gefordert?«

»Sehr viel«, sagte er.

Das Mädchen beobachtete die beiden ruhigen Blicks. Das Gesicht der Häuptlingstochter blieb so rosig wie ihr Kleid. Die Schönste lenkte ihr Tier noch näher, beugte sich seitwärts zu ihm hinüber und streichelte in deutlichem Besitzerstolz sein Haar. Die Hauptleute hatten den Weg zu ihren Zelten eingeschlagen. Nur wir, der Kern der Rückkehrergruppe, setzten den Weg zum Zelt fort. Von drinnen vernahm man den gewohnten Lärm von Fröhlichkeit und Musik. Wir erreichten den Eingang. An Zerds Seite gab mir die Schönste ungeduldig ein Zeichen, ich solle die Zeltlasche öffnen. Zögernd gehorchte ich. Die Schönste, prachtvoll wie ein Saphir, drängte sich zärtlich und sinnlich an Zerd, damit er sie vom Vogel hebe; Zerd nahm die Hand der rosa Prinzessin und half ihr fürsorglich herab. Die Schönste, unbeachtet auf ihrem Vogel, bemerkte sie anscheinend erst jetzt. Ihre Brauen zuckten knapp. »Zerd, wer ist das?« fragte sie.

»Das, meine Liebe«, antwortete er über die Schulter, »ist die Tochter des Waldhäuptlings, Lara, mein Weib.«

Das hohe Zelt

Niemand sagte Lara, daß sie genaugenommen kein legitimes Weib Zerds ist; niemand sagte ihr, daß er bereits eine Gemahlin hat, eine Königstochter, die im großen Nordkönigreich auf ihn wartet. Keiner der Hauptleute hielt es für notwendig; niemand von der Gefolgschaft wagte es, nicht einmal andeutungsweise; die Schönste sagte nichts, ich sagte nichts.

Die Schönste, sehr bleich und so bleich wie ein Kranker, bemerkte, daß er nun zweifellos keinen Tribut zu entrichten brauche; und dann sagte sie gar nichts mehr zu ihm. Er ging nicht länger abends in ihr Zelt, aber die neue Königin des Lagers empfand Widerwillen gegen die Nähe ihrer auffälligen Erscheinung und beschwerte sich, daß die nächtlichen Ausschweifungen im benachbarten Zelt ihre Ruhe störten. So schob er die Schönste ab wie einen alten Lumpen, der nicht länger nützlich oder beachtenswert ist, und sie mußte sich dem Troß einreihen; sie war nun ein Weib für die Unterführer. Sie wurde nicht einmal mehr in der Gefolgschaft geduldet; ihr bloßer Anblick verärgerte Lara. Lara muß sehr gut gewußt haben, wie es einmal zwischen ihrem Gemahl und der Schönsten gestanden hatte, doch das war nun, da sie aufgekreuzt war, vorbei, so daß sie Zufriedenheit empfand. Sie sorgte nur zu gut dafür.

Sie hing ununterbrochen an Zerd; liebevoll erfüllte er ihr jeden Wunsch, und wir marschierten ungehindert und ohne den neuen Verwandten unseres Feldherrn Tribut entrichten zu müssen, durch die Urwälder.

Über ihre Entscheidung, ausgerechnet diesen Fremden zu heiraten, dürfte man, besonders ihr Vater, mindestens entsetzt gewesen sein; aber ihr Vater kann ihr nichts verweigern, was sie wirklich will, und sicherlich wollte sie es wirklich.

Nachdem ich erlebt habe, wie schnell er seinen Sinn ändert, wenn er es will, bezweifle ich, daß er jemals mehr als schwaches Interesse für mich verspürt hat.

Die Schönste, die man nicht mehr sieht und von der man kaum etwas hört, nun völlig entehrt, hatte keine Horde von Mädchen und Dienerinnen gebrauchen können; sie pflegte sich auf ein Mädchen zu beschränken, doch ihr neuer Herr besaß bereits eine Dienerin, die er nicht fortschicken wollte, weil sie ihn aufgezogen hatte, und so überlegte ich, ob ich wohl zurück in die Gemeinschaft der Geiseln und Ooldras Obhut kehren könne. Ich glaube, ich hätte Ooldra gerne wieder häufiger gesehen und nicht nur gelegentlich, doch die neue Feldherrngattin wünschte einen ganzen Anhang zu beherrschen und herumzuscheuchen, und mich wählte sie zu ihrem persönlichen Mädchen, obwohl ich bereits der Schönsten gedient hatte, als sie von mir hörte, daß es sich bei mir um eine Geisel hoher Abstammung handelte. Ich bat umsonst darum, wieder meine vorherige Stellung einnehmen zu können. Allerdings vermied ich es, meine Göttlichkeit zu erwähnen; ich konnte unmöglich geboren sein, um mich von ihr verspotten zu lassen.

So flechte ich nun jeden Abend, wie ich es zuvor mit dem wilden, dicken, schwarzwuchernden Haar der Schönsten, während sie mich verwünschte oder mit mir lachte, tun mußte, das dünne, leicht gewellte, glänzende hellbraune Haar der jungen Ehefrau zu Zöpfen. Prinzessin, so müssen wir sie alle anreden. Dann, wie ein aufmerksamer Ehemann es tun sollte, kommt Zerd, sobald sie fertig ist, zierlich ausgestreckt in dem rosa Bett, und ich neige meinen Kopf vor ihm und gehe hinaus, während er zu ihr sagt, daß die Alten einen Mond am Himmel brauchten, er jedoch keinen, weil er sie habe. Oder irgend so etwas.

Ich schlafe jetzt ziemlich ungemütlich bei Narra und den anderen Mädchen.

Sie hat das Zelt neu ausgestattet.

Alles ist nun hellrosa, ausgenommen die Deckenbehänge, die dunkelrosa sind. Die prachtvollen Kissen sind alle neu bezogen; auf dem Tisch stehen nun rosafarbene Töpfe mit Blumengestecken; häufig vermisse ich den intensiven Moschusgeruch, der früher das Zelt erfüllte.

Sie verwünscht mich nie, noch schreit sie mich an, aber zweimal, als ich etwas getan hatte, was ihr mißfiel, schlug sie mich mit dem, das ihr gerade in die Hände geriet, etwas, das die Schönste nie getan hat.

Im allgemeinen aber ist sie so sanftmütig wie sie aussieht, obwohl sie mit äußerster Hartnäckigkeit darauf achtet, daß man ihr die uneingeschränkte Ehrerbietung erweist. Und sie kann sehr eigensinnig und auf hochmütige Weise ungerecht sein.

»Aber er ist schon verheiratet«, sagte ich.

»Das besagt doch gar nichts«, sagte Ooldra geringschätzig. »Er hat nur geheiratet, weil es ihm die Macht über das Heer sichern würde, der Schwiegersohn des Königs zu sein.«

»Aber er hatte es doch nicht nötig, um diese Macht zu bekommen … er ist einer der Feldherrn des Nordens, die in die Geschichte eingehen werden, und zwar durch eigenes Verdienst …«

»Doch um das werden zu können, brauchte er Spielraum. In jenem undurchlässigen Kastenwesen ist der Aufstieg für einen Fremden schwierig, obwohl sein Vater schon ein großer Mann war. Wie ich schon sagte, er heiratet nur, wenn es ihm Vorteile bringt. In diesem Fall hat er sich eine Menge Schwierigkeiten während des Marsches durch die Wälder erspart. Solange wir darinstecken und sie sich in Rufweite ihrer Leute befindet, wird er sich natürlich jeder ihrer Launen beugen, ihr nicht widersprechen und sich ganz allgemein wie ein verliebter Narr benehmen.«

»Aber die Schönste … er schickte sie mit zwei Sätzen

fort, als sich die rosa Braut über ihre Nachbarschaft beschwerte. Ich war selbst dabei! In welche Schmach er sie gestürzt hat, ganz plötzlich ist sie in den Augen des ganzen Heers *nichts!* Eine solche Demütigung … nach allem, was sie zusammen erlebt haben … Kommt diese steinerne Härte aus seinem Blut? Ist sein Blut kalt … Ist er denn durch und durch ein Reptil?«

»Eins weiß ich, Cija. Er ist einer von *uns* – denn er ist kein Sterblicher.«

»Dann war es kein Gott, der seine Gunst seiner Ahnin schenkte, sondern ein Dämon in Gestalt eines Krokodils oder einer Schlange. Es mag an seinem seltsamen Blut liegen … diese Gefühlskälte … Er erschreckt mich, weil diese Eigenschaft unglaublicher Hartherzigkeit verbunden ist mit einer Ballung von Grausamkeit.«

»Vielleicht findet er darin Befriedigung«, sagte Ooldra. »Mit verschiedenen Ausnahmen in bezug auf Einzelwesen oder Umstände empfinden Tiere Freude oder Kummer, wenn etwas Erfreuliches oder Unangenehmes geschieht; die Freude eines Menschen – zum Beispiel eine Begegnung mit dem Liebhaber – wird erhöht durch äußere und sehr verschwommene Einflüsse … sagen wir, für wie lange sie voneinander getrennt gewesen waren. Freude oder Gram höherer Geschöpfe hängen fast völlig von solchen ungreifbaren Einflüssen ab – Zeit, Entfernung, die Gefühle anderer. Freude und Leid rein körperlicher Art – so wie Sattsein und Hunger – gelten ihnen nicht viel. Plötzlich ein helles, kräftiges Rot neben einem weichen Rosa zu sehen, kann für sie das gleiche bedeuten, wie die äußerste Verzückung körperlicher Liebe einem Menschen.«

Ich starrte sie an, bevor ich begriff, worauf der Zweifel beruhte, der mich bewegte.

Das alles war ungeheuer interessant – aber wie sehr sie Zerd haßte! Reine Bosheit glitzerte in ihren Silberaugen, als sie von ihm sprach. »Ooldra, du glaubst doch sicher nicht wirklich, daß er ein höheres Geschöpf ist, dessen Vergnügen … das eine Art von übermenschlichen Sadismus ist? Das ist doch unmöglich! – Er ist irdisch, fast wie ein Tier, wie jemand nur sein kann. Was den Aberglauben angeht, so ist er beinahe eine heilsame Bekanntschaft. Er verlacht sogar das Übernatürliche.«

Sie seufzte. »Ja, für jemanden, der so klug ist, ist er so tierisch, daß es, wenn man weiß, daß er kein Mensch ist, nur eine Erklärung gibt.«

»Welche?«

»Das Leben ist gefährlich.«

»Oh, ja, davon hast du mir schon einmal erzählt.«

»Nein, das ist die Gefährlichkeit der Welt; es gibt eine größere Gefährlichkeit, eine Gewalt, die Ursache und Ende aller Dinge ist – eine Gefahr nicht für das Leben, sondern für das Dasein.« Mit den letzten Worten floß eine furchterregende Aufgewühltheit in ihre Stimme. »Es ist wahr, Cija, unwiderlegbar wahr, daß es für ein Geschöpf möglich ist – für einen Menschen oder eine höhere Kreatur –, seine Seele zu verlieren.«

Ich hatte vergessen, wie groß der Himmel außerhalb der Wälder ist. Er ist atemberaubend groß.

Dennoch ist der Horizont nicht fern und flach. Während wir nämlich die Wälder durchquerten, näherten wir uns mehr und mehr den Bergen, und dann, als wir sie erstmals wieder sahen, waren sie bereits groß und nah. Die Sonne brennt auf ihre weißen Spitzen herab.

Schon jetzt ist die Sonne eine wahre Folter.

Erst seit einer Woche liegt der Dschungel hinter uns, und schon läßt die Bereitwilligkeit des Feldherrn gegenüber seiner Prinzessin ein wenig nach.

Die Sonne, welche wir so freudig begrüßten, als wir aus den wirren, feuchten Urwaldschatten traten, ist schrecklich, und inzwischen sehnen wir uns nach dem Schutz eben jener Schatten. Während der Tagesmärsche krümmen die Männer sich unter dem gnadenlosen Gewicht ihrer Waffen und ihres Gepäcks fast doppelt so weit hinab wie sonst, sie triefen von Schweiß, schwarze Fliegen umschwirren sie, kleben und zappeln in dem Schweiß. Sie haben es aufgegeben, sie fortzuwischen; sie kommen unverzüglich zurück. Die Reiter sind ein wenig besser dran, sie stapeln ihr Zeug auf ihre Sättel, gurten es sicher fest und haben genug Bewegungsfreiheit, um die Fliegen zu verscheuchen, ohne dabei zuviel Kraft und Geduld zu vergeuden.

Die unerfahrenen Soldaten murren schrecklich; man hat die vergleichsweise wenigen Scharen von kriegserfahrenen Soldaten aufgesplittert und unter dem Rest des Heers verteilt, um den Mut zu stärken. Das tat man bis zu einem gewissen Maß ziemlich unauffällig, aber nicht so unauffällig, wie der Feldherr es geraten hatte, und diese nachträglichen Verschiebungen verursachen neuen Ärger unter den Männern, die rücksichtslos von alten Freunden getrennt worden sind.

Der Fluß verdient kaum diesen Namen. Er ist ein schmales Rinnsal, sein Wasser ist schlammig, und fast überall steht er still, und summende Wolken von Insekten schweben darüber. Stellen, an denen mehr oder weniger reines Wasser fließt, sind selten, und sie liegen weit auseinander. Unser Wasser wird umsichtig eingeteilt, doch die jungen Soldaten nehmen es nicht ernst, wenn sie gesagt bekommen, daß sie sich zwingen müssen, so wenig wie möglich zu trinken. Kaum beginnen sie zu schwitzen, trinken sie alles und dann geht es ihnen bald elend, weil sie nichts mehr in ihren Schläuchen haben. Ihre Anführer und die alten Soldaten haben wenig Mitleid mit ihnen.

Das Erdreich ist trocken und sandig, und für Meile um Meile gibt es keinen Schatten. Des Nachts werden die Männer, in ihre Decken gewickelt, von den unablässigen Attacken großer haariger Flöhe, die im Sand leben, fast verrückt. Einige Leute und Tiere haben von den Insektenschwärmen über dem Fluß Fieber bekommen.

Meine Herrin beklagt sich fürchterlich über die Insekten, welche in ihr Zelt eindringen. Ich verbringe meine ganze Zeit, wenn ich nichts anderes zu tun habe, damit, sie mit einer nutzlosen kleinen Patsche zu bekämpfen, die sie für diesen Zweck geflochten und mir mit wahrem Stolz ausgehändigt hat. Es ist ein lächerliches Unterfangen, denn wie viele ich auch erschlage, es sind immer mehr. Ich würde alles in der Welt für ein Bad tun.

In der Frühe blieb ich dabei, bis sie gebadet hatte. Dann stürzte ich hinzu, um die Sklavin aufzuhalten, die den Zuber mit dem gebrauchten Wasser forttragen sollte. »Prinzessin, laßt mich den Kübel benutzen«, bat ich. Sie wandte den Kopf und hob die Brauen. Sie hebt stets die Brauen, wenn jemand sie anspricht, den sie nichts gefragt hat.

»Ich werde keinesfalls eine Sklavin meinen Badezuber benutzen lassen.«

»Herrin, ich würde ihn niemals so verschmutzen wie ein Sklave. Ich könnte sterben für ein Bad. So muß ich Euch daran erinnern, daß ich zufällig eine vertrauensvoll ausgelieferte Geisel bin …«

»Du erinnerst mich ständig daran.«

Ich hatte es ihr erst dreimal gesagt, aber ich hielt den Mund, und sie sagte, indem sie die Sklavin mit einem Nicken entließ: »Trockne mich ab.«

Ich warf ihr rosafarbenes Badetuch beiseite. »Herrin, wenn ich Euch abtrockne, könnte ich Euch mit der Stelle des Tuchs berühren, die ich vorher in der Hand hatte. Das wage ich nicht.«

Das gesagt, lief ich sofort hinaus und hinter der Sklavin her, die den Kübel trug, und rief: »Das bekomme ich.«

»Ich wollte es benutzen. Meine Haut ist so trocken …«

»Du kannst es nach mir haben«, sagte ich und schaute so befehlsgewohnt und aristokratisch drein, wie ich konnte, und die Frau übergab mir das schwere Ding mit einem Blick, in dem sich Widerwillen und Schrecken untermischten.

Ich zerrte den Kübel zu einem kleinen Zwischenraum an den Rückseiten der Nachbarzelte. Vorsichtig setzte ich ihn ab, entkleidete mich so rasch wie möglich und stieg in das lauwarme, leicht verschmutzte, erst einmal benutzte Wasser. Die Berührung des Wassers auf meinem verbrannten, vom Marsch verdreckten Körper war eine wahre Herrlichkeit. Ich hatte nur einmal hinein und unverzüglich wieder hinaus wollen, um nicht eine Entdeckung zu riskieren, doch es war mir unmöglich. Ich wand mich in dem Kübel, ließ das Wasser über meinen schmerzenden Rücken schwappen, tauchte mein Gesicht hinein, füllte meine Handflächen mit Wasser und ließ es über meinen Kopf rinnen; ich spürte, wie es die körnige Schmutzschicht auf meinem Kopf befeuchtete und schließlich die Kopfhaut erreichte, die schon seit Tagen unerträglich brannte.

Ich kam sogar noch dazu, mich um die schwierigen Stellen zu kümmern, denen ich mich für gewöhnlich zuletzt zuwende, den Nabel und die Stellen zwischen den Zehen und die Fußsohlen, damit ich sie gut waschen kann. Dann bemerkte ich, daß mehrere Leute zwischen die Zelte gekommen waren. Das Plätschern, so begriff ich, hatte natürlich Aufmerksamkeit erregen müssen. Ich hörte auf, mich zu waschen und hob den Kopf.

Es waren mehrere Soldaten, die in drohender Verwunderung herüberstarrten, auf mich so gut wie auf das Wasser. Ein paar davon kannte ich vom Sehen; die einzige wirklich bekannte Person darunter war Smahil.

»Smahil, schick diese Männer weg«, sagte ich nervös.

»Macht es dir Spaß, in dem Wasser zu baden, das uns fehlt?« fragte einer von ihnen höflich.

Zornig widmete ich Smahil einen auffordernden Blick, aber er schaute nur ausdruckslos und gleichmütig drein, wie jemand, der mich nur flüchtig kannte.

Der größte Mann kam zu mir an den Kübel, die anderen folgten ihm.

»Los, spring heraus«, sagte er. »Wir tun dir nichts, wenn du aussteigst, aber wenn wir nachhelfen müssen, werden wir vielleicht etwas grob, natürlich nicht absichtlich.«

»Aber ich bin nackt!« rief ich.

Mehrere von ihnen lachten, und einer spie aus. »Ja, das

wissen wir schon«, sagte der Große. »Komm, komm, heraus mit dir.«

Ich zögerte, und er packte meinen Oberarm mit einer seiner Riesenhände, nicht brutal, aber wie ein Schraubstock; und dabei war ich schlüpfrig.

»Es ist gut, Leute«, sagte Smahil nun, nachdem er untätig herumgestanden hatte. »Das ist genug.«

Sie wandten ihre aufsässigen Blicke ihm zu. Ich fürchtete mich.

»Das ist eins der Lieblingsweiber des Feldherrn«, erklärte er.

Gleich darauf waren wir allein zwischen den Zelten.

»Du steigst lieber aus, bevor jemand anderes kommt«, sagte er.

»Deshalb brauchst du nicht hier zu stehen.«

»Es ist besser, wenn jemand hier steht, für den Fall, daß wirklich jemand anderes kommt«, versicherte er kühl.

»Nun, dann dreh dich um.«

»Warum bist du so spröde? Dies dürfte doch wohl nicht das erste Mal sein, daß ein Mann dich nackt sieht.«

Ich nahm meine Halskette mit dem Messer, das daran hing, aus dem Schatten des Kübels und schleuderte beides nach ihm. Er wich zurück. »Was ... was ...« stammelte er.

»Unterlaß endlich dein widerwärtiges Gestichel«, keuchte ich.

Er trat näher, hob die Kette mit dem Messer auf und legte beides auf den Stapel Kleidungsstücke neben dem Bottich. »Also gut Cija, ich drehe mich um.«

Ich stieg aus, band innerhalb eines Augenblicks mein Haar hoch und schüttelte die Wassertropfen von meinen Beinen. Kaum aus dem Wasser, war ich dank der Sonnenglut nur noch ein wenig feucht. Ich streifte meine Kleider über und schritt wortlos an Smahil vorbei und davon zur Lücke zwischen den Zelten. Er zögerte, aber dann rief er mir doch nach, obwohl er wahrscheinlich ahnte, daß schon der Klang seiner Stimme mich aufbringen würde.

»Du bist immer sehr ungnädig mit mir, Cija!«

»Ja.«

Aber das schien ungerecht zu sein. Ich blieb für einen Moment stehen, sah ihn jedoch kaum an. »Du bist immer ungnädig mit mir«, behauptete ich. Ich ging weiter, doch nun hatte er sein übliches Selbstvertrauen zurückgewonnen und vertrat mir den Weg, um seine Hände auf meine Schultern zu legen. »Du bist so verdammt empfindlich.«

»Du solltest dich lieber beeilen, wenn du unbedingt baden möchtest.«

»Das möchte ich gar nicht, ich bade im Fluß. Eigentlich darf ich es nicht. Die Stellen mit klarem Wasser sind dem Feldherrn und seinem Gefolge vorbehalten, natürlich auch deiner Nebenbuhlerin. Aber manchmal geben die Wächter nicht acht, und ich ähnle ein wenig einem der Schreiber. Warum, um alles in der Welt, badest du auch unter freiem Himmel?«

Ich sagte es ihm mit knappen Worten, während ich seine Hände abzustreifen versuchte, aber das ließ er nicht zu.

»Ich wollte baden, aber sie hat schlechte Laune, weil er sie, seit wir die Wälder verlassen haben, zweimal nicht in der Nacht besucht hat; und so hat sie mir das Bad verweigert. Gewöhnlich lege ich nicht viel Wert darauf, aber in diesem Wetter ist es ein wahres Vergnügen. Also nahm ich der Sklavin ihren Zuber ab ...«

»Sie wird schön wütend sein«, sagte Smahil; seine Mundwinkel zuckten. Er neigte sofort zum Lachen, nicht zum Mitleid; das ist eine Geringfügigkeit, aber sie zeigt auf, welche Art von Mensch er ist.

»Sie ist es schon. Ich habe ihr den Gehorsam verweigert und war ziemlich frech. Außerdem habe ich sie nicht als Prinzessin angeredet, denn ich bin eine Geisel, und als die Gattin des Feldherrn ist sie eigentlich gar keine Prinzessin mehr. Ich besitze völlig das Recht, mich so zu verhalten, aber ich vermute, ich werde trotzdem Prügel dafür bekommen.«

»Du willst doch nicht sagen, daß sie dich schlägt?«

»Gelegentlich, aber bis jetzt niemals arg. Auf meiner

Schulter ist allerdings ein Strieme, wo sie mich mit etwas Scharfem geschlagen hat.«

»Verdammte Nutte!«

Einen Moment lang sah er äußerst erzürnt aus. Aber man bemerke, er empfand Zorn gegen die Prinzessin, nicht etwa Mitleid für mich.

»Und nun«, sagte ich, »wird man sich dank dir im ganzen Lager erzählen, daß ich die Spielgefährtin des Feldherrn sei.«

»Es hat dich gerettet.«

»Du hättest mir beistehen können, indem du – ein Edler – ihnen befiehlst. Das war bloß eine Gehässigkeit von dir. Begreifst du denn nicht – wenn sie davon erfährt, wird sie mir bei lebendigem Leibe die Haut abziehen!«

»Wie unerhört lustig. Unsinn, selbst wenn ihr's zu Ohren kommt, ich vermute, er wird dich in Schutz nehmen. Ich meine nicht, daß er besonders umgänglich ist – befänden wir uns noch in den Wäldern, würde er ihr wahrscheinlich erlauben, dich zu foltern, aber jetzt, da ihre Wünsche ihm nicht länger soviel gelten, würde er dich ...«

»Um einen Riesenkrach mit ihr zu bekommen? Du bist ein Narr, Smahil, und zwar ein unheimlich dummer! Stets machst und redest du das erstbeste, das dir einfällt.«

»Ja, ja, Cija, ich verstehe dich. Du möchtest aus wohlbedachten Gründen tugendhaft wirken. Aber es ist sinnlos, mich davon überzeugen zu wollen. Dein schwarzes Untier namens Umsarunza ist Beweis genug für das Gegenteil. Die Zimperlichkeit, die du zeigst, ist gut gespielt – für eine Weile habe ich sogar daran geglaubt. Du haßt es, aus einem fremden Becher zu trinken – um einmal das Geschlechtsleben zu vergessen –, aber du kannst in gebrauchtem Wasser baden ...«

»Du bist ein widerwärtiges Miststück«, sagte ich voller Abscheu. »Hier ist ihr Zelt, also verschwinde. Du bist zu ekelhaft, um sich bei dieser Hitze auch noch mit dir auseinandersetzen zu können.«

»So, das ist ihr Zelt.« Interessiert betrachtete er es; die

Zeltbahnen besaßen den Farbton einer rosa Muschel. Dann ergriff er meinen Arm und schob mich entschlossen hinein. »Nein, verdammter Idiot«, zischte ich rasend, »sie ist bereits sauer ...!«

Unbeeindruckt drängte er mich ins Innere, blieb stehen und musterte das rosa Zeltdach, die rosa Zeltwände, rosa Kissen und rosa Decken. Sie saß in einer Ecke, gehüllt in ein riesiges rosa Badetuch, während eine fette, schweißüberströmte Sklavin ihre Zehennägel färbte und eine zweite mit einem Fächer soviel Moskitos wie möglich verscheuchte. »Komm sofort her!« schrie sie, als sie mich sah. »Was fällt dir ein, einfach fortzurennen?« Dann fiel ihr Blick auf Smahil, und sie verstummte überrascht.

Smahil ließ meinen Arm los und vollführte eine makellose Verbeugung. »Meinen Gruß, Prinzessin«, sagte er. »Eure Sklavin kehrt heim in den Mutterschoß.«

Er schubste mich vorwärts und verließ das Zelt der Prinzessin, deren Gesicht plötzlich so fahl war wie ihre ganze Umgebung.

Als am Abend ihr pflichtbewußter Gemahl das Zelt betrat, trug ich auf dem Rücken einen Verband. Sie streckte ihm ihre Hand entgegen und glotzte ihn aus dem Kissen mit ihren großen, sanften, wechselhaften Augen an, wobei sie den Kopf hob und ihre Kiefer zu einem einfältigen verliebten Lächeln verkrampfte.

Eifrig kam er zu ihr. Es ist wahrhaft erstaunlich, wie sein Gesicht einen völlig echt wirkenden Ausdruck von Verlangen anzunehmen vermag. Ich machte Anstalten, mich zurückzuziehen; unterwegs neigte ich gewohnheitsmäßig den Kopf. Seine Hand ergriff meine Schulter; er verharrte, und im Augenwinkel sah ich, wie das verliebte Kuhlächeln aus dem Gesicht der Prinzessin wich.

»Ei, was ist das, Flauschhaar?« fragte er und zog mit Daumen und Zeigefinger an dem Verband. Das verursachte einen Stich in meiner Wunde, und ich konnte nicht vermeiden, daß ich unwillkürlich aufwimmerte, ein Laut, den ich unverzüglich unterdrückte. Die Anwesenheit der Prinzessin bot mir Grund genug dazu.

»Ich habe ihr die Peitsche zu schmecken gegeben«, ertönte ihre sanfte, dünne, plötzlich kühle Stimme vom Bett herüber.

Sein Mund verzog sich zu einem Grinsen. »Welch ein Jammer, sie mag keine Auspeitschungen. Anscheinend hat sie große Schmerzen. Womit hat sie sich das eingehandelt, Liebste?«

»Ich bin froh, daß du mich fragst«, sagte sie und erhob sich auf einen Ellbogen. »Sie war ein böses, ungezogenes Mädchen. Sie ist aufsässig, unverschämt und frech. Heute verweigerte sie mir den Gehorsam, beleidigte mich und lief einfach hinaus, ehe ich sie aufhalten konnte. Später kam sie mit einem Mann zurück.«

»Hierher?«

»Er brachte sie ins Zelt und ging sofort wieder. Aber auch er hat mich beleidigt …«

»Er *auch?*«

»Ich … ich möchte nicht wiederholen, was er sagte. Aber sie wird die Hiebe noch tagelang spüren, und die Narben bleiben vielleicht.« Nachdem sie das ausgesprochen hatte, entspannte sie sich. »Du kannst jetzt gehen«, sagte sie zu mir, ohne mich anzuschauen.

Er zog mich zum Bett, löste den Verband und begutachtete meinen Rücken.

»Ja, die Kleine wird noch ein paar Tage lang Schmerzen haben. Doch du schmeichelst dir, Herzliebste, dein zarter Arm ist weniger stark als du glaubst. Die Narben werden verheilen – es sei denn, sie beginnen zu eitern.« Er ging zu ihrem Tisch und kam mit einem Bernsteintopf zurück.

»Zerd, was machst du denn?« meinte sie und beobachtete ihn voller Argwohn und Enttäuschung. »Zerd, ich will nicht, daß diese Sklavin auf meinem Bett sitzt … es ist Nacht, sie soll uns jetzt allein lassen … Zerd, ich möchte ihren alten, stinkigen Verband nicht unter meiner Nase haben …«

Er griff hinter sich, warf den Verband auf die Decken und begann dicke, kühle, wohlriechende Salbe aus dem bernsteinernen Topf auf meinen Rücken zu schmieren. Ich saß aufrecht und zwang mich, nicht zu zucken, obwohl die Salbe, die er mit seinen seltsamen Fingern rücksichtslos verrieb, auf meinem wunden Rücken wie Feuer glühte, oder wie der Biß eines wilden Tiers.

»Es wird ein bißchen brennen«, sagte er, »aber das bedeutet lediglich, daß es gut verheilt.«

»Ich danke Euch«, murmelte ich zwischen zusammengebissenen Zähnen.

Er legte einen neuen Verband kreuzweise über meinen Rücken und erklärte dann, nun könne ich gehen. Ich nickte, erhob mich und wankte hinaus.

Jetzt haßt sie mich. Sie wird mich immer hassen.

Die Ebene erweist sich als tückisch. Der Boden ist trügerisch. Menschen und Tiere stolpern plötzlich in Erdlöcher. Zuweilen brechen sich die Tiere ein Bein und müssen geschlachtet werden. Außerdem gibt es dort stinkende Sumpftümpel, schwarz und tief, welche selbst die glutheiße Sonne nicht auszutrocknen vermag. In der vergangenen Nacht geriet ein Knecht in einen solchen Tümpel; seine Schreie weckten das gesamte Lager. Noch nie habe ich so nacktes Entsetzen in einer menschlichen Stimme vernommen. Man trug Laternen und Fackeln zu seinen Helfern hinaus, aber er hatte sich zu weit entfernt, ehe er merkte, worin er steckte, und dann schlug er in seiner Panik die verkehrte Richtung ein; nun konnte niemand ein Stück ausreichend festen Bodens finden, um ihn herauszuziehen. Schließlich gelang die Rettung, indem man ihm Stricke und Lassos zuwarf. Unterdessen, abseits im Finstern, sank und sank und sank der Mann, unter sich nichts als hundert Meter kalte, stinkende Jauche, über sich keinen Halt. Seine Schreie waren einfach gräßlich. Als man ihn endlich geborgen hatte, erkannte man im flackernden Fackelschein, daß ihn über und über eine Schicht dünner, wimmelnder, weißer Würmer bedeckte. Sie nähren sich von der Fäulnis im Sumpf. Wie viele einsame, markerschütternde Gebeine mögen sie schon abgenagt und ausgelutscht haben?

Die Soldaten marschieren schnell und schweigsam, bestrebt, die Ebene alsbald zu verlassen, von der sie behaupten, der Fluch jener uralten, fremden Geister ruhe auf ihr, die mit dem Mond vom Himmel fielen, als der Mond vor Tausenden von Jahren auf die Erde stürzte und den Himmel allein mit den weißen Sternen ließ.

Die Hitze ist schrecklich. Mein Rücken verheilt allmählich. Ich giere nach kühlem Wasser, um meinen Verband darin zu tränken, aber das ist völlig ausgeschlossen.

Täglich brechen Männer am Rande der Marschsäulen zusammen, schnappen nach Luft; sie sind so ausgedörrt, daß sie kaum noch zu schwitzen vermögen. Viele erleiden Hitzschläge, weil sie ihre steifen Helmkappen abnehmen. Die alten, erfahrenen Soldaten behalten sie auf dem Kopf, selbst wenn es ihnen scheint, als werde Haar und Kopfhaut geröstet.

Ich könnte die Hitze vertragen, wären nicht die Fliegen. Sie sind allgegenwärtig. Einige Arten sind giftig; sie alle machen uns verrückt.

Nichts von allem berührt Ums, seine kraftvollen Beine tragen ihn dahin, gleichmäßig, leichtfüßig und rasch. Er überrascht mich wiederholt mit Zeichen der Zuneigung. Er ist nicht eben ein liebevolles Geschöpf, aber klug, und wie es scheint, ahnt er fast alles voraus, was ich mache. Er knurrt und tritt, sobald irgend jemand ihn berühren will, bei so gut wie jedem; nur mit mir ist er sanftmütig und duldsam.

Obwohl die Sonne so unbarmherzig über den Schneekuppen der Berge brennt, finden wir nur Wasser, die fast völlig stillstehen, vielleicht schon seit Jahren. Durch den Wassermangel nahezu in den Irrsinn getrieben, wagen gelegentlich Soldaten von der fauligen Brühe zu trinken. Bald darauf starben drei Männer. Als sie verscharrt werden sollten, bemerkte man plötzlich an ihren Körpern Regungen; man vergewisserte sich dessen, daß sie tatsächlich tot waren. Daraufhin schnitt man die Leichen auf und entdeckte in den Eingeweiden einer jeden einen riesigen, trägen, weißlichen Wurm. Die Keime dieser Würmer sind offenbar in diesen schlammigen Seen, und nun hat man ein strenges Verbot erlassen, daraus zu trinken.

Ich wage gar nicht daran zu denken, wie es um mich stünde, müßte ich nach wie vor auf Sheg reiten.

Und allmählich beginne ich Zweifel zu hegen, für die ich mich zugleich verachte.

Aber es scheint mir so wenig sinnvoll zu sein, einen Mann aus dem geringen Haß zu töten, den ich für *ihn* verspüre. Ich hasse ihn, doch sehe ich den Haß in Ooldras Gesicht, fühle ich mich geradezu beschämt. Mein Haß ist unbedeutend, lau. Sie haßt ihn aus tiefstem Herzen, mit Leib und Seele, und sie erwartet geduldig die Stunde des Todes. Sie vermag ihren Haß nicht zu jener Leidenschaft zu steigern, wie meine Mutter und ich es zuweilen können, sie wirkt beinahe gleichgültig, doch sie wartet ruhig und mit einer Zuversicht, die an Gewißheit grenzt. Ein solcher Haß ist tödlich und nicht-menschlich. Er verursacht mir ein Frösteln.

Ich habe bereits daran gedacht, Ooldra den Vorschlag zu unterbreiten, es an meiner Stelle zu tun, denn zweifellos würde sie es mit Freude und unfehlbarer Sicherheit ausführen; doch ich bin es, die jene unheilvolle Prophezeiung brechen muß.

Ich habe festgestellt, daß Smahil krank ist.

Ein Insekt hat ihn gestochen. Die Stelle ist geschwollen und bläulich-schwarz. Wenn ich sie berühre, schmerzt es so, daß er stöhnen muß. Zuerst dachte ich, es wäre bloß ein

Bluterguß. Heute abend kam Blob zu mir (er ist jetzt sowohl Smahils als auch Ooldras Reitknecht). Wir grüßten einander sehr unfreundlich. »Der Edle ist krank«, sagte er. »Ihr möchtet zu ihm kommen.« – »Welcher Edle?« fragte ich. – »Mein Herr«, erwiderte er. – »Falls du den Edelmann Gagl meinst«, sagte ich, »komme ich nicht, weil mich nichts weniger interessieren könnte.«

Er grunzte, als entspräche meine Antwort haargenau der Meinung, die er von mir hegte. »Ich meine den jungen Smahil«, sagte er, »und er begehrt Euch.«

Der Tonfall, in dem er die zweite Hälfte des Satzes aussprach, ist unbeschreiblich.

Nun, ich ging mit ihm, obwohl ich glaubte, es handle sich nur um einen neuen Trick Smahils, mich zu sich zu locken. Smahil lag in seinem Zelt, das mir erstaunlich vertraut vorkam, obwohl ich erst einmal darin gewesen war. Wahrscheinlich hatte die Eindringlichkeit der Umstände alle Eindrücke in meine Augäpfel geprägt. Jedenfalls, er lag auf seinem Bett und sah blaß aus.

»Na schön«, sagte ich und bemerkte, daß Blob unverzüglich verschwand, als sei es abgesprochen, »hier bin ich.«

»Cija«, sagte er und rollte mühsam den Kopf übers Kissen, »würdest du etwas für mich tun?«

Im Zelt glomm nur eine niedergebrannte Fackel, und ich erkannte sein Gesicht schlecht, aber er lag ziemlich still und matt.

»Worum geht's?« erkundigte ich mich mißtrauisch.

»Würdest du versuchen, mir etwas Wasser zu besorgen?« fragte er und wand sich schlaff.

»Jeder will Wasser.«

»*Irgendwie* … nur versuchen … du bist die einzige, die mir helfen kann. Es wäre sinnlos, andere zu bitten … aber du könntest mir welches verschaffen … *sie* erhält sicher ziemlich viel …«

»Das stimmt, aber es besteht kaum Aussicht, muß ich dir sagen, daß sie mir welches abgibt – und wenn ich welches hätte, warum sollte ich's dir geben?«

»*Bitte*«, sagte er schwach.

»Du behauptest krank zu sein?« meinte ich vorsichtig.

»Ja«, murmelte er. »Meine Brust.«

In der Erwartung, seinen Trick zu entlarven, trat ich entschlossen zu ihm und öffnete kurzerhand seine Bluse. Doch auf dem blassen, schmächtigen Brustkorb, an dessen geschmeidige, männliche Muskeln ich mich noch deutlich entsann, mit den flachen, weindunklen Männerbrustwarzen, entdeckte ich einen bläulichschwarzen Flecken. Der Lichtschein flackerte scheußlich darauf. »Eine Quetschung«, sagte ich. Als ich die Stelle berührte, schrie er auf, so daß ich furchtbar erschrak, und biß sich auf die Unterlippe; dann blickte er böse zu mir auf, weil ich einen Jammerlaut von ihm gehört hatte.

»Was ist das?« fragte ich. »Das ist keine Quetschung.«

»Das weiß ich selber, dumme Ziege. Sag, kannst du mir nicht ein bißchen Wasser besorgen? Bitte …« Seine Stimme sank herab. Ängstlich beugte ich mich über ihn, aber die Beleuchtung war zu schlecht und ungewiß.

»Hat dich etwas gebissen?« fragte ich.

»Ja, es ist ein Biß, glaube ich. Sieht aus wie von einer Schlange. Eigentlich unmöglich.«

»Fällt dir das Sprechen schwer? Ich schiebe dir noch ein paar Kissen unter den Rücken.«

Seine Finger ertasteten meinen Arm, dann packte er mein Handgelenk. Seine Haut war heiß und rauh.

»Das Wasser …?« meinte er. »Hör doch, *irgendwie …* kannst du denn nicht …?«

»Du bist krank«, versicherte ich einfältig.

»Nicht sehr … wäre es nicht so heiß …«

»Ich werde versuchen, dir etwas Wasser zu bringen«, versprach ich und wollte gehen.

Einen Moment lang zitterte er nicht. »Wunderbar«, keuchte er. Dann meinte er: »Ich wußte, daß du's tun würdest.«

Das war lachhaft. Ich empfand nicht länger ganz soviel Mitgefühl für ihn. »Du brauchst mich nicht mit falschen Schmeicheleien zu bestechen versuchen«, entgegnete ich.

»Cija!« rief er, als ich schon halb draußen war.

»Ja?«

»Wirst du mich pflegen? Blob kann's nicht … kein anderer wird es tun …«

»Keine Sorge.«

Ich kramte im Zelt herum, nahm einen Wasserschlauch, sobald sich die Gelegenheit ergab, und verbarg ihn unter einem Kissen. Nachdem ich meine Aufgaben erledigt und mich entfernen durfte, ging ich hinaus, den Schlauch unter meinem Kleid versteckt vorbei am Feldherrn, der sich umdrehte und mir nachschaute. Gesenkten Kopfs schritt ich mit dem Diebesgut zu Smahils Zelt.

Als ich eintrat, hörte ich ihn mühselig atmen; die Fackel war fast völlig erloschen, und soviel ich erkennen konnte, hatte er sich in der halben Stunde, seit ich gegangen war, nicht bewegt. Ich beugte mich dicht über ihn; sein Atem ging wirklich fürchterlich schwer und laut. Zunächst hielt ich ihn für bewußtlos; doch dann rührte er sich ein wenig und murmelte: »Was … schon Zeit zum Aufbruch?«

»Psst, es ist noch mitten in der Nacht.«

»Doch nicht … Cija?«

»Du zweifelst?«

»Ich dachte, du kämst nicht wieder …«

Ich zog die Lederkappe vom Mundstück des Schlauchs und setzte es an seine Lippen. Er keuchte, und seine Augen weiteten sich. Unverzüglich sog sein Mund sich gierig am Schlauch fest und er schluckte und schluckte und schluckte, bis ich ihn ihm wieder fortnahm.

Fiebrig und zornig zugleich griff er danach, aber ich schob seine Hand beiseite.

»Dummkopf, du kannst doch nicht sofort alles austrinken. Es würde dir schaden. Ich konnte nicht eher kommen, sie ließ mich nicht fort. Sie war verärgert, weil ich zu spät bei ihr erschien.«

»Meine Schuld.«

»Macht nichts. Ob Kühlen gegen den Biß hilft? Brennt er?«

»Nein, er ist bloß stark geschwollen. Verschwende kein Wasser dafür. Aber vielleicht könntest du ein bißchen meine Stirn kühlen.«

»Ich glaube nicht, daß… Hast du noch Wasser im Mund?«

»Ja, ich spüle damit.«

»Hier, spuck's auf dies Tuch, auf der Stirn wird es kühl genug sein. Kühler als die Luft – falls man das Luft nennen kann…«

Ich drückte den kühlen, feuchten Lappen auf seine Stirn, seine Wangen und die sandverklebte Wölbung seiner Kehle, und dann war das bißchen Feuchtigkeit auch schon dahin; aber er atmete etwas leichter, und ich wandte mich für einen Moment ab, um zwei neue Fackeln zu entzünden. Im Licht sah ich nun, daß seine Lider herabgesunken waren und sein Mund einen Ausdruck von Erleichterung angenommen hatte, doch der giftig gefärbte Fleck war größer geworden, hatte sich nach den Seiten und hinauf zum Halsansatz ausgebreitet wie Tinte auf porösem Papier.

In dieser Nacht ging ich nicht zu Bett.

Ich saß an Smahils Bett, lauschte seinen Atemzügen und kritzelte die vorstehenden Einträge auf ein paar Bogen Papier, die ich im Zelt fand; später legte ich sie in dies Tagebuch ein. Zeitweise klangen seine Atemzüge schmerzvoll, aber er schlief. Ständig mußte ich Fliegenschwärme verscheuchen, aber dadurch – und durchs Schreiben – blieb ich wenigstens wach. Ich war wahnsinnig müde. Jede Sehne meines Körpers stöhnte leise und bettelte um Schlaf, den ich nicht gewähren wollte. Mir standen ein weiterer Tagesritt und ein neuer Abend voller Ärgernisse bevor, so daß ich hätte schlafen sollen, aber ich verstand überhaupt nichts von der Krankenpflege, und deshalb fürchtete ich mich zu schlafen, weil ich jederzeit bereit sein wollte, falls irgendwelche Änderungen in Smahils Zustand eintraten. Einmal, als Smahil zu schnarchen anfing, so daß ich annehmen konnte, er schlafe tief genug, wagte ich eine Fackel zu holen, hielt sie dicht über ihn und betrachtete furchtsam die Schwellung. Sie hatte sich nicht sehr viel weiter ausgebreitet, aber die verfärbte Haut wirkte straff, gespannt, und sie war glatt und glänzte.

Das beste wäre wohl, einen Schnitt zu machen, dachte ich, und das Gift ausfließen zu lassen. Aber die Stelle umfaßte keine Beule; sie war bloß glatte, verfärbte Haut. Ich wagte sie nicht einzuschneiden, aus Furcht, eine wichtige Ader oder einen Nerv zu verletzen. Ich verstehe nichts von Anatomie, aber meine Mutter sagte, man müsse, um zu töten, die Kehle aufschlitzen. Unkundiges Geschneide an Smahils Halsansatz würde höchstwahrscheinlich nicht helfen.

Zweimal lief ich hinaus, um Blob zu suchen. Das erste Mal benahm er sich mürrisch und abweisend und meinte, er wolle nach Smahil schauen, wenn mir's unmöglich sei, aber jetzt könne er sich um nichts kümmern, schließlich führe er außer Dienst sein eigenes Leben, nicht wahr?; nein, er wisse nicht, wo man einen Chirurgen fände. Ich war davon überzeugt, daß er es sehr wohl wußte und nur zu faul zum Nachdenken war, aber ich hielt mich nicht damit auf, mit ihm zu streiten. Ich hatte große Furcht, während meiner Abwesenheit könne mit der Wunde etwas geschehen.

Beim zweitenmal fand ich Blob im Schlaf vor, er schnarchte widerlich durch die Nase. Ich traute mich nicht, ihn zu wecken und eilte, beinahe von Sinnen, zurück an Smahils Bett.

In der aufziehenden Morgendämmerung wirkte der Fleck unter meinen nervösen, übermüdeten Augen immer gräßlicher und gräßlicher, obwohl er nicht weiter gewachsen war.

Kurz darauf erwachte Smahil und blinzelte mich überrascht an.

»Cija?« sagte er.

»Ich war während der Nacht hier«, erklärte ich.

»Wie dumm von dir, deine Lider sind ja geschwollen. Hast du denn überhaupt nicht geschlafen?«

»Wenig. Ich war zu besorgt, um schlafen zu können. Manchmal bin ich eingenickt, aber bestimmt für nicht länger als jeweils ein paar Minuten.«

»Besorgt? Um mich?«

»Wegen deiner Wunde. Reg dich nicht auf, sie ist nicht schlimm …«

Er verzichtete darauf, seinen Brustkorb anzuschielen; ich vermutete, er wußte gut genug, wie der Fleck aussah und fühlte sich nicht in der Verfassung, um ihn eingehend zu betrachten. Ich sagte ihm nicht, daß der Fleck sich ausgebreitet hatte.

»Du wirst heute einschlafen und von deinem Ums fallen …«

»Nein, ich kann mich im Sattel ausruhen, ich bin längst ans Reiten gewöhnt … Smahil, weißt du, wo ich einen Chirurg finde?«

»Das Heer muß welche haben. Nein, wo, das weiß ich nicht … ich brauche keinen …«

»Das Gift muß heraus. Sonst …« Das Sprechen fiel mir schwer. »Es könnte sich ausbreiten.«

»Dann wäre ich völlig schwarz!« Er lachte, als er meine Miene furchtsamen Abscheus sah. »Oh, Cija, das wäre nicht übel, dann sähe ich genauso aus wie dein Freund, der Feldherr!«

»Ich kann dich nicht dauernd pflegen … ich meine, ich muß ja ein bißchen schlafen … kann ich nicht Ooldra damit beauftragen?«

»Ooldra? Zum Gift in meiner Brust möchte ich nicht auch noch Gift ins Essen!«

»Du siehst Ooldra völlig falsch«, widersprach ich erschöpft. »Sie ist gut, freundlich und sanftmütig. Sie haßt nur den Feind, wie alle aus dem Land meiner Mutter es tun sollten.«

»Du erkundigst dich gar nicht, wie es mir geht.«

»Dir geht's so gut, wie man es unter diesen Umständen erwarten kann, schätze ich. Du bist schwach. Wirst du heute reiten können? Ob Ijleldla oder Iren dir einen Platz in einem Wagen einräumen würden?«

»Ich möchte gar keinen … in den Wagen ist es so entsetzlich stickig … sogar sie reiten inzwischen lieber …«

»Ich werde einen Karrenlenker bitten, dich mitzunehmen, unter einem Sonnenschutz. Ich bleibe im Umkreis und kümmere mich darum, daß du dein Essen und das Wasser erhältst …«

Er legte seine heiße Hand auf meine, als ich mich erhob.

»Du bist eine miese kleine … na, du weißt schon, Cija«, sagte er, »aber es ist nett, dich in der Nähe zu haben.«

»Wäre ich eine miese kleine Du-weißt-schon«, sagte ich, »hättest du mir keine Kosenamen gegeben.«

Ich ging hinaus, während er – zu meiner Überraschung – fiebrig grinste; ich nämlich ärgerte mich und hatte das gleiche von ihm erwartet.

Mein Weg führte mich zum kleinen, überbelegten Schlafzelt der Schankmädchen. Narra war schon draußen, wir sahen einander unverzüglich, und sie stürmte mir entgegen.

»Wo bist du gewesen? Du warst die ganze Nacht fort. Ich habe mich um dich geängstigt.«

»Ich war beim Edlen Smahil …«

»Oh.« Sie errötete und machte ein verschlossenes Gesicht.

»Er ist krank«, sagte ich und setzte mich einfach auf die Erde; als sie sah, wie erschöpft ich war, schlang sie ihre Arme um mich. »Narra, er hat von einem Biß ein schreckliches Gift im Leib … weißt du, wo man einen Chirurgen findet?«

»Ja, ich gehe und hole ihn.« Sie lief davon.

Ich betrat das Zelt, legte mich zwischen die anderen Mädchen und schlief sofort ein.

Eine unbestimmbare Störung außerhalb des Zelts weckte mich. Ich wankte zum Eingang, und im gleichen Moment spähte Narra herein. »Ach, hier bist du«, sagte sie. Regelrecht mütterlich nahm sie meinen Arm und führte mich zum kleinen Hügel neben dem Zelt, auf den sich ein Mann niedergehockt hatte; er trug keinen Waffenrock, sondern ein gewöhnliches Gewand. Er stand nicht auf, als ich mich näherte; das ärgerte mich. »Seid Ihr ein Doktor der Medizin?« fragte ich.

»Ich bin Feldscher.«

»Ich bin eine Edle, eine der Geiseln.« Er neigte nicht einmal das Haupt. »Einer meiner Freunde ist krank … auf seiner Brust ist ein großer, dunkler Fleck, dicht unter dem Hals …«

»Bringt mich zu ihm, und ich sehe ihn mir an.«

Wir gingen los, ich voraus, dann der Feldscher und hinter ihm Narra, deren Kleidchen in der heraufziehenden Morgenhitze bereits an ihren dünnen, kleinen Beinen zu kleben begann. Ach, ich liebe das Kind!

Smahil blickte auf, als wir eintraten, sagte jedoch nichts. Nur seine Augen bewegten sich, der Kopf schien ihm schwer geworden zu sein. Selbst die Bewegung seiner Augen war langsam, ihr Blick fahrig und trüb. Er wirkte gleichgültig. Er hatte fürchterlich zu schwitzen begonnen, seine Haut war nicht länger sandtrocken, und all die Fliegen, die ich während meiner Abwesenheit nicht hatte verscheuchen können, krochen über seinen wehrlosen Körper, unter seine Bluse und wieder heraus, und nährten sich offenbar von seinem Schweiß.

»Warte draußen, Narra«, sagte ich, aber als ich mich das nächste Mal umdrehte, war sie noch immer im Zelt.

Ich beobachtete den Feldscher, der sich über Smahil beugte. Er wischte die Fliegen fort – sie waren zu hartnäckig und übersättigt, um sich auf andere Weise vertreiben zu lassen – und wir sahen die Wunde. Die seltsame Verfärbung hatte sich weiter ausgebreitet.

»Aua«, sagte der Feldscher. »Ihr hättet mich vor einer

Nacht und einem Tag rufen sollen. Das Tier muß ihn schon vor dreißig Stunden gebissen haben.«

»Bis gestern abend wußte ich nichts davon ... niemand konnte mir sagen, wo ich Euch finde. Geht es ihm gut?«

»Natürlich geht es ihm nicht gut«, antwortete der Feldscher gereizt. Er starrte auf Smahils Brustkorb hinab, der durch den Fleck von seinem gequälten Gesicht wie abgetrennt schien.

»Ich meine – wird er sterben?«

»Wäre er bloß nicht ausgerechnet dort gebissen worden. Am Arm oder am Bein ... aber man kann keinen Kopf amputieren.«

»Also muß er sterben?« Ich umklammerte Narras Hand. »Bei meinem Vetter, Ihr könnt doch einen Menschen nicht einfach sterben lassen. Holt das Gift irgendwie heraus.«

»Ihr hättet mich gestern rufen sollen.«

Ich starrte ihn an, und er starrte hochmütig zurück. »Ich muß Euch daran erinnern, daß ich Feldscher bin, und dieser Mann zählt nicht zum Heer. Er ist ein fremder Edelmann, und ich bin nicht verpflichtet, ihn zu heilen.«

»Sein Leben zu retten!«

Ich stürzte hinaus und lief zu den Zelten der Anführer. Dort herrschte bereits Geschäftigkeit, Sklaven und Knechte bereiteten alles für den Abmarsch vor, die Zelte der Frühaufsteher unter den Hauptleuten wurden schon abgebrochen. Furchtsam erinnerte ich mich des Wasserschlauchs in Smahils Zelt. Ich mußte dafür sorgen, daß kein Sklave ihn fand. Der erste Anführer, dem ich begegnete, war Clor, einer der Hauptleute, die zum engsten Kreis um den Feldherrn gehörten. Ich stürzte mit solcher Heftigkeit auf ihn zu, daß er sich an dem Brot und Käse verschluckte, und er mußte alles ausspucken, bevor er wieder mit dem Kauen anfangen konnte. »Oh, du bist das!« sagte er. »Was gibt's, heilige Magd?«

»Clor ... ich meine, Gebieter ... eine der Geiseln ist schwer erkrankt ... der Feldscher will ihn nicht behandeln, weil er kein Soldat ist ...«

»Such dir einen anderen Feldscher, hier läuft irgendwo einer herum.«

»Sie werden alle die gleichen Schwierigkeiten machen. Bevor einer sich bereit erklärt, ist Smahil womöglich tot. Könnt Ihr nicht mit Eurer Befehlsgewalt eingreifen?«

»Aber ich frühstücke doch gerade! Oh, also gut, wenn's nicht zu weit ist.«

Wir traten den Weg zu Smahils Zelt an, der nur ein paar Minuten währte. Ich konnte nicht rennen, denn der Hauptmann aß unterwegs sein Brot und den Käse weiter und murrte dabei.

Als wir ankamen, verließ der Feldscher gerade das Zelt; Narra hing an seinem Arm und bettelte, aber er mißachtete sie. Er grüßte, als er Clor erblickte.

»Hinein und den Mann kuriert!« befahl Clor.

Der Feldscher schluckte, sagte: »Jawohl, Herr«, und machte kehrt. Wir umringten ihn, als er sich anschickte, den dunklen Fleck in der Mitte aufzuschneiden. Clor kaute und spie Käserinde in die Ecken.

»Das gibt aber eine lange und schwierige Operation«, sagte der Feldscher über die Schulter. Niemand äußerte sich dazu, worauf der Feldscher nochmals sagte: »Jawohl, Herr«; dann setzte er sein Werk fort. Er führte eine Lanzette vom Mittelpunkt des Flecks nach allen Seiten zum Rand, kräftig, aber dicht unter der Haut. Smahil kam zu Bewußtsein; sein Gesicht zuckte, er stöhnte. Er wand sich, und der Feldscher sagte: »Verdammt!« und andere, weitaus derbere Dinge. Ich schritt ums Bett und hielt Smahils Hand, beugte mich über ihn. »Smahil, der Wundarzt holt das Gift heraus«, flüsterte ich ihm ins Ohr. »Es muß dich schmerzen, doch es ist gefährlich, sich zu bewegen. Drück meine Hand oder so etwas. Halt still. Es ist vorbei, wenn er fertig ist.«

»Dumme Kuh«, sagte Smahil mühselig.

Dicker, grünschwarzer Eiter quoll aus dem Einschnitt in der Mitte, als der Feldscher mit den Fingern die verfärbte Haut eindrückte.

»Narra«, schrie ich erbittert, um mich abzulenken, damit mir nicht übel wurde, »wirst du wohl hinausgehen, wie ich's dir gesagt habe?!«

»Aber ich halte lieber seine andere Hand, Cija«, antwortete sie. Sie sah bleich aus und starrte zum Zeltdach empor.

Clor kaute unerschüttert und sah dabei dem Feldscher zu.

Ständig mußte ich Fliegen fortscheuchen. Der Eiter lockte sie an, und der Feldscher fluchte pausenlos auf die liederlichste Weise.

»Rede anständig unter den Ohren eines Vorgesetzten«, sagte Clor, der selbst Verwünschungen ausstieß wie ein Dämon.

Der Feldscher strich weiter fest über die Haut; neuer Eiter quoll heraus.

Es dauerte ganz bestimmt lange.

Als er mit der Lanzette die Grube zwischen Brust und Kehle erreichte, kam der Eingriff zu einem vorläufigen Ende; das gerade Instrument vermochte der Wölbung nicht zu folgen. »Seht Ihr?« meinte der Feldscher voller grimmigen Triumphs. »Ihr hättet mich gestern holen sollen.«

»Quetsch das Gift abwärts«, sagte Clor und kaute unerschütterlich.

»Das geht nicht, Herr.«

Clor hörte auf zu kauen und starrte den Feldscher an; der Feldscher schluckte erneut und begann wieder zu drücken. Diesmal fluchte er leiser.

Ich wunderte mich, wieso der Schmerz aus meiner Hand gewichen war; dann begriff ich, daß der Druck von Smahils Fingernägeln meine Handfläche inzwischen betäubt hatte.

»Es kommt nichts«, sagte Narra.

»Seht Ihr, Herr?« meinte der Feldscher. »Ich kann keinen Kanal schaffen. Es geht nicht.«

»Ich habe dir etwas befohlen«, erinnerte Clor ihn, »und du wirst gehorchen.«

»Aber wenn ich schneide und steche in die Kehle, bringe ich ihn um«, erhob der Feldscher erbost Widerspruch.

»Wird er ohnehin sterben?«

»Wahrscheinlich, Herr.«

»Dann versuch's. Halte deine dreckige Pfote ruhig und schneide nicht so tief.«

Die Ohren am gesenkten Kopf des Feldschers erröteten vor Wut. Er machte einen schwachen, kaum wahrnehmbaren Einschnitt in Smahils Hals. Smahil atmete, die Augen geschlossen, durch den Mund. Er wirkte ruhig, abgesehen vom Zittern seines Arms, durch den er seinen ganzen Kampf gegen den Schmerz in seine Hand ableitete, welche die meine umklammerte. Langsam schob der Feldscher die Lanzette durch die gräßlich verfärbte Haut aufwärts; er verharrte, dann zog er sie abwärts zurück. Der Feldscher drückte die Haut in Abwärtsrichtung, und dicker Eiter quoll heraus.

Er verscheuchte einen Schwarm Fliegen, wischte seine schweißige Hand am Hosenboden ab, tupfte den Eiter mit einem Stück Leinen von Smahils Brust, drückte wieder, putzte erneut Eiter ab.

»Der Fleck ist ein bißchen kleiner geworden«, flüsterte Narra.

Smahils Lider flatterten.

»Auf diese Weise kommt niemals alles heraus«, sagte ich.

Vom Zelteingang hörte man Geräusche. Der Feldscher drückte und preßte. Ein Sklave schob seinen Kopf herein und verschwand wieder, ohne sich zu entschuldigen.

»Wir marschieren gleich ab, Herr«, sagte der Feldscher zu Clor.

»Ist er jetzt in Ordnung?« fragte Clor und zögerte.

»Die Stiche müssen offen bleiben, und das Gift muß regelmäßig herausgedrückt werden.«

»Gibt es keinen schnelleren Weg?«

»Nur den, es auszusaugen, Herr«, sagte der Feldscher grob.

Clors Blick fiel auf mich.

»Du willst, daß er überlebt. Dann solltest du es tun.«

Der Feldscher, der seine Instrumente einpackte, sah mich an und grinste.

»Also gut«, sagte ich. Ohne meinem Ekel Gelegenheit zu geben, mich zu überwältigen, beugte ich mich hinab, schloß die Augen und meine Lippen um den Einstich und begann zu saugen. Ich hörte Narra keuchen.

»Gib acht, daß du nichts schluckst«, sagte Clor.

Ich hörte, wie der Feldscher ging. Ich hob den Kopf, spie aus, sog, spie wieder aus. Als ich das nächste Mal hinschaute, war Smahils Haut wieder weiß, oder jedenfalls rosafarben, und sie wirkte wund. Ich setzte die Lippen an den zweiten Einstich.

Nach einem Zeitraum, der mir außerordentlich lang erschien, war das Blau ganz fort. Ich richtete mich auf; mir schwindelte. Smahil war bewußtlos. Clor stützte mich. In meinem Mund war ein gräßlicher Geschmack, und ich fürchtete sehr, etwas geschluckt zu haben. »Iß Käse«, sagte er. Ich schüttelte den Kopf. Ich glaube, in diesem Moment wollte ich sogar, daß ich erkrankte. Er sah mir aus unmittelbarer Nähe ins Gesicht, schüttelte seinerseits den Kopf und hielt mir hartnäckig den Käse hin. Ich nahm ihn, und nach einigen Bissen war mir wohler zumute. »Ist Narra fort?« fragte ich.

»Sie spricht mit einem Karrenlenker. Tja, du hast es geschafft.«

Ich lächelte ihn an, aber sein Gesicht war ernst; das wirkte seltsam an ihm, denn Clors Miene ist gewöhnlich gelassen oder mißmutig. Er gab mir einen Klaps auf die Schulter. »Ist jetzt alles klar?« meinte er. »Ich habe zu tun. Er wird schon durchkommen.«

Der Wasserdiebstahl wurde entdeckt, aber auf mich fiel kein Verdacht. Offensichtlich weil ich so verdreckt und durstig war wie jeder.

Ich händigte Smahil den Schlauch aus, der ihn unter dem

Stroh verbarg, worauf er auf dem holprigen Karren liegt, unter einem primitiven Sonnendach. Er leerte ihn am ersten Tag, ein Beweis dafür, wie dringend er das Wasser benötigte, und ich war froh, daß ich nicht mehr als einen oder zwei kleine Schlucke genommen habe, gerade genug, um meine trockene Zunge wieder geschmeidig zu machen, obwohl er mir jedesmal, wenn ich zum Karren ritt, um nach ihm zu schauen, welches anbot. Zwei Tage lang bat er nicht um mehr, weil er wußte, daß er mich bereits in Schwierigkeiten gebracht hatte, und beschränkte sich auf die Ration, die ihm zustand, nicht einmal halb soviel wie er bräuchte. Er hat Fieber; das meiste Wasser trinkt er nicht, sondern vielmehr geht es beim Kühlen seines Verbands und seiner Stirn drauf. Häufig ist er bewußtlos oder befindet sich im Halbschlaf, und den Rest des Tages hindurch zittert er am ganzen Leib. Seine Hände, ständig schweißnaß, verkrampfen sich zu Fäusten und öffnen sich, zucken, wieder und immer wieder, so daß ich nach einer Weile schreien könnte.

Die Langeweile ist anscheinend fast noch schlimmer für ihn als das Holpern, die Hitze und der Schmerz. Ich reite zu ihm, wann immer ich mich von der Gefolgschaft fortstehlen kann; einmal jedoch muß ich dabei übertrieben haben, denn die Prinzessin war wütend, weil sie mich mehrmals nicht gefunden hatte.

Er hat es gerne, wenn jemand mit ihm plaudert, aber die einzige Person außer mir, die sich diese Mühe macht, der Gehilfe des Karrenlenkers, redet oft stundenlang über so gut wie gar nichts, in dem Glauben, Smahil damit abzulenken, wogegen er ihn in Wirklichkeit fast in den Wahnsinn treibt.

Manchmal nimmt es mich unheimlich mit, Smahil bloß zu beobachten. Seine Hände, die Brauen und der Mund zucken, und selbst seine schweißnassen Wangen zittern unaufhörlich unter dem anhaltenden Schmerz. »Ich wollte, ich könnte dir etwas von dem Schmerz abnehmen«, sagte ich heute zu ihm. »Dann wäre es leichter für uns beide.«

»Stell dir vor, wie die Welt aussähe, wäre so etwas möglich«, sagte er. »Du triffst einen Bekannten auf der Straße und sagst: ›Wie geht's?‹ und er antwortet: ›Ich habe mich erkältet!‹, aber statt bloß darauf zu sagen: ›Oh, das tut mir leid!‹ erwartet man von dir, daß du ihn höflich fragst: ›Oh, darf ich dir ein bißchen von der Erkältung abnehmen?‹«

»Aber vielleicht würden die Menschen so gescheit sein, das nicht zum Brauch zu machen«, wandte ich ein, »weil es doch reichlich lästig wäre?«

»Du bist leichtgläubig«, gab Smahil zur Antwort. »Du verstehst die Welt nicht.«

Das brachte mich erheblich außer Fassung, denn ich hatte gedacht, ich wisse bereits alles von der Welt.

Blob, der Smahil hatte pflegen wollen, während ich nicht dazu imstande bin, hat sein Wort hinterhältig gebrochen. Er macht überhaupt nichts, wogegen der Karrenlenker sich nach Kräften um ihn bemüht, ohne daß man ihn darum bitten muß. Ich stellte Blob zur Rede, und er stierte mich an und erklärte, er hasse das ganze Heer, verachte Schlampen und wolle sich nicht beschmutzen, indem er ihre Hurenböcke pflege, es genüge doch wohl, daß er sich um die Vögel solcher Leute kümmern müsse, oder nicht, und wenn nicht, na und?

»Aber du hast es versprochen.«

»Ich habe zu tun. Fahr zur Hölle!«

Wahrlich, es ist gut, daß meine Mutter mich lehrte, niemals jemandem restlos zu vertrauen.

Ich muß Smahil mehr Wasser beschaffen; er benötigt es.

In der vergangenen Nacht habe ich nochmals an Wasser heranzukommen versucht, aber es mißlang. Während des ganzen Abends lungerte Blob in der Nähe des Zelts herum, und später hielten Lara und Zerd sich darin auf.

Heute nacht werde ich es erneut versuchen; den ganzen Tag lang wälzte Smahil sich fiebrig auf dem schmutzigen Stroh, die Fäuste geballt, während seine ausgedörrten Lippen zuckten. Seine Haut beginnt sich zu schälen; die Lippen sehen aus, als bestünden sie aus Fransen. Als ich seinen Verband wechselte, stellte ich fest, daß die Haut, wo das Gift gesessen hatte, große Blasen wirft; ich steche alle auf, damit die Wunde flach bleibt. Sie sehen aus wie ganz gewöhnliche Blasen; ich glaube nicht, daß sie etwas Schlimmes bedeuten.

Am Morgen, in diesen trägen Stunden, wenn – wie ich früher immer meinte – anscheinend die gesamte heile Welt in tiefem Schlummer liegt, erwachte ich nahezu wie aus innerem Zwang, kroch durch die Reihen der schlafenden Schankmädchen, wobei mein Kopf nickte wie der eines verwundeten Bären, und hinaus, vorbei an den weißen Aschehaufen zahlloser Feuerstätten, bewacht von Posten, die ihren letzten Kampf mit dem Schlaf ausfochten, und zum Zelt.

Ich wich den Posten aus, die davor wachten (sie kamen stets erst in der Nacht), und kroch unter der Zeltbahn hindurch ins Innere, an der Stelle, wo Narra und ich zu sitzen und zu schwatzen pflegten, als im Zelt noch die Schönste herrschte.

Drinnen war es dunkel.

Ich schwöre, daß ich kein Geräusch verursachte; nicht einmal eine Maus hätte mich gehört – ich weiß, wie man die Füße leicht und doch rasch durchs Finstere tastet, man setzt zuerst den Ballen auf, ganz behutsam, um den Untergrund zu prüfen, dann die Zehen und schließlich die Ferse, während der Ballen des anderen Fußes schon den Boden für den nächsten Schritt prüft. Er aber besitzt Sinne wie ein Luchs; ich habe oft daran gedacht.

»Aha«, sagte eine Stimme, sanft und doch schrecklich laut im Dunkeln, worin man instinktiv zum Flüstern neigt. Sein Arm – ich würde die Berührung mit seiner Haut jederzeit und überall erkennen – umschlang meine Taille.

Jemand entzündete eine Lampe.

Das war sie; sie lag vorgebeugt in ihrem Bett und lächelte. Sie trug ihr weites, weißes Nachthemd mit den rosa und blauen Blumen, jetzt ziemlich zerknittert, wie ihr Nachtzeug morgens stets ist. Zerd, der mich festhielt, war unbekleidet. Mein Blick glitt über ihn und dann zur Seite. Es hätte nicht sein müssen, doch ich fürchte, ich war äußerst verlegen und verwirrt. Ich wüßte zu gerne, ob alle Männer so aussehen, wenn sie nackt sind.

»Wir haben die Ehre deines Besuches in dieser Nacht erwartet«, erklärte er.

»Wie konntet Ihr davon wissen?«

»Hat dein liebenswerter Kumpan dir nicht verraten, daß wir ihn in der vergangenen Nacht erwischten?«

»Ich habe keinen Kumpan.«

»Einen kleinen, dickbäuchigen Mann. Letzte Nacht kroch er herein, so wie du in dieser Nacht, und als wir ihn schnappten, plauderte er bereitwillig aus, daß er's für dich tat. Du hast ihn mit furchtbaren Drohungen zum Wasserdiebstahl getrieben.«

»Ich weiß, wer dieser Mann ist, Erhabener, Blob, ein Reitknecht, aber ich habe ihn niemals geschickt, um etwas für mich zu tun. Er wollte das Wasser für sich, und als Ihr ihn erwischt habt, schob er die Schuld auf mich. Er haßt mich.«

»Ebenso interessant wie widerlich, welche kleinen Leidenschaften unsere Dienerschaft untereinander austrägt«, bemerkte Lara.

Der Feldherr grinste mit geschlossenem Mund, als er mir antwortete.

»Aber du bist gekommen, um Wasser zu stehlen. Du bist eine Diebin, mit oder ohne Kumpan.«

»Ich brauche das Wasser für einen Freund, der Fieber hat.«

»Wer ist es?«

»Der Edle Smahil.«

»So laß ihn sterben, wenn er ohne gestohlenes Wasser nicht leben kann. Ich habe dir doch gesagt, daß Geiseln nutzlos sind.«

»Ich will ihn nicht sterben lassen.«

»Kranke, die obendrein keine Soldaten sind, fallen auf einem Feldzug zwangsläufig zur Last. Wenn die Karten zuverlässig sind – und was Siedlungen angeht, müßten sie's sein, erreichen wir binnen einer Woche eine Stadt im Vorgebirge. Da wir sie nicht plündern werden, dürfte er dort sicher unterkommen können. Laß ihn dort zurück.«

»Das möchte ich nicht. Ich vermute, daß es dort genug Wasser gibt. Er wird durchhalten, bis wir eintreffen.«

»Mit gestohlenem Wasser?«

»Irgendwie wird er es schaffen. Ich werde nicht mehr von Eurem Wasser nehmen, Erhabenheit.«

»Gut.«

Er ließ mich los, wandte sich ab, ohne mich weiter zu beachten, zum Zeichen, daß ich gehen könne, und kehrte zurück zum Bett.

»Ich bin sehr froh, daß du mir rechtzeitig enthüllt hast, wie wenig vertrauenswürdig du bist«, sagte Lara.

Ich drehte mich um. »Prinzessin, Ihr zeigt mir deutlich Eure Abneigung …«

»Ja, in der Tat, ich …«

»Sicherlich legt Ihr nicht länger Wert darauf, mich als Eure Sklavin zu behalten? Kann ich mich wieder in die Gesellschaft der Geiseln begeben?«

»Ich werde nichts tun, das dir behagen könnte. Fortan bist du ein Schankmädchen und nicht mehr meine persönliche Dienerin. Das ist wahrhaftig eine milde Strafe für alle deine Hinterlist.«

»Das nennt er eine Stadt?« meinte ich, als Narra und ich nebeneinander im Troß in die Straße ritten.

Die Straße war eng, mit Unrat übersät und stank. Die Abflußrinne in der Mitte – kein Kanal, nur eine Rinne – glich einer Kloake. Verstohlen beobachteten uns Gesichter aus Fenstern und Türen, die Rattenlöchern ähnelten.

Der Marschtritt des Heers dröhnte wie das ununterbrochene Brüllen riesiger Löwen. Zuerst hatten alle gesungen, als wir die Stadt an dem klaren Fluß erreichten und jeder seinen Durst stillen konnte. Jetzt sang niemand mehr. Das Echo der zahllosen Schritte war laut genug.

»Das ist eine Stadt, Cija, eine große Stadt. Deshalb wird eine ganze Schar den Palast besetzen, so daß wir nicht alle vor den Mauern lagern müssen – und es gibt hier einen Palast, worin der Statthalter wohnt, wo der Feldherr und sein Gefolge einziehen. Das ist nicht bloß ein Dorf, Cija.«

»Aber dieser Schmutz!«

Während ich das ausrief, rollte ein Lehmklumpen, den die Männer vor uns sich übermütig mit den Füßen zugespielt hatten, unter Ums' Klauen. Wütend scheute er.

»Ums ist ganz schlimm geworden, Cija. Er war so gut abgerichtet, als du ihn bekommen hast. Seit er dir gehört, gehorcht er keinem anderen mehr und ist launisch, wann's ihm paßt. Was ich sagen wollte – das ist offenbar eine blühende Stadt!«

»Halt dir die Nase zu, wir kommen durch ein ganz fieses Viertel!« rief ich nach hinten zum Karren, auf dem Smahil sich befand. »Blühend!« schnob ich Narra an.

»Ich habe schon arme Städte gesehen«, sagte Narra, »und in denen sind die Straßen so sauber wie ein Hochzeitsgewand. Jedes Hölzchen, jeder Nagel und jeder Fetzen Papier wird aufgehoben und gesäubert und irgendwie gebraucht. Alte Bettler sitzen an den Straßenecken und bieten zwei Nägel zum Kauf an. Aus Holzsplittern macht man Kästchen.«

Immerhin erwiesen sich die höheren Viertel der Stadt im Umkreis des Palastes als etwas gepflegter.

Später ritt Zerd für einen Moment an meine Seite.

»Froh, wieder in der Zivilisation zu sein?«

»Zivilisation! Die Unterstadt besteht aus Elendsvierteln, und das hier sind bloß Alleen, überall stehen Bäume!«

»Anders als die Trümmerhaufen, worüber deine Mutter zu herrschen pflegt, he?«

»Wer hat unsere Städte in Schutt und Asche gelegt?« murmelte ich.

»Hat man deinen Freund anständig begraben?«

»Er fährt dort auf dem Karren.«

»Tot?«

»Nein, auf dem Wege der Besserung.«

Verblüfft straffte er sich, und seine Hand packte unwillkürlich die Zügel fester, so daß sein Vogel sich krümmte. »Wessen Wasser hat du denn nun gestohlen? Bei der Ersten Weltmitternacht, die normale Wasserration hätte einen Mann mit Fieber niemals bis hierher am Leben erhalten. In jener Nacht war ich sicher, daß du ihn beklagen würdest, wenn wir hier eintreffen.«

»Hauptmann Clor hat allmorgendlich einen Knaben mit einem halbvollen Wasserschlauch geschickt.«

»Clor?«

»Ja.«

»Aber er ist doch noch längst nicht verkalkt.«

»Nun, anscheinend kennt er so etwas wie Güte.«

»Oh, ich dachte, wir seien Freunde.«

»Nach jener Nacht, Erhabenheit, wage ich darauf nicht zu hoffen.«

Unter den schwarzen Wülsten seiner Brauen sah er mich von der Seite an. Die Brauen rutschten aufwärts. »Sie behandelt dich wie ein Schankmädchen, vermute ich, seit sie dich zu einem herabgewürdigt hat? Bist du wieder geschlagen worden?«

»Nicht richtig, Gebieter.«

»Ich verstehe.«

Ich schaute geradeaus. Im Augenwinkel beobachtete ich ihn. Mit zwei Fingern rieb er sein langes Kinn, ohne den Blick von mir zu wenden.

»Ich finde, du solltest weder Schankmädchen noch Geisel bleiben«, meinte er schließlich.

»Ich habe keine Wahl, Gebieter.«

»Komm morgen nacht zu mir.«

Ich blickte auf. Er lächelte. Ein Mundwinkel zuckte nach oben. Natürlich wußte er, daß ich mich einverstanden erklären würde. Plötzlich fühlte ich mich glücklicher als jemals zuvor. Ich vergaß alles, vergaß Smahil, vergaß Ooldra, die fremden Straßen und die Soldaten, die darauf marschierten, vergaß die Schrecken des Zugs durch die Ebene, alle die anstrengenden Monate.

»Eure Gemahlin wird Euch erwarten«, sagte ich.

»Sie ist nicht meine Gemahlin« sagte er, »und sie kann warten.«

Plötzlich lachte ich und warf die Arme auseinander. Der Feldherr lachte ebenfalls, warf sein herrliches Haupt in den mächtigen Nacken und lachte, und die Soldaten sahen sich verwundert um, als wir unseren Vögeln die Sporen gaben.

Die Schar in unserer Begleitung lagerte sich im Hof des Statthalterpalastes und in der näheren Umgebung. Die Anführer bezogen in benachbarten Häusern Quartier; allerdings hatte man den strengen Befehl ausgegeben, daß man den heimischen Bürgern mit Höflichkeit, besser noch mit Ehrerbietigkeit entgegentreten solle, und verkündet, daß jeder Mann, der sich zu Vergewaltigung, Totschlag, Plünderei oder ähnlichem hinreißen lasse, im Hof öffentlich aufgehängt werde.

Ursprünglich hatten die Goldenen den Palast besetzen sollen, doch dann fiel der Heeresführung ein, welches Unheil das verursachen würde; der Gefallene Mond allein mag wissen, wieviel Gewalttätigkeiten sich zwischen den Goldenen und den Blauen zugetragen hätten, wären die Goldenen bevorzugt worden. Die Palastbesatzung ist nunmehr die XIX. Fußschar, die ich nicht näher kenne. Sie umfaßt einen hohen Anteil erfahrener Soldaten.

Die erfahrenen Soldaten sind in einem fremden Land, mit dem man mehr oder wenig gütlich auskommen will, bis zu einem gewissen Maße recht genügsam, vergißt man einmal, wie sie sonst sind. Sie stellen keine sonderlichen Ansprüche, obwohl die Stadt uns versorgen und verpflegen muß. Erstaunlich ist aber, wie sehr die Männer, wann immer es möglich ist, Bettgestelle ihren Schlafsäcken vorziehen, und wenn es sich nur um ein paar zusammengenagelte Bretter handelt. Die jungen Soldaten zertrümmern alle Holzkisten, die sie finden; oft erfahren sie anschließend, daß es sehr wertvolle Truhen waren. Übrigens wollen die jungen Soldaten nie glauben, daß man in einem Schlafsack nur wenig Heu braucht; sie bereiten sich Polster wie Feldmäuse, und später erwachen sie steif und durchfroren statt erwärmt.

Aber die alten Soldaten erlauben sich mehr Dreistheiten.

Beim Aufschlagen der Zelte des Gefolges fand man einen Zeltpfosten zerbrochen. Man wollte sich an den Rüstmeister wenden, aber bei dem wartete schon eine lange Schlange, und außerdem ist jeder froh, wenn er mit diesem Teil des Heers nichts zu tun hat, weil es unweigerlich Ärger gibt; man muß dreifach beweisen, daß man wirklich eine neue Zeltstange benötigt, und wenn man endlich den Bescheid erhält, man könne am folgenden Nachmittag kommen und sie abholen, befindet man sich wieder auf dem Marsch. Also gingen drei Männer hinab ins Lager vor der Stadt, wo noch allgemeines Durcheinander herrschte. Sie suchten ein leeres Zelt, bereits ordentlich aufgeschlagen, und zwei maßen die Länge des Zeltpfostens, während der dritte eifrig etwas in ein sehr dienstlich aussehendes Merkheft kritzelte. Dann entfernten sie den Pfosten, verließen das Zelt, das hinter ihnen niederbrach und marschierten mit ihrer Beute zurück ins Lager innerhalb der Stadt. Niemand hinderte sie; sie wirkten so, als wüßten sie genau, was sie da machten (und das wußten sie auch) und als ob sie von dreizehn Hauptleuten persönlich den Befehl dazu erhalten hätten (das allerdings war nicht der Fall).

Ihr Unterführer, als er das herausfand, hielt wohlweislich den Mund. Er verfügte nun wieder über die erforderliche Anzahl von Zeltpfosten, und das war die Hauptsache. Später erfuhren wir doch davon, und es gab schallendes Gelächter. Unterdessen hieß man uns in der Palasthalle ziemlich unwirsch willkommen.

Die Halle ist eher etwas Ähnliches wie ein Innenhof. Gewöhnlich muß es dort sehr ruhig sein, abgesehen vom Plätschern des Springbrunnens. Ein Teil liegt unter freiem Himmel. Wunderbarerweise steht in dieser schönen Halle ein Baum, wie auch Bäume in dem Festsaal der Waldmenschen wuchsen. Dieser Baum aber ist eine schwer züchtbare, erlesene Besonderheit, denn er trägt viele verschiedene Arten von Früchten zugleich. Es ist ein schlanker, zierlicher Baum, so wie die Halle freundlich, luftig und hundertmal lichter ist als die der Waldmenschen. Eine wundervolle Marmortreppe führt ins obere Stockwerk.

Der Statthalter und sein Haushalt hatten sich zur Begrüßung aufgestellt. Sie trugen ihre feierlichsten Gewänder und verbeugten sich tief und mühselig, als wir den Hof betraten. Zweifellos bestürzte sie die rauhe, sorglose, lautstarke Weise unserer Ankunft. Wir trugen auch unsere besten Kleider, aber sie waren natürlich in schlechtem Zustand und schmutzig, und die Hauptleute unterhielten sich in der Lautstärke von Feldgeschrei, und während Reitknechte hinzuliefen, um sich zu erkundigen, wo die Vögel unterzustellen seien, versuchten zwei sich gegenseitig in den Springbrunnen zu schubsen. Der Feldherr, nachdem er sich höflich verneigt hatte, unterbrach eine offenbar sehr ausgefeilte Begrüßungsrede des Statthalters und machte ihn mit seinem Weib und den Hauptleuten bekannt. Der Statthalter und seine kleine Gefolgschaft verbeugten sich bei jedem Namen, den er nannte, doch blinzelten sie nervös, als er Isad und Clor vorstellte. Es fällt gewiß schwer, sich vor zwei Männern zu verbeugen, die einander in einen Springbrunnen zu werfen versuchen und außerdem völlig desinteressiert bleiben. Lara und ihre Lieblingsmädchen schlenderten umher und betrachteten die bunten Wandmalereien. Die Schankmädchen standen in einer Traube beisammen und schnatterten. Der Statthalter, verwirrt durch die Tatsache, daß so viele ihn mißachteten, wurde langsam rot im Gesicht. Er ist ein großer, untersetzter Mann mit einem Stiernacken und grünlichen

Glotzaugen, ungefähr fünfzig Jahre alt; seine Anwesenheit vermittelt ein Gefühl aggressiver Männlichkeit. Er zählt zu dieser Art von Männern, die mich immer – ich weiß nicht warum – ein wenig ängstigen.

»Wir möchten jetzt unsere Räume sehen«, sagte Zerd.

Der Statthalter schritt zur Treppe voran; ein Teil von uns folgte dem Feldherrn auf dem Fuße, der Rest kam ohne Eile hinterdrein oder kümmerte sich gar nicht darum. Der Statthalter trat zur Seite, um seinen Gästen den Vortritt zu lassen. Ich lief hinauf, indem ich jeweils zwei Stufen zugleich nahm, und erst oben bemerkte ich, daß alle anderen unten geblieben waren.

Sie standen reglos und starrten zu mir empor, die Münder aufgerissen.

»Was ist los?« meinte ich und fühlte mich schrecklich allein auf dem Treppenabsatz. »Entschuldigung, ich dachte, wir sollten hier entlang …« Ich begann wieder abwärts zu steigen, während ich spürte, wie das Blut in meinem Hals und den Schläfen pochte.

»Wie machst du das?« fragten mehrere Stimmen. »Wo hast du das gelernt?«

»Gelernt?« fragte ich zurück. »Was?« Ich geriet außer Fassung.

»Sie ist hinauf*gerannt*«, sagte jemand. »*Zwei* Stufen auf *einmal.*«

Als ich unten ankam, stürzte der Schwarm von Schankmädchen auf mich zu und umringte mich jubelnd, und Isad kam auch, klatschnaß, und blies in sein Horn. Lara schnitt ein saures Gesicht.

»Tu's noch mal, tu's noch mal!« schrien die Schankmädchen auf mich ein.

»Was denn?« fragte ich.

»Du bist so schnell, kannst du's noch einmal genauso schnell?«

»Natürlich, in meinem Land gibt es zahllose Treppen. Viele Häuser haben vier Stockwerke. Bei euch nicht?«

»Nein«, sagte Zerd. »Im Norden haben wir keine Treppen. Mach's noch einmal, Cija, es sieht sehr beeindruckend aus.«

So mußte ich für sie noch zweimal die Treppe hinauf und hinunter, und sie jubelten und schrien vor Begeisterung durcheinander. Schließlich folgten mir alle nach oben. Der Statthalter, der ungeduldig am Fuß der Treppe gewartet hatte, stieß einen schweren Seufzer aus.

Später stand ich oben im Korridor, lehnte an der Brüstung und schaute in den Hof hinab. Der Statthalter kam heraus, nachdem er dem letzten Hauptmann seine Unterkunft gezeigt hatte, schloß die Tür und lehnte sich erleichtert dagegen. Dann sah er mich und kam kurz entschlossen zu mir herüber. Er faßte mich unters Kinn.

»So allein, schönes Kind?«

»Ja, Herr.« Ich drehte den Kopf zur Seite. Er gehört zu diesen Männern, die einem immer zu dicht auf die Haut rücken und ins Gesicht stieren, während sie quatschen. Er hat schlechten Atem.

»Zwischen uns besteht ein Band, meine Schöne, nicht wahr, denn wir sind beide an Treppen gewöhnt!« Er lachte krampfhaft, und ich lachte auch und wünschte, der Boden möge sich unter ihm auftun. Ich war höchst erstaunt, mehr erstaunt als irgend etwas anderes, als er nach diesem kurzen Wortwechsel eine Hand in meinen Ausschnitt schob und eine meiner Brüste packte.

»Verzeiht Herr, das ist wohl kaum …« begann ich, als ich die Stärke und Roheit seiner großen, derben, haarigen Pranke spürte. Natürlich hörte er gar nicht hin. Er glotzte bloß, atmete schnell, die Hand in meinem Kleid. Ich überlegte, wie ich ihm am besten beikommen könne – ein Tritt würde ihn zurücktreiben, aber falls er mich nicht losließ, tat er mir weh; sollte ich ihm ins Gesicht spucken oder in den Arm beißen? –, als wieder jemand eine der Türen hinter uns öffnete, auf den Korridor trat und sie schloß.

»Vergebt mir, aber dies ist wohl ein recht ungebührliches Verhalten, oder?« meinte Zerd, der im richtigen Moment auftauchte, genau wie ein Held in einem Buch. Hastig fuhr der Statthalter herum, wurde rot im Gesicht wie ein blutsatter Floh, hob die Nase und musterte Zerd voller Hochmut. Dann merkte er, daß sein Arm noch bis zum Ellbogen in meinem Kleid steckte, zog ihn langsam heraus, stand einen Augenblick lang reglos und glotzte dümmlich.

Nach einem letzten zornigen Blick entfernte er sich.

Zerd lachte; ich jedoch fühlte mich elend, als wäre ich für etwas Schreckliches gebraucht und dabei selbst ein Schrecken geworden.

Zerd lehnte sich neben mich an die Brüstung und blickte hinunter auf die Fontäne. Dann betrachtete er mich von der Seite.

»Schau nicht so jämmerlich drein«, sagte er. »Er hat dir nichts getan.«

»Ich fühle mich befleckt«, sagte ich.

»Das sagen Frauen immer«, meinte er, während er mich spöttisch ansah, »wenn etwas geschehen ist, wozu sie nicht ihre ausdrückliche Erlaubnis erteilt haben. Abgesehen davon, daß das ein hochtrabendes Wort ist, scheint es mir sehr überheblich von ihnen zu sein, sich für so rein und himmlisch zu halten, daß ein Mann sie durch seine Berührung beschmutzen könne.«

»Ihr irrt, Ihr irrt«, sagte ich und verbarg meine Tränen. »Er könnte sich täglich mit wohlriechender Seife waschen, er würde nicht minder dreckig sein und alles beschmutzen, das er auf diese schnaufende, besitzgierige Weise anrührt.«

»Komm, lehn dich an mich, und du wirst dich rein fühlen«, sagte er. Ich tat es, und wirklich schien es mir, als säubere mich seine Umarmung, aber er lachte noch immer über mich.

»Mein Gemach«, sagte er, während sein Kinn mein Haar streichelte, »ist dort. Merkst du's dir für morgen?«

»Gewiß, mein Gebieter.«

Ich hob den Kopf. Wir lächelten einander in die Augen. Man hat ein komisches Gefühl dabei, ich hatte so etwas noch nie getan; es ist, stelle ich mir vor, wie Ertrinken sein muß. »Ich wünschte, es wäre heute nacht – oder sofort«, fügte er hinzu. »Wie gefällt dir dein Gemach?«

»Eine große Dachstube, die ich mit den anderen Mädchen teilen muß, aber ganz nett. Hier ist überhaupt alles ganz nett. Noch nie habe ich so viele prächtige Dinge gesehen.«

»Du hast noch so gut wie gar nichts gesehen. Die Halle unseres Königs ist mit Goldstücken gepflastert – keinem gewöhnlichen Gold, merk dir's, sondern mit Goldmünzen, damit der Boden mehr Wert besitzt.«

»Ooh!«

»Aber natürlich ist es hier nicht allzu übel, besonders nach dem Marsch durch die Ebene.«

»Warum plündern wir die Stadt nicht?« fragte ich neugierig. »Sicherlich erlegt Ihr dem Heer nicht ohne Zweck Zurückhaltung auf, und diese Stadt ist ein Außenposten des Südreichs, gegen das Ihr ins Feld zieht.«

»Weil die Nachricht von der Plünderung der Stadt sich wie ein Lauffeuer in die anderen Städte und Dörfer ausbreiten würde, die in den Bergen liegen, welche wir überqueren müssen, und man würde uns Widerstand leisten, der uns gegenwärtig unwillkommen wäre. Sogar die Städte jenseits der Berge könnten davon erfahren, und dann wären wir erledigt. Alle unseren vorzüglichen Pläne wären zunichte gemacht.«

»Wieso?«

»Ist es möglich, daß du nicht alles wissen mußt?«

»Ihr verspottet mich.«

»Und das magst du nicht, nicht wahr? Nun gut, Flauschhaar. Du weißt nicht, daß wir zunächst die Verbündeten der Südländer spielen werden, bevor wir sie niederwerfen?«

»Wie? Verbündete? Gegen wen?«

»Atlantis.«

»Atlantis? Was für ein schönes Wort! Es klingelt richtig in meinem Ohr.«

»Du hast keine Ahnung, was Atlantis ist?«

»Nein. Sagt es mir.«

»Im Osten liegt ein Erdteil namens Atlantis.

Einst war es die größte Macht der Welt, doch im gleichen Maße, wie seine Priester und Wissenschaftler geschickter und vornehmer wurden, verloren die Herrscher ihren kriegerischen Sinn. Zuletzt belegten sie den Krieg mit einem Bann, gaben die Verwaltung ihrer Kolonien auf und beschränkten sich auf ein zurückgezogenes Dasein in völligem Frieden, und seit Jahrhunderten gibt es zwischen ihrem Kontinent und den anderen Erdteilen keinen Handel, keine Verbindung.«

»Völliger Friede? Hat noch nie jemand danach getrachtet, dieses große Land zu erobern?«

»Ehe es sich von der übrigen Welt abschloß, errichteten die Wissenschaftler einen Wall rings um den gesamten Erdteil, und obschon er unsichtbar ist, vermag weder Tier noch Vogel noch Mensch ihn zu durchdringen.«

»Wieso das?« fragte ich ehrfürchtig.

»Mach dir keine falsche Vorstellung, es ist keine Zauberei, sondern Wissenschaft. Sie haben einer Zone um den Kontinent die Luft entzogen. Atlantis ist von einem Nichts umgeben, eine Meile weit, worin es kein Leben gibt. Aus der Nähe kann man Vögel über dem Meer kreisen sehen, und wenn sie ins Nichts geraten, stürzen sie in die Tiefe, weil keine Luft ihre Schwingen trägt. Keine Luft zum Atmen. Kein Heer, keine Schiffe können näher als eine Meile an die Ufer jenes Erdteils heran.«

»Fische?«

»Doch, aber welches Heer könnte eine Meile weit unter Wasser schwimmen?«

»Und nun?«

»Unsere Wissenschaftler haben lange einen Weg gesucht, um das Hindernis überwindbar zu machen, und unsere Könige streben schon seit langem danach, Atlantis zu erobern und zu besitzen. Alle sind sie gestorben, ohne daß ihr Verlangen sich erfüllte – bis in unsere Tage. Nun haben wir entdeckt, wie wir das Nichts mit Luft füllen können, und wir werden es tun – wir segeln an die Küste von Atlantis, zerstören das Hindernis und landen endlich an den verbotenen Ufern ...«

»Aber die Atlantiden, selbst wenn sie keine Soldaten haben, müssen für Eindringlinge eine gewaltige Gefahr sein – sicherlich sind ihre Wissenschaftler äußerst mächtig ...«

»Aus genau diesem Grund brauchen wir ein Heer, das größer ist als das nur eines Landes. Auf jeden Fall größer als unser Heer mit seinen unerfahrenen Soldaten, denen ich schon so vieles zumuten mußte.«

»Also ...?«

»Wir werden die Südländer von unserer Entdeckung in Kenntnis setzen – natürlich ohne ihnen die Formel zu verraten – und ihnen halb Atlantis versprechen und die Hälfte von allem, das wir dort erbeuten, wenn sie uns helfen, es zu erobern. Mit den vereinten Kräften unseres Heers und des ihren werden wir die Atlantiden überraschen und sie unterwerfen, bevor sie überhaupt zur Gegenwehr kommen ... dann nehmen wir unser Versprechen gegenüber den Südländern zurück und besitzen Atlantis und das Südreich dazu.«

»Davon hatte ich nicht die leiseste Ahnung ...«

»Wo pflegst du dich zu unterrichten?«

»Bei den Unterführern.«

»Unterführer wissen nicht alles.«

»Ja, das ist mir klar ... Ich muß mich für einen Moment setzen ... ich bin überwältigt ...«

Wir setzten uns nebeneinander auf die Stufen.

»Ich würde dich gerne küssen«, sagte er, »doch wenn du die Cija bist, die ich zu kennen glaube, dürftest du dich wehren, weil unten im Hof jemand ist.«

»Ja, das stimmt.«

»Er schaut nicht her.«

»Vielleicht schaut er gerade dann. Er war eben schon im Hof, als der Statthalter ... man sollte keine zu schlechte Meinung von mir bekommen.«

Die Person, welche wir mit unserer Aufmerksamkeit beehrten, war ein alter, gebückter Mann mit einem riesigen weißen Schnurrbart. Wir sahen zu, wie er den Hof säuberte, der aussah, als wäre ein Wirbelsturm hindurchgebraust. »Sieh dir das an, sie haben sogar Vögel in den Hof gebracht, da liegt ihr Kot herum«, sagte Zerd. »Was für unachtsame Kerle die Reitknechte sind.«

»Oh!« Ich setzte mich kerzengerade auf. »Da Ihr von Reitknechten sprecht ... darf ich Euch um eine Gnade bitten?«

Wieder rieb er mit zwei Fingern sein langes, dunkles Kinn. »Du darfst«, sagte er, während seine Augen unter den schwarzen, so schwarzen Brauen mich musterten.

»Blob, dieser Mann, der falsch gegen mich bezeugt hat – würdet Ihr ihn bestrafen lassen?«

»Natürlich, mein Liebes! Clor! Clor!« Er begann zu brüllen. »Eng! Isad! Die Götter sollen sie verfluchen, keiner ist in der Nähe. Warte hier. Mir ist ohnehin nach etwas Abwechslung zumute. Ich kümmere mich darum.«

Rasch, aber behutsam schritt er die Treppe hinunter und überquerte den Hof, wobei er den Alten aus seinem Weg scheuchte, während ich mich erhob und langsamer ebenfalls nach unten ging, um die Wandgemälde zu betrachten.

Ich hörte jemanden kommen und drehte mich um.

»Smahil!«

»Hallo«, sagte Smahil gleichmütig, aber mit kaum verhohlenem Grinsen.

»Du kannst ja laufen!«

»Narra hat mir auf die Beine geholfen. Hattest du mich vollständig vergessen?«

»Ich war mit jemand ... ich hatte zu tun ...«

»Das dachte ich mir«, erwiderte er gelassen. »Eine schöne Anlage, das hier, was?«

»Sehr. Aber wußtest du, daß der Saal des Nordlandkönigs mit echten Goldmünzen ausgelegt ist?«

»Quatsch!«

»Das ist kein Quatsch!«

»Wer hat dir das erzählt?«

»Der Feldherr.«

Auch das störte ihn nicht. »Er hat dich zum Narren gehalten. Niemand würde seinen Boden mit Goldmünzen auslegen. Gold ist so weich, daß er völlig ausgetreten und die Münzen nicht länger zu erkennen wären, sobald ein paar Leute darauf herumgelatscht sind, wozu sollte es also gut sein?«

»Oh.«

»Ja.«

»Du bist plötzlich so duldsam, was das Verhältnis des Feldherrn zu mir betrifft.«

»Du leugnest also nicht länger.«

»Du hast mir sowieso nie geglaubt.«

»Nun, da haben wir's ja.«

»Wie fühlst du dich? Irgendwie siehst du ganz anders aus.«

»Dünner und blasser, ja. Ich fühle mich ganz gut, nur meine Knie sind noch ein bißchen zittrig.«

»Du wirkst anders als vor dem Biß, meine ich.«

»Vielleicht gleichgültiger gegenüber den Dingen?« meinte Smahil schnippisch.

»Ich weiß nicht recht. Du wirkst ruhiger und doch wilder … wie ein … wie ein Waldmensch.«

»Soll ich mir ein großes Schneckenhaus über den Kopf stülpen und die Windungen vergolden, wie ich's bei einem Waldmenschen gesehen habe?«

»Tatsächlich? Was für ein köstlich einfacher Gedanke … vorausgesetzt, man lebt in einer Gegend, worin es von großen Schnecken wimmelt …«

Smahil berührte meinen Arm. Ich drehte mich um und sah den Feldherrn mit zwei Soldaten in den Hof kommen. Auf der Schwelle verharrte er. Sein Blick glitt von mir zu Smahil, und sein Gesicht nahm einen kühlen Ausdruck an. O mein Vetter, dachte ich, wird Smahils bloße Anwesenheit wieder alles verderben?

Doch ich glaube, damit überschätzte ich die Bedeutung,

die er mir beimaß. Womöglich war der Feldherr nicht erfreut, aber schließlich bin ich bloß ein Schankmädchen und niemand, der Anlaß zu echter Eifersucht bieten könnte.

Er kam herüber. »Dein Gefangener wird sogleich hier eintreffen, edles Fräulein.«

Ich prustete vor Lachen, damit er diese frostige Miene ablege. »Oh, Erhabenheit, wie lustig, so genannt zu werden!«

Er stellte sich an meine Seite und musterte Smahil, inzwischen gleichgültig. Smahil erwiderte seinen Blick und verneigte sich.

»Mein Freund, Edelmann Smahil, der so krank war«, sagte ich. »Ihr seid einander noch nicht begegnet, glaube ich?«

»Durchaus nicht«, sagte Smahil höflich. Der Feldherr schwieg. Ich hatte erwartet, er werde sich wenigstens nach Smahils Zustand erkundigen.

»Nach meiner langen Fürsorge ist er, wie Ihr seht, wieder gesund und munter«, erklärte ich schelmisch. Smahil widmete mir einen mißbilligenden Blick.

Ein dritter Soldat führte Blob herein.

Die beiden blieben vor uns stehen. Der Soldat grüßte. Blob wirkte feister und stumpfsinniger denn je. Er stierte die Soldaten frech an, aber unter Zerds Augen senkte er den Blick, dann krochen seine Augäpfel seitwärts, wie eine Krabbe. Er sah mich und begriff; daraufhin begann Haß seine Augen zu erfüllen. Verächtlich hielt ich seinem Blick stand.

»Wie bedauerlich, daß deine Nase nicht länger ist«, flüsterte Smahil neben mir, »du könntest sie noch viel höher tragen.«

»Dein Name?« fragte Zerd.

»Blob, Großmächtiger.«

»Und wie lautet die Rechtfertigung deines Daseins?«

»Vergebung, Herr?«

»Welche Arbeit verrichtest du?«

»Oh. Ich … ich versorge Vögel. Den dieses Edlen hier …

zeitweilig auch den der … jungen Frau hier …« Er wies auf mich. Ich vermochte gerade noch zu verhindern, daß ich zurückzuckte; bei seiner Geste fühlte ich mich für einen Moment selbst wie ein Angeklagter.

»Diese junge Frau wurde kürzlich das Opfer einer bösartigen Verleumdung, die aus deinem Mund kam«, sagte Zerd, dem es offensichtlich Spaß zu machen begann.

Blobs Brauen zogen sich zu einem durchgehenden Strich blauschwarzen Grolls zusammen.

»Du hast fälschlich behauptet, sie habe dich ins Zelt meiner Gemahlin, der Prinzessin Lara, geschickt, um Wasser für sie zu entwenden. Göttin, seid Ihr dessen sicher, daß dies der Mann ist, der Euch verleumdet hat …?«

Es überraschte mich, als er mich Göttin nannte. Ich hatte fast vergessen, daß ich eine bin. »Ja, Erhabenheit, das ist der Mann.«

Zerd beendete seinen übertriebenen Auftritt und kam zur Sache. »Welche Strafe wünschst du ihm beizumessen?«

»Sieben Peitschenhiebe«, sagte ich und gefiel mir dabei.

»Jaleth, der Mann bekommt sieben Peitschenhiebe. Hinaus mit ihm.«

Blob warf mir einen Blick weißglühenden Hasses zu, der mein Vergnügen erhöhte, aber wider Erwarten schwieg er. Ich wußte, daß er bereits ausgepeitscht worden war, vor ein paar Tagen, weil er das Zelt zu betreten gewagt hatte. Nun, ich bin nicht mehr das kleine Mädchen, das beim bloßen Gedanken an eine Auspeitschung in Hysterie gerät – nicht im Fall eines solchen Kerls wie Blob. Man führte ihn ab.

Ein Diener kam gelaufen. »Mein Gebieter, der Statthalter bittet Euch, seine Tafel mit Eurer und der Teilnahme Eurer Gemahlin zu beehren.« – »Danke«, antwortete Zerd. »Richte dem Statthalter aus, daß wir seine Einladung annehmen.« Der Diener entfernte sich. »Essenszeit«, sagte Smahil. »Ich kehre wohl besser in mein Zelt zurück. Bis später, Cija.« Er schlenderte davon. Mittlerweile war violette Dämmerung in den Hof herabgesunken, durch das Portal und den Ausschnitt freien Himmels zwischen den Dächern, die sich rasch vertiefte. Die Wandgemälde ließen sich kaum noch erkennen. Die Fontäne plätscherte, und in der plötzlichen Stille hörte ich das Wasser gurgeln; nur ferner Lärm, Gebell und Rufen zeugten von dem Heerlager vor der Stadt. »Bis morgen nacht, mein Gebieter«, sagte ich. Er packte meine Schulter, zog mich unter die violetten Blätter des Vielfrüchtebaums und küßte mich fest – zum erstenmal. Eine Woge von Parfüm schien mich einzuhüllen; ich konnte nicht feststellen, welche der vielen Früchte, falls überhaupt eine, den stärksten Duft verströmte. Ich schloß die Augen; ich glaubte zu schwimmen. Jener andere Kuß bei den Wasserfällen war nichts gewesen gegen diesen, denn dies glich einem Wasserfall selbst, seine Lippen rissen mich mit wie ein Wasserfall, in dem ich ertrank, ertrank wie… ach, ich vermag's nicht näher zu beschreiben. Ich schweife ab und gerate ins Schwärmen, doch jedesmal, als er mich freigab, war ich recht erstaunt, daß ich noch auf den Beinen stand. »Bis morgen nacht«, sagte er.

Mit einiger Mühe machte ich Ooldras Zelt ausfindig. Es war mir merkwürdig vertraut.

»Cija!«

»Ich bin's, Ooldra!«

Verwundert starrte sie mich an, dann faßte sie sich, sprang auf und umarmte mich.

»Ooldra, liebe Ooldra, es ist soweit! Endlich ist es soweit! Morgen nacht werde ich sein Gemach aufsuchen, mit Gewißheit!«

»Cija!« Sie schob mich mit beiden Armen von sich und musterte mich.

»Ooldra, du vergißt dich so sehr, daß du mich anstarrst! Du hattest die Hoffnung aufgegeben, nicht wahr? Ich auch!«

»Du besitzt noch dein Messer?«

»Selbstverständlich.«

»Die Kehle, Cija – du mußt ihm die Kehle aufschlitzen!«

»Das werde ich. Und du bereitest unsere Flucht vor? Ist morgen nacht keine zu kurze Frist für dich?«

»Ich bereite alles vor«, sagte sie grimmig.

»So wird dies mein vorletztes Abendessen beim Nordheer sein! Freust du dich nicht irrsinnig, Ooldra? Hast du etwas Gutes zu essen für mich?«

Es war eine feine Mahlzeit. Frisches Fleisch, Wasser – nach dem Marsch durch die öde Ebene schmeckt Wein keinem im Heer länger besser als Wasser – und Gemüse mit einer würzigen Soße. Tilia bediente uns. Bevor sie ging, brachte sie die Schüssel mit den Früchten.

Um diese Zeit war ich bereits schläfrig.

»Hier, iß das, das erfrischt«, sagte Ooldra und lächelte. Ich nahm die Frucht, lächelte zurück und biß herzhaft in das weiche, duftende, saftige Fruchtfleisch. Als ich den Kern entblößte, krümmte sich vor meinem Mund aufgeschreckt eine lange, bläuliche, grüngefleckte Made. Ich schrie auf und schleuderte die Frucht von mir. Ooldra erschrak aufrichtig.

»Ist das ein Omen, Ooldra?«

»Wie könnte es, Cija, wovon sprichst du?« schrie sie. Ihr Gesicht zuckte; sie hob ihre Hand, mit der sie mir die Frucht gereicht hatte und betrachtete sie. Dann hob sie hastig die Schultern, und ihr Mund verzog sich wieder zu dem altbekannten Lächeln, über dem ihre unergründlichen Silberaugen mir Geborgenheit vermitteln. »Komm, Süßes«, sagte sie, »wir dürfen jetzt nicht die Nerven verlieren. Alles wird gut werden.«

»Hast du es vorausgesehen, Ooldra?«

»Ich weiß seit Jahren, daß du seinen Tod herbeiführen wirst.«

Ich kuschelte mich in ihre Arme, und sie schaukelte mich in den Schlaf.

Doch später, in der Nacht, nachdem ich in die Unterkunft der Schankmädchen im Palast kam, begann ich in einer Nische, beim Licht nur einer Kerze, zu schreiben, bis jetzt, weil ich nicht zu schlafen vermag.

Morgen nacht.

Heute abend.

Den ganzen Tag lang haben wir tun und lassen können, was wir wollten. Am Morgen wusch ich mein Haar, und ich schlief mich in der geräumigen, hellen, verlassenen Dachstube aus, während mein Haar trocknete, damit die dunklen, bläulichen Ringe unter meinen Augen verschwänden und um mich zu entspannen.

Ich habe meine Nägel gefärbt, die Wimpern schwarz gefärbt – sie sind sowieso schwarz, aber getuscht wirken sie dicker –, Parfüm in meine Scheitel, hinter meine Ohren, in die Achselhöhlen und zwischen meine Brüste gerieben. Bevor ich mich ankleidete, nahm ich ein Bad; das Wasser habe ich ebenfalls mit wohlriechenden Essenzen angereichert, und auf meine Brüste kaltes Wasser gespritzt, um sie zu straffen. Meine Achselhöhlen habe ich rasiert, eine schwierige Arbeit, wenn niemand hilft; ich überlegte, ob ich auch das Haar zwischen meinen Schenkeln abrasieren sollte, aber das wäre zu mühselig gewesen, und nach allem, was ich weiß, mögen Männer es doch? Ich habe meine Brauen nachgezogen und mein Haar gebürstet, so lange, daß es jetzt glänzt, und es mit Nadeln hochgesteckt, die Malachitköpfe haben. Ich trage meine besten Kleider, die ich noch nie angezogen hatte; meine Mutter gab sie mir nämlich für besondere Anlässe mit, und dies ist selbstverständlich ein ganz besonderer Anlaß. Nun sitze ich hier und schreibe, um mich zu beruhigen, und werfe gelegentlich einen Blick auf mein ausgestrecktes Bein, um seine Perlensanftheit und schlanke Rundlichkeit unter dem durchsichtigen Kleid zu bewundern, die in ein schwarzes Band um den Knöchel mündet. Ich hasse den Anblick von Frauen, deren Beine nur durch dicke Hüften wohlgeformt wirken. Wenn ich allerdings darüber nachdenke, gelange ich zu der Erkenntnis, daß eine Frau um so weiblicher aussieht, je voller ihre Hüften und ihr Gesäß sind. Diese Frauen sind nämlich im gesamten Heer am begehrtesten.

Ihr Götter, warum sollte ich mich darum scheren? Spielt es etwa eine Rolle, ob ich ihm gefalle oder nicht? In einigen Stunden wird er tot sein, ich schleiche mich aus seinem Gemach wie irgendein anderes Schankmädchen es ebenso tun würde und treffe mich mit Ooldra – und morgen bin ich weit fort, ist *er* tot, die Welt von einer Bedrohung befreit, mein Land gerächt und die bei meiner Geburt ausgesprochene Prophezeiung zunichte gemacht …

Und doch, ihr Götter, verlangt es mich danach, ihm Freude zu bereiten. Ich möchte ihm gefallen, obwohl er ein Ungeheuer ist und mein Feind; und doch kann ich's nicht, ich werde in seinen Armen unbeholfen sein und unschuldig.

War es dumm von mir, mich so zu kleiden? Soll ich in den Kleidern zu ihm gehen, die ich gestern trug? Wird er mich auslachen, wenn ich komme?

Er kann nicht wissen, daß ich Jungfrau bin, er muß glauben, ich besäße schon Erfahrungen mit Männern. Wird er wild sein, grausam? Ooldra hält ihn für einen Sadisten; o mein Vetter, gib mir Kraft!

Seine unbarmherzigen, starken, schuppigen Hände werden bald hilflos zucken, sein Mund wird sich öffnen, lautlos, verzweifelt, seine dunklen Augen werden ermatten – oder erstaunt und mit dem Ausdruck letztendlichen Begreifens empor zu mir starren, seiner Geisel und Spielgefährtin.

Das kleine Messer hängt um meinen Hals, es steckt in einer Scheide, welche die Form eines Fisches besitzt und es ganz verbirgt. Es sieht aus wie ein Schmuckstück. Ich habe die Klinge geschliffen, sie ist so dünn wie die eines Rasiermessers, und an der Spitze sind Widerhaken.

Wenn ich die Augen schließe und mich in die blutdunkle, blutdurchpochte Abgeschiedenheit unterhalb meiner Lider zurückziehe, empfinde ich wieder all die Furcht, das Verlangen, das Entsetzen (das ganz anders ist als die Furcht), den Schrecken und meine Entschlossenheit, alles, das ich in jener Nacht fühlte, und obwohl die Erinnerung mich schmerzt, verspüre ich Erleichterung, wiewohl das widersinnig ist; oder es wäre in jeder anderen Lage widersinnig. Und ich denke daran, daß es eines Tages eine andere Situation geben könnte, eine, in der ich den Gefühlen nachgeben kann, denen nachzugeben ich jetzt nicht wage; die Vielfalt meiner Gefühle in jener Nacht ist eine gelinde Entschädigung dafür. Eines Tages werde ich mich in einer Situation befinden, die mir erlaubt, mich ganz dem Gefühl auszuliefern, das zu fühlen ich jetzt nicht den Mut aufbringe, und dann wird mich eine wahre, eine uneingeschränkte Erleichterung überwältigen. Mißgeschicke können einem schließlich jederzeit widerfahren.

Habe niemals Vertrauen – niemals. Dieser Grundsatz ist im Moment an der Schwelle eines Daseins, das ich fortan als mein Leben durchzustehen versuchen muß, der beste, den ich mir vorzustellen vermag. Dieser Grundsatz ist so lebensnotwendig für mich geworden wie das Brot und die Milch, die ich als Kind bekam, wenn ich erkrankte. Er ist ein Talisman der Wohltat, dieser Grundsatz, falls nicht gar der Sicherheit. Hege niemals Vertrauen. Sei jenseits des Vertrauens, stehe über ihm.

Es gibt niemanden und nichts, dem man vertrauen könnte. Diese Erkenntnis ist der erste, wichtigste Schutz gegen all den heißen, niederschmetternden Kummer, den die Welt bereithält.

Man entwickelt einen Verstand mit zwei Teilen, und die Trennwand ist verwaschen, durchsichtig und sehr zerbrechlich; im einen Teil ist mein Ich, verworren, finster, beladen, mit elendem Jammer und Bitternis und Verzweiflung, aber auch Leidenschaft mit verzweifelter Leidenschaft; im anderen Teil sitzt mein erwachtes Bewußtsein, noch jung, mir noch unvertraut und es beobachtet den einen Teil mit Bedauern und in der Entschlossenheit, die Trennung aufrechtzuerhalten. Und so betrachte ich mich nüchtern und kühl, schirme mich vom Wirrwarr meiner Gefühle ab, statt sie auszuleben. Es ist anstrengend, aber mit der Zeit wird es leichter. Ich habe seit jener Nacht nicht geweint.

Um die verabredete Stunde träufelte ich Parfüm über meine Sandalen und schlüpfte hinein. Kurz bevor die anderen Schankmädchen zurückkehren sollten, verließ ich die große, leere, mit Matten ausgelegte Dachstube. Ich schlich durch die ausgedehnten Korridore und verspürte dabei zum erstenmal jenes Gefühlsdurcheinander aus Furcht, Verlangen, Entsetzen, Schrecken und Entschlossenheit, das mich schüttelte, heute dagegen nur eine Erinnerung ist.

Unter dem Dach lag der Palast des Statthalters bereits im Dunkeln.

Manchmal flackerte der Schein von Fackeln, die hinter gläsernen Schirmen brannten, über die kupferverzierten Säulen. Die Flammen leckten vergeblich am Glas, vermochten ihm nichts anzuhaben, entlockten ihm bloß Lichtspeere funkelnder Farben. Ein großes, finsteres Tier von seltsamer Gestalt überquerte in einiger Entfernung vor mir den Korridor; es schaute sich nicht einmal nach mir um, so daß ich die Farbe seiner Augen nicht erkennen konnte. Ich schritt an den Schatten vorüber, in denen es stecken mußte. Ich fragte mich, was für Haustiere der Statthalter wohl hielt. Während ich meinen Weg durch die Korridore fortsetzte, kurze Treppen hinauf und hinunter – ich hatte mir alles gut gemerkt –, überkam mich das Gefühl, daß ich mich in einem großen Gebäude voller geheimen nächtlichen Treibens befand, bevölkert von Liebenden. In den Nischen sah ich die dunklen Gestalten von Paaren; von Paaren, die nur einen gemeinsamen Umriß bildeten; das Wispern in den Korridoren hätte von den Vorhängen stammen können, deren Säume ein Luftzug über den Boden schleifte, aber es war nicht so. Ein Mädchen kam mir entgegen; es war barfüßig, und bei jedem Schritt traten die Füße auf die gespenstisch hellen Widerspiegelungen ihrer Sohlen auf dem glänzenden Marmor. Der Fackelschein verwandelte jede einzelne der Kristallperlen an den Knöcheln und der Hose des Mädchens in einen winzigen Regenbogen. »Guten Abend«, sagte ich, weil der Blick der Augen in dem rundlichen, schattenbleichen Gesicht auf mich fiel. In den Falten eines mächtigen Vorhangs, wo ich niemanden vermutet hatte, wartete ein Mann und streckte die Arme aus; ich sah nur die beiden Arme. Das Mädchen wandte sich wortlos von mir ab und dem Mann zu; gleich darauf vernahm ich laute, schnelle Atemzüge. Ich eilte weiter. Sogar das leise Klappern meiner Sandalen auf dem Marmorboden störte mich; ich zog die Sandalen aus und hielt sie, während ich weiterging, an den Riemen.

Als ich die Tür erreichte, verharrte ich davor.

Was sollte ich tun?

Anklopfen und abwarten, bis er ›Herein!‹ rief?

Lächerlich, dachte ich. All dies ist lächerlich. Vorwärts.

Ich packte den Türknopf, stellte fest, daß die Tür unverriegelt war, öffnete sie und pochte dagegen, als ich eintrat um meine Ankunft anzuzeigen.

Im Gemach war niemand.

Sofort beruhigte sich mein Herzschlag, von dem ich erst in diesem Moment bemerkte, daß er sich beschleunigt hatte, wurde gleichmäßiger. Ich bemerkte auch, daß ich meine Schultern geduckt und meine Armmuskeln angespannt hatte, als wäre es meine Absicht gewesen, ihn auf der Stelle zu erdolchen. Gleichzeitig wich eine schmerzhafte, taube Lähmung aus meinem Rückgrat, die ich ebenfalls erst jetzt wahrnahm, als sie verschwand.

Ich sah mich um. Ich wußte, daß mir alsbald die höchste Verwirrung und Hochnotpeinlichkeiten bevorstanden, aber gegenwärtig empfand ich angenehme Überraschung.

Ich trat an das riesige, einem flachen Schlauch ähnelnde Bett, einem schmiedeeisernen Wunderding, das an einer Kette, die viel zu zierlich wirkte, von der Decke hing, und setzte mich darauf, weil meine Knie bebten. Das Bett schaukelte schwach. *Ein Mädchen lag darin!*

Es hatte mein Eintreten und meine nachfolgenden Bewegungen aus unerforschlich blassen Augen verfolgt, die ihren Blick nun in meine Augen bohrten.

Die Miene des Mädchens war so ausdruckslos und nichtssagend, daß meine Hauptaufmerksamkeit im ersten Moment dem Umriß des Haars galt, das nach allen Seiten über die Kissen fiel, dem emaillierten Muster der großen Ohrringe und der Halskette, die sich mit den Atemzügen auf der Brust hob und senkte und zum Teil unter dem Rand der Bettdecke verborgen lag. Erst als es mich durchzuckte: Ob sie wohl unter der Halskette noch etwas trägt oder nackt unter dem Bettzeug steckt?, kam mir zu Bewußtsein, wie unerklärlich ihre Anwesenheit zu sein schien.

Gerade wollte ich nachsichtig die Frage an sie richten, ob sie sicher sei, das richtige Zimmer aufgesucht zu haben (obwohl ich mich unter ihrem ruhigen, stetigen, unbeeindruckten Aufwärtsblick ziemlich verlegen fühlte), als sie den Mund auftat. »Verschwinde«, sagte sie.

Ich fuhr verblüfft zurück.

Ihre Augen hatten mich so getäuscht, daß ich sie eines Gedankens oder einer Empfindung gar nicht für fähig hielt, und nun sagte sie das!

»Aber nein«, sagte ich, »ich bin doch für den Erhabenen gekommen, den Feldherrn.«

Einen Moment lang schaute sie mich mit unverändertem Blick an. Dann richtete sie sich mit einem schrillen Schrei auf und packte mein wundervoll aufgetürmtes Haar. Der Griff zerstörte die Arbeit von Stunden innerhalb einer Sekunde. Sie riß mich an den Haaren näher heran, und schon klatschte die erste Ohrfeige in mein Gesicht, bevor ich überhaupt daran dachte, mich zu wehren. Es ist eine Schwäche, daß ich bei solchen Attacken so langsam bin. Ich bin die reinste Träumerin. Dann aber packte ich selbst zu (der Schmerz in meinem Kopf, an dessen Haar sie noch immer zerrte, war entsetzlich), grub meine Finger in ihren Halsansatz und drückte. Sie schluckte, lief rot an und schrie irgendeine schmutzige Frechheit. Ich verstand sie nicht, aber ich dachte mir, daß sie schmutzig war, denn diese schmutzigen Wörter klingen alle gleich. Wir rollten übereinander, krallten uns fest und kratzten. Das Bett schwankte und schaukelte an seiner zierlichen Kette, doch dies war nicht die Art von Treiben, wofür man es gebaut hatte. Ich ergriff ihre Halskette und riß daran, so daß sie zersprang. Statt nachzulassen, wurde das Rot ihres Gesichts immer dunkler. Sie knurrte, ihr Mund klaffte weit. Wir gaben, ausgenommen das unfreiwillige Grunzen und Schnaufen, keinen Laut von uns. Ich rammte ihr ein Knie in den nackten Bauch, und sie spie mir ins Gesicht. Dieser Trick verblüffte mich so sehr, daß ich fast zehn Sekunden benötigte, um mich zu fassen, und deshalb versäumte ich die Gelegenheit, endgültig ihre Gurgel zu packen, von welcher sie mich vergeblich abzuwehren versucht hatte. Sie entzog sich mir, und dann begann es von vorn; wieder wälzten wir uns übereinander. Sie besaß sehr lange, karmesinrot gefärbte Nägel, aber sie waren zu brüchig und brachen prompt ab, als sie mir ihre Klauen übers Gesicht kratzen wollte. Das war mein Glück, denn sie hatte es auf meine Augen abgesehen. Wenn sie über mir lag, schimmerte in ihrem aufgerissenen Mund der Lampenschein auf den Zähnen. Ich beobachtete es mehrfach. Ich fragte mich, ob auch meine Zähne blitzten, wenn ich auf ihr lag, und ob sie's sah und es gräßlich fand. Ich fragte mich, ob sie sich fragte, wenn sie über mir war, ob ihre Zähne glänzten und ich es bemerke …

Als Zerd kam, trennte er uns; andernfalls hätten wir ihn gar nicht wahrgenommen. Das störte ihn natürlich.

Es war die charakteristische Berührung seiner Hand auf meinem Arm, die mich zur Besinnung brachte. Er lachte. Ich ließ das Mädchen fahren. Es setzte sich auf, starrte zu ihm empor, und unverzüglich nahm das Gesicht des Mädchens wieder diese ausdruckslose Miene an. Dahinter ließ sich nichts erahnen; das Gesicht war so. Allerdings wirkte es nun, nachdem der Allgemeinzustand gelitten hatte, weniger eindrucksvoll als zuvor. Er und sie starrten sich an. Er schaute jetzt fragend drein, beide Brauen erhoben. Erstmals erhielt ich genug Zeit, um die Fremde näher zu betrachten.

Sie war klein und von brauner Haut. Ich bin nicht groß, aber sie zählte zu jener Sorte von anmutigen, fraulichen, selbstbewußten kleinen Dingern, die mir das Gefühl vermitteln, schlaksig zu sein. Ursprünglich war sie in ein besticktes Hemdchen mit langen, engen Ärmeln gekleidet gewesen, das einen hohen Kragen aufwies, aber überraschenderweise eine Brust freiließ. Ihr Bauch und die Lenden waren ebenfalls nackt; nur die Beine steckten in einer langen, dunklen Art von Hose, die ihr Geschlecht unbedeckt ließ, da ein Vorderteil von den Schenkeln an fehlte, und die mit Rüschen und Spitzen aus verschiedenen Stoffen und schweren, ineinander verschlungenen Bändern besetzt war. Das lange Schamhaar war mit kleinen, purpurnen Knospen und Blättern verflochten. Nunmehr jedoch war dieser herausfordernde Aufzug weitgehend verdorben, oder zumindest seine Wirkung dahin, denn die Bänder und Rüschen und Spitzen hingen in Fetzen herab, ein Ärmel war zerrissen, die Schminke in ihrem Gesicht auf groteske Weise verschmiert, ihr Schmuck zerbrochen.

Zerd streckte eine Hand aus und klaubte eins der Kügelchen aus Halbedelstein auf, die überall auf dem Bett verstreut lagen. Gelangweilt betrachtete er es und lächelte dabei. Anscheinend begnügte er sich damit, das Kügelchen am zerrissenen Zwirn pendeln zu lassen und uns mit erfreulich unterschiedlichen Blicken zu mustern, ohne aufdringlich nachforschen zu wollen; schließlich aber wandte er sich an das Mädchen. »Wer bist du?«

»Yle«, lautete die Antwort; jedenfalls verstand ich es so. Plötzlich, als habe seine Frage ihre Zunge gelöst, richtete sie sich auf und deutete auf mich. »Ich bin Euer Bettmädchen, Herr – wir Südländer sind gastfreundlich, sage niemand das Gegenteil! Heilige Eier, sind wir denn Barbaren? Euch zur Freude kam ich hierher, Gebieter, und da erscheint dieses Mädchen, das mir völlig unbekannt ist und wahrscheinlich den meisten unbekannt, eine gewöhnliche Schlampe, Gebieter, offenbar in dem Wahn, Euch gefallen zu können, und als sie mich sieht, die ich doch vor ihr hier war …«

Zerd wandte sich ab, während sie sprach. Er suchte eine Handvoll Früchte aus einer Schale, die inmitten des Zimmers auf einem Sockel stand, füllte sich einen Becher, kam zurück ans Bett, setzte sich darauf, schaute sie der Höflichkeit halber an, während er abbiß und kaute, spürte die Bewegung des Betts, begutachtete es interessiert, bemerkte die Aufhängung, schaukelte es zunächst behutsam, dann stärker.

Yle unterbrach ihre Rede, nicht weil er dazwischengesprochen hätte, sondern weil sie die Pendelbewegung des Betts und die Empfindung, daß er ihr keine Aufmerksamkeit schenkte, nicht länger zu ertragen vermochte. Mit dem letzten, heftigsten Ruck verstummte sie sichtlich verärgert und suchte zugleich unwillkürlich Halt an meiner Schulter. Zerd stellte das Schaukeln ein, blickte auf, als sie schwieg und wartete artig. Als sie sich nicht rührte, nahm er eine andere, golddumreifte Kugel und schwang sie an dem Zwirn, sah zu, wie sie pendelte, den Kopf zur Seite gewandt; er wirkte, als müsse er erst seine Gedanken ordnen. »Ja, sicher. Gut. Weißt du … äh … Yle? Yle, leider muß ich auf diese außerordentliche Gastfreundlichkeit des Statthalters verzichten … ich pflege meine eigenen Bettmädchen vorzuziehen.«

Mir fiel auf, wie ungewohnt höflich er war; mehr sagte er allerdings nicht.

Er wartete und ließ das Kügelchen pendeln, bis wir beide endlich begriffen, daß sie gehen sollte. Sie erhob sich und schleifte die Hosenbänder achtlos hinterdrein. Der Blick der ausdruckslosen Augen richtete sich auf mich, dann auf ihn; das ganze ausdruckslose Gesicht wandte sich ihm zu. Inzwischen ist mir klar, daß diese Ausdruckslosigkeit nicht im geringsten Schauspielerei war, kein bißchen bewundernswert; sie entsprach einer nahezu untermenschlichen Gefühlsarmut, ihr Mangel an Empfindungen und an Mienenspiel stimmten völlig überein. Sie war ein schönes, aber völlig leeres Gefäß.

»Mein Gebieter«, sagte sie, »der Statthalter wird dies ungnädig aufnehmen.«

Er schaute auf, kaum mehr interessiert als zuvor. Nur die Schärfe seines Blicks, da seine Miene gleichmütig blieb, verriet uns, daß der Statthalter besser daran tat, falls er eine Spur von Verstand besaß, nicht den Beleidigten zu spielen.

»Würde Eure Gemahlin die Nacht mit Euch verbringen«, sagte sie, »wäre es recht, aber Ihr könnt mich nicht für diese schlampige Anfängerin fortschicken.«

Er gähnte (nicht geziert, sondern ganz natürlich, denn er langweilte sich seit seinem Eintritt), sah mich an und sagte: »Cija, zeig ihr, wo's hinaus geht.«

Ich stand auf, ging zur Tür, schob den schweren Türvorhang beiseite und öffnete sie weit.

Wir sahen uns an, als sie an mir vorbei nach draußen rauschte. Ich war die Siegerin, und deshalb genoß ich den Haß in ihren Augen. Ich schloß die Tür.

»Ihr braucht Euch bloß beim Statthalter über sie zu beschweren, und sie ist für immer erledigt«, bemerkte ich.

»Hmm«, machte Zerd, schaukelte das Bett und spie Kerne auf den Boden.

Ich begriff, daß ich mir zuviel angemaßt hatte.

Unentschlossen stand ich an der Tür. Er hatte keine Lust zum Reden und langweilte sich noch immer ein wenig.

Ich hatte das Blut und den Speichel aus meinem Gesicht gewischt, aber ich wußte, daß es längst nicht mehr den reizenden Anblick bot wie bei meiner Ankunft. Ich machte einen schlechten Eindruck. Ich war schüchtern. Er wirkte nicht länger an mir interessiert. Für mich verstrichen Minuten schmerzlicher Ungewißheit, während welcher ich an der Tür stand und Zerd sich auf dem Bett flegelte und geistesabwesend Kerne auf den Boden spuckte; mit jeder

Pendelbewegung des Bettes scharrte sein Fuß am Boden. Es begann langsam im Kreis zu schwingen.

»Willst du nicht zu mir kommen?« fragte er.

Ich zuckte zusammen. Beinahe hatte ich schon geglaubt, er habe mich vergessen. Ich ging hinüber zu ihm, und er faßte mich am Handgelenk und zog mich zu sich hinab.

Er musterte mich von der Seite.

»Ach je.« Er lächelte und spie einen weiteren Kern aus.

»Stimmt etwas nicht?« fragte ich kühl und abweisend.

»Nein, mach dir nicht die Mühe, dein Gesicht zu waschen oder so etwas«, sagte er, als hätte ich dergleichen vorgeschlagen. Gleich darauf hatte er die Früchte verzehrt, ohne mir eine angeboten zu haben, trank seinen Wein aus, füllte seinen Pokal erneut und hielt mir einen anderen, unbenutzten entgegen.

»Nein«, sagte ich, »danke.«

Er war überrascht. »Oh, du mußt doch etwas trinken.« Er füllte den Pokal und kam durch den großen, düsteren Raum zurück zu mir und zum Bett. Die Lampe brannte nur noch schwach. Er wirkte größer und dunkler als sonst; das Zwielicht verlieh ihm eine finstere Aura. Alle Umrisse waren jetzt verwaschen. Die riesigen Schatten der Vorhänge und Ecktische hätten mich geängstigt, nehme ich an, wäre ich allein gewesen. Bald werde ich es sein, dachte ich, und fortlaufen, als setzten die Schatten zu meiner Verfolgung an. Ich vermochte mir diesen Moment so lebhaft auszumachen, daß meine Muskeln sich verkrampften, und ich erschrak regelrecht, als mir zu Bewußtsein kam, daß er noch lebte und Wein trank. Im Licht, das gemächlich erlosch, erschienen mir seine Augen so spöttisch wie die eines Dämons. Und er glich einem. Das dürfte eine schläfrige Sache werden, dachte ich dennoch und mit plötzlicher Hoffnung; in dieser Nacht empfand er anscheinend geringe Leidenschaft, vertrieb sich bloß die Zeit, während er auf etwas Besseres wartete – oder eine bessere.

Als seine harten Lippen meinen Mund küßten, war ich dessen nicht länger so sicher.

Die fremdartigen Hände glitten über meine Schultern, lösten mein Leibchen, indem sie die Haken öffneten, und entkleideten mich, ohne daß er seine Lippen von meinen hob. Ich schloß die Augen. Er schob mich von sich, um mich näher zu betrachten. »Gar nicht so übel«, sagte er. Sein Gesicht befand sich im Schatten – die Lampe flakkerte –, aber ich konnte sein Grinsen hören, denn es klang in seiner Stimme mit. Er schnallte seinen Gürtel auf, so daß sein Hemd sich teilte. Er streifte es ab und warf es beiseite. Das gleiche geschah mit seinem metallverstärkten Lendenschurz, und er strampelte sich aus den beinlangen Stiefeln. Mit jeder Bewegung trübte das Licht sich mehr, und meine unsinnige, wahnwitzige Furcht drohte die Oberhand zu gewinnen. Jeder der diamantförmigen Schuppen seines Hautgewebes schien im letzten roten Flackern der Lampe, zuvor golden, zu blitzen und zu zucken. Seine Augen verspotteten mich, sein ganzer Körper verhöhnte mich. Seine mächtigen, geraden Schultern mit den steinharten Muskeln, sein hoher, breiter, männlicher Brustkorb, die wie gemeißelt wirkenden Reihen von Rippen, die löwenhaft schmale Taille und die Hüften, die langen, geraden, männlichen Beine – zusammen an den muskulösen Wölbungen der Schenkel breiter als die Hüften, aber nicht so breit wie der Brustkorb –, das Haarbüschel, so schwarz wie das Haupthaar, die Myriaden flüchtiger Schatten, der Lichtschimmer – alles wirkte größer, als es in Wirklichkeit war, nackt, wuchtig, schwarz und rot.

Er ist ein Dämon. Er ist der Eroberer. Er ist der Zerstörer, der Mordbrenner, der Ungläubige. Er beabsichtigt die Welt zu vernichten, jenen entlegenen Erdteil mit dem schönen Namen zu überfallen und seine Flüsse mit Blut zu röten, so rot zu machen wie seine Schlangenhaut im Lampenschein schimmert, seine Täler zu verheeren, bis sie schwarz sind, wie seine Drachenhaut in den Schatten ist. Er will Atlantis zerstören und entweihen, sich gegen seine Verbündeten wenden, sobald sie ihm dabei geholfen haben, die Welt aufzuteilen. Er ist der Erzfeind.

Beim zweiten Kuß lagen wir Leib an Leib. Seine Schlangenzunge glitt in meinen Mund. Die fischförmige Scheide des Messers rutschte in meinen Nacken, seine Finger schoben sie achtlos beiseite.

Wieder vermeinte ich zu ertrinken, doch diesmal nicht in Wasser, sondern in scharlachroter Dunkelheit.

Ein Klicken ertönte. Plötzlich aber kreischte eine Stimme. »O *du* …«

Da stand *sie* und bebte vor Wut.

»Oh, ach«, sagte ich, »Ihr tragt ja grün.«

Die Überraschung zögerte ihr Geschrei ein wenig hinaus, aber natürlich kam es unweigerlich. »Du an der Mutterbrust verfluchtes Püppchen, mit welchem Recht …? Mein Gemahl! Mit meinem eigenen Gemahl! Das übertrifft alles! Wahrlich, du strebst hoch empor hinter meinem Rücken! Hinaus! Verschwinde, hinaus, sage ich, *hinaus!* Dafür wirst du ausgespeitscht, weil du mein Vertrauen mißbraucht hast. Und jetzt …!«

Sie schrie all diesen Quatsch, rot im Gesicht, schrill und völlig ernsthaft. Ich wäre aus dem Gemach gelaufen, trotz meiner Nacktheit, aber er hielt mich am Handgelenk fest. Er hatte sich nicht einmal erhoben.

»Lara«, sagte er, »ich verbringe meine Nächte, wie es mir beliebt.« Sie stand still und starrte herüber. »Ich meine«, ergänzte er, »manchmal schätze ich ein wenig Abwechslung. Vielleicht sprechen wir morgen früh darüber.«

»Du schickst mich fort?« Ein fassungsloses Flüstern.

Er nickte knapp.

Ihr Gesicht war verzerrt. Sogar die Nase zitterte. »Ist es nicht ziemlich rücksichtslos, ungebeten das Schlafgemach Eures Gebieters zu betreten?« fragte ich.

»Für ein so kleines, süßes Honigmäulchen, das du Männern gegenüber bist, ist deine Zunge – und nicht allein deine Zunge – sehr scharf gegenüber einer Rivalin«, sagte er zu mir. Er belustigte sich. Die Situation behagte ihm.

»Jemand hat mir verraten, was ich hier vorfinden würde«, sagte sie. Der Zorn war mittlerweile auf ihrem Gesicht festgefroren. Im Schatten rührte sie nur ihre Hand. Sie ballte eine Faust, hob sie ein Stück weit, ließ sie etwas sinken. Ich verstand die Bedeutung. Sie genoß die Vorfreude auf die Peitsche, die sie morgen schwingen wollte.

»Ja, und ich weiß auch, wer«, sagte ich. »Das lehrt, daß man keine Bekanntschaften mit fremden Bettmädchen schließen soll – oder falls doch, dann nur auf freundschaftlicher Ebene.«

Ich nahm meine Kleider vom Bett und begann mich anzuziehen. Mit Befriedigung sah sie mir zu, wogegen er verärgert dreinschaute und Anstalten machte, mich zurückzuhalten.

»Nein«, sagte ich, »an Eurer Stelle würde ich mich nicht aufhalten.« Ich sprach das sehr ruhig aus. Plötzlich galt in dem Gemach alle Aufmerksamkeit mir. Das verlieh mir Kraft. Ich hob meine Stimme ein wenig, doch sie klang ohnehin klar und deutlich genug. »Ihr habt mich schon zu oft enttäuscht. Faßt das auf, wie Ihr wollt, Prinzessin, aber er hat es. Ich verabscheue Euch, Ungeheuer, so sehr wie etwas jemals verabscheut worden ist.« Er zog eine spöttische Miene. Er glaubte mir nicht. Er schenkte sich Wein in den Pokal. Plötzlich verzerrte sich sein Grinsen auf unglaubliche Weise. Ich begriff, daß Tränen in meinen Augen standen. »Ihr meint, ich sei eine verächtliche fremde kleine Hofschlampe, ein Honigmäulchen, ein lasterhaftes.« Die Tränen rollten mir über die Wangen. »Ich hasse Euch!« schrie ich. Die eigene Stimme klang mir fremd in den Ohren. Es war kein Schrei weiblichen Zorns, sondern aufrichtig empfundener Einsamkeit, der aus tiefstem Herzen kam, als hätte ich geahnt, daß diese Nacht mir so etwas bringen würde. »Ich hasse Euch!« Ich schluchzte und lief aus dem Zimmer. Meine Knie schienen nicht aus Fleisch und Knochen zu bestehen, sondern aus Flüssigkeit, die laufen konnte, und mein Schluchzen hallte durch die Nacht. In meinem Kopf herrschte Wirrwarr, er schien mit meinem Körper keine Gemeinsamkeit zu besitzen. Schatten blieben auf dem Marmor und den Vorhängen zurück, andere tauchten auf. Ein seltsames Geschöpf rannte über die Stufen, dann hinunter, mir voraus. Im Hof warfen die Sterne einen silbrigen Schleier durch den offenen Raum zwischen den Dächern, und die Schatten streckten sich mir entgegen, die Stufen empor, wie um meine Füße zu umklammern. Die Wahrheit, die Wahrheit, die Wahrheit! läutete es durch meine Ohren, hallte laut und klar wider. Im Hof löste sich eine Traube dunkler Gestalten, ähnlich jener, die mir über die Treppe vorausgeeilt war, aus den Schatten des schlafenden Vielfrüchtebaums und der munteren weißblauen Fontäne, und sie stürzten davon, wehten eine Wolke jenes traumhaft schweren Dufts herüber. In heller Panik rannte ich hinaus, während meine Muskeln sich verkrampften und entspannten, wie ich es erwartet hatte, sollten die Schatten mich bedrohen, und ich glaubte nun, daß sie mich wirklich verfolgten. Mein drittes Auge sah eine ganze Horde hinter mir, alle Schatten, denen ich begegnet war, die Schatten der Vorhänge, die Schatten aus den Winkeln und Ecken, die marmornen Schatten, die langen Schatten der Stufen. Er aber war noch dort oben, lebte und trank Wein, unangreifbar, der stärkste aller Alpträume. Ich hetzte über den Außenhof, dessen Pflaster von Schatten und Sternenschein wimmelte, so daß ich, als ich das Tor erreichte, Strähnen und Gebinde von Schatten und Sternenlicht an den Knöcheln schleifen und baumeln hatte. Ooldra! Ooldra! (Die Wahrheit! Die Wahrheit!) Ich mußte Ooldra finden, dann würde ich in Sicherheit sein. »Ooldra!« Ich jammerte nach ihren Armen, die heißen Tränen auf meinen Wangen waren Tränen der Sehnsucht nach ihren Armen, die für mich Geborgenheit bedeuteten. »Ooldra!«

Ich stolperte in das vertraute blaue Zelt, das mein Zuhause war, seit ich nicht mehr als Kind in einem Turm lebte.

Sie wich vor mir zurück. Langsam wich sie vor mir zurück und streckte mir ihre Handflächen entgegen, wie um mich abzuwehren. Gebärden besagten viel bei Ooldra. Sie vollführte Gesten mit ihren Fingern; ich verharrte.

»Du verschwindest nicht, du bist nun stärker als ich«, flüsterte sie. »Das habe ich nicht erwartet. Was willst du mir sagen?«

Ich stieß nicht einmal meinen verlorenen Schrei nach ihr aus. Ich wußte, daß etwas geschehen war, das sich nicht dadurch ändern ließ, daß ich vor Ooldra weinte.

»Was hast du getan, Ooldra?«

»Wenn du es noch nicht weißt«, rief sie, »so vermag ich dich zu bannen ...!« Sie warf ein Pulver ins Feuer und machte in dem emporquellenden Rauch irgendwelche Zeichen. Ich stand dort und sah zu. Ihre Augen begannen in dem bekannten Silber zu glitzern.

»Ich lebe, Ooldra«, sagte ich.

»Das ist alles? Also haben die Soldaten dich bloß verpaßt. Gleichgültig, sie werden bald hier sein.«

»Ich habe ihn nicht getötet, Ooldra. Er lebt ebenfalls.«

Geduckt näherte sie sich und sah mir in die Augen.

»Warum hast du ihn nicht getötet, Cija?« fragte sie sanft.

»Ich weiß nicht. Ich habe ihn nicht getötet.«

»Du hast die Chance verpfuscht.«

»Sein Weib kam herein.«

Ihre Haltung und ihr Blick wechselten erneut. »Das, meine Süße, heißt allerdings gar nichts. Morgen ist noch eine Nacht.«

»Ich kann es nicht noch einmal versuchen. Ich habe ihm die Wahrheit gesagt, daß ich ihn hasse.«

»Das hätte jedes Mädchen getan, das man um eine schöne Nacht beraubt hat.«

»Ich habe es ihm gesagt. Es ist die Wahrheit, und das weiß er. Als ich fortlief, folgte er mir nicht. Das heißt genug.«

»Alles läßt sich wiedergutmachen, Kind«, sagte sie. Ihre Zuversicht und Sanftheit waren bei weitem zu angestrengt. »Du mußt es noch einmal versuchen. Biete dich ihm an, um jeden Preis.«

»Es ist nicht wiedergutzumachen, Ooldra. Wieso kommen diese Soldaten hierher, die du erwähnt hast?«

»Ich habe ihnen gesagt, daß du zu ihm gegangen bist in sein Schlafgemach, und daß ich dein Messer nicht am üblichen Platz gefunden hätte, so daß ich um ihn fürchte.«

»Und sie sind zu ihm geeilt? Sie werden klopfen, und er wird sich melden, so daß sie sehen, daß er lebt.«

»Und deshalb, mein Kind«, sagte sie und setzte sich, »werden sie hierher zurückkehren und dich vorfinden.«

»Das nutzt dir wenig, Ooldra.«

»Ja, aber ich verfüge sowieso über ausreichende Beweise dafür, daß du ihn ermorden wolltest. Dein Messer ist offensichtlich kürzlich geschärft worden. Abgesehen davon, Zeugen haben beobachtet, wie du es wetztest, bevor du zu *ihm* gingst. Der Befehlshaber der Wache wird alles beschwören, was ich ihm einflüstere. Auch Blob würde für mich alles beschwören, aber durch deine Anschuldigung hast du ihn als Zeugen wertlos gemacht, so daß man seine Aussage als bösartige Rache verwerfen würde. Aber der Befehlshaber der Wache … Und jedem wird es offensichtlich einleuchtend erscheinen, daß Laras Auftauchen zeitlich genau richtig bemessen war, um einen Mord zu verhindern.«

Ich dachte an das südländische Mädchen, Yle, das Lara verständigt hatte. Yle war eine weitere Zeugin. Zweifellos hatte sie alles an mir bemerkt – auch den Fisch, der um meinen Hals hing. Und sie würde nicht zögern, das auszusagen.

»An den Rest deines Lebens noch einen Gedanken zu verschwenden, lohnt sich nicht«, sagte Ooldra, und goß sich Wasser ein, mit einer jener Hände, deren Geschmeidigkeit ich so oft bewundert hatte. »Wenn ihr schon nicht beide tot seid, so werde ich wenigstens das Vergnügen deines Todes haben.«

»Warum wünschst du meinen Tod, Ooldra?« fragte ich, krank vor Gram.

»Warum ich deinen Tod wünsche? Dein Vater hat deine Mutter niemals geliebt.« Sie lächelte in den Wasserspiegel. »Als er noch ein Junge war, gab es einmal eine

Narretei zwischen ihnen. In all den Jahren danach war er mein. Wir haben mehrere Kinder. Wenn deine Mutter tot ist und er Herrscher, werde ich die Erste Frau des ganzen Landes sein. Ich hasse deine Mutter, ich hasse sie, seit du lebst, nur ein bißchen weniger als ich *dich* hasse. Dieses Ende habe ich sorgsam eingefädelt und lange gewartet. Nun ist einer, dessen Tod ich wünsche, mir durch meine sehr, sehr geduldigen Finger geschlüpft, aber du nicht.«

»Was liegt dir an Zerds Tod? Wenn es nicht aus Liebe zu mir ist, daß die Prophezeiung aufgehoben werden soll, warum sonst? Liebst du das Land meiner Mutter so sehr, daß du das Unheil von ihm abwenden willst?«

»Das Land der Herrscherin! Pah! Was er damit tat, war gut getan!«

Von draußen vernahm ich Stiefelschritte.

Ich spürte den Drang, mich an ihren Arm zu klammern; es war nach wie vor Ooldra.

»Dein Leben währt nicht mehr lange«, zischte sie boshaft und wartete genüßlich, wie ich mich verhalten werde.

Ich vermochte mein Gesicht zu beherrschen. Es fiel mir nicht einmal schwer; ich fühlte mich bereits so steif, wie die Soldaten mich womöglich bald machen würden.

Dann riß ich mich von ihrem Blick los, wirbelte herum und stürmte aus dem Zelt.

Unmittelbar vor dem Eingang schlug ich einen Haken, lief um das Zelt, wich den Soldaten aus, die sich näherten, und lief zwischen die zahllosen dunklen Zelte und die Feuer hindurch, welche Funken sprühten und ihren Rauch gen Himmel drängten.

Blobs untersetzte Gestalt versperrte mir den Weg. Entsetzt schrie ich auf, als ich sein Gesicht erkannte.

»Nun, nun, Teure«, sagte er, »was gibt denn das? Ist schon die Nacht angebrochen, in der sie die Wächter auf Euch hetzt?«

»Du weißt Bescheid?« fragte ich. »Blob! Blob!« Ich hing mich an ihn. »Kannst du mich retten? Wir sind keine

Freunde, aber du vermagst doch nicht zuzuschauen, wie man mich ermordet?«

»Ein rascher Messerstich ist weniger schmerzhaft als sieben Peitschenhiebe, Täubchen.«

»Aber der Tod ist unheilbar, Blob!«

»Sie erzählte mir«, sagte er, »daß ich nun als Zeuge unbrauchbar bin. Also kann ich nicht daran verdienen, wenn Ihr sterbt. Ich werde nicht bezahlt. Zwischen Euch und mir besteht nur Haß, aber ich gedenke nicht mit leeren Händen dabei zu stehen, während man Euch unschuldig und aufgrund falscher Zeugenaussagen tötet, und ich bin keiner der Zeugen.« Er senkte die Stimme. »Hier entlang.«

Wir stiegen durch endlose Reihen von Zeltseilen.

»Wohin bringst du mich, Blob?«

»Vertraut mir und haltet den Mund. Wir holen Euren Vogel. Gewiß wollt Ihr ein so gutes Tier nicht morgen früh mit dem Heer abziehen lassen, wenn Ihr nicht darauf sitzt, oder? Na also!«

Blob ließ mich zurück, um Ums zu holen; sein Hilfsknecht durfte mich nicht sehen.

Ums ist nicht Sheg. Man hörte weder Knurren noch Krächzen oder Schnarren. Er ließ sich ruhig von Blob führen, der hervorragend mit Vögeln umgehen kann; nur sein einziges, schräges Auge glitzerte rötlich. Als er mich sah, entspannte er seinen Nacken und glättete sein Brustgefieder, das er halb gesträubt hatte. Ich trat zu ihm hin und sprach auf ihn ein, und er senkte den Hals und schob seinen Schnabel unter meinen linken Arm, als wolle er damit sein Vertrauen zum Ausdruck bringen.

Ein kleiner Schatten näherte sich. Es war Narra.

»Narra!« entfuhr es mir. Neben Ums' Flanke fielen wir uns in die Arme. Wir taten es ganz unwillkürlich. Ich drückte sie fest an mich. Freudig überrascht bemerkte ich, daß sie mich ebenso fest an sich zog. Ihre Ellbogen waren kantig, ihre dünnen Ärmchen knochig.

»Dummer Balg, warum verschwindest du nicht wieder? Was machst du hier?«

»Ich mußte lange aufbleiben, Cija, bis jetzt. Der edle Smahil ließ mich Wasser in sein Zelt bringen, und dann mußte ich ihm Gesellschaft leisten und mit ihm trinken und alle Schlaflieder vorsingen, die ich kenne. Ich hoffe, es wird nicht wieder schlimmer mit ihm, wo es sich gerade gebessert hat. Er war ständig so schlecht gelaunt. Ich habe mir gewünscht, du wärst dort, wir haben ihn doch immer gemeinsam gepflegt.«

»Und jetzt läufst du noch immer herum. Geh in die Mädchenunterkunft im Palast.«

»Du bist in Schwierigkeiten, Cija, sonst würdest du Ums nicht mit *seiner* Hilfe klauen.«

Sie verwirrte mich. »Geh jetzt, Narra, oder ich werde böse!«

»Beeilt Euch oder haltet den Mund, am besten beides«, flüsterte Blob rauh. »Die Soldaten werden hier nach uns suchen, außerdem wird heute früher geweckt, weil das Heer vor Anbruch der Dämmerung marschfertig sein soll. Wir müssen so schnell wie möglich das Lager verlassen.«

»Cija …« Sie sprach meinen Namen Kie-jah aus, flüsterte ihn teils verwundert, teils im Ton des Verständnisses. Ihre dürren Fingerchen gruben sich schmerzhaft in meinen Arm.

»Nur ruhig, höre nicht auf ihn, Liebes«, sagte ich heftig. »Er redet bloß Unsinn.«

»Du verläßt uns, du bist in Gefahr! Ich werde dich nie wiedersehen! O Cija, laß mich nicht allein, bei allen Göttern, du darfst mich nicht allein lassen, ich werde dich nie wiedersehen, laß mich nicht allein …!« Sie jammerte in der Dunkelheit, die Hände an mich geklammert, ihr Kinderstimmchen flüsterte und erstickte heisere Schluchzer. »Cija, nimm mich mit. Oh, nimm mich doch mit.« Sie flüsterte sehr leise, aus Furcht mich zu verärgern, aber in heller Verzweiflung. »Ich mag dich so sehr.« Nun vermochte sie ihr furchtsames Schluchzen nicht länger zu unterdrücken. »Nimm mich mit, ich verspreche dir, daß ich nicht lästig bin, ich kann kochen, du weißt doch, es hat dir immer geschmeckt ich kann nähen ...«

Ich vernahm Schritte.

Es konnten Sklaven sein, die kamen, um die Zelte abzubrechen, irgendwelche Soldaten, aber vielleicht auch jene Wachen, die Ooldras Werk tun sollten. Narra schluchzte nun hysterisch. Ich legte ihr eine Hand über den Mund. Ich überlegte, ob ich sie, nachdem sie Freundschaft erfahren hatte, einsam unter der Gefolgschaft zurücklassen durfte. Ich zerrte sie hinter ein Zelt und zu Boden, warf mich auf sie. Blob begab sich mit Ums in Deckung.

Die Schritte wanderten vorüber.

Ich erspähte den Befehlshaber der Wache; er wirkte auf höchst aufschlußreiche Weise grimmig, denn in jeder Hand trug er ein blankes Schwert. Seine Männer folgten ihm dichtauf.

Blob zog mich aus der Deckung und hob mich auf Ums' Rücken. Ich kann einigermaßen gut ohne Sattelzeug reiten, und Ums gehorcht jedem meiner Zeichen; ich zögerte nicht aus diesem Grund. »Einen zweiten Vogel für Narra!« sagte ich zu Blob.

»Unmöglich«, antwortete er.

»Wir brauchen einen! Wir müssen meilenweit durchs Gebirge, es kann Wochen dauern. Und einen für dich.«

»Ich besorge nachher ein paar Maultiere. Kommt.«

Er legte eine Hand in Ums' Nacken, weil der Vogel keine Zügel trug, aber Ums schüttelte die Hand ab.

»Er mag nicht berührt werden«, sagte ich. »Du gehst voraus, ich lenke ihn hinterdrein.«

Murrend führte Blob uns an; Narra trippelte hinterher. Über einen schmalen, steinigen Pfad gelangten wir aus dem Lager und bald auch aus der Stadt. Ich entsann mich, daß Blob mich einmal einen schlechten Reiter genannt hatte, und als der Pfad über eine steile Klippe verlief, trieb ich Ums schneller an, nicht so schnell, daß Blob verloren ging, doch er blieb zurück, keuchte und schwitzte. Ich sorgte mich nicht um Ums' Gleichgewicht und Sicherheit;

er ist in jedem Gelände so zuverlässig, schnell und willig, wie man es von einem vollblütigen Reitvogel erwarten darf.

Am Fuß der Klippe übernahm Blob wieder die Führung. Die Steine und Felsen ließen sich im Finstern schlecht erkennen, und manche bildeten eine ernste Gefahr. Blob schnitt sich an Felskanten, und einmal stürzte ein Riesenklotz von einem anderen herunter. Narra schrie auf und stieß ein lautes Heulen aus, der Reitknecht verfluchte sie erbittert, aber gedämpft, und ich fürchtete schon, sie habe sich einen Fuß gebrochen. Doch anscheinend war sie unverletzt und hatte sich nur wehgetan, und sie humpelte uns nach, bis ich mich endlich besann und sie auf Ums setzte.

Alsbald fanden wir zwischen den Felsen Tümpel und Grasstreifen; wir durchquerten das Wasser mit Gespritze und Geplätscher und kamen triefend naß heraus. Wasserpflanzen verfilzten sich in unseren Sandalen.

Der Himmel war noch schwarz, von diesem tiefen Schwarz, das unmittelbar vor der Morgendämmerung herrscht, als wir am Rand der Klippe die unregelmäßige Reihe der ersten von vielen tausend Lichtern sahen.

»Sie kommen«, stöhnte ich.

»Ach, seid still«, meinte Blob, »ich sagte doch, daß das Heer früher aufbricht.«

Kurz darauf vernahmen wir jenen ungefügen Lärm, der mir nun so vertraut ist, das vielfältige Geräusch eines Heers auf dem Marsch.

»Jetzt ist es zu spät«, sagte ich, »um die Maultiere zu holen.«

Über uns auf der Klippe wanderten in endloser Folge die Fackeln vorbei; wir hörten die Flüche der Soldaten, Anführer und Reiter, das Klappern und Klirren von Pferdehufen, das Trampeln zahlloser Stiefel, Stolpern, das Kollern und Rollen von Steinen, Gerumpel von Rädern, das Klatschen von Peitschen, das Knarren von Wagen, das Bellen von Vögeln, Wiehern und Schnaufen von Pferden, das Husten von Maultieren, Klirren von Metall. Das Heer zog vorüber, während wir uns am Fuß der Klippe zwischen die Felsen duckten, und der schwache Wind, der stets vor Anbruch der Morgendämmerung weht, floh mit der Dunkelheit, die zu weichen begann; die Sterne verharrten bis zuletzt, große weiße Sterne, zwischen denen man den Rauch der Fackeln emporwallen sah. Noch war es dunkel, noch nicht grau, aber nicht länger mehr ganz tiefschwarz. Das Auge vermochte die Umrisse der Kolonnen nicht zu unterscheiden, doch ich wußte, was und wer dort marschierte. Dort oben war *er*, Zerd, der schöne Erzfeind. Dort waren die müßige Gefolgschaft, die rosa Prinzessin, die Schankmädchen, die Reitknechte, die Viehjungen und Pagen. Dort waren Zerds vertrauenswürdige Hauptleute. Dort rollten die Wagen der Geiseln. Dort zog Ooldra von mir, vorausgesetzt, ihr war inzwischen nicht der seit langem geplante Zauber ihrer wunderbaren Flucht gelungen. Dort marschierten die Soldaten, die Scharen, die ich kannte, das ganze schwerfällige, staubige Leben, in das ich monatelang hineingewachsen und das mir ans Herz gewachsen war, das einzige Leben, das ich jemals außerhalb des Turms meiner Kindheit kennengelernt hatte.

Ich verbarg meinen Kopf in Ums' Federn; sie waren feucht.

Ein Stein rollte, polterte über den Rand der Klippe und fiel in die Tiefe. Mit einem Stein, der in die Tiefe stürzt, endete, was mit einem solchen Stein begonnen hatte. Er schlug in unserer Nähe auf. Bevor ich es zu verhindern vermochte, stieß Ums einen ärgerlichen Krächzer aus.

Im gelben Fackelschein sah ich die Gestalt eines Mannes an der Kante der Klippe verharren; hinter ihm zogen dunkel die Umrisse meines Lebens dahin.

»Ist dort unten jemand?« rief er. Niemand antwortete ihm. Selbst aus der Entfernung sah ich, wie er den Kopf wandte, um zu schauen, wie weit seine Kameraden schon voraus waren. Aber er hatte im Abgrund einen Vogel gehört. Er wartete. Es mußte sich um einen Unterführer handeln.

»Ist dort unten jemand?« rief er nochmals, lauter, aber in weniger überzeugtem Tonfall. Keine Antwort. Ich atmete in die Feuchtigkeit von Ums' Federn. Die Fackel loderte; der Mann lief weiter, um Anschluß zu suchen.

»Und nun, Narra«, sagte ich, »steht dir eine lange, anstrengende Reise durch einsame Berge bevor.«

Es dämmerte noch immer nicht.

Das Kräuseln des Wassers in den Tümpeln, darunter die Schemen der Wasserpflanzen, das Funkeln der großen, verwaschenen Sterne am Himmel, der Schimmer der Fackeln, die sich entfernten, das Flattern der sternenbleichen Gräser im schwachen Wind …

Blob meinte, wir sollten uns Maultiere aus dem Palast verschaffen. »Kommt mit mir zurück«, sagte er, »nur bis zum äußeren Hof. Es ist nur eine halbe Meile, und nachdem das Heer abmarschiert ist, befindet Ihr Euch in Sicherheit.«

Wir gingen mit ihm.

Für Blob war es wirklich nett, der Statthalter hielt sich gerade im Hof auf, als wir ankamen.

»Oh, hallo, Statthalter, Herr«, plapperte Blob wichtigtuerisch. »Gut, Euch sofort anzutreffen. Hier bringe ich sie, wie ich's versprochen habe.«

Der Statthalter musterte mich. Er lächelte.

»Du wirst deine Belohnung erhalten«, sagte er zu Blob.

»Verzeiht, aber ich konnte außerdem einen Vogel erbeuten«, sagte Blob. »Mit ihm wäre ich zufrieden.«

Der Statthalter begutachtete Ums.

»Das glaube ich«, meinte er. »Aber das ist ein viel zu wertvolles Tier für dich. Du wirst Gold und eine geruhsame, gesunde Arbeit in meinen Feldern bekommen.«

Er vergewaltigte mich am Morgen. Nachher schlief er nicht. Er ließ mir sogar mein Messer. Er fürchtete nichts; vielleicht war es für ihn einfach unvorstellbar, daß ich es wagen könnte, das Messer gegen ihn zu erheben. Auf jeden Fall war er sehr zufrieden. Niemals waren Augen so weit. Er schläft nie, während ich da bin. Sobald er mit mir fertig ist, schickt er mich fort. Ich habe gekämpft, noch nie hatte ich so wild gekämpft. Er hielt meine Hände fest. Ich schrie vor Schmerz, als er sein riesiges Glied in mich hineinstieß. Es war eine schwierige Entjungferung. Seine Augen starrten glasig über meinen Kopf hinweg, er stieß, grunzte, schob und keuchte. Ich lag im äußersten Zustand des Entsetzens und der Demütigung unter seinem haarigen Körper, während er mich nahm und über die erforderliche Anstrengung fluchte. Er triefte vor Schweiß, als er mich endlich freigab, und schickte mich hinaus. Ich sah sein erschlaffendes Geschlecht. Es war von Blut besudelt. Mit meinem Blut! Dem Blut einer Göttin.

Ich stolperte durch die Korridore. Ich hatte das Gefühl, mich unverzüglich am ganzen Körper reinigen zu müssen, aber ihn kann ich niemals von mir abwaschen. Ich litt Schmerzen. Ich habe geglaubt, es würde mich erleichtern, das alles aufzuschreiben, doch es hilft nicht, *es hilft nicht!*

Die Wildnis

Zwei Tage sind verstrichen, seit ich vom Heer geflohen bin.

Narra und ich schlafen gemeinsam in einem winzigen Raum unter dem Dach. Wir teilen nicht das Leben der anderen Palastbediensteten – außer, daß wir mit ihnen die Mahlzeiten einnehmen. Ansonsten sind wir von dem eigentümlichen Leben, das die hochgestellten Diener, die Herumsteher, in jedem großen Haushalt führen, ganz ausgeschlossen; ein Leben, das zwar dem Willen ihres Herrn untergeordnet ist, andererseits aber den gleichen Müßiggang und die gleichen Annehmlichkeiten beschert.

Mehrmals bin ich Yle begegnet. Ihr Blick blieb ausdruckslos; ich fragte mich, ob sich hinter ihrer einfältigen Miene nicht doch Überraschung und Triumph darüber verbargen, daß ich nun nach dem Abzug des Nordheers hier im Palast festsaß.

Die seltsamen Tiere, die ich in meiner zweiten Nacht im Palast gesehen habe und die gewöhnlich unterm Baum und beim Springbrunnen herumlungern, sind in Wirklichkeit ein kleines Völkchen von halbmenschlichen Kreuzungen und so etwas wie Krüppel. Man muß sie – vielleicht schon vor mehreren Geschlechtern – in den umliegenden Bergen eingefangen und zu Haustieren oder Dienern erzogen haben. Ich vermute, sie sind eher Haustiere, aber sie werden eingesetzt, um die Rasen und Bäume zu schneiden, weil Gras und Blätter und solches Zeug ihnen als Nahrung dient, und so dürfen sie ihre Ausbeute verzehren, unter der Bedingung, daß sie nicht mehr abschneiden, als wirklich erforderlich ist. Sie werden mit Nummern gerufen, nicht mit Namen. Auf ihre Art besitzt jeder eine eigene, beschränkte Persönlichkeit. Drei ist ein keckes kleines Ding, männlich, *glaube* ich. Sie ist größer, irgendwie auf bizarre Weise schön und fast auf menschliche Weise anziehend. Sie ist der besondere Liebling des Statthalters; in der Tat genießt sie ungefähr das gleiche Maß an Ansehen wie ich, allerdings ist sie glücklicher, weil ihr ihre Lage wahrscheinlich keineswegs mißfällt. Man ruft auch sie mit der Nummer. Sie weiß nicht, daß sie bloß eine Nummer ist, sie weiß, daß dieser Laut zu *ihr* gehört und glaubt vermutlich, sie habe einen Namen, genau wie alle Menschen und Hunde. Auf Anruf kommt sie munter gelaufen, sich dessen gänzlich unbewußt, daß man sie lediglich als Vieh betrachtet. Selbst wenn man es ihr sagen könnte, würde es ihr natürlich nichts bedeuten, aber ich finde es ungerecht.

Mittlerweile ist mir klar, daß Yle gar keinen glühenden Triumph über meine Gefangenschaft empfindet, sondern vielmehr Neid und Achtung wegen der Ehre, die mir der Statthalter, wie sie meint, erwiesen hat.

Dennoch bin ich, außer in dem einen Sinne, keine Mätresse.

Die winzige Kammer, welche Narra und ich uns teilen müssen, ist wahrhaftig keine Unterkunft. Ich darf nicht zu ihm sprechen, es macht ihn bloß ungeduldig, und er grunzt bloß. Ich verfüge über keinerlei Vorrechte.

Zweimal habe ich darum gebettelt, als er mich kommen ließ, er möge mich entschuldigen, denn ich habe meine monatliche Regel. Er antwortete, das sei ihm gleichgültig. So wurde meine Ausflucht zweimal entlarvt. Unter diesen Umständen kann ich mich nicht einmal auf den Zeitpunkt freuen, wenn es wahr sein wird.

Ich stumpfe mich damit ab, daß ich mir pausenlos einrede, das alltägliche Leben einer Hure zu leben, in Verderbnis und Erniedrigung, nicht nach oben blicken zu dürfen und kein Recht zu Ausbrüchen quälender Bitternis und heftigen Grams zu besitzen; zwar wären sie sehr ehrenhaft, aber viel zu schmerzlich.

Ich darf in seiner Sänfte hinaus in die Stadt, natürlich unter ständiger Aufsicht und Beobachtung der Sänftenträger. Es gibt keine Gelegenheit zur Flucht, und ohne Narra würde ich es ohnehin erst gar nicht versuchen.

Bei diesen Ausflügen schnappe ich ein wenig frische Luft, gewiß, aber sie sind ungemein langweilig; dies ist bloß eine kleine Provinzstadt in den Bergen, mit ein paar schmutzigen Straßen, welche die braunen Hügel hinauf und hinab führen – zählt man die Straßen zum Palast nicht mit, die Alleen ähneln, aber *ausschließlich* für Palastbewohner bestimmt sind. Außerdem ist es bedrückend, neben dem Wohlstand im Palast die entsetzliche Armut zu sehen. Die Bettler bieten zwar keine krummen Nägel feil und keine Papierfetzen, anders als jene, von denen Narra erzählt hat, aber sie liegen in den Gossen, Fliegen und Krabbelgeschmeiß in Klumpen auf ihren Schwären, Armstümpfen oder blinden, vereiterten Augen, zu schwach oder zu dumpf, um bloß ihre Bettelschalen zu heben, wenn wir kommen.

Das Geld, wofür Yle einen neuen Kamm kauft, könnte eine ganze Familie für ein halbes Jahr ernähren; denn die meisten von ihnen sterben vor Hunger.

Heute habe ich die Sänfte aus eigenem Entschluß benutzt. Als man mich über den Hof trug, sah ich Ums, den man gerade in seinem Stall betreute; er hob mit einem Ruck den Kopf, als er mich erblickte, und warf den Mann neben sich mit einem Tritt in den Dreck, doch dann war ich bereits vorüber und konnte ihn nicht mehr sehen.

Ich hatte einen Sack voller Münzen aus der Schatztruhe des Statthalters genommen; sie wird nicht allzu streng bewacht, und die Mehrzahl der Mädchen darf daraus entnehmen, um für sich Anschaffungen zu machen. Jedem Bettler warf ich eine Handvoll Münzen zu. Wir kehrten spät zurück, und er rief bereits seit einer halben Stunde nach mir.

Ich eilte die Treppe empor, als er auch schon über die Brüstung nach unten brüllte.

»Wo hast du gesteckt, du nordischer Nichtsnutz?«
»Ich war in der Stadt.«
»Warum kommst du so schamlos spät?«
Ich antwortete ihm. Dabei war ich nicht prachtvoll trotzig, wie ich's gerne gewesen wäre. Der Morgen hatte sich – entgegen meinen Erwartungen – reichlich unerfreulich gestaltet; wie es mit guten Taten immer ist, war sie auch in diesem Fall meiner Hand entglitten. Horden von kreischenden, schmutzigen Geschöpfen, die weder Ehrerbietung noch Dankbarkeit kannten, hatten die Sänfte verfolgt; einige hatten sogar in die Sänfte zu springen und mir das Gold zu entreißen versucht. Als die Sänftenträger sie vertreiben wollten, leisteten sie Widerstand, und einer der Träger wäre fast erstochen worden. Wenn ich den elenden Gestalten in der Gosse, die dort blind und verschwärt lagen, Geld zuwarf, sprangen andere hinzu und stahlen es ihnen aus den Bettelschalen, ehe sie überhaupt begriffen, was sie da bekommen hatten.
»*Was* hast du?« schnauzte er. »Was hast du getan?« (Die letzte war nur eine rhetorische Frage.) »Die Stadt wird nun im Gold schwimmen, die Preise steigen himmelhoch, faules Gemüse wird den achtzigfachen Preis kosten und trotzdem faul sein, freue dich nicht zu früh, beim ***, alles wird zum Stillstand kommen, wie sollen wir weiter mit den anderen Gemeinden Handel treiben?«
Selbst im Schlafgemach schimpfte er noch.
»Verfluchtes kleines Nordlandaas, geht mit meinem Gold um wie mit Mist!«
»Schweigt!« schrie ich, und als ich das Wohlgefühl der Unvorsichtigkeit verspürte, fügte ich hinzu: »Die Nordländer kommen immerhin als Verbündete des Südreichs.«
Er lachte leise, und dabei wackelte sein Rumpf hin und her.
»Verbündete!« sagte er geringschätzig. »Verbündete, die sich verdammt rücksichtsvoll benehmen müssen, damit wir ihnen nicht zeigen, was wir von ihnen halten! Verbündete, mit denen wir alles machen können – haben wir

nicht ihre Gesandten zurückgeschickt, eingepökelt in eigener Brühe, und nun marschieren sie friedlich durch unser Land, nicht kriegerisch? Ist dir nicht aufgefallen, wie kleinlaut und zaghaft euer Heer während des Aufenthalts hier war? Täusche dich nicht, jeder Südlandsoldat haßt jeden Nordlandsoldaten so sehr wie jeder Nordlandsoldat jeden Südlandsoldaten haßt. Eine Menge Haß, hä? Aber es wird nicht zum Krieg kommen, bis die Entscheidung darüber bevorsteht, wem Atlantis gehören soll! Ich habe eine bestimmte Ahnung, wer das sein wird.«

Nebenbei möchte ich wirklich gerne wissen, warum gute Taten nahezu unvermeidlich mißlingen müssen.

Es kann sein, daß das Böse in der Welt uns mißachtet, wenn wir untätig bleiben und selbstsüchtig sind, weil wir es nicht stören. Eine gute Tat jedoch veranlaßt das Böse zum Kampf, führt zur Unterdrückung des Guten und zur Entmutigung des Wohltäters.

Womöglich, wenn wir unerschütterlich fortfahren, Gutes zu tun – und warum sollten wir's nicht, wir haben doch das Recht, Gutes zu tun, wenn wir's wollen? –, wird das Böse endlich unterliegen und nicht länger die Macht besitzen, das Gute zu verhindern oder die Wohltäter zu entmutigen.

Die Luft wird stickiger. Der Marsch durch die Ebene hat mich gelehrt, Wasser sehr hoch zu schätzen, und täglich suche ich das Bad auf. Das südländische Bad ist eine herrliche Erfindung.

Es ist ein schlichter, weiß gekachelter Raum, Boden, Wände, Decke – bessere sind mit Marmor statt mit Kacheln ausgestattet –, und in der Mitte ein rundes Becken mit einer Fontäne darin, die nie versiegt. Das ist alles.

Es ist ein Wahrzeichen von Annehmlichkeit und Reinheit, Latrine, Bad, Waschbecken, Trinkgelegenheit und Zierde des Hauses zugleich. Sich nach der Hitze des Tages unter den Wasserschleier der Fontäne zu legen, ist einfach wundervoll.

O mein geliebter Vetter, ich wünsche, du wärest bei mir!

Hier bräuchte ich dich an meiner Seite.

Ich hatte Ums seit einiger Zeit nicht aus der Nähe gesehen, und so erschrak ich heute morgen richtig bei seinem Anblick. Nun betrachte ich mit neuem Eindruck seinen großen Kopf, länger als mein Unterarm, mit dem starken Schnabel, dessen Ansatz so breit ist, daß er an beiden Seiten vom Kopf absteht, und dem rundlichen Schnabelhöcker, der beweist, daß seine Rasse ursprünglich zu den Räubern unter den Laufvögeln zählte. Sein einziges Auge glitzerte rot, und die Narben an der anderen Schädelseite schienen haßgeschwollen und so frisch wie an jenem Tag, als er sie sich zugezogen hatte.

Er hatte gerade einen Knecht in den Staub getreten und war mit erheblicher Mühe daran gehindert worden, ihn zu zertrampeln. Die südländischen Knechte sind natürlich unglaubliche Tölpel, nicht allein, weil sie an solche Tiere nicht gewöhnt sind, sondern auch, weil sie entschieden zuviel Scheu vor ihm haben. Großvögel sind im Süden unbekannt, man hat hier bloß Pferde, Maultiere und Esel zum Reiten. Dennoch hätte Ums sich unter gewöhnlichen Umständen niemals gegen einen Reitknecht gewandt, wie ungeschickt er auch sein mochte. Wie oft hat Narra schon gesagt, seit Ums mir gehöre, sei ein Dämon in ihn gefahren!

Der Statthalter wollte ihn reiten, aber sobald er nur einen Fuß in den Steigbügel setzte, begann Ums zu toben, schleuderte ihn zu Boden, und als ein Knecht die Zügel ergriff und ihn bändigen wollte – nun, das habe ich bereits erwähnt.

Ich wurde Zeuge des Vorfalls, als ich über den Hof schritt. Sofort lief ich zu Ums und zog ihn weg von dem unglücklichen Reitknecht. Er beruhigte sich unverzüglich und rieb seinen Kopf in meiner Achselhöhle.

»Seht nur, was das Nordlandmädchen mit dem Unhold vermag«, flüsterten die Reitknechte voller Ehrfurcht.

Der Statthalter klopfte den Schmutz des Hofs von seinem widerlich dicken Arsch und kam zu mir herüber.

»Kannst du das Untier jederzeit bändigen?« fragte er mich.

Ich nickte.

»Immer?«

»Ja, ja.«

»Nun, dann reite ihn fortan zweimal täglich, bis er friedlicher ist. Du mußt ihn mir zugänglich machen. Heute abend fängst du an.«

»Heute abend.«

»Ich werde dich in meinem Bett nicht brauchen. Dich habe ich gehabt, auf jede erdenkliche Weise, und von nun an bist du nicht mehr das Vögel-, sondern das Vogelmädchen. Ha, ha! Heute abend werde ich mir deine kleine Freundin vornehmen, die mit den großen Augen.«

Für einen Moment blieb ich gleichmütig, bis ich begriff, daß er Narra meinte.

»Nein«, schrie ich auf, »nein, Ihr habt doch mich – sie ist doch bloß ein Kind, sie ist erst elf Jahre alt …«

Dann sah ich ein, daß es ein Fehler gewesen war, ihm das zu verraten. Das steigerte nur noch die Lüsternheit dieses geilen Bocks. Nun gab es keine Hoffnung mehr.

Trotzdem bettelte ich ihn an und zerrte dabei an seinem Ärmel. »Laßt sie, verschont sie, wenigstens sie …«

Er legte eine Fingerkuppe auf die Nasenspitze und blickte über mich hinweg. Vermutlich hielt er das für eine Geste des Hochmuts.

»Ich habe einen Wunsch geäußert und mein Wunsch ist Befehl. Zurück in die Ställe! Alle!«

So verbrachte ich den Abend in der Stimmung einsamsten Entsetzens und der Verzweiflung.

Während ich Ums ritt, sank die Dämmerung herab. Ich hätte fliehen können, aber ohne Narra wollte ich's nicht. Wahrscheinlich dachte er sich das. Ich war in solchem Maße außer mir, daß ich am liebsten hemmungslos gezittert und geweint hätte, aber das wäre wenig hilfreich gewesen;

ich ritt mit verkrampften Gliedern und in gräßliche Gedanken vertieft.

Ich dachte an die hysterische Furcht der Kleinen ... ihr Entsetzen ... ihren Schmerz ... an ihre Schmächtigkeit. Ich vermochte mir alles nur zu gut vorzustellen, und ich hätte alles getan, um es ihr ersparen zu können. Und sie war kleiner als ich – nur ein Kind. Was er mit ihr beabsichtigte, ließ sich allein noch mit dem Zertreten einer winzigen Blume mit einem schmutzigen Stiefel vergleichen ...

Sie ist so zart dachte ich, er wird sie mit seinem riesigen Glied verletzen ... sie zerreißen ... sie ist ein so schmales Kind.

Ich streichelte Ums' Kopf.

Als ich Ums durch die mir bereits wohlvertrauten Korridore führte, raschelte schon überall das nächtliche Treiben. Das beunruhigte mich. Hatte ich meinen Entschluß zu spät gefaßt? Aus den gläsernen Schirmen der Fackeln schlugen Regenbogen wie Blitze, die Schatten hingen, brüteten oder glitten unter Gekicher einher. Man konnte die Jugendlichen von den anderen deutlich unterscheiden; sie kicherten sehr schweratmig und albern schrill, offenbar zum Vergnügen ihrer Partner. Vermutlich war ich vor Monaten ähnlich. Ich fürchtete, Ums könnte zuviel Aufsehen erregen, aber meine Sorge erwies sich als unbegründet. Diese Leute haben sich zu solchen Meistern darin entwickelt, unbemerkt zu bleiben, daß sie selbst nichts mehr merken. Außerdem hielt ich ihn stets in den tiefsten Schatten. Er war hinter mir nur ein großer schwarzer Schatten unter vielen; seine Krallen klickten leise auf den Fliesen, sein großes, rotes Auge glühte, sein Blick ruhte auf mir, während er mir willig, ohne Zögern, durch diese fremdartige Umgebung folgte.

Die Tür war verriegelt, mehr oder weniger ein Zufall, denn oft verschloß er sie nicht; niemand hätte auch nur davon zu träumen gewagt, ihn zu stören. Heute allerdings trieb es mich fast in den Wahnsinn. Ich vermeinte mein Herz müsse zerspringen. Ich kniete nieder und fummelte mit der Klinge im Schloß; Ums wartete hinter mir. Die Widerhaken an der Messerspitze bewährten sich wundervoll – das Schloß rastete aus, ich stürzte hinein, zerrte den großen Vogel mit mir, das Messer in der Faust. Ein Seufzer der Erleichterung entfuhr mir. Auf seinen Kissen beugte der Statthalter sich vor, noch bekleidet; er war herumgefahren, um die Ursache der unglaublichen Belästigung festzustellen. Narra kauerte in der bemitleidenswertesten Haltung von Abwehr hinter ihm.

»Cija!«

Sie sprang auf und stürmte herüber, klammerte sich an meine Hand. Ihre Hand bebte, bebte.

»Was fällt dir ein, du miese nordische Fotze?« meinte der Statthalter, erhob sich und näherte sich nach einem flüchtigen Blick auf die riesige Vogelgestalt hinter meinem Rücken. Seine großen Hände verkrampften sich vielsagend zu Klauen; gleich würde er sie um meinen Hals legen. Ich hatte den Höhepunkt der Herausforderung erreicht.

Rasch trat ich zur Seite.

Ich fragte mich, ob Ums mich verstehen würde. Es war ein wahnwitziges Spiel, vom Anfang bis zum Ende. Völlig verrückt. Wie sollte er das Wort kennen und verstehen? Die breiten, rauhen, haarigen Pranken streckten sich mir entgegen ...

»Töte!« sagte ich.

Der Vogel wandte sich mit einem Ruck, einer Drehung auf der Stelle, dem wuchtig gebauten Mann zu, ließ den mörderischen Schnabel herabsausen, hackte ihn in die Brust des Mannes, worauf ein erstickter Schrei von Wut und Überraschung aus dem Mund des selbstherrlichen Statthalters drang, Blut spritzte, platschte, und der Höckerschnabel hieb wieder zu, und nochmals, dann zuckte eine gewaltige Klaue empor, krallte sich in die bereits zerfetzte Brust, riß Fleisch, riß es herab, Eingeweide quoll – und *aus.*

Er kehrte sich ab, kam zu mir und drängte seinen

großen Kopf an mich. Er wußte, daß er mich verstanden hatte.

Ich schlang meine Arme um ihn. »Ums«, murmelte ich und begann kindisch zu lallen. »Ummsums.« Bestimmt verstand er auch meine Rührung. Ich empfand keine Scham, sondern Begeisterung. Ich drückte meine Arme um seinen Hals, den er wohlig wand, und wir genossen gemeinsam Erleichterung, unsere Befreiung, unseren blutigen Sieg. Mein Herz hämmerte gleichermaßen wie das große Vogelherz zwischen den Vogelrippen unter den schwarzen, blutbesudelten Federn. Und diesmal war es *sein* Blut. Ums hatte mich gerächt.

Dann löste ich mich von dem Vogel, um den zerfleischten Schurken näher zu betrachten und Narras Freude zu sehen – und erstarrte. Das Kind lag neben dem Mann, den Leib voller Blut, das Kleid nur noch ein langer Fetzen. Ein Moment sofortigen vollständigen Begreifens folgte ... dann einer des Unglaubens ... einer der Bestürzung; ich kniete mich neben sie. Sie war tot. Der erste fürchterliche Hieb des Höckerschnabels, während er nach der Brust des Statthalters hackte, hatte ihre Brust gestreift, sie aufgerissen, das Herz freigelegt, das augenblicklich zu schlagen aufgehört haben mußte. Ich hob sie auf und legte sie über den Vogelrücken und weinte dabei.

Den vierten Tag in den braunen Bergen. Die Spur des Heers, der ich folge, ist nahezu zwei Wochen alt. Aber es ist unmöglich, sie zu verlieren.

Ich bin trübsinnig und innerlich erschlafft.

Und auf irgendeine schreckliche Weise fühle ich mich dem Vogel enger verbunden als je zuvor. Es liegt nicht an der Einsamkeit, daran, daß wir beide allein in den trostlosen Bergen sind; wir besitzen eine andere, tiefere Gemeinsamkeit und fast fürchte ich, es ist Narras Tod.

Und warum nicht? Warum sollte ich keine Verbundenheit mit einem edlen Tier empfinden, meinem einzigen Gefährten, der tötete, um sowohl mich als auch das Kind zu retten? Ich verwerfe jeden Gedanken, der uns voneinander entfremden könnte. Gewiß, es war keine Besonderheit, keine Ausnahme, daß er tötete.

Vor einem Geschöpf, das man gelehrt hat Menschen abzuschlachten, sollte man Abscheu verspüren, und zu den Opfern zählt auch ein Kind, das ich liebte. Aber ich hatte ihm befohlen, zu töten.

Er hatte nur gehorcht.

Sie war augenblicklich und ohne Schmerzen gestorben. Sie hatte den Schnabelhieb nicht mehr erwartet als ich, sondern Freiheit und die Herzensfreude einer langen Freundschaft. Ein schöner Tod. Er ereilte sie im Moment des glücklichen Bewußtseins, daß ich sie gerettet und der Hoffnungslosigkeit entrissen hatte.

Bald werde ich mich völlig davon überzeugt haben, daß sie starb, während sie diese und jene Dinge im Gemach sah, nicht den Schnabel, und mit diesen und jenen frohen Gedanken. Ich werde davon überzeugt sein, daß das die Hauptsache ist und es wird mich beruhigen und trösten.

Ums und ich haben die letzten der Früchte verzehrt, die ich, während die Krüppel unter Geschnatter die Flucht ergriffen, vom Vielfrüchtebaum im Hof stahl. Längst habe ich in den kalten, grünen Bergbächen die letzten Blutspuren aus meiner Kleidung und Ums' Gefieder gewaschen. In den höheren Regionen, wohin wir der unübersehbaren Spur von Tausenden von Karrenrädern, Hufen, Klauen und Füßen folgen, ist es nicht so heiß. Unser Leben ist einfacher, denn die kümmerlichen Bäume und Sträucher an den Hängen, seit vielen Geschlechtern vom Wind auf groteske Weise verkrümmt, tragen viele große Früchte. Ich hätte mehr auf Narras Grab zurücklassen können; ich frage mich, ob daraus Bäume erwachsen werden, die Früchte von der zurückgelassenen Art tragen, oder solche Bäume, die ebenfalls eine Vielfalt verschiedener Früchte hervorbringen. Vielleicht treibt auch der Wind die faulenden Früchte davon oder Tiere schleppen sie fort, und die Keime geraten in weniger fruchtbares Erdreich als das Grab der Kleinen eines ist.

Ich werde niemals erfahren, was aus diesen Früchten wird, denn mit jedem Tag kommen wir höher und weiter ins Gebirge, so daß wir in eine endlose Ferne zurückblicken können; der Palast des Statthalters und die Stadt sind winzige Spielzeuge im Vorgebirge, die Ebene ist eine weite flimmernde Fläche, eine scheußliche Ödnis weitab der klaren Bergluft, die Wälder sind ein grüner, verwaschener Streifen, ganz fern – und dahinter, irgendwo jenseits der Wälder, liegt das Land meiner Mutter. Wir kehren allem den Rücken zu, jeder Tag entrückt uns um eine weitere Tagesreise.

Fort vom Palast, dessen Korridore wir wie in einem Alptraum durchquerten, ein kleiner, blutbesudelter Leichnam schaukelte bei jedem Schritt des Todesvogels, der ihn auf dem Rücken trug, den schlaffen Kopf und das wirre Haar an der einen Seite, die dünnen, blutbespritzten Beinchen und die Fetzen des Kleids auf der anderen; und ich, ich weinte, weinte, als ich den starren Blick der aufgerissenen Kinderaugen sah, während ich, geschüttelt von Grauen, den großen, schwarzen Vogel führte, vorüber an den Schatten, von denen ich wußte, daß sie unser Verderben sein konnten, falls sie sich umdrehten oder uns zuviel Aufmerksamkeit schenkten. Fort von dem mit Mühe ausgehobenen, einsamen Grab vor der Stadt, das niemand außer mir kennt.

Denn es gibt keinen Weg zurück.

Soweit ich mich heute an meine Mutter erinnern kann, ist sie eine Frau, die nichts als Bitternis empfinden würde, käme ich ohne den Ruhm heim, *ihn* getötet zu haben. Und vielleicht befindet sich Ooldra bereits auf diesem Weg. Ich kann nicht zurück, es gibt kein Zurück.

Ich muß vorwärts, der festgetrampelten Spur nach. Ich muß weiter. Vorwärts, kein Zurück, sagt der Rhythmus, die wilde Melodie der Vogelklauen, ihrer langen, schnellen Schritte.

Manchmal fängt Ums kleine Tiere oder Vögel, und er ist anscheinend damit zufrieden. Ich habe nichts davon, denn ich kann kein Feuer entzünden; außerdem fände ich es unangenehm, sie zu häuten oder zu rupfen.

Gelegentlich reiten wir an Bergdörfern vorüber, Flecken aus schiefen, torfgedeckten Häusern und bunten Gärten und Feldern.

Die Einheimischen, gewöhnlich unfreundlich und so verschlossen, daß sie nicht einmal ihrer Verwunderung über Ums Ausdruck verleihen, grüßen mich bisweilen.

Man hat mich gewarnt; in diesen Bergen soll es von Pumas wimmeln.

Bergwetter; es hat zu regnen begonnen.

Nach zweitägigem Regen haben die Rinnsale sich in steinige, rauschende, gurgelnde, unbändige Bäche verwandelt.

Die kleinen Felder werden vom Regen, der pausenlos herabprasselt, gepeitscht und aufgeweicht, aber die Ernten sind von gebirgsheimischer Art und werden dadurch nicht verdorben. Offensichtlich haben sie stärker als es der Regen vermag unter den Räubereien des Nordheers gelitten, obwohl die Heerführung diese Dinge vermutlich weitgehend unterdrückt hat; wahrscheinlich sind die Plünderer hingerichtet worden. Dennoch glaube ich, daß das Nordheer auf dem Durchmarsch allgemein ganz tüchtig schmarotzt. Das Verhältnis zwischen den Nordländern und den Südländern ist so schlecht, daß es kaum ärger werden kann, und in gewisser Hinsicht sind die Nordländer die Überlegenen, weil sie die Formel besitzen, um Luft in die Luftleere um Atlantis zu füllen.

Die wenigen Einheimischen, denen wir begegnen, tragen zum Schutz gegen den Regen aus Stroh geflochtene

Umhänge und an die nackten Füße gebundene Stelzschuhe aus Holz.

Dies ist eine schreckliche Nacht. Sogar die Sterne scheinen vor den Schatten zurückzuschrecken, als fürchteten sie sich, so wie ich mich fürchte. Die Schatten liegen bösartig schwarz ringsum jenseits der Regenschwaden und lauern. Ich glaube so etwas wie Kichern zu hören, das aus dem kränklich-kärglichen Unterholz zu dringen scheint, höhnisch, koboldhaft. Doch es ist wohl nur das Knistern des Regens auf den Blättern und Zweigen.

Ich zittere und dränge mich an Ums' großen, warmen Leib, während ich dies schreibe. Wieder danke ich meinem Vetter dafür, daß ich mir beizubringen vermochte, auch im Finstern zu schreiben. Das ist ein wahrer Trost, etwas, woran ich mich klammern kann.

Ums schläft, die mächtigen Beine unter dem Bauch eingeknickt; er spendet mir Wärme und das Bewußtsein, nicht völlig verlassen zu sein, und riefe ich seinen Namen, würde er aufwachen, aber dennoch ist mir kalt und fühle ich mich einsam; und doch nicht allein, denn durch Nebel und Dunst huschen seltsame Erscheinungen. Vor ihnen zittere ich, obwohl Ums des Nachts einen großen verkümmerten Flügel wie ein Dach über mich breitet; ich trage noch das dünne, glänzende Kleid, das ich für jene Nacht angezogen hatte, als ich zu ihm ging. Genauer gesagt, es ist nach wie vor dünn, aber es glänzt nicht länger. Um meine Schultern habe ich den großen Leinensack gelegt, den ich aus dem Palasthof entwendete, um die Früchte mitnehmen zu können, und er ist, meinem persönlichen Gott sei Dank, groß genug, daß ich sogar zugleich darauf zu sitzen vermag; andernfalls hätte ich mir vom durchtränkten Erdreich schon eine Lungenentzündung zugezogen. In dem Moment, als ich ihn stahl, schien er für meine Zwecke zu groß zu sein, und ich versuchte trotz meiner Eile, einen kleineren zu finden, doch vergeblich.

Nun, während ich hastig in mein Buch kritzle, alles aufschreibe, um meine Gedanken mit etwas anderem zu beschäftigen, bloß nicht mit dem Regen, wird das Rasseln im Unterholz immer heiserer, rauher, zu einem unverständlichen Raunen, das durch meinen Kopf schwirrt, meine Ohren verengt und mein Gott möge mir helfen, sollte ich es jemals verstehen …

Als ich erwachte, zunächst dessen völlig unbewußt, daß ich geschlafen hatte, denn die betäubende Wirkung des Geraunes war überaus heimtückisch gewesen, sah ich, daß ein ungeheures Tier mich beobachtete.

Ums schlief unverändert; ich lehnte in der gleichen Haltung wie zuvor an ihm, das Buch war meinen Händen entglitten, und der Stift lag sogar ein ganzes Stück weit entfernt, fast im Schatten jenes Tiers. Es war ein katzenähnliches Tier.

Der Regen hatte aufgehört. Dennoch wäre das Geschöpf sicherlich meinen Augen entgangen, hätte es nicht so hell geschimmert.

Es kauerte; aufgerichtet mußte es so groß wie ein Vogel sein.

Ich verfiel nicht darauf, Ums zu wecken. In der Tat wunderte ich mich erst Tage später darüber, daß Ums das Tier nicht sofort gespürt hatte und selbst erwacht war.

Wir blieben völlig ruhig, das unbekannte Wesen und ich, und starrten einander in die Augen. Die großen Augen glitzerten wie eine Flüssigkeit. Der langgestreckte, schmale Körper bewegte sich nur im Rhythmus der Atemzüge. Ich bemerkte, daß der Rhythmus unseres Atems genau übereinstimmte. Die Krallen der Pranken, welche einem Bären hätten das Genick brechen können, waren noch verborgen. Die Pranken blieben reglos. Schließlich erlag ich dem Wahn, sie seien dem Erdreich entsprossen, das Tier sei darauf gewachsen, und wandte meinen Blick von den flüssigen Augen. Wir waren still und ruhig; ich sah das weiche Fell der hageren, atmenden Flanken, die weiten, fleischfarbenen Nüstern, die schwarz und weiß gefleckten Ohren, den schwarzen Fleck in der Scharte der weißen Oberlefze. Ich kann mich nicht erinnern, daß ich mich gefürchtet habe. Endlich erhob sich das Tier, zeigte sich in seiner ganzen Größe, den Blick noch immer auf mich geheftet, streckte sich, so daß es unglaublich lang schien, schüttelte den Kopf und kam auf mich zu.

Wieder trafen sich unsere Blicke, und als das Tier merkte, daß ihm wieder meine volle Aufmerksamkeit galt, wich es aus und lenkte meinen Blick seitwärts, bis ich den Kopf drehen mußte, um es nicht aus den Augen zu verlieren. Auf diese Weise umkreiste mich das Tier, bis ich in die Richtung schaute, aus der wir gekommen waren.

Es entfernte sich dorthin, seinen Blick unvermindert in meinen gebohrt, und ich erhob mich, als sei mein Wille abhanden gekommen, um ihm zu folgen.

Beim Aufstehen muß ich Ums angestoßen haben, denn er hob augenblicklich den Kopf. Als sein Blick auf das Tier fiel, sträubte er das Brustgefieder und sprang auf, indem er ein heiseres Bellen ausstieß. Er streckte den Hals und senkte ihn, bis er fast im rechten Winkel zu seinem Rumpf stand, und stürzte sich auf das Tier. Als sie einander begegneten, das rasende schwarze Ungeheuer und das Tier mit dem hellen Fell, löste das Tier endlich seinen funkelnden Blick aus meinem und richtete ihn auf den Angreifer. Die Augen spiegelten nur Gelassenheit wider. Der Schnabel wies auf die wuchtige Brust. Alle Bewegungen des Vogels waren eine einzige Bedrohung. Ums befand sich zwischen mir und dem Tier, das erneut mich ansah, mich einen Moment lang musterte, dann den Blick in die Spur des Heers senkte, der Ums und ich folgten. Ums bekam einen regelrechten Wutanfall. Sein Schnabel zuckte wie ein schwarzer Blitz nach dem Gegner. In diesem Moment fuhr das Tier herum, erhob sich auf die Hinterbeine, so daß der Umriß des Körpers sich gegen den Himmel abzeichnete, und schlug Ums eine gewaltige Pranke in den Rücken.

Ums brach zusammen, stürzte.

Ich lief zu ihm. Ich sah kein Blut, offenbar war er unverletzt – das Tier hatte seine Krallen nicht benutzt –, aber als er voller Zorn wiederholt aufzustehen versuchte, wollte es ihm nicht gelingen. Ich schaute auf. Das Tier stand noch dort, nun wieder auf allen vier Beinen, inmitten der Spur und sah mich an. Dann ließ es den Kopf sinken und schnupperte. Ich fiel neben Ums auf die Knie und hob seinen Kopf. Das Tier streckte den Hals und stieß einen höchst unheimlichen, unirdischen Schrei aus; dann wandte es sich ab und trottete in der Spur davon, ohne sich umzusehen.

Mit Mühe half ich Ums, sich auf die Beine zu erheben. Der Bann war gebrochen: nun begriff ich, daß wir uns beide in furchtbarer Gefahr befunden, daß Ums mich wahrscheinlich davor bewahrt hatte, von dem Tier fortgelockt zu werden, zu seinem Lager, wo mich ein sicherer Tod erwartet hätte.

Ums war anscheinend nicht ernstlich verwundet, aber er hinkte stark.

Inzwischen fragte ich mich, wie ich wohl jedes Gefühl für die Gefahr hatte verlieren können, ehe Ums eingriff. Die Vorstellung, der Puma könne zurückkehren, versetzte mich in tiefen Schrecken, und sobald Ums auf den Beinen stand, führte ich ihn eine Strecke weit zurück und strebte dann abseits von der Spur des Heers einem Dorf entgegen, an dessen Lage ich mich entsann.

Ich pochte heftig an die Tür des ersten Hauses, das wir erreichten, und sah dabei ständig über die Schulter zurück. Endlich öffnete eine große, verschlafene, gutmütig wirkende Frau. »Gewährt Ihr mir Unterschlupf?« schrie ich. »Ein riesiger Puma ... er hat meinen Vogel angegriffen ...«

Sie schaute besorgt an mir vorbei, doch als sie keinen Puma sah, betrachtete sie erstaunt mich.

»Womöglich kommt er zurück«, keuchte ich. »Bitte ... oh, bitte ...«

Sie zog mich hinein und rief ihren Sohn.

»Turg! Turg! Komm und kümmere dich um dies Tier! Es

ist verletzt, verwundet worden, von einem Puma, so ein großer Nordlandvogel …«

»Was denn, ist das Heer zurückgekehrt?« meinte der rundschädelige junge Bursche, der ins Zimmer gepoltert kam.

»Nein, hier ist nur ein Mädchen, naß und durchgefroren und verängstigt … los, hinaus, der Vogel steht draußen.«

Sie schob mich ans Feuer, legte neuen Brennstoff auf, entkleidete mich und hüllte mich in ein warmes Schaffell. Während sie über dem Feuer Eintopf für mich warm machte und dabei sprach, trat aus einer anderen Tür ein Junge in ungefähr meinem Alter.

»Ist dein Vogel schwer verwundet?«

»Das hoffe ich nicht … nein, das glaube ich nicht, der Puma gab ihm nur einen Prankenhieb in den Rücken, aber ohne entblößte Krallen …«

»So ein Hieb genügt schon, um einem Bären das Rückgrat zu brechen … die Pumas sind in unseren Bergen größer als woanders … der Puma hat keinesfalls mit all seiner Kraft zugeschlagen … und du bist überhaupt nicht verletzt?«

»Mich hat er nicht angegriffen, nur meinen Vogel. Er stieß einen gräßlichen Schrei aus und trottete davon.«

»Einen Schrei?« bemerkte der Junge. »Pumas schreien nicht.«

»Manchmal doch«, sagte die Frau. »Ich habe davon erzählen hören, einmal in zwei Menschenaltern vernimmt man den Schrei eines Pumas. Sie schreien nur, wenn sie verwundet sind, und auch dann nicht immer … hast du ihn verwundet?«

»Keineswegs … Ums hätte es getan, aber zuvor bekam er den Prankenhieb, und ich besitze bloß ein Messer … er schien nicht verwundet zu sein … er war weiß und riesig.«

»Von einem Pumaalbino habe ich noch nie etwas gehört«, sagte der Junge.

»Es gibt keine«, versicherte die Frau. »Das Mondlicht hat dich getäuscht.«

»Komisch, ich hätte schwören können, er war weiß.«

»Hier«, sagte die Frau und schob mir den Löffel in den Mund.

Das Eintopfgericht war dampfend heiß und schmackhaft. Ich aß es mit Hingabe.

Die Frau kauerte sich ans Feuer und betrachtete meine ziemlich verschmutzten und zerlumpten Kleidungsstücke, die allmählich trockneten.

Im Zimmer brannte kein anderes Licht als die Glut, das Wabern der Flammen. Die Schatten waren schwarz und scharf, aber friedfertig. Der Junge schlich näher. Er war schlank und besaß große, sinnliche Augen, und auf seine Schultern fielen verfilzte, fettige, schwarze Ringellocken. Er trug eine ausgebeulte, geflickte Hose unter einer breiten, um die Hüften geschlungenen Schärpe mit mehreren Taschen darin. Sein ledrighäutiger, schmächtiger Oberkörper war nackt, abgesehen von der kurzen, vorn offenen Fellweste. Die ursprüngliche Farbe der Kleidung ließ sich unmöglich bestimmen. Offensichtlich gab es in diesem Teil des Südreichs keine Bäder mit Springbrunnen. Seine bloßen Arme waren an der Außenseite dunkel, innen jedoch hell, und die Trennungslinie zwischen der dunklen und der hellen Seite flackerte, flackerte mit dem Flackern des Feuers. Schließlich streckte der Junge eine Hand aus und berührte meine Kleider, die am Herd hingen; sie glänzten jetzt wie das allerbilligste Zeug. Die Frau schlug ihm auf den Arm. »Scher dich um deine Angelegenheiten, Lel«, sagte sie.

Der junge Mann mit dem rundlichen Schädel kam herein.

»Ich habe den Vogel im Schuppen untergebracht«, berichtete er. »Zwar hinkt er, aber nicht schlimm, doch vorerst wird er keine weiten Strecken laufen können.« Er trat ans Feuer und wärmte seine Hände; den Jungen übersah er völlig, bis er sich vor ihm bücken mußte, um ein Holzscheit zurück in die Flammen zu schieben. »Verschwinde, Lel, na los«, sagte er dann, »hier gibt's nichts für dich zu tun.« Unvermittelt wandte er sich an mich. »Und jetzt, Mädchen, möchten wir wissen, wieso du einen Nordlandvogel reitest und wer du bist, wenn du schon mitten in der Nacht anklopfst.«

»Ich war eine Geisel beim Nordlandheer. Ich bin geflohen.«

Die Frau füllte mir nochmals den Topf und packte mich fester in das Schaffell; sie war richtig mütterlich.

»Das ist ja ganz schön«, meinte der Rundschädel hartnäckig, »aber wohin willst du und was treibst du?«

»Sie bleibt hier bei uns«, sagte die Frau, »bis ihr Vogel gesund ist.«

Die Frau und ich schlafen im vorderen Raum, Lel und Turg in einem anderen. Ich helfe beim Kochen, wobei ich allerhand lerne, und bei der Ernte auf den Feldern. Ums wird sich vor einen Karren spannen lassen, wenn ich ihn führe, und im Frühling vor einen Pflug.

Seltsam, er hat keine Narbe, keine Schramme, aber Ums' Bein will einfach nicht heilen. Der riesige Puma, vor dem er mich schützte – in meinem Gedächtnis wird er immer weiß bleiben –, muß einen Nerv an Ums' Wirbelsäule oder Schulter zerstört haben. Ich kann ihm keinen langen Ritt zumuten.

Und wohin sollte ich auch reiten?

Einem Heer hinterdrein, das mir fremd ist und feindselig gesonnen, in dem es für mich keinen Platz gibt? Um wiederum den sinnlosen Versuch zu wagen, den Feldherrn zu töten – der nun weiß, wie sehr ich ihn hasse? Selbst falls ich der Rache für den ersten, mißlungenen Versuch, für den Ooldra die Schuld allein auf mich geladen hat, entgehen könnte, was für ein Leben würde mich schon in den Reihen eines fremden Heers erwarten, das gegen andere Fremdlinge zieht?

Auch die Heimat bedeutet keine Verlockung für mich. Die Enttäuschung meiner Mutter, Ooldras Haß … Kein Weg vorwärts, kein Weg zurück.

Meine lange, lockere Tunika hält mich wärmer als das dünne durchsichtige Zeug, und ich bewahre es zusammengefaltet ganz oben im einzigen Schrank des Hauses auf. Manchmal befällt mich Verlegenheit, wenn mir bewußt wird, daß ich keine Hosen darunter trage, obwohl es gleichgültig ist, denn das Gewand ist lang und überhaupt sehr züchtig, es fällt glatt an mir herunter, vom Nacken bis zu den Waden. Wäre ich eine üppige Person mit Brüsten wie Melonen, solchen großen spitzen Brüsten, und einem richtig prallen Gesäß unter einer richtig schmalen Taille, würde die lockere Tunika gerade genug Rundungen zeigen, um kleidsam zu sein, wenn ich gehe oder sitze, aber nach so vielen Monaten des Reitens ist mein Gesäß breitgeritten, und ich bezweifle, daß es richtig üppig ist, und zwar ist meine Taille schlank, aber meine Brüste sind klein, obwohl sie eher melonenförmig sind als kürbisförmig, aber das auch nicht so richtig, unglücklicherweise.

Wir sehen selten andere Mitglieder der Dorfgemeinschaft, aber wenn wir andere Mädchen treffen, widmen sie mir gehässige Blicke und rufen Bosheiten. »Hältst dich wohl für besser, dürres hochnäsiges Ding!« – »Findest dich wohl schick, was?« – »Du meinst, du bist zu gut für uns, wie?« – »Putz deine lange Nase!« Sie rufen auch, wenn ich bescheiden zu Boden schaue. Sie tun's, weil ich Sandalen trage, wogegen alle anderen barfuß laufen.

Als sie zum erstenmal Gegenstände nach mir warfen, war ich so verblüfft, daß ich gar nicht daran dachte, ebenfalls etwas zu werfen oder mich überhaupt irgendwie zur Wehr zu setzen, ich stand nur da wie ein armer Trottel und sagte: »Hört auf, hört bitte auf!«, und daraufhin äfften sie mich nach. Ich glaube, sie wollten meinen Akzent nachahmen. Witzig ist, daß sie alle einen wahrhaft niedrigen Akzent haben, aber daran hatte ich nie einen Gedanken verschwendet, durch das Leben im Heer habe ich mich an so etwas gewöhnt; und ich habe nie auf solche Leute herabgeblickt, im Gegenteil, unter den Blauen befand sich ein

Anführer niedriger Herkunft, der ganz reizend war, obwohl er sich nicht reizend benahm, aber er war einfach bewundernswert entzückend. Ich wollte nichts anderes als Freundschaft mit den Menschen schließen, die fortan meine Nachbarn sind. Doch anscheinend sind sie mir sehr abgeneigt.

Lel und Turg verteidigen mich, weil ich zu ihrem Haushalt gehöre, aber manchmal sind sie nicht zur Stelle. In der vergangenen Woche überfiel mich eine Horde von Mädchen. Das Gefühl des Schrumpfens, das einen überwältigt, wenn man gänzlich eingekreist ist und in einen abgelegenen Winkel gedrängt wird, wohin kaum jemand kommt, der Beistand leisten könnte …!

Sie wanderten um mich herum und machten mit bösartigen, schrillen, von aufrichtigem Widerwillen erfüllten Stimmen die allergemeinsten Bemerkungen über mich, zerrten mich am Haar, manchmal vornüber, um mir, wie sie sagten, beizubringen, nicht so hochnäsig zu gehen, als meine ich, etwas Besseres als sie zu sein. Sie ahmten meine Aussprache nach, und schließlich, im höchsten Entzücken darüber, daß ich ihrer Gnade ausgeliefert war, stürzten sie sich alle zugleich auf mich, traten mich und schmierten mir schwarze Jauche aus der Gosse ins Gesicht, in den Mund, die Nasenlöcher, das Haar und schütteten mir welche in den Nacken, die mir unter die Tunika und über den Rücken rann. Dann ließen sie mich liegen und verschwanden mit meinen Sandalen.

Der Schmerz bedeutete mir längst nicht soviel wie das beklemmende Gefühl, daß alle mich hassen.

Das war das erste Mal, daß ich Bekanntschaft machte mit dem leidenschaftlichen, rohen Haß, den die unteren Stände für die oberen Stände empfinden.

Bis dahin hatte ich immer an die weithin verbreitete Legende – ich will nicht Märchen sagen, denn manches daran ist wahr – geglaubt, alle Armen seien ehrlich, edlen Sinnes und würdevoll. Sie wissen sehr gut, wie sie jene peinigen können, die von Geburt an besitzen, was sie ihnen neiden.

Für die nächsten paar Tage war ich über den Verlust meiner Sandalen traurig. Ich wollte auf jeden Fall versuchen, ohne sie auszukommen, und als die Jungen überrascht feststellten, daß ich barfuß ging, behauptete ich, es freiwillig zu tun. Aber als ich Blasen, Schwielen und arge Entzündungen bekam, die sich nicht mehr schließen wollten, obwohl ich sie jeden Abend mit Salbe beschmierte, kam eines Abends Lel zu mir; er betrat den vom Feuerschein erleuchteten Raum, worin seine Mutter und ich vor dem Schlafengehen Glühwein schlürften, den sie am Kaminfeuer wärmte, während ich in meiner Ecke ins Heu und mein Schaffell gekuschelt saß.

Lel kam schweigend herüber. Um seinen Nacken hing die Hausboa. Sie pflegt zwischen den Dachbalken zu dösen und vertilgt das Ungeziefer, auch die großen Läuse, im Dachstroh. Unsere ist nicht sonderlich groß, etwa armlang; ungiftige Schlangen können sechsmal so lang werden. Lel setzte sich auf mein Bett (falls man das so nennen will), und wir streichelten die Schlange, die verkrümmt über unsere Nacken und Schultern glitt.

»Cija«, sagte Lel, »deine Füße sind in üblem Zustand.«

»Sie werden heilen.«

»Das werden sie *nicht.* Wunde Füße bleiben wund, wenn man sie nicht ausheilen läßt, und deine werden nicht heilen, wenn du sie nicht schonst.«

»*Mußt* du mir so etwas erzählen?« meinte ich unwirsch.

Lel machte ein ernstes Gesicht und ließ die Boa sich unter seiner Fellweste um seine Brust winden. »Wo sind deine Sandalen, Cija?«

»Ich weiß wirklich nicht, wo sie sind«, erklärte ich wahrheitsgetreu.

»Hat jemand sie dir fortgenommen?«

»Wieso, Lel?«

»Hat sie dir jemand abgenommen?« beharrte er.

»Nun, ja.«

»Wer?«

»Ein paar Mädchen, letzte Woche im Dorf. Ihre Namen kenne ich nicht.«

»Laß Cija schlafen«, sagte seine Mutter vom Kamin herüber. »Setze die Schlange an ihren Platz, und dann pack dich.«

Also trank ich meinen heißen Wein, wälzte mich herum und wartete auf den Schlaf, während es über mir gelegentlich verstohlen raschelte, wenn die Boa durchs Stroh kroch.

Am folgenden Abend lehnte ich am Brunnen, um vor dem Abendessen meinen Durst zu stillen, als Turg kam, mir einen Klaps auf den Hintern gab, um meine Aufmerksamkeit zu wecken, und die Sandalen neben mir zu Boden warf.

Mit einem Schrei hob ich sie auf.

Sie waren noch ziemlich brauchbar. Nur ein Riemen fehlte und einen anderen hatte man durch ein Strohgeflecht ersetzt.

»Woher hast du sie, Turg?«

»Lel hat's mir erzählt«, sagte er bloß.

Nun bedenkt man mich mit böseren Blicken denn je zuvor, wenn ich ins Dorf gehe. Wahrscheinlich, weil sie es als ungerechten Vorteil für mich empfinden, daß Turg und Lel mir helfen.

Ich bemühe mich, leicht gebückt zu schlurfen, wie sie's alle hier tun, und ich spreche gequetscht und verschlucke die Endsilben, aber ich bin nicht allzu gut darin. Ich sehe nicht echt aus und rede nicht echt, und es vertieft sich sogar die Kluft zwischen ihnen und mir. Anscheinend glauben sie, ich hätte meine Andersartigkeit mein Leben lang gepflegt, bloß zu dem Zweck, mich besser als sie dünken zu können, während ich in Wirklichkeit alles tun würde, um wie sie zu sein. Ich muß mich dem neuen Leben anpassen. Doch wie es scheint, macht meine Andersartigkeit, selbst wenn man meine abweichende Art zu sprechen einmal unberücksichtigt läßt, mich in ihren scharfen Augen sofort zu einem Außenseiter. Mein Gang, die Haltung meines Kopfes widerstreben ihren Empfindungen.

Ich unterrichte jetzt Lel darin, einen Vogel zu reiten.

Ums hat nichts dagegen, und uns bereitet es Spaß.

Ich vermag noch nicht zu beurteilen, ob er ein guter Reiter ist – im Moment ist er gerade soweit, daß er sich im Sattel halten kann. Natürlich ist Ums kein geeigneter Vogel, um auf ihm das Reiten zu lernen, aber Sheg war viel schlimmer.

Man muß in der Tat ein sehr guter Reiter sein, um in befriedigendem Maße mit einem Vogel zurechtzukommen. Der Sattel ist kübelförmig, und die beiden Flankengurte sind auf der Kruppe mit den beiden Nackengurten verbunden – das Ganze kann nicht nach hinten rutschen, weil die Gurte, die um den Bauch verlaufen, es halten, aber ob es richtig sitzt, hängt davon ab, daß der Reiter sein Gewicht gut verteilt. Außerdem muß er mit seinem Vogel viel stärker verschmolzen sein, als es bei einem Pferd erforderlich ist. Hals und Kopf des Vogels erheben sich vor ihm bis in Augenhöhe, an seine Schultern preßt man die Knie, aber mit den Knien versucht man, anders als bei Pferden, besser nicht zu lenken, weil es meistens unwirksam bleibt, denn ein Vogel, auch ein großer, besteht nun einmal mehr aus Gefieder als aus Fleisch und Knochen, und obendrein nehmen die wenigsten es freundlich auf, weil sie sich in ihrer Atmung beengt fühlen. Jeder Vogel kann jederzeit ohne warnende Vorzeichen Amok laufen. Man muß mit seinem Vogel eins sein – und der leiseste Schenkeldruck wird einwandfrei verstanden, als bestünde so etwas wie eine geistige Verbindung. An den Zügeln kann man so heftig reißen, wie man möchte: Schnäbel und Mäuler sind bei den meisten Vögeln sehr hart. Es verursacht ihnen keinen Schmerz. Viele Leute schaffen es mit Mühe, auf ihrem Vogel zu bleiben und nennen das reiten.

Sheg war vollständig unzugänglich. Es ist das reinste Wunder, daß ich längere Zeit auf ihm geritten bin, vor allem, wenn man bedenkt, daß er der erste Vogel war, mit dem ich Bekanntschaft machte. Klar, daß Blob mich einen schlechten Reiter nannte. Hätte er Sheg geritten, dieser Satan hätte es weniger bequem gehabt.

Lel und ich verbringen viel Zeit miteinander.

Turg benimmt sich nicht immer grob, aber manchmal scheint es so, als bringe ihn etwas an Lels Persönlichkeit in Verlegenheit, und wenn er verlegen ist, ähnelt er einem wütenden Stier.

Seit ich bei ihnen wohne, hat er sogar einmal den Stiel einer Axt genommen, um Lel damit zu schlagen, aber Lel, trotz seiner Schmächtigkeit recht drahtig, zerschnitt ihm mit einem Aufwärtsstoß des Messers, das bei sich zu tragen ihm eigentlich verboten ist, den Gürtel der Hose, duckte sich und riß aus.

Also gingen wir erst einmal gemeinsam zum Reiten; das heißt, natürlich ritten wir abwechselnd.

Ich bin fest entschlossen, aus dem einzigen Leben, das mir noch offensteht, etwas zu machen.

Mit der Zeit werden sich alle an mich gewöhnen und ich mich an alle anderen. Das Dorfleben ist freundlich, es könnte auch für mich eine herzliche Gemeinschaft sein, und außerdem bietet es mir Sicherheit.

Wohin sollte ich sonst gehen?

Ich könnte in ein anderes Dorf ziehen, aber ist es wahrscheinlich, daß die Bewohner eines anderen südländischen Bergdorfs sich von den hiesigen Dörflern unterscheiden?

Wo sonst würde ich eine Frau finden, die bereit ist, mich auf unbegrenzte Dauer aufzunehmen …? Und, dieser Frau ist es offensichtlich nicht unrecht …

Ums späht in die Ferne nach den allersüdlichsten Gipfeln, die monatelang vor uns auf unserem Weg lagen, und in seinem Auge glüht das ganze Feuer seiner Seele.

Ich werde immer besser in der Zubereitung von Schafskäse.

Ich habe so viele Alpträume.

Fast allmorgendlich erwache ich schweißgebadet, und manchmal fürchte ich den Schlaf, weil ich weiß, daß ich schreckliche Träume haben werde.

Die Träume mit dem Flüstern sind am schlimmsten, denn ich scheine Ooldras Stimme flüstern zu hören, flüstern, sie flüstert bis meine Ohren taub sind.

Ich wache auf und weine, denn ich habe Ooldra geliebt.

Gestern, als ich Ums nahm, um mich mit Lel zu treffen (der wirklich ein guter Reiter zu werden verspricht), erreichte ich den Treffpunkt in den Feldern zuerst. Ich wartete und wartete auf Lel. Schließlich sah ich eine kleine, schöne Frau des Wegs kommen, die gar nicht einem Dorfbewohner ähnelte. Sie trug eine weite Hose und einen kurzen, weiten Rock mit einem gestreiften Hemdchen, und stellenweise glänzten die Kleider im Sonnenschein. Sie lächelte schüchtern und etwas schief, während sie sich näherte.

Erst als sie nur noch wenige Schritte entfernt war, bemerkte ich die schlechte Verfassung der hübschen Kleidungsstücke, plötzlich fiel es mir wie Schuppen von den Augen, und ich erkannte Lel.

»Lel!«

Er lief zu mir.

»Gefällt es dir? Bist du nicht böse?«

»Nein, es macht mir nichts aus, daß du sie angezogen hast ... du siehst richtig schön aus! Ich habe dich gar nicht erkannt. Ich habe überlegt, wer wohl die schöne Fremde sei.«

Er errötete, dann lächelte er; dann nahm er meinen Arm.

»Cija, willst du mir etwas versprechen? Sag keinem etwas, niemals ... sie ... sie lachen mich nur aus.«

Ich dachte, das bilde er sich bloß ein, denn wie könnte

jemand über einen Jungen in Mädchenkleidern lachen, wenn er darin so schön aussieht, aber ich gab ihm das Versprechen.

Nun tauschen wir während des Reitunterrichts häufig die Kleider.

Ich fühle mich in Männerkleidern nicht ganz so wohl wie Lel in Mädchenkleidung, aber zum Reiten ist sie zweifellos viel bequemer.

Am vergangenen Abend feierte man ein Fest. Die Dörfer feierten die Einbringung der Jahresernte. An allen Berghängen erklang Musik und tanzte man lebhafte bäuerliche Tänze, solche mit Wirbeln und Stampfen, zum Klirren von Ghirzas, dem Blöken von Hörnern und dem Bumbumbum von Trommeln. Alles tanzte, stampfte, schrie und klatschte. Unglaubliche Mengen von Wein standen bereit. Als es dunkelte, fingen die Frauen Glühwürmchen und setzten sie sich ins Haar. Alle betranken sich. Ich war mit den Schritten unvertraut und zog mich alsbald vom Tanz zurück. Lel und ich saßen nebeneinander auf einer Bank in einem dunklen Winkel und beobachteten die hüpfenden Fünkchen in den Haaren der Tänzerinnen.

»Seltsam, daß Ums' Bein nicht heilt«, sagte Lel.

»Der Puma«, meinte ich, »wollte ihn unbrauchbar machen.«

»Wieso das, Pumas können doch nicht denken.«

Lel war immer so gesprächsfeindlich.

»Du bist immer so gesprächsfeindlich, Lel«, sagte ich. »Nicht, daß ich dich zum Plaudern zwingen wollte ... weißt du, was das heißt, gesprächsfeindlich ...? Aber es ist sowieso nicht besonders wichtig ...«

»Du plapperst ganz wirr.« Er lächelte. »Du bist schläfrig, Cija.«

Wir lehnten uns zurück, als ein Betrunkener vorbeischwankte. Er kroch zwischen ein paar Sträucher, und wir legten unsere Arme um die Schultern.

»Komisch«, sagte ich, »normalerweise wären wir schon

seit Stunden im Bett, nachdem wir geschwatzt und mit der Schlange gespielt hätten … ihre Haut kommt mir so bekannt vor, wenn ich sie berühre … in der vergangenen Nacht habe ich von dem Menschen geträumt, an den die Schlange mich erinnert. Als ich mich zum Schlafen hinlegte, summte eine Fliege durch den Raum, und daraufhin träumte ich von einer gewaltigen schwarzen Fliege, die summte und summte und langsam, aber stetig wuchs, bis sie … sie die halbe Welt ausfüllte, und die Menschen in der Welt mußten sich zusammendrängen, sie lebten ihre Leben und nahmen den fürchterlichen Schatten der Fliege als Teil ihres Lebens hin, während sie durch die Jahrhunderte immer weiter wuchs. Dann war sie so groß wie drei Viertel der Welt, und ihr Schatten verdunkelte das restliche Viertel. Aber sie wuchs noch jahrhundertelang weiter … und ich wachte auf.«

»Das war ein Alptraum«, sagte Lel und küßte mich auf die Wange.

Was für eine wunderbar sanfte Haut er hatte.

»Was für wunderbar sanfte Haut du hast, Lel.«

Die Tänzer – die Frauen wirkten mit den gefangenen Glühwürmchen im Haar wie Sternbilder – wogten zu uns herüber und zurück. Sie klatschten und stampften.

Lels Augen füllten sich mit Furcht.

»So etwas darfst du niemals jemandem sagen«, flüsterte er.

»Warum nicht?«

»Sie lachen nicht … sie sagen, ich sei schmutzig, ich sei ein Ungeheuer, weil ich … *diese* Dinge will, und ich muß meinen Drang unterdrücken. Keiner weiß, daß ich noch so bin, ich habe mich nicht geändert, seit sie's vor drei Jahren herausgefunden habe.«

»Lel …«

»Du darfst mich nicht hassen, weil du jetzt weißt, was die anderen von mir denken, Cija.«

»Ich mag dich, Lel.«

»Ich möchte ein Mädchen sein … ich wollte schon immer ein Mädchen sein … wenn ich nachts weine, schimpft Turg mich eine Sau und tritt mich … aber im Innern bin ich ein Mädchen, fühle ich wie ein Mädchen fühlt; ich mußte lernen, wie man sich wie ein Junge bewegt, weil die anderen mich für krankhaft hielten. Bis jetzt habe ich noch keinen Stimmbruch bekommen. Mir ist immer so jämmerlich zumute, schon seit jeher, und ich werde für immer anders als die anderen bleiben.« Er flüsterte. »Weißt du, was ich glaube, Cija? Ich bin ein mißlungenes Mädchen … wenn man Froscheier erhitzt, sobald sie sich zu weiblichen Fröschen zu entwickeln beginnen, werden plötzlich männliche Frösche daraus … könnte etwas Ähnliches nicht mit mir geschehen sein?«

»Weine nicht, Lel. Bitte, sei nicht so fürchterlich bekümmert darüber, daß du anders bist.«

Er weinte lautlos. Ich wollte ihn an mich drücken, aber er scheute die Berührung.

»Ich hasse dich nicht, Lel … ich bin nicht abgestoßen … es ändert überhaupt nichts … du hättest mir ruhig sofort sagen können, was die anderen von dir halten …«

Ich bekam plötzlich eine Ahnung davon, wie sich Lels Leben gestaltet hatte. Er war so alt wie ich, er hätte an meiner Stelle zur Welt kommen können, wäre nicht der Zufall bei seiner Geburt dagegen gewesen – oder was in dieser Welt wie ein Zufall erschien; und alle diese Jahre hatte er im tiefsten, verzweifelten Kummer, in einsamer, erzwungener Unaufrichtigkeit verbracht, mit den Zweifeln und in der Scham, die ich erst kürzlich kennengelernt habe. Als er ein Kind war, als ich durch den Turm watschelte und glücklich plapperte, wenn ich neues Spielzeug und bunte Bänder bekam, mußte ihm allmählich die Erkenntnis gedämmert sein, daß er im falschen Körper steckte, daß er um keinen Preis *anders* wirken durfte, weil man ihn sonst so verabscheuen würde wie er instinktiv seinen Körper verabscheute. Er mußte sich damit abfinden, daß er hoffnungslos gefangen saß in einer Verzweiflung, die er selbst verkörperte, während seine ganze Seele sich dagegen auflehnte und forderte, sich nicht zu fügen.

Auf einmal gab er nach. Er ließ es zu, daß ich ihn in meinen Armen hielt, während die Nacht sich tiefer verfinsterte, die schwach beleuchteten Tänzer wirbelten, die älteren Bauern tranken; wir saßen Brust an Brust und teilten das Wissen um die Tiefe eines Kummers, der immer frisch blieb und immer aufsässig und immer hoffnungslos.

Ich wußte, wie diese Menschen sein konnten.

Ich kannte den Haß, den ich geweckt hatte, nur weil ich anders sprach.

In einem Nachbardorf hatte ich gesehen, wie man einen Krüppel steinigte; sie würden es für die gerechteste Sache der Welt halten, Lel in Stücke zu reißen, ihm die Glieder abzuhacken, denn der Unterschied zwischen ihnen und ihm ist geschlechtlicher Art und deshalb ebenso widerwärtig wie übel.

Ich bemerkte, daß die Tänzer zu tanzen aufgehört hatten und sich trennten. Ich glaubte, Männer auf Pferden zu sehen – allerdings vermochte ich mir nicht vorzustellen, woher sie kommen sollten. Man stellte den Bauern Fragen. Ein gewaltiger Lärm erhob sich, alle redeten zugleich.

Lel und ich blickten auf und lösten unsere Umarmung. Irgend etwas ging dort vor. Wir standen gleichzeitig auf und drängten uns in die Menge.

Lels Mutter ergriff meinen Arm.

»Cija …«

»Was ist denn los? Was gibts?«

»Sie suchen dich!«

»Mich?«

»Männer aus der Stadt … auf Pferden … sie sagen, du hättest den Statthalter ermordet …«

»Sie haben mich bis hierher verfolgt?« sagte ich ungläubig.

»Ja.«

Wir starrten einander in die Augen. Ihr Kinn hing herab.

»Ich habe es getan«, sagte ich. »Ich habe ihn getötet.

Mein Vogel hat mir geholfen. Bitte bereut nicht, daß Ihr mich aufgenommen habt. Er hat… er hat… ich mußte gegen meinen Willen mit ihm ins Bett. Er hat mich…«

Ihre Miene änderte sich. Sie hob eine Hand und legte sie auf meine Schulter.

»Schnell, fort aus der Menge«, sagte sie. »Du bist ein anständiges Mädchen, im Gegensatz zu meiner Tochter, die mit einem Kerl durchgebrannt ist, mit dem sie's getrieben hat. Einem vom Nordheer, als es vorbeizog… ein kleiner Rothaariger… ich habe mich beschwert, ich bin hin und habe mich beim Anführer beklagt. Das ist nicht richtig, habe ich gesagt, Verbündete oder nicht, das ist nicht richtig, laßt ihn hinrichten. Als sie's dann endlich tun wollten, als abschreckendes Beispiel, beschloß sie, bei ihm zu bleiben, und da taten sie's doch nicht.«

Sie fuhr sich mit der Hand über die Augen.

»Ich habe sie ohnehin stets verleugnen müssen«, sagte sie. »Da, dort hinein mit dir. Rühr dich nicht, bis ich komme und dich herauslasse.«

Ich saß allein auf einem Haufen schmutzigen Stroh in einem winzigen, schrägen Verschlag, der sich innen an der Rückwand des Schuppens befand. Ums hielt sich im größeren Schuppenteil auf. Als er mich witterte, kam er her, senkte den Kopf und stieß mich behutsam an.

Trotz meiner Panik hatte es mein Herz erwärmt, vom mir so vertrauten Umgang des Heers mit den eigenen Männern und den Verbündeten zu hören.

Ich verstand jetzt, warum sie mich so bereitwillig aufgenommen hatte. Ich war an die Stelle ihrer verlorenen Tochter getreten.

Lel kam in den Schuppen geschlichen.

»Wo bist du?« flüsterte er. »Ist alles gut?«

»Hier bin ich, hier herüber. Lel, geh wieder, du könntest ihre Aufmerksamkeit auf den Schuppen lenken… und nimm Ums mit, er würde mein Versteck verraten… bring ihn in die Berge.«

»Geht in Ordnung«, wisperte er. »Cija, zuvor nimm dies.

Zieh sie an. Diesmal ist es notwendig. Im Ernstfall wird es sie verwirren, für ein paar Augenblicke aufhalten …«

Blindlings grapschte ich nach dem Bündel. Er führte Ums, der ihn als Freund anerkennt, über das knisternde Stroh; für einen Moment hoben sie sich schattenhaft gegen den dunklen Ausschnitt der Tür ab, dann waren sie fort.

Ich hörte Hufschlag und Lärmen von Stimmen am Hang, die sich gleichmäßig rasch näherten.

Ich starrte das Bündel an, das Lel mir zugeworfen hatte. Ich betastete es. Im nächsten Moment zerrte ich mir in fieberhafter Hast die Tunika über den Kopf, riß daran und fluchte, als sie sich in meinem Haar verfing, streifte die Hose über, zog das Hemd an und das Wams, das letzte Stück, darauf, während ich mit den Füßen das Stroh aufwühlte, um meine abgelegte Tunika darunter zu verbergen.

Zog der Lärm vorüber …?

Nein.

Klar, daß sie den Schuppen meiner Wohltäterin nicht ausließen.

Als sie alle hereinkamen, blieb mir beinahe das Herz stehen.

Meine Augen hatten sich inzwischen an die Dunkelheit gewöhnt, und ich vermochte einzelne Gestalten zu unterscheiden.

Da waren mehrere von den älteren Mädchen; meine Wohltäterin, die den Kopf hängen ließ, als sei sie müde und eingeschüchtert; Rundschädel Turg mit einem dicken Knüppel in der Faust; drei hochgewachsene Männer, die sehr aufrecht und befehlsgewohnt dastanden und sich umschauten, wie ich an der Bewegung der Umrisse ihrer Köpfe erkannte; sie wirkten durch und durch gebieterisch.

»Niemand hier«, sagte einer von ihnen mit der Stimme eines Städters.

»Ich bin sicher, daß sie sich hier versteckt hält«, beharrte eins der Mädchen, und die anderen krähten schrill, um ihre Meinung zu unterstützen, daß dies der sicherste Ort sei, an dem ich mich verstecken könnte.

Für eine Weile trampelten und scharrten sie überall herum. »Keine Spur von ihr«, sagte schließlich einer meiner Verfolger aus der Stadt.

Alle wandten sich zur Tür, um zu gehen. Ich spürte den Ausdruck von Erleichterung in der Haltung der Frau.

»Wartet …!« schrie plötzlich das Mädchen mit dem dümmsten Gesicht. »Was ist das? Dort, ein Unterschlupf …!« Und es lief herüber, beugte sich vor und deutete auf mich.

Ich blieb völlig reglos und hielt sogar den Atem an, aber als sie sich alle bückten und starrten, wurden sie natürlich auf mein helles Gesicht aufmerksam.

»Da ist sie!« schrie jemand, und daraufhin erscholl ein Gewirr aus Kreischen und Freudengeheul. Turg stürmte mit seinem Knüppel vorwärts.

Ich stand auf, schüttelte das Stroh ab, welches an mir hing, und trat vor. Sie bildeten einen Halbkreis, während sie enttäuscht verstummten. Es war dunkel, aber sie sahen meine langbeinige Männerhose und mein Wams. Ich schritt einfach durch ihre Mitte. »Sucht ihr mich?« fragte ich mit verstellter Stimme. »Ich habe bloß ein Nickerchen gemacht, bevor ich die Hühner füttere.«

Es klang so unecht wie nur denkbar, aber es war etwas, das sie nicht erwartet hatten, und deshalb fiel es ihnen im ersten Moment nicht auf. Fast hatte ich die Tür erreicht, als das größte Mädchen, das im Heu stöberte, meine Tunika entdeckte und einen gellenden Schrei ausstieß, der in solchem Maße von jener Mordlust erfüllt war, die sie alle aufgestaut hatten, daß ich hoffe, nie wieder einen derartigen Schrei zu vernehmen. »Sie ist's!« kreischte sie. »Sie ist es!« Ich duckte mich, stürzte dem Mann entgegen, der mir den Weg versperrte, rammte ihm den Kopf in den Magen, sprang über den Gestürzten hinweg und dann zur Tür hinaus.

Ich rannte, so schnell ich es vermochte, den Hang hinab.

Hinter der Biegung des Pfads schlug ich einen Haken und lief den Hang wieder hinauf, zurück zum Haus. Der Wahnsinn hatte mich mit unwiderstehlicher wie körperlicher Gewalt gepackt.

Der Wahnsinn hatte einen Stachel in meine Brust getrieben und bohrte darin. Ich konnte unmöglich mein Tagebuch zurücklassen.

Wahrscheinlich ist das die größte Verrücktheit, die ich jemals während meines nicht allzu glanzvollen Lebens begangen habe. Für ein Buch, für Blätter, zwischen zwei Deckeln, setzte ich die Freiheit aufs Spiel, die ich schon fast gewonnen hatte. Ich erreichte das Haus, sprang über die Schwelle; unter der Haut hämmerte mein Herzschlag durch die Adern, ich wußte, daß mein Wagnis einem Selbstmord gleichkam – aber mein Tagebuch ist mein herzinnigster Freund, es ist beinahe so etwas wie ein zusätzlicher Sinn, und mich von ihm zu trennen, hätte mir unerträglichen Schmerz bereitet. Ich raste durch das Haus, stolperte in ein Erdloch, fiel auf mein Stroh, riß es nach allen Seiten auseinander, zerrte mein Tagebuch heraus, packte es fest und lief zurück zur Tür.

Beim Stolpern hatte sich ein Gurt an einer Sandale gelöst, den zu befestigen ich nun keine Zeit besaß. Meine Haare flogen mir wirr ums Haupt, und trotz der Dunkelheit bestand nun nicht länger Hoffnung, daß man mich mit einem Jungen verwechselte.

Unter Gebrüll stürmten sie zur Tür herein.

Ich tat einen Hochsprung nach den Dachbalken, spürte das rauhe Holz unter meinen Fingern, unternahm eine wahnwitzige Anstrengung, schwang mit den Beinen, schlug einen ungeschickten, halb unfreiwilligen Purzelbaum und landete fast wider Erwarten zwischen den Balken, die knarrten. Hinter mir glitt die Hausschlange vorbei, näherte sich; ich sah sie in dem Moment, als sie mich berührte.

Unten schwang Turg seinen Knüppel, den er entzündet und in eine Fackel verwandelt hatte, wahrscheinlich mit

Öl oder so etwas, irgendwo draußen; er hob sie in die Höhe, und die Gesichter ringsum starrten mit jagdeifrig glitzernden, gleichgerichteten Augen empor in den Fackelschein.

Die Schatten wanderten über die Dachbalken. Ich und die Schlange strebten in die noch undurchdrungene Finsternis eines Winkels. Nur ein Fehltritt und ich mußte stürzen.

Mehrere Stimmen schrien zugleich, sie hätten etwas sich bewegen gesehen.

»Das ist die Hausschlange«, sagte die Frau, der das Haus gehört. Ihre Stimme zitterte.

»Das stimmt, man sieht sie«, sagte jemand mit hörbarer Enttäuschung.

Ich kauerte mich in den Winkel, hielt mein Tagebuch fest; die Schlange wand sich über meine Kleidung, durch mein Haar. Meine linke Sandale drohte in Stücke zu zerfallen; das nachträglich angebrachte Strohgeflecht begann sich rasch in Fasern aufzulösen.

»Du bist droben, nicht wahr?« brüllte Turg.

Ich wagte kaum zu atmen.

»Du bist droben, Verräterweib, Betrügerin, stimmt's?« schrie Turg.

Jemand nahm eine glühende Kohle, die aus dem Herd gefallen war, warf sie, lachte und zischte und leckte sich die Finger. Sie traf mich am Schienbein. Ich vermochte ein Stöhnen zu unterdrücken, doch obwohl das Stück Kohle bereits erloschen war, als es zu Boden fiel, begann mein Hosenbein zu glimmen. Ich mußte die Glut ausklopfen, und das hörten sie natürlich.

Turg schwenkte seine Fackel in geradezu kunstvollen Lichtbogen. Er wußte, daß er mich gestellt hatte und ihm nun die atemlose Aufmerksamkeit der anderen in ungeteiltem Maße galt. Wahrscheinlich würde keiner den Blick abwenden, gleichwohl wieviel Zeit er sich ließ. Er trieb ein Spiel mit meiner Ungewißheit. Ich konnte dem Tod ins Auge sehen, der die Mörderin eines Statthalters ereilt –

man zieht ihr langsam die Haut ab, von den Füßen an aufwärts.

In diesem Moment entsann ich mich meines Messers.

Ich klaubte die Kette aus dem Nacken des Hemds, zog das Messer aus der Scheide, richtete mich ein wenig auf, verharrte geduckt. Jeder Fuß ruhte auf einem dünnen hölzernen Sparren, und noch immer wand sich die schwere Schlange um meinen Leib.

Der Lichtschein glitt näher wie der langsame bedrohliche Ausschlag eines Pendels.

Das Messer schnitt rasch und tief durch das torfgedeckte Dachstroh.

Der nächste Lichtstreifen würde mich nur um eine doppelte Fußbreite verfehlen – falls Turg sich nicht entschloß, ein Ende zu machen und direkt in den Dachwinkel zu leuchten.

Der Torf zerbröckelte.

Beim nächstenmal würde der Lichtschein nur noch fußbreit von mir entfernt sein – es sei denn, Turg war des Spiels nun müde, so kurz vor dem Ende.

Ich bückte mich nach meinem Tagebuch, drückte es an mich, tastete nach den Stützbalken über mir, stellte fest, daß es mit bloß einer Hand keinen Zweck hatte, schob das Tagebuch vorsichtig unter mein Hemd (in der Hoffnung, der Gürtel werde nicht nachgeben), und dann glitt der Fackelschein über mich hinweg. Ich klammerte mich an die Balken, vollführte einen Klimmzug, durchbrach das Dach, streifte dabei die Schlange ab, und mein Gesicht tauchte in die nächtliche Freiheit, meine Nüstern sogen die frische Luft ein. Ich spürte, wie sich meine linke Sandale vom Fuß löste, hörte sie klappern und fallen.

Ich klomm ganz in die sternenklare Nacht hinaus und eilte über das Dach, so schnell wie möglich, aber nicht allein, weil ich mich auf der Flucht befand, sondern weil ich mit jedem Schritt fast ins Dach einbrach. Ich richtete verheerende Schäden an.

Sobald ich es für möglich hielt, sprang ich hinab.

Der Boden schien in entsetzlicher Tiefe zu liegen, und so war es der Ast eines Baums, wonach ich sprang. Das dicke Tagebuch fiel mir beinahe aus dem Hemd; ich fing es auf, wobei ich fast das Gleichgewicht verlor, und verbarg mich im Laub, als ein plötzlicher Aufruhr in der Hütte mir anzeigte, daß sie mein Verschwinden bemerkt hatten.

Unter lautem Gebrüll strömten sie zur Tür hinaus; ich konnte nicht feststellen, ob sie das Loch im Dach entdeckt hatten oder nicht. Sie liefen am Baum vorüber, dessen Blattwerk mich ihren Blicken entzog. Über mir und um meine Ohren raschelten die saftigen Blätter wie lebende, frische, duftende Seide. Leichter Wind umschmeichelte meinen Nacken.

Nachdem die Menschenjäger sich entfernt hatten, kletterte ich hinunter.

Ich humpelte – denn ich besaß nur noch eine Sandale – über die flachen Hügel und war am Morgen weit genug fort, um mich sicher fühlen zu können. Zwischen diesen Bergen und den schneebedeckten Wipfeln, worin die Hauptstadt des Südreichs liegt, erstreckt sich eine weite Ebene, die mich mit ihrem Dickicht, ihren Sümpfen, Flüssen und Strömen, Bäumen und Wäldern willkommen hieß. Nun ist es so gut wie unmöglich, mich weiter zu verfolgen.

Zunächst schien es mir wie ein Wunder, mit heiler Haut entkommen zu sein, aber ich vermute, nach dem Gesetz des Zufalls muß man einfach irgendwann auch wieder einmal Glück haben.

Ich erreichte die Ebene, als das Morgenrot die Welt zu überziehen begann.

Das Gras war feucht, und meine eiligen Schritte platschten; die Bäume erhoben sich wie schwarzes, verfilztes Zauberwerk gegen den weiten, wolkenlosen, sonnengoldenen Himmel.

Den Verlust von Ums betrauere ich kaum. Der Vogel hatte einen seltsamen Bann auf mich auszuüben begonnen, über

Leib und Seele, der mir nun nachträglich bewußt wird, da er nicht länger bei mir ist. Narras Tod hatte mich gegrämt, aber – wie mir jetzt auffällt – kaum erschüttert. Seine bösartige Attacke gegen das weiße Tier – den Puma, wie man es nannte – hätte mir die Augen öffnen müssen. Aber dieser Zwischenfall verblendete mich noch tiefer. Ich dachte, er verteidige mich gegen den heimtückischen nächtlichen Überfall des weißen Tiers. Und wie! Er hätte alles gewagt, um seinen Schnabel tief in die breite Brust hacken zu können. Doch immerhin vermochte er das Tier zu vertreiben. Den Klageschrei des Tiers, als ich mit Ums zurückblieb, werde ich niemals vergessen.

Es gibt genug Wasser, um meinen Durst zu löschen – Quellen und Flüsse. Eiskalt fließen sie dahin, kräuseln sich, schäumen; die Flüsse liebkosen unaufhörlich ihre geliebten alten, ausgewaschenen Steine, die Wasserfälle speien weiße Kometen in ihre pausenlos rauschenden Schleier.

Ich finde Nahrung in ausreichenden Mengen.

Weißwurzeln, Wildfrüchte, viele unglaublich große Pilze, Eier – wahrscheinlich Echseneier, denn ich entdecke sie immer im Sand. Ich drücke sie an jeder Seite ein, setze ein Loch an die Lippen und schlürfe sie roh aus. Das erfrischt sehr. Außerdem habe ich den Eindruck, daß es mir viel Kraft verleiht. Es schmeckt auch nicht übel.

Der weiße Puma wollte mich nordwärts locken.

Warum?

Wäre ich in diese Richtung umgekehrt, hätten meine Verfolger aus der Stadt mich sicherlich aufgegriffen.

Jedenfalls, wenn ich allein gewesen wäre.

Aber nun ist der Puma nicht bei mir.

Was soll ich tun?

Soll ich nach Norden – oder nach Süden?

Gehe ich vorwärts, könnte mein weiteres Leben hart und vielleicht kurz ausfallen.

Umkehren kann ich nicht auf dem Weg, den ich gekommen bin, ich meine, es ist unmöglich; und wenn ich von jenem Weg abweiche – ich müßte höhere Berge überwinden, als ich's mir zutraue.

Ich sehe sie, wenn ich zurückschaue, in der Ferne rechts hinter mir.

Ich sehe Berge, deren ferne Gipfel unter weißen Eisschichten liegen, auf denen grell der Schein der aufgehenden Sonne schimmert. Ein schneeiges Gespinst, ein Dunst schwebt über diesen Bergen. Ihre ferne, unirdische Unschuld, ihre milchige Zerbrechlichkeit, ihre strenge Erhabenheit, die dem Eindruck von Zerbrechlichkeit so widerspricht ... diese Berge werden für mich auf ewig jenseits des Schnees der Täler und des Vorgebirges liegen, unerreichbar, denn selbst über Hunderte von Meilen hinweg kann man ihre unverwundbare Jungfräulichkeit spüren. Nein, selbst wenn dieser Weg der leichteste wäre, und so wirkt er keineswegs, kann ich nicht durch diese Berge. Hat jemals der Fuß eines Menschen diese frostige, weiße, entlegene, gleichmütige Schönheit der Natur betreten? Daran glaube ich einfach nicht, und ich glaube, daß auch ich es nicht tun kann.

Die Kleider, die Lel mir gegeben hat, waren anscheinend seine besten. Die Hose, welche von den Zehen bis zur Taille reicht, ist aus sauber verarbeitetem, blauem Tuch gefertigt. Das Hemd ist weiß und hat lange, weite Ärmel und einen Schirmkragen; die Ärmelaufschläge verlottern allmählich. Das Wams ist aus Leder, reicht bis unter die Hüften und besteht aus zwei zusammengenähten Lederbahnen, unten natürlich offen und mit einer Öffnung für den Kopf und zweien für die Arme.

Außerdem habe ich eine Sandale, die ich trage, obwohl ich deshalb hinken muß. Der Hosensaum am nackten Fuß beginnt schon auszufransen.

In den Nächten überwältigen mich die Alpträume. In der Ebene vermag nichts sie aufzuhalten. Sie flüstern stürmisch auf mich ein. Mittlerweile höre ich das Flüstern auch, wenn ich wach bin. In der Einsamkeit höre ich es mit den Ohren. Meine Alpträume beginnen körperliche Gestalt anzunehmen.

Vor mir liegen die Ausläufer purpurn schillernder Sümpfe, die sich weithin bis an den zerklüfteten südlichen Horizont erstrecken. Ich komme aus der Tiefe des Tals und stehe am Rand der Sümpfe, sehe die einsame Wildnis der Ebene sich gemächlich vor meinen Augen entrollen. Sie hat kein Verständnis, kennt kein Bedauern für einen Menschen. Nichts wird das Flüstern fernhalten. Ich senke meinen Blick, sehe jeden einzelnen Grashalm, jeden Stein, kärgliches Gestrüpp, mit jedem Schritt. Man durchquert eine Landschaft Schritt um Schritt.

Dies kann unmöglich der Weg sein, den das Heer genommen hat. Es hätte sich niemals in dieses Marschland verirrt, durch das ich wandere. Die Abenddämmerung bricht an, und ich bin ganz allein. Ich habe mich zur Rast gelagert, denn ich sehe voraus etwas Beunruhigendes, das mich ängstigt … eine hohe … Säule aus dunklem Grau im hellgrauen Dämmerlicht, und mir scheint, daß sich dort etwas bewegt.

Langsam und vorsichtig näherte ich mich durchs Marschland dem dickeren Grau; ich mußte ganz einfach wissen, was es war, und doch fürchtete ich mich davor, es zu erfahren. Es handelte sich um einen Turm, den man auf einem Inselflecken festen Untergrunds errichtet hatte, aber er war schon seit langem zur Hälfte verfallen; ein Haufen steinerner Quader, soweit man es noch erkennen konnte, nach uralter Bauart aufgetürmt, vielleicht im Zeitalter vor dem Fall des Mondes, jetzt unbenutzbar. Ich traute mich nicht zu dicht heran, denn die Ödnis der morschen Mauern und verfallenen Bogengänge erschreckte mich, als hätten Äonen von Einsamkeit sich dort eingegraben wie eine

Krankheit. Die Bewegung, welche ich beobachtet hatte, stammte von einem Volk, einer Wolke von Fledermäusen, die in und um die Ruine und durch den Abend wimmelten, und jene Fledermäuse, die aus den klaffenden Fensterhöhlen flatterten, zerrten lange graue Schleier von Spinnweben ins Freie.

Ich eilte zurück, bis ich mich wieder in einem sicheren Abstand befand, und atmete so flach, als wolle ich keins der vielen einsamen Jahre einatmen.

Ich bin der Gnade der dämonischen Nacht ausgeliefert.

Schwamm und Flechten hängen in großen, tropfenden Fahnen von den Ästen, und wenn sie der Wind erfaßt, schaukeln sie oder beginnen eindringlich zu wispern. Ich glaube, daß Gestalten mich belauern, verstohlen, sich gelegentlich rühren, und das Flüstern hat sich nahezu in verständliche Worte verwandelt, es kostet Mühe, es nicht zu hören. Ich darf die geflüsterten Worte nicht hören, ich darf es nicht. All meine Götter, und du, Schöpfer aller Götter und Menschen, Vater des Ganzen, Hoher Großer Gott, *steht mir bei!*

Doch was verursacht diese Frische, die nun durch die Bäume sinkt? Es ist nur die Morgendämmerung eines neuen Tages, und ich empfinde inzwischen den Tag als schrecklich, weil er einer weiteren Nacht vorausgeht.

Die Ausläufer der purpurnen Sümpfe werden nun flach und braun, sind nicht länger hügelig, und sie steigen leicht hangaufwärts zum Rand der Welt jenseits der Ebene. Mit jedem Tag nähere ich mich ein Stück weit der anderen Seite. Der Wind fegt und heult über sie hinweg, fegt und heult nordwärts. Ich habe den Ort erreicht, wo der Wind sich erhebt, und ich erkenne in seinem Erheben den Glauben, er beherrsche die rauhe Ebene, doch ich weiß, wo er sich verläuft, ich weiß, daß die Weite des Flachlands allein genügt, um sich seiner zu erwehren; sie schätzt ihn zu gering, um dafür Mühe aufzuwenden, und der Wind zerstreut sich in der Weite, aus der ich komme, so daß man ihn darin kaum spürt.

Hier jedoch muß ich täglich neu mein Haar flechten, weil der Wind es löst und zerzaust.

Der Wind ist mein Freund, denn er vertreibt das Flüstern. Im beständigen Stöhnen und Ächzen und Pfeifen und Heulen des ungestümen Winds ist das Flüstern unhörbar.

Ich finde keine Spur vom Heerwurm, obwohl er ungefähr in diesem Gebiet die Ebene verlassen haben muß. Anscheinend komme ich viel später als das Heer. Ich habe die Tage nicht gezählt.

Ich fand die Hufabdrücke zweier Pferde im mittlerweile ein wenig schlammigen Erdreich. Dazwischen war eine Art von schmalen Spuren, die von Wagenrädern stammen konnten, aber nicht mußten. Ich folgte den verschlammten Hufabdrücken einige Meilen weit. Dabei beeilte ich mich, so sehr ich's vermochte, denn die Spuren waren noch recht frisch; allerdings besaß ich keine Erfahrung im Fährtenlesen und konnte nicht feststellen, wie frisch. Doch später belohnte der Anblick eines Karrens, der in weiter Entfernung vor mir dahinrollte, meine Anstrengung. Um diese Zeit dämmerte allmählich der Abend herauf, die Luft war rauchig, das Licht der Sonne gebrochen, da und dort in sonderbaren Winkeln, so daß prachtvolle rote und orangefarbene Streifen im Blau des Himmels schwebten.

Ich begann zu laufen und zu rufen, aber es kostete bereits Mühe, den gesegneten Anblick nicht aus den Augen zu verlieren.

Schließlich blieb ich erschöpft stehen, von der Furcht erfüllt, die einzige Hoffnung auf menschliche Gesellschaft seit vielen harten Wochen aufgeben zu müssen – das Rot und Orange wich dem Blau und tauchte darin unter –, und schrie mit voller Lungenkraft dem kleinen, begehrten, entschwindenden Ding hinterdrein.

Es verschmolz mit der Abenddämmerung, während ich schrie. Ich setzte mich, wo ich gestanden hatte, in den Schlamm und weinte bitterlich. Ich rang schmerzhaft um

Atem. Dann vernahm ich Knarren und Klappern, und in eben dem Augenblick, als sich die Schatten der Nacht über all die Farben des Tages senkten, rumpelte der Wagen näher. Doch es war Nacht; nachdem ich die Grausamkeit der Nächte in der Ebene erfahren hatte, deren Blendwerk und Tücke ich nunmehr zur Genüge kannte, hegte ich nicht länger Vertrauen in meine Sinne. Ich blieb sitzen. Der Wagen, wie ein wohltätiger Bote des Tages, rollte in der Nacht an mir vorüber; erst als ich den Wagenlenker rufen hörte, begriff ich, daß ich *nicht* allein und verlassen war und sprang auf die Füße.

»Wo bist du?« rief der Wagenlenker. »Wer hat gerufen?« In seiner Stimme klang wachsender Zweifel mit, ob er eine Antwort erhalten würde.

»Hier!« schrie ich. »Hier!«

Ich begann wieder zu laufen, verzweifelt entschlossen, nicht nochmals den Anschluß zu versäumen, und meine Hand prallte gegen die fremdartige Nase irgendeines Geschöpfs, das zurückzuckte. Die Nase schnob.

Ein Pferd, dachte ich. Ich hatte noch nie näher mit Pferden zu tun gehabt.

»Hier«, wiederholte ich.

Eine Hand tastete nach mir und bekam schließlich meinen Kragen zu packen. »Herauf mit dir«, sagte die Stimme.

Die Faust zerrte mich hilfreich empor, während ich dankbar gehorchte.

Nachdem er das Fuhrwerk gewendet hatte und es wieder in die ursprüngliche Richtung lenkte, richtete der Mann über die Schulter Fragen an mich, aber nicht viele. Wie lange ich schon umherirre? Ob mein Dorf in der Nähe liege? Ich hatte mich sofort in den Brummton seiner Stimme regelrecht verliebt. Von meinem Strohhaufen, denn wieder einmal lag ich auf Stroh, antwortete ich mit matter Stimme, daß ich in die Hauptstadt wolle und in Ermangelung besserer Hilfsmittel die Ebene zu Fuß durchquert habe.

Man erkannte die Hütte, sein Heim, zuerst an dem winzigen rosa Funken, der fern in der Nacht aufblitzte, dann zu einem gelben Lichtschein anwuchs, der den Dunst ringsum verdrängte.

Er brachte die Pferde zum Stehen.

Ich stieg vom knarrenden Wagen und wankte durch die Tür, die er mir wies, ins Haus. Er stellte mich seiner Frau als armen Lümmel vor, den er verirrt in der Ebene aufgelesen habe, und ging, um den Wagen und die Pferde unterzustellen und die Torfausbeute des Tages zu entladen.

Überraschend bald kam er zurück. Im Licht war er ein kleiner, grauer Mann. Seine Frau war groß und dick; ein Dutzend Kinder, Säuglinge, Hühner und ein Schaf tummelten sich im gelben Licht, wimmelten unentwirrbar durcheinander. Nie sah ich jemanden aus der Horde allein, kein Kind ohne ein anderes, kein Säugling ohne Huhn, das Schaf nie ohne ein Kind.

Das Weib erschreckte mich.

Kaum war ich eingetreten, begann sie mich auszuschelten, gab mir Schimpfnamen, drängte mich in eine Ecke und blieb über mir stehen, so daß sie mich geradezu einkeilte. Erst als sie mir brutal Speckscheiben in den Mund schob, bemerkte ich, daß sie nicht bloß gestanden und gelärmt, sondern dabei den Speck geschnitten hatte; sie bemutterte mich.

»Du hättest dich nicht dort draußen herumtreiben dürfen, so oder so«, sagte der Mann, der saß und ebenfalls Speck verzehrte, auf den Knien zwei Kinder, die ihm ihre Rotznasen ans Gesicht drückten.

Das Gegacker, Geweine und Gequietsche und Gequengel, das im Raum herrschte, machte es mir unmöglich, zu antworten, aber dazu gab man mir ohnehin keine Gelegenheit.

»Nein, das hättest du wirklich nicht«, schalt die Frau unverzüglich auf mich ein. »Nicht einmal wir fühlen uns sicher, es ist überhaupt nicht sicher. Du hättest im Sumpf versinken können, im Fluß ertrinken, dich in den Wäldern verirren, oder die Echsen hätten dich gefressen, wäre dir das denn gleichgültig gewesen? Du könntest für immer verloren gegangen sein, womöglich hättest du nie mehr den Weg aus der Wildnis gefunden, deinesgleichen besitzt nicht mehr Verstand als Haare unterm Kinn. Ist dir die Mörderin nicht begegnet? Ihr Burschen seid viel zu leichtsinnig für euer Alter. Hier, verdammtes Balg, wenn's sein muß.« Sie hob einen plärrenden Säugling an ihre Hüfte und gab ihm eine Brust; er hörte zu schreien auf und nuckelte gierig. Sie sah zu und schwieg dabei. Der Mann nutzte die Gelegenheit. Er sah, daß ich meinen Speck gegessen hatte, spießte eine geröstete Kartoffel auf die Spitze seines Messers, hob sie aus dem Kessel und warf sie zu mir herüber. Er wirbelte mit dem Messer, ließ es in die Höhe schnellen und fing es am Griff wieder auf. Ich bin nicht immer gut im Fangen. Während ich zwischen dem Stroh am Boden nach der Kartoffel suchte, wandte er sich an mich. »Du wirst dir auch die Haare schneiden müssen, Junge«, sagte er. »Wie lange warst du in der Wildnis, daß sie so lang werden konnten?«

Ich hatte schon fast vergessen, daß ich jetzt ein Junge bin.

Ich betastete meinen Kopf mit dem langen, noch ineinander verschlungenen Haar. »Oh, also … in dem Dorf, aus dem ich komme, tragen wir das Haar auf diese Art.«

»Na, wenn du dein Glück in der Stadt versuchen willst, kannst du's nicht länger so tragen«, meinte er. »Bist du satt? Wir können es sofort abschneiden, vor dem Schlafengehen.«

Er stand auf; ich verließ fluchtartig die Ecke und ging zu ihm. Er war sehr geschickt mit dem Messer. Mir brach beinahe das Herz, als das glänzende Haar zu Boden glitt. Seit meiner Kindheit war es niemals geschnitten worden. Wieder wirbelte er mit dem Messer, fing es auf und grinste. »Rasieren brauchst du dich nicht, Milchbart«, sagte er, »trotz deines langen Aufenthalts in der Wildnis.« Er hieb mir auf die Schulter. »Alles klar, Junge«, sagte er. »Und nun wird geschlafen.« Er stieß einen lauten Pfiff aus, und die Kinder, Säuglinge, Hühner und das Schaf ließen sich unverzüglich an den Wänden zum Schlaf nieder, worauf man das Licht löschte.

Am Morgen, nach einem tumultartigen Frühstück, erklärte der Mann, er könne mich in die Stadt mitnehmen und dort absetzen, er wolle sowieso dorthin, um seinen Torf zu verkaufen. Ich bedankte mich. Die Frau versicherte, ich brauche unbedingt Stiefel, denn bloß eine Sandale sei schlimmer als zwei nackte Füße. »Mein Mann kann ein Paar entbehren«, sagte sie befehlsmäßig, und er blinzelte mir zu.

»Gleichgültig, wie viele er entbehren kann, ich nehme nicht seine«, sagte ich. »Ich werde mir in der Stadt welche verdienen. Und eine Sandale ist besser als keine, weil ich deshalb bloß in einem Fuß Löcher habe.« Inzwischen begann ich zu lernen, wie man in diesem Haushalt zu Wort kommen konnte.

»Löcher im Fuß!« rief die Frau. »Kein Wunder, nach dieser Wanderung. Du mit deinem geringen Verstand, warum bist du erst aufgebrochen, als das Heer durchmarschiert war, natürlich, es sind Nordländer, aber sie hätten dich mitgenommen, wenn du dafür ein bißchen zugepackt hättest, sie haben Verwendung für alles und jeden, du bist so dumm und brichst erst auf, nachdem das Heer weg ist und die Mörderin frei.«

»Mörderin?«

»Sie haben hier schon nach ihr gefragt, Reiter sind in alle Städte geeilt, man soll achtgeben, falls sie aus der Wildnis kommt, denn in diesem endlosen Flachland wäre es sinnlos, nach ihr zu suchen, aber ich glaube, das wird sie sich denken und darin bleiben.«

»Fertig, Junge?« sagte der Mann und schwang sich auf seinen hoch mit Torf und Stroh beladenen Wagen.

Er gab seltsame Gluckser von sich, klatschte mit den Zügeln, und die Frau, als die Pferde anzogen, warf etwas auf den Wagen, das polterte, und verschwand im Haus.

»Sie hat die Stiefel raufgeworfen«, sagte ich, »und einen Hut.«

»Dann nimm's.«

»Aber ich kann doch nicht ...«

»Nimm die Sachen«, sagte der Mann und schnalzte den Pferden zu.

Ich nahm die Stiefel und probierte sie an. Bis unter die Knöchel bestanden sie aus weichem Leder, und die Sohlen waren aus eingekerbtem Holz. Sie paßten so gut, denn der Mann war kleingewachsen, daß ich's nicht übers Herz brachte, sie abzulehnen. Der Hut war aus gutem, dunklem Tuch gearbeitet; von der Mitte baumelte ein langes, spitz zulaufendes Band. Zwar war er schon reichlich abgewetzt und speckig, aber selbst am hellen Tag verbarg er mein Gesicht so gut wie vollständig, und ich strich mit den Fingern etwas von dem Staub herunter und verteilte ihn über meine Wangen, die Stirn und auf den Nasenrücken.

Bald kamen wir in bestelltes Ackerland; Häuser sah man wenige, jedoch viele Wege, die zwischen den Feldern verliefen, und dann auch ausgefahrene Landstraßen. Später tauchten Zäune auf, auch Bewässerungsgräben, dann Häuser, weitläufige Weiler, Feldarbeiter, Dorfbewohner, und wir trafen auch Leute auf der Straße. Der Morgen war frostig, und jedermann hatte Reif im Haar. Ich zitterte in meinen Hemdsärmeln und türmte Stroh um mich auf. Die Sonne schien, aber der wolkenlose Himmel wölbte sich in hartem Blau, und ein rauher Wind wehte, als wir hinauf in die Berge rollten, zwischen denen die Hauptstadt des Südreichs liegt.

FÜNFTES KAPITEL

Das Hauptquartier

Als der frühe Abend sich über die Stadt und zwischen die steilen, schmalen Gassen senkte, fiel aus den Fenstern, an denen Eisblumen blühten, Lichtschein über den Schnee. Bald konnte ich nicht länger mitzählen, durch wieviel Lichtkegel die Pferde schon getrampelt waren, wie oft unsere Räder schon die Muster vielfältiger Spuren im Schnee umgepflügt hatten. Und ständig verschwanden selbst die frischsten Spuren von Pferden und Füßen und Rädern lautlos unter dichtem Pulverschnee. Hinter dem Schneefall verschwammen die Umrisse der Dächer, die über die Gassen ragten. Die Straßen wanden und wanden sich dahin, mit Ecken, so krumm wie die Biegungen von Haarnadeln. An diesem Abend, da es so stark schneite, herrschte nicht viel Betrieb, aber die vorhandene Geschäftigkeit, mit lautem Geschrei und Peitschenknallen, das von den Dächern Schnee oder gar Eiszapfen zu lösen drohte, zum Nachteil der Verursacher oder auch ahnungsloser Fußgänger, war durchaus lebhafter Natur. Lautes, selbstsicheres Geschrei und Peitschenknallen, gewiß, aber kein Karrenlenker kam auf den Gedanken, die Geschwindigkeit zu verringern; jeder verließ sich darauf, daß sein Lärmen andere, die sich aus Nebenstraßen nähern mochten, zur Genüge warnte. Die anderen aber verhielten sich genauso. Dennoch beobachteten wir keine Unfälle. Ich vermute, mit der Zeit entwickelt man auch in so etwas eine unerhörte Geschicklichkeit.

Auch wir beeilten uns, und zwar aus dem Grund, weil ich fror.

Ich kauerte im Stroh zwischen dem Torf. Der nette Mann hatte einem Straßenhändler einen langen Wollschal abgekauft, den ich so gut um mich schlang wie's ging, aber er war ein schlechter Ersatz für einen Umhang. Ich dachte nicht im Traum daran, es zu erwähnen, aber die Wolle war von sehr schlechter Güte, ich konnte fast mühelos den Finger durchs Gewebe bohren. Die Behauptung, daß ich wegen der Kälte fror, wäre in der Tat falsch. Ich war schlichtweg erstarrt und spürte gar nichts mehr. Ich war froh um Lels ledernes Wams; ohne das wäre ich regelrecht steifgefroren. Die Schneeflocken auf meinem Hut, den Schultern und Knien schmolzen nicht mehr. Der Schnee fiel auch nicht herab, wenn ich den Kopf einzog, um nicht damit gegen die Schilder von Läden und Schänken zu stoßen, die über den Straßen baumelten. Er war wie klebrig. Nur wenn ich, alle zehn Minuten einmal, meinen Atem aufwärts hauchte, schmolz der Schnee auf meiner Nase.

Irgendwie ahnte ich, daß ich es nicht so kalt finden würde, besäße ich einen Umhang und bewegte mich, statt bereits seit Stunden reglos zu sitzen. Schnee macht die Luft weniger kühl als jene trockene, unbarmherzige, tückische Kälte, die sich sogar in die Augäpfel und ins Mark der Gelenke zu schleichen vermag. Kinder spielten in den Straßen; sie ähnelten kleinen Bündeln aus Leder, Fell und Wolle, aber ihre Hände, mit denen sie Schnee aufklaubten, womit sie sich unter Gelächter gegenseitig bewarfen, waren nackt.

Als in den mit moosweichen Schneehalden bedeckten Straßen das Nachtblau sich vertiefte, der Lichtschein aus den Fenstern sich rötete, der Himmel dunkler wurde und die Sterne silbriger, klafften in den Mauern Türen, goldene Rechtecke, und die Eiszapfen klirrten, während die Eltern ihre Kinder, die lärmenden Bündel aus Leder, Fell und Wolle, herein zum Essen riefen und mir lief das Wasser im Mund zusammen, als ich an die Wunder von Mahlzeiten an warmen Feuern dachte, doch die Pferde eilten unverdrossen vorwärts.

»In welchem Stadtviertel gedenkt Ihr mich abzusetzen, Meister?« erkundigte ich mich.

»Bei einem Torfhändler.«

»So?«

»Dort kannst du dich wärmen – und wirst ein Essen erhalten, weil du mit mir kommst. Umsonst, anders als in einer Schankstube. Hast nicht viel Geld, oder?«

»Überhaupt keins.«

»Na also.« Er stieß einen Schrei aus, bevor wir um die nächste Ecke bogen, dann rollten wir eine Weile wortlos durch die schneebedeckten Straßen, ehe er weitersprach. »Außerdem ist das der Mann, der dir eine Arbeit geben könnte, wie du eine suchst.«

Ich malte mir meine Tätigkeit als Gehilfe eines Torfhändlers aus. Die Vorstellung war nicht *sonderlich* erfreulich. Es schien einfach unziemlich für mich zu sein. Aber ich benötigte etwas zu essen und ein Dach über dem Kopf – einen warmen Winkel zum Schlafen. Ich habe die Hoffnung aufgegeben, die Prophezeiung zunichte machen zu können, jedenfalls, ihrer Erfüllung stärker entgegenwirken zu können als bereits geschehen. Ich glaube, daß ich ihre Erfüllung verhindere, indem ich meiner Heimat so fern bleibe, daß ich ihr keinen Schaden zuzufügen vermag. Ich kann nie wieder zurück, niemals, und so werde ich dem Land meiner Mutter nie mehr nahe genug sein, um das Unheil hereinbrechen zu lassen.

Ein besonders roher Lärm kündigte von der Ecke her andere abendliche Umherzügler an, aber diese waren zu Fuß. Drei Männer in blauen, schräg geschnittenen Tunikas, beinlangen Stiefeln und groben, mit Pelzkragen besetzten Umhängen torkelten daher, und jeder grölte ein anderes Trinklied. So lange war es her, daß ich zuletzt einen gesehen hatte, daß ich die Waffenröcke der Blauen Schar des Nordheers zunächst nicht erkannte. Einer hing sich ans Zaumzeug des linken Pferds, und die beiden anderen, während sie miteinander und zu uns brabbelten, klammerten sich an die Seite des Karrens und versuchten aufzusteigen. »Wir wolln reiden«, mehr konnte ich nicht verstehen; der größte von ihnen sabberte es unter seinem steifen, feuchten Schnurrbart hervor. Es war ein wundervoller Schnurrbart, einer von diesen richtig langen, borstig, rot und wild und malerisch. Aber sie waren reichlich betrunken. Der Mann am Hals des Pferdes war völlig hilflos, wir brauchten nichts zu unternehmen, um ihn loszuwerden, das Pferd schüttelte bloß den Kopf und blieb nicht einmal stehen. Ich schlug auf die Hände, die sich an die Wagenbretter klammerten, und sie lösten sich. Die Bewegung erwärmte mich ein wenig. Als wir um die nächste Ecke fuhren, sah ich mich um, und da lagen die drei Rüpel, einer in der Gosse und zwei im Schnee, schüttelten unsicher die Fäuste und brüllten uns wütende Flüche hinterdrein.

»Beim Bauch des Ersten Weibes, welchem wir alle zu Dank verpflichtet sind, diese Nordländer sollten sich anständig aufführen, wenn sie schon in unserer Stadt einquartiert werden, Verbündete oder nicht«, rief der Fuhrmann aufgebracht und fluchte ebenfalls.

Ich hielt den Mund.

Wie hätte ich ihm erklären können, daß meine Bekanntschaft mit den Blauen mein Herz mehr erwärmt hatte als meinen Körper?

In einer kurzen Sackgasse, so roh gepflastert, daß der Karren trotz des Schnees heftig holperte, fuhren wir (recht ungeschickt und mühevoll) vor einem Haus auf und hielten.

Das Haus hatte drei Stockwerke, von denen jedes über das darunterliegende herausragte und über die Gasse hing; ebenso war das Haus gegenüber gebaut, so daß man vom tiefblauen Himmel kaum mehr als einen schmalen Streifen mit ein paar funkelnden Sternen und glitzernden Schneeflocken sah. Die schiefe, grüne Tür erhielt durch den Schimmer des Schnees eine Art von bläulichem Widerschein. Man erreichte sie über drei schmale Stufen, seit Geschlechtern von zahllosen Füßen in der Mitte ausgehöhlt, und die Schneeschicht darauf war von unseren Verankömmlingen festgetreten und folglich so glatt, daß sie schlüpfrig war wie Eis und man sich beim Ersteigen der Stufen am Türklopfer festhalten mußte. Neben der Tür war ein Fenster, unterteilt in viele kleine Scheiben. Ein orangenes Licht schien durch, aber sonst ließ sich nichts erkennen, denn das dicke Glas war beschlagen. Von den Dachvorsprüngen ragten kunstvolle Gebilde aus Eiszapfen herab, sie waren wirklich wunderschön; als der Frost kam, mußte gerade eine Menge Wasser vom Dach getropft sein. Mein Fuhrmann schlug mit dem Türklopfer an (er hatte die Form einer kleinen Männergestalt, die ihre Hände an einem Feuer wärmt), während hinter uns die Pferde schnauften und Federbüsche aus Atem in die Luft bliesen.

Mein Körper war so erkaltet, daß mein Bewußtsein von Leib und Seele verschwamm, als ich das Pochen vernahm. Mit einem Schwindelgefühl trieb ich dahin durch blaue Kälte, benommen, wie ich vermute, durch das plötzliche Aufhören des Karrengerumpels, und die Klarheit meines Verstands kehrte erst zurück, als ich die Treppe überwunden hatte und mich jenseits der Tür im Haus befand. Sobald sie geöffnet wurde, fiel ich hinein in die Wärme wie ein Nagel einem Magneten entgegen.

Hinter der Tür lag ein glutheißer Gang. Ich lehnte an der Wand, während der Fuhrmann und der Torfhändler, der eine Fackel hielt, einander begrüßten; ich glaube, ich wurde vorgestellt.

Gleich darauf, als ich gerade aufzutauen und zu begreifen begann, daß der Gang keineswegs wirklich *heiß* war, sondern lediglich im Vergleich zu draußen heiß erschien, und daß nur die rote Tonerde der Wände jene Glut vortäuschte, die ich zu spüren gewähnt hatte, schob man mich in einen Raum, mit der Empfehlung, mir die Glieder etwas zu beleben, und die beiden Männer gingen wieder hinaus, um den Torf abzuladen.

In dem Raum war es wirklich heiß. Ein riesiges Feuer loderte in einem gewaltigen Kamin, der wie eine rußgeschwärzte Höhle an einer der Wände gähnte. Das war das erste Mal, seit ich den Turm meiner Kindheit verlassen hatte, daß ich einen solchen Kamin sah. Zunächst schmerzte das wilde, unaufhörliche Flackern in meinen Augen. Ich vermeinte, die Flammen erfüllten den gesamten Raum.

Auf Fellen saßen vor dem Kamin eine Frau und ein Mädchen im Alter von ungefähr zehn Jahren.

Die Frau hob ihre Brauen und musterte mich; ihr Blick stellte eine wortlose Frage.

Schüchtern trat ich vor und nahm meinen Hut ab. »Ich bin mit dem Fuhrmann gekommen«, sagte ich. »Der Händler hat gesagt, ich dürfe mich aufwärmen …«

Während ich sprach, verschluckte ich die Selbstlaute, wie ich es in den vergangenen Monaten ständig von den südländischen Bauern gehört hatte, denn mir fiel gerade noch rechtzeitig ein, daß ich als Gehilfe des Fuhrmanns galt.

»Du bist ja ein schöner Fuhrknecht«, meinte die Frau prompt. Sie hatte die Brauen leicht nachgezogen und das Gesicht stark geschminkt, und sie besaß eine harte Stimme, mit der sie die Selbstlaute immerhin andeutete. »Na gut, setz dich«, fügte sie hinzu. »Möchtest du etwas essen?«

Die Fragestellung war ungnädig, aber ich vermochte mich nicht zu einer Ablehnung durchzuringen. »Ich wärme dir etwas Wein«, sagte sie, stellte einen Krug in eine Nische des Kamins und gab mir, während ich wartete, Weizenkekse mit Schokoladengußstreifen zu knuspern. Seit meiner Kindheit hatte ich keine Schokolade mehr gekostet; damals pflegte ich sie in kleinen Riegeln zu bekommen, die man einfach ›Süßigkeiten‹ nannte.

Das kleine Mädchen hockte sich auf die Fersen und beobachtete, wie der Krug sich zu erwärmen begann.

Die beiden verhielten sich recht ruhig, aber da sie auch bei meinem Eintritt nicht gesprochen hatten, gelangte ich zu dem Eindruck, daß sie nicht durch mich gestört worden waren, und so saß ich nur da und betrachtete sie.

Die Kleine besaß eine dümmlich flache Stirn, große braune Augen, süß und unschuldig genug, um reizend zu wirken, und schiefe, aber rosige Lippen. Sie trug nicht so einen weiten, lockeren Kittel, worin selbst hochgeborene Kinder bis zu einem gewissen Alter herumlaufen. Ihr Kleid war aus Wolle, lang und grün, mit Pelz besetzt und mit einem breiten Gürtel. Darunter sah ich enge grüne Beinkleider und lederne Schnürschuhe. Die Frau trug ein Kleid und eine Hose, beides rosa und aus Wolle, mit blitzenden goldenen Knöpfen, Stiefel, welche die Zehen freiließen, einen Perlenfußreif und Mengen über Mengen von Halsketten aus bemalten Holzperlen mit Metalleinsätzen. Zuerst überraschte mich ihre Kleidung, doch später erfuhr ich, daß der Händler nicht bloß mit Torf, sondern auch mit Reisig handelt, und in Wirklichkeit nennt er sich ›Brennstoffhändler‹. Im Winter besteht in der Hauptstadt des Südreichs große Nachfrage, und obschon er in keinem vornehmen Stadtviertel wohnt, können seine Frau und seine Tochter so gut wie alles haben, was sie wollen.

Wäre ich als Mädchen ins Haus gekommen, hätte die Frau bestimmt Einwände gegen mich erhoben. Ich hatte mich, als ich eintrat, instinktiv versteift, denn ich erkannte ihren Typ unweigerlich am Gesicht. Wäre ich ein älterer Mann gewesen, sie wäre sofort aufgestanden.

Ich war froh, daß ich als junger Bursche eine wenig interessante Erscheinung abgab. Ein sehr junger Bursche, denn offenbar noch nicht im Stimmbruch. Erstmals erachtete ich es als glückliche Fügung, daß meine Brüste so klein sind, klein genug, um unter einem weiten Lederwams unbemerkt zu bleiben, und bei meinem langen Marsch hatten auch meine Hüften und mein Hintern an Umfang verloren.

Als der Wein am Kamin zu sieden begann, schaute ich zur Seite.

Über dem Kamin hing, in einem solchen Winkel, daß ich ihn zuvor nicht bemerkt hatte, ein Spiegel.

Die grausame Einsamkeit der Ödnis hatte mich an Leib

und Seele geläutert. Ich war ganz Ernst und Wachsamkeit, ein feinfühliger, in seinem Urteil sicherer Beobachter. Ich hatte vergessen, daß ich nicht bloß ein Innenleben, sondern auch ein Äußeres besaß. Wieder sah ich die kleine Einwärtswölbung zwischen meiner Stirn und der Nasenwurzel, den kleinen Mund, der mir immer so ein prüdes Aussehen verleiht, und die winzigen Pickel an der Stirn, jene, die während meiner frühen Reifejahre mit jenem Ausbruch von Pickeln erstmals aufgetaucht waren, jedoch niemals, im Gegensatz zu den anderen, die allerdings qualvolle Jahre lang dazu brauchten, wieder verschwanden. Kleinigkeiten, die allein mir auffallen, weil ich so sehr damit vertraut bin. Kleinigkeiten, die ich immer behalten und immer verabscheuen und als an meiner Gestalt fremdartig empfinden werde. Denn ich habe wieder eine Gestalt. Dieser zudringliche Spiegel. Ich bin heimgekehrt in die Zivilisation.

Ich schlief im Keller zwischen dem Reisig. Das war nicht so übel, wie es sich anhört. Ich bekam eine Decke, um darauf zu liegen und zwei Decken und eine grobe Wolldecke, um mich darin einzuwickeln. *Und* ein Kissen für den Kopf. Natürlich erhielt ich keine Kerze oder so etwas – dergleichen hätte das ganze Zeug entzünden und einen verheerenden Brand verursachen können. Doch es war nicht richtig kalt, und obwohl im Finstern, war ich nicht allein. Neben mir *schnarchte* der Fuhrmann.

Im Verlauf eines recht zeitigen Frühstücks wurde ich in Dienst genommen. Das geschah dank der Bemühungen des Fuhrmanns. Er behauptete, mich schon lange zu kennen und versicherte, er würde persönlich für meine Ehrlichkeit und meinen Fleiß einstehen.

»Also gut Bürschchen«, sagte der Händler, »du trittst in meine Dienste.«

Ich wußte, daß ich fortan fleißig und zuverlässig zu arbeiten hatte, denn es wäre ekelhaft gewesen, dem guten Fuhrmann in den Rücken zu fallen.

Nachdem dieser verabschiedet worden und heimwärts aufgebrochen war, bekam ich einen kurzen, warmen Wollumhang und ein Paar Fausthandschuhe, und dann wurde ich mit einem hochgewachsenen Jungen, sofort als er das Haus betrat, zur Arbeit ausgeschickt. Sie bestand darin, den Kunden des Händlers Reisig zu liefern, das sie bestellt hatten, es ihnen in die Häuser zu bringen. Der Junge, welcher ebenfalls diese Arbeit ausübt, sollte mich ein paar Tage lang mitnehmen, damit ich die Straßen kennenlernen konnte.

Sein Name lautete Jode, er hat rotes Haar, fast so zerzaust wie meins, und die Frau ist natürlich freundlich, aber zurückhaltend zu ihm. Er ist neunzehn, ein Jahr älter als ich; aber fünf Jahre älter als ich alt zu sein vortäuschte.

Als wir hinaus in die verschneiten Straßen traten, rutschte und schlitterte ich unter der Last meines Reisigs, weil Jode mir aus reinem Übermut einen Schubs versetzte, und ich war heilfroh, daß mein Wams über den Unterleib reicht. Von Jode zu sagen, daß er zu den Jungen zählt, die spöttische Bemerkungen über die Kleinheit der Geschlechtsteile anderer machen, schmeichelt ihm noch.

Es gefiel ihm, mich wie einen Bauerntrottel zu behandeln, und ich ließ ihn schwätzen, wie's ihm paßte. Ich dachte, daß ich am besten mit ihm auskäme, ließe ich seine Vorrangstellung unangefochten. Er zeigte mir allerlei rührende kleine Sehenswürdigkeiten und Winkel, wobei er redete wie ein Fremdenführer.

»Und das ist ein Brunnen, woraus schon kurz nach der Weltschöpfung ein Gott getrunken hat.«

Ich verstehe ein bißchen von Architektur und vermochte mir eine Anmerkung nicht zu verkneifen. »Vielleicht eine zweite Schöpfung? Der Brunnen ist höchstens zweihundert Jahre alt.«

Er gaffte mich an. »Ach, Schlaukopf, du willst die Priester Lügen strafen? Dort diese Treppe hinauf. Diese Alte wünscht Zuvorkommenheit. Rechts … das da sind die Unterkünfte, worin der Großteil von diesem stinkigen Nordheer haust.«

»Laß das niemanden hören, daß sie stinken würden.«

»Quatsch.« Er blies sich mächtig auf. »Im Gegenteil. Jeder, der das von mir hören würde, täte sich so freuen, daß er mich auf den Arsch küßte statt an den Ohren zu ziehen. Außer einem von den Knaben dort, versteht sich. Sie müssen das Bündnis verteidigen.«

Er nickte zu einer Gruppe von Reitern hinüber, die unter Hufgeklapper durch die enge Straße ritten, und zwar im Handgalopp, wahrscheinlich aus Wichtigtuerei, so daß alle Fußgänger zur Seite springen und sich an die Mauern drücken mußten. Die Reiter gaben keine Warnung, nur der vom Schnee gedämpfte Hufschlag und das leise Klirren ihrer Ausrüstung kündigten sie an. Die Pferde, das sah sogar ich, obwohl ich mit Pferden überhaupt nicht vertraut bin, unterschieden sich außerordentlich von den Tieren des Fuhrmanns. Sie waren sehnig, feurig und edel, schrecklich schön, verglichen mit den nordländischen Streitrössern, besaßen rosige Nüstern, die sich erregt blähten, feste, sehnige Kruppen, schmale Flanken und lange Schultern, kurze Rücken und knochige Widerriste. Sie trugen rote Lederharnische; von den Steigbügeln und den Halsgurten hingen schwere seidene Troddeln. Die Reiter saßen trotz ihres Handgalopps sehr aufrecht, die metallbeschlagenen Zügel in nur einer Hand, die andere locker in die Hüfte gestemmt. Alle anderen Reiter, die ich jemals zuvor gesehen hatte, saßen krumm im Sattel. Diese Reiter waren in makellos weiße, lederne Waffenröcke gekleidet, so daß man auf den ersten Blick erkannte, daß es sich bloß um Prunksoldaten handelte. Ihre Hände steckten bis zu den Ellbogen in feinen Handschuhen mit weißen Stulpen, und unter den breiten, säulenartig hohen Helmen vermochte man ihre geringschätzigen Mienen kaum zu erkennen. Bewaffnet waren sie mit blanken silbernen Dolchen mit wunderschönen Griffen, und am Nackengurt eines jeden Pferdes steckte in einer Scheide ein weiterer Dolch. Der prachtvolle Anblick jagte innerhalb eines Moments in einem Wirbel von Schnee vorüber.

Als Jode und ich mit unseren Lasten weitertrotteten, überwanden seine Augen gerade einen stieren, glänzenden Blick, und ich schaute ebenso drein. Wir hatten Soldaten gesehen, und wir waren beide junge Burschen.

Im Lauf des Tages verringerten sich unsere Lasten.

Ein paar Kunden hatten schlechte Laune und verlangten die unmöglichsten Gefälligkeiten. Eine Frau, wohl eine Edle, denn sie wohnte in einem der äußeren Viertel, die wahrlich gesund genug war und munter, um ihre Versäumnisse selbst nachzuholen, kam die Treppe herab, als wir das Reisig brachten und bat uns, ihr doch beim nächsten Händler etwas Nähseide einzukaufen. Jode schickte mich, und als ich zurückkam, flötete sie. »Oh, das *tut* mir aber leid ...« – dabei glotzte sie mich in falscher Schmach an, als könne das alles entschuldigen – »... jetzt habe ich doch wirklich vergessen, dir zu sagen, daß ich auch eine Handvoll Nadeln brauche.« Ich lächelte zurück wie ein verwirrter junger Bursche, wie es gerechtigkeitshalber angebracht zu sein schien, denn schließlich hielt sie mich ja für einen verwirrten jungen Burschen, und machte mich nochmals auf den Weg. Später erzählte mir Jode, daß es sich gelegentlich ertragen ließe, sie jedoch die Lastburschen immer auf diese Weise ausnutze, ohne sie zu entgelten – das heißt nie mit Geld, nur mit ihrem blöden Lächeln.

Andere Kunden aber waren sehr freundlich. Einer schenkte mir ein frisches Küchlein, das mir jedoch Jode, als sich die Tür hinter uns geschlossen hatte, prompt entriß.

Zur Mittagsmahlzeit kehrten wir zurück zum Händler und erhielten in der Küche Stullen und Glühwein.

Dann wurden wir mit neuen Lasten losgeschickt.

Die Luft brannte auf unseren bloßen Gesichtern. Unser Atem strömte uns wie blauer Dunst voraus.

Ich war sicher, daß ich nie lernen würde, welche dieser verwundenen Straßen welche war. Während ich ermüdete und zu frieren begann, wurde Jode immer ungestümer. Der früh hereinbrechende Abend hatte schon Dunkelheit über die Stadt gesenkt, als wir nur noch wenige Kunden zu beliefern brauchten. Den ganzen Tag lang war ich durch eine fremdartige Umgebung gelaufen und sehnte mich nach nichts anderem als dem Abendessen, wogegen Jode sich immer alberner benahm, in dem Maße, wie sich seine Last erleichterte. Er bückte sich, scharrte Schnee zusammen, machte Schneebälle daraus und warf sie nach mir und anderen Leuten. Etwas geriet in meinen Nacken, taute, rann mir kalt den Rücken hinab und durchfeuchtete mein Hemd. Ich bat ihn, das zu unterlassen, aber das belustigte ihn bloß, und er machte weiter, vielleicht um herauszufinden, wie lächerlich ich wirke, wenn ich mich über etwas ärgere. Die krummen Straßen wollten kein Ende nehmen. Ich fühlte mich verloren. Auf Jode durfte ich nicht vertrauen; falls es ihm in den Sinn kam, mich im Stich und allein zurückfinden zu lassen, würde er es tun. Ich stellte mir vor, wie anders er sich benähme, könnte ich mich in meiner wahren Mädchengestalt zeigen. Er hätte mich bestimmt anziehend gefunden, erst recht in meinem himmelblauen Kleid und der himmelblauen Hose und mit sauberem Gesicht und langen, gebürsteten Haaren. Vielleicht hätte ich ihn auch gemocht. Er besitzt hohe Wangenknochen und begann allmählich unrasiert auszusehen. Ich mag junge Männer mit unrasierten Kiefern. In den Fenstern und auf dem Schnee fingen die Lichter zu tanzen an. Licht in Fenstern vermittelt mir stets das Gefühl des Ausgeschlossenseins.

Man konnte nicht länger die Hänge der Berge sehen, welche die Stadt an dieser Seite umschließen.

»Der Abend kommt früh in die Stadt«, erklärte Jode, indem er wieder wie ein Fremdenführer redete, »weil soviel Dreck in der Luft ist. Der zieht die Dunkelheit an.«

»Darauf brauchst du bestimmt nicht stolz zu sein.«

»Halt's Maul, Kleiner, wir Städter sind stolz, worauf es uns gefällt.«

An der Ecke hütete ein Mädchen einen dampfenden Kessel, worin es blubberte. Der Kessel war groß, und sein

Rand lag zu hoch für jeden der Hunde, die ihn belagerten. In dieser Stadt, wie ich es noch in keiner anderen gesehen und von keiner gehört habe, dürfen Hunde durch die Straßen streunen, und sie hinterlassen überall ihre scheußlichen Kothaufen.

»Sieht aus, als würde es gut schmecken, Püppchen«, bemerkte Jode.

Das Mädchen blickte auf und unterbrach sich beim Umrühren, wozu es einen riesigen Holzlöffel benutzte. »Es schmeckt auch gut«, lautete die Antwort, »aber es kostet etwas.«

»Wirklich?« meinte Jode, packte mit einem raschen Griff den Löffel, hob ihn aus dem Kessel, schlürfte ihn aus und leckte ihn ab. Das Mädchen quiekte aufgeregt und lief um den Kessel, während Jode den Löffel mir hinstreckte.

Das Mädchen schlug ihn auf den Arm und riß ihm den Löffel aus der Hand.

»Ja, ja, du kannst ihn wiederhaben«, sagte er und grinste. »Nur keine Aufregung, ich will ihn nicht, es ist nichts mehr dran.«

»Du solltest dich schämen«, schalt sie und liebäugelte bereits mit ihm.

»Wofür sollte ich mich schämen, hä?« rief Jode und gab sich höchst erstaunt.

»Was bist du bloß für einer«, sagte sie und warf den Löffel zurück in den Kessel.

Jode und ich traten näher; er ließ sein Reisig in den Schnee fallen, vertrieb mit Tritten ein paar Hunde und hockte sich auf den Kesselrand.

»Na, möchtest du meinem Kumpel nichts abgeben?« fragte er.

»Ich will nichts«, sagte ich voller Unbehagen.

»Quatsch. Es schmeckt gut, nicht wahr, Püppchen?«

»Nicht ohne Bezahlung.«

»Ja, ja. Aber du könntest ruhig etwas höflicher sein.« Er beugte sich zu mir und flüsterte hinter der Hand, so laut, daß sie's hören mußte, aber mit aufrichtigem Wohlgefallen: »Hübsches kleines Küken, hä?«

Diese Meinung teilte ich keineswegs. Sie war nicht halb so umwerfend, wie ich's in Frauenkleidung und frisch gewaschen sein kann.

Sie hatte ein breites Gesicht, einen unregelmäßigen, feuchten, angeberischen Schmollmund, kleine braune Augen und rote Wangen. Aus ihrer Mütze hingen Zotteln von einem Wirrwarr kastanienbraunen Haars, und ihr straff gegürtetes Mantelkleid zeigte die Umrisse großer, fester Rundbrüste, einer vollen Taille und breiter Hüften. Die Brüste und den Hintern konnte man sogar unter ihrer Kleidung schwabbeln sehen, als sie sich zu dem Kasten neben ihr umdrehte, einiges Geschirr und Zutaten herausholte und mehr Gemüse und Gewürze in den brodelnden Kessel schüttete. Ringsum taute der Schnee in dünnen Rinnsalen, die gegen die große Kälte ohnmächtig blieben.

»Was gibst du hinein?« erkundigte sich Jode freundlich.

»Hühnerleber, Zwiebeln, Radieschen, Salz, Pfeffer, Würzkraut, Honig, Schweinespeck, Schafskutteln, Knoblauch, Rüben, Jamswurzel, Kaktus, Blumenkohl, Käse, Suppengrün, Kohl, Weinessig«, sagte sie auf. »Und wie findest du's?«

»Na, *dein* Speck scheint mir gar nicht so übel zu sein«, rief Jode anzüglich.

»Oh, du bist auch nicht gerade halbgar«, quietschte sie, errötete und kicherte.

»Das hört sich schon besser an. Willst du nun endlich richtig nett sein?«

»Das kommt darauf an, wie du das meinst«, wand sie sich heraus.

»Na, um einen Anfang zu machen, um uns zu beweisen, wie nett du bist, solltest du meinem Kumpel etwas von deiner Suppe geben, wie ich eben schon vorgeschlagen habe.«

»Ich will nichts«, sagte ich.

»Er will nichts«, wiederholte sie.

»Oh, er wird's bestimmt nehmen«, sagte Jode schulmeisterisch.

»Ach, wirklich?« piepste das Mädchen. »Man kann einen Ochsen zum Wasser treiben, aber zum Trinken kann man ihn nicht zwingen.«

»So?« grölte Jode, und bevor ich oder das Mädchen, vor dem er sich so aufblies, begriffen, was geschah, hatte er zwei Löffel voll Suppe aus dem Kessel geschöpft und mir die heiße Brühe ins Gesicht und über mein Lederwams gespritzt, Lels Abschiedsgeschenk.

»Du Saukerl!« schrie ich und stürzte mich auf ihn, wobei ich instinktiv nach meinem Messer griff.

Er schüttelte mich ab und zog angesichts meiner Wut eine Fresse, während ihm das Lachen im Hals steckenblieb.

»Huch, du fürchtest dich ja vor dem Bübchen!« krähte die Suppenverkäuferin und leistete damit ihr Scherflein, um ihren vorgeblichen Bewunderer anzuspornen.

Wieder gab Jode mir einen Stoß, und diesmal fiel ich der Länge nach hin, beschmutzte das Weiß des Schnees mit Speckwürfeln und Brühe. Die Hunde beschnupperten mich. Erzürnt fuchtelte ich mit den Armen und stieß einen markerschütternden Schrei aus. Sie schraken zurück, klemmten die Schwänze zwischen die Hinterläufe oder wedelten versöhnlich damit und tappten davon; sie fühlten sich unerwünscht, waren jedoch nicht so geängstigt, wie ich's gerne gesehen hätte. Ich erhob mich.

»Du brauchst nicht die kleinen Hündchen einzuschüchtern«, höhnte Jode, »weil du mich nicht erschrecken kannst.«

»Großmaul!« fauchte ich.

»Kannst keinen Spaß vertragen, hä?« meinte er. »Ich hab' dir nichts getan, ich tu' keinem was. Verschwinde mit den Hunden, die passen besser zu dir.«

Daraufhin überwältigte mich eine solche Wut, daß ich den Löffel ergriff und mich erneut auf ihn stürzte. Ich schlug ihm den Löffel mitten auf die Nase. Er trat dicht vor mich hin und stemmte die Arme in die Hüften.

»Komm, komm, du Säugling«, sagte er. »Reiz mich nicht, reiz mich nicht.«

»Spiel dich nicht so auf!«

Er schlug mit geballter Faust nach meinem Ohr.

Ich duckte mich und lief fort.

Vielleicht fürchtete ich, daß er mich verfolgte. Vielleicht empfand ich eine Ahnung davon, wie unverhältnismäßig roh ich mich benommen hatte und floh nicht bloß vor der Aussicht einer Tracht Prügel, sondern vor der ganzen peinlichen Situation. Bevor ich erfaßte, wie weit oder unweit ich gelaufen war, befand ich mich allein in fremden Straßen.

Ich versuchte umzukehren, nahm eine falsche Abzweigung; ich hatte mich verirrt.

Wie in jeder Nacht begann Schnee auf die Hauptstadt des Südreichs zu fallen.

Ich irrte umher.

Am Nachthimmel erblickte ich eine große Wolke. Ein gewaltiges Auge. Mir schauderte; dann beruhigte ich mich damit, daß es Unsinn sei, zu glauben, dieses Auge ruhe ausgerechnet auf mir. Wenn eine Wolke schon ein Auge sein konnte, wachte sie über die ganze Stadt, nicht ausschließlich über mich.

Ich glaube, man sah mir meine Verlassenheit an.

Ein Mann schritt im bläulich-weißen Schnee, über den schwacher orangefarbener Lichtschein huschte, durch die Straße und widmete mir einen verwunderten Blick. Wie zwei Fremde, die sich einander näherten, starrten wir uns an. Unsere Blicke bohrten sich so fest ineinander, daß ich glaubte, es müsse, wenn sie sich beim Vorübergehen lösten, ein Klirren zu hören sein. Langsam wurde mir bewußt, daß mir das Gesicht vertraut zu sein schien. Ich versuchte, ihm Namen zuzuordnen, doch es war ein Gesicht ohne Namen. Wen kannte ich, dessen Namen ich nicht wußte? Der Mann trug keinen Waffenrock … Während wir aufeinander zuschritten, der Kälteschleier zwischen uns sich verflüchtigte, begann ich plötzlich zu zittern. Ich hatte ihn zuletzt in Lels Dorf gesehen, er war durch die Tür gekommen, und da waren unsere überraschten Blicke sich zum erstenmal begegnet, in dem Moment, bevor ich mich nach oben zwischen die Balken schwang …

Und dabei hatte ich ebenfalls diese Kleidung getragen …

Er war einer der drei Männer, die die Mörderin des Statthalters jagten; sie waren ihrer Spur bis in die Hauptstadt gefolgt.

Er hatte mich gesehen, in genau diesen Kleidern.

Hatte er mich erkannt? Warum starrte er mich so an? Verwirrte ihn bloß das Gefühl einer gewissen Ähnlichkeit meines Gesichts und meiner Kleidung? Doch er mußte sich beides gut eingeprägt haben. Glaubte er nun, endlich vor dem Ende der Suche zu stehen?

Ich erreichte eine Seitenstraße zu meiner Rechten, als uns nur noch wenige Schritte voneinander trennten. Ich war begierig, jenes Klirren zu vernehmen, welches ich beim Vorübergleiten unserer Blicke erwartet hatte, aber ich wandte mich seitwärts und bog ab in die Nebenstraße.

Vielleicht war ich zu hastig ausgewichen, doch er mußte mich inzwischen, mit der letztendlichen Unfehlbarkeit eines Begriffsstutzigen, erkannt haben.

Er folgte mir.

Das Durcheinander von Gesang und Geplapper, gelbgoldener Lichtschein und ein schwarzes, schmiedeeisernes Wappenschild zeigten an, daß vor mir in der Straße ein Gasthaus lag.

Ich rannte darauf zu und versuchte dabei, diese verräterische Frauenart des Laufens – Knie an Knie – zu vermeiden.

Wenn ich schnell genug war, würde er nicht merken, wohin ich verschwand. Ich war froh, so wie ich vorher darüber Verzweiflung empfunden hatte, daß sich jemandes Fußstapfen im bereits von so vielen Spuren durchfurchten Schnee nicht verfolgen ließen.

Ich tauchte unter dem alten, steinernen Torbogen unter und eilte durch den engen, im Zickzack gewundenen

Gang, der zur offenen Tür der Kneipe führte. Für Schankstuben sind derartige Zugänge der einzige Schutz vor der Kälte. Rasch setzte ich mich an einen Tisch zwischen der Tür und einem Fenster und lümmelte mich in den Lehnstuhl, als säße ich schon ewig dort. In der von Lärm erfüllten, verräucherten Kneipe gab es nur zwei Fenster, je eins zu beiden Seiten des Eingangs, und auf den breiten Innensimsen dieser Fenster brannten zwei der vier erleuchteten Lampen. Ich saß im verqualmten Zwielicht, und mein Gesicht konnte nur sehr schlecht zu erkennen sein. Am Tisch saßen außer mir zwei Soldaten des Nordheers, die mich nicht beachteten. Sie waren Unterführer und angetrunken. Sie hockten vorgebeugt einander gegenüber und unterhielten sich, so daß sie mich ein wenig verbargen. Mein Verfolger trat ein und schaute umher. Er stand unter der Tür und blickte von einer Seite zur anderen, wie er's, so scheint es, immer wegen mir tun muß. Er weckte die Aufmerksamkeit des eilfertigen Schankwirts, der auf dem Weg zu einem anderen Gast bei ihm verhielt.

»Wein, Herr?«

»Ja. Einen Krug.« Er nahm beinahe mir gegenüber Platz und blickte in die Runde.

Mein Herz, das noch immer hämmerte, tat einen Hüpfer. Davon wurde mir fast übel. Er war sich dessen nicht sicher, daß ich in den Gasthof geflüchtet war – der Abstand, in dem er mir folgte, war zu groß gewesen, um mich dabei beobachten zu können.

Ich ließ mich zusammensinken, neigte den Kopf auf die Brust, so daß mein Hut mein Gesicht überschattete, streckte die Beine aus und gab leise Schnarchlaute von mir. Trotz des Zwielichts, in dem ich saß, schloß ich halb die Lider.

Als der Mann seinen Wein bekam, stellte er dem Wirt Fragen, und ein Gespräch entwickelte sich. Ich war nahe genug, um das meiste zu verstehen.

»Ist ein junger Bursche hereingekommen?«

»Eine Menge, Herr. Viele junge Unterführer des Nordheers – die nicht mehr in die Unterkünfte paßten, sind vorwiegend hier im Viertel untergebracht.«

»Nein, nein, ich meine, ist er jetzt gerade reingekommen?«

»Da kommt soeben einer, Herr, wenn Ihr den sucht …«

»Ich meine, ist ein junger Bursche kurz vor mir eingetreten?«

»Oh, keine Ahnung, Herr, ich habe soviel zu tun. Aber sehr wahrscheinlich, ja.«

Mein Verfolger schnob verächtlich, entließ den anderen mit einem Wink und trank vom Wein. Ich hatte mich nicht gerührt, doch als ich meine Aufmerksamkeit schließlich der Unterhaltung entzog und sie wieder mir selbst widmete, bemerkte ich, daß mein ganzer Körper unter der Kleidung zitterte. Ich versuchte mich zu beherrschen, aber meine Nerven verweigerten mir den Gehorsam – auch dann, als ich meinen Verstand restlos davon überzeugt hatte, daß ich völlig ruhig und gelassen sei. Es wäre besser gewesen, hätte ich das Zittern überhaupt nicht bemerkt. Obwohl ich ziemlich sicher bin, daß man mir nichts ansah, mußte meine innere Anspannung meinem Körper eine Steifheit verliehen haben, die bei einem Schläfer recht seltsam wirken dürfte, und als ich erkannte, daß der Blick des Verfolgers erneut auf mir haftete, riß ich unwillkürlich die Augen auf und schluckte. Aber er hatte mich schon gesehen. In der Kneipe herrschte Lärm, aber das einzige Geräusch, das ich vernahm, laut und deutlich, war das Scharren des Stuhls, als er ihn zurückschob, um sich zu erheben. Meine rechte Schulter zuckte beim Gedanken daran, was in zehn Sekunden unbarmherzige Wirklichkeit sein würde – seine Hand schwer auf meiner Schulter, Soldaten und Diener, die gafften, ich unter aller Augen ergriffen, dann der Urteilsspruch: Abziehen der Haut bei lebendigem Leibe –, und dies schwache Zucken setzte mich von neuem in Bewegung, ich überlegte nicht mehr, ich regte mich, handelte, kippte die Lampe hinter mir um und hörte sie unter den Tisch krachen und die klingenden Mißtöne von zersplitterndem Glas und das leise Klirren winziger Scherben auf den Steinflieseh des Bodens. Rauch quoll mir ins Gesicht, doch ich unterdrückte den Hustenreiz und stürmte zur Tür. Im engen Gang war es angenehm frisch und kühl, und meine Holzsohlen verursachten kein allzu lautes Klappern. Ich war draußen im blauen Schnee, bevor die lautstarke Verfolgung einsetzte. In meinem Rücken, am Kneipengemäuer, spürte ich eine metallene Abflußröhre, und ich klomm unbeholfen daran empor, als mein Jäger und zwei hilfreiche Unterführer des Nordheers auf die Straße stürzten. Ich hatte schon eine beachtliche Höhe erklettert, als meine Beine abglitten und ich zu rutschen begann. Ich bin seit jeher in diesen Dingen so ungeschickt. Zum Glück rutschte ich nicht weit hinab, ehe ich mich wieder festzuklammern vermochte, aber ich löste dabei eine solche Masse Schnee von der Röhre, daß ich sicher war, sie würden aufmerksam, und wahrhaftig fiel dem Verfolger etwas davon auf den Kopf, keinem der hilfsbereiten Unterführer, sondern meinem Jäger persönlich, und ich wollte mich schon gänzlich hinabgleiten lassen und mich ins Schicksal fügen, als alle drei um die nächste Ecke eilten, so schnell sie konnten, in der Hoffnung, mich noch zu erspähen.

Also klomm ich gänzlich hinauf, und nun sitze ich hier in einer kalten, finsteren, verschneiten Nacht auf einem dunklen, schneebedeckten Dach, an einen schneebehäuften Schornstein gekauert. Mein Bein schmerzt an der Stelle, wo ich am Rohr abgerutscht bin; ich habe die Hose runtergelassen, um sie näher zu begutachten, und es ist eine böse Schramme, die aber nicht stark blutet. Ich rieb sie mit kaltem, sauberem Schnee ein, der sehr brannte, aber den Schmerz linderte, und zog die Hose wieder hoch; da sitze ich nun – und ich bin so *durchgefroren*. Mein Herz schlägt noch. Ich hocke hier am Schornstein, und wenn ich hinunter auf die Straße schaue, sehe ich Leute, die von oben nur aus Köpfen mit Füßen zu bestehen scheinen. Ich befinde mich in einer ziemlichen Höhe, und nichts schützt mich vor den weißen, federleichten Flocken, die durch die kalte Luft taumeln. Es muß schon spät in der Nacht sein. Ständig kommen Männer aus der Kneipe unter mir, ich höre sie mit lauten Stimmen das kalte Schweigen brechen, und manche singen; blicke ich hinab, sehe ich ihre Laternen vor der Tür goldenen Schein verbreiten. Es ist nett, heitere Stimmen in der Nähe zu hören, aber sie entfernen sich alle, Gruppe um Gruppe verläßt die Kneipe, und drinnen können nur noch sehr wenige Männer sitzen. Ich habe Frostbeulen. Nun erhalte ich sogar Licht, aber es ist eine Bedrohung für mich. Ein Licht im Giebelfenster, von dem man Ausblick auf diesen Teil des Dachs und den Schornstein hat, und ich wage nicht, durch die schmale Dachrinne zu kriechen, um mich der Gefahr zu entziehen.

Mir war nicht aufgefallen, daß ich beim Zusammenscharren des Schnees, um mich zu wärmen, irgendein Geräusch verursacht hatte, aber ich dachte mir's spätestens in dem Moment, als jemand das Fenster aufstieß und ein langer Arm mich am Kragen packte. »Aua!« entfuhr es mir. Das war das erste Mal seit Stunden, daß ich einen Ton von mir gab, und ich begann zu husten. »Jetzt ist dein Auftritt als Katze vorbei«, sagte die Stimme der Person, welcher der Arm gehören mußte. Trotz des festen Zugriffs an meinem Kragen wandte ich mich um. Der Arm gehörte einer Frau, die sich aus dem Fenster lehnte. Es war eine jüngere, südländische Frau mit krausen roten Locken, halb zerzaust, gekleidet in ein nachlässig gegürtetes Morgengewand. »Los, los, herein mit dir«, sagte sie.

Ihre andere Hand ergriff mich an der Schulter, auf eine Weise, die verriet, daß sie keinen Unfug dulden würde, und ehe ich meine Gedanken oder gar meine Kräfte zu sammeln vermochte, hatte sie mich über das Fenstersims und in den erleuchteten Raum gezerrt.

Ich schwankte, dann rieb ich mein Bein, während sie das Fenster schloß und verriegelte.

Es war ein kleines Zimmer, erhellt vom gelben, unsteten Licht zweier Kerzen. Das Innere war sehr unordentlich und äußerst gemütlich; an der entferntesten, dunklen Wand stand ein Bett, worauf ein Mann lag, auf einen Ellbogen gestützt, und er musterte mich. Im Zwielicht konnte er vermutlich nur meine Umrisse wahrnehmen. Überall am Boden lagen Kleidungsstücke verstreut; innerhalb der wenigen Sekunden, die sie brauchte, um das Fenster zu schließen, erfaßte mein Blick einen großen, verknitterten, hellroten Fetzen, wahrscheinlich ihr Kleid, eine Sandale mit langen offenen Samtbändern, und einen prachtvollen scharlachroten Umhang mit einem metallenen Schulterverschluß – ich war dessen sicher, daß ich den Umhang mit diesem Verschluß kannte: ich hatte ihn schon gesehen, ja, während meiner Zeit beim Nordheer … also hatte sie mit einem Soldaten des Nordheers geschlafen. Ich schaute nochmals hinüber zum Bett und erkannte ihn.

Sie kam vom Fenster und schob ihr weites Morgengewand über ihrem Busen zurecht.

»So, du wolltest ein bißchen klauen, was?« Sie gab mir einen Schubs. »Ein Glück für den Wirt, daß du dich ausgerechnet an dieses Fenster verstiegen hast, wie? Da bist du sprachlos, was? Und reichlich jung für solche Sachen. Aber die Kleinsten sind die besten Diebe. Es wundert mich wirklich nicht, überhaupt nicht.« Während sie sprach, versetzte sie mir noch einen groben Schubs, und ich mußte sie anschauen.

Sie war rothaarig und hatte eine südländisch natürlich braune Haut, eine stramme junge Frau, die sicherlich noch für Jahre auf südländische Kneipengäste oder nordländische Soldaten verlockend wirken würde, doch zweifellos hatte er schon zu viele weitaus betörendere Schönheiten als sie gesehen, um sie sonderlich aufregend zu finden. Gegen die Schönste – diese flüchtige, aber lebhafte Erinnerung an sie war die erste seit langer Zeit – machte diese Frau einen nur sehr gewöhnlichen Eindruck. Aber womöglich war heute nacht keine richtige Auswahl gewesen, und er hatte sich nicht der Mühe weiterer Umschau unterziehen wollen. Plötzlich begriff ich eine Tatsache, die mir in diesem Moment wie eine bestürzende Neuigkeit erschien. Ich begriff, daß die meisten Frauen in der Welt von den meisten Männern bloß benutzt werden. Nichts als benutzt. Das und nicht mehr ist es, was sie wollen, und obwohl es mit einer schönen Frau netter sein mag, ist ihr Aussehen für den Zweck einer Nacht recht gleichgültig. Und ich hatte den Statthalter für ein abwegiges Ungeheuer gehalten.

Mit Zerds Anblick schwoll mir wieder der alte Haß würgend in die Kehle, aufgequollen von neuem Haß, den die Erinnerung daran nährte, daß ich einmal in seinem Arm Trost gesucht hatte.

Mein Haß drohte mich zu ersticken, und ich begann zu husten und hustete und hustete. Beide warteten in der Haltung unbeteiligter Rücksichtnahme auf das Ende meines Hustenanfalls. Zerd, der ein langes, lockeres, schwarzes Hemd trug, schwang sich träge aus dem Bett, machte jedoch keine Anstalten zum Ankleiden. Im Zimmer war es wundervoll warm, und sogar ich begann allmählich aufzutauen. Fast rechnete ich damit, er werde mir einen nachsichtigen Klaps aufs Hinterteil geben, aber ich vergaß, daß ich nicht länger Cija war.

Endlich vermochte ich den Hustenanfall zu überwinden und hörte auf mich zu krümmen, und schon schubste die Frau mich wieder. Kräftig, aber ich taumelte nicht.

»Mieser kleiner Dieb«, sagte sie. »Ich weiß nicht, wie's in dieser Stadt noch werden soll.«

»Stinkvoll von Dieben und Bettlern«, meinte Zerd.

Nach all diesen Monaten drang seine Stimme wieder wirklich und wahrhaftig in mein Bewußtsein. Sie war unverändert tief und klangvoll, bedachtsam, mit einem Ausdruck verborgener Kraft, genau wie damals. Es schien, als seien nicht Monate vergangen.

»Ich stamme vom Land, mich kannst du damit nicht ärgern. Heutzutage traut man sich nicht mehr, mit irgend etwas in den Taschen auf die Straße zu gehen. An der nächsten Ecke wird's dir zum Kauf angeboten, oder einem anderen, wenn du Pech hast.«

Ich stand wie betäubt. Das Haar war mir über die Stirn gefallen, ich hatte es nicht zurückgeworfen. Durch die Strähnen begutachtete ich die Tür. Ein Sprung durchs Zimmer, eine Hand zum Griff – und *vielleicht* war sie unverschlossen.

»*Dich* bringen wir sofort hinunter in die Kneipe«, sagte sie zu mir. »*Du* kommst nicht davon. Diesmal erhältst du deine gerechte Strafe.«

Ich setzte zur Tür wie ein Blitz, im einen Moment ganz reglos, im nächsten schnellte ich auf wie eine Schlange, und ehe sie überhaupt mitbekam, daß ich den Türgriff packte – die Tür war unverschlossen, ich hatte mich hinsichtlich der Kneipentüren nicht getäuscht, alle Schlüssel waren schon seit unvordenklichen Zeiten verloren –, drehte ich daran; noch bevor ich die Tür aufreißen konnte, legte Zerds stählerner Arm sich um meinen Bauch und zerrte mich zurück. Ich klammerte mich an den metallenen Griff, wie ich mich noch nie im Leben an irgend etwas geklammert hatte. Meine Füße schleiften und kratzten über die Dielen rückwärts, aber ich ließ nicht locker. Durch meine Ohren hallte ein Dröhnen. Ich hörte ihn nicht lachen, aber ich glaubte, das sei sein Lachen. Mit letzter Kraft drehte ich am Türgriff. Die Tür öffnete sich – und ich fiel kopfüber hindurch und schlug mit dem Kinn auf. Es geschah nicht durch einen plötzlichen Ausbruch ungeahnter Körperkräfte meinerseits, sondern infolge eines kühnen Hochsprungs, den ich tat, für ihn völlig unerwartet. Im nächsten Moment riß er mich wieder auf die Beine.

Ich hatte lange genug am Boden gelegen, um zu bemerken, daß ich vor jemandes Füße gefallen war – zwei kleine, zierliche Füße in Sandalen, mit zwei schlanken, feinen Knöcheln unter einer weiten, halb durchsichtigen Hose hatte ich gesehen, bevor Zerd mich aufrichtete. Gleich dahinter standen zwei andere Füße in Stiefeln.

Zerds harter Arm drehte mich um.

Ich sah, daß er keineswegs gelacht hatte. Er war roh und streng. Ich wollte sein Gesicht sehen. Ich stand so dicht bei ihm, daß ich dazu den Kopf heben mußte, aber ich wagte es. Ich schaute in seine dunklen Augen, die mich, so schien es mir, aus schmalen Lidern musterten, so daß ich plötzlich Furcht empfand; sie wich jedoch sogleich unter dem Eindruck der beruhigenden Umstände. Unmöglich, daß er mich erkannte – die Beleuchtung war schlecht, ich trug Burschenkleidung, besaß einen beschnittenen Schopf, der mir teilweise ins Gesicht fiel, zitterte noch von der Kälte, war von Schmutz und einem bißchen Blut verunreinigt, und er hatte mich ein halbes Jahr lang nicht gesehen.

»Nanu«, sagte eine wohlklingende, vornehme, aber junge Stimme mit sonderbarer Heiterkeit, »wie treffe ich denn dich an, Jaleril?!«

Die Tür stand noch offen. Bei den Worten lockerte sich Zerds Zugriff. Ich preßte eine Hand auf mein Kinn, das schmerzte, und wandte mich um.

Das Mädchen eilte mir entgegen und schlang einen Arm um meinen Hals.

»Mein lieber Jaleril! Endlich bist du gekommen! Hier ist dein Zahn.«

Was für ein Wunder meinen alten Glitzerklamotten widerfahren war! Liebevoll gewaschen, von allen schwierigen Schmutzflecken gereinigt waren sie, die Falten alle herausgeplättet, die zerfransten Ärmel waren geflickt und mit blauen Samtschleifen benäht; soviel vermochte ich unter dem Pelzumhang zu erkennen. Ich nahm den Zahn aus der schmalen Hand, die ihn sorgsam aufgehoben hatte; sie steckte in einem Pelzhandschuh. Mir war entgangen, daß ich einen Zahn verloren hatte, aber es erklärte den Schmerz in meinem Kiefer.

»Was bedeutet das alles?« erkundigte sich die Frau im Morgengewand, die mich geschnappt hatte.

»Wer ist das?« wollte im gleichen Moment ein Mann von Lel wissen, ein großer, aristokratisch wirkender Mann in kostbarer Kleidung und mit verärgerter, nervöser

Miene. Ich vermutete, daß er die Stiefel trug, die ich hinter Lels Füßen bemerkt hatte.

»Das?« zwitscherte Lel. »Das ist Jaleril, ein Freund von mir.«

»Oh, wahrhaftig?« meinte der Mann mißbilligend.

Und bevor ich alles richtig verstand, forderte der Mann mich um Lels willen zu einem Dolchkampf heraus. Lel, das kleine Balg, freute sich anscheinend königlich, so daß ich sie hätte ohrfeigen können – ich meine, ihn. Aber ich mußte einräumen, daß sein rascher Einfall, mich als einen Liebhaber auszugeben, mich soeben vor der Aussicht einer Aburteilung als Dieb gerettet hatte, und ich gab mir Mühe, hochaufgerichtet zu stehen und die Schultern zu strecken, um als Liebhaber wenigstens einen ansehnlichen Eindruck zu erwecken.

»Tut mir leid«, sagte die Frau im Morgengewand zu mir. »Als ich dich auf dem Dach sah, habe ich dich natürlich für einen Dieb gehalten ... ich habe nicht daran gedacht, daß du vielleicht zu einer Verabredung kommen könntest. Vergib mir.« Es war eine ungezwungene, aber aufrichtig gemeinte Bitte um Entschuldigung.

Ich lächelte und verneigte mich vor ihr, dann sah ich Zerd an, aber er besaß offensichtlich weder eine Meinung von Lel noch von mir, Liebhaber oder Diebe, was sollte es, Lel schien flattrig und schlaksig zu sein, ich jung und zerzaust, und er war zurück ins Zimmer gegangen und zog gerade seine Hosen an.

Ich verspürte das dringende Bedürfnis, alle Hintergründe zu erfahren, warum Lel hier und wie er hergekommen war, wieso er sich in Begleitung dieses offensichtlich von ihm verzauberten Aristokraten befand, ob der Aristokrat wußte, daß es sich bei ihm gar nicht um ein Mädchen handelte, aber für derlei Fragen und Antworten war jetzt nicht die Zeit, und man gewährte uns keine, denn schon bekam ich einen Dolch in die Hand gedrückt, und der Aristokrat wandte sich an Zerd, ob er nicht Kampfrichter sein und über die Ritterlichkeit der Kampfführung wachen wolle.

»Ganz wie Sie wünschen, Hauptmann«, sagte Zerd gefällig.

Mein Gegner war also ein Hauptmann des Südreichs und ein Bekannter Zerds. O weh!

»Wißt Ihr«, sagte ich eilig, »ich bin kein Städter. Wie lauten die Regeln dieses Kampfes?«

Der Hauptmann starrte mich an. »Schnösel!« knurrte er.

»Vermeint nicht, ich würde mich fürchten«, fügte ich hinzu, in einem Tonfall, der Entrüstung über seine Geringschätzigkeit vorspiegelte. »Geht es bis aufs Blut oder um Leben und Tod?«

»Ich kann mit niemandem kämpfen, der nicht die Regeln kennt«, sagte der südländische Hauptmann angewidert.

»Dann verratet sie mir.«

»Unsinn. Um einen Kampf gegen jemanden zu gewinnen, der gerade erst die Regeln erfahren hat?« Er wandte sich an Lel. »Findest du nicht, daß das ein reichlich armseliger Vogel ist?«

»Wie kannst du dir so eine Frechheit erlauben?!« meinte Lel mutig. »Er ist mein Bruder.«

Ich dachte daran, wie wenig ich Turg ähnelte und lächelte.

Wieder starrte der Hauptmann mich an. »Warum hast du das nicht gesagt?« fragte er.

»Ich bin niemand, der einem Kampf ausweicht, das tun nur Feiglinge«, sagte ich glattzüngig. Was für ein kluger Einfall von Lel, mich als seinen Bruder auszugeben! In Gedanken wiederholte ich den bisherigen Ablauf der Unterhaltung. Nein, so gut war es doch nicht …

»Warum klettert dein Bruder geheimnisvoll übers Dach, statt wie jeder andere ganz gewöhnlich durch die Tür einzutreten?« forschte der Hauptmann nach.

»Ich dachte, das Haus sei zugesperrt«, sagte ich unruhig. »Es ist ja mitten in der Nacht.« Während der Hauptmann mich musterte, fiel mir ein, daß Lel mich als Jaleril, einen Freund, vorgestellt hatte. Wirklich nicht geschickt.

Ich glaube, dem Hauptmann wurde dieser Widerspruch auch bewußt, doch war er anscheinend bereit, ihn durchgehen zu lassen. Auf jeden Fall würde er dafür sorgen, daß Lel fortan ausschließlich ihm gehörte.

»Und woher weiß er überhaupt«, meinte er verwirrt, während er sich zur Tür wandte, »daß du hier in diesem Schankhaus bist? Wolltest du etwa schon hierher, bevor ich dich abgeholt habe?«

»O ja«, versicherte Lel und senkte einen unschuldigen Blick in seine Augen.

Wir strömten alle die Treppe hinunter – nach so langer Zeit außerhalb des Gasthofs war es ein merkwürdiges Gefühl für mich, nun im Innern zu sein –, um in der Schankstube eine Mahlzeit einzunehmen. Anscheinend waren Lel und der Hauptmann, der Iro hieß, eben erst eingetroffen und bloß nach oben gekommen, um ihre Sachen abzulegen, bevor sie aßen. Zerd und seine Freundin waren auch eingeladen worden, und ich tappte hinterdrein, da ich sonst nirgends hätte hingehen können und weil ich wußte, daß zumindest Lel sich um mich scherte.

Ich empfand eine richtige Todesfurcht davor, auf die Straße zurückzukehren, wo die Gerechtigkeit meiner harrte.

Das Treppenhaus war sehr lang und steil, jede Treppe führte in stumpfem Winkel in Gegenrichtung zur vorherigen nach unten, und auf jedem Treppenabsatz mußte man eine Tür öffnen. Im ganzen Treppenhaus gab es keine Fenster, aber auf dem Geländer einiger Treppenabsätze, wo es sich umbog, steckten in Hülsen brennende Fackeln. Trotzdem war es sehr finster. Manche Fackeln loderten und flackerten, doch die meisten glommen oder schwelten bloß; das gesamte Treppenhaus war von beißendem Qualm verräuchert.

Iro ging voran; wie es schien, kannte er sich im Gebäude gut aus, vielleicht brachte er oft schöne Durchreisende hierher, nicht allzu häufig jedoch, überlegte ich, nach der besonderen Art zu schließen, wie er Lel angeschaut hatte.

Dann kam Lel, der geziert trippelte, eine schmächtige Hand auf des Hauptmanns Schulter. Als nächste folgte die Rothaarige; sie war von höchster Ehrfurcht ergriffen, weil sie mit einem Hauptmann und einem Feldherrn zu Tisch gehen durfte, denn das war eine ganz andere Sache als bloß mit ihnen ins Bett zu steigen, viel schmeichelhafter, und so, da sie den Duft der großen Welt der Mächtigen schnupperte, hatte sie ihr Morgengewand bis zum Hals geschlossen und die Sandalen angezogen. Als letzter, hinter Zerd, kam ich. Im Fackelschein konnte ich unsere Kolonne sehen, wie sie sich durchs Treppenhaus wand, aber auf den finsteren Treppen schritt ich sehr vorsichtig aus, doch einmal stolperte ich, und Zerd streckte den Arm aus und stützte mich. Nun, nach einem vollen halben Jahr, brachte die Berührung mit seiner Haut mich außer Fassung. Ich bebte bis ins Mark. Ich betete, daß er mich an der Erschütterung, welche die Berührung auslöste, so wenig erkennen möge wie an meinem Aussehen.

Wir betraten durch eine Verbindungstür die Stube.

Die Räumlichkeit wirkte nun anders: größer und leerer, denn mittlerweile waren fast alle Gäste fort. Ein paar Stammgäste hockten in Winkeln, zwei Betrunkene schnarchten vor sich hin – es waren Soldaten des Nordheers, doch falls Zerd sie bemerkte, verriet er's nicht, obwohl ihre Waffenröcke wirklich auffielen –, die Schankgehilfen saßen herum und gönnten sich eine wohlverdiente Pause, und außerdem gab es einige späte Gäste, Straßenkehrer, ein Nachtwächter und die Suppenverkäuferin. Ich rechnete kaum damit, daß sie mich erkennen würde, doch sicherheitshalber setzte ich mich mit abgewandtem Gesicht hinter Lel in Deckung.

Ein Gehilfe, inzwischen etwas ausgeruht, trat zu uns und erkundigte sich nach unseren Wünschen.

»Wir möchten alle eine anständige Mahlzeit«, sagte Iro. »Ich nehme einen guten hausgemachten Eintopf, aber mit viel Gemüse. Und Wein.«

»Ich auch«, sagte Lel. Er bat nicht. Er war nicht hochnäsig, aber offenbar hatte er rasch einen natürlichen Stolz gegenüber Bediensteten entwickelt, den er so selbstverständlich pflegte, daß mir gar nicht richtig ins Bewußtsein drang, wie anders es einmal um ihn gestanden hatte.

Die Rothaarige bestellte ein fürstliches Mahl einschließlich Austern, wogegen Zerd sich mit einer südländischen Suppe begnügte.

Iro runzelte die Stirn, als er mich am Tisch sitzen sah, verärgert über meine Anwesenheit, und ich gab eine Bestellung auf, bevor er einzuschreiten vermochte. Ich hatte jetzt die Gelegenheit, ein ordentliches Essen zu bekommen und ein Gespräch mit Lel zu führen, ehe ich mich zurück zum Torfhändler durchfragte.

»Eine Suppe«, sagte ich und lehnte mich zurück, während ich beim Schankgehilfen bestellte. »Und etwas Glühwein.«

»Sehr wohl, Herr«, sagte der Schankgehilfe. Iro schnob verächtlich.

»Mit geriebenen Nüssen«, ergänzte ich, bevor der Gehilfe sich entfernte.

»In der Suppe oder im Wein?« fragte Zerd.

»Im Wein, habe ich gemeint«, antwortete ich, überrascht darüber, daß er mich angesprochen hatte, »aber in der Suppe sollen sie mir auch recht sein.«

»Ich glaube, man kann in eure südländischen Suppen alles tun«, sagte Zerd höflich zu Iro.

»Fürwahr, bisweilen sind sie ganz bemerkenswerte und wundervolle Gerichte.«

»Sie sind ein wirklich prachtvoller Brauch unserer Küche«, sagte ich leichtfertig, um die Unterhaltung zu beleben.

»Als dein Kumpel dir heute nachmittag von meiner Suppe gegeben hat, hast du das aber nicht gesagt«, kicherte eine Stimme. Zu meinem Entsetzen stellte ich fest, daß die Suppenverkäuferin an unserem Tisch und über meine Schulter gebeugt stand.

»Verschwinde«, grollte ich. »Dies ist eine geschlossene Tafelrunde.«

Sie betrachtete meine Tischgenossen.

Selbst die Rothaarige war höheren Standes als sie. »Oh, wir sind in feinem Kreise«, sagte sie, während sie mir nach wie vor im Nacken hing und kicherte.

»Stell uns deine Freundin vor«, sagte Zerd träge, der anscheinend mehr Interesse an mir hegte, als ich meiner Meinung zufolge verdiente. Ich war nicht besonders begeistert von meiner Rolle als unreifer Jugendlicher, aber es war besser, als sehr junger Bursche zu gelten, der sich bemüht, männlich zu sein, als den Eindruck eines unnatürlich mädchenhaften Knabens, zu dem das Lederwams und die Hose nicht recht zu passen scheinen.

»Meine Freundin«, sagte ich, »die Suppenverkäuferin.«

Sie kicherte hingerissen.

»So, so«, meinte Zerd gedehnt. »Freut mich, deine Bekanntschaft zu machen.«

Unsere Speisen wurden gebracht, aber sie lungerte weiter hinter mir herum. Schweigend aß ich und verfluchte sie insgeheim, während Zerd mit ihr plauderte.

»Du hast einen richtigen Verkaufsstand, nehme ich an?«

»Ja, o ja, auf der Straße.«

»Könnte man dich dazu bringen, ihn aufzugeben?«

»Aufgeben, Herr?«

»Mein Weib ist bereits regelrecht vernarrt in diese südländischen Suppen und hätte gerne eine eigene Köchin dafür, damit sie sie künftig immer essen kann.« Er rieb zwei Finger über sein langes, bläuliches Kinn, jene Geste der Nachdenklichkeit, die mir so geläufig war. »Ich kann dir nicht zumuten, auf deinen Erwerb zu verzichten«, sagte er zu dem Mädchen, das ihn wortlos mit offenem Mund angaffte und anscheinend nicht verstand, worum es ging. »Und du?«

Einen Moment lang herrschte Stille, bevor ich begriff, daß er mich meinte.

»Ich?«

»Ja, du. Wenn deine Freundin Suppe zu kochen versteht, kannst du es doch wohl auch?«

»Natürlich«, entgegnete ich trotzig.

Wieder die beiden Finger am Kinn. »Und besitzt du irgend etwas, das du nicht im Stich lassen magst?«

»Ich kann morgen anfangen«, sagte ich, obschon mir sein Ansinnen mißbehagte, weil er es unterbreitete, um Lara, die ich so verabscheute, einen Gefallen zu tun, wiewohl es sich nur zufällig so verhielt. *Nicht,* sagte ich, daß köstliche Suppen beileibe keine einzigartige Errungenschaft des Südens sind und ich meiner Erzieherin Glurbia gelegentlich bei der Zubereitung solcher Suppen geholfen habe.

»Gut. Nach dem Essen kannst du gleich mit in mein Quartier kommen.«

Ich verzehrte meine Mahlzeit sehr nachdenklich. Nun hatte ich eine Arbeit beim Nordheer, wahrscheinlich die einzige Umgebung in dieser Stadt, wo ich vor dem Auge und Arm der Gerichtsbarkeit des Südreichs sicher sein konnte, andererseits jedoch würde ich mit ihm Umgang pflegen müssen, vielleicht gar täglich. Während ich meine Suppe löffelte, drückte ich meinen Hut noch tiefer ins Gesicht. Die Tafel dauerte lange; einer um den anderen gingen die restlichen Gäste oder schliefen am Kamin ein. Die Schankgehilfen machten keinerlei Anstalten, sie hinauszuwerfen; offenbar war es so üblich. Endlich, nachdem sie mich lange genug vergebens angekichert hatte, verschwand auch die Suppenverkäuferin. Ich bin nicht halb so aufregend wie Jode.

Schließlich ging Zerd hinaus, um nach seinem Vogel zu schauen, und Iro, als Gastgeber, begleitete ihn. Aber es mißfiel ihm sichtlich, Lel und mich beisammen zurücklassen zu müssen, und nur der Umstand, daß noch die Rothaarige bei uns saß, erleichterte es ihm.

Sie allerdings, genau wie er, war davon überzeugt daß ich zu einer Verabredung mit Lel gekommen sei, und sobald Iro und Zerd zur Tür hinaus waren, gähnte sie uns an, meinte herzlich, sie müsse nun wirklich ein wenig schlafen und wolle mich daher mit meiner hübschen Freundin allein lassen.

Kaum war sie draußen, sanken Lel und ich in unsere hochlehnigen Stühle zurück und lachten und lachten.

»Oh, Lel, Lel! Was für ein Glück für mich, daß du genau im richtigen Moment eingetroffen bist, um mir aus der Not zu helfen! Wie gescheit von dir, sofort zu merken, daß ich in Schwierigkeiten war …«

»Das war leicht zu erraten, daß man dich irgendwie für einen Dieb mißverstand, Cija.«

»Ich muß dir so viele Fragen stellen! Was treibst du hier? Wie bist du hergekommen? Wieso bist du mit Iro zusammen? Weiß er …?«

»Gefallen dir deine Kleider, Cija? Ich habe sie hübsch zurechtgemacht, nicht wahr?«

»Ach – ich hätte sie gar nicht erkannt!«

»Sie waren immer so schön. Nach deiner Flucht war ich unerträglich. Finster und böse, mich mochte sowieso keiner, aber danach war alles doppelt so schlimm. Also habe ich die Kleider in Ordnung gebracht und bin abgehauen.«

»Lel! So weit fort! Diesen Riesenmarsch …!«

Er lachte. »Du hast es doch auch geschafft!«

»Aber du bist doch so schmal …«

»Arme Cija, den ganzen Weg zu Fuß. Ich habe ihn schnell und mühelos zurückgelegt, auf Ums.«

»Auf Ums! Aber er war zum Laufen außerstande, als ich …«

»Drei Tage nach deiner Flucht war er wieder gesund. Er wirkte richtig schrecklich froh und eifrig – ich glaube, er wußte, daß wir dir folgen.«

»Seltsam«, sagte ich. »Turg war der Ansicht, daß er niemals wieder lange Strecken würde laufen können.«

»In der Nacht nach deinem Verschwinden hat man am Hang einen weißen Hügel gesehen, das heißt, das kleine Mädchen, welches ihn gesehen hat, behauptete steif und fest, er sei weiß gewesen, aber niemand glaubte ihm …«

»Dann war der Puma nicht feindselig«, sagte ich. »Er wollte Ums nicht verkrüppeln. Er wollte nur verhindern, daß ich südwärts ziehe … doch wir sind nun weit fort von ihm …«

»Also, ich kam hier an. Ich wollte schon immer die Hauptstadt sehen. Aber bevor ich die ersten beiden Prachtstraßen besichtigt hatte, ergriffen mich zwei Männer, in der Überzeugung, ich sei die Mörderin. Sie sagten, sie hätten Bescheid erhalten, die Mörderin werde auf einem großen schwarzen nordländischen Vogel eintreffen.«

»Lel!«

»Kein Grund zur Sorge, Cija. Wie du siehst, bin ich wohlbehalten.«

»Das ist am wichtigsten. Anscheinend habe ich in deinen Kleidern mehr Glück gehabt als du in meinen.«

»Nein, umgekehrt – denn ehe ich richtig in Furcht geraten konnte, erschien dieser edle Herr auf seinem weißen Roß, meinte: ›Was ist denn hier los?‹ und alle verbeugten sich und sagten: ›Wir haben die Mörderin gefangen, Herr!‹, und darauf sagte er: ›Unsinn, sogar mit euren Schweinsäuglein muß man doch sehen, daß das keine Mörderin sein kann!‹ – und das war alles. Ja, Cija, du siehst, die Edlen hier stehen über jeder Gerichtsbarkeit. Man ließ mich frei, und Iro hat mich in seine Obhut genommen.«

»Wie ich mich für dich freue!«

»Und er ist wirklich unheimlich nett, findest du nicht auch?«

»Du bist nicht aufrichtig zu ihm, Lel, oder?« fragte ich beunruhigt. »Er könnte bösartig werden, wenn er heute nacht herausfindet …«

»Das muß ich ganz einfach wagen«, sagte Lel, aber in vollem Ernst, und ich dachte daran, welche Entscheidung es für ihn gewesen sein mußte, allein fortzureiten, fort vom einzigen Dasein, das er kannte, an den ungeheuren Mut, den es erfordert haben mußte, der Hilflosigkeit und Einsamkeit die Stirn zu bieten und der Furcht, diese Empfindungen in ausgebesserte Glitzerlumpen zu verkleiden, sie in eine Falle aus einem Pelzumhang und Pelzhandschuhen zu locken. – Manchmal werde ich sehr gefühlvoll.

»So wird das Künftige sich erst am Ende dieser schon so langen Nacht entscheiden?«

»Inzwischen schau dir Ums an, Cija. Er wird sich mächtig freuen, dich wiederzusehen.«

»Ich will ihn nicht sehen, Lel«, erwiderte ich. »Bitte behalte ihn. Ich möchte ihn nicht – ich will ihn auch nicht sehen ...«

»Niemals wieder?«

»Niemals ... damals hielt er mich in einem geheimnisvollen Bann. Es schien so, als seien wir weit, weit stärker eins miteinander als es sonst je zwischen Tier und Reiter üblich ist ... ihm mag's angenehm gewesen sein, aber für mich ...«

Lel schlang mütterlich seine Arme um mich, und ich, schrecklich müde, ich schloß die Augen und lehnte den Kopf an seine schmale, pelzverhüllte Schulter.

Ich fuhr auf, als Zerd eintrat, aber Lel blieb unerschüttert.

Draußen in den kalten Straßen lief ich neben Zerd, eine Hand am Zaumzeug seines Vogels. Er ritt noch das schwarze, vollblütige Tier, und es schritt so rasch durch die weißen Straßen, so behend und leichtfüßig, daß mir bei dem Bestreben, an seiner Seite zu bleiben, fast unverzüglich die Luft ausging. Immerhin lag ein anstrengender Tag hinter mir, es war jetzt Stunden nach Mitternacht. Heftig sog ich die eisige Luft in meine Lungen, die alsbald zu schmerzen begannen. Schneeflocken kitzelten mich in der Kehle und wirbelten aus allen Richtungen in mein Gesicht. Die langen, schwarzen, warzenübersäten Beine des Vogels eilten dicht neben mir dahin, und meine Hand am Zaumzeug war ein häßlicher blauer Klumpen mit orangefarbenen Flecken.

»Du schnaufst ja wie ein Roß«, sagte Zerds träge Stimme gedehnt.

»Ich – schnaufe – nicht«, keuchte ich.

»Du bist schlecht in Form«, meinte er und lachte.

Am Kragen und an einem Arm hob er mich vor sich auf den Vogel. Mir schauderte.

»Ich kann laufen. Dies ziemt mir nicht, Herr.«

Er beachtete meine Äußerung nicht; mit einem Arm hielt er mich fest, mit dem anderen das nägelbewehrte Zaumzeug.

Im Sattel bemerkte man die Schnelligkeit des Vogels erst richtig, spürte jedoch auch die Unregelmäßigkeit seiner Schritte; ich rang nach Atem und bekam bald wieder Luft (ich gab mir Mühe, meine Not zu verheimlichen), und sah vor mir den Schnee wie ein glattes weißes Laken uns entgegengleiten, beiderseits sah ich stille Giebel und Fensterkreuze und schneeverwehte Torbogen vorüberhuschen, und wenn ich aufblickte, sah ich über mir das dunkle, einprägsame Gesicht, das Kinn und die Schulter mit der schimmernden Verschlußbrosche, deren Nadel so groß war wie ein Dolch, die beharrlich vorwärtsschauenden, überschatteten, schwarzen Augen, und wenn ich zurückblickte, sah ich die Klauenspur des Vogels hinter uns in den verwundenen Straßen zurückbleiben, die so schnell wie alle anderen Spuren auch von den lautlos fallenden Flocken auf dem weißen weiten Laken eingeebnet wurden.

Wir ritten durch ein metallbeschlagenes Tor, vom Schnee fast zugeweht, und stiegen ab; ein hellwacher Reitknecht kam aus dem Stall, mit einer warm scheinenden Laterne und dem Geruch von Wein und Käse und Vögeln und führte das Tier hinein. Über verschneite steinerne Stufen betraten wir ein Haus. Lara war noch wach. Sie kam in ihrem Nachtzeug herausgerauscht.

»Ich dachte, du würdest heute nacht nicht heimkommen?«

»Ich habe einen Suppenkoch für dich aufgetrieben, wonach es dich so verlangt.«

Sie erkannte mich nicht, aber sie schaute plötzlich sehr interessiert, als er erwähnte, was ich sei, und winkte mich in einen Raum, den ich betrat; drinnen stand ich zunächst einmal zwischen den Beinen schlafender Gestalten, aber schließlich entdeckte ich am mit Decken ausgelegten Boden noch einen Platz für mich. Ehe ich die Tür schloß, sah ich sie und Zerd eine Treppe erklimmen. Der helle goldene Lichtschein der Laterne, die er hielt, fiel auf sie, und ich sah sie ganz deutlich. Ich weiß, warum sie so begierig auf eine besondere Nahrung ist; sie ist schwanger.

Heute morgen beim Erwachen stellte ich fest, daß der Raum ein Schlafraum für Dienstknaben war, und sie schliefen noch oder wachten gerade auf; insgesamt sind wir ungefähr ein Dutzend. Inzwischen habe ich eine kleine Abstellkammer ausfindig gemacht, sie zu meiner persönlichen Unterkunft erklärt und mit Decken ausgestattet, denn ich bin nun der Suppenkoch des Hauses.

Es ist ein freundliches, großes, südländisches Haus, das Zerd, seine Hauptleute und sein Haushalt gegenwärtig bewohnen. Am Nachmittag begegnete ich auf der Treppe Clor und Isad, aber ich fürchtete mich nicht. Wenn nicht einmal Zerd und Lara mich erkennen, warum sollte es dann ein anderer? Sie ist nämlich, nachdem es hell geworden war, zu mir gekommen und hat mich über meine Pflichten belehrt. Sie umfassen die Verköstigung und Unterbringung. Eigenhändig brauche ich lediglich jeden Abend für die Hausbewohner eine Riesenmenge Suppe bereiten. Heute habe ich erstmals eine gemacht, und nach dem, was die Dienstknaben mir erzählt haben, fand sie allgemeinen Beifall. Ich brauche bloß in die Küche zu gehen, die Zutaten aus dem Vorratsschrank des Kochs zu suchen, der ein friedfertiger Mensch ist, alles in einen gewaltigen Topf zu werfen, zu mischen und kochen zu lassen. Viele kleine Dienstknaben entheben mich freudig der Mühe des Umrührens. Im Haus wimmelt es von Dienstknaben und Hauptleuten und Reitknechten und Kurieren, die kommen und gehen; Zerd jedoch habe ich noch nicht wieder gesehen.

Am Vormittag rang ich mich zu dem Entschluß durch, dem Torfhändler von meinem Verbleib Bescheid zu geben. Ich rechnete nicht damit, daß er mir irgendwelche Hindernisse in den Weg legen werde – eigentlich benötigte er mich nicht, sondern hatte mich bloß dem Fuhrmann zum Gefallen in Dienst genommen, aber ich wollte nicht einfach ohne jede Erklärung fortbleiben, gerade weil der gute Fuhrmann sich soviel Mühe gemacht hatte, um mich unterzubringen. Doch ich war besorgt, es könnte sich bereits herumgesprochen haben, daß ich mich in Burschenkleidern verbarg … aber um des Fuhrmanns willen hätte ich mich geschämt, wäre ich nicht hingegangen.

Daher erkundigte ich mich beim Koch, wie ich zum Haus des Torfhändlers käme und machte mich auf den Weg.

Es war Spätvormittag, die Sonne schien warm und die Schatten waren lau, den Schnee durchfurchten zahlreiche Spuren, und in den Straßen herrschte Regsamkeit. Ich begann mich wohler zu fühlen, lebendig und wirklich und sicher, ein in der Vielzahl unterscheidbarer *Irgendwer.* Ohne scharf nachdenken zu müssen, durchschritt ich bereits vertraute Straßen. *Die Straße kenne ich doch,* dachte ich wiederholt, *oh, also zweigt sie von der Straße ab.* Sie fügten sich allmählich zusammen. Es war kein Alptraum mehr, sondern eine Stadt.

Da gab's Hunde und Kinder, Straßenhändler, Suppenverkäufer – ich sah die Suppenverkäuferin, und wir winkten uns zu –, Marktfrauen, alle in Wolle, Pelze und Leder gehüllt. Am Ende einer Straße erhaschte ich einen Blick auf den Schluß einer Kolonne der XIII. Fußschar des Nordheers, und eine Weile später ritten zwei Hauptleute auf schlechtgelaunten Vögeln und drei südländische Hauptleute auf wunderschönen weißen Pferden vorüber, und offenbar verstanden sie sich untereinander sehr gut.

Als ich das Gasthaus erreichte, versetzte die morgendliche Geschäftigkeit, mit der man dort seinen Tätigkeiten nachging, mich in Erstaunen.

Drinnen herrschte anscheinend ein gleiches Maß an Betriebsamkeit wie draußen; an oberen Fenstern schüttelten Mädchen Matten und Staublappen aus und leerten Nachttöpfe und Pißeimer; die Gossen dieser Stadt sind stets häßlich anzusehen, Dreck und Schmutz liegen im Schnee, bis die Straßenreiniger kommen und sie fortkarren. Zum Zusammenscharren benutzen sie lange Schaufeln mit Zinken am Schaufelblatt. Kaum ist die Gosse gereinigt, wird sie in kürzester Zeit wieder verschmutzt, obschon ich ein paar ordentlichere Leute gesehen habe, die ihren Abfall wenigstens unterm Schnee vergraben, wo er unsichtbar ist und erst im Sommer anfängt zu stinken. Das Gasthaus – und, den Göttern sei Dank, auch das Haus, in dem wir einquartiert sind – besitzt einen Baderaum mit heißem und kaltem Wasser. An den Türen standen Straßenhändler und schwatzten mit Gehilfen und Passanten; Knechte führten Pferde aus den Ställen; Gäste traten Morgenspaziergänge an.

Unter letzteren sah ich auch Lel und Iro; Lel hing an seinem Arm, und sie lächelten sich an. Iro bemerkte mich und zog ein böses Gesicht; Lel erkannte mich auch und winkte und gähnte herzhaft, so daß ich wußte, daß sich alles zum Guten gewendet hatte.

Iro muß ein Zwitter sein. Wie ich gehört habe, ist das unter den Vornehmen in der Hauptstadt des Südreichs merkwürdigerweise sehr verbreitet (und es stimmt wirklich).

Was für ein reizender, heimeliger Anblick sich mir bot, als ich ins Haus des Torfhändlers kam!

Im Raum mit dem gewaltigen Kamin hatte man sich zum Mittagsmahl versammelt – der Händler, seine Frau mit dem Kind auf den Knien, Jode, der auf anziehende Weise schmuddlig wirkte, mürrisch und mit sichtlich schlechtem Gewissen aß und das Mädchen, das bei Tisch bediente, kaum beachtete, und ein Fremder, ein alter Priester, der am Essen teilnahm und auf mich sofort den Eindruck eines lieben alten Knaben machte.

Der Händler stand auf, dann jedoch entschied er sich dafür, darauf zu verzichten, mir um den Tisch entgegen zu kommen.

»Na, Bursche? Hast du endlich den Heimweg gefunden?«

»Ja, Herr.«

»Pünktlich zum Mittagessen«, bemerkte das Dienstmädchen böswillig.

»Wir haben uns um dich gesorgt. Ein Landjunge zum erstenmal in unserer großen Stadt...« Der Händler verstummte. Er sprach immer sehr würdevoll.

Ich fragte mich, was Jode ihnen erzählt hatte, ob sie wußten, daß ich nach einem Streit ausgerissen war – nun, das war wohl nicht das richtige Wort, es war mehr eine Kabbelei gewesen, als ein Streit, und jung und leicht erregbar, wie ich noch bin, hatte ich mich wie ein Narr verhalten. Aber was glaubten sie, auf welche Weise ich verloren gegangen sei?

»Ich habe mich verirrt«, murmelte ich.

»Bist du den ganzen Morgen hindurch umhergeirrt?« fragte das Mädchen, halb erschrocken mitleidig, halb mißtrauisch, ich könne ein Faulenzer sein. »Hast du wenigstens einen warmen Torweg zum Schlafen gefunden?« fragte der gutmütige Händler. Sein Weib und das Kind beachteten mich nicht; sie aßen gemeinsam. Jode hob einmal den Kopf und schenkte mir einen ebenso stumpfsinnigen wie hochmütigen Blick.

»Ja, gewiß, danke«, sagte ich zum Händler. »Meister, wenn Ihr es wünscht, bleibe ich bei Euch, aber heute früh hat man mir eine vorteilhafte Dienststelle angeboten...«

»So?« Der Händler wirkte beinahe erleichtert (immerhin begann ich mich bereits als Ärgernis zu erweisen), aber zunächst einmal zog er seine Unterlippe herab.

»Beim Nordheer!« ergänzte ich.

»Oh!« rief der Händler mit Entschlossenheit und schlug mir auf die Schulter. »In diesem Fall will ich dich nicht festhalten! Welcher junge Bursche würde nicht den Hilfsdienst in einem Heer jeder anderen Dienststelle vorziehen? Ich bin sicher, das ist mehr als mein Freund, der Fuhrmann, für dich zu hoffen gewagt hat!«

»Ich danke Euch«, sagte ich.

»Schon gut.« Der Händler räusperte sich und schob mir die Pastete herüber. »Solange du hier bist, kannst du mit uns essen.«

»Bist du durstig, mein Sohn?« Mein Blick begegnete dem des Priesters, als er die Frage an mich richtete, und das Grau seiner Augen glich dem Grau der See, die ich vom Turm meiner Kindheit aus gesehen hatte, und sie waren so tief, daß mir schon im ersten Moment so zumute wurde, als begänne ich zu schwimmen. Ich vergaß zu nicken, aber er hob den Krug und schenkte mir Wein ein, da das Mädchen keinen Finger rührte, um mich zu bedienen.

Ich nahm den Becher und trank vom warmen, herben, reifen, erfrischenden Wein, und der Priester schob mit dem Fuß einen Stuhl näher an den Tisch. Ich setzte mich und musterte ihn, während er sich wieder seiner Mahlzeit zuwandte. Er trug saubere, hellgraue Lederkleidung, so sanft und weich, daß es meinen überanstrengten Augen wohltat.

»Wie du den heiligen Mann anstarrst!« meinte das Mädchen. »Kann er nicht eine fromme Familie besuchen, ohne unbotmäßig angegafft zu werden?«

»Heiligen Männern sollte man Aufmerksamkeit schenken, auf diese oder jene Art«, sagte der Priester.

Er drehte den Kopf und lächelte, und ich lächelte zurück wie ein vertrauensvolles Kind, das spürt, daß jemand freundlich zu ihm ist. Zuerst erschien mir sein Lächeln so eindeutig und friedfertig, unaufdringlich und zufriedenstellend wie einfache Dinge, wie Brot und Wärme, wie die Annehmlichkeiten der Ruhe nach dem Tagewerk, aber dann bemerkte ich die Ausstrahlung dahinter, und einen Moment lang spürte ich das Singen, das von jeder einzelnen Linie seines Gesichts ausging; es war solcherart, daß man nicht ständig darauf eingestimmt sein konnte. Der

Priester hat ein ganz und gar unauffälliges Gesicht, ein breites, plattes, fast affenähnliches, freundliches Gesicht, nichts daran ist gewöhnlich; und doch strahlt es eine Weisheit aus, die alle die Stürme und all den inneren Widerstreit verstehen muß, welche dem tiefsinnigen Verstand Kopfzerbrechen bereiten.

Ein Schoßhund kam an den Tisch, und die Kleine wand sich auf dem Schoß der Mutter, um ihm ein paar Brocken abzugeben. Das Dienstmädchen veranstaltete viel Aufhebens darum, und der Händler schnappte mit den Fingern, um ihn zu verscheuchen. Jode warf mir eine Frucht zu.

»Hau rein, Junge«, sagte er. »Für die gestrige Arbeit solltest du soviel einsacken wie möglich, jetzt ist es ja aus damit.«

Die Absprache hatte für meine Arbeit nämlich freie Unterkunft und Verköstigung vorgesehen. Außerdem hatte ich die gestrige Abendmahlzeit versäumt.

Ich grinste ihm erleichtert zu, denn offensichtlich trug er mir nichts nach, aber er beachtete es kaum. Ich war froh, daß ich ging. Im Handumdrehen fing ich an, mich in Jode zu verknallen.

Später, als ich mich verabschiedete, meinte der Priester, er müsse auch in diese Richtung und er werde mich zum Quartier begleiten.

Draußen, inmitten der Geschäftigkeit, die sich durch den weißen Schnee tummelte, empfand ich keine Schüchternheit, weil er mich allein begleitete, aber dennoch wußte ich nichts zu sagen.

Er ließ kein ausgedehntes Schweigen entstehen. Mit einem Seitenblick, aber einem aufrichtigen, musterte er mich. Seine Weisheit ergründete mich, alles, das ein kluger, aber nicht übernatürlicher Mensch an mir sehen oder aus meinem Anblick schlußfolgern konnte: mein Alter, meine Klugheit, meine Abstammung, meine Gefühle, meine Zuneigung und die Schüchternheit, die mich nun doch überkam, und ich überlegte, ob er in mir wohl gar das Mädchen erkannte.

»Ein Platz in den Reihen eines Heeres ist für einen ehrgeizigen jungen Burschen sehr vielversprechend«, bemerkte er.

Aber *ich* hatte keinen Ehrgeiz. Einst war es mein einziges Ziel, der einzige Zweck meines Daseins gewesen, *ihn* zu töten. Nun bin ich viel zu weit fort von meiner Heimat, um ihr schaden zu können. Der bloße *Gedanke* daran, ihn zu ermorden, ist viel zu mühevoll. Außerdem ist Ooldra nicht länger in meiner Nähe, um mich nach vollbrachter Tat in Sicherheit zu bringen. Damals gab ihre ständige Bereitschaft mir Anlaß zu Selbsttäuschungen, die mir scheinbar Trost und Zuversicht vermittelten.

»Ich habe keinen Ehrgeiz«, sagte ich. »Ich habe ihn verloren …«

»Niemand hört jemals auf zu streben. Er richtet seine Bestrebungen höchstens auf eine andere, vielleicht bescheidenere Sache.«

Wonach strebe ich?

Nach Beförderung in meinem neuen Wirkungskreis? Nein, je einfacher die Aufgabe, um so besser, und am besten so wenig Umgang mit der Herrschaft wie möglich.

»Das Wort Streben ist ein Selbstbetrug.«

»Oh, was das angeht, ein jedes Wort ist eine Täuschung.« Er lächelte abgründig. »Doch wenn du tief schürfst, mußt du auch schürfen, wo es am tiefsten ist, und du wirst die Erinnerung daran finden, daß Wörter nicht einmal soviel wie ein Kratzer am tiefsten Felsengrund unseres Lebens sind.«

»*Unser* Leben …«

Wir wichen Männern aus, die mit schweren Körben durch die Menge eilten. Die Leute begegneten dem Priester mit Hochachtung, aber im schlimmsten Gedränge muß man wie ein Ringer aussehen oder wenigstens Kraft besitzen, um nicht umgeworfen zu werden. Der Priester hat eine kraftvolle, angenehme Gestalt, er ist vielleicht sechzig, vielleicht siebzig, aber seine Haut gleicht der eines jungen Mannes, sie ist frisch und rosig, nur an den Augenwinkeln sind tiefe Fältchen – unter den Seen von Augen hinter den schmalen Lidern hängen schwere Tränensäcke – und in den Mundwinkeln und in den Winkeln der Nüstern seiner großen, rundlichen Nase. Es ist eine Nase wie die eines störrischen, eigenwilligen Pferdes. Sein Kopf wirkt fast jungenhaft, mit großen abstehenden Ohren.

Seine Miene ist verschmitzt, rätselhaft, humorvoll, liebenswürdig, entschieden, freundlich, ungebildet, weise, barmherzig, mitleidig, boshaft. Es ist die Miene eines Menschen, der sein Leben einer Blutrache geweiht hat. Auf den ersten Blick würde mancher von ihm sagen: Dieser Mann könnte seine Mutter ermorden, und er sieht so sehr dazu imstande aus, daß er's wahrscheinlich schon getan hat!; andere würden sagen: Dieser Mann tröstet die Sterbenden und pflegt die Siechen mit eigenen Händen. Wenn er lächelt, glaubt man ihn sein Leben lang in den Straßen seiner Gemeinde mit den Kindern spielen zu sehen. Sein Gesicht umfaßt einen jeden Ausdruck. Er kennt das Leben und verübt bewußt das Priesteramt. Vielleicht ist er schon seit seiner Jugend im Stande der Priesterwürde. Ich wage keine Vermutungen über ihn anzustellen; vielleicht hat er alle Gelübde des Tempels gebrochen, doch ich würde sagen: keines.

»Was vermögen wir denn während unseres Lebens zu tun?« bat ich um Auskunft.

»Was hat man dir gesagt?«

»Man sagt, gute Taten.«

»Gedanken«, korrigierte er mich. »Gedanken pendeln sich ein und entdecken dabei die Eigenschaft der Liebe. Gedanken sind das Leben, und das Leben ist der Tod, aber die Gedanken sind nicht der Tod. Der Tod ist das Leben, und das Leben besteht aus Gedanken.«

»Niemand hier weiß das!« rief ich und blickte empor in sein Gesicht, während ich mit einem Seitensprung einem Bauchladenhändler auswich und mich beeilte, um mit dem heiligen Mann Schritt zu halten.

»Die meisten kommen im Land jenseits der Regenwolken dieser Erkenntnis sehr nahe.«

Er neigte in der demütigen Art der Priester seinen Knabenkopf, die Hände ergeben zwischen den Ärmeln gefaltet, und sein Lächeln und ein Blick zum Himmel vermittelten den Eindruck von Verschmitztheit. Er hielt einen Mann an, der einen Karren schob, und der Mann schenkte ihm eine Orange. Der Priester gab sie mir und lächelte sein Lächeln, während ich sie begeistert schälte. Der Himmel war blau, der Schnee auch, die Luft frisch, und die Berge rings um die Stadt erhoben sich in frischem, sahnigem Weiß.

»Werde ich Euch häufig im Haus des Händlers antreffen?« fragte ich ihn.

»Ich werde es nicht wieder betreten.«

»Oh. Warum?«

»In dieser Stadt schenkt man heiligen Männern Aufmerksamkeit, doch nicht in der einen, sondern in der anderen Art. Ich werde verschwinden.«

»Wohin?«

»Das weiß man im Land jenseits der Regenwolken. Ich muß mich für eine Weile verbergen.«

»Warum verfolgt man Euch? Wer?«

»Seine Übermächtigkeit, der Gottkaiser des Südreichs, der in der Palaststadt hinter jenem Berg dort wohnt. Nun hat er verkündet, daß es als Lästerung gilt, jemanden außer ihn anzubeten. Wir, die wir es wagen, sind des Todes.«

Ich zog es vor, meinen Vetter nicht zu erwähnen. »Aber die Nordländer?« meinte ich. »Sie verehren eigene Götter.«

»Die werden hier niemals beliebt sein«, erwiderte er belustigt. »Aber ich vermute, daß die Nordländer das Feingefühl und die Höflichkeit aufbringen werden, um Lippenbekenntnisse abzulegen.«

Wir trennten uns vor dem Tor.

Erst am Nachmittag fiel mir ein, daß ich ihn nicht gefragt hatte, wo ich ihn finden könne, und er hatte es mir, vielleicht zu meinem Wohl, ohne Frage nicht verraten.

Das große Haus ist stets gut beheizt und immer voller Leben. Es gibt zahllose schmale, gewundene Treppenfluchten, die das Haus bis unters Dach zweiteilen, in den Teil, worin die Diener und Köche und Dienstknaben und Knechte umherwimmeln, und einen anderen Teil, in dem die Hauptleute und der Feldherr und ihre Weiber und ihre Besucher vom Südheer ihr Treiben abwickeln. Nach den letzten vergangenen Monaten sind die vielen Stufen für mich ein wenig anstrengend, aber die Nordländer sind mittlerweile so daran gewöhnt, als seien sie damit aufgewachsen.

Zum Haus gehört, umgeben von einer Mauer, ein großer Garten, worin auch Obstbäume stehen, die gegenwärtig mit Schnee bedeckt sind; man überblickt den Garten vom Küchenfenster aus. Die Küche ist ein riesiger, mit Steinplatten ausgelegter Raum, voller Tische, Feuerstellen, Bratenspieße, schmieriger kleiner Lümmel, Gewürze und Kräuter, die in Bündeln und Büscheln von den Balken baumeln, blubbernder Kessel, fetter Katzen und Hunde, die alle irgend jemandes Lieblinge sind, junger Kätzchen; und wir haben eine Schildkröte, die einem der Knaben gehört, und ihren Panzer benutzt man, um Käse und Nüsse zu reiben, wenn das Reibeisen gerade unauffindbar ist; ein unaufhörliches Durcheinander aus spritzendem Fett, Genörgel und zänkischen Stimmen und dem Duft des Bratens, Backens und Kochens und von Gewürzen.

Heute, als ich am Tisch saß, während ein hilfsbereiter Knabe Kartoffeln für mich schälte, fragte ich den Oberkoch, was denn das Land jenseits der Regenwolken sei.

»Das ist so eine Redensart, das heißt Nirgendwo. Denn wo regnet es nicht bisweilen? Ähnlich wie in Mu, dem Erdteil zu Füßen der Welt, dort pflegt man eine verrückte Redensart mit dem Mond. Sie schwören immer beim Mond, die Leute dort. Sie glauben, dahin gingen die Toten. Früher bedeutete diese Redewendung, daß jemand vom Antlitz der Erde verschwindet – aber jetzt nehmen sie sie wörtlich, obwohl es doch reichlich blödsinnig klingt wenn jemand glaubt, jemand würde an einen Ort verschwinden, den es doch gar nicht gibt.«

»So ist es«, pflichtete der Vorkoster des Feldherrn ihm bei, der ebenfalls am Tisch saß. »Machst du heute die gleiche Fischsuppe wie gestern? Sie war vorzüglich. Sie ist auch sehr gelobt worden – alle würden sie heute gerne noch einmal essen. Sie mögen sie, vor allem die Prinzessin.«

»Lara schluckt alles«, sagte ich. »Vom Fisch habe ich jetzt genug. Heute gibt's eine Suppe aus verschiedenen Eiern, Lauch, Hairogen und Rum. Wie die wohl schmekken wird? Der Hairogen ist schon ein Zugeständnis, das muß reichen. Würdest du den Hairogen bei einem Händler für mich einkaufen? Du kannst dich ruhig etwas nützlich machen – alles zu kosten, bevor dein Herr es verzehrt, ist sicher keine schwere Arbeit. Und du machst dich nicht einmal bezahlt, indem du irgendein Gift entdeckst. Jedenfalls nicht in meinen Gerichten.«

Der Koch schnob und jagte mich mit einem Schöpflöffel in der haarigen Hand um den Tisch, und wir prallten gegen einen Küchenjungen, der gerade eintrat und stießen ihm die Sammlung von Ameisen und Käfern aus den Händen, die er mir brachte, weil er meinte, ich könne sie als Zutaten verwenden.

Die Jungs bringen mir ständig solche Bereicherungen: kleine Schlangen zum Braten, Magnolienblätter.

Der Vorkoster ist ein Südländer, ein lustiger Mann, der meine Suppen schätzt; aber Zerds Haushalt hat nie zuvor einen Vorkoster ausgehalten, und die Tatsache, daß er nun einen in Dienst gestellt hat, ist ein Beweis dafür, wie wohlbewußt sich jedermann der Antipathie ist, die unter der Oberfläche des Bündnisses zwischen den Nord- und Südländern schwelt.

Nun, da ich wieder regelmäßig und ungestört schlafen kann, schlafe ich weniger tief, und ich habe mehr Zeit –

zum Träumen. Einst bedeuteten mir meine Träume ein reichhaltiges, befriedigendes zweites Leben, im Turm schienen sie manchmal in der Tat der einzige interessante Teil des Daseins zu sein. Es ist ebenso bitter wie schrecklich, was aus ihnen geworden ist. Inzwischen fürchte ich mich vor dem Schlaf. Bis spät in die Nacht sitze ich mit meinem Tagebuch und einer Lampe (die in der Abstellkammer eigentlich verboten ist) auf meinem Haufen von Fellen und Wolldecken.

Manchmal scheint Ooldras Stimme in meinen Ohren zu flüstern.

Heute habe ich Zerd gesehen. Wir begegneten einander auf der Treppe. Ich ging mit einem Korb voller Pfauenhirn hinauf, er kam mit einem Schwarm eigener und südländischer Hauptleute herunter. Ich schaute, ob Iro dabei sei, aber er war's nicht. Ich glaube, Zerd hat mich gar nicht bemerkt. Sein roter Umhang wallte und berührte meinen Arm, als er an mir vorüber abwärts stieg.

In der Stadt werden ständig Aufmärsche, Paraden und Besichtigungen von Kriegsgerät durchgeführt. Die verbündeten Heere bereiten sich zügig auf den machtvollen Angriff auf Atlantis vor. Viele Hinrichtungen von Priestern des alten Glaubens finden statt. Ich bleibe im Haus. Das Hauptquartier des Nordheers ist inmitten einer Bevölkerung, die eine wachsend feindselige Haltung einnimmt, keine Festung, aber Wände, Treppen, Wärme; das unbedeutende Treiben der Bediensteten und ein Dach über dem Kopf vermitteln zumindest den Eindruck anheimelnder Sicherheit.

Dies ist eine Stadt grausamer Härte, eine hinter Bergen verborgene Stadt, die es hält, wie sie's will. Von unseren Fenstern an den Straßenseiten aus sehen wir oft, wie man Priester in ihren sauberen grauen Kleidern zur Hinrichtung führt. Die südländischen Soldaten, welche das erledigen, springen zumeist roh mit ihnen um und schlagen sie mit den Speeren. Manche sind ernst, aber sie tun ihre Pflicht. Vielleicht ist es ihnen auch gleichgültig – den meisten. Die Priester gehen gewöhnlich aufrecht und sind ruhig. Gelegentlich fängt man mehrere gemeinsam, anscheinend in irgendwelchen Verstecken, und treibt sie zur Hinrichtung, wie man Vieh zum Markt treibt, stumm bis auf anfeuernde Treiberrufe. Aber gestern schrie ein Mann, während sie ihn abführten, denn weil er jammerte, prügelten sie ihn.

Sie machen das alles so unauffällig wie möglich, diese Bestien, weil sie fürchten, durch den Mord an irgendeinem besonderen Liebling der Stadtbevölkerung deren Zorn zu erregen. Aber das Wissen um die Massenhinrichtungen ist schon durchgesickert und verbreitet sich, und die Leute lehnen sie ab; sie schütteln die Köpfe und zischen, und manche veranstalten auf den Marktplätzen hitzige Streitgespräche, wobei man sich immer darauf einigt, daß es eine schmutzige Sache sei, und manche schmähen sogar die Soldaten, wenn sie zufällig Zeuge werden, wie sie einen Priester aus seinem Schlupfwinkel zerren, doch dann gehen sie weiter und erledigen ihre Besorgungen. Einen richtigen Aufstand hat es bisher nicht gegeben, obwohl sie wissen müssen, daß man sie, sobald sie *alle* sich dagegen wenden, um das Übel auszumerzen, nicht alle köpfen kann.

»Wer ist diese Übermächtigkeit, der Gottkaiser?« fragte ich den Koch.

»Irgendeine südländische Angelegenheit unter den Vornehmen«, meinte er gelangweilt. »Das geht bloß die Südländer an und uns überhaupt nichts.«

»Wer ist die Übermächtigkeit?« fragte ich unseren südländischen Vorkoster.

»Kümmere dich nicht um solche Dinge«, antwortete er. Die arme schlichte Seele schaute zum erstenmal sehr verdrossen drein und begann hastig einen Topf auszukratzen.

Ich fragte einen jungen Unterführer, der mit einer Nachricht ins Haus und anschließend in die Küche kam; er saß auf einem Tisch und schaukelte mit einem Stuhl, während er frische Kekse knusperte.

»Wer ist die Übermächtigkeit?«

»Oh, das ist so ein hohes Tier dieser Südländer, er wohnt hinter dem großen Berg in einem Dorf für sich, ganz aus Marmor, und er ist schon seit Jahren als Gott der Südländer anerkannt, aber nun hat er befohlen, daß die Anbetung aller anderen Götter als Sünde und Gotteslästerung verfolgt wird ...«

»Aber sicher glauben die Leute nicht an ihn?«

»Na, sie werden's müssen, oder nicht? Diese Marmelade schmeckt sehr gut. Aber das hier war sowieso noch nie eine fromme Stadt.«

Ich weiß nicht, ob der Priester, den ich kennengelernt habe, bereits ergriffen worden ist; vielleicht befindet er sich noch in Sicherheit, doch wahrscheinlicher ist das Gegenteil.

Heute erhielt ich Besuch, der zu mir in die Küche kam. Man warf mir halb neidische, halb belustigte und halb bewundernde Blicke zu – nun, sagen wir einmal, zu einem Drittel neidisch, und so weiter –, denn ich befinde mich allem Anschein nach noch nicht im Stimmbruch, und da bekomme ich wahrhaftig so wunderhübschen Besuch. Lel hat neue Kleider, schön und, weil sie so neu sind, noch ein wenig steif, blau, mit einem kurzen, hüpfenden Rock über züchtig weiten, mit breiten Goldbändern benähten Hosenbeinen.

Wir umarmten uns, und Lel schnatterte ununterbrochen.

»Ich dachte, daß ich dich hier antreffe, Jaleril, ach, wie gut es uns doch geht! Und wann wirst du mich besuchen?«

»Wann du's willst.«

»Mir wäre es auf der Stelle recht.«

»Mir auch.«

Ich war gerade dabei, Aale auszunehmen, eine zermürbende Tätigkeit, denn sie zucken und springen selbst noch wenn sie längst getötet worden sind, es ist einfach scheußlich, und ich überließ die Arbeit bereitwillig einem der blutdurstigen kleinen Flegel ringsum.

Lel und ich liefen zusammen hinaus.

Im Hof stelzte ein großer schwarzer Vogel auf und nieder, wartete. Er hielt sich abseits von den Pferden und anderen Vögeln, wie ein großer schwarzer Dämon; gefährlich sind sie alle, aber er hat Menschenblut geschmeckt und läßt sich nicht länger umstandslos ankoppeln. Inmitten von Knechten, Pferden und Vögeln überquerten wir den Hof. Es stank und war furchtbar laut. Bellen, Knurren, Geschrei, das schrille Wiehern erwachender Wut. In der Nähe der Vögel stehen die Pferde niemals still, ständig drohen Kämpfe auszubrechen. Die beiden Rassen vertragen sich schlecht. Immerhin achten sie einander – mit ihnen ist es anders als mit Rindern und Pferden, die man in einem Gehege halten kann. Falls überhaupt, neigen eher die Vögel dazu, die Pferde geringschätzig anzusehen.

In dem Moment, als mein Blick auf ihn fiel, spürte er meine Gegenwart und wandte den mächtigen Kopf.

Das schmale Auge leuchtete feuerrot.

Mit einem Krächzen drehte er sich und stürzte auf mich zu, so schnell, daß seine schwarzen Federn, die großen, schwarzen, gebogenen Federn, an seinem Leib wallten. Die gespreizten Klauen klirrten auf den Steinplatten. Andere Vögel und Stuten und Hengste hoben die Köpfe und wichen ihm aus, Reitknechte taumelten ihm aus dem Weg, schlugen in ihrer Hast Purzelbäume.

Er raste direkt auf mich zu, der glänzende Blick des einzigen Auges ruhte auf mir allein. Seine verkümmerten Schwingen waren ausgebreitet und flatterten, schlugen nutzlos in der Luft, tolpatschig war's, wie er so herantollte, doch zugleich, bei einem Wesen von solcher Größe, Kraft und Unberechenbarkeit, äußerst furchterregend. Wahnsinnige Furcht packte mich; ich war ein so winziges

Geschöpf neben ihm – mein Kopf reichte bloß bis unter seinen Schnabel.

Einen Schritt vor mir blieb er stehen. Ich stand wie versteinert, aber er senkte nur seinen häßlichen Kopf und schob ihn in meine Achselhöhle, rieb ihn an meiner Seite und gab einen dunklen, klagenden Laut von sich, anscheinend sein gewöhnliches Bellen, nur sanfter und langgezogen.

Ich streichelte ihn, wie ich's früher getan hatte. Ich konnte ihn nicht einfach übersehen.

Außerdem fürchtete ich mich. Mein Herz hämmerte unregelmäßig. Er war so riesig, so machtvoll. Ich konnte seine Zuneigung nicht mißachten. Sie ist zu stark. Sie würde nicht enden, aber um rasenden Zorn bereichert werden. Doch als ich ihm meine Zuneigung schenkte, waren wir wie Hälften eines Ganzen. Ich darf es nicht noch einmal zulassen.

»Steig auf, Lel.«

»O nein, du mußt ihn reiten, Cija.«

Und ich begriff, daß ich es mußte. Ich tätschelte ihn, schob meinen Fuß in den tiefen Steigbügel und schwang mein Bein empor.

Lel saß hinter mir auf und schlang die Arme um meine Taille. Als sie aufstieg, sah ich, daß sie – oder er – weiche lederne Knöchelgamaschen über den Halbschuhen trug, damit die Steigbügel nicht seine Knöchel wundscheuerten. Das Leder war mit Goldstickereien verziert. Außerdem trug er zierliche metallene Sporen, nicht die von der Art, die man in die Absätze schraubt, sondern sie waren mit Kettchen um die Schuhe befestigt; es waren lange Sporen mit stachligen Rädern.

»Sicherlich benutzt du sie nicht oft?« meinte ich.

»Nein, niemals«, antwortete Lel mit herzlicher Aufrichtigkeit.

Seit ich zuletzt im Sattel gesessen hatte, waren ungefähr zwei Monate verstrichen, allerdings erschien es mir viel länger. Oh, natürlich, wenn man nicht den Ritt in jener

Nacht mitzählt, als ich schläfrig vor dem Feldherrn auf dem Tier wankte und er mich mit einem Arm aufrecht hielt. Doch nun lagen die Zügel wieder in meiner Hand. Lel, hinter mir, wies den Weg, die richtigen Straßen, und ich war wieder ein Reiter, spürte die Schnelligkeit des Tiers zwischen den Beinen, die Empfindsamkeit gegenüber dem leisesten Druck meiner Knie, das Rucken des Vogelnackens, die Geschicklichkeit meiner Hände, den Wind in meinem Gesicht.

Dies war ein Stadtviertel, das ich noch nicht kannte. Die Soldatenunterkünfte liegen innerhalb des Stadtgebiets, aber die Paläste bilden einen großen Block für sich. Ich sah marmorne Stufen und Säulen, verschneite Gärten hinter Mauern, Türmchen und Kuppeln und hohen, breiten Portalen.

»Und das ist unseres«, sagte Lel.

Es mißfiel Ums, wieder bei Reitknechten bleiben zu müssen, doch Lel schob mich durch die Tür in eine große, runde Halle mit einem Springbrunnen, Wandgemälden und Treppen. Die Ausstattung und die verwendeten Materialien waren wesentlich kostbarer, und es gab keinen Baum und kein offenes Dach, aber grundsätzlich war dies die gleiche Art von Anlage, wie ich sie vom Palast des Statthalters her kannte, und bei der Erinnerung an die Zeit vor meiner Freundschaft mit Lel schauderte mir.

»Ist Iro fort, Lel?«

»Heute, ja.«

Die Situation war uns beiden völlig klar.

Lel zeigte mir Iros ganzen Palast. Wir verbrachten einen wundervollen Nachmittag. Wir schwatzten und plauderten und lachten, und vertrauten uns auch einander an. Lel sagte, er sei traumhaft glücklich mit Iro, auch mit dem Kreis von dessen Freunden und Bekannten. Im Dorf hatte er sich immer für ein Ungeheuer, vielleicht für ein einzigartiges, gehalten, geboren mit einer unausrottbaren inneren Verdorbenheit. Nun hatte er eine Gesellschaft gefunden, die ihn als ganz normal anerkennt und obendrein wird er eifersüchtig geliebt und verwöhnt.

Der Palast ist zweifellos ein schrecklicher Bau, um darin zu wohnen.

Die Haupthalle hat Glaswände, hinter denen sich, an allen Seiten, riesige Aquarien befinden. Darin treiben Wasserpflanzen und schwimmen Fische. Winzige glitzernde Fische in Schwärmen wie mit Juwelen besetzte Blasen; große, schläfrige, silberne Fische; schwarze Aale; phantastische kleine Seepferdchen; Schildkröten mit überdrüssigem Grinsen, glänzenden Panzern und wedelnden Flossen; Wasserschnecken; und ein Paar faszinierender räuberischer Polypen, die von den anderen getrennt sind und täglich mit weniger wertvollen Geschöpfen gefüttert werden. All das kann man sehen, wenn man in der Halle sitzt; in ihr werden die Gäste empfangen. Sie ist ständig in unterseeisches grünblaues Licht getaucht, das die Gesichtszüge eines jeden verdunkelt, der auf den Teppichen sitzt oder den Lagern, die mit den Fellen von Schneeleoparden gepolstert sind.

Lel klatschte unter der Tür in die Hände und rief, worauf ein kleiner Junge kam, der zur goldhäutigen Rasse gehörte, und uns eine Platte mit Obst und Wein und einem gebratenen Hähnchen für jeden brachte, die wir in die Finger nahmen und abnagten.

Das Schlafgemach ist mit Seide ausgehängt, worüber schräg Längen flauschigen Pelzes und Goldkordel verlaufen; die Seidenbahnen sind unterschiedlich gefärbt. Am Boden liegen Felle, manche noch mit ihren zähnefletschenden Köpfen, und aufgetürmte Haufen über Haufen seidener Kissen. In jeder Ecke steht auf einem Sockel ein gewaltiger marmorner Topf mit prachtvoll duftenden Blumen. Sie müssen hier irgendwo in einem Innengarten wachsen.

Das Bett hängt an der Decke, so daß es bei jeder Berührung zu schaukeln anfängt und es ist aus Metall und geformt wie ein Kriegswagen (bloß berühren die Räder nicht den Boden), den metallene Pferde ziehen, welche in ihrem Aufbäumen fast den ganzen Raum ausfüllen. Sie sind schön gefertigt, aber ich sagte, daß ich das für eine reichlich überladene Dekoration halte. Lel meinte, das Wort kenne er nicht, obwohl er von Iros Freunden sehr viel lerne, doch falls ich damit sagen wolle, sie seien nicht wahrhaft großartige Pferde, würde ich mich täuschen.

Die Decke besteht aus einer glatten, auf Hochglanz polierten Silberplatte, die alles widerspiegelt, das unten geschieht. Potztausend!

Lel ist wirklich vorangekommen in dieser Welt.

Nach einem gewissen Zeitraum der Unterbrechung beginne ich die Eintragungen nun fortzusetzen. Meine Tage sind abwechslungsreicher geworden, ich schlafe wieder besser.

Lel habe ich mittlerweile mehrmals besucht. Es ergab sich so, daß Iro bei meinem zweiten Besuch früher heimkehrte und uns zusammen antraf. Zum Glück fand er uns in der Haupthalle, mit Eimern voller Wasser und Wasserpflanzen über den Armen, weil wir die Fische fütterten. Wir kicherten und lachten kindisch und spritzten uns gegenseitig (und Iros Teppiche) naß. Indem wir den Anschein wahrten, ich sei Lels Bruder, grüßten wir Iro mit Achtung und Freude. Mehrere seiner edlen Freunde begleiteten ihn, und wir verbrachten allesamt einen lustigen Abend in der großen grünlichen Halle, hockten am Boden, aßen kleine Vögel und plauderten, und einer der Freunde war schließlich auf heitere Weise betrunken, nicht weil er soviel Wein geschluckt hatte, sondern weil die Stimmung sich eignete, und er kletterte hinauf zum Futtersims und hopste in eins der Aquarien – dabei spritzte er uns mächtig voll – und schwamm unter Wasser herum, bis der eine Polyp Anstalten zu entschlossener Verfolgungsjagd machte.

Nachdem man mich somit anerkannt hatte (und falls nicht anerkannt, so doch wenigstens nicht zurückgewiesen), entschied ich, daß es lächerlich wäre, fortan auf weitere Besuche bei meinem vorgeblichen Verwandten zu verzichten. Natürlich lud Iro mich nicht ausdrücklich ein, aber das erachtete ich als nebensächlichen Umstand.

Mir ist gänzlich klar, daß Iro keineswegs glaubt, ich sei Lels Bruder, doch inzwischen hat er sich an mich gewöhnt und an meinen Umgang mit Lel, und ich nehme an, daß er glaubt, ich sei ein Freund aus Lels Kindertagen, und Lel habe gelogen, um jeden Verdacht auf Untreue vollständig auszuschließen.

Lel wird wie ein geliebtes Spielzeug behandelt. Persönlich ist Iro ein sehr netter Mensch. Ich finde ihn ziemlich unnahbar, doch mit so etwas muß man wohl rechnen, denn er ist ein fähiger, tüchtiger Hauptmann im Südheer.

Es ist eine Gesellschaft, in der ich mich als Mädchen schrecklich gering fühlen müßte.

Sie sind außerstande, von Frauen anders zu reden als in herabwürdigenden Äußerungen, wie die, daß sie bloß Gebärmaschinen seien, die ihr widerwärtiges Geschäft durch schwindelerregende Faseleien von Mutterliebe und weiblichen Reizen zu erhöhen versuchten. Natürlich beginne ich allmählich selber so zu denken. Bisher habe ich bloß sehr wenige Frauen kennengelernt, die mir gefielen, und der Anblick von Lara, die widersinnig, hartherzig, anmaßend, gebieterisch und obendrein schwanger das ganze Haus in Unruhe hält, ist wirklich einer, der Übelkeit erregen kann. Doch ich gedenke dessen, daß ihre Einstellung auf Bosheit und Eifersucht beruht, obschon die Mehrheit nicht wie Lel ist; die meisten wären beileibe nicht lieber weiblichen Geschlechts, oder falls doch, so haben sie's noch nicht gemerkt.

Und immerhin, und das stimmt sowohl für mich als auch für sie, mögen Frauen das eigene Geschlecht im allgemeinen *nicht*.

Mittlerweile hege ich die Auffassung, daß Iro – mit dem sicheren, unfehlbaren Blick langer Erfahrung – in Lel den Jungen erkannt hat, sobald er ihn sah.

Mir als scheinbarem Knaben schenkt man recht viel Aufmerksamkeit. Schon hat man mir mehrere schmeichelhafte Angebote gemacht, die ich mit einem wohlbemessenen süßlichen Blick jugendlicher Unschuld abgelehnt habe, und glücklicherweise nimmt man's mir nicht übel.

Auf jeden Fall bekomme ich in dieser Gesellschaft, in der jeder schrille Quietscher ausstößt und kichert und Schminke im Gesicht und/oder die falschen Kleider trägt, genug Gelegenheit, um mich zu entspannen und ganz und gar ich selber zu sein. In der Küche ist das Dasein für mich eine ununterbrochene Mühsal, obwohl recht lustig, denn ich muß mich zusammenreißen und einen jungen Lümmel spielen, weil es sinnlos wäre, männlich wirken zu wollen.

Wir sahen einen Kampf in der Straße. Gestern kämpften sie in den Straßen – die Nordländer und die Südländer. Wir sahen an den Fenstern zu. Schließlich erschien Lara persönlich, um festzustellen, was den Betrieb aufhielt, und wir starrten alle aus den Fenstern. Sie drängte sich vor, spähte ebenfalls hinaus und keuchte erschrocken, eine Hand auf dem Busen. Sie wandte sich um, mit einer Drehung aus der Hüfte, eine Balzbewegung, die sie der Konkubine ihres Gemahls abgeguckt hat, und schickte, indem sie gebieterisch fuchtelte, einen Küchenjungen zum Feldherrn. Ich erinnere mich, daß ich damals, als ich noch selber körperlich eine Unschuld gewesen war und Lara zum erstenmal sah, gedacht hatte, ein süßes kleines unberührtes Mädchen wie sie sei genau die richtige Gemahlin für jemanden wie ihn.

Alsbald taumelten mehrere der allerhöchsten Anführer herein und verdrängten uns von den Fensterplätzen. Erstmalig sah ich den Feldherrn in der Küche – und seit fast einem Monat überhaupt wieder. Wie die anderen war er ziemlich betrunken. Ich blieb abseits. Ein paar Minuten lang beobachteten wir Bediensteten, Lara und ein paar andere Edelfrauen, die sich nach und nach einfanden, die vornehmen Herren an den Fenstern. Da waren *er*, seine Hauptleute, ein paar hochgestellte Rüstmeister und eine Anzahl wichtiger Südländer, hohe Offiziere, Heerführer und Aristokraten. Sie stützten sich aufeinander, legten sich gegenseitig die Arme auf die Schultern, rülpsten, lachten schallend und gelangten schließlich unter Flüchen zu der

Feststellung, daß dort unten Soldaten des Südreichs gegen solche des Nordheers kämpften.

Daraufhin gürteten sie mit einiger Verspätung ihre Schwerter und eilten unsicheren Fußes aus dem Haus.

Wir stürzten zurück an die Fenster, aber diesmal mußten wir den Edelfrauen weichen. Sie gafften hinaus, trippelten auf ihren hochhackigen Festsandalen, keuchten und krähten, und zuletzt kehrten die Herren zurück, nachdem sie ihre jeweiligen Unruhestifter verscheucht hatten, und wurden mit Lob und Geschnatter bedacht. Ich überlegte, wieviel die Edelfrauen gesehen haben mochten; ob sie den großen Gruppenführer der Blauen mit eingeschlagenem Schädel im geröteten Schnee liegen gesehen hatten, und den Mann, der verkrümmt vor dem Tor in einer Blutlache lag und stöhnte. Die Herren nahmen am Küchentisch Platz und brüllten nach Wein.

Ich mußte helfen. Ich konnte mich nicht drücken, während die anderen bedienten, aber ich suchte mir einen schläfrigen Südländer aus, so weit von *ihm* entfernt wie möglich, und trat zu ihm, doch Zerd, einen Arm um Laras Schultern geschlungen, schrie aus vollem Hals ausgerechnet nach mir.

»He, Meistersuppenkoch, den Rotwein, den du da bringst, bring ihn her, ich will nicht diesen *Dreck!*« Und er vertrieb den hilfsbereiten Vorkoster, der ihm Weißwein einschenken wollte, mit einem Tritt.

Ich bahnte mir einen Weg zu ihm.

Er neigte sich mir entgegen und zerrte Lara, weil er sie umschlungen hielt, mit sich; sie hatte ebenfalls schon viel getrunken, ihre Wangen waren hitzig gerötet, und über den Rand ihres Bechers blitzten ihre Augen mich an.

»Ha, mein Schützling!« Er ließ sich Zeit zu einem langen Zug. »Wo habe ich dich aufgeschnappt …? Na, gefällt es dir unter diesen fetten Kadavern besser als unter den schmierigen Kadavern in dem Puff, aus dem ich dich abgeschleppt habe?« Lara kicherte und warf die Arme um seinen Nacken, und er nahm noch einen langen Schluck.

Das hatte er also von Lel gemeint. Ich spürte, daß ich erhärtete wie Eis, aber im Innern kochte ich. Ich entfernte mich mit der Weinkanne, aber bevor ich ein paar Schritte getan hatte, zurück in das laute Gewimmel, packte mich seine Hand – wessen Hand, das erkannte ich sofort am harten Griff.

»Mehr Wein, Herr?« fragte ich gleichmütig.

»Du hast mir nicht geantwortet«, bemerkte er.

»Ja«, pflichtete Isad bei, der neben ihm schamlos gelauscht hatte, »unser Feldherr muß wissen, ob du auch zufrieden bist.«

»Vollständig, Gebieter, ich bin Euch dankbar.«

»Und du vermißt deine hübschen Freundinnen nicht?« flötete Lara mit einem beleidigend frechen Seitenblick, indem sie ihren Senf zu dem gab, was sie aus den Äußerungen ihres Gemahls schlußfolgerte; es verschlug mir glattweg den Atem, so daß ich sie nur anstarrte. Plötzlich kippte am Tisch ein Mann im südländischen Waffenrock um und blieb ausgestreckt zu ihren Füßen liegen und schnarchte; es war Iro. Sie kümmerte sich nicht darum. »Komm schon, Bürschlein, füll meinen Becher«, sagte sie und hob ihn mir entgegen.

»Ist es klug, Gebieterin, in Eurem Zustand soviel zu trinken?«

Ich gab mir große Mühe, meiner Stimme einen sorgenvollen Klang zu verleihen.

Sie wurde kalkweiß und stierte mich mit wachsender Gehässigkeit an.

Der Feldherr warf den Kopf zurück, so daß seine dunkle Kehle sich deutlich vom weißen Hemd abhob, und lachte in das Stimmengewirr der anderen hinein, und als er wieder die Augen öffnete und mich ansah, standen Tränen darin, und er wimmerte und hustete vor Heiterkeit. Er wirkte stockbetrunken und ungemein fröhlich, seine Zähne blitzten. Selbst unter Berücksichtigung seiner Trunkenheit und Laras giftigem Blick vermochte ich mir nicht vorzustellen, was er so unerhört lustig fand.

»Ich hatte schon einmal einen Bediensteten, der sich im Kreis meiner Familie derartige Unverschämtheiten erlaubte«, bemerkte er.

Ich stieg über Iro.

»Wein, Herr?« wandte ich mich an Clor. Ich verbarg mich zwischen den Bediensteten und Gästen, die nun ein Trinklied röhrten, und ständig sah ich vor mir den Gruppenführer der Blauen, der mir einmal den Absatz einer Sandale ausgebessert hatte, mit zertrümmertem Schädel im rötlich verfärbten Schnee liegen.

Wir hatten schon zuvor von bewaffneten Auseinandersetzungen zwischen den verbündeten Heeren vernommen, doch das war das erste Mal, daß wir einen solchen Kampf aus unmittelbarer Nähe hatten beobachten können.

Ich vermute, ich habe unterbewußt immer darauf gewartet, daß es geschieht.

Und nun ist es geschehen.

Ich war zu Besuch in Lels Palast – ich meine, in Iros; es war abends, und wir kamen zum Essen zusammen. Wir saßen um einen langen Tisch, und sogar ich trug meine besten Kleider. O ja, inzwischen besitze ich wieder bessere Sachen. Ein fein geriffeltes Hemd, das der Vorkoster mir geschenkt hat, weil er dafür zu dick geworden ist, ein engmaschig gewobenes wollenes Wams, rot, das die Tochter des Kochs für mich gemacht hat, nebenbei, da sie sowieso gerade eins für ihren Vater anfertigte – ein unerwartetes Geschenk, das mich sehr rührte – und ein Paar alter goldener Schuhe, das Lel mir überlassen hat, weil er es nicht länger mochte. Meine Hose ist die alte, aber die Tochter des Kochs hat sie so prächtig geflickt, daß sie beinahe wie neu aussieht. Damit und mit einer Pfauenfeder an meinem Hut (die ich in der Küche bei der Zubereitung eines festlicheren Mahls erbeutet habe) bin ich in der Tat eine fast vornehme Erscheinung.

Ich bin mir dessen sicher, daß ich gegen die Edlen mit ihren Juwelen und Pelzen und Tressen deutlich abfalle, aber ihnen macht es nichts aus, sie mögen mich alle und achten mich, und sie verhätscheln mich sogar mehr als sie's mit Lel wagen, wenn Iro dabei ist.

Jene Edlen, die im Heer Dienst tun, sind allerdings am großartigsten geschmückt, jeder davon ist schwer mit Auszeichnungen behängt. Alle tragen sie Reihen über Reihen von Auszeichnungen, die glänzen, funkeln, blitzen, glitzern und schimmern, und wenn man näher hinschaut, sieht man, daß jede anders ist, anders in Form und Art, aber alle sind hübsch.

Natürlich besitzt keine eine außergewöhnliche Bedeutung. Im Heer des Südreichs ist man schrecklich großzügig und verschwenderisch mit Auszeichnungen, jeder bekommt jedesmal eine, wenn er zufällig eine Nachricht an den richtigen Empfänger befördert oder sich einen Kratzer zugezogen hat. Für eine Verwundung gibt's ein Lavendelherz – für eine Verwundung im Kampf ein Amethystherz.

Nun, wir saßen also alle schön vornehm um den Tisch und aßen und führten weitschweifig höfliche und gebildete Gespräche. Das klingt immer ungeheuer tiefsinnig, und manchmal scheinen sich sogar gegensätzliche Standpunkte zu ergeben; aber in Wirklichkeit handelt es sich lediglich um einen schon gewohnheitsmäßigen Austausch abgedroschener Wendungen, den wir wahrscheinlich im Schlaf genausogut abwickeln könnten, und vielleicht tun wir's auch.

Plötzlich wurde die Tür etwas heftiger als sonst geöffnet und statt eines Dieners eilte der kleine goldhäutige Knabe herein.

Er lief zu Iro und machte einen Knicks.

»Verzeiht Gebieter, ein Edler des Nordheers wünscht Euch zu sprechen ...«

»O ihr Götter!« Iro schnitt ein düsteres Gesicht. »Pflichten um *diese* Tageszeit.«

Ich fühlte mich versucht, ihn daran zu erinnern, daß der Nordländer wahrscheinlich den ganzen Tag lang schwer gearbeitet hatte und noch immer nicht fertig war, aber ich hielt meinen Mund.

»Lade ihn nicht zum Essen ein, Iro, falls er nicht unzweifelhaft ein edler Herr ist«, riet einer der Freunde. »Vermutlich ist es ein ungeschlachter Kerl, oder gar ein Plebejer, sie erheben solche Gestalten nicht selten zu Anführern.«

»Führe ihn herein«, sagte Iro zu dem goldhäutigen Knaben, der aus dem Saal rannte.

»Ein Tölpel zu sein ist gewiß schlimmer, als wenn man ein Plebejer ist.«

»Findest du nicht«, warf ein vornehmer junger Künstler am oberen Tischende ins Gespräch, »daß die *echten* Unterklassen, trotz der zugegebenerweise recht geschmacklosen Vorstellungen, die sie vom Leben haben, der beste Teil des Volkes sind? Die Oberklassen, Anwesende natürlich ausgenommen, sind durchgängig verblödet und die herkömmliche Mittelklasse ist doch wahrlich dermaßen widerlich, daß sie sich jeder Beschreibung entzieht.«

»Natürlich, die Barbarenstämme kennen diese ganzen Sorgen mit den Klassenunterschieden nicht«, sagte Iro zwischen zwei großen Bissen. »Sie haben Häuptlinge und Krieger und Weiber und sonst nichts.« Lel blickte köstlich hochnäsig drein.

»Ich mag die *echten* Unterklassen, die in den Städten«, sagte ich. »Die Streuner und Straßenhändler. Aber die Mehrheit der arbeitenden Klassen ist überflüssig. Sie ist die Ursache der Elendsviertel und saudumm – und gewöhnlich auf eine schrecklich ausgefeilte Art.« Ich wollte mich noch über die Bauern äußern, aber Nasir, ein gefühlvoller Edler, der von den werktätigen Klassen stets redet, als seien sie das Salz der Erde, jedoch bestimmt entsetzt wäre, lernte er sie einmal unverstellt kennen, statt nur als Herr mit ihnen zu verkehren, vor dem man dienert, und der mit Leuten wie mir (denn rangmäßig bin ich in dieser Runde ein Bediensteter) sehr unwillig und übellaunig umspringen kann, unterbrach mich.

»Oh, sie sind notwendig. Sie sind das Rückgrat des Volkes. Gäbe es keine Arbeiter, die Ziegel auf Ziegel schichten und Felder pflügen, wo wären dann unsere Architekten und Wissenschaftler?«

»Wäre jedermann ein Gelehrter«, erwiderte eine helle, aber harte Stimme, die hier ungewohnt männlich klang, doch ich konnte nicht feststellen, wem sie gehörte, »würde man Maschinen bauen, welche jede Arbeit in kürzester Zeit erledigten, die gegenwärtig von dummen und vorwiegend regelrecht faulen Viehkerlen getan wird, und die Stadt muß sie bezahlen – und wir mit unseren Abgaben.«

Gerade stellte ich insgeheim fest, daß das die leichtfertigste aller ernsthaften Antworten war, die man auf Nasirs festgerannte Vorstellungen erteilen konnte, als ich sah, bei wem es sich um den Sprecher handelte. In einem kalten Luftzug war soeben ein junger, magerer Unterführer des Nordheers eingetreten, auf seinen Schultern lagen Schneeflocken; ihm folgte ein sehr junger Soldat, der grinste und unter dem Gewicht von Kisten wankte.

Obwohl er in den Stiefeln, dem karmesinroten und goldenen Waffenrock und mit einer weißen Narbe an der Stirn größer und älter aussah, erkannte ich ihn sofort.

Smahil.

»Smahil!«

Der Ausruf kam nicht von mir. Iro begrüßte ihn im Tonfall der Erleichterung; anscheinend zählte er ebenfalls zu seinen Bekannten im Nordheer.

»Stell sie dort ab«, sagte Smahil zu dem sehr jungen Soldaten, der die Holzkisten, während er unverändert grinste, neben unsere festliche Tafel krachen ließ.

Smahil trat vor Iro und entbot ihm einen recht linkischen Soldatengruß. »Ich habe hier solches Zeug, das euch gehört und ich wäre froh, würdest du's mir abnehmen, wir können nichts davon gebrauchen.«

»Na gut«, sagte Iro. »Woher hast du's?«

»Einer meiner Burschen hat's gebracht. Gefunden, behauptet er. Ich habe es nicht nachgeprüft.«

Iro runzelte die Stirn. »Ja, gut«, sagte er. »Ja, ich nehm's dir ab. Wie du siehst, sind wir im Moment beschäftigt. Hast du Zeit, um dich zu uns zu setzen?«

»Sicher«, sagte Smahil und nahm am Tischende Platz. »Mein Dienst beginnt erst wieder morgen früh. Danke.«

»Bring Gedecke für die beiden nordländischen Herren«, befahl Iro dem goldhäutigen Knaben; der Soldat errötete und setzte sich neben Smahil, der aus der Brusttasche seines Waffenrocks ein schmieriges Heftchen und einen winzigen Stift holte. »Würdest du wohl bitte den Empfang bestätigen?«

»Natürlich«, sagte Iro und malte seinen Namen auf ein Blatt. »Nebenbei, was ist es überhaupt?«

»Auszeichnungen«, sagte Smahil und grinste entwaffnend in das plötzliche Schweigen hinein. »Ich vermute, es ist etwas peinlich, aber ich verspüre wirklich mehr Hunger als Verlegenheit, und deine überfreundliche Einladung ...«

»Auszeichnungen?« wiederholte Iro ungläubig. »Göttliche Markknochen, was für eine Verantwortung! Und wahrscheinlich haben deine Kameraden bereits mehr als die Hälfte davon geklaut?«

»Nun ja, leider, deshalb mußte ich zu dir kommen. Bei den unteren Rängen konnte ich sie nicht loswerden, die Leute fragten immer, wofür sie sie denn erhalten sollten, und niemand wollte halbvolle Kisten mit Auszeichnungen abnehmen.«

»Göttliche Markknochen«, lästerte Iro erneut.

»Nur die Ruhe, *dich* wird niemand verdächtigen, du hättest Auszeichnungen entwendet. Ich meine, wo solltest du sie denn anstecken?« Mit anzüglicher Ernsthaftigkeit musterte er Iros schimmernden Oberkörper. Der Knabe brachte eine Kristallplatte, stellte eine Kanne zwischen Smahil und den Soldaten und häufte Obst und Fleisch auf ihre Teller. Smahil ergriff, während das Kind noch auftrug, die Kanne und füllte gluckernd vom köstlichen Inhalt in seinen Becher.

Im blaugrünen Zwielicht des Raums beobachtete ich

ihn. Zeitalter schienen seit unserer letzten Begegnung verstrichen zu sein. Er ist härter und rücksichtsloser geworden. Er war nie jemand, der sich leicht um den kleinen Finger wickeln ließ, doch nun erkennt man vom bloßen *Ansehen,* daß er eine Persönlichkeit ist, jedoch eine gefährliche, daß man nie weiß, was er im nächsten Moment tun wird, er ist ständig von lebhafter Aufmerksamkeit erfüllt, aber man kann sich nicht darauf verlassen, daß er Mitgefühl zeigt oder freundlich ist, und das mißfällt mir, denn er *kann* verständnisvoll sein.

Ich folgere diese Beurteilung nicht aus einem geringfügigen Zwischenfall, denn die Nordländer und Südländer sind sowieso feindliche Verbündete, das hat nichts damit zu schaffen; ich habe mir diese Meinung durch Beobachtung seines Gesichts gebildet.

»Nun, Smahil, Hundesohn«, rief Nasir, der manchmal recht derb ist, »wie geht es dir?«

»Ganz gut«, antwortete Smahil und überließ die Kanne dem Soldaten.

»Wie gefällt dir der Saal?« fragte Iro. »Wie du siehst, ist er kürzlich umgebaut worden.«

»Hat es eigentlich eine Bedeutung«, erkundigte sich Smahil, »daß eure Aristokratie ihre Paläste stets mit so vielen Tieren teilt?«

Das hätte leicht einen Zweikampf geben können, es haben schon welche zwischen nordländischen und südländischen Anführern stattgefunden, ebenso wie Auseinandersetzungen zwischen ihren Leuten, aber man bedachte Smahil bloß mit bösen Blicken, und dann fragte Nasir: »Und wie geht's der schönen Terez?«

»Oh, ihr geht's auch gut«, sagte Smahil. »Sie hätte dich grüßen lassen, hätte sie gewußt, daß ich zu euch gehe.«

»Oh, danke.« Nasir schnitt eine Grimasse, aber weniger boshaft als sonst, wenn er von einer Frau spricht. »Viel eher würde sie mir ihre schwersten Armbänder an den Kopf werfen. Für so ein Prachtweib hat sie wirklich die denkbar teuflischsten Launen ...«

»Und gescheit ist sie«, sagte der junge Künstler. »Als Weib der goldhäutigen Rasse, mit goldenem Haar und Bernsteinaugen, ist es wahrlich geschickt von ihr, die Nägel zu vergolden und nichts als Gold und Gold zu tragen. Man behauptet, sie bepinsele sogar ihre Brustwarzen mit Gold. Natürlich weiß ich es nicht.«

Smahil lächelte, aber weder widersprach er, noch bestätigte er etwas. Ich betrachtete ihn.

Auf den Gedanken, daß er eine Konkubine haben könne, war ich nicht verfallen – und anscheinend war sie sogar eine Berühmtheit.

Den Waffenrock hatte er sorglos angelegt, aber er war hervorragend geschnitten – er dient in der XVIII. Fußschar. Zum erstenmal in dieser farbenprächtigen Gesellschaft fühlte ich mich armselig gekleidet und wurde mir der Flicknähte in meiner Hose bewußt. Das kam weniger von seinem Waffenrock als von der Art, wie er ihn trug – er hatte den vornehmen Schnitt und die Schönheit des Stoffs seiner Persönlichkeit untergeordnet und sah irgendwie einzigartig und erregend aus, aber mehr überheblich als geringschätzig. Er ist nicht länger jener, den ich einmal als ›meinen Smahil‹ kannte. Wirklich gewesen war er's nie, aber jetzt vermochte er mich zu verwirren. In diesem Moment, als ich dort saß und ihn anschaute, hob er den Blick und begegnete meinem.

Sein Blick verweilte kurz, aber ich bezweifle, daß er mich erkannte, und glitt über meinen Rindsledergürtel und mein wollenes Wams und wieder hinauf (meine geflickten Hosenbeine waren unter dem Tisch versteckt). Vermutlich dachte er, daß ich gar nicht in diese Gesellschaft passe, und fragte sich, warum man mir nicht Seidengewänder gegeben hatte; aber während des restlichen Verlaufs der Mahlzeit sah er mich so gut wie überhaupt nicht an.

Schließlich erhob ich mich.

»Höchste Zeit, daß ich gehe«, murmelte ich.

Man beklagte meinen Aufbruch kurz und höflich, aber

ehrlich; Iro stand auf, nickte mir zu und setzte sich wieder, und Lel sprang auf und rief: »Ich begleite dich zum Tor, Jaleril!« Ich bemerkte, daß Smahil mich wegen dieses Getues überrascht anblickte.

Lel ging mit mir in den Hof; unter der Tür zog er eine Pelzmütze über den Kopf, wegen der Kälte draußen, und ich war mir ein wenig unangenehm meiner geflickten Hose bewußt.

»Mußt du wirklich schon fort, liebe Cija?«

»Ich fürchte, ja.«

Als wir über den Hof zum Tor schritten, riß Ums sich von einem Reitknecht los und stolzierte herüber. Nervös streichelte ich ihn. Auf ein Zeichen Lels stürzten sich drei Knechte auf ihn und zerrten ihn davon. Sein Auge funkelte mörderisch, und er schlug mit dem Schnabel und den Klauen um sich, aber ich wandte mich ab. Lel erhob sich auf die Zehenspitzen und küßte mich auf die Wange.

»Sei gegrüßt für heute, Cija.«

Ich schaute besorgt zum Fenster der Vorhalle empor und rechnete halb damit, dort Iro zu sehen, doch statt dessen sah ich Smahil mit dem Soldaten, die gerade ebenfalls aufgebrochen sein mußten. Smahils Blick ruhte auf dem tobenden schwarzen Vogel; er drückte Verwunderung aus. Dann schweifte sein Blick herüber zu mir – und ich sah etwas in seinen Augen, das ich nie zuvor wegen mir in jemandes Augen bemerkt hatte: aufrichtige Freude.

Wie schon in der vergangenen Nacht, als ich auf meinem Lager die Eintragung über das plötzliche Wiedersehen mit Smahil niederschrieb, kann ich auch in dieser Nacht nicht schlafen. Ich wälze mich unruhig umher; zweimal bin ich aufgestanden und habe den Baderaum aufgesucht, um meine Stirn zu kühlen, die mir zu heiß und zu trocken zu sein scheint.

Als ich Smahil an jenem Abend am Fenster erblickte, war ich schon fast zum Tor hinaus – und während des Heimwegs hörte ich durch alle Straßen hinter mir Schritte im Schnee, und mein Herz pochte wie mit Donnerschlägen in den Hals. Ich beschloß, mich nicht umzuwenden, doch nach einigen Minuten äußerster Selbstbeherrschung wagte ich, während mein Herzschlag sich dermaßen beschleunigte, daß das Herz zu bersten drohte, wagte ich einen verstohlenen Blick rückwärts – und kam fast um den Verstand, weil es nur irgendein Fremder war, der in die gleiche Richtung strebte.

Warum bin ich so überstürzt fortgeeilt? Er kann nicht einmal gewußt haben, wohin ich mich nach Verlassen des Hofs gewandt habe. Warum habe ich nicht vor dem Tor gewartet, bis ich ihn kommen hörte?

Heute morgen bin ich früh aus dem Haus gegangen, um die täglichen Besorgungen zu machen. Oh, wie schön der Schnee am frühen Morgen ist, nach dem Schneefall der Nacht! Wie lieblich er ist, so weich und weiß und frisch und flockig, glatt wie Papier, mit nur wenigen blauen Fußstapfen darin, die deutlich voneinander getrennt sind. Der Koch, der Vorkoster und zwei halbstarke Küchenjungen begleiteten mich. Unsere Schritte knirschten im Neuschnee. Und dann kam Smahil, eine prachtvolle Erscheinung am weißen, kalten, herrlichen Morgen, und er zog seine Kappe vor mir, so daß sein dünnes helles Haar ihm über die Stirn fiel.

»Guten Morgen, äh … Jaleril. Ich habe gehofft, dich anzutreffen. Ich bringe eine Nachricht von einem Teilnehmer des Abendessens, bei dem wir uns kürzlich begegnet sind.«

»Dem im Hause des Edlen Iro, Herr?«

»Natürlich.« Er verneigte sich.

Wie höflich er war.

Ich ließ die anderen auf dem Weg zum Markt voranschreiten, während ich mich an Smahils Seite begab.

»Wie nett von Euch, mir die Nachricht persönlich zu übermitteln, Herr.«

»Nun, ich kam gerade vorbei … ich dachte …«

»Gewiß. Dennoch eine ungewöhnliche Gnade von Euch, Herr.«

Wir erreichten nun die ersten Marktstände, und Gerüche und Geschnatter belebten den stillen Morgen, aber es war noch längst nicht mit dem Lärm und Treiben zu vergleichen, das später hier herrschen würde.

»He, Jal«, rief der eine Junge und drehte sich nach mir um, »wie steht's mit Gewürznelken?«

»Ja, kaufen«, rief ich.

»Diese Garnelen sehen bestimmt nicht bloß gut aus, Bursche«, bemerkte der Vorkoster und rieb sich gierig den Wanst.

»Ja, ja«, erteilte ich meine Erlaubnis, »kauf sie für heute abend.«

Smahil, der mit nach außen gerichteten Stiefeln, die Hände auf dem Rücken, neben mir ging, schenkte mir einen fragenden Seitenblick.

Heute durften die anderen die ganze Auswahl treffen; sie schwärmten über den Markt aus und ließen mich mit meinem Begleiter allein. Mit ernsthaft sachkundig wirkender Miene schlenderte er neben mir an den Marktständen vorüber.

»Ich bin der Suppenkoch im Hauptquartier des Nordheers«, erklärte ich.

»Aha.« Wieder verneigte er sich würdevoll.

»Ich wähle die Zutaten aus… später koche ich sie…«

»Zweifellos.«

»Eine ehrenvolle Aufgabe… wirklich…«

»Unsinn.«

»O nein!«

Beim Aufkommen einer unserer so wohlvertrauten Meinungsverschiedenheiten brachen wir beide in lautes Gelächter aus, das zugleich das Eingeständnis der Tatsache war, daß wir beide genau wußten, ich bin Cija.

»Ich habe dich für tot gehalten, monatelang…«

»Smahil…«

»Dann sah ich Ums, und ich wußte, du *mußt* es sein. Aber du siehst sehr verändert aus…«

»Ich bin der Suppenkoch…«

»... des Feldherrn.«

»Aber *er* weiß nicht, daß ich es bin. Er hat mich nicht erkannt.«

»Meiner Treu, ist das möglich?«

»Ja, tatsächlich.«

Wir schnitten beide ein finsteres Gesicht. Mit einem Herzflattern stellte ich fest, daß Smahil nicht im geringsten daran dachte, mir gegenüber sein neues, abgeklärt wirkendes Auftreten beizubehalten – auf mich sprach er in der Weise unserer alten Beziehung an, ungezwungen und mit der zänkischen Leidenschaftlichkeit eines kaum Erwachsenen; und mit einem zweiten, andersartigen Herzflattern fiel mir auf, daß meine Beine in der engen Männerhose, die ich nun statt einer weiten Frauenhose trage, in ihrer ganzen Länge sichtbar sind, und meine Beine, meinem Vetter sei Dank, sind genau so, wie ich sie mir als Ungeborene gewünscht hätte – lang, schlank, wohlgeformt, kräftig.

»Ich *weiß,* daß er mich nicht erkannt hat, denn als er mich als Suppenkoch in Dienst stellte, tat er es erst, nachdem jemand mich zu einem Zweikampf herausgefordert hatte, und wäre ihm bloß daran gelegen gewesen, mich in seine Nähe zu holen, hätte er es doch, damit ich nicht getötet werde, vorher getan.«

»Vielleicht wäre es ihm gleichgültig gewesen, wenn du etwas abbekommen hättest – immerhin ist seine Gemahlin schwanger, so daß er sie vorläufig nicht be ... Verzeihung. Warum erzählst du mir nicht die ganze Geschichte?«

So erzählte ich ihm alles, an eine Mauer des Marktplatzes gelehnt und unterdessen kehrten die anderen ins Hauptquartier und in die Küche zurück, schwoll die morgendliche Geschäftigkeit ringsum an (doch niemand kümmerte sich um uns). Von Blobs Verrat bis zur Gegenwart verschwieg ich nichts. An diesem Morgen war Smahils Verhalten mir gegenüber in der Tat eine rührende Ausnahme, die dem Urteil widersprach, welches ich an jenem Abend aus der Beobachtung seines Mienenspiels gefällt hatte. Als ich vom Statthalter berichtete, schaute er richtig angewidert drein. Die Tränen, die mir in die Augen quollen, stammten nicht von der Erinnerung an die Vergewaltigung (ich habe die Verbitterung darüber längst bezwungen, denn Bitterkeit vergiftet bloß das Gemüt), sondern sie kamen wegen seiner sanftmütigen Fürsorglichkeit, die mir Trost spendete und mich wahrlich zum Schmelzen brachten. Ich bin außerstande gewesen, jene zerrüttende, erstickende Bitternis aus meinem Herzen zu tilgen, die Narras Tod darin eingegraben hat, doch habe ich dies Ereignis so stark wie möglich zu vergessen versucht. Ich war überrascht und beschämt zugleich darüber, welcher Erfolg mir mit diesem Versuch beschieden war – beinahe hätte ich in meinem Bericht Narras Tod vollständig ausgelassen! Ich hörte zu weinen auf, denn es waren Tränen von etwas tieferem als Glück. Ich schilderte ihm die Berge, doch den Puma erwähnte ich nur beiläufig, weil ich glaube, daß Smahil meine Vermutungen bezüglich der übernatürlichen Eigenschaften jenes Tiers lächerlich finden würde. Ich erzählte ihm vom Dorf, aber bewahrte Lels Geheimnis, indem ich von ihm als einem Mädchen sprach, mit dem ich mich angefreundet habe und das mir nach meiner Flucht durch die Ebene gefolgt sei, von meinem Marsch, dem Fuhrmann, dem Händler, dem Gasthof, dem Feldherrn; und von meinem gegenwärtigen Leben.

»Heute ist mir alles gleichgültig«, sagte ich. »Ich lebe von einem Tag in den anderen.«

»Du bist ein Philosoph geworden«, meinte er glattzüngig.

Ich entsann mich des Priesters. »Das bezweifle ich«, sagte ich. »Gewonnen habe ich nichts, nur etwas verloren. Ich bin innerlich abgestorben. Manchmal merke ich es. Ich besitze keinen Geist mehr und keinen Verstand, nur einen Körper und Empfindungen.« Ich hätte ihm verraten können, daß ich meinen Geist ganz allein durch die Führung meines Tagebuchs nähre, aber daß ich eins besitze, will ich vor allem und jedermann geheim und ganz für mich behalten. »Ich erlebe Augenblick um Augenblick, Behaglichkeit, Vergnügen, Ärger … vielleicht habe ich eine vorteilhafte Eigenschaft erlangt – ich bin häufig sehr leichtsinnig.«

»Du warst noch nie besonders umsichtig.«

»Aber jetzt bin ich leichtfertig für jeden flüchtigen Moment, den ich auskosten kann …« Ich schilderte ihm den kurzen Zusammenprall mit Lara in der Küche; im kalten Tageslicht klang es sogar für meine Ohren äußerst bösartig. »Ich glaube, was Lara angeht, kann ich ganz abscheulich sein«, sagte ich; es war einer jener Sätze, bei denen man anfangs Reue empfindet und am Schluß Selbstgefälligkeit.

»So ein Blödsinn. Eines schönen Tages wird man dir deine kostbare Haut in Streifen abziehen.«

Er legte eine Hand auf meine Wange, berührte mich zum erstenmal seit unserem Wiedersehen, ließ sie über mein Gesicht bis unter das Kinn gleiten, dann in meinen Nacken und ins Hemd unter dem engen Lederwams. Seine Hand, während sie meine Schulter streichelte, erinnerte mich daran, wie sanft meine Haut ist und was für köstliche Rundungen sie bedeckt. In der Menge von Menschen, die sich ringsum drängten und uns nicht beachteten, begegnete ich dem aufdringlich gierigen Blick eines Hausierers. Ich schüttelte Smahils Hand von meiner Schulter.

»Mein Leben hat jeden Zweck verloren«, sagte ich, um das Gespräch fortzusetzen.

Er lächelte aus unmittelbarer Nähe auf mich herab. Das Lächeln drang aus seinen Augen in meine ein und pochte durch meine Adern. Er hob die Hand erneut und führte einen Finger über mein Kinn. »Ja, du hast immer den Eindruck erweckt, als würdest du diesen oder jenen fürchterlich wichtigen Zweck verfolgen. Wahrscheinlich war das eine Eigentümlichkeit deiner Jugend. Du beginnst jetzt ein normales Leben, sonst nichts.«

»Es ist noch kein Jahr her, Smahil.«

»Ja. Aber mittlerweile bist du eine Frau.« Er lächelte wieder, heiter und zärtlich. »Wenn auch eine sehr junge und ziemlich magere.«

Ich wußte, er meinte das, was der Statthalter mit mir getan hatte, und daß er glaubte, obwohl er darüber höchsten Zorn empfand, damit müsse auch meine abwehrende Haltung gegen ihn verschwunden sein.

Ich berührte, fast flehentlich, seine Hand. »Smahil, ich war nie ... das war die erste Nacht, die ich mit Zerd verbringen wollte, und ich lief fort, weil Lara hereinkam ... ich habe mich gefürchtet und alles gehaßt, wie es sich entwickelte ... mir war klar, daß mich beim Nordheer nichts Gutes mehr erwartete, ich wollte mit Narra fort. Und Blob ...«

»Du hättest dich an mich wenden können.«

»Du verstehst das nicht ...«

»Ich verstehe, daß dein Verlangen nach Unabhängigkeit zu stark ist. Aber so bist du. Du besitzt so etwas, das du Geist nennst und der verlangt so sehr danach ... ich tappe nur hinterdrein ...«

Er lächelte, und zuerst erschrak ich über seine Worte, doch dann begriff ich, daß er nicht meinte, er tappe hinter einem Geist her, sondern vielmehr, daß er seine Zeit mit dem Bestreben verbringe, sich mir zu nähern – und nicht aufgeben wird, bis es ihm gelungen ist ...

Die vergangene Nacht war gräßlich. Ich schlief, ja, aber ich erlebte wieder und immer wieder den schlimmsten aller Alpträume, jenen, den ich auch in meinem *wirklichen* Leben kennengelernt habe – das Ungeheuer, das man nicht töten kann, den Dämon, den man bekämpft und der sich immer wieder erhebt und immer wieder, unbezwingbar, zum Verzweifeln unbesiegbar; und doch muß man weiterkämpfen oder untergehen.

Und durch alles dringt Ooldras Flüstern.

Aber ich habe zu kämpfen aufgehört.

Selbst das Schicksal jenes Erdteils mit dem schönen

Namen hinter dem luftleeren Meer, sogar der Gedanke daran läßt mich ungerührt und matt.

Wie könnte *ich* irgend etwas tun?

Als ich noch ein selbstsicheres kleines Mädchen mit einem Messer um den Hals war, vermeinte ich, den Lauf der Welt beeinflussen zu können. Nun schneide ich mit diesem Messer Zwiebeln.

Smahil verließ mich am Mittag mit dem Versprechen, ich werde ihn heute morgen wieder auf dem Markt treffen. Ich fürchtete mich ein wenig vor seiner Entschiedenheit. Aber ich willigte ein, weil mir unser Gespräch viel zu kurz erschienen war. Jene Dinge, worüber ich wirklich zu sprechen beabsichtigte, hatten wir überhaupt nicht angeschnitten.

Heute hatte er von einem Freund bei den Reitern zwei freie Vögel ausgeliehen. Wir ritten aus der Stadt – er kennt sich aus – und stellten die Sättel am verschneiten Flußufer ab, setzten uns darauf und unterhielten uns, diesmal ungestört von dem Geschiebe und Lärmen des Marktes. Vor der Stadt ist ein großer Wasserfall, gegenwärtig gefroren und erstarrt; südländische Kinder rodeln darauf. Ihr Geschrei, in der kalten Luft ganz dünn, blieb im Hintergrund, während wir auf den Sätteln saßen und miteinander redeten. Die beiden Vögel scharrten in der Nähe friedfertig im Schnee nach ein paar Schößlingen, die sich darunter finden ließen.

»Was ist dir in dieser Zeit widerfahren, Smahil?«

Er grinste mich an, als sei er mein großer Bruder.

»Ich diene nun im Heer der nordländischen Eroberer, die du so haßt.«

»Nun, wenn sie dir einen Rang angeboten haben, konntest du wohl kaum ablehnen.«

»Du verstehst nicht recht, wirre kleine Feuerfresserin. Mir gefällt's. Ich habe nichts gegen die Nordländer.«

»Das Land meiner Mutter … das Land, worin du aufgewachsen bist …«

»Gewiß, doch das alles ist vorbei, und das Land liegt weit hinter uns. Unseren Verwandten, den Göttern, sei Dank. Und es gibt keinen Weg zurück.«

Es klang seltsam, ihn meine eigenen Gedanken in Worte fassen zu hören.

»Smahil, du hast kein Gefühl ...«

»Nicht?« Er stützte sich auf einen Ellbogen und grinste mich von unten an. Obwohl er nicht viel höher gewachsen ist als ich und mager, ist er ein Mann. Sitzen wir nebeneinander, die Knie und die Ellbogen in gleicher Höhe, wirken wir auf den ersten Blick gleich groß, doch tatsächlich ist er größer, in jeder Beziehung *größer.* Er bohrte mit den Fingern im Schnee, ohne den Blick von meinem Gesicht zu wenden. Das ist seine betont neckische Art, die mich so aufregt. »Jetzt sieht man erst, wie klein jenes Land ist.«

»*Unser* Land ...«

»Du bist eine hartnäckige Patriotin. Ist es nicht klein? Ist es das nicht? Besteht es nicht bloß aus Brachland und einer verkommenen Hauptstadt? Gibt es dort nicht überlaufene Elendsviertel und ...«

»Dergleichen habe ich nie gesehen«, unterbrach ich (wahrheitsgemäß).

»... und war das Heer nicht jämmerlich?« Er schaute nun spöttisch drein.

»An allem trägt *er* die Schuld ...«

»Deine Mutter war immer eine ebenso leidenschaftliche wie unfähige Herrscherin, und den Hohepriester darf man wohl korrupt nennen, wiewohl er früher einmal einen Glauben besessen haben mag, doch heute zeichnet ihn allein die große Gier nach Macht noch aus ...«

»Erzähl mir, was geschehen ist, nachdem ich das Heer verlassen hatte«, bat ich innerlich gefestigt und setzte mich zurecht. Ich erinnerte mich jener Nacht, als das Nordheer über mir vorüberzog, an die marschierenden Kolonnen, die Reiter, die Vögel, die Karren und Wagen, der Troß, der schöne Unhold und seine getreuen Hauptleute, sein Haushalt, die rosarote Prinzessin und die Geiseln, außer

Ooldra, der anscheinend zuvor ihre wunderbare Flucht gelungen war …

»Erst nach mehreren Tagen habe ich mit Gewißheit festzustellen vermocht, daß du nicht mehr dabei bist. Am ersten Morgen erwartete ich dich oder wenigstens Narra, aber keine von euch kam. Am dritten Tag wurde ich ärgerlich. Schließlich war ein Rückfall möglich. Gleichgültiger kann sie wirklich nicht sein, dachte ich. Dann dachte ich, nein, wäre sie hier, so würde sie sich nicht verhalten. Ich erkundigte mich überall nach dir, und Ijleldla und ein paar Schankmädchen und Knaben, mit denen du dich angefreundet hattest, kamen sogar *zu mir,* um nach dir zu fragen – und dann hörten wir von Ooldras …« Er verstummte.

»Ooldras Verschwinden«, bemerkte ich prompt.

»Oh, das ist dir also auch zu Ohren gekommen? Zu stören scheint es dich nicht. Ja, Ooldras Verschwinden. So gelangte ich zu der Annahme, daß du – und wahrscheinlich auch die Kleine – tot seist.« Er zupfte an seiner Unterlippe. »Für kurze Zeit habe ich tatsächlich in Erwägung gezogen, du könntest in jener kleinen Grenzstadt zurückgeblieben sein – aber ich vermochte mir keinen Grund auszumalen. Wirklich, ich habe mich mit allen möglichen Erklärungen beschäftigt. Für eine Weile beanspruchte mich ganz der Gedanke, der Feldherr könne dich als Gefangene in seinem Zelt halten, ohne dich jemandem zu zeigen, nicht einmal Lara. Verständlich. Zu der Zeit hatte ich noch Fieber. Nun … etwas später begriff ich, daß es ziemlich unmöglich für den Feldherrn war, so etwas zu tun, und ich hörte damit auf, morgens und abends um sein Zelt zu schleichen, in der Hoffnung, dich irgendwann zu sehen. So kam es, daß ich dich monatelang für mausetot hielt …«

Er zupfte wieder an seiner Lippe.

»Und was ereignete sich unterdessen?«

»Wir überwanden die Berge, verheerten die Gegend unterwegs ein bißchen, und durchquerten die Ebene. Endlich entschied der Feldherr, daß sie nun lange genug nutzlose

Geiseln mitgeschleppt hätten und wir ruhig als Gegenleistung für unseren Unterhalt etwas tun könnten.«

»Aber als *Geiseln* …«

»Oh, streng deine Rübe an, Schätzchen. Ich dachte, inzwischen sei dir klar, daß Geiseln nicht heilig sind. Unser Zerd, Vergebung, Seine Erhabenheit der Heerführer, kann tun, was ihm beliebt. Deine Mutter wird ihn nicht bekriegen, wie könnte sie's, und falls doch, glaubst du, es wäre zu etwas gut? Und ihre einzige echte Chance ist längst vorbei, die hatte sie, als das Heer noch innerhalb ihres Landes stand, ich meine, unseres Landes. Aber er hat Geiseln genommen, damit sie sich wohlverhält, nicht er.«

»Das ist ja schrecklich!«

»Dem Edlen Gagl bot man einen Posten an, und er, seltsamerweise, willigte unverzüglich ein. Er ist jetzt ein kleinlicher, aber geachteter Schreiber bei der Heeresführung. Die Edle Ronea verweigerte empört die Übernahme irgendeiner Arbeit, woraufhin man sie fortjagte, und nun sitzt sie in einem winzigen Städtchen am Rande der Ebene, die Götter mögen wissen, womit sie sich dort die Zeit vertreibt. Ich bin Unterführer geworden, und zwar ein verdammt guter. Ijleldla und Iren ließ man die Wahl, welchen Anführern sie gehören wollten. Sie erhoben ein gewaltiges Geschrei und heulten tagelang unter aller Augen. Aber du hättest sie sehen sollen, als sich die interessierten Männer vor ihnen aufreihten. Nie habe ich zwei Mädchen erlebt, die sich mehr genossen. Sie betrachteten jeden bis ins kleinste und deutlich schwindender Züchtigkeit, und endlich wählten sie jene, die am besten aussahen, und winselten: Ihr werdet doch zärtlich und gutherzig mit einem armen Mädchen sein, das ein so hartes Schicksal trifft, nicht wahr? Oh, es war reizend. Nur Iren war ein wenig zornig. Zuerst wählte sie mich, aber ich lehnte ab und sagte, ich würde alles in der Welt dafür geben, aber ich sei hier nur als Zuschauer. Na, wer könnte mir's vorwerfen. Zu dem Zeitpunkt hatte ich gerade ein Auge auf Terez geworfen.«

»Terez? Dein goldenes Mädchen?«

»Goldene Frau.«

»Aha. Und … und ist Onosander jetzt auch ein Unterführer?«

»Mein liebes Kind. Meine liebe Cija. Kannst du dir Onosander als irgendeine Art von Anführer vorstellen?«

»Nun, er ist ein bißchen vertrottelt. Aber was …?«

»Er dient als Stallknecht.«

»Fürchtet er sich denn nicht vor den Vögeln?«

»Die Konkubine von Hauptmann Isad hat eine weiße Ratte, die seiltanzen kann, und die füttert er.«

Ich sank zurück, halb vom Sattel, und fühlte kalten Schnee zwischen meinen Schulterblättern.

»O Smahil!«

»O Liebste!«

»Und nun sind wir alle hier in der Hauptstadt der Südländer und arbeiten für die grausamen Nordländer, und jeden Moment können uns die grausamen Südländer niedermetzeln, die ihre Verbündeten hassen, die grausamen Nordländer.«

»Ja, da sind wir nun alle. Deine Lage ist die reizendste. Ein Mädchen in Burschenkleidern, die du wahrscheinlich von deinem Freund Lel hast, der …«

Ich setzte mich kerzengerade auf.

»Ich habe *nie* gesagt, daß ich Lels Kleider trage! Lel ist …«

»Ein Junge.«

»Das habe *ich* dir nicht verraten!«

»Es ist so offensichtlich wie die Nase in deinem Gesicht. Glaubst du, ich würde nicht Iros Gesellschaft kennen? Meinst du, ich glaubte, diese Burschen duldeten ein Mädchen in ihrer Mitte? Keineswegs, nicht einmal ein so schönes wie deinen Freund Lel.«

»O Smahil, mir wäre es wirklich lieber, du wüßtest es nicht.«

»Warum?« fragte er schlicht.

»Hauptsächlich, weil es Lels Geheimnis war, nicht meines.«

»Du kannst dich auf meine absolute Verschwiegenheit verlassen«, sagte er beruhigend. »Hast du mir nicht auch anvertraut, daß du die gesuchte Mörderin bist, und die Geschichte deiner Entjungferung – die du, wie ich dich kenne, wohl als schreckliche Schande empfindest?«

Ich sagte nicht, daß ich ihm in bezug auf meine eigenen Geheimnisse traute, jedoch wußte, wie rücksichtslos und ohne Mitgefühl er ist.

»Wie es mich verblüffte, dich an jenem Abend dort anzutreffen«, meinte er.

Er starrte mir in die Augen. »Warum hast du nicht vor dem Tor auf mich gewartet? Ich mußte am nächsten Tag wiederkommen, um herauszufinden, wo du untergebracht bist. Und ich geriet mitten in einen mächtigen Streit zwischen Iro und einem Vorgesetzten, wegen der fehlenden Auszeichnungen.«

»O Smahil! Armer Iro! Hast du nicht dafür sorgen können, daß deine Männer sie zurückgeben?«

»Warum hätte ich das tun sollen? Sie gefallen sich sehr, jeder mit mehreren Dutzend südländischen Auszeichnungen an der Brust. Einer meiner Männer ist jetzt ein vollgehängter Scharführer des Südheers.«

»Du hättest das verhindern sollen.«

»Warum, wenn ich doch selber einer bin?« Aus der Brusttasche seines Waffenrocks klaubte er eine Anzahl glänzender, mit Halbedelsteinen besetzter Rosetten.

Meine Alpträume werden wieder schlimmer.

Smahil habe ich mehrere Tage lang nicht gesehen. Er wollte Verabredungen mit mir für jeden freien Vormittag ausmachen, aber seine Eile sorgt mich. Ich durchschaue seine Absicht, denn je häufiger ich ihn sehe, um so mehr wird meine Widerstandskraft schwinden, mit der ich das zu verteidigen suche, das er mir freundlicherweise meinen ›Geist‹ zu nennen erlaubt.

Lara muß schon seit mehreren Monaten schwanger sein. Sie trägt reich bestickte und bändchenverzierte Sackkleider über ihren weiten, gleichartig verzierten Hosen. Sie wirkt nichtswürdig.

Nun, um meine letzte Eintragung zu ergänzen und gerecht zu sein, gleichgültig wie nichtswürdig sie aussieht, wer sie liebt, mag denken, daß sie nichtswürdig aussieht, aber süß, aber sie ist gemein und hirnlos, widersinnig und herrisch, übellaunig und ungerecht.

In der vergangenen Nacht erwachte ich nach einem Alptraum und weinte, weil ich glaubte, die zerwühlten Decken seien Smahils Arme und er hielte mich nicht fest und verliebt genug.

Heute abend habe ich ihnen eine Suppe aus Pilzen und Ochsenschwänzen bereitet.

Heute machte ich diese Fischsuppe für sie, die ihnen beim erstenmal so geschmeckt hatte. Ich wäre überall lieber als hier. Dies ist eine furchtbare Stadt, versteinert, sadistisch und schmutzig, sie hallt ständig wider vom Waffengeklirr der verbündeten Heere und den Schreien gefolterter Priester. Ich habe alte Aristokraten den Feldherrn besuchen sehen, in Begleitung von vor Unglück steifen kleinen Mädchen, die ich zunächst für ihre Töchter hielt, bis man mir erzählte, daß es ihre Gemahlinnen seien und sie keine andere Aussicht hätten als den Tod. Denn da sie so jung sind und ihre Ehemänner so alt, sollte man meinen, daß sie nach dem Ableben der alten Kerle frei sind, doch nein, beim Begräbnis ergreifen die Trauergäste sie mit Gewalt und begraben sie an der Seite ihrer verstorbenen Gatten – allerdings lebendig.

Kein Wunder, daß der Statthalter es auf Narra abgesehen hatte.

Ich war regelrecht krank, als ich das erfuhr – ich schloß mich, weil mir speiübel war, im Baderaum ein.

Ich *hasse* diese Südländer.

Sie sind nicht einmal saubere Menschen, trotz ihrer Baderäume und Straßenkehrer. Ich habe herausgefunden, daß man auf dem Markt beim Einkauf von Nahrungsmitteln vorsichtig sein muß – manche Bauern schicken Ernteerträge zum Markt, die sie doppelt so schnell haben wachsen lassen, damit sie doppelt soviel Geld verdienen; sie tun das mit künstlichem Dünger, den man aus Chemikalien herstellt. (Man ist nämlich in diesem Land mit Chemikalien sehr geschickt, aber auch wieder nicht so geschickt, um die Formel zum Ausfüllen der Luftleere entdecken zu können, die der einzige Trumpf der Nordländer ist.) Die Zwiebeln dieser Bauern sind wie Holz; ihre Karotten sehen auf dem Markt schön aus, aber auf dem Tisch schmecken sie nach gar nichts; alles, das sie liefern, ist entweder völlig geschmacklos oder schmeckt schlecht, und selten ist es frisch, sondern vielmehr mit Chemikalien gesättigt, die es endlos lange am Faulen hindern, äußerlich frisch und innerlich schal; und ärger noch, wir wissen, daß dieses Zeug, das sie verwenden, Gift ist, denn als ein paar Rinder unglücklicherweise kürzlich davon tranken, verreckten sie unter Qualen. Von dem Zeug essen wir mit den Gemüsen und Früchten ständig kleine Mengen. Diese kleinen Mengen bringen uns natürlich langsamer um, aber umgebracht werden wir – und wir müssen diesen Dreck sogar bezahlen! Aber was mich am meisten aufregt, ist die Tatsache, daß auch die Südländer das alles genau *wissen* – der Unfall mit den Rindern wurde stadtbekannt – und doch keinerlei Schritte unternehmen, um den Gebrauch dieser Chemikalien zu verbieten, obwohl es schon viele ähnliche Unglücke gegeben hat, und laufend kauft man auf dem Markt die falschen Dinge, weil dort nicht einmal die natürlichen von den schlechten getrennt ausgelegt werden.

Überall wäre ich lieber als hier.

Während ich die Austern und den Hairogen und die Krabben und die Muscheln vorbereite, wünschte ich mir, bis ich durch die Leidenschaftlichkeit meines Verlangens fast in Tränen ausbrach, ich könne durch kühles, grünes Wasser schwimmen, solches Wasser wie das im Wasserbecken des Turms meiner Kindheit, worin ich schwimmen gelernt habe; Schwimmen, das erschien mir wie eine Fortbewegungsart, die keinen Ausgangspunkt kennt und kein Ziel und keine Umkehr… ringsum bloß klares Wasser, keine Pflichten, keine Schrecken, keine Sorgen.

O Vetter, du mein Gott, das wünsche ich mir in dieser kalten, hartherzigen Stadt millionen- und millionenmal mehr als ich es während der Hitze, bevor das Heer die Berge erreichte, gewünscht habe.

Wenn ich nur etwas tun könnte.

Heute kam Smahil. Er betrat die Küche und schritt direkt zu mir herüber. Die anderen gafften neugierig, während er mich beiseite zog.

»Guten Morgen, Cija.«

»Sma… Smahil?«

»Na, na – wieso stotterst du?«

»Ich stottere nicht. Ich habe dich begrüßt.«

»Solltest du etwa überrascht sein, weil ich hierher komme? Sicherlich nicht. Immerhin warst du nun seit einigen Tagen nicht mehr auf dem Markt. Täglich bin ich hingeritten, weil ich gehofft habe, dich doch anzutreffen.«

»Nimm Platz«, sagte ich höflich.

Er schaute sich nach einem Stuhl um, doch blieb ihm nichts anderes übrig, als sich auf den Tisch zu setzen.

»Hier können wir uns nicht unterhalten, Cija.«

»Warum nicht? Und nenn mich nicht Cija. Du bleibst lieber bei Jaleril – gegenwärtig bin ich Jaleril. Ich bin froh, daß Lel sofort ein so städtischer Name eingefallen ist. Das ist kein bäuerlicher Name.«

»Ich vermute, er hatte einmal eine Lieblingspuppe, die so hieß. Anscheinend ist er von Kindesbeinen an ein eingefleischter Großkotz.«

Feindselig starrte ich ihn an. »Bist du aus einem besonderen Grund gekommen?«

»Ja, gewiß, um dich zu bitten, mit mir zum Fluß zu reiten.«

»Ich bin beschäftigt.«

»Ja, wie verrückt. Aber in Wirklichkeit *gefällt* es dir am Fluß – es ist auch herrlich dort, kleine Knospen durchbrechen die Schneedecke. Die Bäume ähneln in mancher Beziehung deinen besten Seiten – Spitzen rosafarbener Süßigkeiten, die sich aus kleinen runden Wolken schieben.«

Es war mein Wams, das er anstarrte.

»Willst du damit sagen, diese Stadt liege nicht immerwährend unterm Schnee?«

»Im Sommer, so hat man mir geschworen, soll es hier sehr heiß und trocken sein.«

»Woher weißt du, daß es jetzt am Fluß schön ist? Warst du bereits mit Terez dort?«

Er starrte mich an, dann stieß er einen Schrei aus und schwang seinen Umhang durch die Luft. »Du bist doch nicht etwa eifersüchtig, Cija?«

»Nein, überhaupt nicht«, versicherte ich kühl. »Es hat mich nur interessiert, woher du's weißt, dort ist doch wohl kein Vorbeimarsch gewesen, die Soldaten hätten ja Schnee in die Stiefel bekommen. O weh, da wollen sich uns schon Küchenjungen aufdrängen, sie meinen wohl, wir erzählen uns Witze. Komm!«

Wir grinsten uns an, er packte mein Handgelenk, und wir verließen die Küche.

Draußen zog er mich durch eine andere Tür ins Innere der kleinen Waffenkammer, die sich dort befand.

Die Säbel und Dolche, welche an den Wänden hingen, glitten blitzend in einem silbrigen Halbkreis an mir vorüber, als Smahil mich in seine Arme riß. Ich klammerte mich an ihn. Ich spürte, daß Smahil in dieser Welt alles war. Er war nicht bloß irgendein Mann, dessen Arme mich nun so nah an ihn drückten, daß der Pulsschlag seines Lebens mir erschien wie mein ganzes eigenes Leben, sondern in jeder meiner Poren stak das Bewußtsein, daß er Smahil war, mein magerer, kräftiger, stets Ärgernis erregender Freund, dessen Geringschätzigkeiten dem Leben gegenüber mich immer ein wenig in Furcht versetzt haben, weil er sie so auskostet und ich deshalb das Gefühl habe, das ganze Leben sei belanglos. Zwecklos – ausgenommen der Schlag von Smahils Herz an meinem Herz, und es pochte im Rhythmus des Triumphs, als er mich endlich küßte und ich nichts anderes vermochte, als mich an ihn zu klammern.

Plötzlich lachte Smahil und zog mich, noch immer fest in seinen Armen, an die Wand; jemand kam herein.

Ich fuhr herum, ehe der zweite Gedanke mich davon überzeugte, daß es besser sei, das Gesicht zu verbergen – und mein bestürzter Blick begegnete dem Blick des Feldherrn.

Ich bin zu schwören bereit, daß er in dem Moment, als ich mich abwandte, belustigt dreinschaute – doch als unsere Blicke sich trafen, war der seine kalt, von einer Kälte, die das ganze Gesicht überzog. Sein Blick löste sich von mir und fiel auf Smahil. Würdevoll trat er zur Wand gegenüber der Tür, holte einen Säbel herunter, prüfte die Klinge in einer gewohnheitsmäßigen Geste mit dem Daumen, und ging hinaus, wobei er Smahil im Vorbeigehen knapp zunickte.

Die dunklen Falten des Türvorhangs fielen wieder an ihren Platz; sein wehender scharlachroter Umhang, so war es mir vorgekommen, hatte die gesamte Kammer ausgefüllt, fast glaubte ich die Abdrücke seiner Sandalen auf den Dielen zu erkennen. Mein Kopf ruckte zu Smahil herum.

»Wie kannst du lachen!«

Meine Stimme klang nicht schrill; ich gewöhne mich immer mehr an meine Jungenrolle. Ich ärgerte mich nicht über ihn, aber es überraschte mich, daß er lachen konnte. »Er wird dich nun für einen Homosexuellen halten – und mich auch!«

»Cija, eben deshalb lache ich ja. Und du schaust so gekränkt und entsetzt drein. Wieviel Verkleidungen wirst du noch anlegen müssen, bevor du dich um deine Persönlichkeit zu sorgen aufhörst? Als was wird sich nun Jaleril verkleiden – was wird aus ihm werden? Versuch's das nächste Mal als Baum oder so etwas. Das wird mir, soweit du betroffen bist, weniger Schwierigkeiten machen.«

»Denke wenigstens an dich – es könnte deine Laufbahn verderben.«

»Und dabei möchte ich so gerne ein berühmter und geachteter Heerführer werden. Zerd kümmert sich, verdammt noch mal, nicht im geringsten um solche Angelegenheiten, er wird es noch heute vergessen, falls er's nicht schon vergessen hat. Beruhige dich und erinnere dich der Mißgeschicke, die wirklich eintreten könnten. Vielleicht sieht er deinen schönen kleinen Freund Lel und nimmt ihn Iro fort – oder Terez mir. Oder er sieht Ums und erkennt ihn, schließlich war er ja ein Geschenk von ihm.«

Ich löste mich von Smahil und starrte, indem ich seinen Blick mied, sein Kinn an.

»Smahil, wenn du so sehr fürchtest, Terez zu verlieren, solltest du zu ihr gehen.«

Ich spürte den still zwingenden Blick seiner Augen, aber ich hob nicht den Kopf; vielmehr senkte ich den Blick noch tiefer bis auf das glänzende Leder und die Gurte seines Waffenrocks.

»Aber du wolltest doch mit mir zum Fluß.«

»Das habe ich nicht gesagt«, erwiderte ich, während Tugendhaftigkeit meine Niedergeschlagenheit überwand. »Mit keinem Wort habe ich das erwähnt und schon gar nicht versprochen, das mußt du zugeben.«

»Ja, ich weiß doch, daß du dein Wort niemals brechen würdest, nicht wahr?«

Er wandte sich zum Gehen. Ich stand da und hob noch immer nicht den Blick. Das glänzende Leder vor meinen Augen zögerte. Ich schaute auf. Er küßte mich. Zum erstenmal küßte er mich zärtlich. Ich führte meinen Finger über die weiße Narbe, die über seine Stirn und die Nase verläuft.

»Welcher räuberische Schurke hat dir das zugefügt?«

»Terez hat einmal ein Messer nach mir geworfen«, sagte er und ging.

Obwohl ich noch nicht wieder am Fluß vor der Stadt war (in der Stadt fließt er bloß langsam und voller Schmutz zwischen dicken Ziegelmauern und unter häßlichen Ziegelbrücken dahin), merke ich, daß der Frühling in die Stadt einzieht.

Der Obstgarten vor dem Küchenfenster schüttelt den Schnee ab, der ihm wunderschön stand, dessen wir aber inzwischen müde sind, wegen der Gleichförmigkeit, und zeigt unerwartete Farbenpracht und herrliches Blattwerk. Wohin man in der Stadt schaut, sieht man winzige Knospen wie Sterne aufgehen, und die Gärten der Reichen beginnen umwerfend schön zu werden. Um ehrlich zu sein, wir hatten wochenlang scheußlichen Matsch; aber dann, recht plötzlich, wuschen Schauer sanften, silbrigen Regens ihn durch die Gossen fort. Nun hört man in der ganzen Stadt das Gurgeln und Rauschen und Plätschern von Gossen und Abflußröhren, überall füllt es einem die Ohren, und nach den langen Monaten voller Schnee klingt es wie Musik.

Die Sonne scheint jetzt den ganzen Tag hindurch. Überall sind nun kleine Vögel, sie fliegen umher und gurren und bauen Nester.

Lel kam zu mir und flehte mich an, ich möge Ums zurücknehmen. Seit er mich gesehen hat und weiß, daß ich in der Stadt bin, ist er unerträglich, gehorcht keinen Befehlen und benimmt sich lebensgefährlich. Eingedenk von Smahils Äußerung habe ich mich geweigert, denn was wäre, sähe Zerd Ums mit mir?

Außerdem übt Ums, wenn wir zusammen sind, einen gefährlichen Einfluß auf mich aus.

Manche Blätter ähneln kleinen Fingern.

Ich bin froh, daß sie nicht auf den Leichnam wiesen; er lag unter dem Blätterdach und starrte aus toten Augen empor, bis jemand eine Decke darüber breitete. Ein kleines Mädchen, vielleicht vierzehn Jahre alt, früher sehr schön, und es hatte sich aus dem Fenster gestürzt. Der steinalte Gemahl hatte ernste Krankheitsanzeichen zu zeigen begonnen.

Gewaltige Aufregung. Unsere Prinzessin persönlich kam in die Küche, um uns mitzuteilen, für den dritten Abend der nächsten Woche sei eine große Festtafel vorzubereiten.

»Heerführer Harmgard selbst wird kommen«, sagte sie.

»Oh, Harmgard die Hammerfaust?!« kreischten die Aufwaschmägde mit geweiteten Augen und im Chor.

Blöde wie sie ist, ließ sie sich herbei, ihnen eine weitschweifige Erklärung zu geben. »Heerführer Harmgard«, stellte sie fest, »der große Feldherr des Südreiches. Er mußte jenseits der Berge, wo auch der Tempelpalast Seiner Übermächtigkeit liegt, Barbarenaufstände unterdrücken.« Sie kannte sich gut aus. »Nun ist er zurückgekehrt, und die ganze Sache wird bald in Bewegung geraten. Der Feldzug gegen Atlantis wird in Kürze beginnen. In der nächsten Woche kommt er mit vielen Hauptleuten und einigen von den neuen Priestern – Priestern Seiner Übermächtigkeit. Es sind alles höchst wichtige Leute, wie ihr seht. Also müßt ihr alles tun, um ein unvergeßliches Festmahl aufzutragen.«

»Das ist gut«, sagte der Koch, nachdem wir uns alle zum Zeichen unserer demütigsten Zustimmung vor ihr verbeugt hatten, »diese arme Stadt kann ein paar mächtige Priester in ihren Mauern gebrauchen. Werden sie wenigstens dafür sorgen, daß man ihre Mitpriester abzuschlachten aufhört?«

»Aber sie sind nicht ihre Mitpriester …«

»Sie sind alle Priester, oder, Gebieterin?« meinte der Hilfskoch unschuldig.

»Auf Bemerkungen dieser Art kann ich wirklich nicht eingehen«, sagte Lara hochmütig. »Dies ist nicht unser Land, sondern das unserer Verbündeten, und ich finde es bedauerlich, daß ihr mir Anlaß bietet, euch daran erinnern zu müssen.«

Einige von uns drehten ihr eine Nase, als sie die Küche verließ.

Die Küche ist in regelrechte Gärung geraten und eifert, um dem Hauptquartier des Nordheers Ehre zu machen. Wir strengen uns so an, daß ich wirklich glaube, wir werden die zu erwartenden Festgäste mehr als zufriedenstellen können, obwohl diese Aufgabe zunächst unerfüllbar zu sein scheint. Die breiten Flügeltüren, die gegenwärtig den großen Speiseraum vom großen Spielraum trennen, wird man öffnen und den gesamten Platz für das Festmahl verwenden. Jeder bedeutende Mann beider Heere wird hier sein.

Den ganzen Tag hindurch rattern Karren mit Nahrungsmitteln über den gepflasterten Hof, und in der Küche schwillt das pausenlose Feilschen zwischen uns und südländischen Hausierern bisweilen zu einem wütenden Stimmengewirr beiderseitigen Ärgers an.

Man könnte meinen, es habe wieder zu schneien angefangen, aber bloß hier und nicht in den Straßen. Die Luft ist voller weicher, weißer, leichter Federn, die von den Gänsen und Enten stammen, welche die Küchenjungen rupfen; die überwiegende Menge der Federn wird eingesammelt und den Südländern zurückverkauft, denn der Koch meint, wir könnten an dem Festessen ruhig ein bißchen verdienen, doch man findet ständig Federn in den Speisen, während man sie noch zubereitet.

In einem Schuppen haben wir ein paar herrliche alte Wandteppiche entdeckt, die aus der Zeit stammen müssen, als das Haus sich noch in Familienbesitz befand. Wir werden sie im Festsaal aufhängen.

Der Festsaal sieht sehr hübsch aus. Ich bin sicher, daß der bedeutende südländische Feldherr Harmgard die Hammerfaust, wenn er morgen kommt, eingestehen wird, daß wir, entgegen allem, das die Südländer über uns reden – über die Nordländer, meine ich –, ein erfreulich kultiviertes und zivilisiertes Volk sind; die Südländer sprechen stets von den ›Nordlandhorden‹ und erzählen sich haarsträubende Schauergeschichten über die Länder jenseits der Berge.

Am Tag der Festlichkeit war es plötzlich vorbei mit dem Frühling, denn er war tatsächlich noch viel zu keimhaft gewesen, um auch bloß als junger Frühling bezeichnet werden zu können. Während die bedeutenden großartigen Männer einzutreffen begannen, fegte Schnee, vom Wind gepeitscht, durch den Torweg.

Ich hätte gerne aus dem Fenster geschaut, um sie alle ankommen zu sehen, aber für ein so großes Fest standen zu wenig Diener zur Verfügung, weshalb ich ihnen zur Verstärkung eingereiht worden war. Ohne diese Ehre wäre mir wohler zumute gewesen. Ich tummle mich ungern unter den Augen meiner Feinde. Der Koch beharrte darauf, mir die Haare zu schneiden, weil er, wie er behauptete, meinen ungepflegten Anblick nicht länger ertragen könne.

Ich wurde in eine Dienertracht gesteckt, die mir einigermaßen paßte und worin ich angeblich hervorragend aussah. Aber wir hatten allesamt zuviel zu tun, um uns gegenseitig bewundern zu können. Ununterbrochen schaffte man gewaltige Platten an ihre Plätze auf der langen Tafel; schillernde Hügel gefüllter Pfauen; scharfe Soßen; Pyramiden von Früchten, mit denen der Oberkoch sich endlos den Kopf zerbrochen hatte, bis er beschloß, sie als Vulkane in der Form jenes großen Berges, der über die Stadt wacht, aufzutragen (dieser Einfallsreichtum würde sicherlich Beifall finden); große schimmernde Eidechsen, deren Schuppen zu polieren jeden von uns lange beansprucht hatte, die in lebensechten Stellungen auf den Platten lagen, in den aufgerissenen Rachen, zwischen den blitzenden Zähnen, exotische Früchte oder Zuckerwerk – mit all diesen prachtvollen Köstlichkeiten hasteten die Dienstknaben und Mägde eifriger und grimmiger als sonst umher. Draußen trieben verstohlene Schneeflocken herab, es schneite und schneite, und gelegentlich wirbelte das rechthaberische Fauchen eines Windstoßes sie durcheinander; in der Küche prasselten die Feuer, und heißes Fett troff in die Pfannen unter den Bratspießen.

Noch vor den Gästen trafen die Künstler ein.

Sie waren Südländer und selbst fast so etwas wie hoher Besuch. Offensichtlich waren sie es gewöhnt, hochgestellte Leute zu unterhalten, denn sie behandelten uns nicht als Gleichrangige, sondern als Untergebene, als ob die Aristokraten, für die sie tanzen sollten, bloß unsere Herren seien und nicht auch ihre.

Sie betraten die Küche, um ihre Winterkleider abzulegen. Alle trugen sie Pelzumhänge, nicht bloß welche mit Pelzkragen, sondern ganz aus Pelz; und die Tänzerinnen, die uns mit dem gelangweilten Hochmut von Edelfrauen anschauten, waren in samtumsäumte Pelze gekleidet, statt in pelzbesetzte Samtumhänge.

»Heilige Eier, man sieht ihnen an, wie sie entlohnt werden«, flüsterte der Vorkoster mir zu.

Nicht nur die männlichen Musikanten und Künstler sprangen hinzu, sondern auch mehrere Küchenjungen, als die vornehmste der Tänzerinnen ihre Oberkleidung abstreifte. Sie hatte einen langen Mantel aus blauem und weißem Pelz und eine steife Kappe mit Troddeln daran. Als sie die Kappe abnahm, fiel ihr goldenes, welliges Haar über ihre Schultern. Sie drehte sich um, und ich hielt den Atem an.

Sie gehörte zur goldhäutigen Rasse, deren Seltenheit allein sie hier über alle Maßen begehrt machen mußte. Aber sie war ohnehin makellos schön. Sie besaß große, goldene Augen mit langen, dünnen Wimpern unter geraden, dünnen Brauen, die man nur sehen konnte, wenn das Licht in günstigem Winkel auf die feinen Härchen ihrer goldenen Haut fiel, die sich gegen den sanften Bogen ihres Halses abzeichneten. Unter der Winterkleidung trug sie ein seidenfloriges Hemdchen mit einem funkelnden Muster und kleinen Troddeln; ihr Rock war eine runde Seidenwolke über der durchscheinenden Seidenhose. An den Füßen hatte sie hochhackige Sandalen mit nach oben weisenden Spitzen, so daß an den nackten Zehen ungehindert Perlen baumeln konnten. Man sah den fein geschwungenen Umriß ihres goldenen Körpers durch diese Kleidung, und ihr Bauch war entblößt. Im Nabel war ein kleiner, runder Spiegel befestigt.

Erst als ich vernahm, daß man sie Terez nannte, begriff ich, daß diese Tänzerin Smahils Konkubine ist.

Ich zählte zu den letzten Dienern, welche den Saal betraten.

Mittlerweile war die Mehrzahl der Gäste zur Stelle und das Festmahl in vollem Gange. Die Musikanten saßen nebeneinander auf der Estrade, und die Tänzerinnen bewegten sich in ihrer Mitte. Während ich an den Tischen bediente, vermochte ich mich schließlich nicht länger zu bezähmen und schielte zur langen Haupttafel hinüber.

All die Edlen widmeten ihre Aufmerksamkeit der Estrade. Mit den Fäusten oder Handflächen schlugen sie auf der Tafel den Takt, während sie kauten und gafften, und auch mit den Füßen stampften sie. Man sah, daß der Wein vorzüglich war; die Edelfrauen lächelten und nickten bereits im Rhythmus der Musik mit den Köpfen, obwohl die Tänzerinnen alle recht hübsch waren und ziemlich entblößt.

Am Kopfende der langen Tafel lehnte in seinem Sessel der Feldherr. Der weite, scharlachrote Umhang fiel über seine Tunika, und vor ihm auf dem Tisch lag einer seiner mächtigen dunklen Arme, die Finger locker um den Schaft seines Pokals gelegt. Über den Schuppen des dunklen Arms schimmerte matt ein goldener Armreif. Unter den geraden, dunklen Brauen war sein Blick auf die Tänzerinnen gerichtet, und man vermochte nicht zu bestimmen, ob dieser dunkle, gleichmäßige Blick Düsternis oder Zufriedenheit ausdrückte. Zu seiner Rechten saß ein breiter, haariger Mann, aus dessen mit vergoldetem Metall gefaßtem Lederhelm eine Mähne roten Haars quoll; sein Gesicht war gerötet und er grinste von Ohr zu Ohr. Er trug einen schwarzen Umhang und drehte einen kleinen Dolch in der Hand, während er nach Fleisch brüllte.

»Dieser große Mann, der so grinst«, murmelte mir ein Dienstknabe zu, als wir beim Auftragen aneinander vorübergingen, »ist der berühmte südländische Feldherr Harmgard.«

»Die Hammerfaust?«

»Die Hammerfaust.«

Links von Zerd saß seine rosarote Gemahlin. Sie bemühte sich soeben um ein Lachen, begann jedoch den Mann rechts neben Hammerfaust, ihr gegenüber, säuerlich zu mustern. Er war nicht besonders aufgeschlossen. Er säbelte sein Fleisch und warf den Tänzern einen flüchtigen Blick zu.

»Der Mann neben ihm«, erklärte der Knabe, »ist der hohe südländische Priester Kaselm aus dem engsten Beraterkreis Seiner Übermächtigkeit hinter dem Berge persönlich.«

Dann bedienten wir weiter.

Der Vorkoster stand steif, in seinem Festgewand, hinter Zerds Sessel und kostete getreulich alles, bevor Zerd zugriff – falls es ihm gelang. Zerd mißachtete ihn nämlich nahezu dauernd, und der arme Mann stand dort mit hochrotem Kopf. Er zwinkerte mir nicht einmal zu, als unsere Blicke sich kreuzten, und konnte kaum mehr tun als Hammerfausts Vorkoster zuzuschauen, der ein unglaublich schamloser Kerl war und sich gierig von allem nahm, das in seine Reichweite geriet, ob Hammerfaust davon zu essen beabsichtigte oder nicht; doch Hammerfaust aß sowieso von so gut wie allem.

Der Priester Kaselm war ein hochgewachsener, hagerer Mann in einer schwarzen, mit Gold geschmückten Robe. Er hatte einen breiten, dünnen Mund und ein langes, kantiges Kinn und gelangweilt dreinschauende Augen hinter schmalen Lidern. Meistens ruhte sein Blick auf seinem Teller; selten sah er Lara an, wenn er ein paar Worte mit ihr wechselte, gelegentlich die südländischen und nordländischen Hauptleute in seiner Nähe.

Am unteren Ende der Tafel saßen die Anführer und ihre Mädchen. Darunter bemerkte ich Smahil; er gehörte auch zu den Auserwählten.

Während er trank, hatte er den Arm um ein plumpes, dunkelhäutiges Mädchen geschlungen. Aber seine Aufmerksamkeit galt Terez.

Sie wand sich und wirbelte; sie quirlte und stampfte. Wenn man ihre Bewegungen verfolgte, aus wie geringer Entfernung auch immer, hätte man schwören können, ihr Körper habe sich verflüssigt. Sie schien überhaupt keine Knochen zu besitzen; sie bewegte sich schnell wie ein Blitz und mit schmelzender Schwüle, das eine so plötzlich nach dem anderen, daß einem der Atem schlichtweg stocken mußte. Sie brauchte ihrem Körper nicht zu befehlen; er liebte sie, so wie jeder Mann im Saal ihn liebte. Ihre Knie waren verkörperte Schnelligkeit, ihre Bauchwölbung verkörperte Trägheit einer Schlange im Verdauungsschlaf. Ihre hohen Absätze klapperten den Rhythmus, wenn die Hand des angespannten, goldbraunen Trommlers über der karmesinrot gefärbten Trommel verharrte, die klingenden Perlen und schmalen Troddeln huschten rascher als das Auge sie zu erfassen vermochte, so daß sie ihre ganze geschmeidige Kunstfertigkeit inmitten einer vielfältigen Verwaschenheit von Eindrücken entfaltete, die nicht allein vom Wirbeln ihrer durchsichtigen, funkenstiebenden Seide herrührte, durch die man das Beben ihrer Brüste sah, wenn auch nicht deren Form oder ob sie die Brustwarzen in der Tat mit Gold einzupinseln pflegt. Der Spiegel in ihrem Nabel warf Lichtblitze an die Decke und über die Gesichter der Festgäste; aber Bewegung war *sie.*

Ich schämte mich davor, zu Smahil zu gehen.

Wozu trieb er dieses Spiel mit mir, wenn aus dem gesamten Nordheer er es war, der Terez zur Geliebten gewonnen hatte?

Begehrte er mich so sehr, weil ich mich verweigert hatte, vor einem Jahr, als wir Kinder waren – oder besser, als ich eines war – und als Geiseln mit dem Heer zogen?

Warum mußte er besitzen, wonach eine Laune ihn verlangen ließ – und ich mußte mich schämen, weil es sie und mich auf dieser Welt gab und er uns beide kannte?

Ich füllte den Pokal, den ein bärtiger Edler mir hinstreckte, ohne mich anzuschauen, denn er küßte gerade eine Edelfrau. Als er das erhöhte Gewicht des Gefäßes spürte und wußte, daß es gefüllt worden war, hob er es hoch und schüttete ihr den Inhalt über den Kopf. Er lachte wie besessen, wogegen sie aus vollem Halse schrie, weil der Wein ihr klebrig übers Gesicht und unters Kleid rann.

Ich prallte gegen einen Dienstknaben, der einen Hauptmann unter einer Bank hervorzerrte.

»Der ist früh dran, was?« meinte ich anzüglich, während ich Schinken zuschnitt.

»Sein Nebenmann hat ihn mit der Tellerkante auf den Schädel geschlagen«, sagte der Knabe aufgeregt. Er war sehr jung.

Der Schinken war so stark gewürzt, daß ich blinzeln mußte.

»Was für ein trauriger Unfall«, sagte ich.

»Er hat's absichtlich getan, ich habe es gesehen«, antwortete der Junge. »Er wollte ihm das Salz nicht geben. Welche Schande, daß so etwas bei einem diplomatischen Festessen geschieht, und es hat doch erst angefangen. Es geht erst seit zwei Stunden oder so.«

»Wärst du schon so lange wie ich dabei«, entgegnete ich zynisch, »würde es dich nicht erschüttern, mit der einen Hand einen betrunkenen König zu bedienen und mit der anderen einen Heerführer zu stützen, der sich gerade auskotzt.«

Ich nieste auf den Schinken.

Als man die tänzerischen Darbietungen für eine Weile unterbrach, sanken Terez und die anderen Mädchen auf der Estrade auf niedrige Stühle, wogegen sich einige Knaben erhoben und zu singen begannen. Sie besaßen außergewöhnlich süße Stimmen, doch man merkte nun, daß es die Tänze gewesen waren, welche die Festgäste verhältnismäßig friedlich gestimmt hatten. Nun steigerte sich das Getöse zu ohrenbetäubender Lautstärke, und daß die Knaben sangen, erkannte man alsbald bloß noch daran, daß sie die Münder öffneten und schlossen. Während ich zwischen den Tischen umhereilte, kam ich in Schwung. Bedienen bei einem Fest ist eine Tätigkeit, die mir durchaus gefällt, sogar früher im Zelt von Zerds Konkubine, nach dem Tagesmarsch, hatte ich schon meinen Spaß daran, am Hasten und Schaukeln mit Platten und Krügen, wobei man nichts verlieren und verschütten darf, am Stolz über jedes mit Geschick vermiedene Unheil; ein regelrechter Rhythmus kommt hinein. Auf seine Art ist es wie Tanzen, und fortwährend gibt's kleine Belohnungen – die Freude darüber, ein Mißgeschick verhindert zu haben, das Lächeln eines gutaussehenden Edelmanns, der einem in die Augen schaut. Immer wieder vergesse ich, daß Männer, die mich anlächeln, es im Glauben tun, ich sei ein Junge, aber Absicht und Wirkung sind die gleichen. Die Edelfrauen lächeln ebenfalls. Es war keine so üble Festversammlung, bloß voll und laut; dem Buben gegenüber habe ich geprahlt, es war wirklich harmlos. Ständig hielt ich nach Lel und Iro Ausschau, aber in diesem Teil des Saals sah ich sie nicht und zum anderen Teil versperrte mir ein dichtgedrängter Haufen von Edlen und Anführern den Weg, die versuchten, die Tänzerinnen von ihren Stühlen auf der Estrade zu ziehen.

Das mißfiel mir, weil es mich daran erinnerte, daß es Terez gab, und ich fühlte mich so minderwertig, daß ich an

Ort und Stelle hätte Selbstmord begehen und schreien können.

Doch inzwischen begann ich zu ermüden, obwohl ich meinen Dienst als einer der letzten aufgenommen hatte, lange nach dem Beginn des Festmahls. Ich entschied, daß genug andere anwesend waren, um mir eine viertelstündige Pause gönnen zu dürfen. Ich setzte mich auf eine Bank, neben zwei kostbar gekleidete, junge Frauen, wo ich Platz fand, weil ihre Begleiter sich zu dem Haufen gesellt hatten, der die Tänzerinnen bejubelte. Die beiden Frauen waren vom reichhaltigen Essen erschöpft. Sie schwatzten und fummelten mit kleinen, aus Elfenbein geschnitzten Zahnstochern, wie sie neben jedem Teller lagen, in ihren Zähnen herum. Alles ganz nett für sie; ich jedoch war hungrig und durstig. Ich rief zu Hammerfausts Vorkoster hinüber, der auf der anderen Seite der langen Tafel stand.

»He, Vielfraß, schmeckt der Elch gut?«

Die beiden Vorkoster drehten sich mir zu, unserer lächelte, der andere glotzte mich an; die Hammerfaust wurde auch aufmerksam. Ebenso Zerd, was ich nicht beabsichtigt hatte; sie alle starrten mich an.

»Sehr gut, genau das Gegenteil von Gift«, erklärte unser Vorkoster und bewies damit, daß er sich angesprochen fühlte.

»Miete dir einen eigenen Vorkoster oder bezahle dafür, daß du den anderer Leute beanspruchst!« rief Zerd mir zu.

Ich nahm die nächste greifbare Elchkeule vom Tisch, wandte ihnen und dem Festlärm den Rücken zu und begann zu nagen. Die Keule war zart und im eigenen Saft gebraten; sogleich lief mir die Soße übers Kinn. Ich benutzte beide Hände.

»Wo soll das noch hinführen«, meinte die dünnere der beiden Edelfrauen neben mir, »wenn die Diener die Speisen ihres Herrn verzehren, statt sie aufzutragen, und niemand schreitet dagegen ein?«

»Aber da's nun einmal so ist«, sagte die andere, leicht untersetzte Frau, »soll er auch den Wein dazu haben.«

Und sie schob mir den Krug zu, von dessen Inhalt sie anscheinend genug hatte.

Ich streckte die Hand aus, aber sie hielt ihn am Griff fest. Ich wußte, was sie wollte – sie würde nicht loslassen, bis ich auf und in ihre Augen schaute und ihre Schönheit sah. Ich hatte mich schon daran gewöhnt, daß Edelfrauen hoffnungsvoll mit mir zu liebäugeln suchten, und manchmal komme ich mir schlecht vor, weil ich stets stumpfsinnig und frostig sein und ihre Wärme abweisen muß. Ich wollte den Wein, also blickte ich auf und in ihre Augen. Sie hatte den Kopf auf die Seite gelegt und war nicht halb so schön wie die meisten Frauen, denen ich heutzutage begegne; aber ihr Blick spiegelte soviel Vertrauen auf ihre Lieblichkeit wider, daß ich spürte, wie meine Lippen sich zu einem widerwilligen Lächeln verzogen, genau wie in alten Tagen.

Ich wäre bis zu dem Moment nie auf den Gedanken verfallen, daß die beiden Ijleldla und Iren sein könnten; sie waren so mit Juwelen behängt und aufgeputzt. Nicht etwa, daß sie sich nicht immer schon reich gekleidet hätten, wie's nur ging, aber nun hatten sie offenbar weitaus mehr Möglichkeiten dazu.

Ermutigt rutschte sie auf der Bank näher, ohne ihre Haltung oder ihr süßes freundliches Lächeln auch nur im geringsten zu verändern.

Meinem Vetter sei Dank, dachte ich, dies sind die letzten alten Bekannten, die mir über den Weg laufen können, es sind keine anderen übrig – und keiner, meinem Vetter sei nochmals gedankt, wird mir, wie es aussieht, Schwierigkeiten oder Ärger machen.

»Ein schönes Fest, nicht wahr?« meinte sie.

»Ein vorzüglicher Anfang.«

»Bitte?« Sie hob ihre *lieblichen* kleinen Brauen. Ich hätte sie schlagen können, sie weiß genau, daß jeder sie mögen muß, und das schlimmste ist, es verhält sich – so vermute ich – nach wie vor so, daß wirklich jeder sie mag. Aber ihr Verhalten ist noch gezierter geworden; ihre Verwirrung über meine Antwort hätte ehrlich gewirkt, wäre sie nicht gewohnheitsmäßig von ihr unverzüglich in eine Pose umgemünzt worden. Ich möchte wissen, ob sie jemals Kummer empfindet, irgendeine Schwäche, irgend etwas außer der Taubheit ihrer abstumpfenden Gefühle. Dennoch, sie ist eine nette kleine Person, und ich bin unerträglich besserwisserisch.

»Ja, nicht übel«, sagte ich höflich. »Kommt Ihr häufig her?«

Sie kicherte. »Dummer Junge. Wie schüchtern du redest. Hier, setz dich zu uns.« Sie saß bereits so dicht neben mir, daß es näher nicht ging. Ich rutschte auf der Bank herum, ohne mich vom Fleck zu bewegen. Sie ergriff wieder Besitz vom Weinkrug und füllte säuberlich einen Becher für mich.

»Auf unser ruhmreiches Heer«, sagte ich.

»Auf unser ruhmreiches Heer«, erwiderten beide eilfertig. Ich fand eine zweifelhafte Befriedigung darin; allerdings hätte es mich beileibe nicht gewundert, zu erfahren, daß sie unsere Heimat schon längst vergessen hatten.

»Wie lautet dein Name?« erkundigte sich Ijleldla in ihrer vertraulichen Art, die inzwischen so selbstverständlich wirkt, daß sie jeglicher Keckheit ermangelt.

»Jaleril«, sagte ich ebenso vertraulich.

»O wie süß!« Sie klatschte in die Hände. »Ist das kein süßer Name, Iren?«

»Doch, sehr«, versicherte Iren kühl. Sie wußte, daß ich Ijleldla zustand, der Regel zufolge, wonach der Abschlepper sein Opfer behält, und sie grollte, weil sie als Sittenwächterin in Gestalt einer freundschaftlichen Begleiterin benutzt wurde, um die Lage in der Hand zu behalten, bis ich fest angebissen hatte.

Doch nun erhob sich im ganzen Saal Raunen und Scharren. Wir drehten uns um und sahen, daß jedermann sich umdrehte; Terez und die anderen Tänzerinnen auf der Estrade standen wieder. Die Knaben, die gesungen hatten, kauerten sich verdrossen mit überkreuzten Beinen hin. Da und dort spendete man ihnen Beifall, doch reichlich oberflächlich; wahrscheinlich kam er bloß von jenen Gästen, die unter den Knaben einen Liebhaber hatten. Dann er-hob sich Begeisterungsgeschrei für die Tänzerinnen; man rief ihre Namen, doch die meisten schrien nur einen: »Terez!« – »Terez!«

Ein Mann mit einer Flöte und einer mit einem Dudelsack, an dem Glöckchen hingen, nahmen zwischen den Ghirzaspielern Platz. Die Trommler begaben sich zu einem Kohlenbecken; die große, karmesinrote Metalltrommel mußte aufgewärmt werden, weil die Spannung des Fells nachließ.

Terez und die anderen verneigten sich und lächelten unter dem Eindruck des rasenden Beifalls; mit einem Perlengeklirr, laut genug, so daß alle es hören konnten, riß Terez eine Troddel von ihrem Hemdchen und warf sie in die Menge. Das kleine Ding wirbelte funkelnd durch die Luft und fiel, ein Dutzend Hände grapschte danach, und ein junger Unterführer im Waffenrock der XVIII. Fußschar fing es. Als er sich umwandte, sich verbeugte und Terez damit zuwinkte, erkannte ich Smahil. Sie lächelten einander an; die Glöckchen bimmelten, als der Dudelsackpfeifer den Dudelsack hob, die Ghirzaspieler stimmten sich aufeinander ein, und ein neuer Tanz begann.

Ein sehr gutaussehender Anführer der Goldenen kam zu uns und setzte sich zwischen Ijleldla und Iren.

Ich vermochte nicht festzustellen, wer zu wem gehörte; vielleicht war er nur ein Freund, denn er behandelte beide gleich nett und zuvorkommend und hegte auch keine Bedenken gegen meine Anwesenheit, obwohl man uns nicht einander vorstellte und Ijleldla jedesmal, wenn sie kicherte, gegen mich sank, so daß ihre feine Stirn fast meine Schulter berührte. Ständig kitzelten ihre Locken mich unterm Kinn. Es störte mich nicht, bis eine ihrer Achathaarnadeln mir einen Kratzer zufügte.

»Wenn ich wüßte, warum das gelbe Mädchen jedermanns Aufmerksamkeit findet?« meinte Iren, die ermüdet wirkte und ungeduldig mit einer Halskette spielte, während sie die Tänzerinnen beobachtete.

»Sie heißt Terez«, sagte der Unterführer von den Goldenen.

»Oh, natürlich, du *mußt* es ja wissen!« fauchte Ijleldla mit aufwärts verdrehten Augen, als sei diese bloße Kenntnis ein außerordentlich überzeugender Beweis der unverbesserlichen Weibstollheit des Unterführers.

»Sie ist herrlich«, sagte ich verzückt und mißachtete Ijleldlas Hand, die sich mir unter der Tischplatte näherte.

Ijleldla war sich dessen unsicher, ob sie ernstlich erzürnt sein sollte, weil sie mir ernstlich zürnte, oder ernst, weil sie mir zürnte. Sie schlug mich mit der Silberhülse ihres Erfrischungsstifts.

»Nun verrate mir bloß noch, was du an ihr findest!«

»All diese schaukelnden Rundungen«, sagte der Unterführer und zwinkerte mir zu.

»Man muß sie bewundern«, sagte ich verbittert. »Das ist jetzt vornehm. Seht nur die Männer an.«

Sie schauten umher.

»Die Hammerfaust ist noch nicht einmal betrunken«, stellte Ijleldla fest. »Für sein Betragen bei Tisch dürfte es kaum eine Entschuldigung geben, oder? Und seht nur, wie er das gelbe Mädchen anstiert. Oh, schaut nur! Seht euch das an! Ich behaupte, er wird gleich aufstehen und hingehen, sie zu Boden reißen und …«

Ich fürchte, das war ganz offensichtlich. Die Hammerfaust war ein ziemlich derber Mensch, und einige Augenblicke lang sahen jene, die ihre Blicke von Terez zu lösen vermochten, den weiteren Verlauf des Festmahls aufs äußerste bedroht, als er sich erhob, in einer Faust noch einen fettigen Halsknochen, und den ersten der wenigen Schritte von der langen Tafel zur Estrade tat.

Zerd lümmelte in seinem Sessel. War es ihm gleichgültig, was geschah?

Die Hauptleute beider Seiten blickten besorgt drein. Lara runzelte die Stirn über den flegelhaften alten Rüpel, obwohl sie die ganze Bedrohlichkeit der Lage offenbar noch gar nicht erfaßt hatte. Aber eine Menge Leute im Saal, nach ihren Blicken zu schließen, verstanden sie sehr wohl. Wie gebannt starrten sie die Hammerfaust an, während durch ihre Köpfe die Vorstellung zuckte, wie die Hammerfaust im nächsten Moment Terez von der Estrade zerren würde, eine völlig andere Sache als der harmlose Ansturm von Gästen auf die Tänzerinnen zwischen den Auftritten – eine Beleidigung einer berühmten Künstlerin und ein Mißbrauch der Gastfreundschaft des nordländischen Feldherrn, der zum Schutz der Tänzerin würde eingreifen *müssen*, die unausbleibliche Einmischung einer Anzahl Bewunderer, von betrunkenen Anführern, die innerlich vor Widerwillen schäumten und nur auf eine Gelegenheit warteten, um die Kluft zwischen den Verbündeten zu vertiefen …

Aber der hagere Priester Kaselm rettete alles.

»Werden die Edelfrauen dieser Stadt auch so spärlich bekleidet sein«, sagte er mit einem trockenen Blick in die Runde, »um Seine Übermächtigkeit zu erfreuen, wenn er kommt?« Und beim klaren Klang seiner Stimme bemerkte jedermann, wie still es plötzlich im Saal geworden war.

Das wirkte. Die Hammerfaust setzte sich wieder, ehe er richtig in Bewegung kam. Der Lärm schwoll wieder an. Womöglich hatte die Mehrzahl der Gäste die Bissigkeit der Bemerkung nicht bemerkt oder verstanden. Doch der Priester Kaselm lächelte und schien noch größer und finsterer und hagerer als zuvor zu sein.

»Ein kleiner Hinweis darauf«, sagte der Unterführer der Goldenen, der bei uns saß, »wie mächtig dieser neue Gottherrscher des Südreichs ist, und daß sogar das Heer die Ungnade der neuen Priesterkaste fürchtet.«

»Wie konnte er sich«, meinte Iren tugendhaft, »wegen *dieser* albernen Tanzzicke so erregen?«

»Auf den männlichen Geschmack ist kein Verlaß«, seufzte Ijleldla. Sie schmollte mich und den Unterführer an, in altbekannter Weise darauf bedacht, ihrer Umgebung in Erinnerung zu rufen, daß Frauen und Männer sich in gewisser Hinsicht unterscheiden.

»Denke an dieses bleiche Mädchen mit dem strohdummen Träumergesicht, das uns eine Zeitlang begleitet hat … so blaß und zimperlich, dabei ritt sie jeden Tag wie ein Stallbursche auf einem Vogel … aber Smahil mochte sie sehr … sogar der Feldherr hat mit ihr geliebäugelt …«

»Die stillen Wässerchen sind die tiefsten«, erklärte der Unterführer aus vollem Herzen, als sei das keine grobe Verallgemeinerung. »Trübsinnig am Tag und feurig bei Nacht. Was, Junge?« Er schlug mir auf den Schenkel, der noch Minuten später schmerzte.

»Jetzt ist Smahil diesem gelben Mädchen verfallen. Sie hängen ständig zusammen …«

»Hast du ihn wieder einmal gesehen?« fragte Iren.

»Ich nicht, ich doch nicht!« Ijleldla schüttelte den Kopf, so daß ihre Locken über mein Gesicht schnellten. »Wie gesagt, er ist immer mit der gelben Schlampe zusammen, so erzählt man. Er kauft ihr Juwelen, sie besuchen gemeinsam Festlichkeiten, und alle staunen über ihre Unzertrennlichkeit.«

»Sie *hat* einen Körper …«, sagte Iren unschlüssig.

»Aber …«

»So *offensichtlich …«*

»Man sagt auch, sie habe fürchterliche Launen …«

Der Unterführer sah mich an und stöhnte in schlichter Verzweiflung, und hinter den Rücken der beiden, aber so, daß sie's bemerken mußten, tranken wir Terez zu.

Nach einer Weile wurden die Gäste es müde, nicht bedient zu werden (die meisten Diener hatten sich, wie ich, irgendwie vor weiterer Arbeit gedrückt), und begannen sich gegenseitig zu versorgen.

Es belustigte mich, Edelfrauen in wallenden Gewändern und Edle und Anführer mit Juwelen und in prunkvollen Waffenröcken zwischen den Tischen umhereilen und Platten und Krüge schleppen zu sehen. Ein paar in Reichweite befindliche Knaben trieb man mit Tritten zurück ans Werk, aber es waren nicht viele; jemand klopfte mir auf die Schulter.

»Wein, Herr?«

Ich wandte den Kopf und sah einen Unterführer, der sich verneigte, mit einem randvollen Krug hinter mir stehen. »Danke, nein.« Ich winkte ab. »Aber meine Nachbarinnen hier wären für einen Liebesdienst gewiß dankbar.«

Er starrte sie an und erschauderte.

»Ihr Götter, nein! Wie hältst du es neben ihnen aus? Ich eile, ehe sie mich bemerken!«

»Vielleicht hat deine Tänzerin Durst«, erinnerte ich ihn. Bevor er sich entfernte, packte ich seinen Arm. »Meinen Glückwunsch«, sagte ich im Tonfall einer lieben Schwester, die künftig zu sein ich mich unterdessen entschieden hatte. »Sie ist wirklich schön.«

Er jedoch schnitt ein finsteres Gesicht und ging; seine langen Beine in den engen Lederstiefeln bewegten sich ein wenig schleppend.

Schließlich, bevor sich alle zu sehr betranken, um es noch richtig würdigen zu können, trug man auf einer schmalen hölzernen Platte, so lang wie die Tafel selbst, das kulinarische Meisterstück der Festtafel herein. Zahlreiche Diener in ihrer Tracht wankten unter dem Gewicht, als sei es ein gewaltiger Tausendfüßler, und sie seine roten, schwitzenden Beine. Es handelte sich um eine jener seltenen Sumpfechsen, einen jungen Dinosaurier, geduckt wie zum Sprung, den langen, spitzen, vom Fett triefenden Schwanz gewunden. Der Bauch und die kurzen Beine ruhten auf einem Berg heißen, gewürzten Gemüses. Sein Duft erfüllte den ganzen Saal, während die Träger ihn an den anderen Tischen vorüber zur Haupttafel beförderten. Lautes Geschrei entstand; mir lief das Wasser im Munde zusammen; manche Gäste griffen zu, solange sich die Gelegenheit bot, und rafften Gemüse mit den Fäusten auf ihre Teller.

Das Tier wurde auf der Haupttafel abgestellt; und all die edlen Herren dort fielen darüber her und begannen es zu zerstückeln. Um die besten Innereien entstand ein Gezänk, worin sich zuletzt nahezu alle verwickelt hatten. Ein goldhäutiger Sklave brachte dem Feldherrn einen großen kristallenen Weinkrug; Zerd neigte den Kopf zur Hammerfaust hinüber, und der Sklave bot ihn ihm an; die Hammerfaust ließ den Pokal füllen, erklomm die Tafel, taumelte durch das Gemüse, breitete in einer großmächtigen Geste die Arme aus, mit der er den Inhalt seines Pokals fast restlos verspritzte, und stieß ein Brüllen aus.

»Trinkt auf den unabwendbaren Untergang von Atlantis!«

Für einen Moment herrschte beinahe vollständige Stille im Saal, bis auf den Widerhall seines Gebrülls unter den Dachbalken und das Gurgeln, Grunzen und Fluchen zweier Männer, die sich gerade zu seinen Füßen im Bauchgewölbe des abgenagten Gerippes wälzten und um das Herz stritten.

Dann wiederholte sich das Gebrüll vielstimmig, und das ganze Haus schien einzustürzen, als es erscholl, Männer und Weiber sprangen von ihren Plätzen und hoben ihre Trinkgefäße. »Auf den unabwendbaren Untergang von Atlantis!« Sie heulten es voller glühender Begeisterung, Inbrunst und Ergebenheit für die Sache und die ruhmreichen Heerscharen. Nie zuvor hatte ich etwas so Gräßliches vernommen. Sie glichen wilden Tieren, voller Juwelen und Wappen, und sie rissen mit ihren trunken klaffenden Mündern in ihren gierigen, entschlossenen, betrunkenen Gesichtern über den von Soßen und Wein besudelten Waffenröcken alle unabwendbaren Dinge in den Schmutz, die unabwendbar, weil vorausbestimmt sind, denn sie wissen nichts von dem, was sie hinter der Luftleere über dem Meer erwartet, nicht einmal, ob es die Mühe wert sein wird, und sie glauben sich des Sieges gewiß. Wieder und immer wieder schrien die Festgäste den Trinkspruch, das Glas im Saal klirrte, und die Wandteppiche, im Geheul unbemerkt, fielen herab. Zerd lag im Sessel, mit verzückterem Gesicht, als ich es jemals bei ihm gesehen habe, und es spiegelte hingebungsvolle Leidenschaft beim Brüllen des Trinkspruchs wider. Er trank in langen, langsamen, wohlbemessenen Zügen, die er auskostete, als schwappe in seinem Pokal bereits das edle Blut von Atlantiden. Auf dem Tisch schrie die Hammerfaust wie ein Irrer, und auf seinen Lippen stand Schaum. Vielleicht stammte er bloß vom Wein, ich weiß es nicht. Mit einem Krachen stürzte ein eiserner Kerzenleuchter von der Decke auf den Tisch darunter. Die Gäste, welche daran saßen, schrien; aber ich glaube, die Mehrheit der anderen bemerkte gar nichts davon. Eine Frau wurde unter dem Leuchter begraben; mehrere Männer aus ihrer Begleitung hoben ihn soweit an, daß andere die Zerschmetterte hervorzerren konnten. Sie lag auf dem Tisch und wimmerte und starb gleich darauf. Der Trinkspruch wurde immer wieder gebrüllt. Alles war so plötzlich gekommen, daß ich noch immer wie gebannt in diesen frohlockenden Massenwahnsinn starrte *(»Auf den unabwendbaren Untergang von Atlantis!« – »Auf den unabwendbaren Untergang von Atlantis!«)*, in den das friedfertige diplomatische Bankett, auf dem man sich eben noch um Hammerfausts Benehmen gegenüber einer Tänzerin sorgte, sich verwandelt hatte, als hinter mir zwei Männer zusammenbrachen und sich unter Zuckungen am Boden wanden und kreischten: *»Auf den unabwendbaren Untergang!«* Zuerst meinte ich, sie würden miteinander ringen, doch als ich sah, daß sie halb entkleidet waren, verstand ich und wandte mich ab. Ich versuchte mich zum Ausgang durchzukämpfen. Immer wieder drängten Streithähne und Paare, die sich eng umschlungen hielten, mich beiseite, und das Brüllen steigerte sich wahrhaftig zu noch erhöhter Lautstärke. Empfanden sie solchen Haß? Waren so ungeheurer Haß und die Bereitschaft, irgend jemandes Untergang zu wünschen, in ihren Brüsten gewesen? Viele befanden sich in einem aufgepeitschten Zustand, betrunken waren alle, aber der Haß muß bereits vorhanden gewesen sein. Ich fühlte, wie die haßgeladene Luft mich zu ersticken drohte. Ich begann mir den Weg mit Gewalt zu bahnen, schlug auf die Rücken und Gesichter ein, die mir nicht weichen wollten. Der allgemeine Wahnsinn fing auch mich zu packen an. Plötzlich war ich in der Nähe der langen Tafel. Ich befand mich in Sichtweite des Ausgangs, doch mein Blick verharrte auf der Tafel. Der eine der zwei Männer in der Bauchhöhle des abgefressenen Gerippes, beide bis zur Unkenntlichkeit in Soße getränkt, stach seinem braunhäutigen Gegner, der unter ihm zuckte, immer wieder ein Messer in den Hals. Ein Blutschwall schoß empor; der Sieger schlürfte gierig aus dem roten Quell, bevor er zu vertrocknen begann. Er schüttelte den blutbesudelten Kopf und lachte. *»Auf den unabwendbaren Untergang!«* Alsbald verbreitete sich im Saal eine widerliche Ausdünstung, die nicht allein von dieser wahnwitzigen Verzückung herrührte, sondern auch von schlimmerer Leidenschaft, die mit entsetzlicher Gewalt alle packte. Man wird das Haus später niederbrennen müssen, dachte ich in meiner Raserei, all dies war schon zuvor darin. Ich verstand, daß alles bereits in den Brüsten der genüßlich tafelnden, heiteren Gäste gelauert hatte, im Haus, im Saal, wie auch immer, ehe noch jemand davon zu träumen gewagt hätte, daß es ausbrechen könne. Zerd lag halb auf dem mit Soßen und Blutlachen besudelten Tisch, zwei Edelfrauen auf ihm, in seinen Armen, wobei die eine gierig an seinem Glied saugte, das sie halb hinuntergeschlungen hatte. Halbtot erreichte ich die Tür. Unterwegs, noch neben der Tafel, begegnete ich dem Blick zweier Augen, die als einzige in dieser Hölle, so schien es zu sein, unverändert gelassen dreinschauten.

Der große, schwarze Priester Kaselm lächelte ein trockenes, schiefes Lächeln, das seine Augen nicht teilten, und säbelte mit dem silbernen Messerchen an seinem Fleisch.

Seit ich nach der Nacht des Dinosauriers den letzten Eintrag niedergeschrieben habe, ist ein Monat verstrichen. Meine Hand gleitet über die Seite, aber ich fühle mich nicht vertraut damit, so wenig wie mit irgend etwas anderem.

Alle sind seither auf seltsame Weise ausgehöhlt, jedermann hat einen kränklichen Geschmack im Mund.

Der Koch hat sich mit einem seiner Vorlegemesser umgebracht, warum, das weiß niemand. Vielleicht deshalb, weil er jenes Tier so meisterhaft (und liebevoll) zubereitet hatte, das einige flachgeistige Leute zum Symbol jener Nacht erhoben haben.

Lara hat eine Fehlgeburt erlitten.

Mehrere Leute sieht man nicht länger im Hauptquartier; sie sind auf scheußliche Weise umgebracht, im Gedränge totgetrampelt oder schwer verletzt worden.

Zwischen dem Nordheer und den Heerscharen, welche in jener Nacht mit der Hammerfaust in die Hauptstadt eingezogen sind, herrscht vom ersten Tag an die allererbittertste Feindschaft. Scheinbar sind die Straßen zu nichts anderem mehr gut als zum Tummelplatz nordländischer und südländischer Soldaten, und es gibt nun häufiger Kämpfe zwischen den Verbündeten als gemeinsame Aufmärsche.

Ein oder zweimal habe ich Smahil gesehen, aber nie allein.

Manchmal besucht die Hammerfaust mit Mitgliedern seiner Heerführung den Feldherrn.

Die Sonne scheint warm. Viel vom Schnee auf den Gipfeln der Berge, die über die Stadt wachen, schmilzt nun.

Der Fluß rauscht lebhafter durch sein ausgemauertes Bett inmitten der Stadt. Kleine Buben gehen zum Angeln dorthin.

Niemand erwähnt jemals die Nacht des Dinosauriers.

Man könnte meinen, sie habe nie stattgefunden.

»Das wird ein lustiger Feldzug«, sagte Smahil übellaunig.

Er saß lässig auf einem Küchenstuhl, die Daumen in den Gürtel gehakt, und starrte die Steinplatten des Fußbodens an.

Ich stand am großen Becken und scheuerte Töpfe. Das Wasser war brühheiß, aber die Reste wollten sich nicht lösen. Meine Hände waren rot und verquollen, und um meine Handgelenke verliefen verkrustete Schmutzränder, obwohl ich erst am vorherigen Abend ein ausgiebiges Bad genommen hatte.

Wir waren fast allein in der Küche; an der jenseitigen Wand kramten ein paar Knaben und Diener, aber jetzt ist es gewöhnlich sehr still darin. Smahil schwang die Beine und scharrte mit den Füßen am Boden.

»Ein reizender Feldzug.«

»Standen die Aussichten je anders?«

»Ja, allerdings«, antwortete er. »Aber nun ist die Lage derartig, daß wir diesen geheimnisvollen Erdteil gar nicht *erreichen* werden – vorher sterben wir allesamt.«

»Du liebe Zeit!«

»Stell dir das vor, wir marschieren und marschieren Tag um Tag, und mit jedem Tag wird jedes der Heere durch Scharmützel mit dem Verbündeten geschwächt.«

»Könnte mir nicht gleichgültiger sein«, versicherte ich und summte vor mich hin. Das Wasser umspülte meine Finger. Diesen Schmutz würde man niemals beseitigen können; mit einer Tatsache sich abzufinden, sobald man sie erst einmal eingesehen hat, ist leicht. »Ich komme nicht mit. Ich will nicht dabei sein, falls ihr diesen Erdteil verwüstet... und schon gar nicht um, mich von einem blutrünstigen Speerwerfer des Südheers aufspießen zu lassen...«

»Willst du in einer leeren Küche zurückbleiben...?«

»Warum nicht? Dann werde ich wenigstens über diese Küche herrschen. Gegenwärtig bin ich ein Nichts, nicht einmal der Gott der jüngsten Küchenbengel. Ich muß sogar abspülen, weil Lara seit ihrer Fehlgeburt keinen Appetit mehr auf Suppen hat, sie mag überhaupt keine mehr. Es kann nicht schlimmer als jetzt werden... alle anderen sind genauso niedergeschlagen wie du, mein lieber Smahil, der neue Koch ist ständig bedrückt, weil sein Vorgänger... ein böses Omen...«

Unerschütterlich scheuerte ich weiter. Ich war furchtbar

stolz auf unseren Koch gewesen, doch alle meine Tränen waren versiegt, vielleicht für Jahre. Ich fühlte mich seltsam gleichmütig.

Er schnob. »Eine richtige Küchenschlampe bist du geworden, was? Na gut, dann bleib bei deinem dreckigen Spülwasser.«

»Während du ritterlich ins Feld ziehst, du Held, wie? Was ist eigentlich aus dir geworden?«

»Was denn, nach deiner Meinung?«

»Schwer zu sagen.«

An einem toten Punkt angelangt, schwiegen wir und rührten uns nicht vom Fleck; er starrte düster den Boden an, ich spülte die zahllosen Töpfe.

»Ich weiß wirklich nicht, warum ich zu dir gekommen bin«, sagte er nach einer Viertelstunde.

Nach weiteren fünf Minuten schenkte ich ihm einen Seitenblick. Wir sahen uns an.

Wie aufdringlich er mich betrachten kann!

Er regte sich nicht. Er blinzelte nicht einmal. In seinen geweiteten, graublauen Augen, die mich verwirrten, spiegelte sich das Fenster hinter meinem Rücken wider. Das Weiß seiner Augen, das einen schwachen bläulichen Schimmer aufwies, bannte mich für einen Moment. Ein Windstoß rüttelte an den kleinen Scheiben. In Smahils Augen sah ich den Himmel grau. Ich trat ans Fenster. Endlose Reihen von gläsernen Perlen, die durch unsichtbare Finger, größer als die Wolken und darüber, über den Himmel glitten – sanken die Fäden herab oder schwebten sie empor oder hingen sie still?

»Der Winter ist noch nicht völlig gewichen.«

Das leise Geklapper am anderen Ende der Küche schien aus weiter Ferne zu kommen. Diener kramten in den Wandschränken, ein paar Knaben würfelten auf den Steinplatten und hatten sich den Spucknapf ans Feuer geholt. Alles war so düster und bedrückt.

Während ich die Töpfe ausbürstete, begann ich wieder zu summen, eine traurige Ballade voller trübsinniger Töne. Ich fühle mich beinahe daheim in der Traurigkeit.

Smahil stützte die Ellbogen auf den Tisch und den Kopf in die Hände. Die Perlenreihen vor dem Fenster sanken unermüdlich vom Himmel, plätscherten gegen die Scheiben, – rannen in trägen Rinnsalen herab.

Und in diesem Moment, der nur ein Ende von Dingen und keinen Beginn zu kennen schien, entstand draußen Radau. Ein rauher, wirrer Lärm, Geschrei. Klirren.

Durch das Fenster krachte ein Stein.

Ich stand noch verblüfft, als er in den größten der Töpfe fiel, über die Schmutzreste schlitterte, die ich so lange zu entfernen versucht hatte. Ein zweiter streifte Smahil am Wangenknochen.

Vom anderen Ende der Küche gellten Rufe. Dann wurde dort die Tür aufgerissen. Eine Anzahl von Soldaten stürmte herein, welche vom Nordheer; unbeholfen schleppten sie Verwundete mit.

Smahil, der blutete, erhob sich. »Was treibt ihr hier, Schweinehunde? Das ist das Hauptquartier des Feldherrn.«

»Das wissen wir, Herr.« Einer mit zerfetztem Waffenrock tippte an seine Kappe. »Verzeiht, Herr, es gab keine andere Ausweichmöglichkeit. Mehrere unserer Jungs sind verletzt, Herr, und mehr als die Hälfte von uns wehrt auf der Straße diese südländischen Bastarde ab.«

Smahil vergeudete keine Zeit mit dummen Fragen, sondern schnallte den Schwertgurt um, als der Feldherr persönlich und mehrere seiner Hauptleute in die Küche kamen.

Alle nahmen Haltung an und grüßten erstaunt, und ein Verwundeter, den man soeben gegen eine Wand gelehnt hatte, sank langsam daran herab.

»Ist draußen etwas los, Jungs?« erkundigte sich der Feldherr, worauf alle laut lachten. »Ja, Herr, wenn's beliebt«, keuchte der Verwundete an der Wand. »Wieder diese südländischen Hunde, Herr.« Der Gruppenführer zog ein böses Gesicht, aber der Feldherr gab dem Mann einen Klaps auf die Schulter. »Unterführer«, sagte er, und Smahil nahm erneut Haltung an.

»Herr?«

»Nehmt ein paar von diesen Männern und jagt die Südländer auseinander.«

»Jawohl, Herr!«

Smahil eilte hinaus, gefolgt vom Gruppenführer und den unverletzten Soldaten.

Der Feldherr trat ohne eine Spur von Hast herüber zum Spülbecken und lehnte sich aus dem zerbrochenen Fenster. Seine Hauptleute drängten sich hinter ihm. Ich drückte mich an die Töpfe.

Von der Straße drang gewaltiger Lärm herein. Es war eine enge Straße, doch anscheinend hatte Smahil einige Schwierigkeiten, den größeren Haufen zu vertreiben.

»Sie sind beritten, daran liegt's«, stellte Clor fest.

»Aber daß sie sich vor unsere Tür wagen!« schimpfte ein anderer.

»Sie müssen betrunken sein«, sagte Zerd gleichmütig. Seine scharlachrot umhüllte Schulter stieß gegen mich, als er sich vom Fenster löste. »Los, Spülbursche, lauf in den Hof und laß meinen Vogel satteln.«

»Zerd, du wirst doch nicht hinausgehen!« erhob Clor Widerspruch, aber ich rannte schon aus der Küche.

Der Hof war naß, doch wenigstens hatte es inzwischen zu regnen aufgehört.

Als ich dem Reitknecht des Feldherrn zukeuchte, er solle satteln, fand der Feldherr sich bereits selber im Stall ein, um Hand an die Gurte zu legen. Die Hauptleute kamen durchs Stroh getrampelt. Plötzlich wurde das Tor weit aufgerissen, und eine brüllende Horde von Südländern stürmte in den Hof. Ein paar nordländische Soldaten lebten noch. Der Feldherr und ich standen an den Flanken des Vogels, und für einen Moment fanden sich unsere Blicke über den Rücken des Tiers hinweg. Dann schwang er sich in den Sattel. Seine große Hand wies auf mich, als der Vogel sich dem Getümmel zuwandte.

»Hier, Junge, halte dich dicht an meiner Seite.«

Ich lief hinzu und packte einen Steigbügel, als das brüllende Gesindel in den grünen südländischen Waffenröcken den Stall erreichte.

Die Hauptleute saßen nun ebenfalls auf ihren Tieren und scharten sich um den Feldherrn, aber die Angreifer waren nicht nur zu Fuß, sondern es gab auch Berittene darunter. Der Feldherr ließ sein mächtiges, blaues Schwert kreisen, daß es pfiff. Blut spritzte über mein Wams. Der Geruch von warmem Blut klärte meinen Verstand. Zuerst hatte ich mich darauf beschränkt, zu meinem Schutz neben dem Vogel zu bleiben, doch nun begannen Fußsoldaten und Reiter nach mir zu stechen und zu schlagen, und ich zog mein scharfes Fleischermesser aus dem Gürtel und fuchtelte damit umher, um mein Gesicht zu schützen. Nach kurzer Zeit war der Hof völlig verwüstet. Wir waren den grünen Waffenröcken zahlenmäßig hoffnungslos unterlegen. Ich fragte mich, wieso sie es wagten, uns so beharrlich zu bedrängen. Mittlerweile mußten sie ihre hochgestellten Gegner erkannt haben – doch offenbar machten sie sich nichts daraus, attackierten sie doch sogar den Feldherrn persönlich. Vielleicht fürchteten sie sich nunmehr, die Waffen niederzulegen, aber sie mußten sich dessen gegenwärtig sein, daß früher oder später für uns Verstärkung eintraf, und ob es sich dabei um nord- oder südländische Soldaten handelte – *diese* Anführer würde man aburteilen und auspeitschen. Und wenn sie hartnäckig blieben, würde man sie sogar hängen. Vielleicht wußten sie, daß es bereits zu spät war und wollten soviel Verwüstung und Schaden anrichten wie möglich, solange sie noch Gelegenheit dazu hatten – aber das schien widersinnig zu sein. Der Zwischenfall machte einen sehr geplanten Eindruck.

Ich stach auf einen Mann ein, der den Feldherrn aus dem Sattel zerren wollte, und zu meiner Überraschung lag er im nächsten Moment zu meinem Füßen tot auf dem Pflaster.

Der Feldherr sah zu mir herab und lächelte.

»Meine Stiefel sind voller Blut«, jammerte ich.

Ein Arm packte mich.

»Fort von hier, Cija. Das wird lange dauern. Ich will Verstärkung holen. Ich kehre mit ihr zurück, aber du kannst hier nicht länger bleiben.«

Irgendwoher hatte Smahil einen Vogel bekommen. Ich stellte meinen Fuß auf den seinigen und stieg auf; ich schlang meine Arme um seine Hüften, während er sich vorbeugte und einen Angreifer abwehrte, der die vorübergehende Behinderung des Vogels nutzen wollte.

Gleich darauf preschte der Vogel davon und zum Tor; Männer sprangen ihm nach allen Seiten aus dem Weg. Doch am Tor setzte man uns erbitterten Widerstand entgegen. Ich hatte bereits beobachtet, aus den Augenwinkeln, daß andere Nordländer durchzubrechen versuchten, doch ohne Erfolg. Es war unglaublich! Mittlerweile waren weitere Südländer eingedrungen, und auch sie wandten sich gegen uns!

»Was bei allen Schlünden der Hölle«, fluchte Smahil, während er mit seinem Schwert den Speerstoß eines jungen, berittenen Unterführers des Südens parierte, »denkt ihr elenden Narren euch eigentlich dabei?«

»Das weiß ich so wenig wie du, mein Freund«, antwortete der südländische Unterführer und stieß meisterhaft nach Smahil. »Ich empfange nur Befehle, aber ich dresche das Heu, solange die Sonne scheint.«

»Und wer hat den Befehl erteilt?« erkundigte Smahil sich höflich, doch im nächsten Moment wurden sie inmitten der Begegnung getrennt.

Smahil riß mich hoch, und da erst bemerkte ich, daß jemand dabei gewesen war, mich vom Tier zu ziehen. All das Gebrüll und Stampfen von Füßen begann mich nun wieder zu verwirren. Der Vogel bellte hysterisch und hackte seitwärts, und etwas klatschte mit sattem Schmatzen auf seinen Kopf.

»Da sieh! Ein Gehirn«, sagte Smahil und deutete auf eine herabgleitende graue blutbesudelte Masse.

Endlich kamen wir aus dem Hof hinaus. Der Lärm des Durcheinanders klang urplötzlich leiser. Der Vogel hetzte die enge Straße hinunter, sprang über Leichen. Ich klammerte mich an Smahil.

»Ich habe einen Mann getötet«, sagte ich.

»Herzlichen Glückwünsch, Kleines.« Er ritt den Vogel gut, das Tier zeigte keine Neigung zum Durchgehen.

»Reiten wir zu den Unterkünften des Nordheers?« fragte ich.

»Ja, ich will nicht zu den Südländern, obwohl ihre Unterkünfte näher liegen, doch vermutlich hat's schon jemand versucht, und umsonst.« Wütend riß er an den Zügeln.

Wieder begann es in dicken Tropfen zu regnen.

Über eine Ziegelbrücke überquerten wir den Fluß und dann einen flachen Hügel, wo der Regen ins Laubwerk prasselte. Die Unterkünfte des Nordheers liegen ein Stück weit außerhalb dieses Randbezirks der Stadt.

»Vielleicht ist der Feldherr längst tot, wenn wir zurückkehren.«

»Unsinn, seine Gefangennahme wäre von weitaus größerem Vorteil für sie. Außerdem kehrst du nicht zurück.« Er kicherte. »Ich vielleicht auch nicht.«

Smahil zerrte an den Zügeln und sank plötzlich vornüber ein. Wir erreichten die Wachen, denen Smahil mit schwachem Flüstern das Losungswort erteilte, und verlangten in einer dringenden Angelegenheit des Feldherrn den Befehlshaber zu sprechen.

Der Befehlshaber kam nach noch nicht fünf Minuten aus seiner Baracke, seine Sekretäre schwärmten hinterdrein.

»Unsere verdammten Verbündeten ...«, keuchte Smahil, »... das Hauptquartier überfallen ... bedrängen den Feldherrn im Hof ...«

»Verstärkung schicken, rasch!« schnauzte der Befehlshaber der Unterkünfte, und während man den Befehl ausführte, unterzog er Smahil einer aufmerksamen Musterung. Smahil war im Sattel zusammengesunken, und aus der Platzwunde über seinem Wangenknochen rann noch immer Blut, und die ganze Backe war bereits dunkelgrün und hellgelb angeschwollen, als hätte man dort achtlos Farben ineinander verlaufen lassen, und wo er sich mit der Hand das Gesicht gewischt hatte, war es blutverschmiert. Auch an seinem Waffenrock, wo ich mich an ihm festgehalten hatte, klebte Blut.

»Holt einen Feldscher für diesen Mann«, ordnete der Unterkunftsbefehlshaber an.

»O nein, Herr … bitte … das kann ich jetzt nicht annehmen …«, sagte Smahil mit schwacher Stimme. »Ich muß zurück und den Feldherrn verteidigen … nur scheint mein Vogel verwundet zu sein …«

Der Befehlshaber betrachtete das über den Kopf des Vogels verspritzte Hirn, bemerkte sein hysterisches Gebaren, den wilden Blick der Augen und das Zucken des Schnabels, dessen Kiefer Smahil mit hart angezogenem Zügel unbarmherzig verrenkt hielt.

»Wo ist Euer Quartier?«

»Mein Bursche wird mir helfen, dorthin zu gelangen. Dort ist auch ein Feldscher einquartiert, Herr.«

»Ich bin froh, daß Ihr vernünftig seid, Ihr befindet Euch nicht im Zustand, um …« Der Befehlshaber wirkte sichtlich erleichtert. »Außerdem ist Euer Beistand nun wirklich nicht länger erforderlich, wir werden die Lage bald bereinigt haben. Nun gut, ich nehme an, Ihr werdet es bis zum Quartier schaffen.«

»Er hat mir nicht einmal ein neues Tier angeboten«, sagte Smahil, als wir zurück auf die Straße trotteten und die Verstärkung schon weit voraus durch die Pfützen galoppierte.

Smahil schlug auf dem Hügel einen Umweg ein, obwohl es von den Bäumen troff wie unter einem Springbrunnen.

»Das Wasser läuft mir in den Nacken.«

»Macht nichts, auf der Höhe entspringt ein Quell.«

»Du wirst doch nicht durstig sein, bei diesem Wetter, oder?«

»Nein, aber ich bin's satt, wie ein geschlachtetes Schwein auszusehen. Die Ähnlichkeit hat ihren Zweck erfüllt.«

Er streifte seinen ledernen Waffenrock ab, wie zur Vorbereitung aufs Waschen, und legte ihn über den Sattelknopf. Darunter trug er ein schwarzes Leinenhemd, offen über der Brust, die flach und braun ist.

Der Pfad zur Hügelkuppe war steil und dicht von Bäumen gesäumt. Vom Regen schon halb zerdrückte Beeren und Kotballen kleiner Tiere wurden unter den Klauen des Vogels zerquetscht, Gestein kam ins Rutschen.

Ziemlich plötzlich gelangten wir auf eine ungleichmäßige Lichtung, eine Mulde auf dem Gipfel, von Bäumen umstanden; das Gras stand kurz, als würde es regelmäßig abgeweidet. An einer Seite war ein steiniger Hang, den eine kleine Kalksteinklippe überragte. In den Spalten erzittern Gräser und winzige Blumen unter dem Regen. Der Sockel der Klippe war dick mit feuchtem, schlüpfrigem Moos bewachsen, und daraus sprudelte ein Quell.

Smahil stieg ab.

Ich glitt vom Vogel und landete in Smahils ausgebreiteten Armen. Er schlang sie um mich, und ich spürte ihre sehnige Härte. Statt abzuwarten, bis er mich freigeben würde, versuchte ich mich nervös loszuwinden, aber ich war hilflos. Er lachte und preßte mich noch fester an sich. Wir waren uns so nahe, daß ich das Lachen in seinem Brustkorb spüren konnte. Ich bemerkte, wie sein Herz hämmerte. Er schob eine Hand aufwärts unter mein Wams. Seine warmen Finger glitten über mein dünnes Hemd, dann um meine Hüfte, und ihre feste Berührung verharrte für einen Moment zitternd in der Falte unter den Knopfreihen meines Hemds. Eine Sekunde lang fühlte ich wahrhaftig das Gewebe seiner Finger, jene Hornballen an seiner schmalen Hand, die von Zügeln und vom Schwertgriff stammten, und sie schienen meine nackte Haut zu versengen.

Ich war, und das bei klarem Kopf, eingelullt gewesen, doch nun fuhr ich zurück.

Ich starrte ihn an. Mein Körper war matt und bebte unterm eigenen Herzschlag; mein Herz pochte, als sei ich eine weite Strecke gelaufen.

Ich sah nichts als seine Augen durch den Regen; sie glänzten, blickten eindringlich.

»Du bist sehr zimperlich.« Er sprach gedehnt.

»Laß mich gehn.«

Er packte mich, und nach kurzem Ringen hatte er mein Wams in Fetzen gerissen. Dicke Regentropfen fielen auf mich herab, aber seine Arme, die mich an ihn drückten, schienen glutheiß zu sein. Er keuchte, seine harten Arme zitterten, während sie mich umschlossen, so sehr gierte er nach meinen Lippen, und dann brannte sein ganzer Mund in meinem. Seine Zunge fühlte sich riesig an. Er küßte mich heftig.

Ich wand mich, aber er drückte meine Arme an seinen Leib.

Ohne den Kuß zu lösen, tastete er nach dem Ausschnitt meines Hemds. Seine Hand riß es auf wie mit einem Messer, ich spürte, wie die Knöpfe aufsprangen; dann regneten die dicken Tropfen auf meine Brüste, die in seinen Fäusten lagen.

Sein Mund trennte sich für einen Moment von meinem. Sein Atem ging schneller und immer schneller.

Ich versuchte zu schreien, doch ich hörte, daß ich bloß schluchzte. Meine Kehle schien zusammengeschnürt zu sein. Smahil drückte mich noch stärker an sich und zerrte mich hinüber zur Kalksteinklippe. Dort warf er mich auf den Hang und stürzte sich auf mich, drückte mich nieder. Das Geröll verbiß sich mit zahllosen kleinen Zähnen in meinen Rücken. Smahils Hände lagen auf meinen Schultern, hielten mich fest, während seine Lippen meinen

Mund, meinen Hals, meine Brüste liebkosten. Seine Lebenskraft, so schien es, übertrug sich auf meinen Körper. Ein unbeschreiblich heißes Verlangen überwältigte mich.

Im grünlichen Schatten sah ich sein Gesicht, ein fiebriger Fleck im Grün, seine Augen und die weiße Narbe traten hell hervor. Der Geruch von Blut und der urtümliche Schweißgeruch seiner Achselhöhlen brachten meine Nüstern zum Flattern.

Mit meinem ganzen Körper bäumte ich mich auf, und wir fielen beide zurück, unter den Wasserschwall des Quells. Das Wasser ergoß sich schwer auf meine Brüste. Unter der erstickenden Last und dem Schmerz, den das Geröll mir bereitete, indem es in meinen Rücken schnitt, ihn zerkratzte, schrie ich. Eine Art von Grollen schien die Welt zu durchdringen, als ich mich aufraffte, den Hang hinabrutschte und fortlief. Der Regen peitschte die Fetzen des Hemdes von meinen Schultern. Es war ziemlich dunkel geworden; ich begriff, daß es sich bei dem widerhallenden Grollen um Donner handelte.

Smahil folgte mir und warf mich erneut auf das nasse Erdreich. Hier war es weich, für meinen Rücken geradezu himmlisch. Sein Körper war unglaublich hart und nah; ich entzog mein Gesicht seinem Mund.

»Cija ...!« bettelte er; seine Stimme glich einem heiseren Seufzer.

Ich schlang die Arme um seine Schultern, klammerte mich an ihn. Mein Körper hatte sich während der kurzen Flucht erstaunlich verhalten. Ich hatte mich schwach gefühlt und gezittert, die Beine wie zähflüssig, als wäre ich halb entstofflicht, als wären meine Knochen aufgeweicht. Seine Finger zerrten an meinem Gürtel, an seinem. Ich wußte, daß mein Entsetzen sich nicht überwinden ließ, aber es gab nichts in der Welt, das ich hätte tun können, außer mich an ihn zu klammern.

Der Donner und das Prasseln des Regens erschütterten den Hügel; Smahil zermalmte mich unter sich, erfüllte mich.

Im letzten Augenblick zwang er meinen Kopf rückwärts, damit ich ihn anschaue.

Seine Augen waren nicht starr, nicht tot und gläsern ins Leere gerichtet, wie es bei denen des Statthalters gewesen war; Smahils Augen suchten die meinen, und sein Blick spiegelte sprühendes Leben wider, Triumph, Zärtlichkeit und Spott.

Zweites Buch

Der Drache

Inhalt

Das Bett in der Südmetropole

Smahil hob mich in den Sattel und hüllte mich fürsorglich in seinen Umhang. Dann stieg er auf und lenkte das Tier, während er mich festhielt, den steilen Pfad hinab.

Seine Umarmung war sehr zärtlich. Wir hatten kein Wort miteinander gesprochen. Ich fragte mich, ob er Verlegenheit empfand. Ich fühlte mich schläfrig und unschuldig. Eine Hand an seinen Waffenrock geklammert, wurde ich geschaukelt wie ein kleines Kind. Ich wußte, daß ich bei Smahil so gut behütet war, wie es keiner anderen Frau jemals widerfahren würde.

Ich blickte zu ihm auf.

Sein inzwischen gesäubertes Gesicht drückte ernste Würde aus. Seine Lippen waren geschlossen, sein flachshelles Haar, nun dunkler von der Nässe des Regens, der herabströmte, klebte in dicken Strähnen am Kopf. Er sah mich an. Der Umhang war ein wenig verrutscht. Während er ihn zurechtschob, spürte ich unter seinem durchnäßten Hemd die warme Härte seiner Muskeln. Er drückte mich an sich und küßte mein Haar.

»Endlich bist du mein.«

Die Klauen des Reitvogels schritten nicht länger über den steinigen Pfad, sondern über die Straße.

Ich hob den Kopf und sagte: »Das ist nicht der Weg zum Hauptquartier.«

Er lachte vergnügt. »Du wirst immer mein bleiben, so lange du ein solches Kind bist.«

Wir ritten in eine Allee, die von hohen, schmutzigen Ziegelmauern flankiert war. Zunächst glaubte ich, es sei eine

Abkürzung, doch jedesmal, wenn wir an Abzweigungen kamen, nahm er eine falsche.

Wir begegneten Leuten, die durch die Pfützen hasteten, und ich war froh, daß der Umhang mich verhüllte, denn die Reste meiner Kleidung klebten durchsichtig auf meiner Haut.

»Wohin reiten wir, Smahil?«

»Heim«, erwiderte er, seine Lippen in meinem Haar.

Schließlich erhob sich eine Reihe hoher, schmaler Häuser aus den Regenschleiern. Wir kamen in einen Hof, etwa ein Viertel so groß wie der Hof des Hauptquartiers. Niemand war zu sehen außer den Vögeln und Pferden in den Ställen. Unser Tier stapfte durch die Pfützen, worin Kot, Stroh und Fruchtschalen und -kerne lagen. Smahil half mir aus dem Sattel und führte den Vogel in einen Stall. Ich stand in der trockenen, nach Stroh riechenden Düsternis, während er den Sattel abschnallte.

»Aber der Vogel gehört dir doch nicht, Smahil.«

Er blieb gleichmütig. »Wenn der Regen vorüber ist, lasse ich ihn vom Sohn der Wirtin zurückbringen. Komm ins Haus.«

Wir durchquerten erneut den Regen und traten in einen finsteren Gang, dessen Boden und Wände mit vielfach angeschlagenen und gesprungenen Fliesen ausgelegt waren. Sie wirkten kühl und schäbig zugleich, und ich war dankbar für Smahils Nähe. In regelmäßigen Abständen kamen wir an Fenstern ohne Läden vorbei, so daß sie sowohl das graue Licht wie auch Regenspritzer einließen. Unterhalb der Fenster standen Wasserlachen am Boden. Der Gang endete an einer Holztreppe. Smahil nahm meine Hand und führte mich hinauf in wirkliche Finsternis. Manche Stufen wackelten. Die ganze Treppe quietschte und knarrte jämmerlich unter unseren Füßen. Ringsum waren Türen, dunkle Rechtecke im Finstern, die man kennen mußte, um sie ohne näheres Hinschauen zu finden, und Smahil öffnete eine davon. Es erforderte Geschicklichkeit, um von der Stufe über die schmale, gewölbte Schwelle zu treten. Dann befanden wir uns in einem recht großen Raum, und Smahil schloß die Tür.

»Nun?« Er musterte mich, die Daumen in den Gürtel gehakt.

»Ich hätte ganz gerne ein Badetuch … kann ich die Kleider wechseln, bevor ich heimgehe?«

»Du bist daheim.«

»Aber, Smahil …«

Behutsam drückte er mich in einen Sessel und zog mir die Stiefel aus. Er streifte mir das Hemd ab und legte seine Arme um mich, um meinen Gürtel zu lösen.

»Nein …«

Regen prasselte gegen ein Fenster außerhalb meines Blickfelds, vielleicht hinter einem der Wandbehänge. Smahil lachte leise. Mein Gürtel fiel, und seine Arme ersetzten ihn. Die durchnäßten Fetzen meiner Hose zerriß er vollends. Im Zwielicht wirkte meine Haut lavendelfarben. Ich zitterte.

Mit einem großen, groben Tuch rieb er Glut in meinen Körper.

»Cija, meine Cija …«

Er streichelte mich und trug mich zu einer Art von breiter Schranktür hinüber, die er mit dem Fuß aufklappte. Davon gab es mehrere im Zimmer. Im Innern befand sich ein breites, weiches Bett mit irgendeinem Fell darauf. Er streckte mich aus und schloß die Klappe, und wir waren allein im Wandbett. Durch ein kleines Fenster in der Mauer drang Wind, trieb Regentropfen herein und erfrischte uns. Smahil zog Hemd und Hose aus und preßte mich heftig an sich.

Drei weitere Unterführer teilten den Raum mit Smahil. Ich lernte sie kennen, als sie am Abend vom Dienst kamen. Ich trug Kleidungsstücke, die Smahil mir ausgehändigt hatte – eine Bluse mit breitem Kragen, golddurchwirkt und mit goldenen Drachenknöpfen, und eine durchsichtige Hose.

»Ich bin sicher, daß Terez deine anderen Mätressen ungern in ihren Kleidern sähe.«

»Unsinn. Du siehst wunderschön aus! O ihr Götter, wie bin ich das ewige Gold und Gold und nichts als Gold satt! Du bist der richtige Gegensatz. Verdammt, Cija, jetzt *bist* du mein.«

Ich erinnerte ihn daran, daß er eine Mörderin verbarg.

»Du wirst nie wieder ins Hauptquartier dieses Scheusals zurückkehren«, sagte er.

»Du redest sehr übertrieben daher ...«

»Weil du nicht länger das Kind bist, dessen Körper mich verrückt macht, das sich benimmt, als sei ich nur ein sonderbarer Stein, den es einmal im Vorbeigehen gesehen hat und dessen es sich nicht entsinnt, wenn er nicht selbst dafür sorgt ... weil ich nie wieder von dir getrennt sein möchte ... weil ich etwas von unserem großmächtigen Feldherrn weiß, das dir mehr als mein Leben wert sein könnte ... weil ich weiß, daß er sie sofort bekäme, würde er sich jemals seiner Geisel Cija erinnern ...«

»Glaubst du etwa ...«, begann ich zu schreien.

»Ja, das glaube ich.« Er äffte meinen Tonfall nach. Dann küßte er mich gierig. Er ist nie allzu zärtlich zu mir. In Wahrheit mag er mich nicht, dessen bin ich mir sicher.

Die drei anderen, die mit uns den Raum bewohnen, sehe ich selten, sie sind meistens im Dienst und wir essen nicht gemeinsam. Selbst wenn sie Mädchen mitbringen, tun sie nicht mehr, als mit ihnen in den Bettnischen zu verschwinden. Ich kenne solche Bettstätten aus den Häusern reicher Bauern, sie ersparen die Einrichtung eines besonderen Schlafgemachs, aber diese hier sind gemauert und geräumiger. Die drei Unterführer sind gewöhnliche junge Männer, nicht sonderlich freundlich; doch würde ich wahrscheinlich auch ihre besseren Eigenschaften spüren, hielten sie mich für mehr als bloß Smahils Hure. Gelegentlich ist einer außer Dienst, während Smahil zu tun hat, aber zumeist bin ich den ganzen Tag allein; das Heer verlangt viel von den Anführern und Soldaten. Und außerhalb ihres Dienstes liegen sie hauptsächlich in den Betten. Einmal jedoch, als ich Schach mit Anad spielte – ich *merkte*, wie unaufmerksam er dabei war –, packte er plötzlich meine Hand, als ich einen Zug tat, und zerrte mich über das Brett; die Figuren klapperten auf den Boden und rollten herum. »Also los, kleine Königin«, sagte er geistreich. Er umschlang mich, küßte mich heftig und versuchte mir die Hose zu öffnen.

»Anad, hör sofort auf!« sagte ich erzürnt und gab ihm eine Ohrfeige, die so mächtig klatschte, daß ich mich wunderte, wieso seine Ohren nicht vom Kopf fielen. Ehe mehr geschehen konnte, trat Smahil ein und streifte den Umhang ab. Er erfaßte die Situation auf den ersten Blick, sprang herbei und versetzte Anad einen Hieb in den Nacken und einen zweiten auf die Stirn. Einen Moment lang schien es, als wolle Anad diesen Verweis hinnehmen, doch dann entschied er sich dagegen, brüllte auf und brachte Smahil mit einem Tritt gegen die Beine zu Fall. Die beiden wälzten sich über- und umeinander und stießen unterdessen die allergräßlichsten Flüche aus. Ich schüttete den Inhalt eines Krugs über sie aus, samt der Blumen, die darin steckten. Smahil stand auf und schickte mich ins Bett. Seither hat sich nichts Unangenehmes ereignet. Inzwischen haben sie gemerkt, glaube ich, daß ich eigentlich ein ganz nettes Mädchen bin, und ich bin's auch, so lange mich niemand belästigt und meine Laune einigermaßen gut ist.

Smahil läßt die Mahlzeiten von der Wirtin aufs Zimmer bringen; sie ist eine nachlässige Köchin und pflegt bei meinem Anblick hochmütig die Nase zu rümpfen. Außerdem ist das Essen meistens schon kalt, bevor sie die vielen Stufen erklommen hat und die Bestecke und Teller sind dreckig.

Manchmal nimmt Smahil mich mit in eine nahe Taverne. Wir sitzen in einer vom Rauch der Lampen stickigen und stinkigen Nische, und er treibt seine spöttischen Scherze mit mir und wirft jedem Mann wutentbrannte Blicke zu, der mich nur ansieht. Diese Abende sind erst möglich geworden, nachdem er mir einige Kleider gekauft hat. »Ziemlich langweilige Ausflüge«, bemerkte ich eines Tages beiläufig, mehr aus Bedauern als aus Groll, und sofort verhöhnte er mich. »Du trauerst wohl deinen Tagen als Küchenschlampe nach, als du noch im Fraß gewühlt hast, damit dein geliebtes Ungeheuer von Feldherr nicht vergiftet wird?« So oder ähnlich bringt er mich stets zum Schweigen. »Da wir gerade von giftigem Fraß reden…«, begann ich hitzig bei anderer Gelegenheit. »Mehr kann ich mir von meinem Sold nicht leisten«, erklärte er. »Findest du nicht, daß du ein wenig unverschämt bist, obwohl ich nun zwei Mäuler zu stopfen habe, gar nicht davon zu reden, daß ich dir neue Kleider kaufen mußte, damit du überhaupt anständig aussiehst, du verdammte Bettelbrut?« Es gefällt ihm immer sehr, darauf hinzuweisen, daß ich nun ihm gehöre; anscheinend rächt er sich damit für jene Zeit, als ich ihn mir wiederholt vom Leibe gehalten hatte. Offenbar waren wir damals nicht so gute Freunde wie ich glaubte. »Du hättest Terez' Kleider behalten sollen«, fügte er hinzu, schob seinen Teller beiseite und gab mir einen Kuß. Er fingert dauernd an mir herum und küßt mich ständig. Nun, es ist wahr, Smahil und ich begehren einander stark, eine jugendliche Glut die andere glutvolle Jugend.

Gesucht von den Häschern, ohne Platz im Hauptquartier des Nordheers, bietet er mir ein Heim und Schutz, und ich muß beides annehmen; Smahil ist nicht der gute Gefährte, als welchen ich ihn mir früher vorgestellt habe, aber wir sind zusammen auf herrliche Weise jung, die geschmeidige Härte seines Körpers bringt mich zum Zittern, und sie ist das einzige, woran ich mich klammern kann in einer ziemlich schmutzigen kleinen Welt von Einsamkeit, Ödnis und Kälte, beherrscht von der lästerlichen Zunge jemandes, dem der Bann mißbehagt, den mein Körper auf ihn ausübt, aber mehr noch die Erinnerung an die lange Zeit, als ich ihn ihm verweigerte. Sein Körper scheint einen feurigen Kern zu besitzen.

Eines Abends kam unangemeldet Terez zu Besuch. Ich saß allein und starrte in den kalten, leeren Kamin; leer bis auf einige staubige Spinnweben. Ich habe nichts zu lesen. Ich entsinne mich nicht, seit Verlassen meines Turms, wo ich mich der Bibliothek bediente, wieder einmal ausgiebig gelesen zu haben; unter den Geiseln, den jungen Anführern und den Mädchen im Haushalt der Schönsten des Feldherrn waren Bücher umgelaufen, aber dabei hatte es sich ausschließlich entweder um Schamlosigkeiten oder schier endlose Gesänge von Liebeskummer gehandelt.

Bisweilen bessere ich Smahils Hemden aus, obwohl ich das Nähen verabscheue, doch das kostet nicht viel Zeit, und ich kann auch nicht den ganzen Tag lang mein Tagebuch führen. Und allein wage ich mich nicht auf die Straßen.

Da saß ich also untätig, als sich die Tür auftat und dieser sonnengleiche Traum in Gold kam herein.

Damals, als sie in der Küche des Hauptquartiers erschien, hatte sie prachtvoll ausgesehen, aber jetzt glich sie einem Fabelwesen. Sie stand inmitten des Zimmers und starrte mich an. »Kennst du den Edlen Smahil? Ein feiner Herr. Ist er im Haus?«

Flüchtig überlegte ich, welchem der drei anderen jungen Unterführer sie mich wohl zuordnete, während ich mich erhob und lächelte.

»Er wird alsbald kommen. Nehmt Platz. Darf ich Euch eine Erfrischung anbieten, dieweil Ihr wartet?« Sie schaute überrascht drein, ließ sich jedoch in einen wackligen Sessel sinken und entknotete ihren dünnen Umhang. »Heute ist schönes Wetter«, sagte ich.

»Ja«, geruhte sie zu bestätigen. »Die Sonne scheint.« Sie streckte die Beine aus, trommelte mit den Fingerkuppen auf einer Armlehne und mißachtete mich nach den letzten Worten vollständig.

Ich trug ihre durchsichtige Hose, obschon sie nicht paßte, weil sie die einzige Frauenhose weit und breit war, und darüber eins von Smahils schwarzen Hemden, die lange genug sind, um auch als Nachtgewand zu dienen. Ihre goldene Bluse fand ich zu grell und steif. Seltsamerweise wirkte diese Zusammenstellung irgendwie reizvoll, wenn man das Hemd nicht aus der Nähe betrachtete; und so fühlte ich mich nicht geringer als sie und saß durchaus entspannt wieder im Sessel, als Smahil eintrat.

Augenblicklich sprang sie auf. Ich feilte weiter meine Fingernägel.

Terez umarmte ihn, und während sie sich an ihn drückte, wölbte ihre steife Glockenbluse sich hinten. Sie besitzt wirklich einen schrecklich schönen Körper, rundlicher als meiner und zugleich kräftiger. Sie trug keine allzu hohen Schuhe, vermutlich um Smahils willen, so daß sie ihn nur geringfügig überragte, mich dagegen um ein beträchtliches Stück.

»Heute abend tanze ich nicht, und daher habe ich mich entschlossen, dir eine freudige Überraschung zu bereiten«, sagte sie und umschlang ihn so behend, daß sie seinen Nacken küßte, bevor ich begriff, wie sie das schaffte. »Dieser widerwärtige Heereskram, wir haben uns so lange nicht gesehen …«

Er streichelte sie so kühn, daß es mir einen Schrecken einjagte.

Noch hatte er sie nicht davon in Kenntnis gesetzt, daß sie nicht länger seine bevorzugte Mätresse war; wahrscheinlich wollte er die Freuden nicht versäumen, die sie ihm, da sie nun einmal hier war, bereiten konnte, denn offensichtlich war es nicht sie, sondern ich, die er in Eifersucht zu stürzen beabsichtigte.

»Ich bringe Erfrischungen, ehe ich das Haus verlasse«, versprach ich herzlich und strebte zur Tür.

»Oh, erspar dir die Mühe«, seufzte sie verächtlich und meinte: »Aus eurer Elendsküche will ich nichts.« Als ich ging, blickte sie mir nach und sah die Hose. Ihre Augen weiteten sich. »Die Goldwirkereien deiner Hose gefallen mir«, sagte sie ausdruckslos.

»Wirklich?« Ich lächelte mein freundlichstes Lächeln

und schloß die Tür von außen. Als ich die Treppe hinabstieg, fühlte ich mich irgendwie überglücklich.

Indem ich viele Straßen mied, überquerte ich die Brücke und wanderte zum Stadtrand. Fast alle Bäume standen in der Blüte, und die Luft war voller Gesang und Gesumm von Vögeln und Insekten. Überall tanzten Blumen mit den eigenen Schatten. Der Wind wehte Muster aus Sonnenschein und Schatten über die Wiesen. Ich hörte das Meckern von Ziegen und das Klingeln von Glöckchen. Ich zog die Sandalen aus und spürte das Gras zwischen meinen Zehen. Der Ziegenhirt grüßte mich schon aus der Ferne, und als ich die Herde erreichte, setzten wir uns ans Ufer des blau-weißen Flusses, der durch sein felsiges Bett gurgelte und schäumte, und aßen schwarzes Brot und Ziegenkäse. Wir tauschten unsere Kenntnisse der Käsezubereitung aus, als sei das die wichtigste Sache der Welt. Ich fühlte mich wieder wie unter den Bergbauern. Lange ist es her, daß ich mich wie ein echtes Mädchen fühlen durfte, das die Haare in den Nacken wirft und unbefangen lächelt, während Männeraugen immer wieder schüchtern und voller Bewunderung nach seinen Brüsten schielen. Vielleicht hätte man mich mit Turg verheiratet, wären nicht meine Verfolger aufgetaucht; seinerzeit hätte es mir vermutlich nichts ausgemacht. Ich bin göttlichen Blutes, doch das Schicksal hat mich weit von meinen standesgemäßen Verhältnissen fortgetrieben, als Geisel gab mich meine Mutter dem Feldherrn. Oh, wie lange ist das schon her.

Der Wind über einer Wiese besitzt den süßesten Duft; ich empfand Sehnsucht nach Lel, dem Jungen, der sich entschlossen hatte, als Mädchen unter den Offizieren zu leben, und den ich, wie mir einfiel, schon lange nicht mehr besucht hatte. Doch nichts ist geblieben von jenem wilden, lebhaften Schelm; er ist nun ein kleines verwöhntes, überaus hochtrabend geschwätziges Stadtmädchen unter der Obhut lasterhafter Edelleute. Der Ziegenhirt und ich lehnten am Ufer und kauten auf langen Grashalmen und ließen sie zwischen den Zähnen wippen. Er war ein Junge in meinem Alter, kräftig gebaut, seine Arme und Beine und der Oberkörper schimmerten wie Bronze, seine grünlichen Augen schauten klar und lebhaft aus dem bronzefarbenen Gesicht, er grinste mit einem Blitzen weißer Zähne, seine Füße waren kalkig von Staub und Schmutz. Er trug eine zerschlissene Kniehose von verblichenem Blau und ein Wams aus Ziegenleder und führte stets einen Beutel voller Werkzeug und Messer und ähnlichem über der Schulter mit.

Als die Dämmerung heraufkroch, kamen die Grillen heraus. Der Junge holte eine Pfeife aus seinem Beutel und blies hinein. Die Ziegen meckerten lauter und sammelten sich. Der Hirtenjunge stand auf und streckte mir eine Hand entgegen. Sie war groß und rauh wie keine Hand, die bis dahin die meine berührt hatte; doch falls eine Hand Achtung zum Ausdruck bringen kann, so tat es ganz gewiß diese Hand des Hirten.

Ich nickte, lächelte ihn an und schlug die Richtung zur Stadt ein. Der Wind verwandelte das Gras in ein seidenes Meer, das meine Knöchel umspülte. Ich fühlte mich jung und frisch und weiblich, die ganze Welt liebte meine Füße und war eins mit ihnen. Der Wind wehte mir Smahils Hemd gegen die Beine. Nachtfalter begannen auszuschwärmen und trachteten nach den Sternen, die Nadelköpfen glichen. Der Himmel war blau-schwarz. Das Gurgeln und Rauschen des Flusses, der durch sein steiniges Bett schoß, vermengte sich mit dem Glöckchengeklingel und Gemecker der Ziegen. Der Geruch von Zwiebeln und Käse verschmolz mit dem schweren Duft der dämmrigen Wiese. Der Junge trat ein letztes Mal zu mir; die Augen schimmerten in seinem bronzenen Antlitz.

Im Wind verharrte ich und sah ihn an.

»Wie heißt du?« fragte er.

»Cija.«

»Kiejah.« Seine Stimme klang heiser beim Versuch, den fremdartigen Namen auszusprechen. »Ich werde es nicht vergessen.« Mehr sagte er nicht.

Ich eilte durch die Dämmerung, die sich wie ein verstohlener Seufzer aus einem breiten purpurnen Mund über die Welt senkte. All die Düfte über der Wiese verstärkten sich. Meine Sandalen schaukelten an meiner Hüfte. Aufgrund meiner vornehmen Hose und meiner zerbrechlichen Gestalt muß der nette Hirtenjunge mich für ein hochgeborenes Stadtmädchen gehalten haben.

Ich erreichte einen Hügel. Ein steiniger Pfad, an dessen Seiten zwischen den Wurzeln der Bäume Blumen wuchsen, führte hinüber. Der Berg, der über die Hauptstadt wacht, erhob sich als schwarzer Schatten gegen den Himmel.

Ich erstieg die Treppe langsam und trat sofort nach dem Anklopfen ein. Ich hatte nicht damit gerechnet, daß Terez noch dort sein könne.

Das Licht im Zimmer schien genau das gleiche zu sein wie im Moment, als ich ging. Ich war ein bißchen länger als eine Stunde fort gewesen.

Terez kauerte so gut wie nackt auf der Kante der Schlafnische. Ihr Haar war aufgelöst, ihre Lippen waren verquollen, und ihre Augen glitzerten topasfarben unter schlaffen, bläulich angelaufenen Lidern. Doch in scharfem Gegensatz zu ihrer körperlichen Befriedigung, die sie sichtlich ausgekostet hatte, stand der Abscheu, mit dem sie mich betrachtete, als sei ich eine billige Hure.

Der Blick ihrer Topasaugen folgte mir, als ich mitten ins Zimmer trat und wieder die Sandalen abschüttelte, ohne ein einziges Blinzeln.

Dann sah ich Smahil. Er lag hinter ihr in der Nische, sehnig und nackt. Er schmatzte an einem Apfel. Sein Gesicht war wie gemeißelt und verträumt, das Gesicht eines Zuschauers, der wie gebannt ein blutiges Spiel erwartet. Erstmals konnte ich nicht auf seine Hilfe hoffen.

Und wirklich, ich empfand eine Regung von Eifersucht. Sah ich so ähnlich aus, wenn Smahil mit mir fertig war? Sein halb erschlafftes Glied war noch feucht. Wie ausgeklügelt und doch leidenschaftlich mußten sie sich in dieser

Stunde, in der ich mir vor der Stadt die Zeit vertrieb, geliebt haben! Natürlich, sie ist eine erfahrene Mätresse aus Künstlerkreisen und beherrscht auch jene Kunst, worin ich eher wohl oder übel meine Erfahrungen erst zu sammeln begann.

»Metze!« fauchte sie.

Plötzlich war mir zum Lachen zumute. Ich wußte, daß ich immerhin im ausgefeilten höfischen Spott eine Überlegenheit besaß, in welch anderer Beziehung ich ihr auch unterlegen sein mochte. »So seht Ihr weit mehr wie Ihr selbst aus als Ihr's seid, meine Edle.« Und wie ich zuvor gelächelt hatte, kicherte ich nun auf die süßeste und aufrichtigste Weise.

Sie sprang auf; ihre Fingernägel schimmerten. Für einen Moment störte es mich nicht, sie bis aufs Blut zu reizen. Die Götter wissen es, inzwischen bin ich daran gewöhnt, mich handgreiflich mit Frauen auseinanderzusetzen, es ist mir inzwischen oft genug aufgezwungen worden. Doch als sie sich auf mich warf, kam mir wieder zu Bewußtsein, daß sie größer und kräftiger und zweifellos erfahrener ist als ich. Mir fiel ein, daß sie den Ruf einer Wildkatze genoß. O Vetter, *verdammt* sei Smahil, den es danach verlangte, mich endlich in einem Gefühlsausbruch zu sehen, im Kampf um *ihn. Verflucht* sei sein grausamer, besessener, an Selbstbefriedigung grenzender Haß. Obschon flüchtig, schoß mir die Verwünschung wie ein Giftschwall durch den Kopf.

Und schon lag ich unter ihr, und sie, schwer wie ein Mann, hackte sofort und ohne Zögern mit ihren Klauen nach meinen Augen, um mich zu blenden, zu zerreißen, und schon spürte ich Schmerz.

Ich spuckte ihr ins Gesicht und wand mich, drückte mein Gesicht in den Teppich, indem ich den Hals verrenkte, bis er zu brechen drohte. Ihre Nägel gruben sich in mein Haar, meine Kopfhaut, und der Schmerz zuckte in meine Augen und Ohren. Sie riß an meinen Haaren. Meine Hände tasteten fahrig nach irgend etwas, das ich meinerseits halten, woran ich zerren konnte, während ich mein Gesicht zu schützen versuchte, denn das war entscheidend, und meine Finger berührten ein langes, weiches Ding. Im ersten Augenblick vermochte ich mir nicht vorzustellen, was es war, dann jedoch begriff ich – ein Riemen. Der Riemen einer Sandale! Ich packte ihn, zog die Sandale heran, umklammerte sie fest und schlug sie Terez zwischen die Augen, im gleichen Moment, als ihre Nägel meine Wange aufrissen. »O-du-kleines-dreckiges-Soundso!« schrie sie in einem einzigen Keuchen. Der Schrei klang so durchdringend, daß mich ein Schwindelgefühl heimsuchte. Ich spannte meine Muskeln, um den nächsten Angriff abzuwehren, doch sie hatte sich aufgerichtet und die Augen mit den Händen bedeckt. »Au, oh, sie hat mir den Kopf eingeschlagen«, stöhnte sie und wankte. Sie schloß eine Reihe der widerlichsten Beschimpfungen an, die ich jemals vernommen habe.

Ein paar Monate früher hätte ich Schrecken und Reue empfunden, doch nun, als ich wieder stand, vom warmen Blut auf meiner Wange und im Nacken unbekümmert, verspürte ich statt Mitleid und Bedauern nichts als heißen Triumph.

Sie senkte die Arme und blinzelte und schnitt Grimassen. Plötzlich sprang sie zum Sessel, worauf ihre Kleider lagen, und warf sie nach mir. »Nimm sie, dann nimm sie alle, Läusebrut!«

Als die Kleider mir vor die Füße fielen, setzte sie mit dem letzten Kleidungsstück nach vorn, der mit Golddraht durchwirkten Bluse, und packte mich; bevor ich ihre Absicht erkannte, kratzte sie mir damit den Rücken blutig, und ich mußte auf die Unterlippe beißen, um nicht zu schreien. Sie hielt mich unwiderstehlich fest, ich konnte nichts tun, als diese unbarmherzige Vergeltung zu ertragen versuchen.

Ich glaubte, es würde eine Ewigkeit währen, und als sie endlich aufhörte, bereitete es mir nicht die leiseste Erleichterung.

»Daran wirst du für den Rest deines Lebens denken«, zischte sie, »jedesmal, wenn die Umarmung deiner Liebhaber dich schmerzt.«

Ich hörte, wie sie sich ankleidete und über die Treppe das Haus verließ.

Ich weinte, als ich den Vorhang hob und hinaus auf die Allee blickte. Sie trippelte wie ein goldener Käfer an den Ziegelmauern entlang, nun beschwingten Schritts, nachdem sie ihren Haß, der anscheinend stets wie eine Eiterbeule in ihrem Innern lauerte, entladen hatte; für mich schien sie das bösartigste Geschöpf der ganzen Welt zu sein. Ich bückte mich, nahm die goldene, blutverschmierte Bluse und warf sie aus dem Fenster. Unverzüglich stürzte eine Horde von Gossenjungen sich darauf und begann sich wie ein Rudel Hunde darum zu balgen, ohne auch nur zu schauen, woher der Fetzen kam.

Langsam drehte ich mich um. Ich besaß nicht länger die Kraft, um den Vorhang zu halten und ließ ihn fahren und mich von ihm in trostlose Dämmerung hüllen, abschirmen von Smahil, von dem ich, wie ich wußte, keine Wärme, kein Mitleid erwarten durfte.

Ich fühlte mich wie eine alte Frau. Ich war erschöpft und wünschte mir nichts sehnlicher als Schlaf, nichts als Schlaf. Schlaf, worin ich nach nichts zu streben brauchte, nicht länger meine Erniedrigung und die Zerstörung all des Hohen und Schönen, wofür ich ursprünglich geboren war, erleben mußte, nicht mit meinen betäubten Sinnen den Schmerz spüren würde, der mich ausfüllte und den allein zu lindern ich mich viel zu ermattet fühlte.

»Dein zarter Rücken wird diese Narben bis zu deinem letzten Tag tragen«, vernahm ich Smahils Stimme. »Sie hat gewütet, bis ihr die Arme lahm wurden.«

»Ich habe schon die Peitsche schmecken dürfen.« Meine eigene Stimme kam mir fremd vor.

»Aber ich habe keine Salben für dich.« Seine leise Stimme hatte einen geradezu genüßlichen Klang. »Verstehst du, so etwas kann ich mir nicht leisten …«

»Smahil, wie konntest du das tun?« fragte ich voller Gram. Ich wollte nur dies eine wissen. »Du bist nicht um der Grausamkeit willen grausam. Warum hast du sie gewähren lassen? Sie hat gemerkt, daß du es duldest ...«

»Ich wollte dich leiden sehen.« Nun war seine Stimme näher, klang lebhafter, doch ich sah ihn nicht. Vielleicht waren meine Lider geschlossen; vielleicht hatte die Erschöpfung mir für eine Weile das Augenlicht genommen. »Niemals zeigst du Gefühle, immer bist du wie ein Eisklotz, unantastbar, von allem unberührt, das dir widerfährt... du lebst, du atmest, aber du scherst dich nicht um andere Menschen, du hebst all deine Leidenschaft auf für dieses Reptil ...« Seine Hände glitten über meinen mißhandelten Rücken, während er mich unaufhörlich küßte. Seine schweren Atemzüge belebten mich.

»Oh, mein Rücken ...« Ich stöhnte.

Er drängte mich aufs Bett. Der Schädel des Bären, der am Fell hing, starrte mich aus der Düsternis unergründlich an. Ich klagte und weinte unter Smahils Liebkosungen. Selbst das weiche Linnen bereitete mir unter seinem Gewicht Schmerzen. Ich war zu schwach aus Qual und Verzweiflung, um auch nur um Nachsicht zu flehen. Doch inzwischen konnte ich wieder sehen. Ich behielt die Augen offen.

Obwohl ...

Obwohl er nicht einmal jetzt zärtlich mit mir umging.

»So bist du wundervoll«, murmelte er, während er sich langsam tief in mir hin und her bewegte. »Terez ist ein lebender Vulkan... der einen verzehrt... du bist immer mein, du klammerst dich an mich, als sei ich ein Fels im Chaos, du hältst dich an mir fest... du schlingst dich ums Mark meiner Glieder ... ich spüre sogar das Blut, wie es zu deinem Herzen strömt... armes kleines Kind, meine Cija ... arme Kleine ...«

Ich war nahezu bewußtlos, als er endlich fertig war, aber ich schmeckte seine Tränen auf meinen Lippen, als ich meine stets flehentliche Umarmung lockerte ...

Lange lag ich in Pein und Finsternis. Nur selten mündeten meine verworrenen Gefühle in einen klaren Gedanken. Alles war Schmerz, Demütigung, Verzweiflung, Einsamkeit ... Das ist es: Ich kann mich an niemanden wenden, ich habe keine Freunde, niemand ist da, der mir hilft, niemand ist freundlich zu mir ...

Nicht der Schmerz macht mich so elend, dachte ich. Mein Elend ist, daß ich keinen einzigen Freund besitze, niemanden habe, der mir helfen kann ...

Smahil weckte mich, indem er mit roher Hand Salbe in meine Wunden rieb. Ich schrie und stöhnte und zitterte; behutsam und nachdrücklich zugleich hielt er mich fest. Ich hörte ihn erregt flüstern, während er die Salbe auf meinem Rücken verstrich, wo sie zuerst wie Feuer brannte, dann aber den Schmerz zu lindern begann. »Sie wird dich heilen, Cija. Ich habe sie vom Hauptmann der Reiterei bekommen. Gegen den Sold für drei Monate. Aber der Zahlmeister ist sowieso mit den Zahlungen im Rückstand. Sie ist ausgezeichnet, es werden keine Narben zurückbleiben, sie wird dich heilen, Cija. Es wird dir besser gehen, ich mache dich glücklich, Cija. Weine nicht, sie wird dich heilen. Wenn ich nur rechtzeitig gekommen bin ...«

Mein Jammer ist längst vorüber, und alles war nicht so schlimm, wie's zuerst zu sein schien; sobald die Sonne scheint, besteht wieder Hoffnung, und es gibt Hoffnung. Und die Vorbereitungen für den Feldzug gegen Atlantis machen nur langsam Fortschritte. Im Tempelpalast hinterm Berg schmiedet man Pläne, um sich etwas anzueignen, das sich nach meiner Meinung nur von jemandem aus der höchsten Führung des Nordheers erhalten läßt, nämlich das Geheimnis der Formel, womit man die Luftleere, welche Atlantis umgibt und schützt, beseitigen kann. Smahil sagte mir, daß Terez ihm den Grund für den tückischen Überfall aufs Hauptquartier des Nordheers ausgeplaudert hat.

Der Zweck war, offensichtlich genug für jeden, der von

der Formel weiß und nur einen Moment lang nachdenkt (nicht viele im Nordheer wissen überhaupt davon, und ich bin mir dessen nicht sicher, wieviel Smahil weiß), den Feldherrn persönlich gefangen zu nehmen. Selbst wenn er die genaue Formel nicht kennen sollte, wäre es doch möglich gewesen, eine so wichtige Persönlichkeit gegen die Formel auszutauschen. Und Terez zufolge, an deren Ohren das allerhöchste Tafelgeschwätz dringt, hat die Hammerfaust persönlich den Überfall angestiftet, mit der Verleumdung, unter den Führenden des Nordheers herrsche Unzucht und Widernatürlichkeit, die man austilgen müsse. Man hat sein schändliches Treiben auch keineswegs zu vertuschen gesucht; vielmehr hat Seine Übermächtigkeit der Gottkaiser – und das ist für seine Verbündeten, die Nordländer, die größte Beleidigung – der Hammerfaust eine Auszeichnung verliehen, ein Ding aus Gold und Bergkristall, weil er mit Weitsicht, Wachsamkeit und gar Ritterlichkeit einen Schlag ›geführt‹ habe gegen Gottlosigkeit und Verrat an der ehrwürdigen, allgegenwärtigen Gottesherrschaft des Südreichs in Gestalt des allerheiligsten… und so weiter. Es ist langweilig.

Natürlich fließt in allen Straßen Blut. Unsere Soldaten sind aufs Äußerste erbittert. Jedermann weiß, wofür die Hammerfaust wirklich mit der Auszeichnung belohnt worden ist.

Die Anführer machen sich nicht länger die Mühe, ihre streitenden Männer zu trennen; vielmehr mengen sie sich drein, wenn ein Handgemenge mit den Einheimischen stattfindet, und dazu kommt es nämlich immer wieder.

Auch das wird allmählich langweilig.

Es gibt nicht länger Aufmärsche oder Besichtigungen, nur noch eingeschlagene Köpfe und überall Wut; man ist vor keiner Tür sicher.

Die gesamte Stimmung wird beherrscht von der Gewißheit, daß man uns, ich meine, das schwächere Nordheer, sobald man ihm das Geheimnis entrissen hat und es als Verbündeter entbehrlich geworden ist, geringschätzig zertreten, verächtlich und mühelos unterwerfen wird und obendrein versklaven ...

Und zur Begleitung ist der Berg zu feurigem Leben erwacht, zweimal in der Woche hört man ihn im Innern grollen, und er hustet schrecklich kleine Wölkchen von Glut und Rauch aus ...

Mein Rücken schmerzt nicht länger, aber ich glaube, die Narben werden tatsächlich bis zu meinem Tode bleiben. Sie sind sehr tief.

Smahil weigert sich, den Spiegel zu halten, damit ich meinen Rücken betrachten kann, doch eines Tages, als ich allein war, schaffte ich es selber. Die Haut muß in Fetzen gehangen haben ... Inzwischen sind die Narben dünn und silbrig, ausgetrocknete Striemen, die verblassen und schrumpfen werden ... und wenn ich alt bin, falls ich jemals ein hohes Alter erreiche, werden sie meine erschlaffte Haut zu scheußlichem Faltenwerk verrunzeln.

Das Brandmal auf Smahils Rücken – der Fleck, den ich früher für ein Muttermal gehalten hatte –, welches ich so gerne berühre, ist dagegen eine lächerliche Geringfügigkeit.

»Woher hast du das?« fragte ich ihn einmal. Er war ziemlich überrascht. »Ich wußte nicht, daß es ein Brandmal ist«, sagte er. »Bist du sicher, daß du dich nicht täuschst?«

»Ja, es ist winzig, aber ganz gewiß ein Brandmal, ein eingebrannter ovaler Fleck ...«

»Ich habe keine Ahnung, woher es ist, ich bin nie gebrandmarkt worden. Ich muß es schon immer gehabt haben ...«

Das ist unmöglich, aber ich glaube, es ist unwichtig ...

Ich glaube, überhaupt nichts ist noch wichtig.

Das Flüstern ist zu meinem neuen Zufluchtsort vorgedrungen.

Es zählt ebenfalls zu jenen Dingen, vor denen ich mich allein in Smahils Armen sicher fühle. Der Raum ist den ganzen Tag hindurch so öde und einsam und außerdem feucht, daß ich bisweilen aufstehe und von einer Ecke zur nächsten schlendere, hin und zurück, und mir dabei auf die Lippen beiße, damit ich nicht schreien muß; oder ich falle aufs Bett und weine krampfhaft, ohne eigentlich den Grund zu wissen. Ich spiele endlose Spiele mit mir selbst; ich trage die Gegenstände umher, als besäße ich unbegrenzten Reichtum, um den Raum prachtvoll auszustatten, obwohl es albern ist, denn stünde mir wirklich Reichtum zur Verfügung, würde ich nicht darin bleiben. Aber wenn ich bleiben *müßte* … Nein, es ist unsinnig.

Smahil hat mir verboten, das Haus zu verlassen, ich darf nicht einmal zum Fluß, und ich muß zugeben, daß ich auch keine Lust zum Ausgehen habe – nicht, solange Unruhe und blutige Ausschreitungen jedermann gefährden. Er hat mir sogar die Besuche bei Lel verboten. Er verbietet reichlich viel, finde ich, aber ich gedenke ihm in diesem Fall im eigenen Interesse zu gehorchen.

Manchmal gehe ich aus dem Zimmer und die Treppe hinunter, durch den zugigen Gang zum Hof und zurück. Ich ertappe mich gelegentlich gar bei dem Spiel, nur auf jede dritte Fliese zu treten; ein Spiel, das viel interessanter war in jenem warmen Turm, dem Gefängnis meiner glücklicheren, doch einsameren Kindheit, weil es dort viel längere und breitere Korridore gab, ausgelegt mit rotem und schwarzem Marmor. Die roten Platten hatte ich betreten, die schwarzen nicht. Und – o weh! – die schwarzen sind mir mit den roten nach draußen in die Welt gefolgt. Der Schrecken, wenn mein Fuß auf die zweite statt auf die dritte Fliese tritt, ist wohlvertraut. Aber die Schreckhaftigkeit, mit der ich in die Schatten fliehe oder ins Treppenhaus zurückweiche, sobald jemand das Haus betritt – sie rührt von abscheulich wirkenden Zuständen her, und jedesmal ist der Schrecken echt, er schnürt mir die Kehle zu, und meine Hand hinterläßt am Treppengeländer einen feuchten Abdruck. Aber es sind bloß andere Anführer, die hier wohnen. Bisweilen begegne ich ihnen auf der Treppe; sie befinden sich ständig in geschäftiger Eile. Die Anführer des Nordheers sind ganz besonders gehetzt, nicht bloß aufgrund der Gefahr, die ihnen in dieser Stadt unaufhörlich droht, und der wachsenden Zügellosigkeit ihrer Soldaten, die nach nichts mehr streben, als ihren verhaßten südländischen Verbündeten soviel Schaden wie möglich zuzufügen, sondern auch, weil die sich ihrer Stärke wohl bewußten, auf die Formel versessenen Südländer die Feldzugsvorbereitungen mutwillig verzögern, wogegen die Nordländer sich verzweifelt bemühen, die Vorbereitungen abzuschließen, um die beiden Heere endlich Richtung Atlantis in Marsch zu setzen. Der Feldzug kann das Nordheer ins Unheil führen, aber vielleicht ist er seine einzige Rettung.

Die Männer befinden sich nicht in der üblichen Stimmung eines einquartierten Heers. Zum Beispiel erhalten wir nur äußerst selten Besuch von Smahils Freunden oder Freunden der drei anderen, und wenn doch einmal welche kommen, klagen sie nur, morgen seien wir alle tot und ähnliches, unterbrochen von plötzlichem, unerklärlichem Schweigen.

»Vermißt du mich?« fragt Smahil wie ein gewöhnlicher Jungverehelichter, wenn er abends heimkehrt (es wird immer später), seinen Umhang auf den Tisch und den Gürtel über den Sessel wirft, mich lüstern ansieht und dann seine Hände, bevor er uns kraft seines Gebieterrechts vereint.

»Den ganzen Tag lang ist es hier einsam. Ich bin … ich meine … manchmal spüre ich hier irgend etwas brüten …«

»Nichts und niemand mit einer Spur von Verstand wird in so einer Bude brüten …«

»Meine Brüste schmerzen, drück sie nicht so«, sagte ich hastig. »Seit Tagen wird es immer ärger …«

Er neigte den Kopf zurück und musterte mich aus schmalen Lidern. »Hast du schon einmal daran gedacht, daß du schwanger sein könntest?«

»Ja …« Ich konnte nicht feststellen, ob die Aussicht ihn freute. Natürlich wäre es ein willkommener Anlaß für ihn, sein Eignertum an mir noch deutlicher zu betonen, und natürlich wäre es reiner Wahnsinn, jetzt ein Kind in die Welt zu setzen. »Die anderen Anzeichen fehlen. Ich bin froh, daß ich eine Zeitlang im Haushalt der Schönsten verbracht habe. Das Geschwätz dort hat mich in ein paar Wochen alles gelehrt, worin andere Mädchen vorsorglich unterrichtet werden, und um Haaresbreite wären mir diese wichtigen Kenntnisse entgangen …«

»Manchmal führst du wirklich sehr *niedrige* Reden«, unterbrach er mich voller Triumph, während er mich aufhob und zum Bett trug.

»Es beruhigt mich, daß ich kein Kind trage, Smahil«, murmelte ich, eine bloße, aufrichtig unschuldige Bemerkung.

»Warum?« Seine Ratlosigkeit verblüffte mich.

»Ein Kind … ich will keins«, erklärte ich. »Nicht *jetzt.*« In seinen Augen stand die Frage: *Später?* Ich schlang die Arme um seinen Nacken. »Oh, Smahil«, flüsterte ich. Er freute sich. Nun fiel mir selbst auf, daß ich kaum jemals irgendeine Regung zeige, schon gar nicht eine des Gefühls. Doch wann ist mir schon einmal danach zumute?

»Deine Brüste wachsen«, sagte er. Seine Stimme klang seltsam in der Dunkelheit; besaß sie einen Unterton ehrfurchtsvollen Staunens? Ich konnte sein Gesicht nicht sehen. Seine Hände waren warm. »Sie sind groß und straff und doch so unvorstellbar weich.« Er flüsterte. »Ich habe dich zur Frau gemacht.«

Während ich dort mit ihm lag, dachte ich nach und kam zu der Auffassung, daß mein Körper tatsächlich an Schönheit gewonnen hat. Doch auch in der Vergangenheit waren es ausschließlich Frauen gewesen, die mich für farblos hielten. Nun bin ich eine ungemein prächtige Erscheinung mit heller Haut, mit klaren Augen, die den Himmel widerspiegeln, wenn er grau, azurblau oder aquamarinfarben ist, einem vollen, beinahe scharlachroten Mund und Haaren, die wie träger Honig in schweren Locken mein Haupt umhüllen. Auch mein Leib strotzt von jugendlicher Kraft und einer Süße, die mir noch fremd ist und die ich mit einer gewissen Schüchternheit betrachte. Sie bringt meinen jungen, schlanken Körper zur vollen Blüte …

Im Zimmer scharrten Stiefel. Anad oder einer der anderen war gekommen. Ein Gähnen, der Knall einer Bettklappe.

Auf der anderen Seite, von der Straße, erschollen Stiefelgetrampel auf dem Pflaster und Flüche, das vertraute, nahezu allnächtliche Klirren von Stahl.

Als der Nachthimmel sich pechschwarz überzog, entzündete man in der Allee eine Laterne. Über der Stadt loderte und glühte vielleicht der Vulkan.

Smahils Gesicht schwebte über meinem, ermüdet und blaß unterm flachsblonden Haar, mit langen, hellen Wimpern an den Augen, denen das fahle Licht ihre Farbe entzog.

»Smahil …«

Doch später überwältigte ihn eine Art von leidenschaftlicher Hingerissenheit.

»Du atmest sogar wie eine Göttin. Manchmal gerate ich in die Versuchung, zu glauben, daß du tatsächlich eine Göttin bist, eine kleine Göttin. Aber in Wahrheit bist du ein ganz gewöhnliches Mädchen. Ich muß mir häufig in Erinnerung rufen, daß du so bist … so sanft und warm und doch unendlich erhaben, weil man dich dazu erzogen hat, dich für den Nabel der Welt zu halten. Deshalb ist es dir auf lange Sicht so gleichgültig, was geschieht. Unter anderen Umständen wärst du ein nicht übermäßig gescheites Mädchen mit ein paar unbedeutenden Liebhabereien.« Plötzlich zog er die Bettdecke beiseite und enthüllte unsere Körper, wie in einem warmen, dunklen Stollen noch immer umeinander geschlungen. Sie schienen verwachsen und in einer Aureole goldenen Lichts zu schweben wie eine lüsterne Erscheinung. »Das ist die einzige Wirklichkeit. Erinnere dich stets daran, meine Cija. Ich liebe dich. Ich liebe dich mehr als jede andere Frau auf der Welt.«

Mir unterlief nicht der Fehler, zu glauben, daß er mich tatsächlich so liebt, wie ich Liebe verstehe.

Er liebt jede Pore meines Körpers, jede einzelne meiner Gesten, meinen Geruch, meine Lust, jede einzelne Wimper; aber es ist nicht jene Liebe, die ich mir wünsche. Wenn andere Menschen lieben, dann lieben sie auch die Seele; doch Smahil nicht, oder jedenfalls nicht meine.

Er musterte mich. »Ich frage mich, warum eigentlich«, sagte er. »Du bist beileibe nicht die schönste Frau, die mir jemals begegnet ist.«

Ich schlief ein, an diesen Mann namens Smahil geklammert, den Kopf an seine Brust, seinen Herzschlag gedrückt, um meine Ohren jenem unfaßbaren Flüstern zu verschließen.

Noch immer schaudert es mich, während ich dies schreibe. Heute abend war ich im Sessel eingeschlafen. Laute Stimmen ringsum weckten mich. Smahil, Anad und Dani standen im Zimmer. Dani ist einer der anderen Unterführer. Es war sehr kalt im Raum, so daß ich zitterte, und so dunkel, und ich begriff, daß ich sehr lange geschlafen haben mußte. Doch Smahil entzündete soeben die Lampe.

»Was soll der Lärm?« fragte ich und richtete mich auf.

»Du hast geschlafen, da kam Anad und setzte sich still hin, um dich nicht zu stören, der gute Junge«, berichtete Smahil, »und er las bis die Dämmerung kam, aber dann muß er eingenickt sein und geträumt haben, denn als wir gerade die Treppe erstiegen, hörten wir ihn schreien, und nun sagt er, die Tür habe sich geöffnet, er habe aufgeblickt, in dem Glauben, wir seien es, aber er behauptet, eine große Frau sei eingetreten und hätte dich am Arm gepackt ...«

»Ich habe nicht gesagt, daß sie groß war ... ich entsinne mich nicht, ob sie groß oder klein war, sie wirkte bloß irgendwie ... *gewaltig* ...« Anad rieb sich die Augen und war noch zu beeindruckt von seinem Traum, um sich zu schämen.

»Und auf seinen Schrei hin soll sie verschwunden sein. Dann kamen wirklich wir, stürmten ins Zimmer und sahen niemanden außer euch …«

Ich gähnte und hob dabei die Arme über den Kopf. Plötzlich starrten sie alle mich wortlos an. Ich schaute auf zu meinen Armen, von denen die Ärmel herabgerutscht waren. Und sah auf meinem Fleisch den Abdruck von vier Fingern und einem Daumen, von einer ungewöhnlich großen Hand.

Als ich mit Smahil in unser Bett kroch, schien die Nische unangenehmer zu riechen als es bei einer Räumlichkeit mit Fenster sein müßte.

»Eine gewaltige Frau mit glänzenden Augen, aber sie hat mich nicht angesehen. Hätte sie's getan, ich wäre außerstande gewesen, mich zu rühren oder gar zu schreien.« Anad murmelte vor sich hin; nun unterbrach ihn niemand. »Glänzende silbrige Augen. Welches Glück für Cija, daß sie im Schlaf lag …«

Die Führer des Nordheers erteilten den Befehl, sich innerhalb von drei Tagen zum Verlassen der Stadt fertigzumachen. Zerd, der Feldherr, wollte außerhalb ein Feldlager aufschlagen. Als Grund gab er an, daß das Stadtleben das Heer, Soldaten wie Anführer, zu sehr verweichliche und er es im Feld lagern wolle, um den alten Kampfgeist wiederherzustellen. »Ihr haut in Wahrheit ab, weil ihr fürchtet, wir könnten euch alle totschlagen«, johlten die Südländer, während sie die Kolonnen, als sie durch die Straßen auswärts zogen, mit Steinen und Schmutz bewarfen.

Es war ein entsetzlich heißer Tag, und die Menge gebärdete sich wie ein Stamm von Wilden in äußerster Raserei.

Kläffende Hunde schnappten nach Beinen, Gossenbrut und sogar Kinder aus dem Mittelstand schleuderten Steine, Frauen heulten ihre Klagen, wobei sie die Ordnung der Marschsäulen störten; Bettler erhoben sich, vergaßen ihre angeblich unheilbaren Gebrechen und prügelten mit ihren

Krücken auf die Soldaten ein; ehrbare Händler gossen aus den Fenstern Spülwasser auf sie und überschütteten sie mit Schmähungen. Von den Unterführern, die ihre Wut nur an ihnen auslassen konnten, wurden die Männer – manche humpelten, aber alle murrten – gewaltsam in Reih und Glied gehalten, so daß sie sich vornehmlich darauf beschränken mußten, mehr oder weniger gleichgültig zu tun. Einige Südländer holten sich ebenfalls blutige Köpfe oder hinkten durch Steinwürfe, aber sie ließen nicht ab, obwohl, vor allem in den engen Straßen, kaum ein Stein das beabsichtigte Ziel fand.

Die Schar, welche ich begleitete, benötigte fast eine halbe Stunde, um nur drei Straßen zu durchqueren.

Die Sonne glühte herab, in den Straßen kochten Hitze und Haß, und das Dröhnen der kleinen schwarzen Trommeln einer jeden Schar, das dem Ausmarsch Würde verleihen sollte, trug lediglich dazu bei, den allgemeinen Wahnsinn zu steigern.

»Das ist unerträglich!« schrie ich aufgebracht den Soldaten an meiner Seite an. Ich war nicht bei Smahil. »Es ist mir gleichgültig, ob sie euch steinigen, aber jeden Augenblick können sie mich treffen, wenn sie nicht vorsichtig sind!« Gelegentlich, wenn die Gefahr bestand, daß ich in die Menge abgedrängt wurde, klammerte ich mich an seinen Arm; er war ziemlich klebrig vom Schweiß.

Indem er sich nach seinem Unterführer umsah, ob er es bemerken würde, rammte der Soldat einem besonders aufsässigen Gassenjungen, der ihm den Weg vertrat, sein Schwert, das in der Scheide stak, in die Magengrube. Da die Scheide nur aus dünnem Gewebe bestand, drang die Schwertspitze durch, und der Junge vollführte mit einem Schrei einen Purzelbaum zur Seite, dann klaubte er heulend vor Schmerz und Wut eine Handvoll warmen Kot auf, eine Hinterlassenschaft des vorausgezogenen Trosses, und warf damit. Er traf meine Weste, die ich vergeblich auszuklopfen versuchte; schließlich zog ich sie aus und schleuderte sie beiseite. Eine Gruppe von Mädchen stellte vorübergehend das Steinewerfen ein, um sich darauf zu stürzen; dann blickten sie mir vorwurfsvoll nach. Wieder hing ich mich an den Arm des Soldaten, als ein neues Gedränge einsetzte. Der Marschtritt vermochte dem Rhythmus der Trommeln längst nicht mehr zu folgen. Gereizt schüttelte er meinen Arm ab.

»Ich brauche Platz!« schrie er so gellend, als befinde er sich in offener Feldschlacht, und diesmal hob er das eingescheidete Schwert wie eine Keule und schwang es über den Köpfen der tobenden Stadtbewohner.

Ich trat einen Mann ans Schienbein, der so erbost dreinschaute, daß ich unverzüglich Schutz inmitten der dichtgedrängten Kolonne suchte, deren Reihen durch die Enge der Straßen, noch enger gemacht durch den Pöbel, der sie beiderseits säumte, längst durcheinandergeraten waren.

Mein neuer Nachbar betrachtete mich flüchtig. »Hier solltest du dich fernhalten«, sagte er.

»Ja, ich weiß«, erwiderte ich einsichtig.

»Ich sage dir, was du tun solltest«, erklärte er mir bruchstückweise. »Nämlich dir ein leeres Haus suchen und dort bleiben, bis wir alle aus der Stadt sind. Viele Häuser stehen jetzt leer.«

Überrascht stellte ich fest, daß alle Männer ringsum meiner Anwesenheit Beachtung schenkten. Ein anderer Soldat wandte sich an mich. »Nein, hör auf mich. Bleib über Nacht in der Stadt und komm morgen ins Lager, mit den anderen, wenn sie herbeiströmen, um ihre Beschwerden dem Schiedsausschuß vorzutragen, den Blauschuppe gegründet hat, um all ihre blödsinnigen kleinen Nörgeleien abzuwimmeln: Zechprellerei, Vergewaltigung, Totschlag und alles mögliche. Das ist mein Rat, Kindchen.«

»Ja, danke«, keuchte ich, von plötzlichem Gedränge eingezwängt.

»Hier«, sagte er freundlich, und ich sah, daß er mein Bündel gerettet hatte. »Alles klar, Kindchen?«

»Oh, vielen Dank!« Ich focht mich zurück zur Seite der Kolonne.

Selbst hinterm Rücken der Menschenmasse erwies es sich als unmöglich, sich gegen den Strom zu bewegen.

Ich wollte schon aufgeben (in einer Verfassung, die eher verzweifelt war als entmutigt), als ich den Kopf hob und einige wohlbekannte Häuser sah.

Der Tumult von vier verwundenen Straßen war völlig überflüssig gewesen! Irgendein unfähiger Sekretär der Heerführung hatte einen sinnlosen Umweg in die Marschrichtung aufgenommen, und die Kolonnen zogen wieder an den Mannschaftsunterkünften vorbei. Ich erkannte das Dach des Gasthofs. Von dieser Stelle aus konnte ich leicht den Weg zurück zu meiner bisherigen Behausung finden. Ich erzwang mir Bahn durch die Reihen schimpfender Soldaten, eine verirrte Abteilung des Trosses, umging eine Horde von fünf südländischen Mädchen, jedes mit einem Säugling auf den Armen (anscheinend alles Frühgeburten, denn so lange hatte das Heer gar nicht in der Stadt gelegen), die einen Soldaten belagerten, vorbei an einigen Bürgern, die sich einen Ochsen, der laut brüllte, anzueignen suchten, und erreichte endlich wieder den kleinen gepflasterten Hof, der nun gänzlich verlassen lag. Auch die Reitvögel und Pferde waren fort.

Ich eilte durch den Gang und die Treppe hinauf, leise, obwohl ich wußte, daß die Wirtin sich wahrscheinlich in das aufregende Wüten in den Straßen gestürzt hatte.

In dem Raum war es brutheiß, aber als ich auf der Treppe Schritte vernahm, hielt ich's doch für besser, mich für den Fall, daß irgendwer eine ähnliche Absicht wie ich hegte, zu verbergen.

Ich schlüpfte in die Schlafnische, die Smahil und ich geteilt hatten, und nahm mein Bündel mit hinein. Meine Vorsicht war keineswegs übertrieben; gleich darauf riß jemand die Tür auf, und es traten unter großem Lärm ein halbes Dutzend Leute ein.

Ich erkannte die Stimme eines Mannes, der als Gelehrter galt und zur obersten Führung von Troß und Rüstmeisterei zählte.

»Anscheinend sind die Vögel ausgeflogen.«

Ich erstarrte in meinem Versteck. Durch das Fenster drang das Getöse von der Straße herein, und auf der anderen Seite erklangen die Stimmen.

»Aber das war das Quartier dieses jungen Unterführers, Herr.«

»Wir sind zu spät gekommen.«

»Nun, da wir einmal hier sind, können wir genauso gut hier warten, bis der Aufruhr vorüber ist.«

Ich umklammerte mein Bündel und nickte dem Bärenkopf zu. Ja. Die Stimme war mir vertraut.

Was trieb Zerd, unser geliebter Feldherr, hier?

»Da, es liegen noch Sachen von seiner Freundin herum. Möglicherweise kommt sie noch einmal zurück, um sie zu holen, dann kann ich sie benachrichtigen.«

Wie verrückt, wie ungerecht. Ich hatte gar nichts zurückgelassen. Was dort herumlag, waren Perlenschmuck und Leibbinden von Danis letzter Freundin. Er mochte sie nicht einmal gern genug, um ihren Kram mitgenommen zu haben, für den Fall, daß er sie noch einmal sehen sollte.

Da saß ich nun fest, gefangen durch die bloße Anwesenheit von … Und wessen Stimme war das?

»Ich bin froh, daß du endlich Rücksicht auf mich nimmst. Die Straßen sind ja die Hölle.« (Wie konnte sie so weit heruntergekommen sein, daß sie seine Rücksichtnahme als Gnade empfand?) »Oh, warum müssen wir solche *Untiere* als Verbündete erdulden?«

»Keine Sorge.« Seine Stimme klang heiter. »Ich habe meine Pläne.«

»Und alle beruhen ausschließlich auf …«, begann der Gelehrte selbstzufrieden, und einen Moment später wäre ich fast in der Schlafnische aufgesprungen. Wie konnten sie *darüber* in ihrer Gegenwart sprechen, selbst wenn sie nun das Weib Seiner Erhabenheit war, des Feldherrn?! Sie unterhielten sich ausgedehnt über die Formel, grimmig und doch sachlich, ihrem einzigen Trumpf gegenüber den Südländern. Sobald das Geheimnis verraten ist … *und ich kenne es nun!* Ich habe es gehört! Nicht einmal in dies Tagebuch werde ich es niederschreiben, weil ich fürchte, das Papier könne verbrennen, und ich habe den Vorsatz gefaßt, es zu vergessen, doch immer wieder ertappe ich mich des Nachts dabei, daß ich es in Gedanken unaufhörlich wiederhole. Dann ist meine Zunge plötzlich wie gelähmt und ich sorge mich, ob ich es vielleicht laut ausgesprochen habe.

»Ob es hier wohl etwas zu essen gibt?« meinte jemand nach einer Weile.

»Göttlicher Furz, fürwahr, wir könnten ein wenig Fleisch oder Wein vertragen, am besten beides.«

»Vielleicht in der Küche …?«

»Die dürfte unten sein.«

Sie gingen hinaus, Zerd und die Gelehrten, und ich hörte die Treppe knarren; die Hauptleute waren nicht dabei, ihre Stimmen hatte ich nicht vernommen. Wahrscheinlich leiteten sie den Auszug. Vorsichtig rührte ich mich, doch ein Seufzer und ein Knacken erteilten mir die Warnung, daß eine Person im Zimmer geblieben war, und nun lehnte sie sich gegen die Klappe, wohinter ich lag. Ein Kleid raschelte. Es war ein bitterböser Stoßseufzer gewesen. Warum würde eine Frau mit Zerd zu zanken beginnen? Sie war sich seiner unsicher, um es gelinde auszudrücken, und ich konnte mir vorstellen, daß ihr Leben eine pausenlose Suche nach allerlei geschmacklosen Mitteln und Wegen war, um ihn zu halten.

Oh, auch sie besitzt diese Boshaftigkeit, diese Lust nach Herrschaft. Und er, bei ihm macht es sein ganzes nichtswürdiges Dasein aus, Besitznahme, Gewalt, das Beben der Luft von plötzlichem Sturm, Verderben und Zerstörung der Stätten des Friedens, Schwerter, Blut, Folter und Gram, um des eigenen Vorteils willen an die einzigen Gestade getragen, die man für sicher halten könnte, das letzte Bollwerk der *rein* gottstämmigen Rasse der Welt …

Plötzlich, als sie aufstand, fiel die unbefestigte Klappe, und sie fuhr herum. Wir starrten einander ins Gesicht.

Dann geschah etwas Lustiges. Innerhalb der vergangenen Monate hätte es leicht jederzeit geschehen können, aber ausgerechnet zu diesem Zeitpunkt war es am unwahrscheinlichsten. Sie jedoch glaubte in mir den verschwundenen Suppenkoch zu erkennen. Die kleine Geisel und Sklavin Cija hat offenbar in niemandes Leben viel Aufmerksamkeit erregt – ausgenommen natürlich in dem jener anderen ehemaligen Geisel, die jetzt Unterführer ist und sie ohne Unterlaß begehrt. Im Schatten der Schlafnische ähnelte ich wohl nach wie vor Jaleril. Ich trug eine schäbige Knabenhose südländischer Art – mehr hatten wir uns nicht leisten können –, statt einer weiten Frauenhose, und mein schlichtes, kurzes Baumwollkleid hing wegen der Hitze aus dem Gürtel wie ein Hemd. Mein Haar lag im Nacken und war im Dunkeln unsichtbar. Jedenfalls, diese köstliche Prinzessin starrte mich an, und als sich die Tür öffnete und der Feldherr eintrat, ungeschickt zwei Teller mit Fleisch und ziemlich verschrumpelten Früchten sowie einen Weinkrug in den Händen, brachte sie ihr Haar und ihre Kleidung in Unordnung und lief schluchzend zu ihm.

»O Zerd, als du draußen warst, kam dieser Kerl aus dem Loch, wo er sich die ganze Zeit verborgen hielt, und hat mich überfallen … Sieh her, was er gemacht hat …« Sie zerrte an ihrem Dekolleté herum.

Er sagte nichts und stellte die Teller und den Krug auf den Tisch, während sie sich unter Schluchzen und atemlosem Winseln und Schniefen an ihn hängte.

Ihr Gesicht war wahrhaft fleckig, und sie hatte sich so meisterlich in Tränen hineingesteigert, daß sie ihre dick aufgetragene Schminke verschmierten. Zum ersten Mal empfand ich Mitleid. Nicht Mitgefühl – aber Mitleid wegen ihrer Bemühungen.

Er schlenderte herüber und schaute zu mir in die Schlafnische. Unter anderen Umständen hätte ich womöglich gelacht.

»Dort … er war …«

»Unser Koch, wahrhaftig!« Plötzlich wandte dieser riesige, geniale, halbmenschliche Mann in der schwarzen und roten Feldherrntracht sich um und spie in den von ihrer eigenen Hand verschobenen Ausschnitt seines Weibs, zwischen ihre Brüste. Sie prallte zurück, unfähig zu anderen Lauten als zum Keuchen, den Blick mit dem Ausdruck höchsten Entsetzens auf sein Gesicht gerichtet. Verächtlich musterte er sie von den Füßen bis zum Kopf. Da es keinen anderen Ausweg gab, es sei denn, ich hätte wie ein armer närrischer Tropf in der Nische hocken bleiben wollen, nahm ich mein Bündel und stieg hinaus.

Die Hand des Feldherrns legte sich schwer auf meine Schulter und drehte mich herum; er lächelte ohne Heiterkeit, während er mein Haar, meine Brüste, jede meiner Rundungen musterte. »Unser Suppenkoch, ja, aber ich glaube nicht, daß er dich überfallen hat.«

Das Wiedersehen war ausgesprochen persönlicher Natur, denn als ich nun den Kopf zurückwarf und in seine Augen starrte, blickten sie ebenso wachsam wie meine. Er hatte mich erkannt. Meine Hände und mein Körper waren klamm. Es wirkte wie eine lästige Störung, als sein elendes Weib, das seine Demütigung und Jämmerlichkeit im Mittelpunkt der Aufmerksamkeit wähnte, mit gesenktem Kopf an seine Seite kroch.

»Vergib mir, Zerd … ich habe mich getäuscht …«

»Die anderen Herren sind in der Küche«, sagte er kühl, und sie lief schluchzend hinaus.

Der Feldherr setzte sich auf den Boden und lehnte sich an die Tür. Auf ein Knie stellte er einen Teller.

›Sie wollte dich nur eifersüchtig und hilfsbereit machen‹, beabsichtigte ich zu sagen, aber ich merkte, daß mein Mund sich der Sprache verweigerte. Außerdem bemerkte ich, daß in meinem Rücken der Tisch stand und ich Zerd gegenüber in lächerlicher Haltung, wie ein in die Enge getriebenes Tier. Ich hob stolz den Kopf und trank, indem ich das Zittern wenigstens meiner Hände unterdrückte, aus dem Krug, als sei ich nur zu diesem Zweck an den Tisch getreten.

»Du warst also die ganze Zeit hier?«

»Dies ist meine Unterkunft.«

»Und die mehrerer junger Unterführer … Ich bedaure, daß ich außerstande sein werde, dem Unterführer Smahil durch dich Grüße bestellen zu lassen.« Seine Augen weiteten sich, als er meine Finger wieder zittern sah, während sie sich an die Tischkante klammerten. »Du hast die Formel doch gehört, nicht wahr?«

»Ich fürchte, ja.«

»Deine Demut ist sehr ungewohnt für mich. Du hast dich verändert, Flauschhaar. Hat man dir den Hochmut gebrochen?«

»Meine Seele ist nun zweigeteilt«, erwiderte ich trocken.

»Welch ein Jammer das alles ist. Nicht wahr? Aber ich fürchte, ich kann niemanden in der Welt herumlaufen lassen, der ein solches Geheimnis auf der Zunge trägt.«

Er dehnte seine Worte in bewußtem Gleichmut, ließ sie fallen, wie sie kamen, und beobachtete aus seinen glutvollen schwarzen Augen unter den gleichmäßigen Brauen jede meiner Bewegungen, jede Regung. Ich versuchte jedes Gefühl zu unterdrücken. Die kühle Tapferkeit, die daraus entstand, fiel mir nicht einmal richtig auf.

»Jeder muß sterben, Feldherr. Ich bin davon überzeugt, daß Ihr mich nicht sinnlos peinigen werdet.«

»Meiner Treu, was für ein scheußliches Leben mußt du geführt haben, um so bereitwillig, so ergeben zu sein. Liebst du dein Leben nicht? Ich weiß, der Alltag im Feldlager kann ziemlich eintönig sein, aber ich hatte den Eindruck, daß es dir manchmal gefallen hat, sogar bei den Töpfen.«

»Ihr habt mich beobachtet?«

Höflich neigte er über dem Fleisch den Kopf. »Hast du das bezweifelt?«

»Ihr habt vermutet, daß ich kein Junge sei?«

»Als du mir in der ersten Nacht in die Arme gelaufen bist, im Gasthof, war es köstlich offensichtlich, daß du kein Junge warst. Dann war es natürlich nicht allzu schwer, meine höchst interessante Geisel zu erkennen, tatsächlich, wenn ich nun daran denke, die allerinteressanteste, die ich jemals hatte, obwohl viele erheblich gefälliger waren. Es hat mir viel Spaß bereitet, dich zu beobachten.«

Ich verneigte mich. »Welche Freude, daß ich einige Stunden Eurer Geschäftigkeit ein wenig aufheitern konnte.«

»Hmm … und du willst nichts anderes als ausgelöscht werden wie ein Flämmchen?« Ich schwieg und versuchte seinen Hohn zu begreifen. Er strich mit zwei Fingern über sein Kinn, ohne den Blick abzuwenden. »Wahrlich, sie widerstrebt mir sehr, diese Verschwendung … Findest du denn nicht selber, daß du über deinen netten kleinen Spielgefährten hinausgewachsen bist?«

Ich gestand es mir ein. Es ist wahr. Ich habe das Bedürfnis nach mädchenhaft kindischem, verzweifeltem, ausgeklügelt verlogenem Treiben abgestreift, und damit auch die reine Jugendlichkeit, in welcher meine Mutter mich aus dem Turm der Göttin entließ. Ich bin über Smahil hinausgewachsen.

»Ich soll mit Euch schlafen?«

»Ich möchte, daß du meine Konkubine wirst. Eine hohe und sichere Stellung, die alle entsprechenden Beziehungen einschließt …«

»Doch sobald Ihr meiner überdrüssig seid, ist die Gefahr so groß wie zuvor.«

Er hob die Brauen.

»Hältst du einen Aufschub nicht für erstrebenswert? Du wünschst deinen Tod, wiewohl er höchstwahrscheinlich nicht schmerzvoller als nötig sein wird, nicht einmal aufzuschieben? Du bist ebenso bescheiden wie ungefällig. Vielleicht ist jener Kontinent zu dem Zeitpunkt, da ich deiner müde bin, längst erobert und die Gefahr, die in deinem Wissen liegt, somit aufgehoben.«

Aufgehoben … Das Wort verfolgt mich, scheinbar drängend.

Sein Angebot führte mich nur in eine Versuchung, aber ich wußte, daß ich *niemanden* kaltblütig zu ermorden vermochte. Ich konnte den Entschluß fassen, aber ich würde immer zögern, bis morgen und übermorgen, stets in einer Erwartung einer noch besseren Gelegenheit. Er mußte das wissen oder die Absicht hegen, mich niemals mit einem Dolch in seine Nähe zu lassen; andernfalls hätte er seinen Vorschlag, nachdem Ooldra vor ihrem Verschwinden alle Schuld an dem Attentatsversuch auf mich abgewälzt hatte, nicht unterbreitet. Deshalb würde ich wohl ohnehin nie eine Gelegenheit erhalten.

»Ja, Feldherr, ich glaube, daß ein Aufschub nicht erstrebenswert ist. Ihr solltet mich nach Eurem Mahl hinrichten.«

»Ich sehe, du meinst es ernst.« Er starrte mich an. »Welch ruhige Entschlossenheit. Wirke ich – auch nach reiflicher Überlegung – so wenig anziehend auf dich? Noch immer deshalb, weil du meine Geisel und ich ein Feind deines Landes bin?«

»Eines jeden Landes, glaube ich. Ansonsten seid Ihr gewöhnlich ein recht angenehmer Mann, abgesehen natürlich von …«

»Meine Haut? Sie ist ein natürlicher Nachteil gegenüber den Männern des Heers, das ich befehlige, gewiß. Aber bislang hat sich noch keine Frau daran gestört.«

Seine Einfalt erschütterte mich.

Ist es möglich, daß er immer ein wenig empfindlich wegen seiner Andersartigkeit war, die er als Folge der Vorliebe seines Vaters für die großen schwarzen Frauen der halbmenschlichen Stämme des Nordens geerbt hatte?

»Komm, Geisel.«

Ich schüttelte den Kopf. Ich empfand nichts; ich wußte nur, daß ich mich vom Gift der Macht nicht berühren lassen durfte.

»Du wirst unter strengen Arrest gestellt.« Er wandte den Blick von mir, blieb an der Tür sitzen und widmete seine ganze Aufmerksamkeit der Mahlzeit.

Mir war wirklich gräßlich zumute, als ich wieder unter der Glut des tiefblauen Himmels stand und den widerlichen Geruch des Vogels roch, den der Feldherr bestieg, und begriff, daß ich in der Tat *leben* wollte.

Die Kraft dieser Welt, in die wir geboren werden, schreit lauter in unseren Adern als das Blut uns vernehmen läßt, obschon ich manchmal geglaubt habe, es sei das Blut. Alles ist weniger eine Frage von Mut als von Entschlossenheit. Zerd schickte die Gelehrten dorthin, wo man sie gegenwärtig gebrauchen konnte. Lara ging mit einem von ihnen, ohne uns auch nur anzusehen. »Los, herauf!« befahl Zerd.

Einigermaßen würdevoll und schnell stieg ich auf, ohne mich der Hilfe seiner Hand zu bedienen, die er mir bot.

Als ich hinter ihm saß, mußte ich mich festhalten, um nicht durch den Trab des Vogels hinab unter die Menge zu fallen. Doch ich hakte bloß einen Finger in seinen Gürtel, obwohl dieser Finger bald schmerzte.

»Wir reiten ins Lager, wo du während der kurzen Zeit bis zu deiner Hinrichtung scharf bewacht wirst«, erklärte er im Plauderton.

Er kicherte, als sei er gewaltig erheitert, und drehte sich halb nach mir um, die Zügel in einer Hand, und löste von seinem Nacken das schwarze Schweißtuch, das er bei heißem Wetter zu tragen pflegte und dessen Falten seinen meisten Schweiß auffingen. Dieses stinkende, schweißfeuchte Tuch stopfte er mir in den Mund, ehe ich sein Vorhaben verstand. Dann packte er meine Hände und wandte sich wieder nach vorn, so daß meine Arme seine Hüften umschlangen.

»Für den Fall, daß du auf den Einfall kommst unser großes Geheimnis vor aller Ohren auszurufen, obschon ich bezweifle, daß selbst die Aussicht des baldigen Todes dich zu einer solchen Freundlichkeit gegenüber den Südländern bewegen kann, und außerdem ist es zweifelhaft, daß dich einer von ihnen durch ihr eigenes Gebrüll hören würde«, erläuterte er. »Aber es ist nun einmal eine sehr wichtige Formel.«

Ich versuchte das widerliche Tuch auszuspucken, aber

er hatte es mit Geschick in meinen Mund gedreht. Ich war allen Blicken ausgesetzt, und zwar in meiner wahren Gestalt, so daß ich beträchtliche Verlegenheit empfand. Ich senkte den Blick und hoffte darauf, daß kein Bekannter mich sah.

Durch die Art, wie er meine Arme hielt, drückte er mich fest an seinen Rücken. Aufgrund der Hitze hing sein scharlachroter Umhang zur Seite herab, und ich spürte durch sein schwarzes Hemd die von geschmeidigen Schuppen bedeckten Muskeln seines ungeheuer breiten Rückens. Das Schaukeln des Vogels sorgte dafür, daß meine Brüste beständig auf diesem Rücken wogten und hüpften, so daß ich soviel Scham verspürte wie jemand es vermag, dessen Bewußtsein sich in der Hauptsache mit dem bevorstehenden Verlust des Lebens beschäftigt. Mich freute bloß, daß er lediglich ein Hemd trug, nicht einmal ein Wams darüber, so daß er kaum Schutz gegen irgendeinen spitzen Gegenstand besaß, den womöglich jemand nach ihm warf. Aber wir ritten inmitten der Goldenen Schar und durch breite Straßen, und niemand schleuderte etwas nach ihm.

Meine Hände lagen schlaff in seinen Fäusten. Ich hoffte, seine Aufmerksamkeit möge nachlassen, so daß ich vielleicht wenigstens einen Arm befreien könne; doch selbst als er eine Hand hob, um dem Scharführer zu winken, riß er meine an den Fingern mit in die Höhe.

Wahrscheinlich würde man mich enthaupten. Manche Scharfrichter gingen gut mit den Schwertern um, waren schnell und sicher. Ich mußte nur das gänzlich Unbekannte fürchten, das rasch näherrückte, nicht den Schmerz. Doch möglicherweise erteilten sie im Durcheinander und in der Geschäftigkeit des Lageraufbaus nach einem heißen Tag und dem Marsch durch eine aufgebrachte, feindselige Menge den Auftrag einem schlechteren, unerfahrenen Scharfrichter? Und konnte nicht auch der beste Mann einmal einen ungeschickten Hieb tun? Jeder macht im Laufe seines Lebens ein paar Fehler, doch was für einen Handwerker, der unbefangen sagen kann: ›Nächstes Mal klappt's wieder besser!‹, nur ein Ärgernis ist, kann für das Opfer, welches die Folgen erdulden muß, unbeschreibliche Qual bedeuten. Ja, wenn ich meinen Nacken entblößen mußte, würde ich vor Furcht beben, sowohl aus Furcht vor dem Unbekannten wie vor einem plumpen Schlächterhieb. Und wenn ich zitterte, bot mein Hals ein schlechtes Ziel …

Ich war von Grauen erfüllt. Oh, gäbe er mir nur noch eine Chance, dachte ich, wenn er mich bloß noch einmal fragte, bevor jener Augenblick …!

Aber wie's so ist, auch dann würde man unwillkürlich ablehnen. Lieber ein bißchen Schmerz erleiden …

Jede Minute, jeder Moment des Schaukelns, jeder Augenblick, o göttlicher Vetter, jeder Augenblick bringt ihn näher.

Wir ritten noch inmitten der Reihen der Goldenen und der brüllenden Menschenmenge, aber ich vernahm ihr Geheul nicht, sondern nur das Sausen in meinen Ohren. Alles war zerspellt in grelle bunte Flecken und winzige Augenblicke, die eilends verstrichen. Wie heiß die Sonne schien! Wie hart diese grausamen Fäuste meine Handgelenke umklammerten, wie roh sein schuppiger Rücken meine Brüste scheuerte, die schon wund waren, wie ich trotz meiner Panik fühlte …

Und plötzlich kam mir ein Einfall, so bestürzend prachtvoll und doch so schlicht, daß ich begriff, warum weder er noch ich früher daran gedacht hatten. Mit albernem Vergnügen trat ich dem Vogel zugleich beide Füße in die Flanken. Ich hörte ihn bellen und spürte, wie er seitwärts ausbrechen wollte. Ich trat nochmals zu, so daß er sich erregt wand, weil er im Gedränge nicht vorwärtsstürmen konnte. Der Feldherr stieß einen Ruf aus und packte die Zügel mit beiden Händen, während er zugleich meine zu halten versuchte. Ich riß mich los und sprang.

Meine Hände faßten den Stein der Brücke über uns.

Er war unerträglich rauh und grießig.

Ich versuchte einen Klimmzug, aber ich bin keine Akrobatin, und das Hämmern meines Herzens und mein Keuchen rissen mich fast entzwei. Aus meiner Stirn brach Schweiß, und meine Finger begannen abzurutschen, bevor ich die wenigen Handbreit der Brüstung überklettern konnte.

Würde die Verzweiflung mir außergewöhnliche Kräfte verleihen? Anscheinend machte der bloße Zweifel meine Hoffnung zunichte. Ich glitt ab, gurgelte hinter meinem gestopften Mund, fuchtelte in der Luft – und fiel …

Ich stürzte auf etwas, das herb und stichlig war und doch weich genug, um den Aufprall zu mildern – einen großen, wackligen, hochauf mit Heu beladenen Karren.

Als ich benommen zu der verhängnisvollen grauen Steinbrücke aufblickte, welche die Straße überspannte, sah ich Zerd zu Fuß vorbeihasten. Er mußte meinen Sprung sogleich bemerkt haben, vom Vogel gestiegen und zu den Stufen geeilt sein, als er mich an der Brüstung hängen sah. Doch nun suchte er mich am falschen Ort. Ich sah, wie er sich unter rücksichtslosem Gebrauch der Schultern durch die Stadtbewohner drängte, und sein dunkles Gesicht wandte sich rasch und aufmerksam nach allen Seiten. Unterdessen entfernte ich das schmierige schwarze Schweißtuch aus meinem Mund. Der schweißige Geschmack schien noch bitterer zu werden, als wieder Luft an meinen Gaumen drang. Mit offenem Mund, um den widerlichen Geschmack auszutrocknen, schüttelte ich den Kopf und schaute abwärts nach den Fuhrleuten und voraus, wo die Goldenen marschierten. In diesem Moment hörte ich einen Schrei. Zerd lehnte sich über die Brüstung. Er hatte mich entdeckt. Der erhabene Feldherr wirbelte herum und verschwand in der Menge. Der Karren rumpelte weiter.

Und was nun?

Würde ich nicht auf den eigenen Beinen besser vorankommen?

Ich kroch durch das Heu zum Rand. Die Ladung war ziemlich hoch. Die dichtgedrängten Köpfe drunten schienen sehr weit entfernt zu sein, das Pflaster, welches meinem Blick verborgen blieb, folglich noch weiter.

Dennoch, halb kletterte ich, halb rutschte ich am Heu und dem Karren hinab. Dabei stellte ich fest, daß ich meine Hände am Stein der Brücke verletzt hatte, viel Haut war abgeschürft und viel Blut daran. Nun schindete ich sie wiederum, doch dies war eine jener Gelegenheiten, bei welchen man Schmerz nur als ein Gefühl unter anderen wahrnimmt.

Ich fiel in die Arme mehrerer Goldener, die zugeschaut und gelacht hatten. Dabei hätten gerade sie nicht einmal zur Seite *blicken* dürfen, weil sie besonders mächtig mit ihrem Ruf prahlen; doch während des heutigen Auszugs herrschte ein derartiges Durcheinander, daß alle, die noch keine Steine abbekommen hatten, ihn als eine Art derben Vergnügens betrachteten. Überall war das Chaos nahezu vollständig.

Ich hörte das Gelächter und Gejohle kaum, womit man mich willkommen hieß, spürte kaum die zahllosen rohen Hände und Atemzüge.

Die Sonnenglut, die auf meinen bloßen Kopf niederbrannte, während ich mich durch die Reihen der Soldaten zwängte, schien wie mit einem Hammer durch meine Schläfen zu wummern. Meine Augen und Ohren waren verwirrt, mein Keuchen trocknete meine Zunge, bis sie anschwoll, und das Laufen war eine schwere körperliche Mühsal. Ich war zu keinem klaren Gedanken in der Lage. Der Beweis dafür ist die Tatsache, daß ich erst ganz am Schluß der Jagd eine Hand an meine Kehle legte und dachte: Oh, so ist es mein enger Kragen, der meinen Hals schmerzt, und nicht das Richtschwert!

Das Ungeheuer verfolgte mich. Welche Bedrohung – riesig, scharlachrot, schwarz, mächtige schuppengepanzerte Muskeln, gewaltig, wuchtig! Mein Herz pochte.

Ich zwängte durch die Soldaten; die Soldaten zogen durch den Steinhagel und den Schmutz der Straßen, bespien und verhöhnt.

Ich spürte, daß er mich verfolgte.

Außer beim Einbiegen um Ecken sah ich den Feldherrn nicht. Ich schaute nach vorn, aber hinter mir vernahm ich das Stampfen seiner raschen, gleichmäßigen Sätze, das ehrfürchtige Murmeln der Männer, als sie beiseite wichen, um ihn durchzulassen, und ich lief an Soldaten vorüber, die mich nicht beachteten, sich jedoch umdrehten und ihm entgegengafften. Bevor sie begriffen, daß es nicht nur einen Verfolger gab, sondern auch eine Verfolgte, war ich schon wieder weiter.

Ein Soldat, der es vermutlich auf eine Belobigung oder gar Beförderung abgesehen hatte, lief mir nach, doch schon bald blieb er selbst hinterm Feldherrn zurück.

Ich geriet unter einen anderen Teil des Trosses.

»Cija!«

Der Ruf bedurfte zweimaliger Wiederholung, ehe ich meinen Namen verstand, und nochmaliger, bevor ich mich angesprochen fühlte. Ich taumelte zur Seite, nur um einen Schritt, und sah einen kleinen Jungen, der mich gespannt angrinste.

Ow, der Hirtenbube, Narras Bruder.

»Du hast es aber eilig, edle Cija.«

Als wäre ich nie fort gewesen! Hatte er in seiner kleinen Viehzeugwelt meine lange Abwesenheit überhaupt bemerkt – und die seiner Schwester?

»Ow, ich laufe vor jemandem weg, der darauf *brennt*, mich zu bestrafen… « Seine Schelmenaugen funkelten. »Ow, um der Götter willen, treib hinter mir deine Ziegen über die Straße…«

Ich torkelte weiter, die Verkörperung eines Stoßgebets.

Die Ziegen strömten über die Straße, ich hörte ihr vielkehliges Meckern, und in der Luft verbreitete sich ihr ätzender Gestank.

An der nächsten Ecke erst wagte ich es, mich umzuschauen.

Am Zugang zur Straße war der Troß zum Stillstand gekommen, da die Herde ihm den Weg verlegte. Fuhrleute fluchten. Sie schimpften wie Rasende, doch die Tiere wimmelten kreuz und quer, sperrten die Straße. Unter ihnen, äußerst würdelos, ruderte mein riesiger scharlachroter und schwarzer Verfolger mit den Armen, trat mit den Stiefeln um sich.

Also stürzte ich wieder auf und davon.

Ich schlug einen Haken ins geräumige Innere einer Taverne. Sie war mächtig voll mit ehrbaren südländischen Herren, die sich während ihres beschwerlichen Tagewerks erfrischten und bisher keinen einzigen Stein hatten werfen können. Ich rempelte mehrere an, die daraufhin ihre Nebenmänner schlugen, weil sie sie für die Schuldigen hielten, oder nach mir, jedoch andere trafen. Als ich aus dem hinteren Fenster stieg, sah ich den Feldherrn inmitten der Prügelei eingezwängt. Erbittert, die Wut über den Zwischenfall mit den Ziegen noch im Gesicht, versuchte er sich mit den Schultern einen Weg durch den trunkenen Wirrwarr zu rammen, doch schon bald mußte er Fäuste abwehren, die blindlings zudroschen. Er schob Männer beiseite und schmetterte einige nieder, doch damit verwickelte er sich erst recht in die Schlägerei und mußte nun allen Ernstes kämpfen. Das würde ihn eine Zeitlang aufhalten. Ich kletterte übers Fensterbrett und da, als er, eingekeilt zwischen den Streithähnen, für einen Moment aufblickte, sah er mich.

Ich fühlte den gleichen starken Stich in meinem Zwerchfell, wie sein Blick ihn mir schon so oft versetzt hatte.

Dann stand ich im kleinen Hinterhof der Taverne, einem winzigen Rechteck, fast völlig ausgefüllt von einem hohen Misthaufen.

Ich lief um ihn herum, doch der Pfahlzaun, der den Hof auf der anderen Seite eingrenzte, erwies sich als unersteigbar. Ich versuchte es immer wieder, aber er war schlichtweg viel zu hoch, die Pfähle waren oben zugespitzt, und selbst wenn ich meine Füße dazwischenbekam, rutschten sie sofort ab. Ich schrammte mir die Knöchel auf, zerrte meine Füße, wenn ich sie einklemmte, verzweifelt rücksichtslos heraus, ich hatte keine Zeit zur Vorsicht, und in meinen Händen staken viele scheußliche lange Holzsplitter. Es war einer jener Momente, in denen jede Bewegung mißlingt; mein Kinn schlug schwer auf die Pfahlspitzen, als meine Hände und Füße erneut abglitten, ich biß mir auf die Zunge, mein Kinn schmerzte entsetzlich und war sofort blutbesudelt, und ich glaube, ich heulte auf. Wie rasend fuhr ich herum, um einen anderen Weg aus dem Hof zu finden.

Eine Tür führte in die Küche; ich sah Feuer und Schatten von Menschen, doch vielleicht würde niemand mich behelligen. Aber schon erschien im Fenster eine Gestalt. Nach einem letzten Hieb, der jemandem hinter ihm galt, schwang er sich übers Fensterbrett. Ich duckte mich hinter den Misthaufen. Ich hatte meinen kostbaren, mühevoll errungenen Vorsprung an diesem verdammten Zaun vergeudet.

Ich schluchzte, lautlos, wie ich glaube, und meine Gurgel, wo ich die Klinge zu spüren vermeinte, war kalt und verkrampft.

Wortlos schritt er um den Haufen auf mich zu. An seinen Stiefeln und Ärmeln blieb Mist kleben. Wir kreisten einmal um den Hügel, und dann, durch einen plötzlichen Richtungswechsel, hatte er mich in seiner Gewalt. Die schwarzen Augen glitzerten grimmig auf mich herab. Der Mund lächelte. Ich biß ihm in die Hand, meine Zähne knirschten, so daß ich meinte, ich hätte sein Fleisch bis auf die Knochen aufgerissen, wild und entschlossen genug war ich dazu, aber ich vermochte die Schuppen nicht einmal zu ritzen.

»Wie du siehst, trage ich meinen allereigentümlichsten Panzer.«

Seiner Stimme glich einer Kränkung.

»Reptil!«

Seine Miene – unter der Oberfläche grimmigen Triumphs – war unergründlich.

In dem winzigen Hof schien es so wenig Aussicht zu

geben, ihm zu entrinnen, daß ich in meiner Verzweiflung fast aufgab.

Als er die andere Hand hob, die Finger streckte und krümmte, um mich in meiner Hilflosigkeit, worin ich mich wahrlich erbärmlich genug fühlte, noch mehr zu erschrecken, griff ich nach der Mistgabel, die im Haufen stak und stach damit nach seinem Gesicht. Ich wollte durch meine Hände Blut aus seinem Gesicht spritzen sehen, das dicke dunkle Blut. Er ließ mein Handgelenk fahren und packte die Mistgabel. Ihm war klar, daß ich wieder entweichen würde, aber die Gefährlichkeit des Werkzeugs ließ ihm keine Wahl.

Er verfluchte mich, nun wirklich zornig, und ich floh.

Ich strebte zur Küchentür, aber er vertrat mir den Weg, und trotz aller Flinkheit wäre ich nicht vorbeigekommen. Auch das Fenster war hinter ihm.

Ich tat einen Satz auf den feuchten Misthaufen und sprang, bevor ich einsinken konnte, auf das nahe Dach des Schuppens. Es lag nicht hoch.

Ich lief übers Dach und schwang mich auf das der Taverne. Er warf die Mistgabel, die mich verfehlte und irgendwo mit einem Klirren aufprallte, und setzte mir nach. Er besaß die Schnelligkeit eines entsetzlichen, behenden, großen Tiers, eines Panthers oder – ja, eines Krokodils. Ich mußte mich ihm so überstürzt entziehen, daß ich keine Zeit fand, um einen tauglichen Fluchtweg ausfindig zu machen, und schon platschte ich durch die Dachrinne. Deren Schräglage steigerte meine Panik. Ich breitete die Arme aus wie ein Seiltänzer, um im Gleichgewicht zu bleiben. Er folgte mir. Er lachte jetzt, beschlich mich langsam, beharrlich – siegesgewiß. Ich sprang aufs benachbarte Dach, klatschte mit den Knien in die Rinne; versuchte den Giebel zu erklimmen, doch ein Ziegel löste sich und fiel, und ich beinahe hinterdrein.

Nur ich und der Feldherr, mehr ein Tier, eher eine Art prachtvollen Scheusals, durch wilde Instinkte und Gier nach Beute zur Führerschaft über Menschen höherer Rasse befähigt, waren dort oben in dieser kleinen Welt von Dächern aus grauen und blauen Ziegeln, Dachfenstern, Wolken, von Dächern über schmalen, verlassenen Seitenstraßen, wo nicht einmal ein Hund kläffte, weil alles dem Auszug des Heers beiwohnte – eine zerklüftete, schlüpfrige, graue Welt ausschließlich beherrscht von diesem schwarzen und scharlachroten, lachenden Tier, das über Straßenschluchten schritt, welche ich mit waghalsigen Sprüngen überwinden mußte, und dessen Opfer ich sein sollte.

Die Luft selbst schlug Funken aus den heißen Ziegeln, bis das Grau und das Gold ineinander verschwammen.

Ein Glutstoß aus einem Schornstein, unter dem soeben jemand ein mächtiges Küchenfeuer entzündet hatte, warf mich fast in die Tiefe.

Ein Schrei panischen Entsetzens gellte gedehnt wie ein Heulen über die heißen Dächer, und es war mein Schrei. Ich weinte. Er lachte und folgte. Wir kamen ungefähr gleich schnell voran, er holte auf, doch stets nur zeitweilig, bis ich den Abstand durch irrwitzige Sprünge und Klimmzüge wieder vergrößerte, unter krampfartigem Schluchzen, Zerfetzen der Kleidung, Zerbeißen der Lippen und Blutigschürfen der Hände. Er bewegte sich mühelos und sicher. Sein wuchtiger Schädel ruhte im Nacken, sein Blick war auf mich geheftet, der Mund offen, und sein Lachen schien nie wieder verstummen zu wollen, es war aufrichtig fröhlich, rauh, grausam, schallte.

Über dem Flimmern der Hitze sammelten sich mächtige Wolken.

Die einsame Weite rumpelte.

Auf den staubigen Ziegeln bildeten sich runde feuchte Flecken.

Ein großes Krokodil raste mit Donnergrollen über den Himmel und zurück. Der Hitzeschleier bebte, verwehte. Wasser goß herab. Ich schlang beide Arme um einen Schornstein, die einzige Rettung davor, den Giebel hinabgespült zu werden. Die Dachrinnen gurgelten. Für einen Moment verschwand sogar er hinter den Regenschwaden.

Dennoch näherte er sich, war schon sehr nahe. Er kam heran, als sei alles wie zuvor.

Ich schrie. Er ist ein Dämon.

Ich riß weit die Flügel eines halb offenen Fensters auf und kroch irgendwie hindurch, ein winziges Dachstubenfenster. Die Dachstube gehörte offenbar zu einem Haus der oberen Mittelklasse, urteilte man nach den altmodischen, mit Glitzerzeug benähten Festgewändern und Hosen, Schnabelschuhen, Vorhängen, einem Stapel matter, zwei Geschlechter alter Silberplatten, einem großen Sessel mit zerschlitztem Polster. Ich sprang über das ganze verstaubte und angeschimmelte Gerümpel hinweg, dann durch eine Tür und verschloß sie hinter mir.

Ich segnete den Schlüssel, der wunderbarerweise im Schloß gesteckt hatte, und schlich auf Zehenspitzen die mit Teppichen ausgelegte Treppe hinunter.

Den Räumen, in die ich spähte, und Möbeln zufolge handelte es sich um das Haus eines wohlhabenden Mannes oder Edlen niedrigen Ranges. Unterm Dach ertönte kurz das Poltern der Stiefel des Feldherrn gegen die Tür, die er, nachdem er mir durchs Fenster gefolgt war, verschlossen vorfand; schreckerfüllt wartete ich und hielt sogar den Atem an, aber nichts geschah.

Dann vernahm ich ein Geräusch von unten. Der Feldherr trat unten ein.

Die Haustür mußte unverriegelt gewesen sein. Und man konnte seine Schritte nicht verkennen – sie klangen so sicher, so unbesorgt, so unausweichlich, der Unausweichlichkeit bewußt.

Ich stürmte durch eine andere Tür und schlug sie zu, aber diesmal stak kein Schlüssel darin. Doch es war, den Göttern sei Dank, niemand im Zimmer. Ja, das Haus war anscheinend völlig verlassen; alle Bewohner mußten zur allgemeinen Schmähung der Verbündeten ausgegangen sein.

Ich lief durch den Raum und durch eine weitere Tür, die in ein anderes Treppenhaus führte.

»Cija!«

Seine Stimme hallte in den leeren Räumen wider.

Ich floh so leise wie möglich, doch gleich darauf mußte ich auf Geräuschlosigkeit zugunsten von Schnelligkeit verzichten. Er war mir auf der Fährte.

»Komm, kleine Geisel, findest du das Spiel nicht auch langweilig, wenn es nicht länger Sinn hat?«

Ich untersuchte jede Tür, an der ich vorbei kam, aber ich entdeckte keinen Schlüssel. Meine Kleidung trocknete ein wenig. Ich hörte den Regen an den dunkelsilbrigen Fenstern plätschern und in den Dachrinnen gurgeln. Auf dem oberen Absatz einer engen, finsteren Treppe, der ersten ohne Teppich, über die ich aus einem hellen, luftigen Zimmer, worin Kinderspielzeug verstreut lag, gelangt war, vernahm ich plötzlich ein Stöhnen.

Verwirrt verharrte ich einen Moment lang und lauschte furchtsam, bis das Klicken einer Tür am Fuß der Treppe mich meines Verfolgers erinnerte.

Es gab keinen Weg als in den Raum, aus dem das Stöhnen drang.

Als ich das dunkle, stinkende, stickige Gemach betrat, erhob sich am Bett eine alte Frau.

»Was bist du?« fragte sie.

Ich ging zum Fenster und öffnete es.

Sie kreischte.

›Was mag Zerd nun denken?‹ durchfuhr es mich.

»Dies wird Eurer Kranken wohltun«, sagte ich. Die frische Luft wirbelte herein und vertrieb den Gestank von Siechtum. Ich lehnte mich hinaus in den strömenden Regen. Die Straße lag sehr tief unten. Bevor ich einen sicheren Weg zum Hinabklettern fand, stürmte der Feldherr ins Zimmer.

Er trat zu mir und riß mich herum.

»An deiner Stelle würde ich nicht springen«, sagte er. Sein Tonfall war wölfisch und schnurrte im Genuß des Sieges. Und dahinter erwartete mich der Tod.

Die Gestalt auf dem Bett rührte sich.

Sie setzte sich auf.

Mir schauderte, als ich den Blick der Augen auf ihn gerichtet sah, die aus dem verfärbten Gesicht starrten. Es versetzte mich zurück in die Hitze, den Schrecken und die Gerüche jener Zeit, als ich Smahil, seine Brust verquollen von blauem Gift, gepflegt hatte. In den Wochen, die verstrichen waren, seit ich diese Frau zuletzt gesehen hatte, mußte das Gift sich über ihren ganzen Körper ausgebreitet haben.

Die fiebrig glitzernden Augen starrten ihn an; sie hob einen verdorrten, blau angeschwollenen Arm.

Sie verließ das Bett, schlurfte auf ihn zu. Ihr weißes Gewand war vergilbt von bitterem Schweiß. Ich löste meinen Blick von ihren blaufleckigen Brüsten, vormals so stolz und prall und weiß.

Sie ergriff ihn, drückte ihn an sich.

»Willst du mich nun, Zerd? Großer Feldherr? Paßt meine Haut, deren du müde geworden bist, nun zu deiner? Laß sie mich mit meiner berühren. Würde das Gift nur dorthin zurückfließen, woher es kam, und, vermehrt um meins, den Tod über dich bringen, denn fürwahr, wie die Götter wissen, ich schenke dir tödlichen Haß. Dir, der mir ein paar Tage länger zu leben gewährt hat, verborgen wie ein Geschwür im Haus meines Vaters, bis ich zu deinem Spott blau aufgedunsen bin …«

Das heisere Flüstern, das von ihrer Stimme verblieben war, rasselt weiter und weiter.

Ich wartete nicht, ich wartete nicht darauf, daß mein Blick sich in sein in Heiterkeit und Stolz gefrorenes, unmenschliches, menschen*ähnliches* Gesicht verirrte – ich sprang aus dem Fenster und verkrallte mich in das verschlungene Klettergewächs. Der Regen schien die Pflanze und mich zerschmettern zu wollen, doch als er endlich obsiegte und meine Hände von den Strängen riß, befand ich mich nahe genug überm Boden, daß ich keinen Schaden erlitt.

Nun kenne ich ein anderes Geheimnis des Feldherrn –

das Geheimnis, welches Smahil nicht mehr als anzudeuten gewagt hatte.

Sie war jene Frau, die ich zuletzt gesehen hatte, als sie wie eine Ertrinkende an Zerd hing, halbnackt, und keuchte, damals in der Nacht des Dinosauriers.

Ich stand auf der Ziegelsteinbrücke über den Fluß. Der Fluß schäumte unterm Regen.

In ein kleines Boot geduckt, das zwischen Reihen anderer leerer Boote schaukelte, unter der Sitzplanke zusammengekauert, wo ich alsbald selbst nach nassem Holz roch, sah ich ihn aus dem Haus in die Regenschwaden treten, die Straße absuchen, die Fenster mustern, die Dächer und den Fluß.

Er wandte sich ab und schritt über die Ziegelbrücke, eine Gestalt inmitten der von Feuchtigkeit gesättigten, vom Trommeln des Regens erfüllten Luft. Er hob nicht einmal die Schultern, seine ganze Haltung drückte alle möglichen Gefühle aus, wovon jedes jedem anderen widersprach, doch als er in den Regenschleiern zwischen den Ziegelmauern der Allee jenseits der Brücke verschwand, waren seine Schultern leicht eingesunken von Schicksalsergebenheit.

Der Regen, weit und breit kein Mensch darin zu sehen, peitschte den Fluß.

Ich stieg aus dem kleinen Boot auf ein größeres um, verbarg mich zwischen den Ballen voller Handelsgut unbemerkt von einem Wächter, der sich vorm Regen verkrochen hatte, bevor die Mannschaft an Bord zurückkehrte, und ich war weit flußaufwärts und am Bestimmungsort, ehe man mich, einen Tag und eine Nacht später, endlich entdeckte.

Der Palast

Während ich dies schreibe, ruht mein Tagebuch auf einem dicken, eingedrückten, purpurnen Kissen. Wenn ich mich beim Schreiben vergnügt und selbstzufrieden winde, hüpft und schaukelt mein Bett, das an Ketten von der Decke hängt, gerät bei jeder Bewegung, jeder noch so leisen Regung auf dieser Traumwolke bunter Kissen ins Schwingen. Das Bett unterscheidet sich außerordentlich von jenem Mauerloch, meinem Kerker der vergangenen Wochen.

Das morgendliche Sonnenlicht war hell und funkelte auf den Wellen. Die Sonne schien heiß durch meine dünne Kleidung, die ich noch vor einem Tag als Last empfunden hatte. Mit der Schärfe eines Messers unterteilte sie das Deck in Licht und Dunkel, fiel in hellen Streifen zwischen die klar umrissenen Schatten geschäftiger Männer; die Schatten kreuzten sich mit den Ritzen der Planken. Durch das leichte Schaukeln und Rollen des Schiffs wirkten die Ritzen, als befänden sie sich in eigenständiger Bewegung, als glitten sie auseinander, und erweckten den Eindruck, das Schiff würde schließlich zerfallen, so daß wir alle selbst im Wasser trieben, Kapitän, Mannschaft und ich samt der Fracht; aber irgendwie war mir das gleichgültig.

Ich lehnte mich zwischen den Kisten bequem zurück und beobachtete, wie die Mannschaft das Deck wischte und dann Vorbereitungen zum Anlegen traf.

Weiße Vögel zogen Dutzende von engen Kreisen überm Schiff. Sie ließen sich reihenweise auf dem Schanzkleid nieder, und die Mannschaft, große bronzehäutige Männer in roten Lendenschurzen und sonst nichts am Körper außer Metallschmuck und Messern, warf ihnen Fleischfetzen zu, die auch ich nicht verschmäht hätte.

Ein Vogel setzte sich auf die Kante der Kiste, die neben mir stand. Eins seiner perligen rosa Augen spähte auf mich herab. Er war bis dahin das einzige Geschöpf an Bord, das mich bemerkt hatte.

Trotz meines Gefühls des Ausgehöhltseins, der Steifheit meiner Glieder und gelegentlichen Fröstelns war ich zufriedener, als jemals gewesen zu sein ich mich entsinnen konnte, und während ich ringsum Wasser, Himmel, Wind und Sonnenschein betrachtete, lag ein zartes, möglicherweise leicht dümmliches Lächeln auf meinen Lippen.

Ich wußte, daß man mich entdecken würde, sobald das Schiff anlegte und man die Fracht entlud; wäre ich ein Junge, hätte ich wohl erwarten müssen, daß man mich verdrosch und für die erschlichene Mitreise arbeiten ließ; aber als reizendes kleines Mädchen, als das ich aufzutreten gedachte, stand die Aussicht gut, innerhalb weniger Minuten Lebewohl sagen zu können.

Und dann, was sollte ich in einem unbekannten Hafen tun? Meine Zukunft konnte sich schwierig gestalten, ich war völlig allein und fremd, und mein Bündel mit meinem bescheidenen, nützlichen Eigentum war auf der Flucht vor dem Feldherrn abhanden gekommen.

Doch irgendwie empfand ich eine Ahnung, daß ich an einem anderen Ort ein neues Leben beginnen würde, mit Hilfe dieses Kerns von innerem Gleichgewicht, den ich an diesem Morgen überrascht in mir vorfand – Lebensmut, Selbstvertrauen, Bereitschaft zum Anpacken all dessen, was das Leben mir bringen mochte; ein Gleichgewicht, das auf irgendeine Weise Bestärkung empfing durch den Sonnenschein, den Wind, das Knarren von Balken, das Knattern eines Segels am Mast, das Klatschen von Spritzern am Schanzkleid, das Gluckern von Wasser im Kielraum. Dies war uneingeschränkte Freiheit. Die Fortsetzung des Lebens in einer *neuen* Welt, meilenweit selbst von Erinnerungen an alles Vorherige entfernt.

Ich hatte mich niemals so gefühlt, als sei meine Unerfahrenheit ein Teil von mir, der bald der Wunderbarkeit der

›Erfahrenheit‹ weichen werde. Aber mir war zumute gewesen, als sei meine Unerfahrenheit so etwas wie ein schützendes Zeltdach über mir, das meine tatsächlichen Erfahrungen und ihre Wahrhaftigkeit überschattete; und nun waren die Schatten verflogen, und da war ich, endlich ich selbst.

Das war das erste Mal, daß ich mich auf einem Schiff aufhielt – nun, eigentlich verdiente es diese Bezeichnung nicht, es war ein Frachtkahn. Ich genoß es und war sehr stolz darauf, so etwas wie ›ein guter Seemann‹ zu sein. Als wir in der vergangenen Nacht ablegten, war mir allerdings ein bißchen übel geworden, so daß ich froh war, nichts im Magen gehabt zu haben. Am Morgen war ich hungrig und hatte stundenlang in unveränderter Haltung in kühlem Wind gehockt, und doch fühlte ich mich wohler denn je zuvor. Jeder Geruch war eine Köstlichkeit: ungefähr ein halbes Jahr lang hatte ich den Fluß jeden Tag gerochen, doch nie so wie heute, so weit, so würzig, so – *frei.* Es roch nach Pech, und aus der Bordküche drangen andere Düfte, die mich wahnsinnig hungrig machten.

Zwischen den aufgetürmten Kisten und Ballen war es schwer, die Ufer allzu häufig zu beobachten, aber ich bezweifle, daß ich an einer anderen Stelle auf Deck mehr gesehen hätte. Hier war der Fluß fürchterlich breit. Die Ufer glichen fernen, verwaschenen Streifen; nach dem Grau und Grün im Dunst zu schließen, erstreckten sich beiderseits weite Ebenen. Ich sah andere Boote, die im Wind lagen, flußabwärts durch Wirbel und Wogen tanzten, durch grüne Strömungen und blaue, im Sonnenlicht schimmernde, windgepeitschte Wellen.

Immer wieder glitt ein Segel, entfernt oder nah, in verblichenem Orange oder gestreift, geflickt und gebläht, schnittig dreieckig oder gewöhnlich rechteckig, durch mein begrenztes Blickfeld.

Die heiseren Rufe der Männer in den Wind, das Schäumen und Rauschen des Wassers, alles sprach mit lebhafter Stimme von einem: es war Sommer. Der Fluß strebte fort von der lauten, haßerfüllten Stadt aus schmutzigen Ziegelsteinen und trug mich voll rührender Bereitwilligkeit mit sich.

Als die Sonne hoch stand, entwickelte sich ein langwieriges Gezerre und Geraffe an den Segeln, vollführt von Männern, die in den Seilen und Tauen turnten, und andere begannen mit Geächze die von mir am weitesten entfernten Kisten fortzuschleppen.

Ich rüstete mich für den alsbaldigen Höhepunkt meiner lieblichen unerlaubten Mitfahrt; schob das vom Salz harte Haar aus dem Gesicht und versuchte jene Körperteile zu regen, die es noch zuließen.

Endlich vernahm ich den Lärm einer andersartigen Geschäftigkeit, weit mehr Stimmen, als die Mannschaft allein aufzubieten vermochte, auch das Plätschern klang anders, und obwohl der Kahn noch immer schlingerte und schaukelte, schloß ich aus dem Nachlassen des Winds, der mir in die Augen wehte, daß wir langsamer schwammen; der Rest meines Gesichts und Körpers war vom unaufhörlichen Wind so taub, daß er ihn nicht länger fühlte. Taue knarrten, und die Männer begannen zu singen, allesamt, sangen in fremder Sprache ein Lied mit wenigen Wörtern, die sich jedoch ständig wiederholten, in behäbigem, wiegendem Rhythmus. Ich spähte hinaus.

Ja, wir hatten geankert und man schaffte die Fracht von Bord.

Vom Land sah ich nicht mehr als ein hohes steinernes Ufergemäuer, das aus mehreren weitflächigen Stufen bestand und große Metallringe zum Festmachen der Schiffstaue aufwies, und darauf schuftete die Mannschaft mit dem unermüdlichsten Eifer, den ich jemals beobachtet hatte. Ich konnte keine Häuser hinterm Ufer aufragen sehen. Aber vielleicht, wenn ich den Hals reckte …

Lange bevor ich mich in die richtige Stimmung versetzt hatte, schob man die Kisten beiseite, die mich verbargen.

Eine Lücke entstand, doch man bemerkte mich nicht sofort; dann …

»Naaa … nuuu …«, sagte voller Verblüffung eine Stimme, und vor mir erblickte ich ein Paar weiter, salzverkrusteter Stiefel.

Die Lage war nach der eintönigen Gesellschaft der Kisten und Ballen allzu urplötzlich verändert, und ein langer Moment verstrich, ehe ich den Kopf hob und in die Augen des Kapitäns persönlich sah, der beim Entladen geholfen hatte. Man erkannte ihn sofort als Kapitän, nicht etwa, wie die Götter wissen, an der Güte der Kleidung, sondern daran, daß sie mehrere Stücke umfaßte.

Eine Faust in die Hüfte gestemmt, den Daumen in den Waffengurt gehakt, während die andere Hand an seiner Unterlippe zupfte, stand er dort und blickte auf mich herab.

»Hast du etwas gefunden, Shaj?«

»Meiner Treu, ja«, sagte der Kapitän.

Der andere Sprecher trat näher. Er war nicht, entgegen meiner Annahme, der Schiffsmann, sondern ein Besucher vom Land, ein hochgewachsener, hagerer Mann in schwarzem Gewand, das ein schlichter goldener Gürtel an einer Seite in Falten raffte. Als sein Blick auf mich fiel, ergriff mich sofort die Überzeugung, ihm schon einmal begegnet zu sein (immer verfolgt von Erinnerungen – aber diesmal war es keine unerfreuliche).

»Ich wollte Euch soeben das beste Stück der Fracht zeigen, Herr«, sagte der Kapitän, »und da …«

»Und ich hege nicht den geringsten Zweifel, daß Ihr's gefunden habt«, sagte der andere.

»Würdet Ihr zurücktreten, hätte ich den Platz zum Aufstehen«, sagte ich.

Der Kapitän trat zurück, und ich erhob mich unsicher auf die Beine. Meine Fußknöchel waren im ersten Moment zu starr, um mich aufrecht zu halten, und ich stützte einen Arm auf die Kiste hinter mir, doch schon legte der Begleiter des Kapitäns einen Arm um mich und hielt mich für die kurze Zeit, während ich seiner Hilfe bedurfte.

»Sie gehört nicht zur Lieferung, Herr«, verteidigte sich der Kapitän. »Sie ist ohne mein Wissen an Bord.«

»Offensichtlich.«

»Ja.«

Wir standen in einem Dreieck, dessen Spitze ich bildete. Ich betrachtete sie, und sie musterten mich. Das Blut begann wieder durch meine Beine zu kreisen. Mein Gedächtnis zuckte nach einer Erinnerung wie die Zunge eines Froschs nach einer Fliege, die um Fingerbreite zu weit entfernt ist – wo hatte ich diesen Mann schon getroffen, und wenn wir uns schon begegnet waren, erkannte er mich? Seine Augen verrieten nichts dergleichen, wie offen sie auch dreinblickten.

Der Kapitän trug im rechten Ohr einen roten Edelstein, der im Sonnenlicht glitzerte und mich ein wenig in seinen Bann zog. Am anderen Ohr vermochte er nichts zu tragen, man sah unter dem struppigen Haar die nur halb verheilte Narbe, wo es gesessen hatte. Der Kampf mußte erst kürzlich stattgefunden haben.

Wenn das Schiff ruhig im Wasser lag, war es in der Sonne erheblich wärmer.

»Verzeiht, Herr«, wandte ich mich an den hochgewachsenen Mann. »Ich habe das Gefühl, wir sind uns schon einmal begegnet, doch ich vermag Eurem Gesicht keinen Namen zu geben.«

»Das ist mehr oder weniger genau das, was ich fragen wollte«, bemerkte der Kapitän. »Man fragt diese unerbetenen Gäste immer das gleiche. Wer bist du?«

»Ich kann die Fahrt nicht bezahlen«, erwiderte ich, »um es gleich klarzustellen. Aber ich war bloß eine Nacht und drei Viertel eines Tags an Bord, und es war unbequem und kalt – außerdem gab's nichts zu essen.«

»Oho! Hast du wenigstens dein Ziel erreicht, oder mißfällt dir der Zeitpunkt deiner Entdeckung?«

»Ich bin sehr zufrieden, danke.«

»Wie schön!«

Er zupfte weiterhin an seiner Lippe, bräunlich rot in seinem Bart, dann wandte er sich an den Hochgewachsenen und fluchte. »Ein verdammtes Ärgernis, man weiß nie, woran man ist. Stimmt es, daß Ihr dem Mädchen schon einmal begegnet seid, Herr?«

»Möglicherweise hat sie mich einmal irgendwo gesehen.«

»Natürlich. Ihr entsinnt Euch nicht, sie Eurerseits gesehen zu haben? Wahrscheinlich kennt sie Euch von einer Prozession. Wollt Ihr sie haben?« Der Kapitän sprach offenherzig dringlich. »Ich kann nichts mit einem jungen Edelmädchen anfangen, und zweifellos ist sie eins, trotz ihrer Mittellosigkeit, aber selbst auf dem Sklavenmarkt würde niemand sie kaufen, aus Furcht, man könne sie entführt haben …« Ich dachte schon, er werde sich verneigen und für die Unbequemlichkeit der Fahrt entschuldigen, aber das fiel ihm doch nicht ein.

»Und was sollte *ich* mit ihr anfangen?« meinte der Hochgewachsene belustigt, aber mit einem strengen Unterton in der Stimme.

Der Kapitän schaute drein, als sei ihm ein grober Verstoß gegen die Höflichkeit unterlaufen, den er jedoch nicht allzu ernst nahm. »Ach, das müßtet Ihr besser wissen als ich«, antwortete er ausweichend. »Für jedes Geheimnis findet sich ein Versteck …«

»Warum hast du die Hauptstadt verlassen?« erkundigte sich der Mann.

Ich war verdutzt. Zuerst glaubte er, er habe mich doch erkannt und sich dessen erinnert, mich in der Stadt gesehen zu haben, dann fiel mir ein, daß es durch meine Äußerung, wie lange ich unterwegs gewesen war, auf der Hand lag, woher ich kam.

»Ich hatte es dort satt«, sagte ich.

»Und deine armen Eltern?« rief der Kapitän tugendhaft. Dann hatte er einen Einfall. »Würden Sie es entgelten, wenn wir dich heimbringen?«

»Ich habe keine.«

»Keinen Vormund?«

Flüchtig dachte ich an den Feldherrn, in dessen Obhut meine Mutter mich gegeben hatte. »Keinen.« Ich schaute mich um. »Was ist das?« fragte ich.

Mit rauhbeinigem Stolz begann der Kapitän den vollen Namen seines Schiffs aufzusagen, fremdartig und voller feierlicher, kehliger Wörter, aber ich unterbrach ihn. »Nein, ich meine den Namen dieser Stadt.«

»Du hast doch gesagt, du wolltest hierher?« Der Kapitän starrte mich mißtrauisch an.

»Nein, keineswegs.«

»Dies ist die Tempelstadt Seiner Übermächtigkeit«, sagte der Hochgewachsene.,

Und da erkannte ich in ihm den Priester Kaselm. Nun war ich mir nicht länger sicher, ob er mich überhaupt seinerseits erkennen konnte, er hatte mich nur kurz gesehen, und damals war ich als Junge verkleidet gewesen. Warum hatte ich sein Gesicht mit einer angenehmen Erinnerung verbunden? Die Götter wissen, daß ich ihn bei einem wahrhaft gräßlichen Anlaß sah, und ich hatte seinen scharfen, klugen Blick nicht einen Moment lang gemocht.

»Ich brauche Unterkunft und Essen und besitze kein Geld«, sagte ich. »Könnt Ihr mir einen Gasthof nennen, der ein Mädchen gebrauchen kann?«

»Mehrere«, kicherte der Kapitän, den ich nicht gefragt hatte. »Aber keines deiner Art.«

»Nein«, sagte der Priester.

Diese schlichte Verneinung erschreckte mich. »Ich habe kein Recht, Euch zu behelligen, aber vermögt Ihr mir einen Rat zu erteilen?«

»Komm mit.«

Ohne darüber auch nur einen Atemzug lang nachzudenken, folgte ich ihm – ich mußte es, denn er betrat bereits die Laufplanke. Gegenwärtig war er meine einzige Hoffnung, und an diesem Morgen hatte ich mir einen Wahlspruch zugelegt, an welchen ich mich wie an ein Gesetz zu halten beabsichtigte: Alles oder nichts. Man erringt nichts ohne Anstrengung oder Wagnis.

Ich lebe mittlerweile lange genug in der Außenwelt, um zu wissen, daß ich seit dem Verlassen des Turms meiner Kindheit ein weitaus abenteuerlicheres Leben geführt habe, als es den meisten Menschen jemals beschieden wird. Und als ich klein war, dachte ich immer, die Menschen draußen führten ein unglaublich interessantes Leben! Verglichen mit meinem damaligen Alltag, tun sie's auch – aber das Schicksal macht meine Versäumnisse eifrig wett. Ich fühlte mich recht zuversichtlich, als ich hinter dem Priester Kaselm durch das Treiben auf dem Pier schritt. Ich hatte mich mit der Aussicht immer neuer Abenteuer abgefunden.

Bisher habe ich alle ziemlich gut durchgestanden, obwohl ich weder stark, mutig, reich an Wissen noch hinreißend schön bin. Doch auch im schlimmsten Fall entwickelt man bis dahin unbekannte Kräfte und Fähigkeiten, die Erwartung eines Auswegs, der es jedesmal gestattet, doch noch einigermaßen ungeschoren davonzukommen. Das war an jenem Morgen meine neue Einstellung – obwohl ich natürlich wußte, daß es in der Welt *Allerschlimmstes* gibt, dem niemand zu entgehen vermag, doch in all meiner Jugend und Gesundheit und Widerstandsfähigkeit von den Zehenspitzen bis zu den Fingernägeln, in den Brustwarzen und in den Enden meiner Haare, alles jung und echt und *mein,* spürte ich, daß ich dem tiefsten Elend und dem größten Unglück stets entweichen würde.

Der Priester drehte sich nicht um, ob ich ihm folge; tatsächlich hatte er sich, wie mir nun auffiel, schon nach seiner Aufforderung nicht umgeschaut, um sich zu vergewissern, ob ich ihm nachkam. In dem Durcheinander am Pier war es übrigens reichlich schwer.

Schließlich begannen mich Zweifel zu beschleichen, aber ich war an diesem Morgen so verzückt, daß sie mich nicht ernstlich sorgen konnten.

Flucht – das war die wahre Geschichte meines Lebens.

Erst einmal hatte ich der Tragik ins nackte Antlitz geblickt, und ich war davon nicht gezeichnet. In tiefsinnigeren Momenten überlegte ich, ob es mich hätte zeichnen sollen, und empfand einen Mangel, aber dafür, daß es nicht geschehen war, machte ich jenen großen schrecklichen Vogel verantwortlich, der den widerwärtigen Statthalter und meine beste Freundin getötet hatte, und auch von ihm hatte ich mich getrennt. Ich! Ich lernte, lernte endlich den Genuß des Selbstbewußtseins kennen.

Angenommen, der Priester führte mich unter die Augen Seiner Übermächtigkeit, angenommen, er hatte mich als Diener im Nordheer bemerkt und wollte mich nun auf dem Altar des Hasses opfern, den sein Herr den nordländischen Verbündeten entgegenbrachte? Wie seine Absicht auch sein mochte, sie entsprach dem Lauf meines Schicksals.

Plötzlich standen wir vor einer weißen Mauer. Der Priester zog einen dicken schwarzen Schlüssel aus seinem Gürtel und schloß ein morsches hölzernes Tor auf. Nachdem wir eingetreten waren, verriegelte er es wieder.

Wir standen in einem grünen Garten, und so dick war die Mauer, daß er nicht minder still war als der Priester.

Noch immer wortlos führte der Priester mich über den frühlingshaften Rasen, vorbei an einem Beet rosafarbener Pflanzen, durch einen zweiten Torbogen, einen kühlen, blau-weißen Gang, eine nägelbewehrte schwarze Tür und in ein kleines, spärlich eingerichtetes Gemach, worin er mir durch eine Geste zu verstehen gab, ich möge mich setzen; zuerst einmal jedoch erkundigte ich mich nach dem Baderaum, er wies mir den Weg, ich ging hin, kam zurück und setzte mich schließlich ihm gegenüber auf einen Stuhl.

»Und nun?« meinte ich gefaßt. Anscheinend hatte ich sogar die gewohnte Eigenschaft verloren, in den entscheidenden Momenten meines aufregenden Lebens meinen Herzschlag heftig und unregelmäßig zu spüren.

Der Priester beugte sich vor, stützte die Ellbogen auf die Knie, schob die Hände in jeweils den anderen Ärmel und die Lippen leicht vor.

»Bist du ein Spion des nordländischen Feldherrn Zerd?«

»Nein.«

»Sondern …?«

»Ich benötige Schutz vor ihm.« Kurz schwieg ich. »Ihr entsinnt Euch, mich in … seinem Haushalt gesehen zu haben?«

»Anläßlich einer von ihm veranstalteten, sehr interessanten Feierlichkeit.«

»Ich bin eine Geisel, deren … Rechte er mißachtet hat. Ich bin im Wirrwarr des Lageraufbaus vom Heer geflohen – habt Ihr davon vernommen? – und erflehe Schutz.«

»Wie kann ich wissen, daß du kein Spion bist?«

»Schickt mich fort, wenn ich hier nicht bleiben darf. Ich bin nicht absichtlich hier.« Ich dachte an die Hinrichtungen der Priester der älteren Sekte durch diese Leute. »Ich wollte lediglich weg von der Hauptstadt. Falls Ihr mir zu bleiben erlaubt, werde ich jede Arbeit verrichten, die Ihr wünscht, und Ihr könnt mich unter Aufsicht stellen.«

»Du sagst, du seist eine Geisel. Aus welchem Land?«

»Dem Land nördlich der Wälder, nördlich der Ebenen, nördlich der Berge – dem Land südlich vom Nordkönigreich.«

»Dem Land einer weiblichen Herrscherin?«

»Ich bin ihre Tochter.«

Ruckartig beugte er sich noch weiter vor, so daß der Stuhl erbebte, der Blick seiner schwarzen Augen wurde wachsam, und sein Mund rundete sich wie zu einem lautlosen Pfeifen.

»Das müßtest du beweisen.«

»Ich sehe keine Notwendigkeit, es zu beweisen. Ich bestehe bloß darauf, daß ich eine Geisel bin und keine Spionin. Nebenbei, ich weiß gar nicht, wie ich's beweisen könnte.«

»Die Herrscherin unterhält angeblich eine Beziehung zu nur einem Mann – dem dortigen Hohepriester.«

In meinem Rückgrat wurde es ein klein wenig kälter und diesmal wußte ich keine Antwort.

»Wie lautet dein Name?« fragte Kaselm.

»Ihr wißt, wie er lauten muß, wenn ich die Wahrheit spreche?«

»Ja.«

»Und was wird geschehen, falls ich die richtige Antwort gebe?«

Erstmalig seit unserer Begegnung am heutigen Morgen lächelte er, aber es war kein zur Beruhigung geeignetes Lächeln, seine Erheiterung war zu kühl, zu eigenartig. »Nun sagst du *falls* statt *wenn* – und dein Zögern ist sehr beredt. Nun gut, Cija, folge mir zur Übermächtigkeit.«

Jener Herr empfing mich beinahe auf der Stelle. Ich mußte mit Kaselm, der trocken lächelte, nur einen Augenblick lang vor den gottkaiserlichen Gemächern warten. Der Diener kehrte sofort zurück, um uns einzulassen, und aus Kaselms Verhalten ließ sich nicht schließen, ob es zum Zweck war, daß ich meine Behauptungen beweise, oder um ein Todesurteil über mich zu fällen. Immerhin – die Tochter eines Hohepriesters in einer Tempelstadt, wo eines Priesters Enthaltsamkeit und Keuschheit in höchster Ehre standen …

Seine Übermächtigkeit bewohnt vier Gemächer am Ende des Gangs aus blauen und weißen Steinen. Sie sind größer als Kaselms Gemach, doch ebenso schlicht.

Er kam uns entgegen, um uns zu begrüßen; ein düsterer Mann mit eingesunkenen Wangen und Augen mit großen Augäpfeln darin, offenbar kurzsichtig, und zu meiner Überraschung nicht wesentlich größer als ich. Er trug eine peinlich saubere, gegürtete schwarze Robe mit weiten Ärmeln, die flatterten wie Witwenschleier, und sein Blick haftete unablässig auf mir. Alle drei setzten wir uns. Das ganze Gespräch fand in Gegenwart eines jungen Mannes in schwarzem Gewand statt, der an einem Tisch unter einem Fenster saß und schrieb. Das Fenster bot Ausblick über den schönen Rasen.

»Du – verzeih, wir müssen Sicherheit haben – *nennst dich* die Tochter des Hohepriesters im Land südlich des Nordkönigreichs?« fragte die Übermächtigkeit in lebhaftem Interesse.

»Ja«, antwortete ich mit nicht zuviel Nachdruck.

»Und dein Name …?«

»Cija.«

»Dein Vater hat dich – eine Göttin, die von Eltern und Großeltern abstammt, die ihrerseits zu beiden Teilen von den Göttern abstammen – den nordländischen Horden als Geisel ausgeliefert?«

»Das hatte seine Gründe … Ihr kennt unser winziges Land, das von Eurem durch so viele gefährliche Landstriche getrennt ist …«

Das war eine gewagte Äußerung. Ich war überrascht, als er sich fast entschuldigte.

»Bitte empfinde meine Fragen nicht als anmaßend. Du wirst verstehen, daß wir keinen Irrtümern erliegen dürfen. Doch wir werden alsbald geklärt haben, ob du wahrhaftig die Göttin Cija bist. Ich weiß in der Tat viel über dein Land, denn dieser mein Hohepriester Kaselm hat dort seine Wanderjahre verbracht und mir von all seinen Erfahrungen berichtet … Ja, gewiß, die Verständigung zwischen uns ist gering, aber dein Vater wirkt in seinem Land für dasselbe Ziel wie wir … die Bekehrung der Ungläubigen auf dem abgeschiedenen Mutterboden von Atlantis …«

»Warum hat dein Vater dich mit den Nordländern geschickt?« fragte Kaselm.

Also verehrten sie meinen Vater; allerdings konnte ich nicht die Gefahr ausschließen, daß sie diese Verehrung nur vortäuschten, um mich in verräterische Irre zu leiten. Die Übermächtigkeit jedoch, ganz nach Art großer kleiner Männer, wirkte ebenso leicht durchschaubar wie mißtrauisch.

»Bei meiner Geburt wurde eine Prophezeiung ausgesprochen …«, sagte ich.

Sogar von den Mordplänen, denen Zerd, der Feldherr, durch mich hätte zum Opfer fallen sollen, mußte ich ihnen erzählen, doch ich verschwieg, daß meine Mutter sie ausgeheckt hatte, und ließ sie in dem Glauben, mein Vater stecke dahinter, ohne dies auszusprechen. Damit erregte ich aber lediglich das Mitgefühl der Übermächtigkeit. Mit seiner derben, ledrigen Hand tätschelte er mir die Schulter, einer Hand, die den Händen meiner Mutter ähnelte, doch trug er keinerlei Ringe.

»Das ist alles vorüber, Göttin. Mit deiner ernsthaften *Bemühung,* das Ungeheuer vom Antlitz der Erde zu vertilgen, hast du die Prophezeiung so gut wie aufgehoben. Du bist viel zu weit von deinem geliebten Heimatland entfernt, um ihm jemals schaden zu können. Ein edelmütiges Opfer, diese selbstgewählte Verbannung. Heldenmütige Anstrengungen wider zu mächtige Gegner für ein Mädchen, selbst eins mit göttlichem Blut in den Adern.«

Aber er war sofort wieder schroff; man hatte den Eindruck, als ob seine Gefühle in streng getrennten Schränken steckten, wie die Papiere in der Obhut des eifrigen jungen Mannes in schwarzem Gewand am Fenster; Schränke, die er mit einem ausgefeilten, unfehlbaren Spürsinn für das im jeweiligen Moment Richtige öffnen und schließen konnte. Diese Tatsache ist abstoßend und schaurig, wiewohl man ihm trotz dieser Eigenschaft keinen regelrechten Vorwurf der Falschheit machen kann, denn seine Gefühle sind dennoch aufrichtig, so lange sie währen. Es verhält sich durchaus nicht so, daß er seine Gefühle durch Willenskraft im Zaum hielte oder freiließe, je nachdem, ob sie die Ausübung seiner Herrschaft stören oder nicht; er ist ganz einfach das, was seinesgleichen ein mustergültiges menschliches Wesen nennt. Irgendwie ermangelt ihm ein fester Kern – ich kann diesen Mangel keinen Nachteil heißen, angesichts dessen, daß er immerhin imstande war, ein eigenes unantastbares Imperium zu errichten.

Er würde Tränen mit einem Menschen vergießen, dem die Hinrichtung bevorsteht, und dann diese Hinrichtung mit ehrlichem Widerwillen anordnen. Ich neige zu der Annahme, daß er keine Maßnahme mit kalter Gleichgültigkeit veranlaßt – vor allen Handlungen ahnt er seine Gefühle.

Auf jeden Fall gelang es mir, ihn zu überzeugen.

Anscheinend war die anläßlich meiner Geburt ausgesprochene Prophezeiung nur oberflächlich, weil gerüchteweise bekannt, denn selbst Kaselm (der ein wahrer Hort des Wissens zu sein scheint) entsann sich nur mühevoll daran. Meine eigene Kenntnis, gemeinsam mit anderen Dingen, die ich nannte, erwies sich als beweiskräftig.

Meine Mutter wurde mit keinem Wort erwähnt.

Ich vermied es sorgfältig, von ihr zu sprechen. Wenn sie meinen Vater so sehr schätzten, mußten sie sie hassen, denn sie war seine Gegnerin im Kampf um die Herrschaft.

Ich verspürte das Bedürfnis, danach zu fragen, was für ein Mann mein Vater doch sei, doch ich wagte nicht, mich durch eine solche Unkenntnis womöglich zu entblößen.

Man führte mich in die Räume und zu den Sklaven, die man mir gewährte; unterdessen überlegte ich, welchen Umfang das Wissen besitzen mochte, das Kaselm der Übermächtigkeit vorenthalten hatte – und ob er es ihm nun mitteilte. Er war der Freund meines Vaters gewesen, der meinen Tod wünscht… hatte offenbar mit meinem Vater über mich gesprochen, denn er wußte meinen Namen und von der Prophezeiung anläßlich meiner Geburt… und sollte nichts vom Haß meines Vaters gegen mich wissen? Er hatte nicht einmal gefragt, warum ich Jungenkleidung getragen hatte, als er mich zum erstenmal sah.

Nein, der Priester Kaselm betreibt sein eigenes Spiel. Sehr wahrscheinlich ist es ein äußerst riskantes und hochstrebendes Spiel. Ich muß achtgeben, wenn ich mit ihm zusammen bin, ich muß auf mich achtgeben – ihn zu beobachten, wäre zwecklos, sein mildes, hageres, ausdrucksloses Gesicht wird mir nie eine Warnung geben, wenn mir Gefahr droht.

Die größte Überraschung des Tages erlebte ich, als ich die mir zugeteilten Gemächer betrat.

Sie sind schrecklich luxuriös.

Sie befinden sich im Bereich des Hofs, der zum Tempelgelände gehört – ein Hof, der zu jenem Zeitpunkt vom lebhaften Treiben südländischer Edelleute zu wimmeln begann, als das Nordheer in die Hauptstadt einrückte; anscheinend hatten jene Edle sie daraufhin verlassen. Der Grund war zweifellos, daß sie nicht inmitten der Unruhe stecken wollten, mit der sie fest rechneten. Die Zermürbung der Verbündeten war von Anfang an ein wohlbedachtes Vorhaben.

Der Hof war ohnehin längere Zeit die Heimstatt südländischer Edler gewesen als das Heim des südländischen Gottkaisers.

Infolgedessen führt der Hof, während er sehr ausgeklügelte Lippenbekenntnisse ablegt, ein eigenes süßes Dasein. Ich halte ihn für unerhört verdorben und lasterhaft. Die Übermächtigkeit bleibt in seinen kahlen Gemächern im Tempel und kann daher nicht viel vom Leben seiner Gefolgsleute wissen, er sieht nur ihre sorgsam eingeübte Aufmerksamkeit bei Zeremonien und Ritualen und für seine Lehren. Doch wimmelt es am Hof von schwarzen Roben, die eilfertig Glaubens- und anderen Angelegenheiten nachgehen. Ich glaube, manche von ihnen sind zu weltfremd, zu unerschütterlich in ihrer Überzeugung, um den Schein des Hofs durchschauen zu können; andere sind machtgierige Speichellecker, bei Hof so gut wie im Tempel.

Und eine hochgestellte Edelfrau sagte ohne Umschweife zu mir: »Eine anspruchsvolle Edelfrau wird immer einen Priester als Liebhaber vorziehen. Gewöhnliche Männer sind gut für gewöhnliche Weiber. Aber die Männlichkeit eines Priesters ist überlegen, weil sie nie durch das Tragen von Hosen verkümmern kann.«

Es ist so wunderhübsch, in meinem Tagebuch die Verderbtheit des Hofs zu schelten – und dann hinzugehen und von all den lasterhaften Edelmännern und einigen der lasterhaften Edelfrauen umschwärmt zu werden.

Es ist so schön, wieder Göttin zu sein; aber darin bin ich mir nicht restlos sicher. Ihre Worte klingen nach der angemessenen Ehrfurcht, aber das Verhalten und die Blicke der Männer scheinen mir zu beweisen, daß sie mich nicht für mehr halten als ein sehr junges (und sehr begehrenswertes) Mädchen. Nicht etwa, daß sie an der Göttlichkeit meines Blutes zweifelten; sie wissen bloß nicht, was es ausmachen sollte.

Ich glaube, daß ihre Weise, wie sie mit mir umgehen und ihre Bewunderung zum Ausdruck bringen, auf ehrlichem Interesse beruht, obwohl ich natürlich ein Neuling bin und schon deshalb Beachtung verdiene. Dies ist die Art zivilisierter Gesellschaft, so fürchte ich, in die ich gehöre. Keine dummen Kinder, weder neidische Bauern noch ungeschlachte junge Anführer mit zwanglosem Benehmen, als sei man eine Hure. Dies ist ein Hof von feinen, genußsüchtigen Lüstlingen, die meisten jung, einige erschlafft, mit unbegrenzter Zeit, ehrlich erregt von allem Neuen und Schönen, das ihnen während ihrer Jagd nach Lust widerfährt, die sie voll beansprucht. Sie verstehen es alle, angenehm aufzutreten, sie besitzen ein ausgezeichnetes Benehmen und wissen es fast jederzeit richtig anzuwenden. Im Moment gilt es als fesch, auf scheinbar widerspenstige, flegelhafte Weise den Zeremonien fernzubleiben.

Die schönen Frauen sind in ihrer Haltung zu mir in zwei Lager gespalten. Ein Teil – jene, die bisher die anerkannten ›Göttinnen‹ waren oder die es auf Edelleute abgesehen gehabt hatten, die nun mir zu Füßen liegen – ist äußerst eifersüchtig und unternimmt alles, um mir Hindernisse in den Weg zu wälzen. Natürlich bemerken die Edelleute das. Jeder hat seinen Spaß daran.

Andere Frauen, ebenfalls Schönheiten, haben festgestellt, daß sie mich aufrichtig mögen. Wir sind bereits gute Freundinnen geworden und hatten schon viele gemeinsame Freuden. Sie wissen, daß mein glanzvoller Meteor in ein paar Monaten mehr oder weniger ausgebrannt sein wird und ich dann den gleichen Rang einnehmen werde wie sie, wenn ein anderer, überaus fabelhafter Neuling auftaucht. Doch beim Verlöschen eines Meteors kommen die anderen Sterne wieder mehr zur Geltung.

Mir geht es wirklich sehr gut, hauptsächlich deswegen, vermute ich, weil ich eine neue Art von Reiz habe. Ich habe ihn beinahe zufällig entdeckt, doch er ist unbestreitbar.

Ich bin nicht sonderlich geistreich, ich kann stundenlang in gedankenlosem Geplauder schwelgen; bisweilen jedoch nehme ich Äußerungen völlig ernst, die sich dann als scharfsinnige, allgemein bekannte Wendungen erweisen. Das belustigt diese Leute, und sie bekommen auf meine Kosten jede Menge Schreikrämpfe. Ich habe nichts dagegen, es bringt mich nicht einmal in Verlegenheit, denn es geschieht unverhohlen und voller Zuneigung.

Ich bin aufrichtig, gewöhnlich sage ich die Wahrheit, weil ich die unausrottbare Überzeugung hege, daß die Menschen auf ihre Fragen auch die Wahrheit hören wollen. Außerdem bin ich schüchtern. Keine der anderen Edelfrauen verfügt über diese Eigenschaften, sondern sie sind reichlich mit gegenteiligen gesegnet; sie haben's nicht anders gelernt.

Offenbar bin ich auch tugendhaft; man schließt Wetten ab, von wem ich mich wohl zuerst erweichen werden lasse. Davon sollte ich aber nicht erfahren.

Ich bin tugendhaft, doch nicht deshalb, weil keiner von ihnen mich anzöge – ich finde sie fast ausnahmslos anziehend. Das ist eben die Schwierigkeit; sie besitzen fast alle das gleiche Maß an Anziehungskraft. Es wäre so verschwenderisch, einen netten, lustigen, zärtlichen, gutaussehenden, verantwortungslosen, fürsorglichen jungen Liebhaber zu nehmen, wenn ich jeden von fast hundert anderen haben könnte.

Gewiß, manchmal erwache ich und spüre die Sehnsucht meines Körpers nach Smahils Liebe, an die sich zu gewöhnen er ihn gelehrt hatte; ich erwache in der Nacht und greife blindlings ins Leere. Ich finde keine Schulter für mein Haupt, keine Kehle für meinen flüchtigen, schläfrigen Mund, keine Hände für meine Brüste, als seien sie schläfrige Tauben, die fortfliegen könnten, keinen Smahil, der seine Träume murmelt. Das Bett verwandelt sich dann in einen weiten Schlund, und ich bin winzig und darin verloren.

Ja, manchmal verspüre ich Verlangen, bis ich überrascht feststelle, daß mir Tränen in den Augen stehen von der Stärke des Verlangens nach einem Liebhaber, der mich umsorgen würde, niemals zuviel von mir forderte, seine Zeit nicht mit Eifersucht vergeudete, und ich lächle; doch nein, wirklich, es wäre zuviel für mich, einen ganz neuen Liebhaber, einen anderen Menschen, auszuwählen. Ich habe niemals jemanden gebraucht und werde nun nicht damit anfangen. Natürlich bin ich nicht einsam.

Es gibt eine allerdings nicht zu kleine Minderheit, die aus bestimmten Brechmitteln von ehrbaren Edelmännern und ihren Eheweibern besteht, alt oder älter oder sogar jung, die meinesgleichen und daher auch mich für nicht mehr halten als – nun, ich will das Wort nicht verwenden. Sie würden es selbstverständlich nie aussprechen.

Diese Leute raffen die Säume ihrer Gewänder, gehe ich an ihnen vorüber.

Das ist sehr ungerecht, ich zähle weder richtig zum einen noch zum anderen Lager, aber jene Gruppe, die die meisten Späße treibt, mag es durchaus so.

Alle tragen fabelhafte Kleider, ich auch.

Fast sämtliche Kleidung am Hof ist zumindest teilweise von den Eigentümern selbst kreiert. Neuartige Einfälle, wie bizarr sie auch sein mögen, gelten im Moment weit mehr als Vornehmheit.

Allmorgendlich unternimmt jeder einen ausgedehnten Spaziergang durch die Klostergärten (das sind große, unter freiem Himmel liegende Gärten, die von Arkaden mit vielen Säulen umschlossen sind), um an Plaudereien teilzunehmen und die eigene Kleidung mit der aller anderen zu vergleichen. Eine lächerliche Gewohnheit, mit den

Armen auf die seltsamste Weise zu fuchteln, hat sich durchgesetzt. Man bringt seine Arme in eine der vielen hundert möglichen Haltungen, beläßt sie so etwa zwanzig Sekunden lang und nimmt dann eine neue Haltung ein; man kann die Arme in verschiedenen Winkeln ausstrecken, einen in die Hüfte stemmen, den anderen um den Kopf legen – in der Tat kann man alles mit ihnen tun, das nur irgendwie abwegig aussieht. Unterdessen unterhält man sich und lacht ganz natürlich. Nach ungefähr einer Viertelstunde mit einem Gesprächspartner trennt man sich nach Maßgabe eines gemeinsamen Zeitgefühls und geht zum nächsten Freund, Bekannten oder Feind. Man kann allein, paarweise oder als Dreiergruppe durch die Klostergärten schlendern. Jede größere Gruppe ist unerwünscht, es sei denn, sie umfaßt zehn Personen oder mehr, dann ist sie wieder erlaubt. Alle diese Regeln, verrückten Gebärden und derlei gelten ausschließlich für die Klostergärten. Außerhalb der Gärten benimmt man sich überall wie gewöhnlich (mehr oder weniger).

Die Kleidung darf nach Belieben jeden Schnitt haben, aber es gibt männliche und weibliche Grundzüge.

Bei der Frauenkleidung dreht sich fast alles um den *Schleier:* er fällt vom Kopf, von den Schultern, von der Spitze eines Kegelhuts oder ist gar an einem Handgelenk befestigt. Ist der Schleier lang, hält ein kleiner Page, wie fast jeder einen zur Seite hat, das andere Ende. Ich habe einen schlichtmütig lustigen, ziemlich frechen Edelknaben, sehr dick und mit prachtvollen roten Locken, fünf Jahre alt. Ich wollte, ich hätte Ow. Eine zweite einheitliche Eigenschaft der weiblichen Kleidung ist die kleinliche Abstimmung von Hose und Kleid. Damit ahmen sie die Kleidung der Bäuerinnen nach, die natürlich, Hose wie Kleid, aus demselben Stück Gewebe gemacht wird. Hier am Hof hat man das übernommen, aber bis zum Exzeß verfeinert.

Im Mittelpunkt der Männerkleidung steht der Sackhalter. Manche sind wirklich bewunderungswürdig, und man hat offensichtlich sehr viel Geschick und Liebe darauf verwendet; einige wölben sich um mehrere Handbreit, die Mehrzahl besitzt eine sorgsam gearbeitete Form, etwa eines großen Schneckenhauses oder einer dicken Frucht getränkt mit dem passenden Duft.

Es ist ein liebenswerter Hof – sein Leben spielt sich vornehmlich in den Schlafgemächern ab, den Gärten, Festsälen, auf den Treppen und natürlich in den Klostergärten.

Überall sind Blumen, an den Wänden aufgereiht, wenn sonst kein Platz ist, oder Schlingpflanzen voller Blüten, die sich um die Säulen winden. Diese unglaublich hohen, unglaublich schlanken Säulen erheben sich überall, stützen scheinbar die Vordächer oder flankieren die Treppen, die sich empor in wäßrig blaue Höhen winden, denn die Säulen sind von silbrigem Blau. Aus Springbrunnen schießen Fontänen über die Geländer sehr hoher, schlanker, schmaler Marmortreppen zwischen den Säulenreihen und den verschachtelten Giebeln; manche Treppen enden, ohne ersichtlichen Grund, einfach in luftiger Höhe.

Man hat mir gesagt, daß die Fontänen im Winter abgedreht werden, so daß nur die Statuen verbleiben, kunstvoll mit Edelsteinen verzierte Metallfiguren oder merkwürdige Gebilde, und kein Wasser schießt aus ihren Öffnungen.

Da und dort steht neben einem Springbrunnensockel, mit Blumen geschmückt, eine mächtige gläserne Scheibe. Das Wasser spritzt darauf, entweder in Schleiern von der Fontäne oder aus besonderen Düsen und sprudelt als schneller, ungestümer, künstlicher Wasserfall über die Scheibe.

Die Dächer der höfischen Hallen sind reichlich verrückt. Weiße und türkisfarbene Vögel sitzen gurrend darauf oder fliegen dazwischen einher. Ihre Ausscheidungen liegen überall, man muß sich damit abfinden, daß sie einem aufs Lieblingskleid fallen und sogar auf die Festtafel.

Eine Vielzahl von Gesellschaftsspielen wird betrieben, und so gut wie jeder kann irgendein Musikinstrument spielen oder singen. Es gibt Lieder, die fast jeder kennt, und man singt eins ständig, und so lange, bis man seiner müde ist und Freude an einem anderen findet. Jedes Lied leiert von Liebe und beschreibt sie dichterisch hautnah auf eine Weise, die alles verspricht, aber jeden Geist verleugnet. Diese Lieder sind eine besondere Kunstform, denn vernimmt man die Worte oder liest man sie ohne ihre Musik, klingen sie so kindisch und nichtswürdig wie irgendwelches Geplapper, und die Musik ist ohne die Worte nur ein leerer Rhythmus; zusammen jedoch verleihen sie einander Gefühlstiefe, Bedeutung *und* Schönheit, und damit auch der Liebe, dem Leben …

Ich habe mich nahezu davon überzeugt, daß das Leben hier kein unwirklicher Traum ist, daß es immer weiter und weiter gehen kann, ohne mir widerwärtig zu werden, ohne irgendeinen Ehrgeiz in mir zu wecken; daß ich es zu führen vermag, ohne mich in Machtkämpfe zu verstricken.

Ich bin sehr glücklich.

Gelegentlich erhält der Hof Nachrichten von Feldübungen des Nordheers. Nach den Bruchstücken, die mir zu Ohren kommen, kann ich mir recht gut vorstellen, was draußen geschieht.

Zerd hat seine Scharen eine Woche lang vor den Toren der Hauptstadt gnadenlos geschunden, um sie für den Marsch abzuhärten, doch die Südländer sagen, er habe es getan, um wieder strenge Zucht herzustellen. In einer Nacht ließ er sie zehn Meilen weit marschieren – in Richtung auf die Küste des Südreichs, aber auch in die Richtung zur Tempelstadt der Übermächtigkeit. Inzwischen steht das Heer aber wieder vollzählig im Feldlager. Beabsichtigt er einen Überraschungsbesuch bei Seiner Übermächtigkeit? Will er etwa den Feldzug gegen Atlantis allein durchführen, schließlich doch mit den schwierigen Verbündeten brechen, an der Küste die südländische Flotte kapern und mit den Schiffen und der geheimen Formel in See stechen?

Unterdessen schindet und plagt er die Männer mit tagtäglichen Waffenübungen (nun jedoch, den Berichten zufolge, mit unerträglicher Sturheit, als wolle er nur der Langeweile vorbeugen) in der Ebene entlang des Flusses, über den ich am Sommeranfang gesegelt kam, ein rätselhaftes Treiben, das jedermann bis zum Wahnsinn beschäftigt.

Ich wette, er gefällt sich nun sehr in seinem grimmigen, sachkundigen, verächtlich herausfordernden, wilden Tun.

Heute entwich ich von einem Picknick. Dort waren so viele rauschende und wogende Gewänder, gab es soviel Gezänk, soviel Aufregung darüber, wohin man sich setzen solle – gemütliche moosige Mulden erwiesen sich als unmöglich, weil sämtliche Gewänder viel zu weit waren, um allen zugleich Platz zu gewähren; und ich mag Schmeicheleien, aber nicht wenn man sie in verwickelte Wendungen faßt, auf die man furchtbar schnell eine Antwort wissen muß. Das ist nicht richtig, es ist leicht, jemandem etwas Nettes zu sagen, aber schrecklich schwer, unverzüglich darauf zu antworten, und es läßt einem überhaupt keine Zeit, sich wirklich daran zu erfreuen, und wenn man bloß errötet und fortschaut, gerät man in die Gefahr, ausgekichert zu werden.

Ich fand heraus, daß das Tempelland sich bis zum Fluß erstreckt und anscheinend auch weit über das jenseitige Ufer hinaus, aber ich entdeckte nirgendwo eine Brücke.

Die Gegend dort ist ziemlich verwildert und ungepflegt, und am Ufer ist ein abgelegener Obstgarten, von dem ich dachte, als ich ihn betrat, daß seit Jahrhunderten kein Mensch darin gewesen sei.

Die Bäume, fünf verschiedene Arten von Obstbäumen, hatte man weit auseinander gepflanzt, doch mittlerweile sind sie ineinander verwachsen. Das Unterholz ist dicht, aber nicht so, daß man sich fürchten müßte – es ist dies weiche, ländliche Unterholz, pelzige Samenbäusche, Gräser mit Spitzen, die einen kitzeln, Ampfer zwischen Nesseln, überall Bienen. Mit gesenktem Kopf wanderte ich dahin und beobachtete die winzigen Insekten, die eilig über die senkrechten Pflanzenschäfte und aneinander vorüber wimmeln. Schlingen blühender Klettergewächse bündelten das Laub. Im Frühling muß es in diesem alten Obstgarten schrecklich viele Blüten geben, doch nun waren die Bäume recht spärlich mit verhutzelten kleinen Früchten durchsetzt von jener Art, die an Bäumen hängt, deren Reifezeit vorbei ist. So atmete ich all die Düfte ein, den Blick zu Boden gerichtet, schnippte gelegentlich eine Spinne aus meinen Rüschen – als ich gegen einen nackten Fuß stieß.

Zuerst dachte ich, es sei ein Ast oder eine Kletterpflanze, wogegen mein Kopf gestoßen war, und versuchte das Hindernis beiseite zu schieben, ohne den Blick zu heben – doch es baumelte schwer und widerspenstig herab.

Da stand ich nun zwischen all den schönen Blumen und starrte zu der Reihe von sechs Männern empor. Sechs Männer und ein kleiner Junge, alle in der Tracht von Bauern und Handwerkern und alle in verschiedenen Graden der Verwesung, ein Mann fast völlig verfault. Der letzte jedoch konnte nicht eher als am gestrigen Abend oder am heutigen Morgen erhängt worden sein – die Wangen und die Lippen waren noch rosa und frisch, die Haut wirkte noch lebendig, ich hätte schwören können, daß die Bartstoppeln noch sprossen. Da stand ich und starrte sie an, eine aus einer Gesellschaft, die diesen Obstgarten eine Zeitlang regelmäßig aufgesucht haben mußte … die Männer und der Junge tanzten fast unmerklich bei jedem Windhauch; in einem Netz zwischen zwei Füßen hauste friedlich ein Spinnenpärchen, das Netz war geschmeidig, dehnbar, und zwischen den Falten der Kleider summten einige Schmeißfliegen … natürlich schien der fast verweste Mann nahezu wie lebendig von lauter Fliegen, sie schillerten und sirrten, muntere Flocken pelzbeiniger Lapislazuli. In der Luft hing ein süßlicher, fader Geruch … jede Leiche mußte natürlich je nach dem Grad ihrer Verwesung ihren eigenen Geruch haben, doch alle zusammen … Ich verharrte viel zu lange, mehrere Sekunden lang, und so war jede Einzelheit unauslöschlich meinem Gedächtnis eingeprägt, als ich mich abwandte und fortlief, durch Gras und Gestrüpp stolperte, fast in einen unter Farnen verborgenen Bach fiel, und aus allem, das ich berührte, schwärmten Insekten auf wie Tropfen eines Sprühregens.

Die Alpträume haben mich wieder an der Kehle gepackt. Sie haben mich in meinem neuen Dasein aufgespürt – ich glaube, der Anblick im Obstgarten hat mich ihnen verraten.

Wenn ich des Nachts im Bett aufschrecke, höre ich leises Klopfen, und alsbald ist das Leinen feucht von meinem Schweiß … sie scheinen sich anzuschleichen, zurückzuweichen und wieder zu nähern, rastlos bestrebt, zu mir durchzudringen … nicht durch die Wand, sie sind nicht hinter der Wand, sondern stets irgendwo über mir, über meinem Kopf, und sie klopfen immer drängender, ich bin sicher, daß sie eines Nachts durchbrechen werden, eines Nachts und bald, und dann …? Und doch, wenn ich nichts mehr höre, zweifle ich daran, sie je gehört zu haben, weiß ich nicht länger, ob ich mich nicht getäuscht habe, es könnte die Erinnerung an einen Alptraum sein, die mich quält, und jeder hat Alpträume.

ich glaube, daß die Zeit gekommen ist, um den Tatsachen ins Gesicht zu schauen … oder wenigstens die Frage zu stellen: Versucht sich etwas mir zu nähern? O Götter, ich will wenigstens das Fragezeichen beibehalten, kein … kein Etwas vermag …

Cija, sieh den Dingen in die Augen, schreib's nieder, auf diese Seite, kann ein Alptraum zum Leben erwachen und *das* sich in – in regsames Über-Leben verwandeln, ein Etwas, das auf Vernichtung sinnt, das nach mir trachtet, seine Kreise immer enger zieht, auf der anderen Seite sein ganzes Streben ununterbrochen nach mir richtet …? Es kommt näher und näher, ist nicht länger nur ein Flüstern wie in der Stadt, hier am fröhlichen Hof, wo ich in den Nächten sehr allein zurückbleibe, wie erstarrt liege und schwitze, klein und unscheinbar und entsetzt und völlig allein, kriecht es beständig näher, Nacht für Nacht, und klopft, nicht verstohlen, aber leise, kurze Folgen von Pochlauten an die Wand, die es von der Wirklichkeit trennt … stets bereit zum Durchbruch … durchzudringen bestrebt, bereit und begierig darauf, nach mir zu greifen … und es kann schon *heute* nacht geschehen.

Die Unterhaltung während des Abendessens beschäftigte sich ausschließlich mit der erneuten Annäherung des Nordheers.

»Pfff, und wenn er hierher kommt, was könnte der Drachenfeldherr schon tun? Mit seinem lumpigen kleinen Heer furchtsamer Anfänger …«

»Ruht unbesorgt, bis hierher wird er nicht gelangen.«

»Nun, nichts könnte mir mehr Trauer bereiten. Ich hätte ihn aber wenigstens einmal gern gesehen, bevor alles vorüber ist. Er soll wahrhaft überwältigend sein.«

»Ließe sich nicht ein Ausflug machen, so daß wir zuzuschauen vermöchten, während die Tempelwache sie niedermacht? Dann könnten wir ihn aus unmittelbarer Nähe sehen.«

Forialk knackte ein paar Nüsse für mich und neckte mich, ich solle den Mund öffnen, damit er mich füttern könne. Er ist jener mit einem gezierten, spärlichen blonden Bart, der bloß entlang des Kinns verläuft – das, wie ich einräumen muß, ein gutaussehendes Kinn ist, jung und kraftvoll, kantig und überheblich. Würde er mir in der Nacht Schutz zu gewähren imstande sein, nachdem endlich auch dies späte Mahl vorüber war und ich ins Bett und mich fürchten mußte vor …? Würde mich in seinen Armen irgend etwas Unfaßbares antasten können?

Ich forschte in seinen dunkelblauen Augen. In ihrer Tiefe verbarg sich mehr Güte, als ich erwartet hatte. Seine Augäpfel weiteten sich, und ich vermochte den Blick nicht wieder abzuwenden … ich begriff mit einer Aufwallung von Triumph, daß der Junge meine Aufmerksamkeit mißverstanden hatte. Warum ich von ihm nichts anderes denke als von einem Jungen, weiß ich nicht, denn er ist mehrere Jahre älter als ich.

Plötzlich, während unseres beiderseitigen Schweigens an der geräuschvollen Tafel, drehte er meine Hand um und fuhr mir mit dem Finger über den Handrücken.

Ich lächelte nachsichtig, obwohl das Prickeln meinen ganzen Körper durchlief.

Wie viele junge Männer haben meine Hand schon so berührt? Ein beliebter Trick der Anführer, die im Zelt der Schönsten zu verkehren pflegten …

Konnte ich wirklich keinen Besseren finden?

Und doch … heute nacht würde ich ihn unter Schluchzen herbeiwünschen, sobald die Tür sich geschlossen hatte und ich allein war …

Ich entzog ihm meine Hand, sorgsam darauf bedacht, nicht heftig zu sein.

»Ich bin heute abend nicht hungrig. Du?« Wieder weiteten sich seine Augen; er schüttelte den Kopf. »Laß uns einen Spaziergang machen.«

Ich stand auf und entfernte mich vom Tisch. Ich brauchte mich nicht umzuschauen, um zu wissen, daß er mir folgte. Als wir zwischen den anderen Tischen zum Garten strebten, wandte man sich mit Fragen an uns, rief scherzhafte Bemerkungen und lachte sogleich darüber, aber niemand zeigte echtes Interesse. Alle sind längst an meine unerschütterliche Keuschheit gewöhnt – sie sind fest davon überzeugt, daß sie eines Tages überwunden sein wird, aber gegenwärtig gilt es als äußerst unwahrscheinlich. Dann jedoch, als wir uns dem Ausgang näherten, mußte etwas an Forialks begierigem, selbstzufriedenem, steifem Lächeln Verdacht erregt haben – der junge Edelmann Ecir faßte einen Zipfel von Forialks samtenem Ärmel und fragte ruhig: »Wohin führst du die Göttin, Forialk?«

Forialk lächelte sein herausforderndes Lächeln und befreite seinen Ärmel.

Ecir erhob sich.

»Göttin …« Er bot mir den Arm; seine Augen flehten.

Er hatte erkannt, daß plötzlich Anlaß zur Eile bestand.

Ich blickte vom einen zum anderen. Unterdessen beobachtete man uns von den nahen Tischen mit verhohlener, von den anderen mit offensichtlicher Neugier.

So lange ich noch wählen durfte, welchen dieser beiden, die sich aus einer Hundertschaft für meinen heutigen Bedarf anboten, sollte ich vorziehen?

Als ich den Blick von Forialks ungeduldiger Überheblichkeit wandte und in Ecirs vielsagend flehentliche Augen sah, bemerkte ich, daß Ecir mich liebt. Seine Lippen bebten, und aus seinen Augen strömte eine wortlose Botschaft in die meinen. Auf ein Wort von mir hin wäre er gewiß mit Forialk tätlich geworden … Aber beide wußten, daß die Wahl bei mir lag. Ich zögerte nicht länger, nachdem ich mir die Schwierigkeiten ausgemalt hatte, die daraus entstünden, gäbe ich mich jemandem, der mir sagen würde, er bete mich an, um später daraus irgendwelche Rechte und Ansprüche auf mich abzuleiten, der höchstwahrscheinlich bei bestimmten Anlässen aus Eifersucht toben würde und mir aus anderen Gründen eifersüchtig nachstellen – ich legte meine Finger wieder auf Forialks Ärmel, und wir gingen hinaus, ohne Ecir noch eines Blicks zu würdigen.

Im Garten spielte das Sternenlicht in den Fontänen. Man vernahm das Gurren zahlloser schläfriger Vögel.

Ich wußte, daß Forialk mich ansah, doch ich blickte unerbittlich geradeaus.

Der Garten war keineswegs menschenleer, unter den Kolonnaden sah man Gestalten, vorwiegend Liebespaare, dort unterhielt sich eine Gruppe von Pagen im Fackelschein mit krampfhaft derben Scherzen, und dann und wann glitt gemessen oder eilig eine schwarze Robe vorüber, und auch der Priester Kaselm war anwesend, denn seine gleichmäßigen Schritte vermag man leicht von denen jedes anderen zu unterscheiden.

Der benachbarte Garten war so gut wie verlassen und

still, bis auf die Geräusche von Springbrunnen und Vögeln und dem Rascheln leichten Winds im Laub der Schlinggewächse.

Forialk drehte mich seitwärts, als ich weitergehen wollte, so daß ich ihm gegenüber stand.

»Brr …! Warum so eilig?«

»Ich dachte, wir beabsichtigten einen Spaziergang zu machen.«

Ich war nicht allein entmutigend, sondern auch ziemlich deutlich. Gewöhnlich zeige ich nicht, daß ich weiß, was sie in sternenerhellten Höfen von mir wollen – manchmal erspart das Peinlichkeit. An diesem Abend war es mir gleichgültig. Meine Antwort genügte, um in seinen Augen ein Flackern von Unsicherheit auszulösen, und er folgte mir unwillkürlich ein paar Schritte weit, bevor er seine Fassung wiedererlangte und mich erneut festhielt.

Seine Hände lagen fest auf meinen Schultern, als mein Blick aus der Nähe auf seine wohlgeformten Lippen fiel, und sie teilten sich, so daß seine großen Zähne im Sternenlicht glänzten.

Für einen Moment schaute er auf mich herab, dann ertönte in seiner Kehle ein kurzes, seltsam sanftmütiges Lachen, und er drückte mich an sich, seine Hände schwer auf meinen Schulterblättern. Ich mußte mich an die Zipfel seines großen gestärkten Kragens hängen, um nicht das Gleichgewicht zu verlieren.

Ich erwiderte seinen Kuß nicht, hielt jedoch still, bis ich den Charakter des Kusses erkannte. Es war ein leidenschaftlicher Kuß, begehrlich, aber nicht gierig, auf keinen Fall – eingedenk der Tatsache, daß ich die kleine Göttin Cija bin, meistbegehrte Edelfrau des Hofs und obendrein die mit dem edelsten Blut – ehrerbietig genug, und er wußte, daß ich keinen Kuß geduldet hatte, seit ich mich am Hof befand. Er selbst hatte sich schon ein- oder zweimal damit versucht.

Ich stand da und hielt unter seinem Kuß still, mit Gedanken beschäftigt, die nur mittelbar damit zu tun hatten, während er sich anstrengte wie ein junger Bär bei der Fütterung.

Dieser Mann würde einen schlechten Liebhaber abgeben – jedenfalls für meine Zwecke. Er wäre gewiß großzügig, ausschweifend und feurig. Aber er würde prusten bei der Vorstellung, jede Nacht mit mir zu verbringen. Man müßte ihn in Fesseln legen, um ihn am Fressen und Saufen an Orten zu hindern, wohin eine edle Frau sich nicht begeben konnte und es nicht täte, könnte sie es. Und er wäre noch schwerer wieder loszuwerden als Ecir, der mich liebt – er würde darauf bedacht sein, mich zu behalten, weil ich das kostbarste Stück am Hofe bin. Ärgerliche, scheußliche Auftritte würden sich ereignen, womöglich gar Zweikämpfe.

Wenigstens war es kein heuchlerischer Kuß, er beleidigte mich nicht, indem er mir vorzutäuschen versuchte, er liebe mich. Doch es war an der Zeit, daß der Kuß endete – inzwischen blieb mir ohnehin die Luft weg.

Als er nicht mehr damit rechnete, trat ich zurück und entwand mich seiner Umarmung.

Sein Blick brannte sich nun, nachdem er mich geküßt hatte, so tief in meine Augen, daß es mich schauderte.

»Bitte, Forialk«, sagte ich. »Laß uns weitergehen.«

Es schien, als habe er mich nicht vernommen, oder er interessierte sich nicht für meinen Willen, denn er wollte mich wiederum ergreifen.

»Oder besser umkehren«, ergänzte ich.

»Ich dachte, du wolltest es so haben.«

Ich senkte den Blick. Er hatte in der Tat Grund zu dieser Annahme besessen. Wenn ich ihm widersprach, würde er mir infolge meines Rufs glauben und sich damit abfinden, einen Fehler begangen zu haben. Trotzdem … es war besser, nicht die Wahrheit zu sagen, er konnte mir nicht von Nutzen sein, und ich mußte ihn abwimmeln, auch auf die Gefahr hin, wieder einer einsamen Nacht des Grauens entgegenzusehen.

»Verzeih, Forialk. Ich wollte es nicht. Möchtest du mit

mir durch die Gärten wandeln … oder umkehren, falls dir an den Gärten nichts liegt …?«

Ich sah ihn beinahe demütig an.

Er nahm einen tiefen Atemzug Dunkelheit. Plötzlich ergriff er meine Hände und führte mich zu einer Bank, die in der Abgeschiedenheit ineinander verschlungener Kletterpflanzen stand. Wir setzten uns und starrten einander in die Augen, von denen wir fast nur das Weiße sahen, und unsere Knie berührten sich beinahe.

»Nun, da wir hier sind, bringe ich dich selbstverständlich nicht zurück. Sieh … du verhältst dich heute abend merkwürdig, Cija …« Er versuchte seine Zunge mit meinem Namen. Natürlich war es nicht das erste Mal, daß er ihn benutzte, aber diesmal war es ein Zeichen von Vertraulichkeit. »Du bist wie eine herrenlose Puppe … du scheinst dich um nichts sonderlich zu kümmern, und doch, irgend etwas macht dir Sorgen. Sag's mir. Was ist los?« Seine Stimme klang nun unglaublich sanft. »Sag's mir …« Ich fühlte das trockene Zucken meiner Lippen. Ich überlegte, ob ich ihm sagen solle, daß ich Alpträume habe, daß ich verrückt genug war, sie für so schlimm zu halten, daß ich dazu bereit war, mir einen Liebhaber zu nehmen, der sie vielleicht verscheuchte, daß sein Kuß mich davon überzeugt hatte, daß er sich nicht dafür eignete …

»Cija?«

Schweigen.

»Du sorgst dich um etwas, nicht wahr?«

Mittlerweile hatte ich zu lange gezögert, um noch leugnen zu können.

»Ja, es stimmt … aber es ist nichts … ich bin bloß ein bißchen bedrückt.«

»Darf ich's gutmachen?« Ein Schweigen von der Dauer zweier Herzschläge entstand, dann fügte er hastig hinzu: »Darf ich es versuchen?« Und wieder preßte sein Mund sich auf meine Lippen, seine Zunge wütete, die Gewalt seiner Umarmung war unwiderstehlich. Es war eine sehr – nicht unbedingt sanfte, aber sehr anstrengende Weise, getröstet zu werden. Seltsam genug, ich empfand Trost. Es war ein wirklicher Moment.

Benommen hob ich die Lider und sah, wie seine Augen blitzten, ein wenig verschwommen wegen der Nähe, aber fast unerträglich eindringlich.

Sobald er Luft holt, schwor ich mir, vertraue ich mich ihm an, erzähle ihm von meiner Einsamkeit und meinen Ängsten, und er wird sagen, ich sei süß, wird zärtlich zu mir sein und mich über diese große, kühle, von Schlingpflanzen überwucherte Treppe hinauf unters Dach und in seine Gemächer tragen.

Eine Faust riß Forialks Kopf zurück. Ich erkannte den großen Topasring sofort.

Forialk fuhr mit einem Fluch herum, sah den Angreifer, ließ mich frei und stand auf. Schon im nächsten Augenblick streckte Ecir ihn mit einem Hieb nieder, der so gräßlich krachte, daß das Laub bereits erzitterte, bevor Forialk ins Grün fiel. Forialk sprang auf, sogleich wutentbrannt und die beiden versetzten sich, indem sie auf den Ballen der Füße tänzelten, einige wuchtige Schläge. Eine Minute lang schaute ich zu, aber keiner von beiden schenkte mir auch nur einen Blick. Ich konnte nicht abschätzen, wer siegen würde, sie waren einander gleichwertig. Ich war mir nicht einmal darin sicher, wem ich den Sieg wünschte. Ich entfernte mich in den Schatten der Säulengänge, und plötzlich stützte jemand meine Schultern, die zitterten.

»Errege dich nicht, wahrscheinlich werden sie sich nicht umbringen.«

»Heiliger Kaselm! Ich bin völlig ruhig, seid versichert. Aber beabsichtigt Ihr nicht, sie zu trennen?«

»Ich möchte mir eine solche Widerwärtigkeit nicht bereiten, Göttin … es sei denn, dein Wunsch soll mir ein Befehl sein?« Er verneigte sich im Zwielicht.

Ich streifte mir das Haar aus den Augen. »O nein, keineswegs, erniedrigt Euch nicht …« Ich setzte mich auf eine Säulenplatte. Unterm Sternenschein klatschten fortgesetzt Faustschläge, aber ich schaute nicht hin. Was soll in der

Nacht mit mir werden? dachte ich, und mir war alles andere als wohl zumute.

»Hattest du Unannehmlichkeiten?« Trotz seines Tonfalls empfand ich die Frage als zu abgedroschen, um seine Höflichkeit würdigen zu können. »Ich bedaure, daß es mir nicht aufgefallen ist, als ich eben vorüberkam. Andernfalls hätte ich gewiß sofort eingegriffen.« Er stellte einen Fuß neben mir auf die Säulenplatte, stützte einen Ellbogen auf das erhobene Knie und das Kinn in die Hand. Im Sternenlicht, das prachtvoll in den Fontänen gleißte, sah ich seine schwarzen Augen in entrückter Meditation geweitet. Die schlichte schwarze Robe, vom Gürtel seitlich in Falten geworfen, fiel über das lange, hagere, von harten Muskeln und Sehnen gestraffte Bein des Priesters.

»Du zitterst, kleine Göttin?« Aber sein Blick ruhte weder auf mir noch auf den Kämpfern.

»Ich friere, Heiliger Kaselm.«

»Wie traurig. Du trägst einen Pelzüberwurf, und es ist ein Sommerabend.«

»Ich ... ich fürchte mich, Heiliger Kaselm.« Er wartete, und ich wandte mich ihm zu und sprudelte alles heraus, ehe ich es bereuen und mich beherrschen konnte. »In jüngster Zeit habe ich schreckliche Alpträume, wahrhaft schreckliche, ich fürchte mich davor, bei Nacht allein zu sein, niemand kann mir helfen, ich kann nicht bei meinen Freundinnen unter den Edelfrauen schlafen ...«

»Sie haben gewöhnlich rauhere Gäste?«

Ich neigte mein Haupt.

»Sie ... sie schlafen ziemlich wenig, Heiliger Kaselm.«

»Du errötest mit Recht für sie, Göttin. So wünschst du einen sicheren Platz zum Schlafen mit einem furchtlosen Beschützer in der Nähe? Ist deine Dienerin unabkömmlich?«

»Des Nachts will ich sie nicht fernhalten von ... nur aufgrund von Alpträumen ...«

»Und sie sind wirklich so schlimm?«

»Ja«, flüsterte ich matt. »Ich kann sie nicht ständig

rufen«, ergänzte ich. »Ich brauche jemand anders … etwas, um sie zu vertreiben …«

»Sie?«

»Ich höre Pochen …« Ich begann zu weinen. Mit einem Schnaufen riß ich mich zusammen, schluckte und starrte wortlos vor mich hin.

»Wenn es dir gefällt, Göttin, vertraue ich dich der Geweihtheit der priesterlichen Räume an, bis du dich von diesen nächtlichen Schrecken befreit fühlst. Das heißt, du würdest in meiner Zelle schlafen. Ich wäre in deiner Nähe und würde deine Nöte gleich bemerken.«

Ich drehte den Kopf und musterte ihn.

»Danke, Heiliger Kaselm … mehr vermag ich nicht darauf zu sagen. Ich … ich wäre schrecklich dankbar, wahrscheinlich wäre es ein Ausweg, ein Schutz. Ich war … darf ich Euch etwas fragen? Glaubt Ihr an Gespenster?«

»Nein, Göttin.«

»Meine Dienerin glaubt daran. Das ist einer der Gründe, warum sie keine Hilfe für mich ist …«

»Ich weiß, wie schrecklich Träume sein können. Ich habe erlebt, wie sie gesunde Männer um den Verstand brachten …«

Ein lautes Platschen erinnerte uns an den Kampf. Ecir lag unter einer dicken Fontäne im Brunnen und ruderte mit Armen und Beinen.

Forialk wankte herüber und verbeugte sich, als er den Priester Kaselm sah. »Euer Sklave, Heiligkeit … Cija …« Er bot mir einen Arm. Auf seiner Stirn war eine blutige Prellung, sein aufgelöstes Haar fiel darüber, ein Samtärmel hing in Fetzen. Sein Mund stand offen, aus geschwollenen Lidern blinzelte er mich an.

»Wie viele Zähne habt Ihr verloren?«

Unsicher, wie er die Frage verstehen solle, richtete Forialk seinen Blick auf den Priester.

»Keine, Heiliger Kaselm … glaube ich …«

»Ich gehe mit dem Priester, Forialk. Er hat mir Schutz versprochen.«

»Wovon sprichst du?«

»Ich habe unerfreuliche Nächte. Ich bin dessen sicher, daß ich mich in der heiligen Stille der priesterlichen Gemächer besser fühlen werde.«

Ich hob eine Hand und berührte leicht die aufgesprungenen Lippen, die vor kurzer Zeit noch die meinen geküßt hatten. Der Priester wandte sich bereits zum Gehen. »Laßt Euch behandeln, Herr.«

Als ich dem Priester folgen wollte, begann seine Benommenheit zu weichen.

»Cija … Göttin … unmöglich, du kannst nicht mit ihm gehen, der Hohepriester ist bekannt …«

Sein wirrer Einspruch bedeutete mir nichts. Ich folgte dem Heiligen Kaselm durch die Schatten der Säulen. Leib und Seele verlangten bereits nach der Ruhe im Zustand eines Vertrauens, das allein – wenn es stark genug war – ich brauchte, um die Furcht zu überwinden.

Nur eine Kerze erleuchtete schwach den kleinen, kahlen Raum. Ich trug bereits ein schwarzes Priesterhemd, zu groß für mich, und lag zwischen dem groben Leinen, als er mit einem Weinkrug und zwei prächtig gewundenen Kristallbechern zurückkehrte, die offenbar Tempeleigentum waren und daher kein unziemlicher Luxus. Sein Schatten glitt über Decke und Wände, erstreckte sich in unergründliche Dunkelheit und krümmte sich über den Ecken.

»Selbstverständlich wird man morgen die wichtigsten Stücke deiner Kleidung bringen. Ich habe genug Platz.«

»Diese Priesterhemden ähneln sehr den Hemden, die man beim Nordheer trägt. Die Soldaten schlafen auch darin.«

»Du hast Erfahrungen damit gesammelt, natürlich.« Er reichte mir einen gefüllten Becher.

»Ja, ich bin länger als ein Jahr mit dem Nordheer gezogen. Die Männer schlafen auch in den Stiefeln … sogar in den Unterkünften, wenigstens nach den Worten der Frauen in der Hauptstadt, die sich über verschiedene Verwüstungen beklagten ...« Erst später fiel mir auf, daß ich durch diese Anmerkung eine Peinlichkeit vermieden hatte.

»Etwas zu essen, Brot und Käse?«

»Ja, bitte. Man sagt, er kommt hierher?«

»Wer?«

»Zerd ...«

»Sorge dich nicht. Mit diesem Heer wird er nicht weit kommen. Bevor sie es für diesen gewaltigen Feldzug aufgestellt haben, bestand es nur aus einem winzigen Kern von Altgedienten ... der Rest ist der Abschaum nordländischer Tavernen. Jeder Mann, der ein bißchen Geld besaß, hat sich freigekauft ... in der Not vermag man sogar die Heerführer anzuführen.« Kaselm kaute gemächlich, und sein Schatten verzerrte jede Bewegung seiner Kiefer zu einem Spottbild.

»Bis jetzt hat er das Heer zusammengehalten.« Ich zweifelte. »Dabei war der Marsch beileibe nicht angenehm, Heiliger Kaselm.«

»Er ist ein guter Feldherr, das weiß die ganze bekannte Welt. Aber er hat seine Neulinge noch in keiner Schlacht erproben können ... Männer mögen Ströme und Berge überwinden, durch fremde Länder ziehen, doch es ändert nichts daran, daß sie unerfahrene Soldaten bleiben, bis sie ihre ersten Kämpfe durchgestanden haben ... mehr als die Hälfte dieser jungen Schnösel wird in der ersten Schlacht in Tränen ausbrechen, und gerade die erste wird die allerwichtigste für sie sein.«

»Wäre es so, würde er ein so großes Wagnis eingehen?«

»Er kann wenig verlieren, oder? Der ganze Plan ist von Anfang an ein Selbstmordunternehmen gewesen. Der Drachenfeldherr war jahrelang eine Gefahr für den nordländischen König ... also hat er ihn schließlich fortgeschickt ...«

»Ist es nicht möglich, daß Zerd den Feldzug im festen Vertrauen darauf angetreten hat, ihn auch erfolgreich beenden zu können, im Glauben an seine Fähigkeiten, mit der Überzeugung, Atlantis wider alle Hindernisse erobern zu können?«

»Möglich ist alles«, pflichtete der Priester bei. »Aber man sollte annehmen dürfen, daß er seinen Fehler nun eingesehen hat, nachdem ihn seit Monaten schier unüberwindbare Schwierigkeiten bedrängen. Er sitzt gefangen, abgeschnitten hinter unseren Bergen.«

»Er ist so gefährlich. Ich weiß, wie er über seinen Plänen brütet, bevor er den nächsten Schritt vollzieht, er berücksichtigt Tagesmarsch um Tagesmarsch die geringsten Kleinigkeiten, um das Vorankommen des Heers zu gewährleisten, Woche um Woche … Monat um Monat hat das Heer mehr Gefahren überlebt als der König des Nordreichs vermutlich erwartet hatte. Und über allem vergißt er nie den großen Plan.«

Ich nahm von dem Käse. »*Ich* wäre sehr überrascht, von ihm zu hören, daß er das Wort *Mißerfolg* jemals auch nur ausgesprochen hat.«

»Gleichwohl wie großartig er auch sein mag, ich bezweifle, daß wir seine Annäherung fürchten müssen. Ein so beklagenswerter Haufen, sich dessen völlig bewußt, daß er in einem feindlichen Land liegt und bis zur Lächerlichkeit unterlegen ist … er wird ihn nicht mehr lange in seiner Gewalt haben, es sei denn, er ist übermenschlich …«

»Er ist nichtmenschlich. Sicherlich wird Seine Übermächtigkeit einem Verbündeten den offenen Krieg erklären, dessen Urgroßmutter ein Krokodil war … der … der jeden Feind so blau machen kann wie er selber ist, ihn mit dem Gift verderben kann, das in seinen Adern fließt, tödlich für jeden Menschen … man stirbt binnen weniger Tage daran. Man muß ihn austilgen!«

Der Priester wandte den Kopf und starrte mich an.

»Woher weißt du das?«

»Ich muß einer der drei Menschen in der Welt sein«, flüsterte ich, »die es wissen und dennoch leben.«

»Wie überträgt er das Gift?«

»Ein Biß, ein Kratzer, manchmal vielleicht ohne Absicht durch Unvorsichtigkeit … ich vermochte nie genau herauszufinden, wie es geschieht.«

»Die Übermächtigkeit dürfte sich für dies Wissen interessieren«, sagte Kaselm nachdenklich und löschte die Kerze. Ich nickte schläfrig.

»Tötet den Dämon.« Ich kuschelte mich ins Kissen.

Als ich erwachte, durchflutete Licht den Raum, und es schien mir, als sei nur ein Augenblick verstrichen. Vögel sangen. Der Priester Kaselm war nicht zu sehen.

Ich mußte sofort und tief geschlafen haben – und lange. Der Priester war zum Morgenmahl in den Tempel gegangen, wogegen ich das Frühstück mit dem Hof einnehmen konnte, das später stattfand. Ich gähnte und räkelte mich. Der Schlaf im Schutz der geweihten Räume hatte bewirkt, daß ich mich bereits wohler fühlte. Ich stieg aus dem Bett, zog das Priesterhemd aus und meine Kleidung an, trat zur Tür hinaus und schritt den langen, kahlen, sauberen Gang hinab. Ich fühlte mich gut und lebendig. Erstmals fiel mir ein, daß der Priester vielleicht eine Droge in meinen Wein getan hatte, um meinen Schlaf zu vertiefen.

Draußen im Tempelgelände, einem Abschnitt, den ich noch nie betreten hatte, bemerkte ich, daß es noch sehr früh war. Ich kam an der falschen Seite aus dem Priestergebäude und mußte einen weiten Umweg machen. Es störte mich nicht. Das Gras war silbrig vom Tau. Die Blumen öffneten ihre Blütenkelche. Der Morgen war erfüllt von solchen kleinen Bewegungen, doch weit und breit war kein Mensch zu sehen.

Der weiche Rasen erstreckte sich weithin. Ich ging an einem weißen, aus verwitterten Blöcken errichteten Gemäuer entlang. Es besaß nicht einmal Fenster. Ich fühlte mich gesund und glücklich, und dies war der letzte Ort der Welt, an dem ich Stöhnen zu vernehmen erwartete. Gedämpftes Stöhnen, nicht gedämpft durch Unterdrükkung, sondern als käme es aus der Erde. Stöhnen der Verzweiflung, aber vermischt mit Wut.

Solche zornige Hoffnungslosigkeit aus irgendeiner Tiefe… ich kniete vor der Mauer nieder. Ein Geräusch ertönte, als habe jemand einen weichen, aber zähen Gegenstand geworfen. Meine Hand ertastete ein rostiges Gitterwerk... die Oberkante eines vergitterten Fensters, ein Spalt, der gerade ausreichte, um Luft in eine unterirdische Kammer zu lassen... der übrige Teil des Fensters mußte vom Erdreich verschlossen sein. Ich kratzte und scharrte ein wenig Erde und Gras beiseite, um durch das Gitter starren zu können. Ich sah nichts, nicht einmal Finsternis, überhaupt nichts; dahinter war eine verwaschene, trübe Farblosigkeit.

Ich schob den Mund ans Gitter und rief leise, aber deutlich:

»Ist dort jemand?«

Ein winziger Augenblick atemlosen Schweigens folgte, dann ein Poltern, und plötzlich umklammerten kräftige, bleiche Finger die Gitterstäbe, dann drängten sie sich wild dazwischen. Sie berührten mein Gesicht, ehe ich mit einem entsetzten Keuchen zurückfuhr. Die Finger wollten es erneut ertasten, aber die Handgelenke kamen nicht zwischen den Stäben durch.

Ich befürchtete, mich mit einem eingesperrten Irren eingelassen zu haben, und schickte mich an, ohne ein weiteres Wort fortzuschleichen, als aus dem unsichtbaren Innern der Kammer eine rauhe Stimme drang. »Wer bist du?«

»Wer bist du?« fragte ich meinerseits.

»Was glaubst du wohl?« Die Heiserkeit röchelte an einem Lachen. Der Tonfall klang verächtlich.

»Hör zu«, sagte ich. »Ich bin niemand. Ich gehöre nicht hierher. Im Vorübergehen habe ich dein Klagen vernommen, sonst nichts.«

»Was meinst du damit, du gehörst nicht hierher? Bist du ein Eindringling?«

»Nein, ich habe ein Recht, mich hier aufzuhalten, ich war bei einem Priester. Womit hast du geworfen?«

»Wieso ...?«

»Als ich auf dich aufmerksam wurde ...«

»Eine tote Ratte. Jedenfalls war sie tot, nachdem ich sie an die Wand geworfen habe.« Die Finger umklammerten wieder die Gitterstäbe. »Deine Stimme klingt jung… Warum sprichst du mit mir?«

»Ich weiß es nicht. Zuerst aus Neugier, glaube ich, und nun bloß deshalb, weil ich noch nicht fort bin. Bist du eingesperrt oder kannst du nach draußen, wenn du's willst?«

Daraufhin erlitt er einen Ausbruch von wahnwitzigem Gelächter. Es klang, als müsse er den Verstand verlieren. Die Finger rüttelten am Gitter.

»Bist du ein Verbrecher? Ist das ein Tempelgefängnis?«

»Ja, ja, natürlich, so ist es.«

»Ist jemand bei dir?«

»Nein.« Er hatte sich beruhigt. Seine Stimme klang gleichgültig. Die Finger waren lang, unter den Nägeln stak pechschwarzer Dreck, seine Haut unter dem Schmutz war von hellem Braun. »Nun, Kind… Junge oder Mädchen? Kannst du mir etwas zu essen verschaffen? Irgend etwas Frisches… verstehst du? Schieb's durch das Gitter…«

»Warum häutest und ißt du nicht deine Ratte?«

»*Keine Scherze…*« Ich war heilfroh, daß er mich nicht packen konnte.

»Ich bin froh, bei deiner schlechten Laune, daß du nicht an mich heran kannst.«

Ich hörte ihn hinter mir fluchen, als ich zum nächsten Obstbaum ging. Mit drei reifen Früchten kehrte ich zurück und schob sie zu ihm hinein. »Mögen die Götter dein süßes kleines Herz segnen…«

»Ich habe nur drei gebracht, weil du mehr nicht zu verstecken magst, dein Kerkermeister würde es merken… Hast du überhaupt etwas, um Dinge zu verbergen?«

»Dreckiges Stroh…«

»Morgen früh bringe ich dir mehr. Was bekommst du zu essen?«

»Täglich eine Schüssel Haferschleim, eine große Schüssel, ich würge ihn hinunter, manchmal einen Fetzen schlechtes Fleisch. Ich habe einen Wasserkrug, das Wasser hat jedesmal schon einen grünen Rand, bevor sie's auswechseln, ich lasse die Ratten hineinpissen, ich rühre es nicht an, außer wenn ich besonders durstig bin.«

Er aß eine Frucht, ich sah nicht länger die Hände am Gitter, hörte ihn jedoch kauen und Kerne ausspucken.

»Vielleicht kann ich dir einen Krug Wein bringen. Bist du imstande, ihn unterm Stroh zu verstecken?«

»Sicher. Sicher.« Er schwieg einen Moment lang und kaute nachdenklich auf der Frucht. »Warum tust du das?«

»Sag mir, warum du im Kerker sitzt.«

»Ich bin Kond«, sagte er, aber das bedeutete mir nichts, »Aels Stellvertreter.«

»Wer ist Ael?«

»*Wer Ael ist?* Der gefürchtetste Räuber des Reiches, vor allem in diesen Bergen.«

»Ich wußte nicht einmal, daß es in der Nähe Berge gibt.« Ich war enttäuscht; närrischerweise hatte ich geglaubt, da der Mann im Tempelverließ saß, einem Anhänger der alten Götter etwas Gutes zu tun. »Hör, wer du auch bist, wenn man nichts bemerkt, komme ich morgen wieder … Möchtest du noch etwas?«

»Ein Messer.«

Der Hof hat es gut aufgenommen, daß ich wegen meiner Alpträume in geweihte Räume umgezogen bin. Einige Edelfrauen beneiden mich anscheinend um Kaselms Gunst, doch als ich verwirrt tat, schrieb man auch das meiner Unschuld und Ahnungslosigkeit zu und tauschte vielsagende Blicke aus. Für den Fall, daß es mich in Furcht versetzen würde, verzichtete man auf irgendwelche Erklärungen.

Bezüglich meiner Alpträume widmete man mir viel Mitgefühl und gute Ratschläge. Meine Nachtgewänder und ein paar andere Kleidungsstücke sind in Kaselms Zelle geschafft worden.

Bei zwei Mahlzeiten habe ich Forialk gesehen. Er trug Verbände, beide Augen sind blau verquollen, die Lippen verkrustet und er wirkte ziemlich angeschlagen. Er hätte sich mit mir unterhalten, aber es gab zu viele Zuhörer. Ich erinnere mich nicht, Ecir gesehen zu haben.

Am Abend veranstaltete man eine große Abschiedsfeier und geleitete mich unter Papierschlangengefuchtel zum Tempel, aber ich konnte ein paar Sachen unter meinem Umhang verstecken.

Im Kerzenschein, der die Zelle ausfüllte, leerte ich meinen Kristallbecher.

»Ihr gebt mir eine Droge in den Wein, nicht wahr, Heiliger Kaselm?«

»Wenn du es nicht willst, werde ich's nicht tun.«

»Ich habe es schon selbst mit Schlafmitteln versucht, aber sie waren nie stark genug.«

»Ich hoffe, dieser Schlaftrunk wird sich auch heute nacht bewähren. Gestern abend warst du viel müder.«

»Heiliger Kaselm ... sagt mir, wer ist Ael?«

»Der Räuberhäuptling? Wer hat dir von ihm erzählt?«

»Heute haben die Edlen von ihm gesprochen.«

»Oh, er ist nur eine der Dornen im Fleisch der Gesetze. Seine Bande ist in den Bergen unerreichbar, sie nistet in Höhlen und überfällt Reisende. Man kann sich nicht einmal auf eine gut bewaffnete Eskorte verlassen ... zu viele scheinbar ehrliche Leute stehen insgeheim in seinem Sold. Er scheut sich nicht, selbst die allerhöchsten Persönlichkeiten zu berauben und zu ermorden ...«

»Was ist er für ein Mann?«

»Ein großer, häßlicher, herrschsüchtiger Mann, der aussieht wie ein Vierzigjähriger, aber in Wahrheit etwa zehn Jahre jünger sein soll, er hat die halbe Nase verloren, und seine ganze Haut ist mit Narben übersät ...«

»Und sein Stellvertreter? Stimmt es, daß er hier eingesperrt ist?« Ich hielt den Atem an, denn ich wußte nicht, ob der Hof davon Kenntnis besitzen durfte.

»Ja, ich glaube, er ist gefaßt worden, schon vor mehreren Monaten. Natürlich hat Ael inzwischen einen anderen Unterhäuptling, deshalb ist er nicht länger ein wertvoller Gefangener.«

»Hat die Bande ihn nicht zu befreien versucht?«

»Warum sollte sie sich die Mühe machen? Hier kämen sie nicht weit, wogegen sie in ihrem Horst … Ael hat viele ausgekochte Schurken um sich geschart und braucht sich um den Verlust von einem nicht zu grämen. Nein, unser junger Mann ist hier sicher aufgehoben, und sobald wir das Verlies für einen anderen brauchen, werden wir ihn kurzerhand aufhängen.«

Einmal schrak ich in der Nacht auf und zitterte vom Kopf bis zu den Füßen. Von beiden Seiten schien sich eine Art von Pochen in meine Ohren zwängen zu wollen. Ich drückte meine Hände auf die Augen und stöhnte. Mit einem raschen Sprung stand der Priester Kaselm auf den Beinen, kam herüber und kauerte sich neben mich. »Schon gut Kleines, schon gut.« Er entzündete eine Kerze und hielt meine Hände, bis mein Zittern verging. Als ich schließlich ermattet zurücksank, ließ er die Kerze brennen.

Am Morgen war der Priester fort und ich allein im vom Sonnenlicht und Vogelgesang erfüllten Raum. Ich kleidete mich an, verbarg die Beute unter meinem Umhang und trat hinaus in den Sonnenschein.

Nach kurzem Suchen fand ich das vergitterte Loch wieder (ich hatte mir die Stelle nicht allzu gut gemerkt), kniete hin und rief leise den Namen.

»Kond!«

Ich vernahm Geräusche.

»Hier bin ich.«

»Hier ist ein Krug voll Wein und etwas kaltes Fleisch, wie versprochen …«

Er atmete schwer, während er beides ertastete und nahm. »Ganz bestimmt gehst du in die Gefilde der Seligen ein …«

»Kommst du zurecht? Du stehst mit erhobenen Armen, oder?«

»Dafür macht mir die Anstrengung nichts aus …« Er zögerte. »Hast du es mitgebracht?«

»Du willst den Wächter töten, nicht wahr?«

»Was sonst?«

»Dann würdest du fliehen und jeden anderen, der dir in den Weg gerät, ebenso ermorden, in die Berge verschwinden.«

»Und?«

»Mir liegt nicht viel daran, dir dabei zu helfen …«

»Kannst du keins bekommen? Wirst du es noch einmal versuchen?«

»Vielleicht bringe ich dir wieder Essen, aber ich möchte keinem Räuber dabei helfen, wieder sein Unwesen zu treiben …«

Wutentbrannt packte er die Gitterstäbe, die geknirscht hätten, wären sie ein wenig schwächer gewesen, und ich wußte, daß er eigentlich meine Kehle zu packen wünschte. »Hör mich an, was meinst du, wovon redest du? Natürlich willst du mir helfen …«

»Nein, nicht.«

»Verflucht sei deine Seele«, flüsterte er nach einer Weile.

»Ich sehe, daß du nicht länger mit mir zu schaffen haben möchtest.«

»Nein, das stimmt nicht. Du wirst doch jetzt nicht gehen, oder? Höre, es gibt keinen Grund, warum wir uns nicht etwas ausdenken sollten, ich gebe gern ein bißchen nach, geh nicht fort, nachdem wir uns nun kennen …« Er sprach mit rasender Eindringlichkeit.

»Schweig«, zischte ich heftig. »Guten Morgen, ehrwürdiger Priester«, ergänzte ich laut.

»Guten Morgen, mein Kind. Was machst du hier?«

Ich hielt eine Handvoll Grünzeug empor, das ich während des Gesprächs mit dem Gefangenen geistesabwesend ausgerupft hatte. »Blumen pflücken, ehrwürdiger Priester.«

»Aber das ist Unkraut, Kind!«

»Oh, ich finde es wunderschön, ehrwürdiger Priester!« Ich schaute das Kraut liebevoll an und vermied es, seinen ranzigen Geruch einzuatmen. Ich ging mit dem alten Priester und schwatzte dabei so kindlich wie möglich.

Heute morgen blieb ich dem vergitterten Loch fern. Ich habe genug davon, irgendwelchen Leuten zu helfen, es ist an der Zeit, daß ich mir meine Hilfsbereitschaft abgewöhne.

Ich stand in der vordersten Reihe der Zuschauer auf der größten Erdgeschoß-Terrasse. Zum Werfen hatte ich einen Korb voller Rosen, aber meine Hände waren zu schlaff. Alle jubelten so mächtig, daß mein Kopf schmerzte, die Menge drunten bestand aus vielen, viel zu vielen blöden Flecken, welche sich langsam in einem Strudel zu drehen begannen und auch meinen Augen Schmerz bereiteten. Ich litt unter mörderischen Kopfschmerzen, und das war der Gipfel der Ungerechtigkeit. All diese Leute lungerten schon seit Stunden in der Sonnenglut herum, damit sie gute Plätze zum Gaffen erwischten, und dennoch schienen sie vor Lebensfreude bersten zu wollen. Ich war erst seit wenigen Minuten zur Stelle, da jeder wußte, daß mir ein Platz ganz vorn zustand – und sehnte mich bereits wieder nach Kühle und Dunkelheit.

Der Zug näherte sich. Das Jubelgeschrei setzte sich in unsere Richtung fort, ein sicheres Zeichen. Diese verdammten begeisterten Narren behandelten ihn nicht bloß wie einen Verbündeten, der er den jüngsten Worten Seiner Übermächtigkeit zufolge immer noch ist, sie begannen ihn in ihre Herzen zu schließen, weil er ihnen nun den Anlaß eines neuen Vergnügens lieferte, dieser gutaussehende, berühmte, schuppenhäutige …

»Hauptsächlich dein Werk, meines und deines«, hatte Kaselm gestern abend gesagt. »Ich habe meinem Gebieter, Seiner Übermächtigkeit, von den … äh … eigentümlichen Kräften des Drachenfeldherrn berichtet. Anscheinend ist die Übermächtigkeit davon überzeugt, daß unser Verbündeter nur ein Dämon sein kann, seiner Göttlichkeit möglicherweise gleichrangig, und man ihm mit Höflichkeit begegnen soll, bis feststeht, welche weiteren Maßnahmen die besten sind.«

Das Gebrüll der Menge drunten und der Aristokraten ringsum dröhnte in meinen Ohren. Man begann Blumen zu werfen. Vor meinen Augen drehte sich die Sonne wie ein Mahlstrom aus Feuer, aber dieser Anblick war der einzige, den sie noch zu ertragen vermochten.

Kleine schwarze Trommeln wummerten hartnäckig, und die Hörner des Nordheers kreischten gräßlich wie Mastodonten.

Die Menge war hingerissen von den Vögeln. Sie zogen in Achterreihen vorüber, auf dem Rasen sechzehn Klauen in jeder Reihe. Sie hatten das Brustgefieder gesträubt und scheuten unter dem unaufhörlichen Schauer von Blumen. Das Jubelgeschrei der Menge veranlaßte die Reiter, ihre gemurmelten Unterhaltungen einzustellen, aber ihre Lippen blieben verpreßt, und an ihren Händen, die die Zügel hielten, sah man die Knöchel weiß hervortreten. Zwischen den Fingern hielt ich Rosen, aber ich warf keine. Mein Pulsschlag hüpfte, als ich den roten Umhang erblickte, hell und makellos, offenbar kürzlich gereinigt, ordentlich über die Kruppe des hochbeinigen, schwarzen, reinblütigen Vogels geschwungen. Als ich die schwarze Mähne sah, gehalten von einem mit Achaten besetzten, silbernen Stirnband, steigerte mein Pulsschlag sich zu einem Hämmern.

Die Wahrscheinlichkeit, daß er aufblicken würde, stand nicht übel, denn dies war die letzte Terrasse auf seinem Weg und zugleich die mit den wichtigsten Persönlichkeiten besetzte, aber aus der Menge warf ein hellhaariges Mädchen eine große rosa Magnolie, und er fing sie und neigte das Haupt.

Mein Mund entspannte sich. Die Blumen entglitten meinen Fingern.

Ich war niemals zuvor in der Haupthalle des Tempels gewesen, aber nun konnte ich mir auch keine richtige Vorstellung davon machen, denn ringsum herrschte pechschwarze Finsternis. Nach allen Seiten standen weithin viele Menschen, aber sie verursachten kaum Geraschel und Gescharre und flüsterten sehr wenig. Ich glaube, die Mehrzahl verspürte aufrichtige Ehrfurcht. Einzig der Thron war erleuchtet, ein uralter Klotz aus Jade, vor Jahrhunderten zur rohen Gestalt eines Sessels geschnitzt, behangen mit einem starren Netzwerk aus geschmiedetem Gold. Wo die goldenen Ranken sich kreuzten, saßen Edelsteine, manche groß, manche winzig, offenbar willkürlich verstreut, ohne ein Muster zu bilden. Das Licht einer verborgenen Lampe oder von etwas Ähnlichem beleuchtete den Thron auf wirkungsvolle Weise, und wir alle schauten dorthin, und selbst mir, obwohl ich wieder in der ersten Reihe stand, meiner Göttlichkeit wegen, schien er sehr weit entfernt zu stehen. Der Thron war der einzige Anhaltspunkt in der Dunkelheit der weiten Halle. Für lange Zeit blieb der Thron leer.

Dann vernahm man das Geräusch einer um sich greifenden Welle von Hälsen, die gedreht wurden, und aus einiger Entfernung näherten sich kleine Lichtlein; oder besser, es sah aus wie ein kleines Licht, das sich wie mit gleichmäßigen Schritten näherte. Auch das währte sehr lange. Dann erreichte das Licht den Thron und erlosch, und plötzlich saß statt dessen die Übermächtigkeit auf dem Thron, getaucht in die Pracht und das Licht, gekleidet in eine weite schwarze Robe, die seine Einfachheit zum Ausdruck bringen sollte, aber in Wirklichkeit sah er darin aus, als sei er hochschwanger. Ich war recht beeindruckt, obwohl Kaselm mir am gestrigen Abend erklärt hatte, wie das Schauspiel abläuft. Während die Übermächtigkeit durch die Dunkelheit zum Thron geht, begleiten ihn drei Diener, einer legt kleine Brandkugeln auf den Boden, der andere entzündet sie mit einem Stab aus einer seltsamen Substanz, der die Kugeln sofort entflammt, und der dritte löscht sie aus. Auf diese Weise schreitet die Übermächtigkeit in Gestalt eines Flämmchens durch die Finsternis.

Als wir die Übermächtigkeit plötzlich auf dem Thron erblickten, warfen wir uns allesamt zu Boden, und von einer unsichtbaren Galerie weit über uns begann eine Vielzahl himmlischer Stimmen einen Gesang, der den Gott des Reiches pries, weil er in Fleisch und Blut unter uns weile. Er segnete uns, dann ließ er uns huldvoll aufstehen, da die Anbetung zwar für unser Heil vonnöten sei, ihm jedoch nichts bedeute. Dann hielt er – begleitet vom himmlischen Chor, der bisweilen ganz schauderhaft verworren sang und manchmal viel zu laut, so daß man ihn nicht verstand – eine lange Rede, worin er in unser aller Namen den Führer der Männer willkommen hieß, der in naher Zukunft dabei helfen würde, das selbstsüchtige, stolze Atlantis, den Erdteil, der sich und seine Reichtümer schon so lange den anderen Erdteilen verweigerte und gar der liebevollen, stets zur Vergebung geneigten Mutter Erde.

Das dauerte eine Ewigkeit. Dann flammten alle Lichter zugleich auf. Jedermann blinzelte und rieb sich einen Moment lang die Augen, und daraufhin sah man den nordländischen Feldherrn empor zur Übermächtigkeit treten. Er hielt ebenfalls eine Rede, dankte der Übermächtigkeit und dessen Volk für all die Freundlichkeit und Herzlichkeit und betonte die beiderseitige tiefe Verbundenheit in der gemeinsamen Anstrengung, Atlantis vom eigenen Wahnsinn zu erlösen; dann rief er schön gewachsene Sklaven herbei – hauptsächlich goldhäutige, deren Auftritt immer sehr eindrucksvoll ist, obwohl man sich nahezu an ihren Anblick gewöhnt hat –, die ihre Stirnen auf die Stufe des Throns neigten und die Übermächtigkeit sodann mit Geschenken zu überhäufen anfingen. Ein paar schrecklich gute Geschenke waren darunter – hatte Zerd sie schon immer mitgeführt oder woher stammten sie? –, goldbereifte Stoßzähne von Mastodonten und dergleichen. Die goldenen Reifen waren reichlich plump, wahrscheinlich von einem Heeresschmied gefertigt, aber dadurch wirkten die Zähne irgendwie barbarisch und deshalb alt und kostbar. Vorwiegend jedoch bestanden die Geschenke aus armseligem Gelumpe, hastig zusammengekramt, handbestickte Umhänge (vermutlich von Lara und ihren Frauen gemacht) und unbearbeitete Edelsteine, nur dick, nicht schön; Federn und ein Pokal aus Quarz, den ich schon hundertmal gesehen und nie für etwas Besonderes gehalten hatte, und als die Krönung des Ganzen führte man einen jungen weißen Vogel herein. Die Übermächtigkeit nahm die Geschenke huldvoll und mit allen Anzeichen ehrlicher Freude an. Ich bin sicher, das war nicht nur Höflichkeit, er glaubt an die Handlungen, die er im jeweiligen Moment vollzieht, er ist wirklich ein wundervoller Gott, innerlich aufrichtig und achtbar, genau der Gott, den das Land braucht. Und dann segnete er Zerd, dehnte den Segen mit einer Armbewegung auf uns alle aus, worauf die Lichter erloschen und er sich wieder als kleines Flämmchen entfernte. Ich war davon überzeugt, daß seine Glieder entsetzlich steif sein mußten; nach dem Sitzen auf dem goldenen Netzwerk des Throns schmerzte wahrscheinlich sein ganzer Körper.

Als die Lichter wieder brannten, durften wir alle die Geschenke bewundern und außerdem Zerd, seine Hauptleute und seinen Haushalt, alles anfassen und dabei vor Staunen verhaltene Schreie ausstoßen. Die einzigen Geschenke, die ich aus der Nähe betrachten wollte, waren ein paar Flugechseneier. Ich war mir nicht sicher, ob sie echt waren oder nicht, aber auf jeden Fall … Jedermann war regelrecht aufgewühlt vom weißen Vogel, die Männer fragten den Reitknecht aus, der ihn hielt, und die Frauen wichen bei jeder seiner Bewegungen unter Kreischen zurück. In Anbetracht des Durcheinanders war das Tier sehr verträglich, aber es stellte sich über die Eier, ehe ich die Gelegenheit bekam, sie näher anzuschauen.

Ein Dutzend Edelleute veranstalteten eine gewaltige

Aufregung um Lara. Zuerst stand ich dazu geringschätzig, doch plötzlich wurde mir klar, wie vieles dafür sprach, daß sie der nächste Komet bei Hofe sein würde, die schöne kleine Frau des nordländischen Feldherrn, und natürlich ist sie schön, sie trug ein rosa Kleid über einer rosa Hose mit Goldmünzenketten.

Forialk gebärdete sich ihretwegen am wildesten, und das war mir nur angenehm. Seine Art, mich zu mißachten, mich nicht einmal anzusehen und schon gar nicht mit mir zu reden, auch nicht, wenn wir zufällig nebeneinander sitzen, schmeichelt mir wirklich ungemein. Dann, bevor ich's richtig begriff, führte jemand mich zu Zerd …

»Feldherr, eine unserer anbetungswürdigsten Edelfrauen, die Göttin Cija. Ihr müßtet einige Gemeinsamkeiten mit ihr haben, ich glaube, sie ist irgendwo nördlich der Berge geboren, das seid Ihr doch, nicht wahr, meine Liebe?«

Für eine merkliche Weile verbeugte der Feldherr sich nicht.

Er stand und schaute mir ins Gesicht, als forsche er darin. Ich war ihm nahe genug, um das geschmeidige Schuppengewebe seiner Haut zu erkennen, die Farbe einer Gewitterwolke gegen seinen roten Umhang und den glänzenden ledernen Brustpanzer. Ich roch seinen Schweiß, an diesem Nachmittag nur ein feiner Geruch, aber scharf wie immer. Ich glaube, er sah, wie meine Nüstern sich blähten.

»Göttin …«

Er verneigte sich.

Ich nickte kühl, dann lächelte ich gnädig. »Wir sind aufrichtig erfreut, Euch in unserer Mitte zu haben, Feldherr.« Genau die passende weiblich-aristokratische spöttische Herzlichkeit. Ich trug ein weißes Spitzenkleid, lang und mit weiten Ärmeln. Ich war vornehm und makellos.

Ohne Wert auf Eindruck zu legen, ohne Geziertheit entfernte ich mich durch die Umstehenden, durch meine bloße Erscheinung selbst am allerbeeindruckendsten. Sicher. Aber ich muß mich vor einsamen Spaziergängen hüten, vor tückisch dreinblickenden Nordländern, ich kenne die Formel, das Wichtigste weit und breit, der Schlüssel zum Krieg. Er kann davon ausgehen, daß ich sie noch nicht verraten habe, doch ich bin eine gewaltige Gefahr für ihn, leider!

»Du bist blaß.«

»Ja, ich war ... es ist ... weil ich ihn heute wiedergesehen habe ...« Ich werde nicht ausplaudern, daß Zerd mich töten will, vielleicht würde man mir Schutz gewähren, doch andererseits könnte herauskommen, daß ich die Formel kenne, und das Wissen möchte ich als letzten Trumpf zurückhalten.

»Hier bist du in Sicherheit.«

»Gewiß, Heiliger Kaselm.«

»Du darfst dich nur nicht von ihm beißen lassen ...« Er lächelte, als er mir den Wein reichte. »Weißt du, ob jemals jemand es überlebt hat?«

»Ein Freund, aufgrund sofortiger und mühseliger Behandlung, aber in seinem Fall dürfte es ein Unglück gewesen sein, ich kann mir keinen Grund vorstellen ...«

»Seine Übermächtigkeit ist dir für dies Wissen über den Feldherrn dankbar ... er ist nun endgültig davon überzeugt, daß der Feldherr so gewiß ein Dämon ist wie er ein Gott, und hätte er nicht davon erfahren, läge er nun mit ihm im Kampf, womöglich zu unserem Unheil, statt ihn als Gast aufzunehmen, für so lange wie's unvermeidbar ist. Deshalb dankt er dir ...«

»Ich bin sehr überrascht, daß man mich nicht hingerichtet hat, obwohl mein Vater doch ein Priester ist und ans heilige Gelübde der Keuschheit gebunden ...«

»Dein Vater ist kein gewöhnlicher Priester.« Kaselm säuberte die Kerze. »Er und deine Mutter sind beide göttlichen Blutes ... es ist zulässig, sogar hohen Sinnes, wenn ein Priester der Welt ein *göttliches* Kind schenkt.« Er legte sich nieder, drehte mir auf dem Kissen das Gesicht zu und lächelte. »Das ist eine neue Regel. Bisher gab es sie nicht, weil man ihrer nicht bedurfte. Aber du bist einzigartig.«

Zweimaliges Lächeln vom finstergesichtigen Kaselm an einem Abend.

Zerds Heer lagert vor der Tempelstadt, wogegen er mit seinen Hauptleuten und dem Haushalt in einem riesigen Gebäude am Weg zum Hof.

Lara ist der neue Meteor.

Die Edelfrauen sind *sehr* mitfühlend zu mir.

Das Leben ist ziemlich langweilig geworden.

Zerd sieht man nicht oft bei Hofe.

Heute goß der Regen nur so herab. Natürlich, der Herbst rückt heran. In den Gärten konnte man die Fontänen vom Regen nicht unterscheiden. In der Ferne sah man rotes Flackern.

»Was ist das für ein rotes Flackern dort in der Ferne?«

»Wahrscheinlich speit wieder der Vulkan.«

Es regnete stundenlang. Es gab keinen Übergang zwischen Tag und Nacht; als der Abend anbrach, blieb der Himmel so verwaschen trüb und finster wie schon den ganzen Tag hindurch. Zwei Stunden lang hatte starker Wind geweht, und überall standen große Pfützen. Als sie über eine Treppe kam, rutschte Lara aus, und unverzüglich stürzte sich eine Schar von Edelleuten auf sie und trug sie die Stufen hinunter. Sie übersieht mich, entweder weil sie mich erkannt hat oder aus bloßer Überheblichkeit, ich weiß es nicht. Jeder Schritt auf dem Marmor klatscht. Die Lieder, welche man in der Halle spielt und singt, drehen sich fast ausnahmslos um Lara. Die anderen gelten mir, aber ich interessiere mich nicht für den Schnee vom vergangenen Jahr. Erstmals ödet das Hofleben mich an. Einer plötzlichen Eingebung folgend, schlang ich meinen Umhang um mich und eilte hinaus in die nasse Trübnis.

»Kond, ich bin's, bist du wach?«

»Ja, und halb ersoffen.«

»Das habe ich bei diesem Wetter schon befürchtet. Ich

dachte, der Erdwall vor dem Fenster könne sich in Schlamm verwandeln und in den Kerker rutschen ...«

»Sehr gütig von dir, daß du dich der Mühe des Nachschauens unterziehst ...« Seine würdevolle Feindseligkeit klang unsicher, gemindert von schrecklicher Überraschung darüber, daß ich gekommen war, und wenigstens zweimal so starker Freude. Dann sprach er mit listiger Höflichkeit weiter, um meinen Trotz abzubauen und mich allmählich wieder günstig zu stimmen. »Hast du das Messer mitgebracht, herrliches Kind?« Er fügte hinzu: »Warum lachst du?«

»Verzeih. Ich habe soeben begriffen, daß ich mich bei unserem letzten Gespräch falsch verhalten habe.«

»Ja, wahrhaftig«, bestätigte er eifrig. »Aber ich trage es dir nicht nach, du bist ein so reizendes Mädchen. Wie alt bist du?«

»Achtzehn, glaube ich, also nicht gar so jung. Ich weiß, meine Stimme klingt jünger. Ich habe dir Wein und Obst und ein bißchen Fleisch gebracht. Ich wollte, ich könnte dir eine Decke bringen, aber der Kerkermeister würde es merken.«

»Höre, Schätzchen. Warum kein Messer?«

Ich antwortete im gleichen sachlichen Tonfall. »Du bist ein gewohnheitsmäßiger Räuber. Mit einem Messer würdest du töten. Du würdest entfliehen und zurückkehren zu deiner Bande und wieder töten und rauben. Schließlich weiß ich nicht, ob der Mann, den du als nächsten töten würdest, der Kerkermeister, nicht ein netter, guter Mann genau von der Art ist, die ich mag.«

»Er ist ein Lump.«

»Das weiß ich nicht.«

»Ich sage dir, du bist wirklich ein nettes kleines Mädchen, ganz süß und so. Du willst zu jedermann freundlich sein. Nun gut. Du möchtest doch nicht, daß man dich bald hinrichtet? Man wird's bald tun, das weiß ich. Wann, das weiß ich nicht, aber bald. Sie erledigen uns nacheinander, gruppenweise, und bald sind wir an der

Reihe, ich und zwei Taschendiebe und der alte Priester im Loch gegenüber …«

»Ein alter Priester? Wie sieht er aus?«

»Ich habe schon Erde mit den Fingern gelöst, der Regen hat das Erdreich gelockert, aber ich kann die Gitterstäbe nicht mit den Händen einreißen, ich benötige ein *Messer,* im Namen …«

»Wie sieht der Priester aus?«

»Alt, ich weiß nicht, er trägt ein Priestergewand …«

»Ist er … ist er …« Ich wußte mich nicht recht auszudrücken. »Ich meine, gehört er zur alten Religion?«

»Sonst wäre er wohl nicht hier.«

»Wenn ich dir ein Messer gebe, befreist du ihn dann?«

»Was soll das?«

»Ich bin dagegen, daß man Priester hinrichtet …«

»Oh.« Er erlaubte sich keinen Einspruch. »Gut, Schätzchen, bring, mir ein Messer, und ich werde tun, was immer du wünschst.«

»Ich möchte eine Sicherheit.«

»Ah, jetzt bist du schwierig.« Seine Stimme verriet Ärger. »Wie kannst du derlei Unsinn von mir erwarten, meine Lage ist übel genug. Vertraust du mir nicht?«

»Sehr richtig. Und rede weiterhin anständig mit mir, ich habe es wahrlich nicht nötig, hier im Dunkeln im nassen Gras zu hocken …«

»Selbstverständlich hast du's nicht nötig. Du bist ein Schatz, ich verdiene deine Gunst nicht im geringsten. Aber habe ich das jemals behauptet? Nun willst du dem Priester helfen, gut, ich bringe ihn sicher hinaus, wenn ich den Wächter töte. Ich brauche nur die Schlüssel zu nehmen.«

»Ich bin bereit, dir zu vertrauen. Mir ist klar, daß du das Leben, welches ich dir schenke, nicht besser nutzen wirst als zuvor, aber ich hoffe, du läßt auch ihn hinaus, bevor du fliehst. Bitte opfere einen Moment dafür. Morgen früh bringe ich dir ein Messer, Kond.«

»Danke«, murmelte er. »Ich hoffe«, ergänzte er ernsthaft, »du erkältest dich nicht.«

»Sicher nicht. Gut …«

»Falls der Kerkermeister hier ist, wenn du morgen kommst, recke ich die Arme, als seien mir die Knochen lahm, und spreize die Finger. Du pfeifst, bevor du mich ansprichst. Diese Sache darf nicht mißlingen.«

»Ich kann nicht pfeifen.«

»Komisches Kind. Nun … ja … was nun? Kannst du singen?«

»Ich werde dieses Marschlied summen.« Ich summte die Melodie.

»Gut, schön. Also bis morgen.«

Ich entfernte mich durch den Regen und summte dabei.

Am nächsten Morgen regnete es noch immer gewaltig. Als ich in der Priesterzelle erwachte, glaubte ich zuerst, es sei noch gar nicht Morgen, so dunkel war die Silbrigkeit des Tageslichts. Doch ich sah, daß der Priester fort war, erhob mich und hüllte mich in meinen Umhang.

Ging hinaus durch den langen, kühlen Korridor.

Hinaus in das ohrenbetäubende, trübselige Trommeln des Regens.

Alsbald waren meine dünnen, sommerlichen Sandalen völlig mit Wasser vollgesogen, das zwischen meinen Zehen quietschte, und nach jedem Schritt ließ der durchtränkte Rasen meinen Fuß nur nach einem kräftigen Ruck frei. Über dem Regen wirkten die Wolken wie aufgequollene Pflaumen. Von Bäumen troff das Wasser auf meine Schultern. Das Marschlied brummte heiser in meiner Kehle.

Vor dem vergitterten Spalt kniete ich mich ins nasse Gras.

»Kond! … Kond?«

Lauter.

»Kond!«

Ich spähte durch den Spalt, aber keine Hand ließ sich blicken, jedes Geräusch blieb aus.

Schlief er? Oder war es eine Falle, hatten sie unsere Verschwörung aufgedeckt und lauerten nun darauf, mich entlarven zu können?

Ich schaute mich um und nach beiden Seiten. Ich erhob mich und begann zu laufen, langsam und mühevoll, denn der Rasen klebte und schmatzte an meinen Füßen, und auch die Säume meiner Hose und des Umhangs waren schwer von Rändern sehr dicker Tropfen.

Der Donner belagerte die Wolken. Die Bäume glichen sittenwidrigen Wasserstürzen.

Eine Strecke weit voraus sah ich sie, trotz des Regens, die gemächliche Prozession, schwarze Roben, kein Gesang, nicht das leiseste Gemurmel, schweigsam, während der Regen dem schwarzen Baldachin über ihren heiligen Köpfen einen beständigen Klang wie von einer großen schwarzen Trommel entlockte.

Ich stürzte eine leichte Neigung hinunter und blieb dabei in der Deckung der Bäume. Dann begleitete ich den Zug seitlich. Die Schwarzroben waren vornehmlich stämmige, mürrische Nichtswürdigkeiten. Sie eskortierten die Gefangenen zu beiden Seiten, so daß ich selbige kaum sehen konnte. Soviel ich sah, waren es tatsächlich vier, sie gingen getrennt, nur die Hände auf den Rücken gefesselt, doch das wichtigste war, einer trug wirklich das graue lederne Gewand jener Priester, die Seine Übermächtigkeit anzubeten sich weigerten. Ich schlich zwischen den Bäumen hindurch, mit einer erstarrten Hand hielt ich die Falten des Umhangs um Schultern und Haupt, die andere Hand tastete mit traumhafter Sicherheit das Messer in der losen, da angenähten Innentasche des Umhangs.

Die Gruppe wandte sich den Bäumen zu, und ich verschwand gerade noch rechtzeitig hinter einem mächtigen, kräftig duftenden, moosfeuchten Baumstumpf.

Hier wuchsen ausgedehnt blaue Glockenblumen zwischen den Wurzeln. Die schwarzen Roben waren feucht bis über die Knöchel. Die ganze Gruppe bewegte sich nun mit kleinen Hüpfern voran.

Aus dem Donner wirbelte ein Wind übers Land,

während ich folgte, kein starker, aber kalter, schneidend scharfer Wind, und die Glockenblumen peitschten in purpurner Raserei gegen meine Füße.

Ja, und dort waren wir, sie verharrten vor einem Baum mit einem besonders dicken abstehenden Ast. Die Priester versammelten sich ein wenig abseits und besprachen anscheinend das weitere Vorgehen, und die Gefangenen standen mit gefesselten Händen und betrachteten den Ast, der sie seinerseits mit einem herzlichen Willkommen zu beäugen schien. Nun sah ich die Gefangenen deutlich, aber hauptsächlich von hinten, wäre ich um ein paar Bäume weiter geschlichen, hätte ich sie von der Seite gesehen, doch dabei wäre ich möglicherweise von den Priestern bemerkt worden.

Ein Priester in grauem Leder, dessen weißes Haar vom Gewicht des Regens, durch den man ihn hochachtungsvoll geführt hatte, am Schädel klebte (hier erreichten uns nur Tropfen, die durch die Schichten des Blattwerks schlüpften und rannen und spritzten); ein magerer Mann mit einem Bart wie eine Ratte, dessen Schultern unter seinen Lumpen schicksalsergeben herabhingen; ein junger Mann mit braunem Haar, gleichermaßen in elende Lumpen gekleidet; ein anderer junger Mann mit einem blutverkrusteten Stirnband und einem gestreiften Umhang voller Löcher, die Troddeln am Saum des Umhangs flatterten über den flattrigen Glockenblumen.

Durch die Glockenblumen kam nun so etwas wie eine Abordnung der Priester, sie hüpften, um die Säume ihrer Roben wenigstens halb so trocken wie möglich zu halten, trugen ein langes Seil, so lang, daß sie es gut in vier Stücke zerteilen konnten. Einer holte eine große Tempelschere mit Elfenbeingriffen heraus. Die Gefangenen hatten sich ein wenig gedreht, um zuzuschauen, ich vermochte ihre Gesichter zu erkennen, während sie schweigend und mit ausdruckslosen Mienen dem letzten Ereignis ihres Lebens beiwohnten …

Es war … es war wahrhaftig mein Priester! Überall hätte

ich das faltige Jungengesicht erkannt! Ich mußte das verhindern, ich konnte ihn unmöglich hängen sehen.

Ich schlich mich näher. Zwischen ihm und mir standen der mit dem Troddelumhang und der andere Zerlumpte, der Rattenbärtige war am weitesten von mir entfernt. Welcher war Kond? Ich begann das Marschlied zu summen, zuerst klang es kaum vernehmlich durch das Rauschen des Regens, ich summte lauter und glaubte, daß die Gefangenen es hörten. Die einzige Schwarzrobe, die es womöglich hören mochte, war jene, die das Seil zerschnitt, aber ich hoffte, daß diese Aufgabe ihn zu sehr beanspruchte. Die Gefangenen blickten nun umher, verständlicherweise interessierte sie in ihrer letzten Minute alles. Welcher war Kond? Ein Donnerschlag übertönte mein Summen. Der Regen prasselte nunmehr mit verdoppelter Gewalt herab, er rauschte auf die Priester nieder, die hinauf ins Laub schauten und *t-t-t* machten. Sie entfernten sich und versuchten ihre Kragen über die Ohren zu schlagen, aber vor diesem Wolkenbruch gab es kein Entrinnen. Nur ein paar hatten Platz unter dem Baldachin. Ihre Laune war offensichtlich schlecht. Auf was für einen Tag hatte man diese Hinrichtung gelegt! Ungeduldig beobachteten sie ihren Bruder, der den Strick nach der nächsten Schnittstelle vermaß. Die Gefangenen konnten wahrlich nicht mehr nasser werden, ihre Lumpen waren restlos vollgesogen, aus jedem Loch brach ein Wasserfall, zwischen ihren haarigen Zehen sprossen Blumen, aus ihren Lumpen wurde der letzte Schmutz gewaschen. Das Blut an Troddelsaums Kopf war noch recht frisch, er mußte sich gewehrt haben, als sie ihn am Morgen holten. Der Priester vollführte über jedem Fuß Stricklänge irgendein Zeichen mit der Schere, auch vor jedem Schnitt, sicherlich eine Art von Zeremoniell, vor den Hinrichtungen üblich. Unsere ganze kleine Welt unter den Bäumen schien finster zu krachen und zu knattern – das war nur der Regen. Ich schob mich noch näher und begann so laut zu summen, wie ich's vermochte, das heißt, sehr durch die Nase.

Alle Gefangenen lauschten.

Ich glaubte, mein Mitverschwörer sei Troddelsaum, denn wegen seines Bluts am Kopf erweckte er den kriegerischsten Eindruck, obwohl seine unrasierte Oberlippe dümmlich schlaff war; doch da drehte der andere zerlumpte junge Mensch hinter ihm sich langsam rundum, als wolle er nur seine Beine vorm Einschlafen bewahren, und schaute einen Moment lang in jede Himmelsrichtung. Als ich wieder seinen Rücken sah, bemerkte ich, wie seine gefesselten Hände die Finger zu spreizen begannen. Dann pfiff er die Melodie, welche ich summte.

Ich zerrte das Messer aus der Tasche, faßte es locker und warf es, und dann stak es zu seinen Füßen im feuchten Gras, schon rannen Tropfen über den Griff.

Alles weitere schien sich außerordentlich langsam abzuwickeln, ich beobachtete während eines jeden Augenblicks jede Einzelheit, so daß mir vier Minuten lang zu währen schien, was nur eine halbe Minute dauerte.

Die Gefangenen sind schweigsam und still, keiner wagt länger zu atmen. Kond kauert sich vors Messer. Die Blicke der anderen ruhen auf dem Priester, der den Strick zerschneidet. Der jedoch hebt den Kopf; er hat das Zischen des geworfenen Messers vernommen. Troddelsaum tritt nun einen Schritt auf ihn zu, mir nun den Rücken zugekehrt, der Knoten seines ledernen Stirnbands schimmert feucht. Der Priester sieht Kond; Kond sägt seine Handfesseln an der Klinge, die im Gras steckt, der Priester gluckst und fuchtelt. Troddelsaum erreicht ihn und stiert ihn bedeutungsvoll an, aber der Priester will mit ihm nichts zu tun haben, er gluckst noch wilder. Über eine Hand Konds rinnt ein Faden hellen Bluts, die Klinge neigt sich und fällt um, aber aus der Fessel hängt ein Bündel Fasern. Kond stemmt die Arme gegen den Strick, der unterm ersten Druck nachgibt, und dann hat er eine Hand frei und greift sofort nach dem Messer, während die andere Hand das jetzt nutzlose Strickgeschlinge abschüttelt. Troddelsaum bedroht den Priester, der zu zittern anfängt und die Schere hebt. Troddelsaum wirft ihn zu Boden und begräbt ihn unter seiner ganzen Länge, aber der Priester ist unvernünftig genug, zu kreischen. Kond stürzt vorwärts und zertrennt Troddelsaums Fessel mit einem Streich, und sie beginnen beide den armen alten Priester zu erwürgen, der die Schere fallen läßt und keucht. Auf das Kreischen haben die übrigen Priester sich umgedreht. Sie sehen das Getümmel am Boden und eilen mit allen Anzeichen des Entsetzens hinzu. Ich verfluche Kond – mein Priester ist noch immer gebunden. Ich wage alles.

»Kond!« Ich schreie. »Befreie den Priester!«

Troddelsaum hat die Schwarzrobe erwürgt; der Priester liegt reglos. Kond fährt geduckt herum, das Messer in der Faust, stellt sich den anderen entgegen. Einer hebt flugs die Schere auf und macht Anstalten, ihn ohne Bedenken in den Bauch zu stechen. Der Rattenbart stampft ungeduldig mit den Füßen und stöhnt und zittert. Er versucht seine Fessel zu zerreißen und scheuert sich das Fleisch blutig. Mein Priester steht dabei wie ein Zuschauer einer Affenkomödie, den Kopf leicht geneigt, die Augen glänzen hell über den dicken Tränensäcken, sein Mund trägt den Anflug von Mitleid, kein Lächeln und keine Spur von Grimm.

Die Schwarzrobe mit der Schere sticht zu. Kond fängt mit einer Hand das Handgelenk des Angreifers ab und führt sein Messer in blitzartigem Stoß vorwärts und dann aufwärts, schlitzt den Bauch des Priesters auf. Zuerst hört man nur das Ratschen des zerschnittenen Gewands, dann schießt ein Blutschwall hervor. Die Schwarzrobe stürzt schlaff ins Gras, wo das Blut sich sogleich mit dem Regen vermengt. Kond bückt sich nach der Schere, muß zerren, weil sie in einem Geschlinge von priesterlichem Eingeweide liegt, wirft sie Troddelsaum zu, der sie fängt und die Zähne zeigt. Die restlichen Schwarzroben zögern in einem Halbkreis. Troddelsaum und Kond bedrängen sie unter Gefuchtel ihrer Waffen. Troddelsaum schlägt einer Schwarzrobe die Schere über den Kopf. Kond sticht einen weiteren Priester nieder, der noch im Sterben um Gnade fleht. Sie entledigen sich möglicher Verfolger, doch ich bezweifle, daß es notwendig ist, und das ist noch gelinde ausgedrückt; ihr Verhalten sieht nach reiner Blutgier aus, es ist ein bloßes Gemetzel, denn die Schwarzroben besitzen nicht eine Waffe. Ich habe diese sinnlose Grausamkeit ermöglicht und mein Priester ist nach wie vor gefesselt. Der Rattenbart wimmert, nicht wegen des Schlachtens, sondern weil er fürchtet, die beiden würden ohne die noch gefesselten Gefangenen fliehen. Genau das fürchte ich auch.

»Kond ...!«

Kond springt zum Priester und zerschneidet den Strick. Mein Priester verneigt sich mit unerschütterlicher Würde.

Troddelsaum verschwindet geduckt zwischen den Bäumen, in der Richtung der Ringmauer. Der Priester rafft sein Gewand und folgt ihm, seine alten Füße trampeln das widerspenstige Gras nieder. Kond stürmt herbei, packt mich, bevor ich recht begreife. »Laß dich anschauen, mein kleiner Schatz ...« Er will mich mit sich zerren.

»Loslassen, du Narr, du mußt fort und ich auch!«

»Schönes Kind«, sagt Konds vertraute Stimme, die vertraute Hand unter meinem Kinn, sein fremdes Gesicht vor meinem, »genau, und zwar zusammen, du bist so ein Mädchen, wie ich's mir schon immer in den Bergen gewünscht habe, dort werde ich dir meine Dankbarkeit beweisen ...«

»Ich gehe nicht mit dir ...« Ich schlage eine Handkante auf sein Handgelenk und laufe fort, zwischen die Bäume. Er krallt eine Faust in meinen Umhang, reißt jedoch nur einen Fetzen heraus. Ich weiß, daß er mir nicht zu folgen wagt, das Entkommen ist ihm wichtiger.

Der Rattenbärtige brüllt einen Fluch, fällt vornüber ins Gras und beginnt zu schluchzen, seine gefesselten Hände zucken.

Am Hof empfing man mich mit Verblüffung und Bestürzung.

»Ich bin im Regen gefallen, der Donner erschreckte mich, so daß ich zu schnell gelaufen bin ...«

»Dein Umhang ist zerrissen ...«

Ich drängte sie beiseite und stürmte in meine Gemächer.

Dort wusch ich das Blut fort, Kond hatte mich berührt, nachdem er die Schere aus dem Blut des ermordeten Priesters geklaubt hatte.

Diese kunstvoll verzierte, wertvolle und nicht zuletzt geweihte Schere des Tempels dürfte sich nun irgendwo in den Bergen im Besitz von Aels Räuberhorde befinden.

Die Neuigkeit erreichte den Hof erst beim Abendessen.

»Heute früh sind mehrere Gefangene vor ihrer Hinrichtung entflohen und haben fast die Hälfte der Priester grausam ermordet, die sie zur Richtstätte führten. Bis auf einen sind sie alle entkommen, darunter auch ein Priester des alten Glaubens, von dem man annimmt, daß er ein atlantischer Spion ist. Man hat alles unternommen, um ihn wieder zu fassen, doch wie's scheint, ist er spurlos verschwunden.«

Man schenkte mir neugierige Blicke.

»Hast du etwas von diesem Vorfall gesehen, Cija? Heute morgen warst du so erregt und aufgelöst ...«

»Ich habe nichts gesehen. Schreie habe ich gehört, aber ich dachte, das sei der Sturm ...«

»Du bist sonderbar ...«

Lara begann hinter ihrer Hand zu flüstern. Ein schöner Skandal, die Göttin Cija in Verbindung mit den Geschichten, welche sie ihnen erzählen kann, und ihr Wort ist das eines ehrenwerten Verbündeten.

Um die Dinge noch schlimmer zu stellen, die auf den ersten Blick so wirkten, als könnten sie kaum ärger werden, habe ich eine gräßliche Erkältung bekommen und niese und rotze überall herum. Ich wollte eigentlich im Bett bleiben, aber das hätte nach Feigheit ausgesehen, also laufe ich umher und stecke jeden an, der mir lange Seitenblicke widmet – und sie tun's alle, aus diesem oder jenem Grund.

Gestern fragte mich Kaselm, ob ich etwas von der Flucht bemerkt habe. »Nein«, sagte ich.

Morgen abend steht mir ein Festmahl zu Ehren Zerds und seiner Frau bevor.

Erfreulicherweise kann ich vermerken, daß die Schwierigkeiten zwischen den Verbündeten auch hier in der Tempelstadt weitergehen, obwohl ihre Führer zueinander so überaus herzlich sind. Der gegenseitige Haß läßt sich ganz einfach nicht lange unterdrücken. Drunten am Hafen entlud das Nordheer einen Haufen Nachschub, den es aufgrund der günstigen Möglichkeit der Verschiffung angefordert hatte. Alles war einwandfrei eingetroffen, aber das Entladen wurde erheblich behindert durch einen südländischen Reitersmann von hohem Rang, der rücksichtslos über die Uferstraße ritt hin und her, so daß er immer wieder die Kette der Soldaten sprengte, welche das Entladen besorgten. Der nordländische Wachtposten ging zum Unterführer, der die Arbeit überwachte. »Dieser Hundesohn hält die ganze Arbeit auf, Herr. Soll ich ihn erledigen?« Der Unterführer kratzte sich an der Nase. »Natürlich darfst du ihn nicht *erledigen.* Wovon sprichst du, Scherge? Übrigens werde ich für die nächsten zehn Minuten in diese Richtung dort schauen.« Als der Reiter das nächste Mal aufkreuzte, durchbohrte ein Speer seinen Mantel und warf ihn aus dem Sattel hinab in den Schmutz. Der Unterführer berichtete, der Vorfall sei unvermeidlich gewesen, beim Hufschlag habe der Wachtposten sich umgedreht und seinen Speer zu weit geschwungen. Damit war die Sache abgeschlossen.

Diese Geschichte wurde bei Hofe von selbigem nordländischem Unterführer erzählt. Alle lachten erheitert.

Das einzige Ereignis des Tages, auf das ich mich noch freue, ist der Abend in Kaselms Zelle, wenn ich den Wein mit dem Schlafmittel erhalte und im Schein der Kerze einschlummere, die er während der ganzen Nacht zu meiner Beruhigung brennen läßt. Selbst die Morgenspaziergänge mag ich nicht länger, das halb unterirdische Gitterfenster scheint von der inneren Leere zu knirschen. Noch keine Nachricht ist eingetroffen, ob man den Priester wieder gefangen hat. Meinem Vetter sei Dank. Ich hatte nicht gewußt, daß er für Atlantis arbeitete.

Ich bin fest davon überzeugt, daß ich Gegenstand eines Hofskandals bin, vor allem infolge der Art, wie Lara und ihre besonderen Freunde mich anschauen und kichern.

Auch ich habe noch Freunde, aber sie würden ebenfalls, um einen kleinen Klatsch anzuzetteln, die eigenen Mütter verleumden, und ich fürchte, aufgrund meiner unantastbaren Tugendhaftigkeit während der vergangenen Monate habe ich die Voraussetzung dafür geschaffen, daß man sich nun begierig auf alle erregenden Kenntnisse über mich stürzt. Es wird nicht lange dauern, so meine ich, bis Lara von mir öffentlich als ›Schankmädchen‹ spricht. Eine Geisel des Nordheers gewesen zu sein, war unbeschreiblich romantischer, obschon ich selbst das gegenüber so wenig Leuten wie möglich erwähnt habe. Da ich seit meiner Ankunft am Hof noch keinen Anlaß zu einem Skandal gegeben habe, dürfte der ganze Unsinn beizeiten aufhören, doch vorerst hat er nicht einmal seinen Höhepunkt erreicht.

Das Fest, so finde ich, war hochinteressant.

Es fand auf dem größten Rasen im Mittelpunkt der Tempelanlage statt, denn es war eine schöne Nacht, erhellt von Sternen und dem entfernten Glutodem des Vulkans, und jedermann erschien in einer Sänfte, alle trugen Schuhe mit so langen Schnäbeln, woran obendrein Troddeln hingen, daß es schwierig war, darin bloß ein paar Schritte weit zu laufen, sie sind jetzt der neueste Schrei, ein Zeichen, daß man unzweifelhaft zur müßigen Aristokratie zählt.

Ich trug ein aufregendes schwarzes Samtgewand, das meiner Haut einen weißen Schimmer verlieh, eine Wolke aus weißer Gaze an jedem Handgelenk, einen stolzen, von Gold schweren Hut, der mich um mehrere Handbreiten größer machte, und eine goldbestickte Hose. Die Wirkung meiner Erscheinung mag ein wenig unter der Tatsache gelitten haben, daß ich ständig schnaufte und schniefte und immer wieder unter meinen Ausschnitt nach dem Taschentuch fischen mußte, das ich zwischen meinen Brüsten untergebracht hatte, weil die Ärmel zu weit waren und meine Kleidung keine einzige Tasche besaß.

Nach meiner Meinung war Laras Hut ein blödsinniger Einfall, aber viele Leute krähten bei seinem Anblick vor Begeisterung. Er bestand aus einem kleinen vergoldeten Käfig mit einer Schildkröte und einem rosa Kolibri darin, der kaum genug Platz hatte, um seine Flügel auszubreiten. Ein breiter Hutrand rings um den Käfig schützte die Trägerin vor Ausscheidungen.

Jedenfalls, meine Erkältung hatte allgemeines Mitleid oder etwas Ähnliches erregt, denn ohne Zweifel war ich eine der Größen des Abends, allerdings nicht auf die uneingeschränkte Weise wie früher. Zweifellos jedoch umschwärmten mich mehr Leute als sie. Sogar Forialk hatte mittlerweile genug von ihr und betätigte sich als mein Mundschenk.

»Du wirst bemerkt haben, daß ich in der letzten Zeit so gut wie gar nicht Unterhaltung mit dir gepflegt habe«, sagte er mit gedämpfter Stimme, und das fand ich so kindisch, daß ich's nicht übers Herz brachte, zu antworten, ich hätte ihn überhaupt nicht bemerkt.

»Ich bin erfreut, daß deine Augen sich auf dem Wege der Genesung befinden, mein Teurer.«

Er wirkte sehr beredt, die auf seine Kleidung genähten Pfeile wiesen alle auf den Mittelpunkt seines Körpers; die auf dem Wams zeigten abwärts, die auf den Beinkleidern aufwärts, jene an seiner rechten Hüfte wiesen nach links und umgekehrt. All dieser gestickte Lärm richtete die Aufmerksamkeit auf seinen Sackhalter in Form einer wunderschönen großen Rose.

»Die Rundungen deiner Schultern sind Sterne, die uns erleuchten, Göttin«, sagte jemand neben mir, und überrascht sah ich Ecir in fürchterlich düsterem Aufzug, er hatte Forialk nicht gesehen. Um einen Streit zu vermeiden, der meinen Ruf verschlechtert hätte, ließ ich mich von einem uninteressanten älteren Gelehrten zur Tafel geleiten, aber später tat es mir außerordentlich leid, denn keiner der beiden näherte sich mir während des ganzen Abends noch einmal.

Wenn ich mich als Anziehungspunkt des Abends bezeichne, so gilt das natürlich nur für die Frauen. Den größten Erfolg hatte selbstverständlich Seine Erhabenheit der Drachenfeldherr, denn dieweil alle jungen Edelleute sich um mich oder Lara scharten, wobei ich ein wenig an Zulauf gewann, umschwärmten alle anderen Frauen ihn, junge wie alte. Er betrank sich gewohnheitsgemäß, wirbelte ein schönes junges Mädchen von hohem Rang in seinen Armen im Kreis, so daß ein kleiner Tisch umkippte, küßte verschiedene Schultern und Nacken (er bevorzugt weiche fleischige) und vollführte einen Auftritt mit Schwertwirbeln und Gefuchtel – und all das verstärkte den Andrang nur um so mehr. Seine Augen glitzerten, blitzten schwarz umher. Im Wesentlichen trug er seinen Waffenrock, wahrscheinlich besitzt er nicht viel mehr, aber die Troddeln am Wamssaum teilten sich über seinem nagelneuen Sackhalter und betonten dessen unverschämte Größe. Ich hatte den Eindruck, die einzige Frau zu sein, an die während des ganzen Abends er sich wandte, ständig war er von Frauen umdrängt, aber sie kamen alle zu ihm.

Er trat zu mir, verneigte sich und zeigte die Zähne, was ein höfliches Lächeln sein sollte, bot mir einen Arm.

»Erweist Ihr mir die Ehre einiger Worte, Göttin?«

Ich entzog mich ihm nicht allein im Interesse meiner Sicherheit, sondern auch mit höfischem Geschick. Schließlich ist eine Göttin wichtiger als ein Feldherr.

»Geduldet Euch bitte für einen Moment. Ich muß zuvor jemandem etwas für jemanden geben …« Ich schwebte davon, fand meinen Pagen, der unter der Festtafel mit einigen anderen spielte, und befahl ihm, Kaselm aufzusuchen und ihm auszurichten, ich käme heute später. Danach setzte ich mich in eine Laube und lauschte mir gewidmeten Liedern. Nachdem ich ihrer für eine Weile entbehren mußte, habe ich nun wieder Spaß daran.

Noch immer ist mir nicht ganz klar, was geschehen ist oder wie, aber jetzt sitze ich hier in einem meiner Gemächer eingesperrt. Ich plauderte gerade in den Klostergärten, als eine Anzahl von Priestern erschien, niemand beachtete sie sonderlich, und dann schob einer von ihnen den Rattenbärtigen nach vorn, der sagte: »Das ist sie«; daraufhin ergriffen die Priester mich bei den Schultern und führten mich ab, alle starrten und riefen Fragen, doch ich lächelte nur verwirrt, öffnete meine Hände und hob die Schultern, und die Priester brachten mich in das Gemach, antworteten nicht, wenn ich sie ansprach, schlossen mich ein und gingen …

Nie hatte ich mir vorstellen können, wie unbehaglich man sich in einem gewöhnlichen Gemach fühlt, wenn man darin eingesperrt ist. Vor den breiten Fenstern befindet sich ein Balkon, aber er liegt sehr hoch, und es gibt keine Möglichkeit, von ihm aus andere Balkone oder Dächer zu erreichen. Seit mehreren Stunden bin ich nun hier und hungrig, wiederholt habe ich nach meiner Dienerin geläutet, doch man muß ihr befohlen haben, mir fernzubleiben …

Eben erst kam mir der Einfall, weiter an meinem Tagebuch zu schreiben, aber es gibt nichts aufzuschreiben als diese wenigen unheilvollen Tatsachen …

Ich habe es mit dem Kamin versucht, aber selbst für meine schmalen Schultern ist er viel zu eng.

Mehrmals war ich auf dem Balkon, aber es ist wirklich völlig unmöglich, über ihn zu entwischen. Weit unten beginnt alles zu verschwimmen, während allmählich die Sonne sinkt, alles ist verlassen, ich kann niemandem ein Zeichen geben, alle sind in der großen Festhalle … etwas früher waren noch ein paar Leute unten, ich winkte wie verrückt mit den Armen und rief, aber die Entfernung war zu groß, so daß sie mich nicht hörten, und niemand blickte auf, außer einer Edelfrau, die ich nicht erkennen konnte, die dumme Kuh winkte zurück und schlurfte bedächtig weiter, offenbar im Glauben, ich hätte bloß aus lauter Fröhlichkeit gewinkt.

Jetzt ist es Abend. Man hat die Vorhänge nicht vor die hohen Fenster gezogen, goldener Lichtschein dringt heraus und verleiht dem Abend einen düsteren Glanz. Tatsächlich habe ich noch nie einen so langen Abend erlebt. An der reich geschmückten Decke des Gemachs werfen die Verzierungen lange blaue Schatten aufeinander.

Ich zähle die Buckel, die an der Decke ein Muster bilden und verbinde sie in meiner Vorstellung mit Fäden, und das steigert das Bewußtsein meiner Hilflosigkeit in dieser Falle so sehr und zu solchem Jammer, daß ich völlig aufgelöst bin und mein Magen sich vor Wut umzudrehen scheint …

Ich fühle mich sehr einsam in dem großen, trostlosen leeren Gemach. Oberhalb der Decke knarren die Balken unter der Gewalt des Winds, der auf das Dach drückt. Bei ihrem gedehnten, gespenstischen Stöhnen schaudert es mich, ich überlege, was ich tun soll, falls im nächsten Moment das breite, runde Gesicht des Winds vor einem Fenster erscheint.

Der Gedanke erfüllt mich mit Entsetzen, ich kann ihn nicht wieder verdrängen. Ich erhebe mich aus dem Sessel und gehe hysterisch auf und nieder, zucke bei jedem Geräusch des Winds zusammen, der immer lautere verursacht, alle zwei Minuten oder so zwinge ich mich, zu den Fenstern zu schauen, ob das Gesicht dort ist. Meine Finger bohren sich so fest in meine Hände, daß ich, wenn ich sie öffne, die Handflächen geschwollen und von meinen Fingernägeln eingedrückt finde.

Ich hörte sie kommen, lange bevor sie eintraten. Dieser Teil des Gebäudes lag um diese Zeit verlassen, es waren nur sie und ich darin. Sie erstiegen die Treppe, kamen über eine Galerie, ihre Roben rauschten ein freundliches Flüstern, ein wenig beschämt. Sie entriegelten das Schloß auf eine gewöhnliche, alltägliche Weise, als seien ihrem gemeinsamen Sinnen nichts ferner als Angelegenheiten von Leben und Tod ... das uralte mürrische Schloß knarrte unter der Gewalttat des Schlüssels, zwei bösartige Uralte zusammen, die Hand des Kupplers beging einen Mißgriff und mußte nochmals zupacken, der Türknopf drehte sich, schwer unter dem eigenen schmiedeeisernen Gewicht, drehte sich zweimal. So wirkte dieser Anblick tatsächlich auf mich, und als sie hereinkamen, war mir noch für einen langen Moment übel von der lüsternen Anspannung.

»Nehmt Platz, ehrwürdige Herren«, sagte ich und fiel in einen Sessel.

Sie unterließen es. Die kleine Priesterschar stand und musterte mich, die Unterkiefer vorwurfsvoll und selbstgerecht vorgeschoben, daß sie sie fast ausrenkten.

»Göttin, Seine Übermächtigkeit ist ungemein betrübt, weil Ihr ihm etwas verschwiegen habt, das er für sehr wichtig erachtet.«

Ich neigte mein Haupt. »Und das wäre ...?«

»Nun, Göttin, daß Ihr eine Spionin für Atlantis seid.«

Der Sprecher war ein hochgewachsener Priester mit grauem Haar und den Händen eines Schauspielers. Er mußte seinen Auftritt genießen. Er entblößte seinen tödlichen Grimm mit widersinniger Grausamkeit.

»Ich bin meinerseits betrübt, daß die Übermächtigkeit so etwas von mir glauben kann«, sagte ich. »Vielleicht hat man ihn schlecht beraten?«

Der Priester mißachtete meine letzte Bemerkung. »Selbst Göttinnen können höhere Götter lästern. Und es war Lästerung, dreifache Lästerung, Göttin. Ihr habt die Übermächtigkeit als Gastgeber beleidigt, als Gott und als Oberhaupt des Tempels ...«

Bei dieser Erwähnung des Tempels verstand ich ungefähr, woran ich war. »Der Rattenbärtige hat vor seiner Hinrichtung einen Betrug erdacht, um sich dafür zu rächen, daß er als einziger nicht morden und fliehen konnte ...«

»Der Dieb, den wir heute hängen wollten, ja er hat Euch

betrogen, wenn's so zu nennen Euch beliebt. Doch Ihr unterschätzt die Bedeutung seiner Angaben. Sie zu hören, hat uns so gefreut, daß wir ihn laufenließen ...«

»Um den Galgen frei für edlere Hälse zu haben?«

»Welche Roheit, Göttin.« Er war schmerzlich berührt. Alle Blicke ruhten auf mir, alle gierig. Diese ehrwürdigen älteren Herren empfanden kein Mitleid für das Mädchen, das mit klammen Händen und zitternden Knien vor ihnen hockte, einen Knoten in der Kehle, während es sich verteidigte.

»Besitzt Ihr Grund zu der Annahme, ich sei ein atlantidischer Spion, weil einer der Gefangenen, die ich befreit habe, ein Anhänger des alten Glaubens ist? Er war mein Freund.«

»Genau. Und er ist ein Spion für die atlantische Sache.«

»Ich nicht, ich schwöre es.«

»Nun, nun, nicht so hitzig, Göttin. Wie auch immer, Verrat oder Lästerung, die Strafe ist die gleiche. Als freier Mann ist dieser Priester eine Gefahr. Anscheinend ist er einer der Anführer der Verräter. Wo ist er?«

»Ich weiß es nicht.« Ich nieste.

»Und doch seid Ihr es gewesen, die sich all der Mühe unterzogen hat, um seine Flucht zu ermöglichen? Ein solcher *Betrug*, um Euer Wort zu gebrauchen, die Dankbarkeit, die Ihr der Übermächtigkeit schuldet, Eure Lästerung seiner Göttlichkeit ...«

»Ich kenne den gegenwärtigen Aufenthaltsort des Priesters nicht«, sagte ich langsam und sachlich, »und ich habe auch keine Kenntnis davon, wohin er nach seiner ... Befreiung verschwunden ist. Ich habe nicht einmal gesehen, in welche Richtung er lief. Einer der anderen Gefangenen hat mich einen Moment lang ... abgelenkt. Ich bedaure, daß auch die Verbrecher entkommen sind. Es war unvermeidlich.«

»Ich muß Euch warnen, Göttin, Euer Schweigen ist töricht. Wie ich schon erwähnt habe, die Strafe für Verrat und Lästerung ist gleichermaßen der Strick.« Und wirklich erinnerte die grimmige Angespanntheit seines Halsmuskels mich an ein kräftiges Seil … »Doch zuvor, bis Ihr den Aufenthalt des Priesters nennt, wird man Euch der Folter unterwerfen.«

»Hört«, sagte ich, wobei ich flach und heftig atmete, weil ich fürchtete, nicht schnell genug alles auf einmal ausplaudern zu können, »ich habe nicht versucht meine Beteiligung an dieser Flucht zu leugnen. Ich weiß nicht, wohin er ist. Ich wußte nicht, daß er für Atlantis arbeitet. Zum Beweis meines guten Willens werde ich Euch etwas verraten, das Euch von der Überflüssigkeit der Folter überzeugen dürfte, so daß Ihr mich ohne solche Umstände hängen werdet. Ich werde Euch die Formel geben, die die atlantidische Luftleere erschließt.«

Hoffnungsvoll beobachtete ich ihre Mienen. Meine Lungen brannten. Es war mir gleichgültig, daß ich nun in diesem Krieg die Niederlage den Nordländern auferlegte. Nun konnten die Südländer ihre Bezwinger sein, dem kleinen nordländischen Heer, das diese Stunde so lange aufgeschoben hatte, ihre Stiefel in den Nacken drücken, und in einigen Wochen würde das südländische Heer sich einschiffen und den Schleier von Luftleere zerreißen, den uralten Frieden brechen …

»Das kann unmöglich Euer Ernst sein, Göttin.«

»Doch, doch. Ich habe den Feldherrn belauscht … er weiß es, er wollte mich töten, aber ich bin entkommen. Beim Fliehen hatte ich bisher immer Glück, nur gerate ich jedesmal in etwas Schlimmeres … bitte glaubt mir. Deshalb bin ich hier. Er weiß, daß ich die Formel kenne, und er versucht, mich allein zu erwischen, aber bisher hat er sich nicht allzu sehr angestrengt, nicht wahr? Er weiß, daß ich der Übermächtigkeit das Geheimnis noch nicht verraten habe, daß ihm daher noch Zeit bleibt, ihm ist klar, daß jemand ein so großes Geheimnis für sich behält, bis er sich damit vor etwas retten oder einen bedeutenden Vorteil erkaufen kann. Er weiß nicht, daß ich einen alten Priester befreit habe, der mein Freund war, und ich nun selbst in höchster Gefahr schwebe …«

Ihre Gesichter glänzten nun alle von Triumph, sie verhehlten ihn nicht, obschon sie das Geheimnis noch gar nicht kannten. Sie zeigten ihren Triumph, ihre Augen leuchteten, noch immer verschwendeten sie keinen Gedanken an mich als Menschen in Not. Erstmals habe ich die Göttlichkeit meines Bluts verabscheut. Sie wissen, daß ich anders als sie bin, und es stört sie nicht, wie gering der Unterschied ist.

»Und Ihr wollt das Geheimnis brechen, um der Folter zu entgehen?« meinte der Sprecher. »Dennoch, Ihr habt es bislang verschwiegen, seit Eurer Ankunft habt Ihr der Übermächtigkeit dies lebenswichtige Wissen vorenthalten… und so lange schon ist Euch bekannt, wie sehr wir nach diesem überaus wertvollen Wissen streben… wirklich, Göttin, das Maß Eurer Treue zum Südreich, das Euch mit solchem Wohlwollen aufgenommen hat, ist kaum geeignet…«

»Ebensowenig meine Treue zum Norden«, schwatzte ich dazwischen. »Ich sage doch, ich habe die Formel gehört. Und *meine* Treue schenke ich nach *meinem* Willen. Ich sitze hier aufgrund meiner Treue zu einem der wenigen Freunde, die ich jemals besaß, ich helfe die anderen zu töten, natürlich *hätte* ich vielleicht auch diesen sterben lassen, hätte ich geahnt, wohin meine Hilfe mich bringen würde, jetzt jedenfalls gilt meine ganze Treue nur mir selber, und ich möchte gehängt werden und nicht gefoltert…«

Höflich warteten sie, bis ich mein Gebrabbel beendet hatte, als sei ich ein Volltrunkener hohen Standes, der eine Wahnrede hält.

Und ich verriet ihnen die Formel, die ich an jenem heißen, stinkigen, lauten Tag in der Schlafnische, die Smahil und ich zu teilen pflegten, erlauscht hatte.

Sie gingen.

Ich zitterte immer stärker, bis meine Spannung sich löste, und ich dachte an jenen kurzen Moment des Schmerzes. Ich betastete meinen Hals; er ist so zierlich, sehr leicht zu brechen. Ich denke an den grünen Obstgarten, in dem ich hängen werde, eine aus der Bruderschaft der Bienen und Gerüche, bis ich selber ein süßer Geruch bin und falle, und all meine Freunde im Obstgarten werden durch mich reichlicher und reifer gedeihen …

Ruhig erwarte ich ihre Rückkehr.

Innerhalb einer Stunde kamen sie zurück, ich legte meinen Stift nieder und wartete so gelassen, wie ich zuletzt geschrieben hatte, und sie redeten auf mich ein. »Wir haben die Formel mit unseren Gelehrten geprüft. Es war eine unmögliche und unbrauchbare Formel. Ihr habt uns belogen.« – »Ihr versucht uns zum Narren zu halten.« – »Wir müssen Euch daran erinnern, daß wir Unverschämtheit angemessen vergelten werden …« – »Nennt uns die echte Formel oder das Versteck des Priesters.« – »Ich weiß weder das eine noch das andere.« – »Ihr habt drei Stunden Zeit. Sagt Ihr uns nach Ablauf dieser Frist, was wir wissen wollen, werdet Ihr gehängt. Falls nicht, werden wir Euch wie einen Spion der Folter unterziehen …« – »Aber ich *kenne* keine andere Formel! Ich dachte, das sei die richtige! Weil ich sie kenne, wollte er mich töten – ich verstehe das nicht!« – »Auf jeden Fall seid Ihr eine Spionin. Sagt uns, wo der Priester ist. In drei Stunden kommen wir wieder. Wenn Ihr dann nicht sprecht, wird Euch unverzüglich die Haut abgezogen … langsam … von den Füßen an aufwärts … Ihr werdet zuschauen können, bis das Kinn erreicht ist, wie die abgeschälte Haut sich langsam kräuselt, die Adern entblößt werden, das Kräuseln … Kräuseln …« – »An Euch ist ein Dichter verlorengegangen.«

Sie sind wieder fort.

Hilf mir, mein göttlicher Ahne, mein Gott. Gott. Gott. Gott. Gott. Gott.

(An dieser Stelle folgen vier Seiten mit dem Wort Gott, *jedesmal ungewöhnlich groß und unter starkem Druck der Hand geschrieben, jeweils dahinter mit äußerst langsam und sorgfältig gezeichneten Kräuselmustern ergänzt. J. G.)*

Als die Tür das nächste Mal entriegelt wurde, stand ich hinter dem trüben Glas, das meinen kleinen Springbrunnen vom Rest des Gemachs abteilt. Ich besaß eine winzige Chance – und hatte nichts zu verlieren. Wie sehr ich sie auch erzürnen mochte, sie konnten mir kaum Schlimmeres antun, als sie mir bereits zugedacht hatten. Meine unermeßlich kostbare Korallenvase hatte ich mit Wasser gefüllt und warf sie nun der Schwarzrobe, die eintrat, an den Kopf. Ich sprang zur Tür, aber die Schwarzrobe packte mich. »Du hast es eilig«, stellte der Priester fest und schüttelte Wasser von seinem Haupt. »Darf ich mir das borgen?« Hastig rieb er seinen Kopf mit meinem bestickten Badetuch ab.

»Kaselm …« Mehr hatte ich nicht zu sagen. Ich überlegte, ob es übler oder besser sein mochte, von jemandem gefoltert zu werden, den ich gut kannte, dessen Gesicht zumindest ich gut genug kannte, obwohl ich seine Gedanken oder Gefühle niemals hatte erahnen können, und kam zur Auffassung, daß es keine Rolle spielte.

»Ich hatte keine Ahnung, daß du dich in diese Sache verwickelt hast«, sagte er mit gedämpfter, aber unbekümmerter Stimme. »Warum hast du's mir verschwiegen? Ein Glück, daß ich noch rechtzeitig davon erfahren habe. Nimm deinen Umhang.«

»Ihr meint … Ihr wollt …«

»Wenn ich's kann. Sei ganz ungezwungen. Rede soviel du magst, aber nicht zu laut.« Schon waren wir aus dem prächtigen Gemach, das mir innerhalb eines Abends zum hassenswertesten Loch geworden war, und stiegen die Treppen hinab, er gelassen, ich dagegen, obwohl ich mir Mühe gab, mit weichen Knien, ein Priester und eine Edelfrau in angeregter Unterhaltung. Oh, bei einem solchen Anblick schaut niemand näher hin. »Leider habe ich erst vor einer Viertelstunde vernommen, in welcher Gefahr du schwebst. Hätte ich während der Festlichkeit kommen können, als sich hier niemand aufhielt … andererseits erregen wir jetzt weniger Verdacht.«

»Und es brennen weniger Lampen, weil sie sonst die Höflinge beim Buhlen störten …«

»Als ich in das Gemach kam und sah dich am Springbrunnen, dachte ich schon, du eifertest der letzten Frau nach, die wir gefoltert haben, sie nahm nämlich vorher ein Bad …«

»Es tut mir schrecklich leid, daß ich Euch so durchnäßt habe«, sagte ich ebenso zittrig wie zerknirscht. Dies war nicht der rechte Moment, um anzumerken, daß ich gewöhnlich sogar einmal wöchentlich bade.

Das schwere Tagebuch, welches ich heimlich in die Tasche meines Umhangs geschoben hatte, schlug beständig gegen mein Knie.

Ein stiernackiger Priester begegnete uns auf der Treppe. Er glotzte mich an. »He, du!« Er packte meinen Arm und begann mich fortzuzerren. Ich wimmerte. Kaselms Hände umklammerten den Stiernacken von hinten. »Geh weiter die Treppe hinauf«, sagte er mit grimmigem Flüstern. »Dreh dich nicht um. Sobald du den Eindruck erweckst, du wolltest dich umdrehen, bekommst du ein Messer zwischen die Schulterblätter geworfen. Geh die Treppe hinauf und oben den Korridor hinunter.«

Kaselm ließ den Stiernacken los, der widerwillig und zitternd die Stufen erstieg. Kaselm zog mich in einen dunklen Winkel, und wir beobachteten den Mann noch einen Moment lang, dann schob er mich weiter, die nächste Treppe hinab. Dort waren wir von oben unsichtbar.

»Es wird gleich Alarm geben«, sagte Kaselm. »Du mußt laufen, als sei dir dein Drachenfeldherr auf den Fersen.«

Weitere Treppen hinunter, seine Hand schwer in meinem schmalen Nacken. Ich verzichtete aufs Nachdenken und vertraute seiner Fähigkeit und Kraft. Fern in meinem Hinterkopf nagte der Zweifel, er könne nicht vertrauenswürdig sein, doch ich besaß keine Wahl. Der leise Zweifel entsprang der Tatsache, daß ich bisher kaum jemandem länger als für ein kurzes Weilchen hatte trauen können, und ich verdächtigte Kaselm schon seit geraumer Zeit eigennütziger Machenschaften.

Über weitere Treppen, völlig unbeleuchtet. Hinab in die Kellergewölbe. Dort unten war ich noch nicht gewesen, und ich vermutete, wir würden gleich die Unterkünfte der Dienerschaft erreichen. Aber wir stiegen immer tiefer, seine starke Hand führte mich nun an meiner, und irgendwie tat ich keinen einzigen Fehltritt,

»Besitzt Ihr wirklich ein Messer?« wagte ich hoffnungsvoll zu flüstern, als wir einen verlassenen, niedrigen, schwach beleuchteten Korridor betraten und seinem Verlauf folgten.

»Glaubst du, ein Hohepriester würde ein Messer tragen?« flüsterte er mit deutlichem Tadel und schob aus den Seitenfalten seiner Robe eine krumme, goldene Scheide, die gewöhnlich an seinem Oberschenkel verborgen sein mußte.

»Werdet Ihr großes Unheil daraus erleiden, daß Ihr mir helft?«

Er lachte ein stilles Lachen, das in seiner Kehle gluckste.

»Ich bin Seiner Übermächtigkeit rechtes Ohr, rechtes Auge und rechte Hand. In meinen Fingern halte ich tausend eigene Fäden. Sollte jemand es wagen, schwere Anklagen gegen mich zu erheben, so steht das ganze Geschmeiß des Hafens in meinem Rücken.«

Ich entsann mich an sein gutes Verhältnis zum Kapitän des Schiffs, mit dem ich die Tempelstadt erreicht hatte. Dabei dachte ich an solche Dinge wie Schmuggel, nicht mehr …

Am Ende des Korridors ging es erneut abwärts. Feuchte Finsternis. Und dann hörten wir eine Art von Aufruhr über uns, der uns in die Tiefe folgte.

»Kaselm – sie kommen!«

Er zog mich an eine kahle Mauer. Seine Hand, die weiterhin die meine hielt, tastete über die steinerne Oberfläche, die sehr alt war, von Rissen zernarbt und rauh. Ein Streifen verschimmelten Mörtels verlief bis auf den Boden.

Ich nieste und begann zu schnaufen. Die Finger des Priesters fanden einen Spalt, der mir vom Rest des Netzwerks von Rissen ununterscheidbar zu sein schien, und dann ertönte dicht vor uns ein Knirschen und Knarren. Ich erschrak und klammerte mich an Kaselm.

»Hinein, Kind. Eine Geheimtür hat sich geöffnet. Hinein.«

Ich tastete mich vorwärts. Meine Hand stieß auf keinen Widerstand. Ein feuchter, fauliger Luftzug wehte mir ins Gesicht. Ich versuchte durch die Lücke zu treten, aber mein Knie prallte gegen Stein. Panisch griff ich blindlings um mich. Starke Arme halfen mir, leiteten mich hindurch. Ich stolperte in kalte, steinige Finsternis, fiel aufs Knie und zerschrammte mir auf rauhen Fliesen eine Hand. Ich hörte Kaselm folgen, dann das erneute Knarren der steinernen Pforte, die uns vom anschwellenden Lärm der Verfolger abschnitt, der gerechten Priester, die über die hölzernen Treppen eilten, in ihrer Hast auf den Stufen und über die eigenen Füße strauchelten. Wir hörten sie auf der anderen Seite der Mauer vorbeilaufen.

Kaselm und ich setzten den Weg Hand in Hand fort. Ich war sicher, daß man den Widerhall, welchen die Gemäuer ringsum erzeugten, weithin hören müsse. Das gleichmäßige Geräusch unserer Schritte klang stärker als am Boden von den Wänden und der Decke wider. Ich schloß aus dem Klang, daß die Decke gewölbt sein mußte.

Vor unseren Füßen raschelte es beständig. Ich wußte, es waren Ratten, und blieb ruhig. Doch ein Schwirren über meinem Gesicht, mit dem ein Windstoß in mein Haar fuhr, ließ meine Hand in Kaselms Hand zucken.

»Fledermäuse«, sagte er. »Das dürfte nicht die letzte gewesen sein, die uns begegnet. Sie hassen Störungen, aber wahrscheinlich greifen sie nicht an. Sicher kann man allerdings nur mit einer Fackel vor ihnen sein.«

Ich murmelte eine zustimmende Bemerkung. Sprechen ängstigte mich. Kaselms Stimme hallte noch immer wider.

Alsbald vervielfältigte sich der sirrende Schwingenschlag über uns, wurde zudringlich. Die Spitze einer krallenbewehrten ledernen Schwinge peitschte mein Gesicht. Ich hörte, wie der Priester seinen Dolch aus der Scheide zog. Eine Zeitlang wirbelte die Klinge unaufhörlich über seinem Kopf. Gelegentlich vernahmen wir leise Grunzlaute oder klägliches Schnarren, und die Schwingen begannen von uns Abstand zu halten, doch ich hörte ihr Flattern im gesamten Rest des Gewölbes. Dann aber ermüdete sein Arm, und er senkte ihn. Unverzüglich stürzten die Fledermäuse sich wieder auf uns.

Ich erbot mich, ihn abzulösen, doch er entgegnete, ich sei zu klein und würde ihm nur die Augen ausstechen.

Schließlich sah ich voraus einen Lichtschimmer. Es war der safrangelbe Schein von Fackeln, die in eisernen Haltern steckten. Sie verliehen den steinernen Wänden einen umbrafarbenen Ton. Das Vorhandensein dieser Fackeln bewies keineswegs, daß jemand sie erst vor kurzer Zeit angezündet hatte, hier unten sprach nichts dagegen, daß sie langsam niederbrannten, über Tage hinweg. In diesem erleuchteten Teil des Gewölbes gab es keine Fledermäuse.

Aber mit Erstaunen kam ich zu der Schlußfolgerung, daß diese unterirdische Welt Bewohner haben mußte. Vom Stollen, durch den wir schritten, zweigten andere ab. Kaselm wußte stets genau, welche Abzweigung wir zu nehmen hatten. Sein Schritt verhielt nie. Anscheinend besaßen wir nicht länger Grund zur Eile. Es schien, als befinde sich Kaselm nun in diesen Gewölben in seinem eigenen Königreich – einfacher ausgedrückt in seinem Element. Ich entzog ihm meine Hand. Nunmehr kam ich allein voran, und ich lasse mich zumeist nur ungern von anderen Leuten berühren. Es bereitet mir Unbehagen.

Ich bemerkte nahezu eindeutige Anzeichen für die Anwesenheit anderer Menschen. Über Öffnungen im Gemäuer hingen Vorhänge, eher Lumpen, aber ganz ohne Schimmel; da und dort lag oder lehnte ein Speer, völlig rostfrei; inmitten weiter Kreuzungen, von denen mehrere Gänge abzweigten, standen manchmal Springbrunnen. Sie sprudelten nicht, aber an die Becken waren rostfreie Metallbecher gekettet, darunter lagen Pfützen. Insekten, vielbeinige und gehörnte Käfer, schwärmten durch die kopfständigen Wälder von Schwamm an der Decke.

»Fließen diese Brünnlein noch, Heiliger Kas …?«

Er trat zu einem, drückte in den Nabel einer Metallstatue, ein Gluckern ertönte, und Wasser schoß aus einer Brustwarze der Statue, troff aus der anderen, gurgelte den Beckenabfluß hinab. Man hörte das Rauschen unterirdischer Röhren, und kein Zweifel, die Brunnen taugten. Kaselm füllte einen angeketteten Becher und bot ihn mir an. Ich trank, obwohl das Wasser reichlich schmutzig war. Es war außergewöhnlich kalt und von irgendwie trockenem Geschmack.

In diesem Moment sah ich einen leibhaftigen Gewölbebewohner. Er kam aus einer Abzweigung, trottete vorüber und verschwand in einer anderen. Im Vorbeigehen grüßte er Kaselm, der den Gruß erwiderte, mit einer erhobenen Handfläche. Er war in eine schmutzige lederne Tunika gekleidet, auf dem Kopf trug er einen Hut. Seine Beinkleider waren weit, gestreift und seitlich geschlitzt. Ein Fuß war nackt, der andere steckte in seinem schlaffen Lederstiefel. In seinem Gürtel wimmelte es bloß so von verschiedenartigen Werkzeugen mörderischer Beschaffenheit – Dolche, ein Morgenstern an einer Kette, ein Messer mit einer Klinge wie eine Säge. Der Mann war bleich und hatte einen Schopf schmierigen Haars von unbestimmbarer Farbe.

Kaselm und ich gingen weiter.

»Wer lebt in diesem Labyrinth?« fragte ich.

»O … mancherlei Menschen«, antwortete er, »welche dies Leben jedem anderen vorziehen.«

Jene, die ich sah, waren ausnahmslos rohe, bleiche Gestalten. Die Mehrzahl schenkte uns keine Beachtung, einige jedoch grüßten, und jedesmal grüßte Kaselm ebenfalls und mit aller Freundlichkeit. Was waren das für Menschen? Schmuggler? Gesuchte Verbrecher, zu dieser oder jener Zeit der Gerechtigkeit entflohen? Familien, die schon seit Jahrhunderten hier hausten?

»Wissen Hof und Tempel von ihnen?«

»Dort weiß niemand von diesem Labyrinth. Wir sind ziemlich weit entfernt.«

Plötzlich stockte mein Atem. Eine Schwarzrobe kam uns entgegen. Kaselm zeigte keine Spur von Überraschung. Konnte es sein, daß er mich nun doch getäuscht hatte? Lagen die Folterkammern hier unten? Die Gestalt ging an uns vorüber, und ich sah, daß es sich um ein Mädchen handelte, es schritt gemessen aus, den Blick unter den geschminkten Lidern gesenkt, Finger mit rosa lackierten Nägeln rafften eine Falte der schwarzen Robe.

Das Labyrinth umfaßte mehrere Ebenen, denn ich sah Treppen auf- und abwärts führen. Gelegentlich bemerkte ich Gitter und Luftschächte. In den erleuchteten Abschnitten war es lau, bisweilen sogar warm.

Ich sah keines der Weiber dieser Unholde, es sei denn, sie sehen nicht anders aus als die Männer, doch in einer gehauenen Nische erblickte ich drei Kinder. Allen fiel ein Gestrüpp ungekämmten Haars in die bleichen Gesichter, und sie starrten uns aus violett umränderten Augen mit furchtlosem Mißtrauen an. Ein Knabe von ungefähr elf Jahren schärfte eine Klinge, ein ungestümes blondes Mädchen von acht oder neun fütterte einen dürren Säugling, der mit einem edelsteinbesetzten Armreif spielte, mittels eines Löffels mit dicker Suppe. Von der Decke der Nische hing an einer Kette ein großer eiserner Kessel, unter dem ein Feuer aus blauen Flämmchen brannte.

Später platschten unsere Füße durch Pfützen, aber das Wasser stammte nicht aus Springbrunnen. Für eine Weile schwieg ich – bis ich in einer Pfütze ein Büschel richtigen Seetangs sah.

»Woher kommt das Wasser, Kaselm?« Es war mir nicht länger möglich, ihn einen Heiligen zu nennen.

Er gab keine Antwort. Er bog um eine Ecke, und plötzlich traf mich ein starker Windstoß, so daß ich meinen Umhang raffte. Zugleich stand ich auf einmal bis über die Knöchel im Wasser, frischem, bewegtem Salzwasser, über das ein kräftiger, salziger Wind kleine Wellen gegen meine Beine trieb – Kaselms Hand hielt mich zurück. Ich verharrte hinter ihm und nieste; als ich aufblickte, sah ich einen Stollen, der steil aufwärts und durch einen Bogen aus schwarzem, grün bemoostem Stein führte. Darüber erkannte ich nichts als einen fahlen Himmel, alle Bewegung rührte nur von den Wolken her, die der Wind gleichermaßen antrieb wie das Wasser. Da es später Abend war, besaß die Fahlheit des Himmels eine leicht violette Färbung, die seine unbezähmbare Bedrohlichkeit erhöhte, aber es mußte, während wir durch das Labyrinth wanderten, stürmisches Wetter geherrscht haben – man sah keinen Schimmer vom Sonnenuntergang oder von Sternen.

Der steile Stollen war glitschig vom Wasser, das sich in der urzeitlichen Mulde am Grund sammelte; aber ich sah kein anderes Zeichen von Leben als eine Möwe, die einen winzigen Augenblick lang über den Ausschnitt des Himmels glitt und kreischte. Mir entgingen jedoch nicht die zweifellos für Loren bestimmten eisernen Schienen in dem Stollen.

»Hat noch kein Besucher des Hafens dies Loch entdeckt?«

»Vielleicht doch. Aber noch keiner ist hereingeklettert um nachzuschauen, welche Bewandtnis es damit hat. Nicht einmal eine ansehnliche Schar würde es wagen. Täte sie's, wäre auch das gleichgültig. Die Leute drunten halten sich nicht mit Losungsworten auf, die selbst täglich verraten werden können – jeden, der nicht ihr Vertrauen gewinnt, töten sie oder nehmen ihn gefangen und benutzen ihn.«

»Kann ich von hier aus fort …? Mit einem Boot?«

»Wohin willst du?«

»Keine Ahnung«, gestand ich nach einem Moment der Verwirrung, denn darüber hatte ich mir in der Tat noch keine Gedanken gemacht. »Nach Verlassen meiner Heimat war mein Ziel ein Jahr lang die Hauptstadt des Südreichs. Während der Monate am Hof habe ich nach Möglichkeit nie an die Zukunft gedacht … ich habe mich bewußt auf ein Dasein von einem Tag zum nächsten beschränkt, ein entspanntes Leben, um mich von meinen vorherigen Abenteuern zu erholen … ich wäre niemals fort, doch nun ist mein Leben wiederum bedroht …«

»Du wünschst nicht hier zu bleiben?«

»Im Labyrinth? Mein persönlicher Gott rät mir davon ab.«

»Hast du wenigstens irgendwelche Absichten?«

»Nein.«

»Überlege. Du bist in der Fremde, wirst vom Tempel als Spionin gesucht« – und vom Gesetz als Mörderin, ergänzte ich insgeheim – »und besitzt keine Freunde, keine Familie, kein Heim, kein Ziel … nun ins Land zu ziehen, allein, schwach und – soweit ich's beurteilen kann – unvergleichlich hilflos, obendrein mit einer schweren Erkältung, in ein gefährliches fremdes Land, das nach deiner Pein und deinem Blut dürstet, nur um irgendwo ein Dach und Nahrung zu finden, das ist es nicht wert.«

»Ich möchte mehr als Essen und Schutz vorm Wetter. Ich möchte Freiheit … im Bewußtsein, daß nicht allein der morgige, sondern auch der nächste und übernächste Tag mich am selben Ort in Sicherheit sehen wird.«

»Dich schaudert beim Gedanken an ein Leben in den Gewölben. Aber sie gewähren Schutz, Speise und Trank, Wärme … und völlige Sicherheit unter meiner Obhut.«

»Inmitten von wilden Männern und Tieren, Verbrechen und Schmutz?«

»Verspürst du auch nur die leiseste Hoffnung, wohlbehalten bloß durch den Hafen gelangen zu können … das saubere, friedliche Heim zu finden, das du erstrebst, in einem Land, welches Krieg und ein Dutzend innerer Streitigkeiten heimsuchen?«

»Ehrlich, Heiliger Kaselm, ich möchte Hof und Tempel nicht so nahe sein, ich habe das Gefühl, daß sie mich von oben erdrücken. Ich empfinde unendliche Dankbarkeit für die Hilfe, die Ihr mir heute abend zuteil werden lassen habt. Doch Ihr sagtet, Eure Finger hielten tausend Fäden – und ich weiß, daß Ihr bei weitem zu klug seid, um jemanden wie mich nur als Bauer in einem Eurer Schachzüge einzusetzen.«

Unter dem Eindruck dessen, daß ich ihn für unbarmherzig hielt, verzichtete er darauf, mich zwingen oder überreden zu wollen, doch wurde mir das nicht recht bewußt. Erst jetzt beginne ich sein Verhalten richtig zu würdigen.

»Ich werde dir ein Boot verschaffen, das dich an einen fernen, sicheren Ort bringt«, sagte er. »Hülle dich fester in deinen Umhang. Immerhin wirst du gleich zu essen erhalten.«

Ich folgte ihm in einen anderen Gang.

Plötzlich kam aus einer Abzweigung ein Mann. Er starrte mich an, sah jedoch Kaselm und grüßte. »Warte, Guts«, sagte Kaselm. »Dein Boot läuft heute nacht aus? Wann?«

»Der Wind bläst aus einem günstigen Winkel der Welt, und in weniger als einer Stunde wird die Flut kommen.«

»Hast du Raum für einen Mitreisenden?«

Guts musterte mich. »Sie? – ja.«

»Wir wollen alles bei einer Mahlzeit besprechen«, meinte Kaselm, aber ich spürte, daß bereits so gut wie alles geregelt war. Guts grunzte und schritt voraus, bis wir einen ledernen Vorhang erreichten, den er hob. Kaselms Arm geleitete mich in eine große, verräucherte, dunkle Kaverne, worin karmesinrote und goldene Feuer stürmisch prasselten; und bei Essen und Trinken saß eine ganze Horde dieser Unholde und tafelte mit einer rohen Andacht, die kaum Gelegenheit zu Gesprächen ließ, obwohl sie sich nicht eben lautlos verhielten. Ihre riesigen Schatten tanzten mit den Flammen. Guts, Kaselm und ich setzten uns zu einer Gruppe, die uns bereitwillig Platz machte. Jemand gab Guts drei zischend heiße Rippenstücke, die er unter uns aufteilte. Mehrere Anwesende grüßten Kaselm. Gleich darauf spürte ich eine große Wärme die seit langem währende Starrheit meiner Glieder lösen. Ich gähnte und fühlte mich von einer unwiderstehlichen, fast wollüstigen Müdigkeit übermannt.

Kaselm stützte mit einem Arm meine Schultern und setzte mir einen Becher an die Lippen. Der Wein war sehr herb, mein Kopf umnebelte sich, und mein Inneres glühte wundervoll.

Während ich schläfrig an der Rippe nagte und sowohl der Wein wie auch die Erschöpfung mich mit Benommenheit erfüllten, führten Kaselm und Guts miteinander ein ausgedehntes, leises Gespräch.

Dann, zugleich viel später, wie es mir schien, und viel zu früh, erhob sich Kaselm und lachte. »Fertig, Kind?« Ich glaube, er hat mich niemals Göttin genannt. Jedenfalls kann ich mich nicht daran erinnern, es jemals von ihm gehört zu haben.

»Gehen wir?« fragte ich.

»Die Flut wartet auf niemanden. Höre, Guts nimmt dich mit zu seinem Heimatdorf, drei Wochen entfernt flußabwärts. Du kannst ihm bedingungsloses Vertrauen schenken – er wird keinen Schergen und keinen Priester auch nur einen Blick auf dich werfen lassen. Sorge dich nicht um Entgelt. Das habe ich erledigt.«

»Ich hätte ohnehin nicht … ich besitze nichts … oh, ich danke Euch, Heiliger Kaselm!«

In Guts Begleitung kehrten wir zurück zum Stollen im Hafengemäuer. Der sichtbare Flecken Himmel war nun von verwaschenem Schwarz. »Eine günstige Nacht«, grunzte Guts, »ganz ohne Sterne.« Er stieß einen Pfiff aus, und wir warteten. Schließlich glitt von oben ein Tau herab. Guts knotete das Ende an seinen Gürtel, gab dem Tau einen Ruck, und halb zog man ihn, halb kletterte er empor.

»Du bist sogleich an der Reihe«, sagte Kaselm. »Bist du bereit?« Unbehaglich nickte ich.

Das Tau fiel wieder herunter. Er band es um meine Hüften und umarmte mich. Ich entsann mich all der Warnungen bei Hofe. Er küßte mich auf die Wange. Bevor ich etwas sagen konnte, zog er am Tau. Ich schlitterte unbeholfen aufwärts, zerschrammte mir am Stein einen Arm. Guts und zwei andere Männer empfingen und schützten mich, befreiten mich vom Tau. Kaselm kam nicht. Die Männer drängten mich über die Laufplanke.

DRITTES KAPITEL

Flucht

Das kleine Schiff schaukelte auf den schwarzen Wellen. Es waren keine Sterne, nur Wind und Wolken am unruhigen Himmel. Die Wolken wirkten unheimlich, ein Schwarz mit schwachem Schimmer in tiefem Schwarz. Ich kauerte, in meinen Umhang gehüllt, am Heck. Die kleine Mannschaft beachtete mich nicht. Mehrere Stapel von Kisten standen mit mehr gutem Willen als sonst etwas unter Segeltuch ›verborgen‹. Es ging mich nichts an. Im Land meiner Mutter hätte ich Schmuggler gehaßt und verabscheut, aber wie man in diesem Land mit dem wirtschaftlichen Gleichgewicht verfährt, kümmert mich nicht im geringsten.

Ich war in meine Gedanken versunken und bemerkte die allgemeine Aufregung nicht, bis der Anlaß sich schon viel zu sehr genähert hatte.

»Wie der Wind weht, können wir einfach durchbrechen.« – »Und wie der Wind weht, sind sie sofort hinter uns her.« – »Ah, wir sind schneller.« – »Ich will vermeiden, daß man uns zu Flußpiraten erklärt, wir lassen längsseits gehen und verhalten uns wie gewöhnlich, vorausgesetzt sie glauben unserem Wort und bestehen nicht darauf, die Kisten zu erbrechen. Aber haltet eure Messer bereit.« Die Stimmen der Seeleute redeten durcheinander. »He – wartet … das Mädchen!«

Ich sprang auf und stolperte aufgrund des Schlingerns vorwärts, torkelte übers Deck. »Guts, ich meine, Kapitän … dort voraus, sind das Kriegsschiffe?«

»Sicher, wir kommen mit ihnen zurecht. Eine der üblichen Frachtprüfungen. Aber auf deinen Kopf ist bereits eine Belohnung ausgesetzt. Unter Deck ist bloß ein Kämmerchen. Unter den Strohsäcken kann ich dich nicht verbergen, man sähe es auf den ersten Blick. Wir bleiben an Deck.«

»Wie nahe sind sie?« erkundigte ich mich mit zittriger Stimme. »Sind sie das?«

»Hrrmm-mm.«

Ich schüttelte meine Sandalen ab. »Willst du schwimmen?« Die Seeleute begriffen rasch. »Und nicht zu früh. Bist du ein guter Schwimmer, Täubchen? Schwimm zu diesem Ufer. Geh flußabwärts. Vielleicht können wir dich bei der Ruine des Lagerhauses wieder an Bord nehmen, aber das läßt sich noch nicht sagen.«

Die einfältigen Ruderer des Kriegsschiffs, das sich näherte, selbstzufrieden und im überheblichen Wahn befangen, den erfahrenen Flußschiffern unbemerkt dichtauf rücken zu können, schlugen Wellen gegen unseren Bug und klatschten bisweilen mit einem Ruder, wohl in der blöden Einbildung, vermute ich, wir würden das als Hüpfer von Fischen mißdeuten.

Guts half mir aus dem Kleid und der Hose. In meinem kurzen Hemdchen stieg ich über das Schanzkleid und ließ mich so geräuschlos wie möglich ins Wasser gleiten. »Halt!« brüllte nun vom Kriegsschiff jemand mit lauter Stimme. Mein Herzschlag stockte, so daß mir die Kälte des Wassers gar nicht auffiel. »Halt, was heißt das?« hörte ich Guts Stimme zur Antwort brüllen. Haken klirrten, Segeltuch rauschte, und meine Freunde ließen sich entern. Neben mir fiel etwas aufs Wasser. Meine Sandalen, mein Kleid, meine Hose und der Umhang in einem Bündel. Sie wollten keine Spur von mir an Bord behalten. Infolge des plötzlichen Gefühls eines Verlusts schwamm ich nach dem Bündel und geriet ins Kielwasser der beiden Schiffe. Ich stieß gegen ein Ruder und hoffte, daß gerade niemand es hielt. Als das Bündel sich gerade unter der Wasseroberfläche aufzulösen begann, bekam ich es zu packen. Das schwere Tagebuch in der Tasche des Umhangs wirkte wie Ballast.

Mit dem Tagebuch im Umhang, den ich an die Brust

preßte, zu schwimmen, erwies sich als sehr beschwerlich. Das Wasser war kalt, so daß ein Frösteln durch meine Glieder rann. Ich schwamm zum Ufer hinüber, das man mir gezeigt hatte. Das Schwimmen im Fluß unterschied sich sehr von dem im kleinen Becken auf dem Dach meines Turms, worin ich's gelernt habe. Es war das entfernte Ufer, das nahe bestand aus Umrissen von Hafenbauten, Bewegung und Licht, am anderen erkannte ich Gärten, große Herrschaftshäuser und kleine, ruhige, abgeschiedene Landungsstege. Wenig später begann ich durch den scheinbar alles beherrschenden Geruch von Salz und Tang einen Hauch verschiedener angenehmer Düfte festzustellen.

Zwei helle Streifen glitten vorüber – lange, schimmernde Aale mit flatternden Kiemen.

Für einen Augenblick erhellte ihre Leuchtkraft unter Wasser die Hand des Arms, mit dem ich schwamm – ein seltsames, schmales, perliges Ding, welches zuversichtlich das Element zerteilte, sich ans Leben klammerte …

Einige der Düfte erkannte ich. Magnolien – süße Magnolien; Magnolien, deren betäubender Duft, scheinbar so greifbar wie die Blume selbst, schwül und schmachtvoll in der schwarzen Luft ruhte.

Am Ufer erklomm ich einen kleinen, hölzernen Landungssteg, der prompt knarrte. Als ich mich aus dem Wasser erhob, schien es sich schwergewichtig an mich zu hängen, und ich fror. Ich verließ den Landungssteg und betrat einen schmalen, weißen Pfad, der wie ein dünnes Band in dichtes Gesträuch mündete. Auf meine Füße troffen hartnäckig Tropfen von meinem nassen Körper, dem durchtränkten Hemdchen und meinem feuchten Bündel mit dem Tagebuch darin. Ich verspürte das Bedürfnis, nach dem Tagebuch zu schauen, um festzustellen, ob das Wasser das Bündel völlig durchdrungen und mein Tagebuch beeinträchtigt habe, doch es war zu dunkel, weshalb ich nicht viel gesehen hätte. Ich wollte mein Hemdchen abstreifen, das widerlich naß an mir klebte, doch da bemerkte ich Lichtschein, der sich von rechts näherte, und hastete weiter durch den Garten.

Die Sträucher raschelten, metallene und marmorne Statuen glänzten auf mich herab, die Lichter kamen näher. Dann sah ich voraus andere Lichter, die sich jedoch nicht bewegten. Es waren Fackeln, gehalten von Wächtern, die an der Vorderseite eines großen Gebäudes standen. Bestürzt verharrte ich am Rand des Strauchwerks. In der Tat, es waren Wächter, nicht bloß Diener, die Wache hielten; vielmehr trugen sie die Waffenröcke des Südheers.

Ausgerechnet unter Soldaten mußte ich an diesem langen Ufer fallen! Ich wandte mich um und wollte wieder im zweifelhaften Schutz des Gesträuchs untertauchen, doch die anderen Lichter zur Rechten hatten inzwischen aufgeholt. Die Gruppe marschierte vier oder fünf Meter neben mir vorüber. Nordländische Soldaten eskortierten den Feldherrn höchstpersönlich von einem Tag bei Hofe heim in seine Unterkunft. Er ritt nicht, sondern ging mit der Eskorte, als sei er eins mit ihr, im Marschtritt. All seine Instinkte sind soldatische Instinkte. Lara mußte noch am Hof geblieben sein, es befanden sich nicht einmal Mädchen in seiner Begleitung. Neben ihm marschierte Eng; beide schwiegen. Clor und Isad folgten, sie sprachen miteinander.

Sie erreichten die marmorne Vortreppe mit den südländischen Posten, jeder markige Schritt wie das Niedersausen eines Krummschwertes. Bei der Ankunft der Nordländer strafften sich die Posten; man sieht ihnen an, daß sie lieber böse Mienen aufsetzen würden, aber sie alle heben, während der Feldherr die Treppe ersteigt, mit einem zeremoniellen Ausruf die Fackeln. Der Feldherr beachtet sie nicht, grüßt jedoch, wenn auch geistesabwesend, ihren Befehlshaber.

Mittlerweile war mir natürlich alles klar. Ich befand mich im Garten des herrschaftlichen Hauses, welches Tempel und Hof dem Feldherrn für seinen Aufenthalt zur

Verfügung gestellt hatten – und außerdem, als besonderes Zeichen der Hochachtung, eine Wache südländischer Soldaten. Das mußte ihn sehr ärgern, dachte ich mir, denn zweifellos beobachteten sie ihn und würden ihn, sobald sich günstige Umstände ergaben, in Gefangenschaft schleppen oder niedermachen.

Er und seine Hauptleute verschwanden jenseits der hohen Pforte.

Nun kommt der Teil meines neuen Abenteuers, der mich mit unsinniger Scham erfüllt, es ist beinahe komisch. Von allen möglichen Arten der Entdeckung – ich meine, es gab dreihundert andere Möglichkeiten, mich zu entdecken, wenn das Schicksal darauf bestand, daß es sein müsse, doch nein, es mußte auf die klassische und blödsinnigste Weise geschehen, jene, in welcher man stets die Heldinnen in den Büchern entdeckte (meistens Kindheldinnen, nebenbei bemerkt), die ich während meiner eigenen Kindheit lesen durfte.

Ich nieste.

Der Posten, der mir am nächsten stand, hörte es sofort. Er kam gemächlich auf mich zu und hielt dabei seine Fackel in die Höhe.

Ich versuchte, durch die Sträucher, die raschelten und schwankten, rückwärts zu kriechen, aber ich hätte besser wie eine Verrückte laufen sollen, ohne mich um Deckung zu sorgen. Mein Gesicht sah er ohnehin. Das war's dann. Er erkannte mich. Nach seinen Kameraden rief er nicht; er wollte die Belohnung allein einstreichen.

Er redete mit mir wie ein Jäger zu einem gefangenen Tier, das zurückweicht, wie ein Soldat, der in einer geplünderten Stadt sich der Mühe unterzieht, ein erschrockenes Mädchen zu verführen, das zu vergewaltigen ihm freisteht.

»Komm her, kleines Häschen, hinter dir gibt's keine Rettung, nur den Fluß, so – na, na, schlag nicht so wüst um dich, du verhedderst dich bloß in den Zweigen, keine Panik, du mußt die Nase in die Höhe halten für das, was dir bevorsteht, dich erwartet einiges, aber denk daran, wenn sie dich häuten, daß du einem ehrbaren Soldaten einen dicken Beutel des herrlichsten Metalls eingebracht hast... ach, nun regst du dich aber wirklich auf... hier, streck nur die Hand aus, und schon habe ich dich. Es ist überflüssig, daß du dich wehrst, es wird dir nichts nutzen...«

Seine Stimme war beileibe nicht so rauh wie sein Zugriff, als er mich schließlich gepackt hatte. Er entriß mir das Bündel und verzog verlegen die Lippen, während wir einander musterten.

»Dein Umhang. Leg ihn lieber um, deine Beine sind ziemlich nackt, was? Nur gut, daß dein Hemd nicht eine Handbreit kürzer ist.« Er schnippte mit kräftigen Fingern unter den Hemdsaum und lachte, als der Saum hüpfte. Er lachte nochmals, als er den Blick wieder auf mein Gesicht richtete, ich hatte den meinen nicht von ihm gewandt, ich vermute, daß ich bereits stier dreinglotzte wie ein gehäutetes Kaninchen. »Du wünschst bestimmt keine erhöhte Aufmerksamkeit von meinen Kameraden, wie? Ich auch – sie stellen zu viele Fragen. Zieh die Kapuze über dein hübsches Köpfchen.« Sein Tonfall erinnerte mich an Kond, dessen Stimme aus dem blanken, leblosen Gitter an mein Ohr gedrungen war; fast empfand ich so etwas wie Heimweh, denn das war eine bessere Zeit gewesen.

Seine Kameraden riefen herüber. »Hast du herausgefunden, was das für ein Geräusch war, Achtundfünfzig?«

»Ja, ja, ein Unbefugter, sonst nichts.« Er nahm das Tagebuch. »Was ist das?« Er gaffte es an. »Ein Buch«, stellte er voller Staunen fest. Er schlug es auf, aber mit meiner Mischung aus Kurzschrift und Abkürzungen konnte er wenig anfangen. Wahrscheinlich fiel ihm das Lesen sowieso selbst an seinen besten Tagen schwer. »Na, ich glaube, der Tempel wird auch das interessant finden. Aufzeichnungen deiner Spionage, wette ich.« Er schob es zurück in die Umhangtasche, zog mir die Kapuze über die Augen und zerrte mich mit sich.

Die nordländischen Soldaten, die den Feldherrn eskortiert hatten, kamen nun wieder die Treppe herunter, um den Weg zu ihrem Quartier anzutreten. Ihr Befehlshaber grüßte meinen Greifer, der seinerseits mit seinem freien Arm grüße. Der nordländische Unterführer runzelte die Stirn; es war der falsche Arm. »War nicht als Mißachtung gemeint, Herr«, sagte mein Greifer hastig und packte mich mit dem anderen Arm.

»Was hast du da?« erkundigte sich der nordländische Unterführer.

»Einen Eindringling, Herr, den ich dem Tempel vorführen will.«

Er grüßte mit dem nun freien rechten Arm und wollte eilig mit mir weiter, aber der Unterführer hielt ihn auf.

»Ist ein anderer Mann an deinen Platz gestellt worden?«

»Nun, Herr, meine Schicht ist gleich vorbei, und dies ist ein besonderer Fall ...«

»Ihr alle verlaßt eure Posten um ein paar Minuten zu früh und ohne euch abzumelden, weil euch den ganzen Tag lang außer Statuen niemand beaufsichtigt ... ihr sei eine außergewöhnlich schlaffe Abteilung eures Heers. Geh für die restlichen fünf Minuten zurück auf deinen Posten!« herrschte ihn der Nordländer an.

»Es stört meinen Feldwebel nicht, Herr ...«, sagte mein Greifer großmäulig, im Bewußtsein, daß er dem weit überlegenen Heer eines mächtigeren Landes angehörte.

»Du verleumdest deinen Vorgesetzten?« meinte der nordländische Unterführer mit sanfter Stimme. »Ich bin ganz sicher, daß es ihn stört. Der Eindringling bleibt hier! Er wird nicht dem Tempel, sondern dem Feldherrn vorgeführt, den es angeht, weil dies seine Unterkunft ist.«

Der Posten sah die Belohnung seinen Fingern entrinnen. Der Blick, den er dem Unterführer widmete, war mörderisch, aber nur sehr kurz, dann nahm er wieder seinen Platz auf der Treppe ein, während der Nordländer, ohne mich nur einmal anzuschauen, einem seiner Soldaten befahl, mich zum Feldherrn zu bringen.

Wieder wurde ich abgeführt, doch nicht die Treppe hinauf, sondern durch eine schmale Tür hinter der Ecke des Gebäudes. Die Posten ließen uns ein. Dieser Soldat hatte seinen Verstand gebraucht: über den Aufgang der Dienerschaft kamen wir rechtzeitig, um den Feldherrn auf dem zweiten Absatz der großen Wendeltreppe anzutreffen, die er in aller Gemächlichkeit erstieg. Wir traten vor ihn, der Soldat grüßte.

Der Feldherr blieb stehen. Er war allein, die Hauptleute befanden sich nicht länger bei ihm; er machte den Eindruck, als sei er auf dem Weg in seine Gemächer, der Umhang hing bereits über einem Arm, und während er uns gegenüberstand, öffnete er sein Wams.

»Man hat im Garten einen Eindringling aufgegriffen, Herr«, sagte der Soldat.

»Eine Spionin, hm?« meinte der Feldherr gedankenverloren.

Ich trat einen Schritt vorwärts. Der Soldat erschrak und starrte mich vorwurfsvoll an, bis dahin war ich eine willige Gefangene gewesen. Er umklammerte meine Arme, doch inzwischen galt mir des Feldherrn Aufmerksamkeit. »Feldherr«, sagte ich, »darf ich mit Euch unter vier Augen sprechen, nur ein paar Minuten lang?«

»Ho, davon rate ich ab, Herr«, sagte der Soldat. »Nicht alles, was so aussieht, ist bloß ein Mädchen. Man lernt nie aus mit diesen Meuchelmördern.«

»Ja, höchstwahrscheinlich, trotzdem kannst du gehen«, sagte der Feldherr. Der Soldat grüßte und tat wie geheißen.

Ich fiel vornüber in seine Arme. Ich zitterte schrecklich. »Sie wollen mir die Haut abziehen.« Meine Stimme klang leise, aber heiser. Meine Stimme klingt gräßlich, dachte ich, aber ich konnte es nicht verhindern. »Eine Belohnung ist ausgesetzt… alle sind hinter mir her.« In meinem Mund war ein bitterer Geschmack wie von Galle. Der scheckig rote Marmor ringsum schien zu wirbeln.

»Und du kommst zu *mir?*«

Beim seltsamen Klang seiner Stimme schaute ich auf, mein Schwindelgefühl wich.

Sein Blick ruhte in meinen Augen, aber irgendwie begegnete er meinem Blick dennoch nicht. Er wirkte erstaunt überrascht. »Warum ausgerechnet zu mir?« meinte er und sah zur Seite.

Ich brannte darauf, ihm zu beweisen, daß ich so dumm nicht war, daß er mir helfen *konnte* – und vergaß darüber zu erwähnen, daß ich mich lediglich aus einem Zufall nun in seinem Haus aufhielt.

»Zerd, ich weiß, daß nichts als reiner Haß uns verbindet, aber Ihr seid der einzige, der mir zu helfen vermag. Tötet mich, aber laßt nicht zu, daß sie mich foltern. Ich bin Euer, ich gebe mich vorbehaltlos in Eure Gewalt, ich bin Euer Gefangener, aber laßt mich nicht der ihre sein.«

Plötzlich hob er mich hoch, einen Arm um meine Schultern, den anderen unter meinen Knien. »Warum bist du dermaßen naß?«

Er trug mich weitere Treppen empor, öffnete mit dem Fuß eine kunstvoll verzierte Tür, legte mich auf etwas Weiches. Ringsum war Wärme. Ich befand mich in einem großen Raum, ein riesiges Feuer loderte im Kamin, an den Wänden brannten Fackeln, ich lag auf einem großen runden Bett mit einem modrigen Fell darauf, das nach Moschus roch.

Er schälte mich aus dem Umhang und hob die Arme, hielt beide Handgelenke in einer Faust. Meine Zähne klapperten. Er zog mir das Hemd über den Kopf. »Haben sie dich aus dem Hafen gefischt?« Ich hatte meine Augen geschlossen. Meine Lider waren fast unerträglich gereizt, als liefen keine Tränen, sondern rinne Sand heraus und über meine Wangen. »Salzwasser, es wird dem Fell schaden …«, so plapperte ich, wenn ich mich recht entsinne. Er hob mich erneut auf seine Arme. Ich spürte die Sehnen unter seinen Schuppen. Er steckte mich in sein Bett, faltete meine Arme wie die eines Kindes, glättete die Decke. Schlief ich bereits? Nein, unmöglich, denn ich hörte ein Klopfen an der Tür. Mein Herz? Nein, tatsächlich die Tür.

Ich schlug die Augen auf. Der Feldherr entledigte sich seines Hemds, der Stiefel, öffnete seinen Gürtel. Auf dem Weg zur Tür brachte er mit einem Ruck das eben erst geglättete Bett in Unordnung. Er riß die Tür auf, schnitt eine finstere Miene, schloß wieder seinen Gürtel.

Draußen stand ein Trupp südländischer Soldaten, sie trugen grüne Waffenröcke, gehörten nicht zur dem Haus zugeteilten Wache. Sie wanden sich, zögerten; der Feldherr sagte nicht ein einziges Wort.

»Uns wurde berichtet, Herr, von einem unserer … äh … Eurer Posten, daß sich in diesem Haus das gesuchte Mädchen verbirgt. Wir haben Befehl, alles zu durchsuchen.«

»Selbst mein Schlafgemach?«

Sie räusperten sich unbehaglich.

Er trat mit einer spöttischen Geste der Einladung beiseite. Sie traten zögernd ein. »Das einzige Mädchen hier, tapferer Krieger, ist das dort.« Sie stierten mich an, die ich im scheinbar zerwühlten Bett lag, und schielten auf die Halbnacktheit des Feldherrn. »Nun denn, sucht. Ich will euch nicht an der Ausübung eurer Pflicht hindern. Schaut unter den Teppich, die Dielen und unters Bett. Kein Spion darf entkommen.«

Sie suchten sehr oberflächlich, die Ohren rot vor Verlegenheit, hielten erheblichen Abstand von mir, stupsten Speerschäfte gegen Vorhänge, die sie nicht fortzuziehen wagten. »Wir danken Euch, Herr. Das ist alles. Offensichtlich ist hier niemand. Wir sind untröstlich, Euch unterbrochen … äh … gestört zu haben, Herr.«

Sie grüßten und schoben sich eilends gegenseitig hinaus.

Ich saß im Bett und weinte.

Er kam und setzte sich neben mich, legte einen Arm um meine Schultern. »Ich hätte dich nicht zu retten brauchen, aber ich habe es getan.«

»Ich weiß, daß Ihr's nicht nötig hattet.« Ein lächerliches, nahezu köstliches Mißtrauen befiel mich, wie schon einmal vor jenem anderen schrecklichen Ereignis, als er mich zur Hinrichtung fortschleppte, nachdem ich mich weigerte, mit ihm zu schlafen, und sich herausgestellt hatte, daß er sehr empfindlich ist wegen seiner Haut. Ich glaube, in Wirklichkeit ist er ziemlich schlichtmütig: ein Soldat, ein Lüstling, ein mächtiger Führer, in jeder Beziehung einfach, ein hervorragender Kopf und doch irgendwie unreif. Was ihn so schwierig macht, sind seine gleichmütige Spöttelei, seine Kenntnis der menschlichen Natur, seine Unerschütterlichkeit, die durch *nichts* ins Wanken gerät.

»Feldherr, ich ersuche um Eure Vergebung, dies kann Verdacht auf Euch lenken.«

»Das hat es. Aber ich freue mich darüber, daß du gekommen bist.«

Und da fiel mir ein, seit wie langer Zeit er mich schon in seine Gewalt zu bringen trachtet, weil ich das Geheimnis der Formel kenne.

»Wäre ich recht bei Verstand, ich spräche darüber nicht zu Euch«, sagte ich, »aber der Tod wirkt nicht so schrecklich, wenn er mich nicht... auf *jene* Weise ereilt... und Ihr mögt nach Vergeltung streben, werdet mich vielleicht foltern, doch ich vertraue auf Eure Gnade.« Ich wartete und er musterte mich mit dem Anflug eines Lächelns. Ich nahm einen tiefen, lautlosen Atemzug.

»Ich habe den Schwarzroben des Tempels die Formel verraten.«

Seine Miene war vollständig ausdruckslos. Das hatte ich wirklich zuletzt erwartet. Ich sprach weiter, stammelte ein wenig. »Sie sagten, sie würden mir ... die Haut abziehen ... täte ich's nicht, also tat ich's. Sie müssen entschlossen gewesen sein, mich auf jeden Fall aus dem Weg zu räumen, denn später kamen sie und behaupteten, es sei eine falsche Formel... Kaselm hat mir zu fliehen geholfen, er hat das ganze Geld dem Kapitän des Schiffs umsonst gegeben, ich mußte von Bord springen und ans Ufer schwimmen ... Kaselm ist viel zu schlau und mächtig, um für die Hilfe bei meiner Flucht büßen zu müssen, er beherrscht ein ganzes unterirdisches Königreich ... nun habe ich Euch Scherereien bereitet ... und habe die Formel verraten ... Ihr müßt wissen ... es tut mir leid, daß ich ein Feigling bin, daß ich Euch's unmöglich gemacht habe, Atlantis zu erobern.« Es tat mir wirklich leid. Ich befand mich in ganz und gar rührseliger Stimmung; als genüge es nicht, daß ich mich, um der Folter zu entgehen, zur Hinrichtung anbot, hatte mich obendrein ein grenzenloser Jammer ergriffen, weil jene Pläne durch mich zunichte gemacht waren, die ich immerzu gehaßt hatte.

»Während all dieser Monate hast du geglaubt, du wüßtest die Formel? Ich verstehe, daß du im ersten Schrecken daran geglaubt hast ... du bist wahrhaftig unglaublich einfältig.« Da ich eben erst das gleiche von ihm gedacht hatte, ärgerte ich mich sehr.

Als ich wieder zu ihm aufblickte, rieb er mit zwei Fingern sein Kinn. »Warte einen Moment«, sagte er. Er stand auf und ging hinaus, mit nackter Brust und bloßen Füßen. Ungefähr eine halbe Stunde lang blieb er fort. Ich lag noch wach, war jedoch reichlich schläfrig, als er zurückkehrte. Zusammengerollt, verkrümmt lag ich im Bett wie in einem dunklen, wundervollen, sicheren Mutterschoß, ich schwelgte im Gefühl der Sicherheit, genoß es, als könne es Durst löschen, Hunger stillen, Schmerz lindern.

Er setzte sich beinahe auf meine Füße, und ich rollte mich herum und sah ihn an. Ich ahnte die Klarheit meiner Augen. Er blickte in sie mit der ganzen Dunkelheit der seinen.

»Kannst du schlafen?«

»Ich glaube, ich brauche es jetzt nicht. Mir wäre es lieber, Ihr sprächet zu mir, Feldherr, falls es Euch nicht gänzlich zuwider ist. Ich nehme an, mir droht nicht länger der Tod?«

»Von mir hat er dir nie gedroht. Das heißt, nicht seit unserer Ankunft im Südreich.« Er lachte. »Flauschhaar«, sagte er. Seine Augen funkelten ein wenig, seine Stimme zitterte leicht. Er befand sich unweit von Erregung; er wartete auf etwas, doch worauf, das wußte ich nicht, obschon ich selbst eine Art von Erwartung empfand. Zugleich wirkte er auf träge Weise erheitert über alles – was immer das alles sein mochte.

Er lehnte sich zurück, streckte sich aus, die Flammen, die langsam niederbrannten, warfen ihren Schein auf das ruhige Spiel seiner Muskeln. Er hat merkwürdige Ellbogen, die sich in so etwas wie aderndurchsetzte, sanfte Strudel verwandeln, wenn er die Arme streckt. Seine krokodilhafte Stärke ist in jedem Teil seines berühmten, nahezu mythischen Körpers offensichtlich.

»So, und während des ganzen Sommers warst du der Schwarm des Hofes und unter dem Eindruck, daß ich darauf lauere, dich fassen zu können?« meinte er. »Reizend. Du bist ein so außergewöhnliches Kind, daß du niemals rührend wirkst. Es war unerhört interessant, dich während deiner Zeit in der Küche zu beobachten … aber obwohl es deutlich war, daß du dich gelegentlich elend fühltest, hatte man nie den Eindruck, daß man einschreiten müsse. Und ich habe es immer auf den nächsten Tag verschoben, wie mit einem Wein, der beim Abwarten nur besser werden kann, aber selten um mehr als einen Tag auf einmal, du warst so unvergleichlich erheiternd in deinem Vertrauen auf deine Verkleidung. Und dann warst du plötzlich fort. Und an jenem so heißen Tag am Sommeranfang hast du die Formel gehört … hast wirklich jemals ernsthaft geglaubt, wir würden herumlaufen und uns mit solcher Sorglosigkeit über die Formel unterhalten? Die angebliche Formel, die du so lange gehütet hast, war nur unsere Tarnbezeichnung des Monats für die echte Formel – eine Art von Knüttelvers, nicht einmal ein Schlüsselwort, hatte nichts zu tun mit der echten Formel. Aber ich bedaure sehr, daß du damit bei deinen Gastgebern, den Schwarzkutten, in Bedrängnis geraten bist.«

Er schwieg, lächelte, ganz beschäftigt mit seiner trägen Belustigung und etwas anderem.

»Hast du schon einmal dieses plötzliche Gefühl der Erhöhung verspürt, wenn man merkt, daß man jemanden wirklich achten kann? Obwohl du im eigenen Interesse gehofft hast, daß derjenige unterliegt?«

Ich vermochte ihn nicht recht zu begreifen, er meinte, er habe einmal Achtung vor mir empfunden (und ich überschätzte seine Worte nicht), doch bedachte ich, wie berechnend selbstsüchtig ich stets gewesen war, seitdem er mich das erste Mal gesehen hatte …

»Nein, daß du den Südländern diese angebliche Formel mitteilen könntest, das ließ mich völlig gleichgültig. Ich habe dich ausschließlich zu deinem Nutzen verfolgt, um dich zu bekommen.«

Ich lag reglos, aber die Klarheit meiner Augen begann abzustumpfen, strahlte nicht länger ruhige Gelassenheit aus, doch mein Gefühl der Geborgenheit nahm eine bleierne Schwere an. Diese belustigt ausgesprochenen Lügen von überzeugendem Klang, um mich dazu zu bringen, mit ihm zu schlafen …! Bedeutete es ihm tatsächlich etwas, mich zu besitzen, obwohl er meine Eigenarten lange genug begutachten konnte, oder nicht?

Für eine Weile schwiegen wir beide.

Vorhin hatte er mich vor etwas bewahrt, das wirklich weit schlimmer war als der Tod. Bei größter Anstrengung meiner Vorstellungskraft konnte ich mich nicht zu ihm sagen hören: Das war nicht richtig, jemanden zum Schlafen mit Euch bewegen zu wollen, indem Ihr vortäuschtet, der einzige Ausweg sei die unverzügliche Hinrichtung.

Solche Urteile steigern seine grausame Belustigung.

Er saß und betrachtete mich, während ich mich langsam in meine Schläfrigkeit versinken ließ, noch immer reglos.

»Ich habe gehofft, du würdest etwas sagen, irgend etwas, Flauschhaar. Ich dachte wirklich nicht, daß du überhaupt nichts sagen würdest. Aber du bist ein verschlafenes kleines Ding, gewiß, und heute hast du viel durchgemacht, ja, und außerdem verstehst du's nicht, wenn jemand dich begehrt. Ich bin davon überzeugt, daß du dich entschieden hast, es gibt nichts mehr zu sagen. Gut, wenn du's kannst, dann schlaf. Wir werden fort sein, ehe der erste Hahn kräht.«

Fort?

Ich erwachte, als man mich in den Streitwagen hob. Ich befand mich unter freiem Himmel, das bemerkte ich zuerst, es war kühl vom Wind, der vor der Morgendämmerung sich aufmacht, er roch nach Flußwasser und Magnolien – und Vögeln. Man vernahm das geschäftige Treiben einer großen Menge von Menschen und Vögeln, die sich so leise wie möglich und doch zielstrebig bewegten. Man hüllte mich in meinen Umhang. Dabei prallte mein Taschenbuch gegen den Streitwagen und rutschte aus der Tasche.

Ich stand bereits im Streitwagen. Innerhalb eines Augenblicks war ich hellwach. Zerd hatte *dieses* Buch entdeckt! Mit einem zornigen Schrei sprang ich hinzu, um ihn aufzuhalten. Erheitert blätterte er darin, dann betrachtete er im Fackelschein den Einband – und stopfte es zurück in meine Tasche.

»Wohin ziehen wir?« Alles setzte sich in Bewegung. Oh, wie vertraut: das Geräusch von Männern und Vögeln auf dem Marsch. Zur einen Seite des Wegs erstreckte sich der dunkle Garten, auf der anderen erhob sich die weiße Treppe des herrschaftlichen Hauses. Auf jeder Stufe lag ein toter südländischer Posten.

»Damit habt Ihr den Krieg erklärt.«

»Es war höchste Zeit.«

Andere Scharen stießen zu uns. Nun mußten alle beisammen sein, das ganze Heer, wenn auch klein nach südländischen Maßstäben.

»Wir haben uns schon eine Zeitlang darauf vorbereitet.«

»Diese Straße führt nicht durch die Stadt. Folgen wir

dem Fluß? Sicherlich werden sie uns leicht verfolgen können.«

»Durch die Berge geht's schneller. Wenn sie uns dorthin folgen, wird es ihnen nichts nutzen – ihr Heer ist ziemlich groß und stark, aber sie werden es niemals wagen, uns in den Bergen zu berennen, wenn wir uns von oben verteidigen können. Ich will zur Küste – sie werden versuchen, uns den Weg zu verlegen, uns zwischen der Tempelstadt und der Metropole einzukesseln, wo der Rest ihres Heers liegt. An der Küste liegt ihre Flotte, aber wir können sie überwinden, wenn wir's vermeiden, zwischen sie und das Heer zu geraten. Frierst du?«

»Es ist kühl ...«

»Bald wird's noch kühler sein.« Er schlang ein Fell um mich und befestigte es unter meinem Kinn. Dann setzte er einen Schlauch mit Wein an meine Lippen, gab mir ein Stück gekochtes Fleisch und zwei Äpfel. Der Streitwagen war schmal und hochauf gepanzert, ein schneller Wagen, auf dem man viel Wind abbekam, gezogen von einem Vogelpaar, ungewöhnlicherweise zur Zweisamkeit abgerichtet, aber ich glaube, er wäre lieber geritten, und war dankbar dafür, daß er in meiner Nähe blieb.

»Reist Eure Gemahlin, die Prinzessin, in einem anderen Streitwagen?«

»Nein – mein Weib ist mir nicht länger von Nutzen.«

Ich begann neben ihm zu zittern.

»Frierst du so sehr?«

»Ich bin bedrückt ...« ›Entsetzt‹, hätte ich sagen sollen, aber das sagte ich nicht; dann erkannte ich, wie oft ich mir Laras Verschwinden gewünscht hatte.

»Bedrückt? Weil mein Weib am Hof zurückbleibt? Das ist kein Grund zur Niedergeschlagenheit, es wird ihr weder schlechter noch besser gehen.« Er begann seine Zähne mit einem Dolch zu reinigen. Der Streitwagen holperte, und ich hoffte, er werde sich in die Zunge schneiden. Sofort hob sich meine Stimmung. Dieser Wunsch bewies mir, daß ich jene alte Gewohnheit innigster Dankbarkeit, meine alte blödsinnige Schwäche, abzustreifen begann.

Plötzlich bemerkte ich, daß er mich musterte. »Als ich sagte, sie sei mir nicht länger nützlich – und sie ist es nicht, man kann keine hochgeborene Gemahlin zur Vorsteherin des Haushalts und Gastgeberin aller Tafeln haben, wenn ein Krieg ausbricht –, hast du mich so verstanden, daß ich sie beseitigt hätte?«

Ich konnte nichts anderes tun als ihn anstarren.

Er beobachtete mich, verzog die Mundwinkel. »Diese Jagd, als ich dich verfolgte, als du glaubtest, ich wollte dich töten, weil du etwas gehört hattest... da hast du etwas von ähnlicher Tragweite vernommen... eine sterbende Frau gesehen, blau von Gift, du hast ihre Anklage gegen mich gehört. Hast du dich in diesem Moment der Erkrankung deines Freunds erinnert, der Geisel Smahil, damals in der Ödnis?«

In der Tat hatte ich mir die rosa Prinzessin Lara ausgemalt, blau angeschwollen wie Smahil und jene abgeschobene Mätresse.

»Ich habe nie einen Zusammenhang gesehen«, sagte ich und vermochte nur zu flüstern. »Kann sein, daß Ihr sie vergiftet habt... aber wie der Feldscher meinte, war Smahil von einer Schlange gebissen worden...«

»Dann belassen wir's dabei«, sagte er und stocherte weiter in seinen Zähnen. »Nein, ich habe Smahil nicht vergiftet. Aber es wundert mich, daß du's nicht geglaubt hast.«

Ich begriff, daß ich nun eine wahrhaft große Gefahr seinerseits durchgestanden hatte. Seine Äußerungen bestätigten meinen Verdacht. Mit einem Biß oder Kratzer, zufällig oder absichtlich, kann er sein tödliches Gift anderen Menschen und Lebewesen einflößen.

Es wurde allmählich hell. Noch standen kühle Sterne am kalten Himmel. Wir hatten bereits die Berge erreicht. Weithin stand nur Nadelholz, und die Felsen waren von Flechten überwachsen, wie jene unterhalb meines Turms, die ich so oft betrachtet habe. Die Schatten brüteten schwarz und verströmten starke Gerüche. Überall erschollen die zahllosen Rufe des Heers, rauhe, wilde Laute, die dem Wald, der erwachte, beim Aufwachen nachhalfen – das *Ho, ho!* von Menschen zu Tieren, das Bellen von Vögeln, erfreut oder verärgert wieder auf dem Marsch zu sein, Knarren von Rädern, Knallen von Peitschen, vielfältig gedämpfte Unterhaltung, Scharren von Stiefeln und Sandalen und so fort und weiter. Wir marschierten schnell. Es gab so gut wie nichts, das einer Straße ähnelte, aber die Felsen waren hauptsächlich groß und flach. Verglichen mit den früheren Märschen, besaßen wir nur einen äußerst notdürftigen Troß. Außerdem war es wirklich erschütternd, wie viele Männer das Heer während der Monate fortgesetzter Unruhen und Gewalttätigkeiten in der südländischen Hauptstadt verloren hatte.

Ich glaube, ich werde immer vom nordländischen Heer als ›Wir‹ denken, ich habe so lange dazu gezählt, so viele aufregende Monate hintereinander, so viele gemeinsam durchgestandene Gefahren, und ich habe soviel Verständnis für diese Soldaten. Dennoch sind sie meine Erzfeinde und die Feinde des wunderschönen, vom Schmutz der Welt völlig abgeschirmten Erdteils Atlantis.

Wir marschierten an Wasserfällen vorüber und hörten bisweilen durch den Marschlärm lebhaftes Vogelgezwitscher.

Am Spätvormittag wurden Fleisch und Suppe ausgeteilt. Zerd ließ mich für eine Weile allein, er ritt am gesamten Heerwurm entlang, um alles zu begutachten und kümmerte sich um tausenderlei Dinge zugleich. Ich habe die Gelegenheit genutzt, um diese Zeilen in mein Tagebuch zu kritzeln, obschon das Geholper die Schönheit meiner Schrift sehr verdarb.

Ich fühlte mich ungemein lebendig. Es war nun wärmer, doch erstmalig fiel mir auf, daß ich unter dem Fell und dem Umhang nichts trug als ein kurzes Hemdchen. Doch unterm Fell wärmten meine Schenkel einander, erinnerten sich sanft ans Leben. Am späten Abend lagerten wir, doch schlug man keine Zelte auf. Man hält nicht länger Schankmädchen, Gaukler, Tänzerinnen oder Musikanten aus. Isad hatte im Lauf des Tages aus dem Sattel ein Nagetier mit dem Speer getötet und nun aus den Nagerdärmen und einer Kürbishälfte eine primitive Ghirza gebastelt, auf der er spielte und dazu sang. Das merkwürdige Instrument klang reichlich flach. Er hatte die Därme binnen weniger Stunden getrocknet.

Zerd, ich (noch immer in das Fell gehüllt wie ein Kranker) und die Hauptleute saßen um ein Feuer, das starken Geruch verströmte, der Brennstoff war nämlich von den Soldaten gesammelter Dung, und Isad sang zum miesen Klang seiner Ghirza Liebeslieder, die an jenem Hof, den ich soeben endgültig verlassen hatte, als letzter Schrei galten.

Zerd beobachtete mich, ich wußte, daß er wollte, die ständigen Liebesverse mit ihren umsäuselnden Klagen würden meine Gefühlskälte durchdringen, die er vermutete – und tatsächlich, als ich in sein dunkles Gesicht blickte, sah ich sein weißes, sichelartiges Lächeln der Belustigung …

Die dunkle Nähe seiner Anwesenheit tastete nach mir, ergriff mich, umschlang mich, sein Begehren und sein Bewußtsein der Nähe meines Körpers waren stark genug, um seinen Leib ganz zu beherrschen und mich zu wärmen. Mit zwei Fingern berührte er die verschorften Kratzer auf meiner Wange, welche die Fledermäuse im Gewölbe mir zugefügt hatten. Er fragte mich, woher sie stammten, und während ich ihm antwortete, wich sein Atem nicht aus meinem Antlitz. Er hielt mir einen Schlauch an die Lippen, wartete darauf, daß mein Blick dem seinen begegne. Ja, er begehrt mich. Er hätte mich nehmen sollen, als ich noch erschüttert war von Dankbarkeit. Nun, da ich wieder ins Leben zurückgefunden habe, verleiht die bloße Tatsache seiner Gegenwart mir genug Kraft, um ihn zu mißachten.

Ich bin nur eine Zuschauerin des Lebens … stets fühle ich mich wie ein Eindringling, ein Betrüger, der sich als Mensch ausgibt. Ich glaube, es ginge mir ebenso, hätte ich meine Kindheit nicht im Turm zugebracht. Es ist erhebend und lustig zugleich, Zerds Begleiter zu sein – er ist im wirklichen Leben vollständig verwurzelt, eine Person, auf die mein ganzes Innenleben, sollte sie's jemals entdecken, sehr merkwürdig wirken dürfte … die trotz all der Lebhaftigkeit alle Schliche und Wendungen des menschlichen Bewußtseins kannte.

Zerd ist ein menschlicher Bösewicht.

Er ist nicht unmenschlich, nicht untermenschlich, auch nicht übermenschlich. Jeder kräftige, bedachtsame Mann könnte den Fähigkeiten und der Klugheit Zerds gleichkommen. Seine Rücksichtslosigkeit entspringt der Wurzel aller menschlichen Selbstsucht. Er ist ein urwüchsiger Mann – seine Haut ähnelt den höchstentwickelten Geschöpfen mancher primitiver Rassen, einem vorzeitlichen Überbleibsel aus fernen Zeitaltern der Welt, er besitzt Eigenschaften, welche die zivilisierten Menschengeschlechter längst abgestreift haben.

Ich legte mich im Streitwagen zum Schlaf nieder. Er hätte es lieber gesehen, wäre ich bei ihm unter den Bäumen geblieben. Im Streitwagen hatte ich einen Alptraum. Das Geflüster machte mir einen zu lauten und wohlwissenden Eindruck, um bloß von Blättern zu stammen. Noch vor Tagesanbruch kam Zerd und meinte, er habe bemerkt, daß ich wach sei, und wir könnten die übrige Zeit bis zum Aufbruch verplaudern. Viel redeten wir nicht, ich gab vor, schläfrig zu sein, er streichelte mein Haar und hielt mich, ich kuschelte mich an ihn. Sobald er kam, war das Flüstern fort. Er ist wahrhaftig ein so natürlicher Mensch, daß das Unwirkliche in seiner Gegenwart nicht bestehen kann – der Spuk geht, wenn er kommt.

Bei ihm habe ich das Gefühl, vorm Rest des Lebens sicher zu sein – doch er selbst ist für mich eine Gefahr. Er sieht gut aus, jede Frau verlangt nach ihm, die Soldaten fürchten, die Menschen verehren ihn. Unter seiner Drohung erbeben Kontinente.

Ein kühler Tag mit grauem Himmel – wenn man den Himmel sehen kann.

Die Wälder sind dichter, ähneln mehr einem Dschungel, besitzen ein dichtes Unterholz, das Gelände ist schwierig, wir müssen uns den Weg um kegelförmige Findlinge bahnen, eiskalte Bergbäche voll Geröll überwinden.

Zerd hat mir eins seiner Hemden gegeben und eine viel zu weite Hose, ein lächerliches Flatterding, das ich an den Knöcheln mit Resten eines Stricks festbinden muß. Er stieß ein Geheul von Lachen aus, aber später, bei jeder Gelegenheit, als sein Blick auf mich fiel, schenkte er mir ein seltsam sanftmütiges Lächeln. Darüber freue ich mich so sehr, daß ich mir ins Gedächtnis rufen muß, wie gut er in solchen Kleinigkeiten ist.

Dann und wann erhalten wir Ausblick auf den hohen Berg, der sich über die Hauptstadt erhebt – er speit unermüdlich Feuer und Rauch.

Unverzeihlicher Schmerz. Ich riß die Augen auf. Schmerz im Bein, sonderbarer Schmerz, den ich noch nie erlitten habe.

Wach lag ich unter den Bäumen, ein Stück entfernt vom Lagerfeuer. Im Schlaf hatte ich das Fell abgestreift und hätte in der Nachtluft frieren müssen, doch vielmehr glaubte ich mein Bein in Flammen. Hatte ein widernatürlicher Funke des Feuers, ohne daß jemand es bemerkte, mich in Brand gesetzt?

Ich versuchte mein Bein zu bewegen. Es ging nicht.

In meinem Leben hatte ich schon die schlimmsten Alpträume – das Ungeheuer, das man nicht töten kann, jedesmal taucht es, wenn man's geschafft zu haben glaubt, von Neuem auf, und nun das Bein mit dem scheußlichen fremden Gewicht. Ich bin ziemlich stolz darauf, daß ich in diesem Moment diesen Gedanken hatte, obwohl mein Kopf benommen war, als sei der Schmerz ein schwerer Wein, wovon ich zuviel genossen hatte.

»Zerd?« Ich wimmerte. »Zerd.« Ich biß die Zähne zusammen. Ich vermeinte, ich müsse in Ohnmacht sinken.

Aus der Dunkelheit tastete ein Arm nach mir. »Flauschhaar?«

»Zerd …« Ich klammerte mich an den Namen, es fiel mir schwer, mich anderer Wörter zu entsinnen. »Mir scheint … mein Bein brennt.«

Ich vernahm das Knistern von Funken, eine Flamme loderte auf, und er hielt eine Fackel empor. In ihrem Licht sahen wir nach meinem Bein. Ich selbst erblickte nur zwei schmale Augen, sie waren rötlich, glaube ich, und Augen waren so ziemlich das letzte, womit ich gerechnet hatte. Bevor der Schmerz mir tatsächlich das Bewußtsein raubte, erkannte ich im Fackelschein eine riesige Schlange, sehr gewunden und ungeheuer dick, deren Schwanz irgendwo zwischen weit von mir entfernten Bäumen lag, sie ruhte zu meinen Füßen und verschlang, indem sie sich mit den Zähnen aufwärts schob, mein Bein.

Als ich wieder zur Besinnung kam, hielt Zerd mich in seinen Armen. Er besänftigte mein Beben. »Beweg dich nicht, es würde sehr schmerzen.«

»Bitte, schafft sie fort, bitte.«

»Sie besitzt Tausende winziger Zähne, einwärts gerichtet wie bei einem Hai … dein Bein würde wie ein Knochen mit Hackfleisch aussehen, wenn ich sie herunterzöge, selbst wenn ich sie vorher tötete. Aber ich werde sie töten. Bleib ganz ruhig.«

Das würde mich (so dachte ich nun) lehren, nie wieder außerhalb des Bereichs der Feldwache zu schlafen. Bis dicht unters Knie war mein Bein verschlungen. Sobald die Schlange das Ende meines Oberschenkels erreichte, würde es ihr unmöglich sein, sich weiterzufressen, sie würde hier liegen und mein Bein in ihrem Innern verdauen, ich käme nicht von ihr frei, bevor mein Bein völlig verzehrt wäre …

Zerd schwang eine Axt. Die Schlange war viel zu andächtig ins Verschlingen meines Beins vertieft, um es zu bemerken. Ungefähr zwölf Handbreit unterhalb der Stelle, wo er meinen Fuß vermutete, hackte er die Axt in den Leib der Schlange. Erschrocken grub die Schlange sämtliche Zähne in mein Bein. Ich schrie gellend auf. Aufgeregt liefen zwei Hauptleute und drei Posten herbei. »Bleibt zurück«, grunzte Zerd. Ich vermute, daß sie gehorchten und fortan voller Entsetzen zuschauten, doch weiß ich's nicht, ich sah nicht hin. Zerd hieb auf die Schlange ein, die in ihrem Todeskampf eine Reihe von Windungen und Zuckungen und Schlägen von mörderischer Gewalt vollführte, die sie in einem gewöhnlichen Ringen mit einem Opfer niemals aufgebracht hätte. Der Schmerz war gräßlich. Ich schrie und schrie. Ich glaube, ich hörte weitere Männer kommen, die Isad wieder fortschickte. Nach allen Seiten spritzte Blut.

Dann war sie tot, zuckte noch immer wie ein Aal, nur dutzendfach dicker als jene, die ich im Hauptquartier zubereitet hatte. Zerd schnitt sie seitlich auf, von dem Kiefer abwärts, löste die Zähne, befreite mein Bein. Es wäre in jeder Hinsicht lächerlich, den Schmerz beschreiben zu wollen. Nachdem er mich in den Streitwagen gehoben und jedermann befohlen hatte, uns in Ruhe zu lassen, strich er das Bein mit Salben ein und umwickelte es dick mit Bandagen.

»Meine Hose, die dir zu weit war«, sagte er gleichmütig, »werden wir nun aufschlitzen müssen, damit dieser Verband paßt.«

Ich schluchzte.

»Oh, ich danke Euch, ich danke Euch. Noch nie war jemand so wunderbar zu mir … Ihr habt mir viele Male das Leben gerettet, und ich war so gräßlich … werdet Ihr mir jemals vergeben, daß ich Euch töten wollte, oder habt Ihr mir aufgrund Eures Großmuts bereits verziehen?« Nie hatte ich es so völlig ehrlich gemeint, ich war wie ein Kind, das eine Kinderfrau, zu der es am Tag zuvor unverzeihlich frech war, nach einem schrecklichen Alptraum tröstet, das weiß, wie wenig es den Trost verdient – nein, seit meiner Kindheit war ich nur noch bei einer anderen Gelegenheit so offen gewesen, als ich im Haus des Händlers dem Priester in grauer Robe begegnete.

»*Wolltest* du das?«

»Euch töten …? Oh, natürlich nicht, nachdem ich ins Südreich gelangt war, es ist von Anfang an zuviel von mir verlangt gewesen, aber ursprünglich war ich fest dazu entschlossen …«

»Mich zu ermorden?«

Das erstaunte Lachen in seiner Stimme verriet mir, daß er's nicht gewußt hatte, daß ich ihm damit eine Neuigkeit mitteilte.

»Hat Ooldra es Euch nicht gesagt?«

»Wieso hätte sie's sollen?«

»Als ich in Eurem Gemach von Lara entdeckt wurde und fliehen mußte … danach stellte sich heraus, daß Ooldra, von der ich glaubte, sie begleite mich, um mir dabei zu helfen, Euch im Auftrag meiner Mutter zu töten … wußtet Ihr nicht, daß ich allein aus diesem Grund meinen Turm verlassen durfte …? … Ooldra wollte mich verraten, Euch sagen, daß ich nach Eurem Leben trachtete, und sie hatte Zeugen … also mußte ich fliehen, knapper bin ich kaum jemals entronnen …« Mein Bein, betäubt von den Salben, pochte so stark, als täte es bei jedem Pochen einen Sprung. Es war alles zuviel für mich. Ich entsann mich lebhaft jener Nacht, die mich in die Gewalt des Statthalters geführt hatte … an mein Entsetzen über den nicht länger verhohlenen Haß meiner lieben Ooldra gegen mich und meine Mutter, über ihre Machenschaften, um mich und Zerd zu Tode zu bringen, indem ich Zerd töten sollte und sie mich darauf zu verraten beabsichtigte … aber ich hatte Zerd nicht getötet, sie war gezwungen gewesen, sich mit meinem Tod zufrieden zu geben, doch ich war entkommen … »Hat Ooldra Euch nicht gesagt, daß ich seit dem

Tag, da ich als Geisel zu Eurem Heer stieß, nach nichts anderem als Eurer Ermordung gestrebt habe?«

»Du kannst dir gar nicht vorstellen, wie sehr mich das interessiert«, sagte er lächelnd. »Du hast also die mythische Heldin gespielt, die den Bezwinger ihres Heimatlands ins Bett lockt, um ihn zu erdolchen? Armes kleines Kind auf dem Altar von deiner Mutter Haß und Heimattreue! Aber zeitweilig hast du deine Rolle hervorragend gespielt – man konnte leicht glauben, du seist ein so hochgeborenes Flittchen wie gewisse andere Geiseln. Wie traurig, daß all diese Mühe verschwendet sein mußte. Ich war nur dann interessiert an dir, wenn du die andere Seite deiner Persönlichkeit enthüllt hast – welche deine wirkliche ist, wie ich heute begreife. Ich glaube, ich habe sie nur bemerkt, sobald du deine Rolle schlecht spieltest – oft habe ich dich erbittert, nicht wahr –, und dann hast du alle Vorsicht mißachtet. *Sehr* leichtsinnig von dir, und du warst ein Neuling im Leben. Ich war der erste Mann, den du jemals gesehen hast.«

Ich entsann mich, wie Smahil und andere in der Hauptstadt von Ooldras ›Verschwinden‹ gesprochen hatten. Ich vermutete, daß sie nach meiner Flucht darauf verzichtet habe, an mir Verrat zu üben, mich den Gefahren des Südens überließ und die Rückkehr ins Land meiner Mutter antrat. »Ooldra hat Euch also nie etwas davon gesagt?«

»Sie bekam keine Gelegenheit dazu. Sobald feststand, daß du vermißt warst, mußte sie für ihr Versagen sterben. Schließlich war sie deine Hüterin und Begleiterin, nicht wahr?«

Das verschlug mir den Atem.

Er hatte in jener Nacht, als ich vor ihm floh, nach mir gesucht… ich war nirgendwo zu finden gewesen… War er über Ooldra in Zorn geraten, weil sie mich nicht hatte zurückhalten können? Er hatte sie wie die Dienerin behandelt, als welche kein anderer sie jemals betrachtet hatte, und sie hinrichten lassen.

Ooldra ist tot – *sie* ist also jener Spuk!

Ooldras Geist verfolgt mich mit seinem hartnäckigen Haß, sie flüstert in meine Ohren …

»Wie ich sehe, war mein Einfall, sie hinzurichten, noch viel besser als ich dachte, da ich nun weiß, daß sie dein ruchloses Streben enthüllen wollte. Hätte meine teure Prinzessin all das erfahren, es wäre aus mit dir gewesen. Aber ich habe deine Ooldra nie gemocht.«

»Sie hat Euch abgrundtief gehaßt.«

»Vor Jahren hatte sie sich mir an den Hals geworfen, und ich habe … ihr die Sporen gegeben. Ja, das ist das richtige Wort, die Geschichte wurde mir bei weitem zu geschmacklos. Ich kann Frauen mit den Gesichtern von Katzen nicht leiden.« Er begann zu pfeifen.

»Ich hätte nie geglaubt daß sie sich jemandem an den Hals werfen könnte«, sagte ich. »Sie war gefühlskalt und stand weit über den Dingen …«

»Wußtest du nicht, daß sie deines Vaters Mätresse war?«

»O doch, in jener letzten Nacht sagte sie's mir, aber das bedeutet nicht …«

»Und sie hatten mehrere Kinder, deren Rücken man mit Brandzeichen versehen hat, bevor man sie an hochgeborene Pflegeeltern abschob, die niemals recht begriffen, wie sie dazu kamen …«

Ich hatte das kleine Brandmal auf dem Rücken meines Geliebten nie vergessen, es war mir so sehr vertraut gewesen.

Eng kam und bat Zerd, sich am Lagerfeuer mit den Hauptleuten zu beraten.

Meine Einsamkeit überschwemmte mein ganzes Dasein.

Nun ist es klar, warum ich dem Spuk so zugänglich bin.

Jene Zeit magnetischer Entflammung inmitten kalten Schmutzes, Terez' Schlüpfrigkeit, die Gewalt, die verwirrende Haßliebe, mein Verlangen nach all seiner Kraft und Sanftheit – und er ist meines Vaters Sohn, der Sohn meines Vaters, des Hohepriesters, und Ooldras …

Grauen, gefräßiges Grauen, Abscheu vor mir selbst und

dem Geliebten (falls ich Smahil ›meinen Geliebten‹ nennen konnte) … eine Schuld von bislang ungeahnter, unermeßlicher Größe; und jenseits von allem eine Art von Stolz, weil es eine so wahrlich arge Sünde ist: Blutschande, äußerst verrucht und sündig; nicht viele Menschen haben sie begangen. Mein Bein pocht, das Flüstern kriecht näher. »Zerd«, wimmere ich, »Zerd.« Und scheußlich scheint es widerzuklingen, bewirkt ein Gerinnen der Luft, so daß er meine eigenen Laute nicht hören kann. Leises, heimtückisches Flüstern, geronnene Luft, dicker – dichter … Näher, näher von allen Seiten, ich vernehme nicht ein *menschliches* Wort, obschon das Lagerfeuer, woran die Beratung stattfindet, nicht weit ist.

Dann kam er; und mit ihm Umnachtung.

Das Heer marschierte weiter.

Werde ich jemals wieder glücklich sein?

»Räubergesindel an der linken Flanke der Goldenen, Herr«, meldete ein Unterführer.

Auf dem Streitwagen fuhren wir sofort dorthin; Zerds Vogel befand sich in der Obhut des Reitknechts.

Ich lehnte in mein Fell gehüllt und schaute kaum nach alldem, woran wir vorüberrollten, ich war zu ermattet von meinen Schmerzen. Mir fiel ein, daß Smahil mit der XVIII. Fußschar marschierte. Beim Gedanken, daß ich ihm jederzeit durch irgendeinen Zufall begegnen konnte, drehte sich mir zwar nicht der Magen um, wie ich erwartete, aber meine Knie wurden weich, so daß ich mich wie verrottet fühlte.

Schließlich trafen wir die Abordnung der Räuber.

Sie bestand aus einer malerisch zerlumpten, schmutzigen, buntscheckigen Gruppe, in ihrer harten, rohen Räubergesinnung voller Selbstbewußtsein, obwohl der hervorragendste, berühmteste Feldherr der bekannten Welt vor sie trat.

Sie trugen breite, bunte Schärpen, ihre meisten Kleidungsstücke waren mit Fetzen, Fransen und Troddeln geschmückt. Und sie starrten von Waffen. Ihre Kleidung war in schrecklichem Zustand (einzig die Waffen waren blitzblank und gepflegt), aber über der Tatsache, daß sie einmal kostbar und schön gewesen war, fiel ihnen anscheinend gar nicht auf, wie sehr sie sich verändert hatte. Einige waren zu Fuß gekommen, manche auf kräftigen, krummbeinigen Ponys mit feurigen Augen und prunkvollen, offensichtlich überflüssigen Geschirren; ihre Beine waren so kurz, daß die Füße der Reiter fast auf dem Fels schleiften.

Als sie Zerd erblickten, grüßten sie ihn, ehe man ihn überhaupt vorstellte. Man sah ihnen an, daß sie Stolz darüber empfanden, ihn erkannt zu haben. Ihr Gruß bestand aus einer wilden, unklaren Armbewegung, die sie ungleichzeitig vollführten, zum soldatischen Gruß waren sie nicht ausgebildet.

»Ich grüße Euch«, sagte Zerd und stieg vom Streitwagen.

Ein ausgedehntes Gespräch entwickelte sich, wovon ich nichts hören konnte. Zerd ließ Wein bringen, und die Räuber tranken aus Höflichkeit eine Menge davon, um zu zeigen, daß er ihnen schmeckte.

Dann kam Zerd zurück. Er sprach mit Clor, Isad und Eng. Ich erfuhr, daß es für ein Heer schwierig sei, in der Umgebung der Hauptstadt die Berge zu durchqueren, da der Vulkan und mehrere andere Gipfel fast ununterbrochen Feuer spien, daß es wie ein *Regen* sei, und auf dem Weg zur Küste habe es noch einige solcher Vulkane. Es ist ein Ärgernis, daß dies ausgerechnet die Jahreszeit ist, in welcher die südländischen Vulkane auszubrechen pflegen, doch die Räuber meinten, jeder wisse, daß die großen südländischen Zauberer gegen Zerd arbeiteten und die Ausbrüche ihr Werk seien. Darüber lacht Zerd natürlich, weil er an Zauberei nicht glaubt; er sagte, er sei der Meinung, daß die Ausbrüche das starke südländische Heer ebenso behinderten, es werde offenbar zum Kleinkrieg kommen, und darin könne man es schlagen. Es sei wohlbekannt, hatten die Räuber darauf höflich geantwortet, daß das Heer seiner nicht wert sei, und unerfahrene Soldaten taugten im Kleinkrieg nicht viel. Sie boten ihre Dienste an. Sie behaupteten, geschworene Feinde des Südheers zu sein und wünschten nichts anderes als das Vergnügen, ihm Schläge versetzen zu können.

»Das klingt zu einfach«, grollte Clor. »Sie verlangen kein Metall, keine Waren, keine Frauen. Das ist eine Falle. Sie wollen den verfluchten Südländern bloß unsere Pläne zutragen.«

»Sie haben mich und euch Hauptleute zu einem Festmahl in ihrem Stützpunkt eingeladen, damit wir mit ihrem Häuptling verhandeln.«

»Wir sollten ablehnen, auch auf die Gefahr hin, daß sie beleidigt sind«, drängte Clor mit düsterer Miene. »Während sie uns betrunken machen, wird ihre Horde das Heer angreifen, im Verein mit den Südländern, die nicht weit hinter uns sein können.«

Aber natürlich entschlossen sie sich doch, die Einladung anzunehmen.

Einer auf einem krummbeinigen Pony ritt voraus, die anderen folgten. Als der Führer sich zum Felsenhang wandte, sah er mich und rief zum Feldherrn hinüber.

»Auch Eure erhabene Gemahlin, Feldherr!«

Belustigt hob der Feldherr eine Braue, als er so meiner erinnert wurde, doch daran uninteressiert, ob ich seine Heiterkeit teile. »Die Edle ist nicht meine Gemahlin.«

Ich erwartete, der Räuber werde weiterreiten, aber er starrte mich an, was mich verlegen machte, so daß ich lächelte und mich fester in mein Fell hüllte. Ich wollte dem Wagenlenker schon einen Befehl geben, als ich wieder die Stimme des Räubers vernahm; sie sprechen alle auf eine einfältig feierliche Weise. »Sie ist Eure erhabene Mätresse? Ihr müßt die Tafel unseres Häuptlings mit ihrer Anwesenheit beehren.« (Wie ich später sah, haben sie gar keine richtigen Tische oder gar eine Tafel, sondern große Holzplatten mit Mulden darin, woraus sie essen.) Ich drehte mich um und sah, daß der Räuber wie gebannt meinen Umhang angaffte, dessen linke Seite er unterm Fell sehen konnte.

»Sie vermag nicht zu reiten, ein Bein ist verletzt und beginnt gerade erst zu heilen«, sagte Zerd, ohne der Unterstellung, ich sei seine Mätresse, zu widersprechen.

»Es wäre mir eine große Ehre, den Streitwagen lenken zu dürfen«, erwiderte dieser höfliche und zuvorkommende Räuber. »Der Wagen ist wunderbar schmal, und ich kann ihn in diesem Gelände leicht lenken. Ich kenne hier jeden Stein und jeden Felsblock so gut wie den Arsch meiner Freundin.«

Zerd sagte überhaupt nichts dazu. Der Wagenlenker stieg ab, der Räuber erklomm den Wagen, und ein anderer Räuber schwang sich in den Sattel seines Ponys, und wir traten den Weg über den gefährlichen, holprigen Hang an; die ausgezeichneten Vögel des Feldherrn und der Hauptleute überwanden das Gelände nicht minder leichtfüßig als die Ponys, welche daran gewöhnt waren, aber sie regten sich mächtig auf und schlugen mit den Flügeln, wobei sie diesen scheußlichen Ratschlaut verursachen.

Der Räuber lenkte den Streitwagen geschickt, aber rücksichtslos. Mit einer Hand hielt er die Zügel, während er, mir zugewandt, in seiner Lumpentracht nach irgend etwas suchte.

Endlich zeigte er mir einen Fetzen Tuch; er stimmte in Beschaffenheit und Farbe mit meinem Umhang überein.

»Vermißt du das?« fragte er.

»Du mußt Kond sein.«

Er sah nun ganz anders aus. Der junge Mann, der an jenem blutigen Morgen im Regen meinen Umhang zerrissen hatte, war magerer gewesen, mit leicht irrem Blick und schmutzverkrustetem Haar am Schädel. Zerlumpt und schmutzig war er nach wie vor, aber trocken, und sein Haar war anders, eine kühn wogende Mähne, mit der er gefährlich gut aussah.

»Ho, nicht im Traum hätte ich gewähnt, daß die Mätresse des Feldherrn persönlich mir Beistand geleistet und zur Flucht verholfen hat«, sagte er. »Kein Wunder, daß du nicht mit mir in die Berge kommen wolltest, hä? Und nun bist du doch hier.«

Sein Gerede erheiterte mich ein bißchen, doch ich machte mir nicht die Mühe, ihm zu antworten. Nicht einmal seine Art, wie er den Wagen lenkte, beunruhigte mich. Würden wir uns aufgrund seiner verrückten Raserei überschlagen und ich fiel, hilflos mit meinem verbundenen Bein, mit dem Kopf auf einen Felsen, wäre es das Ende verschiedener Unannehmlichkeiten. Vor allem dieser Kälte. Meine Stimmung war nicht gut genug, um mich gegenüber der elenden Kälte gleichmütig sein zu lassen. Wir befanden uns nur wenig höher als das Heer, doch unser Weg führte über schroffe Felskämme, völlig ungeschützt gegen den Wind, abgesehen von ein paar knorrigen Bäumen, krumm über den Abgründen verwachsen; die Kälte versteifte mein Kinn, peinigte mein Bein und brannte mir in den Augen. Der Räuber trug abgerissene Lumpen, aber viele davon übereinander, allerdings weit weniger als ich zum Wärmen gebraucht hätte.

»Ich habe den alten Fetzen aufgehoben«, rief er und fuchtelte damit vor meinem Gesicht herum, während der Streitwagen einen fürchterlichen Sprung tat, »um dir beweisen zu können, daß ich's wirklich bin, falls du jemals wieder unter meine Augen kommen solltest.«

»Und du hast geglaubt, ich würde mich sehr freuen, nachträglich zu erfahren, daß ich einen so gutaussehenden Räuber gerettet habe?« Er brüllte vor Lachen, als hätte ich eine ungemein geistreiche Bemerkung gemacht, und richtete seine Aufmerksamkeit darauf, den Fetzen wieder zwischen seinen Lumpen zu verstauen.

Trotz seiner schonungslosen Raserei stand der Streitwagen noch auf den Rädern, als wir das große, rechteckige Loch erreichten. Man führte die Ponys fort und half mir vom Wagen. Die Wärme, in die ich nun kam, reizte mein

Bein aufs Äußerste. Ich bemerkte kaum Einzelheiten, bis wir die riesige Höhle betraten.

Mit gebührender Hochachtung und behutsam trug Kond mich zu einem großen geschnitzten Sessel mit einem Fell darauf. Eine gräßliche Gestalt von einem Mann begrüßte Zerd und die Hauptleute. Er war unglaublich hochgewachsen und besaß eine Haut wie Leder, Muskeln wie Knoten und sehr kalte Augen von dunklem Blau. Er trug zerfledderte Beinkleider aus Ponyleder und über einer Schulter ein schwarzes Bärenfell, befestigt mit einem breiten, beschlagenen Waffengurt. Sein ganzer Körper war in solchem Maße von Narben übersät, daß ich seine mit Achat besetzten Armbänder aus stumpfem Metall zunächst ebenfalls für Narben hielt. Seine Haut schillerte nämlich regelrecht von all den Narben. Seine Stimme war klar und angenehm, ziemlich hoch. Das war der Räuberhauptmann Ael.

Wir setzten uns alle vor einen kunstvoll geschnitzten Trog mit dampfenden Speisen in verschiedenen Mulden, woraus man essen mußte, Ich verzehrte nicht viel, ich habe ungern klebrige Finger. Ich saß zu weit entfernt von Zerd und Ael, um ihre Unterhaltung zu verstehen, es sei denn, ich hätte mich sehr angestrengt. Ich legte keinen Wert darauf. Vor der Höhle, so beobachtete ich, brach die Abenddämmerung an. Eine Frau brachte uns Glühwein, und ich fragte sie, ob ich statt dessen Milch haben könne. Sie nickte, ließ sich jedoch nicht wieder blicken. Ringsum in den Felswänden waren dunkle Löcher, sie mußten in tiefere Höhlen führen; die Felsdecke lag nirgendwo höher als ungefähr mannshoch, war stellenweise aber so niedrig, daß man sich bücken mußte. Unter diesen niedrigen Stellen lagen Strohsäcke zum Schlafen. An anderen Trögen aßen ebenfalls Männer, aber sie erlaubten sich nicht allzu viel Lärm dabei – wenn sie zu laut wurden, so daß sie die Verhandlungen ihres Häuptlings mit Zerd störten, schaute Ael auf und zu ihnen hinüber, und das genügte, außer in einem Fall, als sie dem unvermutet ausgebrochenen Ringkampf zweier ihrer Kumpane zusahen, da ergriff er so schnell, daß man's kaum recht mitbekam, einen Speer und schleuderte ihn hinüber. Die Waffe bohrte sich mit großer Wucht durch den Arm eines Mannes, der aufheulte und in den Hintergrund der Höhle zu den Frauen lief. Danach war es für eine Weile sehr ruhig, aber Ael duldete überall Gespräche mit vernünftiger Lautstärke. Außerdem tummelten sich Hunde um die Feuer und bellten. Ich sah lediglich ein oder zwei greisenhafte Kinder, der Rest befand sich vermutlich bei den Weibern, von deren Teil der Höhle ich nicht mehr erkennen konnte als dunkle Gestalten, die sich vor dem Schein der Feuer bewegten.

Draußen sah man jetzt auch bloß noch Dunkelheit. Bisweilen betrachtete ich Ael, obwohl ich fürchtete, er könne es bemerken. Aber weder er noch Zerd würdigten mich auch nur eines Blicks. Die tiefblauen Augen des Räuberhäuptlings waren frostiger und wachsamer als ich's selbst in den blassen Augen der paar Sadisten gesehen habe, denen ich im Leben begegnet bin.

»Für dich keinen Wein?« fragte Kond.

»Danke, nein. Ich habe eine Frau um Milch gebeten, und sie wollte welche bringen, aber bisher ist sie nicht wiedergekommen.«

»Milch? Fühlst du dich unwohl?«

»Ein bißchen – ich habe Kopfschmerzen«, antwortete ich.

Er stand auf und schlenderte davon. In Begleitung der glotzäugigen Frau, die einen Krug brachte, kam er zurück. Sie stellte ihn vor mir ab und ging.

Natürlich hatte er, nachdem er sie an ihre Gehorsamspflicht erinnerte, das weibliche Geschäft des Krügeschleppens schlecht selbst übernehmen können. Ich trank aus dem Schnabel des Krugs. Die Milch war heiß und von einer dicken sahnigen Schicht bedeckt.

»Danke. Ist es dir erlaubt, von den Beratungen deines Häuptlings aufzustehen, um einem Mädchen Milch zu holen?«

»Ich kenne das ganze Gerede, und es wird den vollen Abend beanspruchen. Außerdem muß man zur Mätresse eines so hohen Gastes höflich sein.«

»Aha… nun, wenn du darauf bestehst… aber du bemühst dich unter falschen Voraussetzungen, ich bin nicht die Mätresse des Feldherrn, in der Nacht des Abmarschs hatten seine südländischen Posten mich aufgegriffen, und da hat er mich mitgenommen.«

»Trotzdem, ich kümmere mich gern um dich«, sagte er freundlich. »Du hast mir auf schlaue Weise das Leben gerettet und bist doch nur ein Kind, du hältst mich für undankbar, aber das war ich nie, ich wollte nur unbedingt diesen Hundesohn umbringen, den Kerkermeister, und deine süße Natur wollte es doch nicht erlauben. Deine Güte und Lieblichkeit ist jedermann sofort offensichtlich, und ich würde nicht glauben, daß der Feldherr sich deine Bekanntschaft nicht zum Vergnügen gereichen ließe, wäre nicht dein verletztes Bein.« Er musterte es mit einem Blick voller Mitgefühl. »Trink aus. Wie geht's deinem armen kleinen Kopf? Übrigens, warum hatten die Südländer dich aufgegriffen?«

»Wegen unbefugten Eindringens in einen Garten.«

Er kreischte und verschluckte sich an seinem Lachen. »Har har har!« und so ähnlich, und schlug sich auf die Schenkel. »Ah, du bist mir eine, wirklich, das bist du. Du verstehst es, zur rechten Zeit am falschen Ort zu sein.«

Ich erinnerte mich daran, daß er mich für einen Eindringling gehalten hatte, als ich ihn im Verlies des Tempels entdeckte.

Ael tat alles, um seinen Gästen, denen er seine kriegerische Unterstützung anbot, angemessene Ehre zu erweisen. Frauen trugen nun Schüsseln mit frisch gerösteten Bärenschinken auf, einer seltenen Köstlichkeit, die uns den richtigen Eindruck vom Reichtum und der Macht seiner Räuberhorde verschaffte. Als weitere Geste seiner Großartigkeit befahl er einen Mann herbei, den er als seinen Vorkoster bezeichnete, ein goldhäutiger Sklave, den sie erbeutet hatten. Aus meiner Kenntnis von Zerds recht bescheidenem alltäglichem Leben besaß ich Klarheit darüber, daß er einen Vorkoster inmitten eines Stamms von Räubern als höchst lächerliche Prahlerei empfand. »Die Männer mögen ihn nicht, weil er ein Schönling ist und sich vorm Kampf drückt, aber mit Frauen umzugehen versteht«, sagte Ael, selbstzufrieden infolge seiner zweifachen Herrschaft: Über seine rohen, üblen Kerle und über diesen zivilisierten Sklaven. Der Vorkoster lächelte feierlich, als er sich anschickte, am Schinken seine Aufgabe zu erfüllen; dies war sein Auftritt. Man hatte für ihn das zäheste Stück Schinken bereitgelegt, seine Tätigkeit war allein eine Folge von Aels Aufgeblasenheit und keineswegs ernsthaft. Nach Verschlucken des ersten Bissens war sein Kehlkopf noch nicht ganz wieder aufwärts gehüpft, als er ein Kreischen ausstieß und die Finger in den Leib krallte. Er schrie nochmals, stürzte auf den Felsboden, wand sich, zerwühlte ein paar dreckige Schaffelle und starb mit Schaum auf den Lippen.

Ael kicherte schrill und fröhlich wie ein Kind.

»Ich habe ja gesagt, die Männer mochten ihn nicht.« Er nahm einen Schinken und begann zu essen. Eng vollführte eine unwillkürliche Bewegung. »O nein, sie wußten, welches Stück er kriegen würde, es besteht keine Gefahr«, versicherte Ael. »In diesem Fall war das Gift für den Vorkoster *bestimmt*.«

Der Tote blieb liegen, bis wir gegessen hatten, dann war's an der Zeit für ein bißchen Unterhaltung. Ein anmutiges Mädchen trat vor, begleitet von zwei feurig wirkenden, ausgewachsenen Jungen mit primitiven Tamburins. Es hatte rotes Haar, das in zwei sehr langen Zöpfen in den Nacken seines Gewands fiel und unten an den Knöcheln herausschaute, und es brachte einen verschlossenen Korb mit. Die beiden Burschen setzten sich mit gekreuzten Beinen nieder, begannen ihre Oberkörper zu wiegen und die Instrumente zu schlagen; das Mädchen stand, schaukelte im Rhythmus, klappte den Korb auf und entnahm ihm eine dünne gelb-grüne Schlange. Obwohl Schlangen etwas waren, dessen Anblick mir noch sehr mißbehagte, war ich doch ziemlich beeindruckt davon, was es mit dieser alles anstellte. Schließlich brachte es das Tier dazu, ins Nasenloch zu kriechen und aus dem Mund wieder zum Vorschein zu kommen.

Man klatschte zum Beifall, und Zerd warf dem Mädchen eine Spange zu, auch die Hauptleute warfen etwas. Ich hätte gerne ebenfalls etwas gegeben, aber ich trug nicht den geringsten Schmuck.

Dann kam die Zeit zum Aufbruch. Die Männer erhoben sich, schlugen einander auf die Arme, daß es klatschte. Man hatte vereinbart, daß Zerd den Marsch zur Küste fortsetze, das Heer so gut wie möglich durch die vulkanischen Gebiete führte, wogegen die Räuber das Südheer erwarteten, um es nach Kräften zu hindern und aufzuhalten, damit Zerd genug Zeit besaß, um die Küste zu erreichen und sich dort der südländischen Flotte zuzuwenden.

Der Hilfsbereitschaft ganze Erklärung ist nun die, daß die Räuber einen fetten Beuteanteil aus der Eroberung von Atlantis erwarten, so etwas bekämen sie natürlich unter keinen Umständen von den eigenen Herrschern. Ich werde nicht anders können und gewaltig lachen, sollte sich nach all der Mühe, die jedermann aufwendet, um sich an Atlantis zu bereichern, herausstellen, daß es ein elendes Land ohne Reichtum und Schätze ist.

Mir war gar nicht aufgefallen, wie sehr dieser eine Abend mir wohlgetan und mich erwärmt hatte, bis mir zu Bewußtsein kam, daß ich nun in die Kälte und auf den unbequemen Streitwagen zurückkehren sollte.

»Ihr müßt in Eile marschieren, Feldherr«, sagte Kond.

»Ich glaube, wir werden durchhalten«, antwortete Zerd.

»Und was wird aus diesem edlen jungen Kind?« meinte Kond. »Ihr habt sie, wenn ich recht verstehe, aus Gnade mit Euch genommen. Aber mit dem verletzten Bein wird sie unterm Marsch schwer leiden.«

Zerd musterte Kond mißtrauisch. Er konnte es nicht leugnen. »Das bestreite ich nicht«, sagte er ungeduldig.

»Es heilte besser, wenn sie für die paar Tage bei uns bliebe, bis wir zu Euch stoßen«, sagte Kond. »Auf dem Marsch würde es vielleicht niemals heilen, womöglich verschlimmert der Zustand sich gar.«

»Cija?« meinte Zerd verärgert, er wußte schon meine Antwort. »Verspürst du den Wunsch zum Bleiben?«

»Es wäre mir eine große Erleichterung«, sagte ich, »mit diesem Bein nicht an einem Eilmarsch teilnehmen zu müssen.«

»Wir fänden es sehr freundlich«, sagte Zerd und wandte sich an Ael, »würdet Ihr sie in Eurer Obhut behalten, bis das Bein der Heilung näher ist. Ich möchte nachdrücklich betonen, daß ich ihre Rückkehr zu mir wünsche.« Er sprach etwas Ähnliches wie eine Warnung für Kond aus. »Sie ist unverkäuflich.«

»Wir werden sie gut behandeln«, versprach Ael.

Ich war erzürnt, weil sie über mich redeten wie von einer Sklavin. Unverkäuflich! Möglicherweise versuchte er, meine Sicherheit zu gewährleisten, während ich unter dieser Horde weilte, indem er vorgab, ich sei sein Eigentum, oder vielmehr, er wolle mich für sich, aber ich bin verflucht keine Sklavin, war nie eine und werde nie eine sein. Es ist nicht notwendig, mir die Achtung zu verweigern, die er selbst seiner verdammten Waldprinzessin bezeugt hat, deren Blut wahrscheinlich um ein Vielfaches schlechter ist als das meine.

Die Räuber und die Nordländer nahmen feierlichen und herzlichen Abschied. Zerd kam zu mir und richtete noch ein paar Worte an mich, das ist immerhin ein Fortschritt, es gab Zeiten, da wäre er einfach gegangen, ohne mich auch nur anzusehen.

»Bist du nicht beunruhigt über deinen Aufenthalt?« erkundigte er sich.

»Nein«, erwiderte ich, obwohl ich mich ein wenig beunruhigte.

»Wahrscheinlich solltest du's sein«, sagte er mit einem trübseligen Blick, aber damit wollte er mich nur erschrecken. »Brauchst du irgend etwas?«

»Die Kleider, die ich trage, falls Ihr sie entbehren könnt.«

»Das glaube ich schon.« Er wirkte verlegen, aber fragte nicht einmal nach meinen Schmerzen und brachte auch keinen Wunsch nach meiner baldigen Genesung zum Ausdruck.

»Lebt wohl, Euer Erhabenheit.«

»In zwei Wochen sehen wir uns wieder, Flauschhaar.«

Er und seine Hauptleute verließen die Höhle, begleitet von Ael und anderen Räubern.

Ich sah, wie der Wind in ihre Umhänge stieß, als sie hinaus in die kalte, stürmische Nacht traten. Kond war dabei.

Während ich darauf wartete, daß Ael und Kond zurückkamen und sich mir widmeten, blieb ich in dem großen Sessel lehnen. Die Feuer in der weiten Höhle erloschen nun in düsterer Glut. Die Hunde bellten jetzt seltener und knurrten über Knochen, kratzten nach ihren Flöhen. Man begann sich auf den Strohsäcken zu lagern. Wie ich befürchtete, hatte ich mir auch schon ein paar Flöhe zugezogen. Der Gestank im Höhleninnern war ziemlich stark, aber noch erträglich – ich vermute, er ist schrecklich, wenn es draußen weniger kalt ist. Aber auch die vielen Feuer vermögen die Höhle nur stellenweise zu wärmen, es gibt zahlreiche kalte Winkel und eisigen Luftzug.

Schließlich fragte ich eine Frau, die vorüberkam, ob es hier so etwas wie ein Bad gebe. Sie starrte mich voller Abneigung an und antwortete, ich müsse mit der gemeinschaftlichen Jauchegrube oberhalb des Hohlwegs zufrieden sein. »Und was ist, wenn ich mich waschen will?« meinte ich. »Waschen!« wiederholte sie. »Ich habe ein wundes Bein«, sagte ich. »Man muß die Salben regelmäßig abwaschen und erneuern. Wascht ihr die Wunden eurer Männer nicht?« – »Vielleicht kannst du gelegentlich einen Topf heißes Wasser haben«, sagte sie, aber ihrem Tonfall zufolge durfte ich damit so gut rechnen wie bei der anderen Frau mit der Milch.

»Sie ist eingeschlafen, das arme kleine Balg«, hörte ich später jemanden sagen. »Das beweist, wie sehr sie die Ruhe nötig hat.«

»Kond …«, murmelte ich.

»Kond ist hier«, sagte er schmeichlig, dann hörte ich ihn kichern. Offenbar zählt er zu jenen Menschen, die das eigene Verhalten unwiderstehlich lustig finden. »Du mußt auf meinem Lager schlafen, gegenwärtig sind keine Strohsäcke frei, aber es ist weich und breit.« Ich blinzelte, und als erstes begegnete mein Blick zwei sehr kalten Augen. Ich schaute an Kond vorbei, der über mich gebeugt stand, und sah Ael an seinem hohen Sessel lehnen. Erstmals betrachtete er mich. »Du hast nichts dagegen, Hauptmann, hä?«

»Das hängt davon ab, was sie deiner Meinung nach dem Feldherrn erzählen wird. Und du kannst ihr nicht die Zunge herausschneiden, es sei denn, dir fällt ein sehr guter Grund dafür ein.«

»Ich beabsichtige ihr nichts anzutun, das mich zwingen würde, ihre Zunge herauszuschneiden«, sagte Kond. »So, Kindchen, Kond wird dich nun fürsorglich zu Bette legen. Von mir aus erzähl's dem Drachen, denn wenn er es nicht standhaft zu ertragen vermag, dann kann ich nur sagen, wird er nicht viele Schlachten gewinnen.«

Nachdem er mich auf das Strohlager gebettet, sich neben mir ausgestreckt, wobei er nicht einmal die Stiefel auszog, und die Felle und Pelze über uns gehäuft hatte, begann er mich an sich zu drücken, doch ich stellte mich schläfriger, als ich mich ohnehin fühlte. Er legte einen schweren Arm über mich, und ich war's zehn Minuten lang zufrieden, im Glauben, er sei eingenickt, aber dann begann er auf eine nahezu unlüsterne, eher freundschaftlich zugeneigte Weise meine Brüste zu streicheln. Ich fuhr auf. »Oh, höre«, sagte ich, »ich dachte, daß du …« – »Schon gut, Schätzchen«, sagte er gutmütig und unterließ es. Er drückte mich fester an seine Seite, grunzte einige Male, vergrub sein unrasiertes Gesicht in meine Schulter und schnarchte mir gleich darauf in den Nacken.

Es war nur ein weiteres Schnarchen, das sich zu einem Dutzend anderer Schnarcher gesellte. Wir waren an allen Seiten von Schläfern umgeben, ringsum von Strohsäcken mit Menschen darauf, über die Kond, als er mich zu seinem Lager trug, sehr behend gestiegen war, obwohl er sich unter der niedrigen Höhlendecke bücken mußte. Ich roch die Stiefel des Mannes, der oberhalb unserer Köpfe schlief – falls er in einem Alptraum um sich trat, konnte es mich buchstäblich den Kopf kosten. Es glomm noch genug Glut an den Feuerstellen, deren Schein an der Höhlendecke spielte, so daß ich, während ich auf dem Rücken lag und nach oben starrte, ein äußerst schlüpfriges Bildnis (aber nicht übel gemacht, sehr lebhaft) zu erkennen vermochte, erst kürzlich angefertigt mit einer unter die Felsdecke gehaltenen Kerze, deren Flamme das ohnehin verrußte Gestein mit Linien in noch tieferem Schwarz überzogen hatte. Dennoch starrte ich auch weiterhin empor, denn wenn ich nach den Seiten schaute, brachten mich gleichartige Anblicke auf den Strohsäcken in Verlegenheit. Bevor ich sehr müde war, wollte ich die Augen nicht schließen, denn ich fürchtete mich vor dem Flüstern. Meine Gedanken kehrten zurück zu Kaselm und seinem Angebot der Sicherheit in den Gewölben, die ich als ein Leben in Verbrechen und Schmutz verworfen hatte. Und nun … Ach, es war nur für ein paar Tage und besser als ein harter Eilmarsch durch bitterlich kalte Berge ohne Straßen und mit schwindelerregendem Schmerz im Bein. Kaselm – er hatte mein nie versiegtes Mißtrauen (ich war schon fast stolz darauf gewesen, noch jemandem getraut zu haben) mit Güte belohnt. Doch *nun* war ich wieder allein; und außerdem krank, das war mir bisher nicht widerfahren, es konnte meine geringen, aber bislang ausreichenden Kräfte mindern.

Das Flüstern blieb aus. Ich vermute, daß Ooldra nicht imstande war, damit in ein solches Loch voller verrohter Menschen vorzudringen.

Irgendwie wußte ich sofort, daß es nichts Schlimmes war und erschrak nicht, als irgend etwas Schweres mich weckte, indem es auf mir herumkletterte und mir heiß, feucht und rauh übers Gesicht fuhr. Es war ein Hund, kaum mehr als ein Welpe, aber wenn er immer so freundlich zu Fremden war, würde er nie viel zur Bärenjagd taugen. Ich befreite meine Hände aus den Fellen und vom Gewicht seiner Pfoten und tätschelte ihn ungeschickt, aber als er zu ausgiebig an mir schnupperte (vielleicht vermeinte er schließlich doch, ich sei eine Art von Beute in einem Bau), versetzte ich ihm einen spürbaren Hieb, worauf er sich trollte. Das war mir recht; seine Zähne waren bereits gut entwickelt.

Der Morgen war angebrochen, falls man dem schwachen, fahlen Licht glauben durfte, das von draußen eindrang. Ringsum schnarchte noch alles. Meine Glieder waren steif, und ich versuchte mich zu rühren, doch hielt mich irgend etwas nieder. Außer seinem Kopf auf meiner Schulter lag noch immer Konds Arm über meinem Brustkorb, und irgendwann in der Nacht hatte er ein Bein um eins von mir geschlungen, als hätte er geträumt, er besteige ein Pferd. Zum Glück war das mein gesundes Bein.

Ich überlegte, wann die Dämmerung heraufgezogen sein mochte und wann dieser Räuberstamm sich zu erheben pflege. Ich lag schon seit geraumer Zeit wach, als ich ein Scharren vernahm und die Posten in die Höhle kommen sah (natürlich wußte ich in dem Moment nicht, daß es sich um die Posten handelte). Da die Felsdecke so niedrig hing, erblickte ich nur ihre Beine.

Ein wenig später begann in der gesamten Höhle ein allgemeines Erwachen. Einige hatten die Posten eintreten hören, sich geregt, damit andere geweckt. Überall unter den niedrigen Stellen der Höhle erwachten Menschen auf ihren Strohlagern und erhoben sich. Viel Umstände gab's nicht dabei, sie hatten alle in voller Bekleidung geschlafen.

Kond stieß eine Reihe von Grunzern aus, ähnlich jenen, mit denen er eingeschlafen war, und drängte mir sein Gesicht unters Ohr. »Würde es dir etwas ausmachen …?« meinte ich. »Deine Stoppeln sind nicht besonders sanft.«

»Urr … rr?«

Er öffnete die Lider, schaute mir von meiner Schulter her finster ins Gesicht, dann lächelte er breit, hob eine Hand, rupfte mich am Haar, und dann gab er mir obendrein urplötzlich einen heftigen Stoß, als er die Ellbogen krümmte, sich streckte und herzhaft gähnte.

»Na, wie hast du geschlafen, Engelchen?«

»Mein Bedarf an Flöhen ist nunmehr gedeckt.«

»Ja, gewiß, große und haarige Flöhe hat's hier. Du wirst staunen, wenn du deinen ersten fängst.«

»Oh, keine Sorge, ich bin bereits sehr beeindruckt.«

»Kannst du zum Frühstück laufen?«

»Ich kann hinken, wenn du mir hilfst und es dich nicht stört, daß wir langsam gehen.«

»Dann laß uns sofort gehen, sonst werden die anderen unseren Anteil verschlungen haben.«

Er wälzte sich aus den Fellen und Pelzen, stand auf und reichte mir eine Hand. Unbeholfen richtete ich mich auf, gerade noch im letzten Augenblick fiel mir ein, wie tief die Felsdecke hing, so daß ich es knapp vermied, meinen Kopf anzustoßen. Geduckt stiegen wir über die Strohlager, traten gelegentlich auf Körperteile noch hingestreckter Gestalten, die uns sogleich ihre Meinung darüber kundtaten, bis wir uns wieder aufrecht fortbewegen konnten und sahen, wie Räuber sich um die erneut gefüllten Tröge an den eben entzündeten Feuern sammelten. Die Frauen trugen auf, sie aßen später die Reste, welche die Männer zurückließen. Einige sehr wenige Frauen speisten mit den Männern, aber keine der älteren oder ganz jungen war darunter.

Kond und ich nahmen die Plätze ein, an denen wir schon am Abend zuvor gesessen hatten. Ich war ziemlich entsetzt, wieder den gleichen matschigen Fraß im Trog vorzufinden, eine Art von Eintopf, den man uns gestern vorm Bärenschinken serviert hatte.

»Wo ist Ael?«

»Er ißt in seinem Gemach.«

»Gemach?«

»Er hat eine Höhle für sich allein, eine von den kleineren nebenan.«

»Speist ihr diesen Brei am Morgen, am Mittag und am Abend?«

»Schmeckt's dir nicht?«

»Doch, aber werdet ihr solcher Bewirtung nicht überdrüssig?«

»Oh, du wirst ihrer bestimmt nicht überdrüssig werden«, versicherte er mir fröhlich, so daß ich aus Furcht, einen allzu verwöhnten Eindruck zu erwecken, auf die Bemerkung verzichtete, daß ich's schon war.

Schließlich verließen die Männer die Tröge, wischten sich mit den Handrücken über die Mäuler, holten Speere und sammelten sich. Kond tat das gleiche.

»Wohin geht ihr?« Ich hatte nicht damit gerechnet, daß man mich am ersten Tag allein lassen würde.

»Auf die tägliche Jagd – einige jagen Tiere, die anderen lauern am Paß Reisenden auf.«

Ich versteifte mich vor Abscheu. »Und was wird aus mir?«

»Ich werde einer Frau sagen, sie soll sich um dich kümmern.« Er wollte sich entfernen.

»Aber einer netten Frau«, bat ich hastig, während ich ihn am Ärmel zurückhielt. Er drehte sich um und grinste auf mich herab.

»Wofür brauchst du eine nette Frau? Du bist ängstlich, was?«

Ich versuchte, mir eine geeignete Antwort einfallen zu lassen, aber das Schweigen währte zu lange, also grinste er noch breiter als zuvor und ging. Es machte ihm Spaß, wie das alltägliche Räuberleben mich verunsicherte.

Binnen weniger Minuten kam er mit einer Frau mittleren Alters zurück, sie war hübsch, aber unglaublich vom Wetter verwüstet und obendrein pockennarbig. Die Räuber allerdings nahmen daran keinen Anstoß; ich hatte sie schon beim Frühstück bemerkt, und viele Männer hatten sie betätschelt, während sie auftrug, und sie geneckt, bloß um über ihre einsilbigen Antworten vor Freude zu krähen, als seien es mühsam abgerungene Freundlichkeiten. Ich hätte eine etwas angenehmere und zierlichere Person vorgezogen, aber Kond sagte schon: »Na, dann bis nachher.« Ehe er endgültig fortstürzte, widmete er der Frau noch einen Blick, zwinkerte mir zu, kam zurück, hob mich mit beiden Armen an und küßte mich auf den Mund. Ael erschien, und sämtliche Kerle strömten lautstark aus der Höhle.

Die Frau und ich musterten einander. Ich fühlte mich im Nachteil, weil Kond mich nach dem Kuß einfach in den Sessel hatte plumpsen lassen, worin ich nun ebenso würde- wie hilflos hing.

»Kond sagt, du würdest mir helfen«, sagte ich. »Das finde ich sehr lieb von dir.« Ich war bestrebt, ein gutes Verhältnis zu schaffen, obwohl ich wußte, daß sie Kond zu gehorchen hatte. »Aber solltest du nicht besser frühstücken, ehe du dich um mein Bein kümmerst?« Die anderen Frauen aßen inzwischen.

»Ich bereite mir später eine anständige Fleischbrühe«, sagte sie. »Jetzt kommt dein Bein dran.« Sie wickelte den Verband ab. »Ich bin Golra«, sagte sie, während sie die stinkige Salbenkruste fortwusch; es schmerzte.

»Ich bin Cija. Nenn mich bloß nicht Herrin.« Es hatte sowieso nichts darauf schließen lassen, daß sie's beabsichtigte, vielleicht war das eine übereilte Äußerung von mir. Sie grunzte nur und nannte mich ›Edle Frau‹, als sie das nächste Mal den Mund auftat. Ich spürte, daß sie meine unaufrichtige, flattrige, fremdartige Freundschaftlichkeit nicht wünschte.

Es war ein gräßlicher Tag, ausgefüllt von meinen Schmerzen und öden Stunden der Untätigkeit. Vor dem Mittagessen vermochte ich ein wenig zu schlafen. Den ganzen Tag lang verließ ich kaum meinen Sessel. Nachdem man mir erklärt hatte, wo er lag, schleppte ich mich – gezwungenermaßen allein – zum gemeinschaftlichen Abtritt überm Hohlweg. Das war eine ekelhafte Einrichtung, doch wenigstens minderte die eisige Kälte den Gestank, und es gab zwei Gruben, eine für jedes Geschlecht. Am Nachmittag gewann ich endgültige Klarheit darüber, daß die Frauen mich absichtlich übersehen, ausgenommen eine kleine Gruppe, die mich eindeutig nicht im geringsten leiden kann. Nach einer Zeitspanne, die mir endlos lange erschien, als ich an einem Hirschfell nähte, von Golra erhalten, die ich angebettelt hatte, mir etwas zu tun zu geben, kamen die Männer vom Tagewerk zurück.

Unverzüglich wogte die ganze Höhle von Leben und fröhlichem Treiben. Die Frauen strichen ihre Haare zurecht, liefen den Männern entgegen und benahmen sich furchtbar geschäftig, als hätten sie nicht den ganzen Tag hindurch getrödelt; die Männer warfen ihre Speere beiseite, traten die Hunde und auch ein paar Kinder, die ihnen vor die Füße gerieten, und brüllten nach Wein.

Durch das Getöse kam Kond zu mir herüber. An seiner Seite hüpfte ein Mädchen und versuchte, während er ausschritt, Wein in seinen Becher zu füllen, und nachdem ihm damit Erfolg beschieden war, trank Kond, schlug nach dem Mädchen, das ihn daraufhin leidenschaftlich in den Arm biß, kicherte und eilends fortlief.

»Trink einen Schluck«, sagte er und nahm neben mir Platz.

Ich trank aus seinem Becher, den er mir an die Lippen hielt. »Danke. Hattet ihr einen einträglichen Tag?«

»Die üblichen Hasen …« Er spuckte auf die Felle. »Keine Reisenden, keine Spur vom Heer. Aber es kann keinen Tagesmarsch entfernt sein. Unsere Späher werden wohl noch heute abend die Vorhut aufspüren.«

Er rief nach einem Mädchen, das kam und ihn rasierte. Das konnte nicht häufiger als zweimal wöchentlich geschehen. Ständig bewegte er den Kopf und erzählte von der Jagd, aber als das Mädchen ihn schnitt, fluchte er und drohte, es habe seine letzte Schweinerei begangen, wenn das noch einmal unterlaufe. Er fragte, ob ich einen angenehmen Tag verbracht hätte, und ich nickte. »Golra ist nett«, sagte ich dann, als das Mädchen fort war und er sein glattes Kinn befühlte, »aber einige andere Frauen mögen mich offenbar nicht. Eine davon ist die, der du befohlen hast, mir die Milch zu bringen. Glaubst du, sie ist böse?«

»Holla!« Er brummte.

»Hetzt sie die anderen auf?«

»Nein, sie alle mochten dich schon vorher nicht.«

»Aber ... wieso?« Ich war erschrocken.

»Weil du mit mir zusammen bist«, erklärte er. »Ich bin zu höflich, um dir zu sagen, daß sie denken, du gehörtest wirklich mir, aber so ist es. Sie sind Daligs Frauen und deren Freundinnen.«

»Schön, und wer ist Dalig?«

Seine düstere Miene wirkte auch mit rasiertem Kinn äußerst grimmig, ohne die Bartstoppeln. »Das ist der schmutzige Hundesohn, der früher unter mir stand – während ich in diesem dreckigen priesterlichen Kerkerloch gehockt habe, hat er meinen Platz als Aels Stellvertreter eingenommen.«

»Und jeder weiß, daß ihr einander haßt?«

»Eines Tages wird einer dran glauben müssen, und zwar bald.«

Er brütete finster vor sich hin; dabei zupfte er an seiner Unterlippe.

»Zeig mir Dalig«, forderte ich ihn auf, um seine Laune durch Anteilnahme ein wenig zu heben.

Er trat hinter mich und richtete meinen Blick auf einen hochgewachsenen Mann, jünger als ich erwartet hatte, in ledernem Wams, zum Schutz gegen Hiebe und Stiche mit

Metallbuckeln besetzt, wovon allerdings einige nutzlos am Zwirn baumelten; er besaß schulterlanges, schmieriges Haar, einst von vermutlich roter Farbe, und irgendwann hatte man ihm die Nase fast völlig abgehauen. An ihrer Stelle war nun eine Art erschreckenden Nichts in seinem Gesicht, ein weiß vernarbtes Nichts, und in seinen Lippen steckten ein paar winzige Rubine.

»Die machen seine Küsse ziemlich rauh«, knurrte Kond. »Aber anscheinend gefällt das den Weibern besonders.«

»Habt ihr schon miteinander gekämpft?«

»Ernsthaft erst einmal – aber da haben sie uns getrennt, als ich ihn gerade erledigen wollte.«

»Würdest du's, könntest du dann wieder deinen alten Rang einnehmen?«

»Du sagst es.« Er trat einen Hund, der vorbeikam. »Würde ich's!« Eine Zeitlang brütete er wieder vor sich hin, dann wandte er sich mir zu und fragte: »Wie ist dein Name?«

»Cija.«

»Cija... Seltsam, daß ich ihn nie gewußt habe. Oft dachte ich daran, wie du wohl heißen mochtest, wenn ich mich erinnerte, wie du mir geholfen und dann dich selber verschleudert hast.«

Peinlich berührt fuhr ich auf (wenn er sich wirklich so dafür interessiert hätte, wäre es ihm schon gestern eingefallen, nach meinem Namen zu fragen, doch immerhin, er hatte den Fetzen aus meinem Umhang aufgehoben, und ein Mann seiner Art und mit seinem Leben wäre wahrlich zu aufregend für mich, es sei denn, er ließe sich auf Abstand halten) und vergaß ganz mein Bein; er sprang herzu und stützte mich mit einem Arm, den er um mich schlang. »Soll ich dich irgendwo hinführen?«

»Ich habe mein Bein vergessen... ich möchte Golra fragen, ob es hier eine Bürste gibt... für mein Haar.«

»Weiß nicht, vielleicht hat sie eine... aber du kannst meinen Kamm benutzen.«

Womöglich war er zu einfältig, um zu begreifen, daß er

mich in Besorgnis gestürzt hatte, vielleicht wollte er von mir hören, daß ich tatsächlich zum Feldherrn zurückzukehren wünschte. Merkwürdig, wie alle Leute stets glauben, ich sei die seine.

Konds Kamm nahm ich mit nur zwei Fingern entgegen. Er hatte in einer seiner Scheiden gesteckt bei einem sägeartigen Messer, und zwischen den Zähnen klebte dicker Dreck. Er war aus Holz, reichlich verzogen; die Zähne standen weit auseinander, so daß recht große Haarknoten durchrutschen würden. Dennoch, hier konnte ich wohl keinen saubereren erhoffen ... Er entriß ihn mir, löste ziemlich grob mein Haar und begann jede Strähne von den Wurzeln bis zu den Spitzen auszukämmen. In dieser Gemeinschaft, die so sehr auf der völligen Untertänigkeit der Frauen beruhte, vergab er sich damit nichts; er bewies lediglich, daß er's zu tun wünschte.

»Au! Au! Au!«

Ich hörte ihn hinter mir in mein Haar lachen, dann stopfte er etwas davon in seinen Mund und versicherte, es schmecke gut. Seine sinnlose Roheit verärgerte mich. »Laß los. Barbar!«

»Barbar? Was soll das, hä?« Schon schämte ich mich, ein so abgedroschenes, zimperliches, launisches Wort gebraucht zu haben, also murrte ich nur: »Oh, nichts weiter ...«; und dann sah ich Dalig kommen ... vor uns blieb er stehen, die Daumen in den Gürtel gehakt, warf den Kopf zurück und lachte. Ich bemerkte, wie alle anderen Gesichter in der Höhle sich uns zuwandten, jedes mit drei kleinen dunklen Kreisen darin, zwei geweitete Augen und ein erwartungsvoll aufgerissener Mund.

»Kond der Weiberknecht!« heulte der Räuber ohne Nase.

»Keine Frau bekommt die Zotteln so gut heraus wie Kond!«

Es war eine Möglichkeit der Herausforderung von vielen, und Kond zeigte, daß er die Äußerung so verstand und keine Zeit zu verlieren gedachte. Er richtete sich auf und schlug Dalig eine Faust zwischen die Augen, während er mit der anderen sein Messer zog. Dalig hakte ein Bein hinter Konds Knie und riß ihn um, doch Kond zerrte ihn mit sich, so daß er schwer auf den Felsboden prallte und für einen Moment wie betäubt lag, wogegen Kond sich seitwärts rollte. Kond trat ihm in den Leib, aber der Tritt war nicht so wirksam wie er schauderhaft klang, denn das metallverstärkte Wams fing viel von der Wucht auf, dann stürzte er sich auf ihn und versuchte ihm die Arme niederzudrücken. Dalig entwand sich ihm, und wir setzten uns alle zurecht, um einem schönen schmutzigen Kampf zuzuschauen.

Ich begriff später als alle anderen, daß dies ein Kampf war um Leben und Tod.

Nun hatten beide die Messer gezückt. Kond fing Daligs Stich ab und schnitt zugleich mit einem Hieb der Klinge Daligs Waffengurt entzwei, doch dabei verlor er das Gleichgewicht, und beinahe hätte Dalig ihm den Arm bis zum Knochenbruch umgedreht; Kond tat einen Sprung an Daligs Seite und schlug ihm eine Handkante gegen den Kehlkopf, Dalig hustete und bekam noch einen Tritt hinterdrein, dann umklammerte er Konds Handgelenk des Arms, der das Messer führte, zerrte, brüllte wie ein Stier, als er ihn von den Beinen warf (das war der erste Laut, den sie seit Beginn des Kampfes mit den Mündern verursachten), und daraufhin packte der Gegner ihn. Sie rollten umeinander; einer hielt mit ausgestrecktem Arm das Handgelenk des anderen, einer versuchte dem anderen das Gesicht einzutreten. Für einen anständigen Kampf bot ihr Tummeln wenig Abwechslung und besaß keine großartigen Aussichten, und die Zuschauer begannen zu schimpfen.

Irgendwie hatten sie eins der Felle zwischen sich zu einem Bündel verdrückt und ein Zipfel geriet Kond über die Augen; er befreite sein Handgelenk, aber Dalig ebenfalls; er wehrte Konds Stich ab, verklammerte seine Füße um Konds Hals, lag schwer auf ihm, drückte ihm die

Kehle zu und stach danach. Auf Konds Schulter erschien Blut, zuerst sah man nur das Rot, dann strömte es. Dalig stach erneut zu, zweimal schnell hintereinander, und die Folge war eine Kreuzwunde über Konds Schulter und Hals, woraus das Blut sprudelte, aber keine Ader war getroffen. Sie scharrten und strampelten mit Stiefeln und Beinen. Kond stieß Dalig von sich, und dann standen wieder beide auf den Füßen.

Daraufhin begannen sie einander zu umkreisen, mit steifen Beinen, ermatteten Armen, dennoch jederzeit bereit zu einem Stich oder Stoß. Konds Arm und die Seite waren vom Blut gerötet, das in die Felle troff. Die Hunde fingen zu schnuppern und zu keuchen an; ihre Herren mußten sie an den Halsbändern festhalten.

Gelegentlich stach einer der beiden zu, und der Gegner parierte oder erhielt eine Wunde; alsbald waren beide über und über mit dünnen Schnitten verziert, aus denen Blut in kleinen roten Perlenketten rann, und ein Teil von Konds Lumpengewand hing in Streifen herunter.

Schließlich konnte man die beiden laut und ungleichmäßig keuchen hören, so rauh, als käme es aus Kehlen voller Kies.

Plötzlich, genau in dem Moment, als alle schon lange genug darauf gewartet hatten, um wieder davon überrascht zu werden, zuckte Konds Klinge flach nach vorn und dann aufwärts, unter den steifen Saum von Daligs Wams, ein entschlossener, blitzartiger Stich. Dalig muß ein tapferer Mann gewesen sein, ich dachte, er würde schreien, aber er stieß nur einen kurzen Laut aus, »Ack!« oder so ähnlich, und seine Augen glänzten wild bei der Erkenntnis der letzten Niederlage; Kond wollte sogleich einen Schritt rückwärts tun, doch einer der losen Metallbuckel an Daligs Wams hatte sich in Konds engem, kunstvoll gearbeitetem Armreif verfangen. Dalig wankte, torkelte, seine Augen funkelten, er war blutüberströmt, seine Wangenknochen schimmerten fahl durch das Fleisch wie weißer Stein, er heulte auf, riß sein breitzahniges Messer mit beiden Fäusten empor und rammte es mit aller Gewalt in Konds Schädel, dann brach er zusammen und lag in Blut gebadet. Kond war jung und frisch rasiert und mit zwei Augen und einem derben Mund und ungekämmtem braunem Haar; und nun trennten seine beiden Augen sich voneinander und sein Kopf war bis auf die Schultern gespalten.

Unverzüglich erhoben die Frauen ein gellendes Klagegeheul. Ael, der alles verfolgt hatte, ohne daß der Ausdruck seiner Augen sich änderte, winkte mit einer Hand; Männer kamen und warfen die ausgebreiteten Glieder der Toten über ihre Leiber, die Frauen schluchzten darüber, und sie trugen sie fort, die Frauen schlossen sich an …

Mir war übel und immer wieder von Neuem übel, eine harte Hand prüfte meine Stirn, die Narben, welche über meine Stirn kratzten, verstärkten meinen Kummer und mein Schwindelgefühl.

Einst hatte ich ihn gerettet und so mußte er enden.

Späher meldeten, das Südheer befinde sich auf seinem Weg über den Paß. Alles war schon darauf vorbereitet und fertig, man mußte bloß noch den Frauen Lebewohl sagen …

»Diese kleine Hure wird uns nicht wenig zur Last fallen, Hauptmann.«

»Der Drache bekommt sie zurück. Aber ich glaube, sie hat einen Rückfall erlitten, Fieber … ein paar Männer sollen sie sofort zu ihm bringen.«

Ich begreife nicht. Wie kann der Schmerz in meinem Bein den Kopf, Augen und Ohren, meine Arme und meinen Magen mit Benommenheit und Schmerzen erfüllen?

»Es geht mir gut.«

»Du würdest uns im Kampf nur behindern. Und ließen wir dich hier, der Drache würde dafür sorgen, daß wir's bitterlich bereuen. Besser, er bekommt dich als Leiche wieder denn gar nicht.«

Er stellte zwei Männer zu meiner Begleitung ab, sie sollten sich sputen, mir gut zu essen geben und mich warm halten, wenn sie's nicht vorzögen, vom nordländischen Drachen hingerichtet zu werden, falls sie mich als Leichnam ablieferten. Bei harter Fahrt würde es ein wenig mehr als einen Tag und eine Nacht brauchen, der erforderliche Umweg, um das Südheer zu meiden, schon berücksichtigt, um unser Heer einzuholen. Man wickelte mich in Felle, und schließlich hob Ael persönlich mich in einen leichten Streitwagen aus Weidengeflecht, ein schnelles Gefährt, doch mußte es in schwierigem Gelände schrecklich hüpfen. Sein Blick glitt über mich, wie zu einer letzten Begutachtung, dann senkte er sich kurz in meine Augen, einen Moment lang nur, doch ohne den Anflug irgendeines Ausdrucks, dann vernahm ich ein »Hü-hooo!«, und der Wagen ruckte vorwärts. Benommen überlegte ich, ob er mir die Schuld am Tod seiner beiden Unterhäuptlinge gab, aber gewiß ist er zu klug, um es nicht besser zu wissen. Es lag in der Luft, es konnte jederzeit geschehen.

Ich glaube, während des längsten Teils der Fahrt befand ich mich im Delirium. Ringsum gab es nur Sterne und Wind, dann Graupelregen in meinem Gesicht, dumpfes Flüstern, immer mehr Flüstern, schließlich rotes Flackern; und als alles sich wieder klärte, erkannte ich, daß wir ein Tal überblickten, in dem der Fiebertraum Gestalt angenommen zu haben schien, weithin und überall wimmelten schwarze Menschlein durcheinander, der jenseitige Berg spie Feuer, dessen Schein sich im Fluß spiegelte, der sich durch das Tal wand und durch das Gewirr von Kämpfern; einige fochten in den Fluten, und im Widerschein des Feuers sah es aus, als stünden sie in einem Lavastrom.

»Ist das eine Schlacht zwischen den Südländern und den Nordländern?« fragte ich.

Ja, erwiderten sie, aber das könne ich wohl selber sehen.

»Aber ich dachte, wir träfen ein, bevor die Südländer …«

»Der Regen hat uns aufgehalten, er fiel so schwer und lange … es sind die Truppen aus der Hauptstadt.«

»Du bleibst hier«, sagten sie. »Du bist hier in Sicherheit. Hier herauf wird niemand kommen – bleib, wo du bist.« Sie waren begierig, sich in die Schlacht zu stürzen und Beute zu machen, liefen den Hang hinunter, verwandelten sich in der warmen Luft in schwarze Gestalten, während sie sich von mir entfernten, dann glänzten sie rot, als sie sich dem Fluß näherten, der die Flammensäule widerspiegelte, die näher zu sein schien, als sie wirklich war; bisweilen schwebten schwarze Ascheflocken herüber, aber nur selten. Durch das Geschrei und den Schlachtenlärm konnte ich vom Grollen und Donnern kaum etwas hören. Der eine meiner Begleiter watete durch die Furt am Fuß des Hügels und verschmolz zugleich mit dem Getümmel – den anderen durchbohrte ein Speer, fuhr in die Brust und trat am Rücken heraus, noch ehe er das Schlachtfeld ganz erreicht hatte; er taumelte noch ein paar Schritte weit, stürzte vornüber, rammte sich den Speerschaft noch tiefer in die Wunde und fiel zur Seite.

Zurückgelassen hatten sie mir einen Lederschlauch mit Rum, der Gurgel und Magen wärmte, Brot und Käse, Früchte und am Morgen geröstetes, einigermaßen weiches Hasenfleisch.

Ich nahm eine gute Mahlzeit ein, um mich von meiner Lage abzulenken, doch danach stellte ich fest, daß die gemeinsame Wirkung der Nahrung, der warmen Luft und des erregenden Schauspiels mir neue Kraft und Wohlbefinden geschenkt hatte. Ich verspürte nicht länger irgendwelche Zeichen von Fieber oder Übelkeit. Ich schob die Felle beiseite und betastete mein Bein. Es schmerzte, aber offenbar heilte es nun. Ich hielt es für reinen Selbstmord, in der Nähe eines Schlachtfelds in einem Streitwagen zu hocken und zu warten, vor allem, wenn man sich durchaus bei Kräften befand; ich stieg aus und fiel sofort der Länge nach hin, die letzten Tage hatten mich doch angestrengt.

Ich raffte mich auf, zog mir mehrere Schrammen zu. Mir schwindelte, vor meinen Augen tanzten wirr gelbe und schwarze Flecken – dann überblickte ich wieder die

Schlacht, knirschte mit den Zähnen und fühlte mich wieder besser.

Meine Lage war in Wirklichkeit günstig. So hatte ich es immer schon gewünscht. Ganz allein, unbehindert von Schergen und aufgezwungenen Eskorten, und gegenwärtig war jedermann zu beschäftigt um sich um mich zu scheren.

In meinem Kopf herrschte noch Wirrwarr, ich glaubte in diese Richtung zu gehen, merkte plötzlich, daß ich in eine andere strebte; mehrmals verlor ich das Gleichgewicht und stürzte zwischen Felsblöcke, ich schätze, daß ich manche nur um Handbreite verfehlte, aber mein Selbstvertrauen maß dem nicht viel Bedeutung zu, und so umquerte ich oberhalb des Schlachtfelds, dessen Geschehen ich keine weitere Beachtung schenkte, den Hügel, bis ich es endlich umwandert hatte.

Ich setzte mich auf einen flachen Stein, weich von rosafarbenem Moos. Oder wirkte es im Feuerschein bloß rosa? Sollte ich die Richtung zum Vulkan einschlagen?

Dahinter liegt die Stadt, und in der Stadt kann ich meinen Priester in der grauen Robe suchen.

Ist er dort?

Ich habe keine Ahnung, wo er sonst sein könnte. Er dürfte Zuflucht in den Reihen jener Widerstandsbewegungen gefunden haben, von denen man stets vernommen hat – und es wäre schrecklich, nicht wenigstens zu *versuchen,* ihn zu finden. Er ist der einzige Mensch, der wissen sollte, wie ich mich gegen Ooldra wehren kann, wenn überhaupt jemand es weiß, dann er. Ich muß mich des Flüsterns entledigen, oder es wird mich mein Leben lang verfolgen.

Es ernüchterte mich, als ich bei rotem Zwielicht die Stadt erreichte und Massen furchterfüllter Flüchtlinge mir entgegen sich ins Land wälzten.

Manche Straßen waren von Karren und Wagen verstopft; andere lagen verlassen. Ich erfuhr, daß über jene

Straßen in der Nähe des Bergs glühende Lava floß, aber die Randbezirke der Stadt waren nicht bedroht. Die meisten Leute blieben zunächst in ihren Häusern, bis auf eine Anzahl von Familien, die aus Furcht davor geflohen war, die Vulkantätigkeit könne sich verstärken und die Lava womöglich die ganze Stadt verschlingen. Der Ausbruch währte jedoch bereits geraume Zeit, und fast alle Einwohner glaubten, es zeigten sich Anzeichen einer Abkühlung.

Aber es waren auch Soldaten in der Stadt, die sich vor der Schlacht verdrückt hatten und nun die Gelegenheit zum Plündern nutzten, und Verwundete beider Heere; unter den Bürgern verbreitete sich allmählich Panik. Familien, die geblieben wären, suchten nun auch das Weite, weil ihre Nachbarn bereits fort waren und sie sich gefährdet fühlten.

Als ich die Stadt betrat – oftmals mußte ich es über verschiedene Straßen versuchen, bis ich eine fand, in der kein Flüchtlingsstrom in Gegenrichtung quoll und mich niedertrampeln konnte –, fand ich überall Chaos, jeder Handel und Wandel, das ganze alltägliche Leben war zum Stillstand gekommen.

Tiere, von ihren Eigentümern verlassen, irrten umher, schon bösartig vor Hunger. Sie stritten und knurrten auf Fensterbänken, Dächern und in Ställen. Eine kleine Katze, ein Haustier, bewachte einen Abfallhaufen. Bei meinem Auftauchen buckelte sie, hob den Kopf und zischte mir eine Warnung entgegen.

Ich sagte mir, daß der erste Ort, wo ich mich um einen Hinweis auf den Priester bemühen mußte, das Haus des Händlers war, worin ich ihn das erste Mal gesehen hatte. Vielleicht vermochte mir dort jemand weiterzuhelfen.

Ich dachte, es wäre leicht, dorthin zu gelangen, aber als ich die Allee erreichte, geriet ich in einen Strom von Menschen, die alle in die entgegengesetzte Richtung wollten; es gelang mir, mich zu einer Mauer durchzuschlagen, an der entlang ich weiterstrebte. Die Dämmerung war schwer von Ascheflocken, und auf den Gesichtern all der Menschen waberte roter Schimmer. Jeder war erbittert und kümmerte sich um niemanden außer sich selbst. Ich humpelte, aber mein Bein schmerzte nur, wenn es irgendwo anstieß.

Ich kam zum Haus des Händlers. Die Tür stand weit offen. Ich stieg die ausgetretenen Stufen empor, durchquerte den Gang und betrat die große Stube. Niemand war darin, nur ein Durcheinander von Kleidern und anderen Gegenständen, als sei die Familie in aller Hast aufgebrochen. Der Türklopfer in Gestalt eines kleinen Mannes, der sich die Hände wärmt, war aus dem Holz gerissen worden, aber schließlich hatten sie ihn doch vergessen, er lag zwischen den Falten eines Kinderkleidchens am Boden. Um ganz sicher zu gehen, schaute ich in den Keller und alle anderen Räume des Hauses, doch ich fand nicht ein lebendes Wesen, außer einer vorwitzigen Ratte, die bei meinem Eintritt durchs Schlafgemach huschte, in dem sie sich wohl endlich ungestört geglaubt hatte.

Ich hinkte aus dem Haus und kämpfte mich zurück zur Allee.

Ich zerrte Leute an Ärmeln und Schürzen und versuchte zu fragen, ob sie wüßten, wohin der Händler gegangen sei, aber niemand beachtete mich. Dann zermalmte mich beinahe eine Familie mit einem hoch beladenen Esel und einer jungen Geiß, die kläglich meckerte, ihr Euter war prall von längst überfälliger Milch. Ich klammerte mich an eine dicke Frau, die mütterlich wirkte. »Bitte, wenn Ihr's wißt, sagt mir, wohin der Torfhändler gegangen ist?!« Aber sie drängte mich roh beiseite.

Ich sah ein, daß es keinen Zweck hatte. Angewidert blieb ich stehen und ließ sie vorübertrampeln, alle Gesichter trugen den Ausdruck des gemeinsamen Trachtens nach Flucht, Familien mit heulenden Kindern und Hausrat, ein scharfäugiger Bauchladenhändler, eine Horde von Gossenweibern, sie sangen heiser und klaubten verlorenen Kram von der Straße, waren aber offensichtlich mehr darauf bedacht, in verlassene Gasthäuser einzubrechen. Der

Stadt stand zweifellos Schlimmes bevor. Ich entschloß mich, es lieber noch einmal zu versuchen, so lange noch die Möglichkeit bestand, Nachbarn anzutreffen, die womöglich etwas wußten.

»Weiß jemand, wohin der Torfhändler gegangen ist, der hier gewohnt hat?«

Meine Stimme klang kaum vernehmlich, womöglich ging sie im Lärm völlig unter – und dann drehte der Bauchladenhändler sich um. »Tut mir leid«, sagte er, »ich bin hier selber fremd.« Er zwängte sich durch das Geschiebe an meine Seite. »Warum willst du das wissen?«

Ich nahm an, daß er als Kleinhändler nicht genug Ehrfurcht vor dem Gottkaiser empfand, um mich zu verraten. »Ich suche einen Priester, einen vom alten Herrschertum, einen von denen, die graues Leder tragen, er pflegte beim Händler zu verkehren …«

»Bist du soeben in die Stadt zurückgekehrt? Ich bedaure, dir das sagen zu müssen, aber wahrscheinlich ist er schon seit Monaten tot, sie haben sie alle ausgerottet …«

»Nein, zufällig weiß ich, daß er in der vergangenen Woche noch gelebt hat …« Ich entsann mich seiner Augen, tief wie Meere, seines Gesichts, das alles zugleich auszudrücken schien; daran, wie seine bloße Gegenwart alles reinigte und einen, ohne Zwang auszuüben, nicht nur heilte, sondern auch heilsam machte. Unbewußt benutzte ich daraufhin seine eigenen Worte. »Doch wo er jetzt ist, weiß man allein im Land hinter den Regenwolken.«

Er kniff die Augen zusammen.

»Warum willst du ihn wiedersehen?«

Da ergriff mich wieder Wachsamkeit. »Leider muß ich dir die Antwort vorenthalten, es sei denn, du sagst mir, weshalb du's wissen möchtest …«

»Verzeih, nur die Neugier eines friedlichen Händlers«, sagte er. »Du dagegen verbirgst anscheinend ein strafwürdiges Geheimnis.«

Beunruhigt musterte ich ihn. Er lächelte schief.

»Er hat dich mir genau beschrieben – ich mußte dich

einfach erkennen«, sagte dieser Bauchladenhändler nun, und dabei verlor seine Sprache ihre vorgetäuschte Rauheit. »Du trägst sogar dieselben Kleider wie an jenem Tag, als du ihm zur Flucht verholfen hast.«

»Also hat er mich gesehen?« rief ich eifrig. »Und weiß, daß *er* der Gefangene war, für den allein ich das getan habe? ...? Er muß gehört haben, wie ich Kond zurief, ihn zu befreien ... und er hat mich erkannt. Hat er erwähnt, daß er mich schon zuvor gesehen habe, als jungen Knecht?«

»Als Knecht?« Nachdenklich schob der Mann seinen Hut ein wenig zurück, um sich über der Stirn zu kratzen, und dabei enthüllte er dichtes, langes, hellblondes Haar. »Nun, möglich ist alles ... und da der Alte alles mögliche weiß, kann's sein, daß man im Land jenseits der Regenwolken ...«

»Du hast ihn vor kurzem gesehen. Wo ist er?«

»In der Achten Gewundenen Straße ist an der Siebten Brücke eine Kneipe mit einem großen kupfernen Schild ... warte, ich habe hier ein Stück Holzkohle, ich zeichne es dir auf ...«

»Schon gut, ich kenne mich in der Stadt aus. Danke ... meinen herzlichsten Dank ...« Wir trennten uns sehr unvermittelt, jeder eilte seines Wegs.

Nun, da ich in den Stadtkern vordrang, sah ich, daß viele Häuser in Flammen standen. Zunächst glaubte ich, die Ursache sei Funkenflug vom Vulkan. Dann jedoch bemerkte ich, welches Ausmaß die Plünderei angenommen hatte, begangen von Soldaten in südländischen wie in nordländischen Waffenröcken, alles Fahnenflüchtige, darunter auch Verwundete, die sich zu diesem Vergnügen keineswegs beeinträchtigt fühlten, viele obendrein betrunken, sie grölten und zündeten leere Häuser an, die sie ausgeraubt hatten, und die Nordländer brandschatzten auch Häuser, worin sich noch Menschen aufhielten, nämlich um die Bewohner herauszutreiben. Nur eins störte bisweilen diese Lustbarkeit: wenn Südländer und Nordländer sich beim Plündern desselben Hauses begegneten, ließen sie all ihren erbeuteten Plunder fallen und begannen einander totzuschlagen. Auch Troßweiber wirkten mit – eine Stadt zu plündern, in der vollständiges Chaos herrschte, war natürlich lohnender als der Schlacht beizuwohnen. Stürmte eine Weiberhorde allein ein Haus, war sie ausgesprochen räuberisch. Befanden die Weiber sich in Begleitung von Soldaten, beschränkten sie sich darauf, die Beute nach draußen zu schleppen und sie auf ihre Brauchbarkeit zu untersuchen.

Im Hof eines brennenden Hauses, das ein Haufen von Schurken in verrußten nordländischen Waffenröcken eilends ausräumte, saßen einige Frauen zwischen Stapeln von Kleidung, Lebensmitteln, Möbelstücken und Juwelen und packten alles Begehrenswerte in Körbe, Wäschekisten, Säcke und jeden erdenklichen Behälter oder Gegenstand, in den sich irgend etwas stopfen ließ. Ich brauche wohl nicht zu betonen, daß ich mich eilte, so sehr ich konnte, ich humpelte so schnell wie beim Sackhüpfen. Ein Winkel des Hofs sah schlimmer aus als der andere, aber etwas an einem dieser Weiber erregte meine Aufmerksamkeit und bewog mich zum nochmaligen Hinschauen.

Sie kauerte auf dem Pflaster und füllte gierig billige Süßigkeiten in einen Brotkasten. Sie trug geflickte, uralte Kleidungsstücke. Ein Schweißtuch, offensichtlich das eines Mannes, hatte ihr Haar gehalten, doch es war nun verrutscht und ihr langes, schwarzes Haar fiel über ihre Schultern. Ihr Gesicht war von Rauch geschwärzt, die Wangenknochen traten schärfer hervor als früher; ich erkannte die Schönste – es dauerte etwas, weil ich sie nie unter raubgierigen Schlampen vermutet hätte.

Natürlich brüllten mir ständig Männer irgend etwas zu oder haschten nach mir; mehrmals wurde ich umschlungen und geküßt und einmal ernstlich bedrängt, wobei ich mit meinem Bein in große Not geriet, aber der Kerl war zu besoffen und stürzte hin, noch bevor ich fiel.

Danach war ich so schmutzig und heruntergekommen wie jeder andere. Auch humpelte ich unbeholfener als zuvor, schnell hinken läßt es sich nicht lange.

Um einer Bande südländischer Soldaten zu entgehen, die mit lautem Geschrei angeschwärmt kam, wich ich in eine Gasse aus, über die sich ein Dach wölbte. Darin war's recht finster, und ich erschrak entsetzlich, als ich gegen etwas prallte.

»Ei, ei, so schau doch, wo du hintappst«, sagte eine Männerstimme, die in dem Durchgang widerhallte.

Ich wollte weiter, aber er packte mein Handgelenk. Ich wand mich, dann gab ich's auf, er hielt mich zu fest.

»Was soll das?«

»Ich kenne diesen alten Trick, Bürschlein, man rempelt jemanden in einer dunklen Gasse an, entschuldigt sich, und schon ist man mit seiner Börse auf und davon.« Er begann mich zu durchsuchen, klopfte meine Taschen ab, die so flach waren wie eine Urgroßmutter, dann glitt seine Pfote unter mein Hemd. »Oho, das ist viel interessanter als zwei edelsteinverzierte Becher, findest du nicht auch?« Seine andere Hand kroch über meinen Nacken, unter mein Kinn, zwickte dort leicht das Fleisch, und über meinen Mund und die Nase. Seine Hand roch nach Metall und Dreck und Blut und Wärme. Er tastete weiter. »Auch dein Haar ist schön.«

»Bitte laßt mich los«, sagte ich ruhig. »Ich habe es eilig. Es ist sehr wichtig für mich. Ich spreche die Wahrheit.«

»Das gefällt mir, wenn jemand mich so nett bittet. Aber in dieser Gegend wirst du Schutz brauchen.«

»Wegen mir braucht Ihr nicht vom Wege abzuschweifen.«

»Ich bin auf keinem besonderen Wege.«

Wir traten hinaus in den roten Feuerschein. Sofort wandten wir uns einander zu und grinsten, als wir uns in die Augen sahen. Er war ein großer Mann, noch ziemlich jung, mit einem kurzen, aber struppigen Bart aus rauhem, schwarzem Haar. Ich besaß wahrlich Grund, über sein

Mißtrauen mir gegenüber stark verärgert zu sein – über seiner Schulter lag ein Sack voller Raubgut.

»Also, wohin möchtest du?« erkundigte er sich.

»Zur Siebten Brücke in der Achten Gewundenen Straße.« Die Kneipe erwähnte ich nicht, für den Fall, daß ich ihn später abschütteln wollte. »Ich danke Euch von Herzen für Eure Hilfsbereitschaft«, sagte ich umständlich.

Er war tatsächlich hilfreich, denn fortan, mit ihm an meiner Seite, belästigte mich niemand, und er stellte keine der Fragen, die ich von ihm erwartet hatte.

Doch wenig später kamen wir an einer Taverne vorbei, und er fragte, ob ich nicht einen Schluck trinken möge. Als ich ablehnte, meinte er, daß er allerdings wolle, und ich könne genausogut mit ihm trinken wie warten und dürsten.

»Ich habe doch gesagt, daß es mich eilt. Bitte kommt weiter – oder ich gehe allein, wenn Ihr vor Durst zu sterben glaubt. Ich danke Euch, daß Ihr mich bis hierher geleitet habt.«

Erheitert musterte er mich und ging weiter mit, aber ich sah ihm an, daß er insgeheim Verdrossenheit empfand. Er überlegte, was meine Angelegenheiten ihn überhaupt angingen, und dachte, er habe mich nun lange genug begleitet und mir genug Ärger vom Halse gehalten, so daß ich ihm etwas schuldig sei. Ich beschloß, ihn baldigst loszuwerden oder ihn zu echter Freundschaft zu überreden, doch was das letztere betraf, machte ich mir bei den gegenwärtigen Verhältnissen in der Stadt und der allgemeinen Hemmungslosigkeit der Männer keine große Hoffnung.

»Wißt Ihr, wem sich in der Schlacht der Sieg zuneigt?« fragte ich.

»Den verfluchten Nordländern«, knurrte er. »Aber wenn unsere Soldaten lange genug durchhalten, treffen Verstärkungen ein, frische Truppen aus der Tempelstadt.«

Hoffentlich machen Ael und seine Strolche ihre Sache gut, dachte ich.

»Was ist deinem Bein geschehen?« wollte er wissen. Ich behauptete, ich sei in den Bergen abgestürzt und darauf versicherte er, ich habe Glück gehabt an ihn geraten zu sein.

»Keiner dieser Schurken hätte viel Umstände mit dir gemacht«, ließ er tugendhaft verlauten. »Ach, hier sind wir schon an der Achten Gewundenen. In welches Haus willst du?«

»Schon recht, meinen Dank, ich finde es allein.«

»Ich verstehe. Nun gut, dann trennen wir uns hier. Gib mir einen Abschiedskuß.« Ich wollte ihn nicht mit einer kühlen Abfertigung reizen, also erhob ich mich auf die Zehenspitzen und legte einen Arm um seinen Nacken. Bevor ich's recht verstand, nutzte er die Gelegenheit und umschlang mich. Er schleifte mich über die Trümmer eines niedergebrochenen Tors in einen Hinterhof, worin ein unstetes Wabern aus Schwarz und rotem Feuerschein herrschte.

»Bitte ... bitte ...«

»Ach, es braucht nicht lange. Bist doch keine Jungfrau, oder?«

Ich war erzürnt, weil ich mich so hatte täuschen lassen, aber wie ich einsah, stand nicht eben das Ende der Welt bevor. Ich wehrte mich eher aus Wut und Furcht als aus Schrecken; eine solche Art der Gegenwehr ist wirksamer, glaube ich, weil Schrecken die Körperkräfte lähmt, falls man nicht das Glück hat, zusätzlich von einem bißchen Wahnsinn gepackt zu werden.

»Bitte ...« Ich wiederholte mein Flehen noch mehrmals, aber er kümmerte sich nicht darum. Ich griff über seine Schulter, faßte einen seiner erbeuteten Becher und wollte ihn damit über den Schädel schlagen, aber er entriß ihn mir und warf den Sack beiseite. Er versuchte mich niederzudrücken, und er war stark, doch wand ich mich zu sehr, wiewohl das nicht viel half, ich konnte mich nicht losreißen.

»Du stiehlst dir bloß selber Zeit«, bemerkte er zwischen

Zähnen, die in seinem Bart bei einem Grinsen knirschten. »Nun, komm, komm, was führst du dich so garstig auf? Man könnte meinen, ich täte dir ein Leid an, und dabei habe ich dich doch vorm größten Unheil bewahrt.« Seine Hand fuhr an meinem Gesicht vorüber, und ich biß zu, so fest ich's vermochte; er grunzte und versuchte mich abzuschütteln, aber ich hing an seinem Arm. Schließlich schlug er mich mit der flachen Hand gegen die Schläfe, nicht allzu wuchtig, aber mir schwindelte, und ich löste meine Zähne aus seinem Arm, über den warmes Blut rann, und wir setzten das Ringen fort.

»Denk an deinen Sack«, empfahl ich ihm. »Falls jetzt jemand auftaucht, haut er damit ab.«

»Das ist eine Gelegenheit«, sagte er, »die ich nicht versäumen möchte.« Vermutlich hätte ich das als schmeichelhaft auffassen sollen, aber ich wußte nur zu gut, daß ich in Wahrheit schmutzbesudelt war und zerlumpt.

Endlich überwand er mich, hielt meine Hände umklammert. Wegen meines Beins konnte ich nicht treten. Er lag auf mir und küßte mich ausgiebig. Verrückt machte mich daran, daß ich in meinem Körper Wärme und Verlangen spürte, er glaubte, es sei sein Recht, vom anderen, diesem männlichen Körper fest umschlungen zu werden. Meine Erniedrigung empfand ich scharf, aber nur im Kopf. Verdammt, du kannst es schlecht eine Vergewaltigung nennen, wenn du's genießt, oder?

Er war hartnäckig und so schwer, daß es keinen Zweck mehr hatte, sich länger zu wehren. Ich zitterte unter ihm, aber als ich nochmals wiederholte: »Bitte!«, da wußten wir beide, so glaube ich, daß es diesmal das Gegenteil bedeutete. Ich weinte, als er in mich eindrang, dann fühlte ich mich plötzlich schläfrig. Er verhielt sich rücksichtsvoll genug, vielleicht empfand er mittlerweile auch ein gewisses Maß an Zärtlichkeit, um mich noch für ein Weilchen in seinen Armen zu halten, als er fertig war, und als ich aufblickte, sah ich noch immer das gleiche Flackern von Feuerschein und die gleichen Schatten im hoch ummauerten

Hinterhof beim Spiel, und wir hatten in der Tat sehr wenig Zeit verloren.

»Laß mich aufstehen«, sagte ich. »Ich muß weiter.«

Er erhob sich ebenfalls, zog die Hosen hoch und half mir auf die Beine. Keiner von uns machte sich noch die Mühe, den anderen anzusehen. Ich wollte schnellstmöglich weiter, und er wußte das und hatte bekommen, wonach es ihn gelüstet hatte, doch als ich über die Trümmer der Pforte stolperte, kam er noch einmal zu mir und schob mir etwas in die Hand. »Hier.«

Wutentbrannt schleuderte ich das Ding von mir, ich war keine Hure, und das wußte er verdammt gut.

»Nein, nimm sie«, sagte er grob. »Wenn man so durch die Stadt läuft wie du, kann man sie womöglich brauchen; du forderst das Unheil ja geradezu heraus.« Schroffen Schritts entfernte er sich. Was er mir überlassen hatte, war eine kleine Statue aus durchsichtigem Kristall, keineswegs besonders wertvoll, obwohl die langen, halbrunden Augen aus einem dichten Schillern winziger Kristalle und Edelsteine bestanden. Sie war ziemlich schwer, und was mich dazu bewog, sie zu behalten, war etwas daran, das am wenigsten von Wert zu sein schien – in einer luftleeren Blase im Innern der Statue befand sich eine echte Blume, makellos und unversehrt, keine künstliche, sondern eine Art von Blume, wie ich sie noch nie zuvor gesehen hatte. Sie besaß eine Anzahl fein geschwungener, rundlicher Blütenkelche wie aus glänzender, aber sehr weicher Seide, deren Farbtöne von klarem Weiß bis zu tiefdunklem Blau reichten, flache, violette Blättchen, und eine große Blüte als Krone, unglaublich fein und zierlich, so daß sie wie eine Seifenblase mit purpurnen Äderchen wirkte. Ich vermochte mir nicht vorzustellen, woher er diese Statuette hatte, vielleicht aus einem Tempel. Ich verstaute sie im Umhang bei meinem Tagebuch, in der Tasche, die er nicht bemerkt hatte, und eilte zurück ins Zwielicht und Getöse der Straße.

Ich fand die Kneipe. Sie war nicht aufgegeben worden.

Vielmehr herrschte darin dichtes Gedränge. Ich ging hinein und setzte mich.

Ich schaute rundum und überlegte, an wen ich mich wenden solle. Die Zapfer waren alle beschäftigt; und wäre es nicht falsch, ihnen zu trauen?

Die Gespräche galten dem Ausbruch des Vulkans, der Schlacht und den Zuständen auf den Straßen. Jeder wußte, daß für die Hauptstadt eine ganze Epoche sich ihrem Ende zuneigte. Auf einmal kam von draußen ein hochgewachsener Mann herein. Wo zuvor seine Augen gesessen hatten, waren nur noch zwei blutrote Wunden, und deswegen zürnte er der Welt auf tobsüchtige Weise. Er schlurfte sofort zum langen Schanktisch und fegte mit einer zerschnittenen Faust alle gläsernen Becher und Kupferkannen auf den Boden. Ein Gast packte seine Schulter, und er fuhr herum, brüllte auf und fiel über ihn her. Sofort begann jeder auf jeden einzudreschen, ich werde niemals begreifen, wie so etwas zustande kommt, die Leute gieren danach, bloß haben sie keinen Schneid, den Anfang zu machen, aber wenn ein anderer loslegt, sind sie ohne zu zögern dabei. Die Zapfer schritten ein, hieben allen Beteiligten Keulen über die Schädel und warfen sie auf die Straße, wo sie die Prügelei fortsetzten.

Einer kam zu mir. »Hinaus mit dir, Mädchen.«

»Ich habe nichts getan – und ich möchte den Wirt sprechen.«

»Das möchten sie alle. Nein, wir hatten schon genug von deinesgleichen.«

Er schob mich zur Tür und fühlte dabei die Gegenstände in meinem Umhang. »Holla, was haben wir denn hier?«

»Nichts für dich.«

»Wir müssen sichergehen, daß …« Er starrte die Statuette an. Gleich darauf war ich froh, daß ich nicht gejammert und meine Unschuld beschworen hatte, in diese Versuchung gerät man immer leicht, wenn man soviel herumgestoßen wird wie ich. Er zog sofort die naheliegende Schlußfolgerung (obwohl sie nicht richtig war) und bat mich ehrerbietig, doch wieder Platz zu nehmen.

»Ich bedaure es sehr, bitte vergib mir, es ist heutzutage so leicht, mißtrauisch gegenüber den falschen Leuten zu sein. Meister! Hier ist ein edles Fräulein für Euch.«

Ein stämmiger Mann mit freundlichem Gesicht kam auf mich zu. »Sie bringt dies«, erklärte der Zapfer, »und wünscht Euch zu sprechen.«

Der Wirt nahm ehrfürchtig die Statue und lächelte mich an. »Ich danke dir. Wir waren schon davon überzeugt, sie sei für immer verloren, sie ließ sich nirgends finden. Wir haben nicht zu hoffen gewagt, einer von uns könne sie in die Hände bekommen, aber nun ist doch alles gut. Eine wahrhaft wunderbare Begebenheit. Ich sehe, du hast ein krankes Bein. Wir werden neue Binden kochen, während du ein Mahl einnimmst.«

»Ist der Priester hier?«

»Welcher, liebes Kind?«

»Der alte … der mit dem Gesicht wie …«

Er lächelte über mein Unvermögen, ihn zu beschreiben, und entfernte sich. Etwas später kam er zurück. »Er ist im Keller. Jeel, leuchte ihr.«

Die Kerze Jeels, jenes Zapfers, warf mächtige schräge Schatten. Drei gewundene Treppen tiefer waren die Wände mit schleimiger Feuchtigkeit überzogen. Ich wartete mit an Verzweiflung grenzender Ungeduld, während Jeel eine Truhe beiseite wuchtete und eine darunter verborgen gewesene Falltür aufklappte. Die senkrechte, rostige Leiter aus Eisen, welche in die Tiefe führte, vermochte ich aufgrund meines Beins nur mit allergrößter Mühe hinabzusteigen, und Jeel konnte mir nicht viel helfen, da er die Kerze halten mußte, die in der feuchten, modrigen Luft sowieso schlecht brannte, sie war auch für uns recht unangenehm. Außerdem schaukelte die Leiter ein wenig, sie war am Boden nicht befestigt; das war so, vermute ich, um sie, falls jemand Unwillkommenes einstieg, in weite

Schwingungen versetzen zu können, bis der Eindringling herabfiel.

Drunten angelangt, folgten wir dem Verlauf eines Gangs mit glitschigem Steinboden, öffneten eine gut geölte Tür, und dahinter war es plötzlich wärmer, die Luft besser. Mein Priester saß bei einem guten Mahl an einem Tisch. Ein Feuerchen brannte, und aus einem Schacht, in dem Metallscheiben sich schnell drehten, drang Frischluft.

Der Priester sagte nichts, sondern lächelte mich nur an, und das bedeutete eine Würdigung all dessen, das bisher zwischen uns geschehen war, und Willkommensgruß zugleich.

»Sobald Ihr und das junge Fräulein fertig seid«, sagte Jeel, »hielte der Meister es für besser, Ihr kämt nach oben. Falls die Erde bebt, wäre es schlecht, Ihr säßet hier unten. Und droben herrscht ein solches Chaos, daß Ihr genausogut ohne bösen Willen totgeschlagen werden könnt, niemand wird Euch in Eurer Verkleidung erkennen.«

»Erdbeben?!« meinte ich. »Aber es ist doch nur ein Vulkanausbruch.«

»Nun, ich weiß nicht, ob man in der Stadt schon etwas davon gespürt hat«, antwortete Jeel, »aber die letzte Nachricht besagt, daß im Tal jenseits des Bergs Erdstöße beiden Heeren schwer zu schaffen machen. Man kann schlecht eine Schlacht schlagen, wenn unter den Füßen und ringsum sich die Erde auftut und all die Scharen zersprengt und verschlingt.« Er ging.

»Iß, Kind«, sagte der Priester. Während ich der Aufforderung nachkam, beobachtete ich ihn. Er speiste herzhaft und mit beiden Händen. Gekleidet war er in schwarze und graue Lumpen wie ein Landstreicher. »Ich habe dir für vieles zu danken«, sagte er.

»Nicht allzu vieles ... ich bin gekommen, um Euch um eine Gunst zu bitten ...«

Nur eine geringe Hoffnung, sagte ich insgeheim zu mir, während ich ihm alles über Ooldra erzählte, meine sündhafte Verbindung mit Smahil, ihrem Sohn, meinem Bruder, vom Flüstern und allem, und er lauschte. »Gibt es Hilfe für mich?«

»Anscheinend hat sie dich so sehr gehaßt und war so lange mit dir zusammen, daß sie nun nicht weicht, da sie tot ist, sondern du durch ein Band vom Bösen beherrschter Anziehungskräfte an sie gefesselt bist. Du unterliegst ihrem Einfluß ... dabei ist es von weitaus schrecklicherer Bedeutung, daß er *ihr* Sohn ist, als daß er der Sohn deines Vaters ist. Aber du hast vielerlei Dinge zu sühnen und unwirksam zu machen. Offenbar stand deine Geburt in jeder Bedingung unter sehr ungünstigen Vorzeichen. Gut und Böse befinden sich in einem haarfeinen Gleichgewicht und wird eines zu stark, wird es das andere überwiegen. Du mußt schwerer ringen als andere Menschen. Und doch erlege ich dir eine größere Pflicht auf, um deine Geburtstagsweissagung zu tilgen, als nur die, an Zerd unwichtige kleine Verheerungen zu rächen. Bist du einverstanden?«

»Was muß ich tun?«

»Atlantis warnen. Bisher sind alle Versuche mißlungen – doch mag es sein, daß ein kleines Mädchen allein bessere Aussichten hat, durch die Küstenwachen zu schlüpfen, und wie mir scheint, hast du bereits große Erfahrungen im Überleben. Kannst du schwimmen?«

»Recht gut.«

»Deine Anweisungen erhältst du später«, sagte er gleichmütig. »Nun lösche alle Kerzen bis auf eine. Bleib dicht in meiner Nähe und ganz ruhig.« Seine Stimme klang plötzlich so weich, als wolle er über irgend etwas einen Klagegesang erheben. »Schließ die Augen.«

Unverzüglich befand ich mich in völliger Finsternis, weder das Licht der Kerze noch vom Feuer schien durch meine Lider zu dringen. Eine Zeitlang hörte ich ihn atmen wie unter einer großen Anspannung – dann verstummten die Atemzüge. Plötzlich schwebte ich furchtgeschüttelt in unendlicher Leere, ich wollte meine Augen öffnen, um zu schauen, wo ich war, aber es waren nicht länger meine, so daß ich sie nicht aufzuschlagen vermochte, sie waren schwer und kalt so wie alle meine Muskeln.

Dann, nach finsterer Leere, worin jede Bewegung in Vergessenheit geriet, spürte ich, wie sich etwas regte. Etwas in mir war's, kein Teil von mir. Irgendeine Kälte rührte sich in meinem Innern. Zuerst empfand ich's als auf unbestimmbare Weise angenehm, dies Regen, und ich begriff, daß ich selber diese Dunkelheit war, oder jedenfalls mein Bewußtsein, ungeheuer weit, so daß ich nicht alles davon zugleich erfassen konnte.

Dann begann die Bewegung, die nicht mir gehörte, ein tobender Aufruhr, zuckte wild, sandte Wellen aus mir selbst gegen mich selbst. Ich versuchte zu schreien, aber mein Mund lag zu weit entfernt. Da erkannte ich, daß die Pein dieses Fremden weit, weit ärger war als die meine, daß es aus meinem Innern gerissen wurde, aus meiner Seele gezerrt.

Aus weiter Ferne, irgendwo über mir, konnte ich die Stimme des Priesters vernehmen, doch war jedes Wort kein Laut, sondern ein Gewicht. Sie fielen wie Schmiedehämmer, und das Ding in mir wand sich wie wahnwitzig, um ihnen zu entweichen.

»... Ooldra ...«, sagte der Priester jeweils zum Schluß. Sie wußte, daß er sie an ihrer Essenz erkannt hatte. Seine anderen Worte waren Befehle von schrecklicher, bedrohlicher Gewalt, und alle zusammen bildeten sie eine Beschwörung, die ihr nur einen Ausweg ließ. Sie stieß einen Schrei aus, halb ein Kreischen, und es war der leidenschaftlichste, einsamste Laut, den ich jemals vernommen hatte. Kein Laut aus einer menschlichen Kehle, er war jeder Erinnerung an ein Menschendasein entblößt, schrill von Verzweiflung und doch leidenschaftlich im Angesicht vollständigen Verlorenseins. Den Frost, der durch mein Rückgrat rann, hieß ich willkommen: er bewies, daß ich noch in dieser Welt weilte.

Ich sah die Flammen und spürte meinen Körper.

»Ich liebe dich, Höchster Gott«, sagte ich laut aus meinem Herzen, erfüllt von aller Liebe, die ich besaß, die meiner scheinbar endlosen Zeugnisnahme der Pein des Bösen entsprang.

»Der Schmerz, den das Böse empfindet«, sagte der Priester, »ist das Licht des Höchsten Gottes in den Augen jener, die ihn verleugnen, obwohl er unverbrüchlich in ihrer Seele daheim ist. Er bleibt ihren armen Seelen treu, obschon sie zu verderbt sind, um in seinem Licht zu wandeln.«

Es schien mir sehr viel später zu sein, als wir, nachdem wir geruht hatten, eine Kerze nahmen und nach oben stiegen. Ich gedachte meines eigenen kleinen Gottes, meines Vetters in Göttlichkeit, während ich mich an die Leiter klammerte und sie schwankte, und dankte ihm, weil er bewirkt hatte, daß der Mann mir aus seinem Sack die Statuette gab und nichts anderes. Ich beschäftigte mich mit allen möglichen unbedeutenden Kleinigkeiten – einem krummen Nagel in der Mauer, der wehenden Kerzenflamme, einer Haarsträhne in meinen Augen; so wie damals, als ich mit meiner Mutter und Ooldra im Wagen vor die Stadt fuhr, um mit unserem Feind Zerd in die Fremde zu ziehen.

Während man im Hinterzimmer der Kneipe mein Bein wusch, umnebelte mich das Bewußtsein meiner erhabenen Pflicht. Warne Atlantis – ganz einfach so hatte er gesagt, den Grund ausgesprochen, weshalb das Schicksal mich vor so vielen Gefahren bewahrt hatte.

Sollte ich nun wirklich das Land betreten dürfen, das allein noch unverändert war seit dem Tage der Weltschöpfung, diese letzte Festung des Göttlichen Friedens, die sich in uralter Zeit verschlossen hatte und verschlossen geblieben war vorm Rest der Welt, worin sich der Aufruhr sterblichen Treibens mehrte, jede gräßliche Schandtat zum Sieg des Bösen beitrug, das die Herrschaft über diese ganze Welt anstrebt?

Die Schlacht war vorüber.

Ja, die südländischen Verstärkungen aus der Tempelstadt waren eingetroffen, aber sie glichen einem Hirsch mit einem Puma im Nacken, die Räuber hatten sie in kleinen Trupps von der ersten bis zur letzten Meile gestichelt und behindert und nicht davon abgelassen, die Soldaten zu dezimieren, wogegen diese umgekehrt kaum einen Räuber erwischen konnten. Das Schlachtfeld war aufgeworfen und von Erdspalten durchzogen; Kolonnen waren, den Überlebenden zufolge, fast bis zum letzten Mann darin versunken. Diese Überlebenden schwärmten nun in die Stadt. Man sah sie in jeder Tür, auf jedem Bürgersteig, in jeder Gosse, sie verbanden einander die Wunden, während sie dort hockten, dann begannen sie zu plündern und setzten die Schlacht ohne Ordnung und nach ihren Vorstellungen fort. Ihre Befehlshaber standen in der Absicht, sie zu sammeln, vor einer übermenschlichen Aufgabe, gar nicht davon zu reden, sie im Zaum zu halten, und viele Vorgesetzte, besonders Südländer, die weniger zu verlieren hatten, zuckten die Achseln und ließen den Dingen ihren Lauf.

Mein Priester und ich sagten in der Kneipe Lebewohl und dankten, erhielten Messer und eilten hinaus ins Chaos, die Kapuzen unserer Umhänge über die Gesichter gezogen. Die Luft war nun sehr heiß. Überall wüteten Brände.

Wir traten entschlossen den Weg aus der Stadt und zur Ebene jenseits der Berge und Hügel an, und sobald wir – mit etwas Glück – die Ebene durchquert hatten, ließ sich die Küste einigermaßen sicher erreichen.

»Wenn wir dem Kriegsgeschehen immer ein bißchen voraus bleiben können …«, sagte ich hoffnungsvoll.

»Diese Welt ist zum Krieg verdammt«, sagte er fröhlich und klopfte Funken aus, die sich in seinen Umhang gefressen hatten. »Sie wird im Krieg untergehen, wie sie vom Krieg überzogen wurde, seit Götter beim Anblick von Menschentöchtern in Versuchung gerieten und ihr erlagen.« Ich hatte das immer für eine gute Sache gehalten! Aber ich blieb weiterhin stolz auf meinen göttlichen Vetter, zumal ich nun weiß, daß er ein recht weltlicher Gott ist und infolge dieser Natur sich gern in die kleinen Angelegenheiten dieser Welt und keiner anderen einmengt.

Der Priester hatte mich noch nicht darüber aufgeklärt, was ich unternehmen müsse, um von der Küste nach Atlantis zu gelangen – er meinte, er wolle mich unterrichten, sobald wir außerhalb der Stadt waren – so wichtig war's, daß niemand auch nur die geringste Gelegenheit erhielt, um uns zu belauschen. Endlich sollte eine Göttin dieser Welt Atlantis betreten … Das verhieß zweifellos das Ende eines ganzen Zeitalters.

»Die Erdschlange hat zu den Waffen gegriffen«, sagte mein Priester. »Sie mengt sich nun in den ewigwährenden Krieg des Himmels mit der Hölle. Die irdischen Götter, die Menschen geliebt haben und gefallen sind, die eins wurden mit dieser Welt, die trunken sind von der dunklen Erde, die nicht böse sind, obwohl sie aus dem Himmel stürzten, denn die Erde hat ihre eigene Gerechtigkeit wie sie ihren eigenen Mittelpunkt besitzt … diese Götter haben bislang nicht am Krieg teilgenommen, obwohl sie ihrem Wesen nach Kriegsgötter sind … doch ihr Geschöpf, ihr Abkömmling, die Erdschlange, wird den weltlichen Krieg ins Land jenseits der Regenwolken tragen und dessen Himmlischsein mit den Schuppen der eigenen Sterblichkeit zerreißen, und fortan wird die Erde dort wie jede andere Erde sein.«

Schließlich erreichten wir einen Platz, worauf Nordländer in unordentlichen Reihen saßen und lagen. Übermüdete Feldschere, denen anscheinend ihre meisten Instrumente und Betäubungsmittel abhanden gekommen waren, versorgten ihre Wunden.

Daneben standen erschöpfte Unterführer in blutverkrusteten Waffenröcken und hielten Kerzen, darum bemüht, kein Wachs auf die Verletzten tropfen zu lassen, deren Wunden man mit erhitzten Klingen ausbrannte.

Plötzlich überraschte uns eine Art von rauhem, krächzendem Schrei, der das beständige Stöhnen und Wimmern durchdrang.

»Cija!«

Ich drehte mich um. Ein Unterführer, nahezu unkenntlich unter Blut, Schmutz und Ruß und vor Erschöpfung, wankte auf mich zu, und unvermittelt fand ich mich an ihn gedrückt, meine Nase gegen Knöpfe gepreßt.

»Cija!«

»Smahil, bitte, Smahil …« Ich riß mich mit einer Kraft los, die mir mein Abscheu verlieh.

»Götter, seit dem Abmarsch im Frühsommer habe ich dich nicht gesehen … warst du die ganze Zeit in der Stadt? Was hat sich zugetragen? Dein Bein … erzähl mir alles … ist es dir in dieser Zeit gut ergangen? Warum bist du nicht zu mir gekommen?«

»Weil ich's nicht wollte, Smahil.«

Irgend etwas in meiner Stimme bewirkte, daß er verharrte. Er starrte mich an. Wir schwiegen. »Du Hure«, sagte er dann. Zärtlich.

»Ach, nein, Smahil … höre … Smahil …«

Ich vergaß den Priester, der stand und wartete, während ich Smahil die mir zuteil gewordenen Enthüllungen berichtete.

»Verstehst du nun? Wir sind Bruder und Schwester …«

»Na und? Das macht es bloß interessanter.«

Sein Ton und sein Verhalten waren hemmungslos, die Augen glitzerten in seinem bleichen Gesicht.

Ich sah ihm an, daß ich ihn mit irgend etwas in höchste Wut versetzt hatte.

»Also möchtest du zurück zu deinem Liebhaber, dem Dämon, und jede Ausrede ist dir recht, um den einzigen Menschen im Stich zu lassen, der dir jemals etwas gegeben hat … gut gemacht, es ist sogar eine tugendhafte Ausflucht und mit deiner Tugendhaftigkeit hast du schon immer prächtig zu fahren gewußt …«

»Du weißt, daß nichts ist zwischen ihm und mir …«

»Schön, also bin ich deiner gräßlichen Ooldras Sohn, also ist der Hohepriester mein Vater, nun gut, das ist eine Überraschung für mich, ich wußte immer, daß ich ein Pflegling war, aber das ist eine arge Überraschung für mich – und dir fällt nichts anderes ein, als mich zu verlassen. Du haßt mich, weil wir einander geliebt haben, du willst mich nie wieder berühren, ich ersehe es aus deinem Gesicht, aus deinem Auftreten …«

Ja, ich haßte ihn in diesem Moment, nun gut. Nein, ich mochte ihn nicht länger, aber ich wollte ihm sagen, wie sehr er mich immer *besessen* hatte, wie er mich damit bisweilen in Raserei zu versetzen pflegte, und daß ich – obwohl nun der Spuk seiner Mutter endlich vertilgt war (wiewohl er das nie verstehen würde), so daß wir nicht länger in Gefahr schwebten, würden wir uns erneut in Sünde vereinigen – eine hohe Mission antrat, die mich zwang, ihn zu verlassen … doch er gab mir keine Gelegenheit, ihm all das zu sagen.

»Deine guten Eigenschaften, Cija, lassen mich hoffen, daß du eines Tages, irgendeines Tages, und sollten noch viele Jahre verstreichen, begreifen wirst, wie unreif du bist. Du hast nie geliebt, oder? *Oder?* Dein ganzes heißes Gefühlsleben hast du einem Vogel und einem kleinen Dienstmädchen gewidmet … und der kindischen Verehrung des großen, bösen Feldherrn.«

»Ich liebe ihn«, sagte ich mit gedämpfter, aber ungestümer Stimme und wies auf den Priester, der sich entfernte und uns höflich übersah, indem er nach Verwundeten schaute, denen nur ein Feldscher noch irgendwie Beistand leisten konnte.

»Diesen älteren Handwerker dort? Vermutlich hältst du ihn für väterlich. Ich habe noch nie ein so lüsternes, verschlagenes Gesicht gesehen …«

»Es ist wunderbar, es ist das *vollkommene* Antlitz …«

»Siehst du die Bretterbude drüben an der Mauer? Da kocht ein Bursche Suppe. Geh hin, ich komme gleich nach.«

»Nein, Smahil …«

Schon im Fortgehen begriffen, drehte er sich wieder um, die Stirn gerunzelt, das ganze Gesicht kantig.

Unsere Blicke begegneten sich; er riß mich in seine Arme. »Wir sprechen heute nacht darüber – kleine Schwester. Geh dir Suppe holen und mach dir keine Sorgen. Sorge dich nicht. Ich habe stets gewußt, was für dich am besten ist … ich kümmere mich um dich. Also los!«

»Smahil …« Ich war verzweifelt und entsetzt, doch für einen Moment verlangte es mich danach, seine Narbe zu berühren, aber meine Hand zuckte zurück, denn sie war frisch aufgesprungen. »Ich bleibe nicht bei dir. Ich gehe mit meinem Freund dort …«

»Ach wirklich?« Seine Augen funkelten, aber mehr aus Ungeduld als aus Zorn. »Dem ist rasch vorgebeugt.« Er trat zum Priester, der über einen Verwundeten geneigt stand, durchbohrte ihn hinterrücks mit seinem Schwert und wandte sich wieder nach mir um, noch ehe der Sterbende zusammenbrach. »Iß eine Suppe und warte auf mich!« Er schritt davon, um irgendwelche Aufgaben zu verrichten.

Ich lief zum Priester und kauerte mich neben ihm nieder, hob seinen Kopf von der Brust des Verwundeten, der leise um Wasser stöhnte.

Mein Priester war schon tot. Sein Gesicht war unverändert, nur der Glanz seiner Augen war bereits erloschen.

Wer sollte mir nun den Weg nach Atlantis weisen?

Aber ich hatte mich verpflichtet, Atlantis zu warnen, und alsbald erreichte ich die Ausläufer der Ebene. Ich kam aus dem Aufruhr der Stadt, abgestumpft und mit stumpfen Augen, doch als ich das Schlachthaus im Tal sah, begriff ich, daß ich in den Straßen nichts gesehen hatte.

Das Tal wirkte wie die wogende Brust eines ausgestreckten Riesen, doch nicht wegen des Bebens, das noch anhielt. Das Erdreich entlang der großen, weit klaffenden Spalten bebte, und bisweilen rutschte eine Scholle unter mächtigem Donner in die Tiefe; alle andere Bewegung jedoch stammte von den Tausenden von Menschen und Tieren, die aufrecht gingen oder krochen, einander aus den Spalten halfen; sie verliehen den ungeheuren Schlünden, die noch nicht vorhanden gewesen waren, als ich das Tal zum letztenmal gesehen hatte, an den Kanten den Anschein von Gekräusel, als habe die Erde selbst tiefe Wunden und an den Wundrändern wimmle Getier.

Das Getöse war schrecklich, Schreie verwundeter Menschen und verängstigter Tiere, die übers Gelände tobten und weitere Menschen verletzten, das Heulen jener, die in den Spalten eingezwängt waren.

Über allem kreisten bereits große schwarze Vögel und stießen heisere Schreie aus, immer mehr davon sanken herab und begannen die Kadaver und Leichen zu zerhacken.

Man hob gewaltige Massengräber aus und warf haufenweise Tote hinein; errichtete mächtige Scheiterhaufen aus Toten, entzündete sie. Das stank grauenhaft.

Ich bemerkte eine irgendwie sonderbare Unruhe und ging näher. Dann erkannte ich, daß eine Anzahl von Männern – einige schleppten sich ermattet aus dem Bereich der Klauen – einem Kampf zwischen zwei großen Reitvögeln zuschauten; Reiter saßen keine darauf, die kunstvoll verzierten Harnische wirkten an den Leibern der Tiere wie das unbeholfene Zeugnis menschlichen Strebens, ihre urtümliche Kraft zu unterjochen: nicht die Vögel waren lächerlich, sondern die Harnische.

Offenbar waren sie sich nach der Erregung der Schlacht begegnet, und etwas hatte sie in ihre eigentümliche, gegenseitig entflammbare Raserei versetzt.

Im Gegensatz zu Kämpfen zwischen Vögeln und anderen Rassen kannten sie kaum Scheu davor, Rassegefährten anzugreifen, und liebäugelten auch nicht erst einmal, sondern stürzten sich unverzüglich in blinder Tobsucht aufeinander.

Schreckliches, mordgieriges Krächzen, dickes Blut und

große geknickte Federn schienen die Luft weithin zu erfüllen, zu erschüttern, zu verschmutzen.

Ich glaube, ich schaute nicht so sehr zu, während ich in dem dünnen Kreis von Gaffern stand, sondern ich wartete. Ich hatte gewußt, daß es so kommen würde, noch ehe ich den einäugigen schwarzen Vogel erkannte; der andere hatte ein gesprenkelt graues Gefieder, die Brust war halb aufgerissen. Und dort stand ich nun, Wind zerrte an meiner Kleidung und meinem Haar, ringsum roch es nach verschiedenen Arten von Tod, mein Blut pochte durch meine Adern, während ich wartete … Denn, ja, was mir zukommt, das findet zu meinem Blut, das erreicht mich, ich hatte die Statuette bekommen, scheinbar durch den absurdesten Zufall, und nun, da ich vorm Antritt einer weiten Reise stand, war es an der Zeit, daß ich meine Abneigung gegen den Vogel vollends vergaß – denn hier war er. Sobald er den Kampf ausgefochten hatte, stand er für mich bereit.

Die schnellen Schwingen rauschten, Federn wirbelten, die krummen Schnäbel hackten und rissen Fleisch, ihre gewaltigen Sporne drohten sich ineinander zu verkrallen, doch beide waren listige Kämpfer. Der Gedanke, sie könnten sich gegenseitig zerfetzen, störte mich ungemein. Doch Ums war kaum verletzt, wogegen der graue Vogel vom Blutverlust bereits ermattete. Er trug viele Wunden. Und dann sank er mit einem kehligen Kreischen zusammen, ein Haufen Blut und Federn. Ums vollführte etwas Ähnliches wie einen Veitstanz auf ihm, hieb gelegentlich seinen Schnabel in den verunstalteten Leib des überwundenen Gegners, dann beruhigte er sich allmählich, stand schließlich still und starrte mit seinem einzigen Auge über das Schlachtfeld.

Also schritt ich auf ihn zu.

Ein südländischer Feldwebel hielt mich zurück. »Nein, Mädchen, nicht … im Moment ist er ruhig, aber deshalb ist er nicht ungefährlich. Wenn du jemanden suchst …«

»Nein, schon gut. Er ist mein Vogel.«

»So? Ich meine, daß ich mich erinnern kann, unseren Hauptmann Iro auf seinem Rücken gesehen zu haben … er ist vermißt … aber selbst wenn du dich nicht täuschst, man muß ihm jetzt fernbleiben. Er wird dich nicht erkennen, und falls doch …« – seine Stimme klang unheilvoll – »wäre es ihm auch gleichgültig.«

Der Vogel stand wie ein krummschnabliger, zweibeiniger, schwarzer Monolith, riesig gegen den roten Himmel, der loderte und brodelte, niedrig, flach und fern zwischen seinen Beinen der Horizont.

Ich näherte mich ihm. Für einen Augenblick empfand ich das Gefühl eines Verlusts – ach ja, Lel … und Iro tot … doch wahrlich, Lel ging mich schon seit langem nichts mehr an. Und für Iro würde sich gewiß ein Nachfolger finden. Ich kam näher. Das blinde Auge war grau, das andere starrte rot im eisigen Triumph des Tiers; in den Augen eines Menschen hätte man in einem solchen Moment nur Erschöpfung gesehen. Als man ihn mir geschenkt hatte, bevor jedes Beisammensein ein wenig und immer wieder ein wenig mehr von mir an ihn verschenkte, war mir gesagt worden, er habe sein Auge beim Kampf um ein Weibchen verloren. Nun, jenes Weibchen war längst vergessen, und ich kehrte zurück, um unseren grimmigen Bund der Einsamkeit zu erneuern.

Er spürte meine Annäherung – mit einer blitzartigen Kopfbewegung richtete das Auge seinen Blick auf mich; ich empfand einen kurzen Schmerz, ich spürte, daß er ein viel zu stark im Irdischen verwurzeltes Geschöpf ist, um zum Zwecke gesandt sein zu können, damit er mir zum Wohle Atlantis' beistehe. Laß ihn stehen, dachte ich noch, zieh deines Wegs, du darfst nicht jeden Zufall als persönlichen Tribut auffassen …

Er starrte mich an und kam mir dann langsam entgegen. Nicht mit dem verrückten Tollen wie früher. Sein Auge glühte. Er stieß eine Reihe kurzer, rascher Krächzlaute aus. Dann schob er seinen Kopf unter meinen Arm und schnurrte und wollte nicht mehr aufhören zu schnurren.

Der südländische Feldwebel betrachtete mich voller Verblüffung und Ehrfurcht.

Ich brauchte kaum an den Zügeln zu rupfen, mit jenem vollständigen Vorverständnis, das immer zwischen uns geherrscht hatte, schlug er die Richtung ein, in die ich wollte.

Mit gespreizten Klauen jagte er hinweg über die verstümmelten Leichen, abgetrennten Arme und Beine, Köpfe und Pferdenüstern, zu Brei verschmiert, das Strandgut eines jeden Schlachtfelds.

Hinter uns prasselten die Scheiterhaufen blutrot gen Himmel.

VIERTES KAPITEL

Die Machtergreifung

Als wir das Umland der Stadt verließen und durch die hohen, schroffen, schwarzen Kiefern eilten, da verfolgten uns Tiere, glaube ich, großen Pumas ähnlich. Es war seltsam. Sie kamen nie nahe genug, damit ich sie genau hätte erkennen können oder feststellen, ob sie es auf uns oder aufeinander abgesehen hatten. Ich dachte sogar, es könne bloß ein einziges, aber schnelles Tier gewesen sein, da es in so kurzen Abständen an so verschiedenen Stellen auftauchen konnte. Ich weiß nicht, ob Ums es auch bemerkte, aber er hatte seinen Brustkorb gewölbt. Dann sah ich im Schein einer fernen vulkanischen Flammensäule plötzlich drei große Pumas, die uns mit weiten Sprüngen begleiteten. Im Halbdunkel wirkten sie silbern, bei Feuerschein schienen sie einen goldenen Schimmer zu haben. Ich bin mir nicht sicher, ob sie tatsächlich weiß waren wie jener, dem ich einst in den Bergen begegnet war. Später standen die Bäume dichter, und ich sah sie nicht noch einmal.

Wir schliefen aneinandergedrängt, eine Strecke jenseits des Gürtels träge schwappender Sümpfe, welche die Stadt an dieser Seite abschirmten. Im weiten Gebiet von hier bis zur Küste würden wir keine Zivilisation antreffen. Ich besaß keine Vorstellung, was ich tun sollte, wenn wir die Küste erreichten; unterdessen würde es uns genug abverlangen, dorthin zu kommen. Die Nacht war voller Geräusche der Wildnis. Der Wind jaulte durch das steife, purpurne Gras. Ums spendete sehr viel Wärme. Wir hatten gut gegessen, ich briet eine Echse, die er tötete, ein fast armlanges Tier. Ohne Umstände befleißigten wir uns wieder unserer alten Gewohnheit, daß er die Hälfte seiner Beute roh verzehrte und mir die andere Hälfte zum Braten überließ. Allerdings esse ich immer weniger als die Hälfte, weil er mehr braucht, obwohl er wie jedes zum Kampf abgerichtete Tier hager ist und vom Geringsten leben kann.

Irgendwie hatte ich geglaubt, ich werde nach Ooldras Austreibung nie wieder einen Alptraum haben. Und doch verspürte ich ein warnendes Gefühl, das mich ängstigte.

Plötzlich schrak ich aus meinem Schlummer; da wich das Gefühl einer Warnung von mir, und nur Stille schwebte durch den Schoß der Nacht, deren Grenzen das dünne, spitze *Kriiik-kriiik, Kriiik-kriiik* der Grillen bildete.

Ich schließe meine Lider und höre den Wind über die Ebene sausen. Das Sausen des Winds ist hier daheim. Ein Mensch kann hier geboren werden und leben und sterben, und in jeder Minute seines Lebens wird er das gleichmäßige Fegen, das ferne Röhren, das *Schwummwummwummwumm* des Winds vernehmen.

Weithin gibt es keine Höfe, Hütten, Häuser und Brücken. Die Ebene erstreckt sich nach allen Seiten, helles Gold, Bäume mißachten ihre Schatten, Gefahr lauert hinter jedem Streifen hohen Grases, winzige Tiere und große Insekten vor unseren Füßen, irgendwo weit voraus das Meer, dort Berge (immer Berge), deren blaue, weiße, graue, hellviolette und purpurne Schattierungen an Täler voller Kiefern gemahnen, an steile kahle Hänge mit Geröll und Höhlen und großen, warmen, grimmigen, zottigen Bären.

Am frühen Morgen war der Himmel gelblich. Und die Sonne, gleich einem weißen Loch im Gelb, verströmte Licht…

Ich erinnerte mich der Lehren Seiner Übermächtigkeit; daß die Sonne die Herrlichkeit vieler tausend armer Seelen sei, die alle gemeinsam leuchteten.

Ich wußte, es war Eile geboten, und sobald wir den Fluß erreichten, mußten wir ihm nach Südosten folgen; daher war ich froh, als wir in eine Art von Netz flacher Bäche gerieten, die allesamt durch ein weites Gelände von Kieselsteinen rannen; jeder Stein glitzerte, ob unter Wasser oder nicht, das Wasser war blau und rein; da und dort ragte ein weißer Schädel heraus, wo ein Tier am Naß seinen letzten Atemzug getan hatte; andere Knochen sah ich nicht, Aasfresser mußten sie des Marks wegen alle fortgeschleppt haben.

Wir alle strebten zum Fluß – Ums und ich, die kleinen, eifrig plätschernden Bächlein, die zahllosen kleinen blauen Vögel, die schrill piepsten, über unseren Köpfen. Mit den Knien brachte ich Ums zum Stehen. Abseits unseres Wegs erhob sich ein vereinzelter hoher blauer Felsen; ein Quell sprang herab, um sich eilends zu den anderen Bächlein zu gesellen. Es war ein dürftiges Trickeln, und ich mußte mich ein Weilchen gedulden, um meine hohlen Hände zu füllen. Ich trank, dann wartete ich noch einmal auf eine Füllung, beugte mich über Ums' Kopf und gab ihm zu trinken. Er schlürfte durch die Schnabelseite, um mich nicht zu schneiden, aber es war zu wenig, und wir tranken später zusätzlich saure Wolfsmilch aus den gleichnamigen Pflanzen.

Ums mißfielen die kleinen, blauen Vögel. Sie zwitscherten und schwirrten dicht über unsere Köpfe hinweg. Mir machte es Spaß, bis er sich aufbäumte und den Hals streckte, so daß ich mich festklammern mußte, und ein drohendes Krächzen ausstieß. Für eine Weile entflohen sie, kamen aber bald zurück und begleiteten uns in der gleichen fröhlichen Hast wie die Bächlein ringsum.

Die Steine und Rinnsale verwandelten sich in einen Fluß mit steinigem, steilem Ufer. Das Gelände stieg an, wir kamen aus einer weiten Bodensenkung inmitten der Ebene. Fluß und Himmel befanden sich in einem Aufruhr von dunklem Grau und schmutzigem Weiß, und der Wind schlug uns entgegen wie das Wirbeln, Rollen, Wogen und Schäumen einer Meeresbrandung gegen das Land, gleichsam mit all ihren Wellen und Mustern, stemmte sich gegen uns, peitschte uns, aber vermochte uns nicht zu hemmen, der Wind teilte sich und strömte an uns vorüber wie die Fluten eines Flusses.

Mein Haar und meine Kleidung wehten im Wind hinter meinem in Reiterhaltung aufgerichteten Körper. Mein Vetter! Wie schön das ist, auf einem Geschöpf zu reiten, mit dem man eins ist, dessen jeder wilde Schritt zu einem Rhythmus gehört, der dem beschleunigten, schrecklichen Rhythmus von Bergen ähnelt, die wachsen.

Die Wucht des Winds gegen meine Brust gestemmt, gegen uns, ist so gewaltig, daß ich mich für eine Zeitlang zwischen den Winden verschollen glaube, meine Sinne nehmen nur Wind wahr, dann drücken wir uns mit verstärkter Kraft der seinen entgegen.

Und der Rhythmus dröhnt weiter mit jedem wilden Schritt.

Später war die Wildnis weniger eintönig. Durch das dürre Gestrüpp wetzen Gürteltiere. Voraus erwecken lange Wellen, lange gekräuselte Wellen, eine auf die andere, den Eindruck, als gleite das seidenweich wirkende, hohe Gras auf uns zu, aber es ist nur der Wind, der über zahllose, Tausende gefiederte Häupter der Halme streicht, gegen die Flanken der Tierherden, die darin grasen. Eber grunzen und wühlen, stieren aus blutunterlaufenen, nahezu blinden Augen in die Runde. Der Wind ist unser Gehilfe, er verrät uns nicht ihren empfindlichen Nüstern. Dort am Horizont, dunkel und in plumpem Watscheln begriffen, majestätisch wie bedächtige Schwimmer: Mammuts; die Stoßzähne des Leitbullen sind so krumm gewachsen, daß sie ihm in ein paar Jahren in die eigenen Augen dringen müssen, vielleicht kann er's verhindern, indem er die Spitzen an Baumstämmen abschleift. Riesige, am Boden lebende Faultiere wälzen sich einher und stopfen sich mit vertrocknetem Blattwerk voll.

All diese großen Geschöpfe, die hier in ihren heimatlichen Gefilden lebten, hätten mich durch ihren bloßen Anblick vor Entsetzen umgebracht, ehe sie mich überhaupt bemerkten, wäre ich allein gewesen. Doch nun war ich ein Herr der Wildnis, denn ich ritt einen ihrer Herrn, einen der schnellsten, feurigsten und stärksten, und er war mein treuer Gefährte; er würde nicht zulassen, daß mir etwas geschah.

Mehrmals gewannen wir Zeit, indem wir Flußschleifen auf geradem Wege schnitten; der Fluß war nun breit und reißend, er schimmerte blau zwischen seinen hohen, felsigen, bewachsenen Ufern. Ums überwand die Ufer leicht, selbst an beinahe senkrechten Stellen, und trat, ohne seine Gangart zu ändern, ins schnelle Blau, das unten gurgelte. Oft merkte ich, daß er schwamm, ohne daß seine Haltung und der Rhythmus seiner Beinbewegungen eine Veränderung erfuhren; eine breite Bugwelle folgte uns durch die glitzernden, blauen und weißen Strömungen.

Einmal gab es eine Unterbrechung; zuerst dachte ich, wir näherten uns einem jener Wirbel, die regelmäßig vor uns auftauchten; aber es näherte sich uns seinerseits, und schließlich hob sich aus dem Wasser der Kopf. Er war länger als Ums' Schädel und grinste in grausamem Dünkel. Was soll jetzt werden? dachte ich. Ums ist außerhalb seines Elements, kleiner als dies Wesen und durch mich behindert.

Das Tier war eine Flußschlange, die sich am Lande so gut zu bewegen vermochte wie im Wasser, mit einem langen, geschmeidigen Körper, der in einen Schwanz mündete, womit sie wirkungsvoll die Strömung peitschte, und der Kopf wies einen Kranz, wie ich es nennen möchte, gelber Warzen auf. Diese Auswüchse wucherten in den Falten der gelben Haut und machten sie zu dick, um von Ums' Schnabel auf Anhieb verletzt werden zu können – und ihm blieb nur der Schnabel als Waffe, denn seine Klauen waren unter Wasser. Er schwamm dem Reptil entgegen und das Reptil uns. Mich beachtete es nicht, abgesehen davon, daß vielleicht eine Spur von Belustigung und Verachtung in den großen, golden gefleckten, ovalen Augen schimmerte, deren Blick auf Ums ruhte. Hier war eine Kreatur, die Menschen erlaubte, auf ihrem Rücken zu reiten! Das lange Schlangenmaul zuckte, entblößte kränkliche Gaumen mit Knochenrändern, einen einzigen, halbrunden Zahn in jedem Kiefer. Eine Art von heulendem Kreischen, wohl Ausdruck eines bevorstehenden Sieges, hallte über den Fluß. Ums gab keinen Laut von sich, sondern ging ohne Umschweife zum Angriff über, hob den Hals, streckte ihn und hackte den Schnabel zwischen die beiden Augen, die glasig wurden von Verwirrung und Wut... Blut spritzte... Ums bellte ein paarmal und schwamm einen Bogen, gerade rechtzeitig, um noch den ersten ungeheuren Zuckungen des Schlangenleibs auszuweichen, die mehrere Minuten lang anhielten, denn so lange dauerte es, bis den Schwanz vom Hirn die Nachricht des Todes erreichte, und wir erklommen behend das jenseitige Ufer, ließen den Fluß zurück, der sich nun purpurn färbte.

Als wir in eine Buschlandschaft kamen, viele Sträucher waren halb überwuchert von wildem Wein, war es allerhöchste Zeit für mich zum Absteigen. Natürlich war mein Bein steif und außerdem wund, aber offenbar auf dem Wege der Besserung, und ich fühlte mich schon deshalb wohler, weil ich es für eine gewisse Zeitspanne ganz vergessen hatte. Ich aß sehr viel; ich fand in der Nähe Schlehen und Heidelbeeren und verzehrte von den Beeren beider Arten Unmengen. Trotzdem war es natürlich keine Mahlzeit, die sättigte, erst recht nicht für Ums; doch entdeckten wir außerdem im Schilf ein verlassenes Nest mit vier großen Eiern, drei für ihn und eins für mich, die wir ausschlürften.

Danach und nach frischem Wasser legte ich mich unter duftende Weinranken, durch welche schillernde Insekten schwärmten – selbstverständlich binde ich Ums niemals an.

Ich schrieb für ein Weilchen in dies Buch und war erstaunt, als ein Frösteln mich zum Aufblicken veranlaßte und ich die Sonne niedrig am Himmel sah. Ich sprang auf und hielt nach Ums Ausschau. Er befand sich in Sichtweite; ich glaube, ich besitze in der Tat keinen Grund zur Annahme, daß er mich jemals aus dem Blickfeld seines einzigen Auges gelassen hat, das ist seine Art von Besitzanspruch, denke ich, aber auch ein Schutz, vor allem in dieser Wildnis; ich hätte nur ungern gerufen und damit womöglich die Aufmerksamkeit irgendeines Untiers auf mich gezogen, aber er sah mich sofort, als ich stand, und kam unverzüglich zu mir. Er streckte eine Klaue aus, die eine reichlich zerdrückte Echse umklammerte, aber ich gab ihm zu verstehen, daß er sie allein haben könne, worauf er sie verschlang, während ich aufstieg.

Ringsum sank die Dämmerung herab wie eine Wolke zahlloser kleiner, pelziger Falter.

Alsbald, noch während der Dämmerung, stieß ich auf südländische Soldaten, die eben für die Nacht ein Lager aufgeschlagen hatten. Alle Köpfe drehten sich voller Verblüffung um, als ich, nicht minder überrascht, auf Ums' Rücken mitten hindurch sprengte und die Glut der Feuer, die man eben erst entfacht hatte, in Funkengarben zerstob.

Nun gut, dachte ich, als wir wieder in einen gleichmäßigen Trab fielen, was soll's? Ich war leichtsinnig. Doch sie waren zu verdattert, um zu reagieren. Wie oft reitet schon ein Mädchen auf einem nordländischen Vogel durch ihr Lager? Aber ich war in dem dunklen, waldigen Gelände so plötzlich auf dieses Lager gestoßen, daß ich keine Gelegenheit besaß, um es zu umrunden. Ich kann jedoch keine Verfolger hören, sie müssen entschieden haben, mich ziehen zu lassen. Jedenfalls hat dieser Zwischenfall mich gelehrt, daß ich vorsichtiger sein muß. Natürlich dürften sie die Gegend weit besser kennen als es mir möglich ist – wissen, welche Flußwindungen man abkürzen kann, zum Beispiel. Ich habe einen Vorsprung, aber möglicherweise ist alles so gut wie gescheitert.

Geraume Zeit später war ich noch immer in Gedanken versunken, während Ums unterm Sternenhimmel dahintrabte, als ich plötzlich bemerkte, wie er sein Brustgefieder sträubte und tief in seiner Kehle ein Knurren hörbar wurde. Dann vernahm ich in der Luft ein Sirren, und etwas riß mich aus dem Sattel. Ich schrie auf. Das Lasso zerrte mich über den Boden, aber einer meiner Füße – zum Glück der unversehrte – verfing sich im Steigbügel, und Ums blieb neben mir, bereit zu meiner Verteidigung.

Dann sprengten vier Männer auf Ponys aus der Finsternis zwischen den Bäumen und umkreisten uns, so daß er nicht wußte, gegen welchen Gegner er sich wenden sollte, und obwohl er wiederholt nachdrücklich eingriff, gelang es den Männern, meinen Fuß aus dem Steigbügel zu befreien. Den Steigbügel benutzten sie geschickt, um ihm den Schnabel zu verschließen. An einem Strick zogen sie ihn zu einem nahen Baum und banden ihn daran fest. Er bellte und mahlte die Kiefer seines zugeklemmten Schnabels, riß mit den Klauen Rinde vom Baum und vollführte kurze Sprünge im Umkreis, den der Strick gestattete.

Die finsteren Unholde richteten mich auf, und ich holte aus, aber einer packte mit gedämpftem Lachen meinen Arm.

»Was soll das?« schimpfte ich. »Kann ein Reisender nicht einmal ein paar Meilen Wildnis unbehelligt durchqueren?«

»Bringt einen Kienspan, damit wir sehen, was wir da haben«, sagte jemand. »Hört sich an wie ein junger Bursche oder ein Mädchen.«

Einer brachte einen Span, woraus ich schloß, daß irgendwo hinter den Bäumen ein gut verborgenes Feuer brannte. Der Kerl drückte ihn mir beinahe ins Gesicht. Ich wimmerte und blinzelte. Die Glut erhellte nicht bloß mein Gesicht, sondern auch ihre …

»Räuber!« schnauzte ich. »Wirklich, was soll das?«

»Bei den Titten meiner Mutter, ist das nicht das milchgesichtige edle Fräulein, das der nordländische Feldherr bei uns gelassen hat und wegen welcher Kond zur Hölle gefahren ist?« meinte ein Mann mit dünnen Zöpfen, der heiter-gemütlich wirkte.

»Was machst du hier, Schätzchen?«

»Wir dachten, du wärest ein einzelner Späher der Heeresabteilung, die da hinten irgendwo lagert, deshalb haben wir dich überfallen. Tut uns leid. Ist dein Bein in Ordnung?«

»Vielleicht arbeitet sie für sie. Warum sollte sie sich sonst hier herumtreiben?«

»Gebrauche deine Birne. Um den Drachenfeldherrn zu treffen.«

»Da hat sie einen wahren Teufel von Vogel erwischt, hä?«

»Der Drache?« meinte ich. »Ist er hierher unterwegs?«

»Morgen früh wird er ankommen, glaube ich, ja. Wußtest du's nicht? Hinter diesem Hügel hat eine Heeresabteilung ein Lager errichtet, vielleicht hast du ihre Feuer gerochen, sie will die Küste erreichen und die Flotte warnen, ehe die Hauptkräfte ihres Heers und des nordländischen Heers an der Küste eintreffen … angeblich liegt gegenwärtig die halbe Flotte auf Kiel, da ist sie natürlich äußerst verwundbar … wir haben sie den ganzen Tag lang verfolgt, ohne daß sie's merkten, heute nacht hauen wir sie zusammen, wenn sie in süßen Träumen schnarchen.«

»Nun, aber inzwischen wissen sie«, sagte ich widerwillig, »daß sie nicht völlig allein in dieser Gegend sind. Sie haben mich gesehen …« Ich unterschlug, daß ich mitten durchs Lager galoppiert war.

»Ach, keine Sorge, das ist ärgerlich, aber du brauchst nicht zu befürchten, du hättest etwas verdorben, wir werden bloß früher angreifen und ein wenig härter kämpfen müssen, sonst nichts. Aber mich wundert, daß sie dich nicht verfolgt und erwischt haben, denn andernfalls wärst du nicht soweit gekommen. Ein fauler Haufen. Vielleicht haben sie geglaubt, du rittest zu einem anderen Lager, von dem sie nicht wüßten … mag sein, daß nun nicht wenig Späher unterwegs sind.«

»Ich habe euch eine Menge Ärger eingehandelt …«, sagte ich matt.

»Das macht uns nichts aus, Liebchen. Fast die Hälfte von uns war sowieso dagegen, sie im Schlaf zu überfallen, aber der Rest hat sie überstimmt. In so einem Fall läßt der Hauptmann immer abstimmen, weißt du. Nun machen wir's eben doch anders – wenn sie alle wach sind, wird der Kampf viel aufregender; wir sind immer auf alles vorbereitet.« Der Mann mit den Zöpfen verschwand zwischen den Bäumen.

Ich wandte mich an einen der anderen Räuber, dessen goldene Ohrringe in Gestalt nackter Paare, die kopulierten, einen schwachen Schimmer auf sein Gesicht warfen.

»Kann ich wohl meinen Vogel wiederhaben?« fragte ich bescheiden. »Ich bin in wichtiger persönlicher Mission unterwegs ... ich muß rasch weiter ...«

»Persönliche Mission – in *dieser* Gegend, hä? Oh, gut vielleicht weißt du, wovon du sprichst. Aber wie du diesen Dämon selbst in seiner besten Laune reiten kannst, das begreife ich nicht. Und außerdem, da du nun hier bist, kannst du auch einen Bissen zu dir nehmen ... wir versorgen den Dämon ebenfalls, wenn du's möchtest ... dann steht's dir frei, ob du dem Gefecht zuschaust oder weiterreitest, ganz wie dir's beliebt. Reitest du jetzt, läufst du womöglich bloß ihren Spähern in die Arme.«

Er führte mich durch eine Mulde und zwischen Bäumen hindurch, dahinter lag eine Senke, erhellt von mehreren Feuern, deren silbriger Rauch sich verflüchtigte, bevor er das Laub der Bäume zu durchdringen vermochte. Niemand strengte sich sonderlich an, um leise zu sein, aber es war nicht laut. Mir lief das Wasser im Munde zusammen, als ich mich gesetzt hatte und man mir ein dickes, stark gewürztes Stück Braten reichte. Zwischen den Felsen des nächsten Hügels starrten aus rot leuchtenden Augen ein paar neugierige, hungrige Hyänen auf uns herab; Ael und sein neuer Stellvertreter unterhielten sich, während sie unterm Hügel an einen Baumstamm pinkelten, und der Mann mit den Zöpfen wartete artig, bis sie fertig waren, sich umdrehten und ihre Gürtel zurechtschoben.

Ich nehme an, daß ihre Aufmerksamkeit auch auf mich gelenkt wurde, neben anderweitigen Angelegenheiten, aber ich widmete mich zu begeistert dem Essen, um hinzuschauen.

»Heute keine Milch?«

Ich wandte mich um, und da standen sie und musterten mich, aber ohne zu grinsen und nicht im mindesten freundlich.

Um alles in der Welt wußte ich nicht, was ich darauf entgegnen sollte, also hob ich die Schultern und aß weiter, wobei ich mich reichlich mit Fett besudelte.

Sie ließen sich ins lange, zertrampelte Gras nieder, das den gleichen Dienst erfüllte wie eine dicke Strohmatte, Ael zu meiner Rechten, sein Stellvertreter zur Linken.

Ael streckte einen muskulösen, narbenübersäten Arm aus, dessen Faust einen Dolch hielt, schnitt sich eine Scheibe Braten ab und begann daran zu reißen. »Du kommst ein bißchen spät«, sagte er, ohne mich anzusehen. »Der Drache hat schon nach dir gefragt – ich sagte ihm, daß ich dich zu ihm geschickt habe, in Begleitung zweier meiner Männer. Ihre Leichen lagen auf dem Schlachtfeld, und der Streitwagen, worin sie hätten sein sollen, stand verlassen auf dem Hügel, mit den Resten, wie er mir erzählte, einer herzhaften Mahlzeit darin. Welch große Trauer! sagte ich daraufhin zu ihm. Aber der Drache sagte: Sie kann nicht tot sein. Wer würde sie entführt, erwiderte ich wohlüberlegt, und sich noch nicht wegen des Lösegelds bei Euch gemeldet haben? Also einigten wir uns auf die Annahme, daß die Entführer oder du oder beide umgekommen seien, ehe sie dazu Gelegenheit erhielten. Er war erzürnt und außer sich. Aber ich sagte, meine beiden Schelme müßten ihre Leben geopfert haben, um dich zu retten, und weil wir aufeinander angewiesen sind, nahm er's mir ab, und deshalb ist unser Bündnis wegen dieses Zwischenfalls nicht zerbrochen.«

»Eine rührige kleine Hure«, sagte Aels Stellvertreter ohne besondere Bosheit.

»Wohin willst du reiten, in dieser Wildnis?« fragte Ael, und seine ruhige Stimme und sein kalter Blick standen in völligem Gegensatz zu seiner plötzlichen Bewegung, als er einen Knochen über die Lichtung schleuderte und eine

Hyäne traf, die gekränkt aufjaulte und unter Gewinsel forthinkte. Ael kicherte kurz.

Ich versuchte, mir rasch eine geeignete Antwort einfallen zu lassen, die nicht den Verdacht rechtfertigte, ich wolle zur Küste, um die Südländer zu warnen, als aus dem Gesträuch ein ganz und gar überraschendes Geheul erscholl und die südländischen Soldaten, die das Versteck aufgespürt hatten, stürzten sich aus dem Dunkeln auf uns. Sie mußten die Posten überwältigt haben.

Innerhalb eines Augenblicks war ich allein am Feuer. Jeder Räuber hatte sein sägezahnartiges Messer und seinen Speer mit Spelten gepackt und sprang zu augenblicklichem Gemetzel. Die Lichtung hallte auf einmal wider von Klirren, Brüllen und Gurgeln. Die Hyänen starrten aus ihrer Deckung verblüfft herab, doch schließlich wagten sie sich an die vom Kampfgeschehen am weitesten entfernten Braten. Das Blattwerk schwankte und schreckte Vögel auf, aber durch den Lärm konnte ich kein Rascheln vernehmen.

Ich stand auf, stopfte Fleisch und Zwiebeln in meine Kapuze und hakte am Griff einen Krug mit langem Hals, worin Rum schwappte, in meinen Gürtel. Ich eilte hinüber zu Ums und band ihn los. Seinen Schnabel hatte man inzwischen wieder befreit, in der Absicht, ihn zu füttern. Ich stieg auf.

Schon dabei, den Erdwall zu überwinden, der die Senke umschloß, zögerte ich.

Die beiden Gruppen, die miteinander kämpften, waren ungefähr gleich stark. Die Räuber fochten wie Teufel, es war ihre Art des Erwerbs, völlig selbstvergessen, so lange sie den Gegner schnellstmöglich niederhauen konnten. Aber viele Soldaten waren beritten, und trotz ihrer ständigen Kampfbereitschaft hatten die Räuber keine Zeit gehabt, um ihre Ponys zu entkoppeln.

Ich gab Ums die Sporen und lenkte ihn ins Getümmel.

Ich besaß nur das Messer, welches ich in der Kneipe meines Priesters bekommen hatte, aber damit hieb ich nach jedem Waffenrock, der in meine Reichweite geriet. All meine Zurückhaltung und Empfindlichkeit ertranken in meinem lange gestauten Haß auf die Zivilisation des Südreichs. Ich schlitzte für die lebendig begrabenen Kinder-Witwen, die vergifteten Gemüse, für die Ermordung sanftmütiger Priester. Um von der Schlächterei, die ich auslöste, entsetzt zu sein, bekam ich gar keine Zeit, ich führte einen Hieb nach dem anderen und vergoß mehr Blut. Ums benötigte keine Aufforderung. Er allein war der Grund, weshalb ich so etwas wagen konnte, seine Höhe und Wildheit waren mein Schutz. Er bäumte sich auf, schlug mit den Klauen um sich, stieß mit dem furchtbaren Höcker seines Schnabels zu. Er trampelte nur jene nieder, die ich ihm zeigte. Die Räuber verdoppelten die Lautstärke ihres begeisterten Kampfgeschreis. Ich hatte nie zuvor an irgendeinem Gefecht teilgenommen. Der Deckel des Krugs an meiner Hüfte zerbrach, Rum verspritzte über südländische Fußsoldaten. Ums riß ein Pferd nieder, einen Hengst, dessen Augen und Nüstern zinnoberrot flammten, als er sich an unsere Flanke drängte, um seine prächtigen, großen, gelben Zähne in Ums' Kehle zu graben, aber der Schnabel war zu schnell, er zerriß die gegnerische Brust bis in die Lungen, und der Hengst überschlug sich.

Meine erste Schlacht war vorbei. Überlebende Soldaten flohen in Richtung ihres ungeschickt großzügig angelegten Lagers. Räuber höhnten ihnen hinterdrein.

Vorüber, das Schlitzen und Verstümmeln, das leidenschaftliche, wie betäubende Schlachten, das Pochen eines hirnlosen dunklen Lebens im Schoß einer irdischen Göttin. Ich sah auf meine Hände und Handgelenke hinab, und sie waren blutig, das Heft meines Messers troff, die Klinge ekelte mich.

Zwischen meinen Beinen bebte und bellte der Vogel. Er hatte mir in meinem Blutdurst beigestanden. Konnte ich jemals wieder rein von diesem Blut werden?

Ael trat zu mir, und als er neben mir stand, war sein Kopf nicht viel tiefer als meiner. Er nahm mein Messer, das ich meinen zitternden Fingern achtlos entwinden ließ, säuberte es sorgsam im Gras und gab es zurück. Der Blick seiner tiefblauen Augen wich nicht aus meinen.

»Laß eine Klinge niemals rosten«, sagte er mit seiner hellen, hohen Stimme.

»Glaubt Ihr, ich bräuchte den Unterricht eines Räubers?«

»Du bist eine wahre Überraschung für mich«, sagte er. »Mir ist noch keine Frau begegnet, die kämpft, und so gut kämpft, und doch bist du eine Frau.«

Ich blickte über die wenigen Handbreit Dunkelheit in die Tiefen seiner Augen.

»Es ist gütig von Euch, mir endlich Eure Aufmerksamkeit zu schenken«, sagte ich. Ich empfand dreifache Schmutzigkeit, sanft, matt und schmeichlerisch, Ums' und meine eigene und die seine, doch sie war von gleicher Beschaffenheit.

»Du bist ein Kind«, meinte Ael gedankenverloren. »Ich habe mich gewundert, warum Zerd dich so schätzt. Du hast noch viel zu lernen. Ich will's dich lehren. Du hast deine Freiheit gefunden, besitzt ein gutes Reittier und verstehst dich durchzuschlagen. Du haßt das Heer und die Herrscher dieses Landes ebenso wie wir. Haßt du auch das nordländische Heer? Niemand wird dich ausliefern. Unter uns bist du in Sicherheit, genießt du die Freiheit der Gesetzlosigkeit, der wir uns verschworen haben. Warum auch immer du zur Küste willst, schiebe es auf. Wir erreichen sie ohnehin in Kürze. Ich werde dich die beiden Künste lehren, die alles beherrschen – Liebe und Kampf.« Der Räuberhauptmann erhob einen Arm, auf daß ich ihn nehme und absteige.

Ich stieß Ums meine Knie in die Flanken, er trabte sofort los, über den Erdwall und hinaus in die Nacht.

Zwei Tage später erreichten wir die Küste. Der Fluß wurde in dem Maße ungestümer wie ich vorsichtiger; dann vernahm ich deutlich das Röhren und Donnern und Schäumen, in das sich das eintönige Rauschen auflöste, das schon seit einiger Zeit an meine Ohren drang; dann endlich erblickte ich einen Horizont von schimmernder Flachheit. Blau, Grau, Silber – eine Wolke von Gischt warf sich gegen die Klippen, zwischen denen der Fluß über eine Felsterrasse hinab schäumte. Ich sah das Meer wieder. Seit meiner Kindheit hatte ich es nicht gesehen.

Jahr um Jahr (siebzehn Jahre lang) hatte ich das Meer in seiner unvergleichlichen Launenhaftigkeit beobachtet. Ich sah es blau und glatt; hellviolett und erregt, leicht gerunzelt wie ein steinaltes Krokodil; ich sah es vom Land zurückkriechen und einen gekräuselten, gewellten Streifen purpurnen Schlicks hinterlassen, gefleckt und durchsetzt mit aus der Entfernung unerkennbarem Strandgut; ich sah sein Lächeln unter der glitzernden Sonne strahlen; ich sah es wie einen greifbaren Silbergeist unter einem flachen Himmel kreisender Vögel, die schrien und in der Sonne leuchteten; unter rosaroten oder grünen, karmesinroten oder goldenen Sonnenuntergängen, unter schwarzer Nacht und in Nächten, die ihre Sterne im glänzenden Spiegel ertränkten; ich sah es gewaltig und stürmisch, weiß und blau, aufgewühlt von Winden; ich sah es gegen von Bäumen überschattete Strände schäumen und Strände, die sich zu steilen Berghängen erhoben; gelegentlich beobachtete ich winzige Gestalten, die über die weißen Strände eilten oder sich ins lebhafte, unstete Blau stürzten, durchzogen von weißen Schaumkronen und hoch aufspritzenden, tanzenden Nebeln aus Gischt, bisweilen holten sie von Glitzern und Schillern schwere Netze ein, aber ich konnte nicht mehr erkennen als ihre Winzigkeit und hielt sie natürlich für Frauen. Ich vermochte von meinem Turm aus keinen Hafen zu sehen, keine Boote oder Handelsschiffe. Die Bucht vor der Stadt lag hinterm nächsten Berg. Ich sah das Meer schiefergrau unter Nieselregen schimmern; silbergrau unter Wolkenbrüchen kochen. Ich sah es schwarz tosen und heulen, Schaumkronen gepeitscht und zerfetzt von Stürmen. Doch immer befand ich mich hoch darüber, sicher, unberührbar, sein starker Geruch, die Einzelheiten seines Treibens blieben weit unter mir und mir völlig unzugänglich.

Seither hatte ich einmal einen Hafen an einem breiten Fluß kennengelernt, mit Ufergemäuern und Schiffen, doch nun betrat ich wahrhaftig mit eigenen Füßen den Meeresstrand; wachsam schaute ich rundum, aber ich sah keine Küstenwache und schon gar nichts von einer Flotte. Ich ließ Ums stehen und kletterte zwischen die Felsen hinab; auf ihnen wuchsen steife Blumen mit Sternenhäuptern. Eine Art von Schildkrötenspinne, groß und rot und gepanzert hastete im Seitwärtsgang davon. Ich überwand die Felsen, streifte unterwegs meine Sandalen ab, weil so viele grüne Pfützen darin standen, worin ich kleines Viehzeug sich regen sah, oder vielleicht war es reglos und schaukelte nur im windüberfegten Wasser, und schließlich drang feiner, körniger Sand zwischen meine Zehen. Ich ging einem Gewirr schleimigen Grüns aus dem Weg, dann geriet ich auf feuchten, klumpigen Sand, und endlich umspülten seichte Wellen mit leisem Fauchen meine Füße.

Da war ich nun, im Antlitz dieser großen neuen Erfahrung, und hatte keine Vorstellung, was ich tun sollte.

Mein Bruder hatte meinen Priester getötet, bevor ich erfahren konnte, was ich tun mußte. Ich weiß nur, daß ich Atlantis warnen muß, weil die Welt es einkreist wie ein Rudel heulender, knurrender, hechelnder Hunde, und die Luftleere, mit der es seine Wissenschaftler umgeben haben, ist nicht länger ein Schutz.

Ich wagte kein Feuer anzuzünden und verzweifelte alsbald in meinem Bemühen, irgendwelche eßbare Pflanzen zu finden, aber Ums erwies sich als unerwartet hilfreich. Aufgrund irgendeines Instinkts oder Sinnes – ich kann es nicht sagen, weshalb – watete er in die Brandung hinaus, bis sie seine Brust umspülte, und starrte mit seinem einzigen Auge geduldig ins Wasser, den Schnabel zum Stoß erhoben. Plötzlich fuhr er hinab – und tauchte wieder auf mit einem wutentbrannten, verzweifelt sich wehrenden großen, silbernen Fisch, ungemein dick, der sich mächtig wand und zuckte. Ums legte ihn in den Sand und spießte ihn auf, ehe er entwischen konnte.

Ich schnitt ihm den Kopf ab, der aus kalten, glasigen Augen vorwurfsvoll glotzte, und den grünen, kräftigen, gefransten Schwanz, entfernte das Rückgrat und die Eingeweide, während Ums sich anschickte, weitere zu fangen.

Rohen Fisch schätze ich wahrhaftig nicht. Aber es gab in der Nähe frisches Wasser vom Fluß, und glücklicherweise enthielten einige der erbeuteten Fische Rogen.

Ich hockte mich hin, hielt mit von Schuppen silbrigen Fingern rohen Fisch und kaute darauf herum. Ums hatte seinen Anteil bereits verschlungen und stand mit weit gespreizten Beinen Wache, den bedrohlich erhobenen Kopf lange in diese oder jene Richtung gewandt, die er mit kurzen, ruckartigen Vogelbewegungen zu wechseln pflegte, eine riesenhafte schwarze Silhouette zwischen mir und dem nahen urzeitlichen Meer, das uns von jenem Erdteil trennte, welcher der Welt verschlossen ist seit jener Zeit, da die Götter fielen.

Kalter Wind begann landeinwärts zu wehen. Ich zitterte jämmerlich, wusch mir die Hände, spülte mir den Mund und hielt nach einem Schlafplatz Ausschau.

Der Sand war zu ungemütlich feucht und fest und außerdem zu kühl, obendrein konnte uns dort leicht jemand sehen, vielleicht Späher des Südheers, das sich näherte, oder Angehörige der Flotte, die nicht weit entfernt liegen mochte. Ein Felsspalt schien die einzig mögliche Zuflucht zu sein. In der Nähe erhob sich eine Klippe, ihre Wände schimmerten silbrig von Vogelmist, dem die bereits sinkende Sonne einen Anhauch von Pracht verlieh. Gegenwärtig trieben sich dort keine Vögel herum, aber die Klippe wirkte friedlich und leicht erkletterbar, obwohl sie sehr wenig Grün oder irgendwelchen anderen Bewuchs aufwies. Sicherlich ließ sich dort ein Felsspalt oder etwas Ähnliches finden, worin wir uns lagern konnten. Ich führte Ums hinüber, und wir begannen die Klippe zu ersteigen. Das war tatsächlich nicht schwer, aber wir entdeckten keinen Unterschlupf, und ich drohte schon wieder in Verzweiflung zu geraten, da flatterte ein Schwarm von Faltern, ins Sonnenlicht getaucht, von unserem Erscheinen aufgestört, in die Luft empor, und wir sahen, fast auf gleicher Höhe, ein kleines finsteres Loch, dem sie entflogen waren, zwischen zwei mächtigen Felsklötzen.

Ich überlegte, ob wir hineinpassen mochten, und stellte fest, daß ich das Loch betreten konnte und wir beide gerade noch genug Platz darin finden würden, aber wie bekam ich Ums durch die Öffnung? Er stand draußen und schaute zu mir herein; dann senkte er Hals und Kopf in Rückenhöhe und folgte mir, seine Beine waren nicht zu hoch. Daraufhin machte er einen sehr selbstzufriedenen Eindruck und liebkoste meine Schulter, wobei er meinen ohnehin schon zerschlissenen Umhang aufriß. Wie wir schnell aus der Höhle verschwinden sollten, falls etwas uns dazu zwang, wußte ich nicht, aber vorerst war es mir gleichgültig. Wir hatten einen Unterschlupf und machten es uns so bequem, wie es in der düsteren Enge ging, um zu schlafen; ich verrenkte mir eifrig den Hals, damit ich dem Sonnenuntergang zuschauen konnte.

»Potztausend!« sagte ich. Ums, der an meinem Tonfall hörte, daß keine Gefahr bestand, rührte sich nicht.

Aus dieser Höhe sah ich, wenn auch durch den Sonnenuntergang verwaschen, einen leicht gekrümmten Streifen verschwommener Farben, nicht sonderlich stark, aber endlos weit, der am Horizont schwebte und leuchtete, als finge er das Feuer der Sonne ein, während es tiefer in sein Herz sank.

Ich weiß nicht, was mich weckte. Außer dem Rauschen des Meeres gab es kein Geräusch, selbst der Wind war verstummt. Etwas wie eine scharfe Wahrnehmung hing in der Luft – oder die Vermittlung einer Wahrnehmung über die Luft an mich. Ums, ungewöhnlich für ein so außerordentlich wachsames, stets auf Beute lauerndes Geschöpf, schlief noch fest. Ich entsann mich jener Nacht im vergangenen Herbst, als ich erwachte und einen großen hellen Puma sah, während Ums schlief …

Ich schaute aus dem Loch und erblickte einen funkelnden Stern, dann noch einen und noch einen. Sie waren winzig und kalt, aber sobald die Augen sich darauf eingestellt haben, sie zu erkennen, sieht man sie überall. Unter ihnen wogte das Meer. Den wunderbaren fernen Küstenstreifen vermochte ich nicht mehr auszumachen, es sei denn, er war dieser feine Schimmer weit draußen, dünn wie gebrochenes Sternenlicht. Ich senkte den Blick abwärts – und sah dunkle Gestalten über den Strand laufen.

Sie näherten sich geräuschlos und trugen kein Licht.

Waren es südländische Späher? Männer der Flotte? Oder Räuber?

Aber ja, sie führten ein Licht mit. Oder vielmehr – es war immer genau hinter einem von ihnen. Ausschließlich Männer waren es, ungefähr ein Dutzend, alle barfüßig, soviel ich erkennen konnte, und der Mann an der Spitze hinterließ mit jedem Schritt im Sand einen goldenen Schein. Dieses Glühen war schwach, viel zu schwach, um Schatten auf mehr als die Fußknöchel der Nachfolgenden zu werfen, bis der vordere Mann den nächsten Schritt tat. Zweifellos war das kein künstliches Licht, dafür war es bei weitem zu sanft; auch diente es dort unten keinem ersichtlichen Zweck, nicht einmal dem, den Weg zu erhellen, es konnte sich ebensowenig um ein Zeichen handeln, und mehr als alles andere war es gefährlich, denn in einer solchen Gegend ist es unklug von einer kleinen Gruppe, sich mit Licht zu bewegen, zumal in derartigen Zeiten.

Ich beobachtete sie mit angehaltenem Atem. Ich bemerkte, daß sie würdevoll ausschritten, aber ohne Anzeichen dafür, daß sie sich auf der Flucht befänden oder etwas suchten; sie gingen nicht hintereinander und nicht in Zweierreihen, aber auch nicht ordnungslos durcheinander, sondern bildeten eine gleichmäßige, bedächtige Gruppe. Ihre Köpfe waren unbedeckt. An ihrer Kleidung bemerkte ich keine Besonderheiten, sie trugen die schlichten Gewänder und Beinkleider von Städtern, ausgenommen der Anführer, an dem ich mit leisem Schrecken Lumpen erkannte. Halb erwartete ich, sie würden ohne Umstände hinaus aufs Meer waten, doch dann, knapp außerhalb der Reichweite der flachen, schaumgekrönten Wellen, verharrten sie und setzten sich mit überkreuzten Beinen im Kreis in den Sand.

Ich war begierig darauf, zu verfolgen, was jetzt geschehen möge, aber sicherlich würden sie sich, zumindest für ein Weilchen, erst einmal unterhalten, und ich konnte sie schwerlich belauschen, doch in diesem Moment regte sich hinter mir Ums und krächzte.

Ich glaube nicht, daß sie's hörten, aber er war nun hellwach. Er gähnte, drängte seinen Kopf an mir vorbei und erstarrte, als er drunten Männer erblickte. »Ruhig, Ums«, murmelte ich. »Es sind zu viele für uns zwei.« Ich wollte sie weiterhin beobachten, aber ich dachte instinktiv an den Grund, aus dem es sich wahrscheinlich am ehesten gebot, ihn zurückzuhalten. Doch seine Erstarrung war das erste Anzeichen eines bösartigen Wutanfalls. Indem er die natürliche Besonnenheit eines Herrn der Wildnis vollends fahren ließ, kroch er mit einer Behendigkeit, die mich überraschte, aus der Höhle und stürmte mit lautem Bellen die Klippe hinunter.

Die Männer sprangen auf und sahen ihm entgegen. Anscheinend waren sie äußerst bestürzt. Sie vollführten keine Bewegung, um nach Waffen zu greifen; es schien, als hätten sie hier, am Rande der Welt, keinerlei Schwierigkeiten erwartet, schon gar keinen aufgebrachten nordländischen Reitvogel, mit dem sie nicht sprechen konnten.

Ich rannte dem verrückten Geschöpf hinterdrein.

»Ums! Ums!« Dann rief ich den Männern zu. »Auseinander! Er meint es ernst!«

Sie rannten auseinander, zerstreuten sich, wobei sie unverändert seinem rasenden Ansturm wie gebannt entgegenstarrten, bis auf den Anführer, der sich nicht von der

Stelle rührte. Als Ums sich auf ihn stürzte, ich in wahnwitzigem Lauf hinter ihm, sahen wir seine scharfen Augen glitzern wie das Licht zweier eigener winziger Sterne, ein Blitzen wie von Flammenzungen. Ums zauderte nicht, sondern warf sich auf ihn, dann stand er urplötzlich still, den Schnabel nur wenige Handbreit von der Brust des Mannes entfernt.

»Der Händler!« stieß ich hervor.

Diese scheinbar geringschätzige Begrüßung rief mir ins Bewußtsein, daß ich seinen Namen nicht kannte und also vielleicht besser »Herr!« gesagt hätte.

Anscheinend jedoch störte er sich nicht daran. Ohne Ums zu beachten, der noch immer wie versteinert stand, legte er die Hände auf den Rücken und schlenderte zu mir herüber. Er schaute neugierig drein.

»Das kleine Mädchen aus der Stadt! Du mußt einen weiten Weg hinter dir haben. Geht es deinem Bein besser? Hast du den Priester gefunden?«

»Viel besser, ich danke Euch. Gestern habe ich den Verband endgültig abgelegt.«

Ich stand vor ihm und sah ihn an. Seine dicken Strähnen hellblonden Haars wehten leicht in der Brise, ebenso seine Lumpen, zwischen denen sich seine gewaltigen Muskeln abzeichneten. Wer war dieser Mann, der die Straßen und Städte des Südreichs bereist hatte, während ich mich auf meiner gewaltigen, weitläufigen Irrfahrt durch die Welt befand? Die anderen gesellten sich zu uns. Sie musterten mich und Ums voller Neugier. »Wer ist sie?« fragte ein schlanker Junge mit einem Schopf sonnenfeurigen Haars.

»Ein Freund des alten Priesters in Grau«, sagte der vorgebliche Händler.

»Er hat mich ausgeschickt, damit ich Atlantis warne«, sagte ich. Diese Männer waren eindeutig seine echten Gefährten, es war nicht erforderlich, daß ich unter ihren Ohren etwas verschwieg. »Deshalb bin ich hier an der Küste, aber nun weiß ich nicht mehr weiter – bevor er mich unterrichten konnte, hat jemand ihn getötet.«

Sie drängten sich dichter um mich, plötzlich sehr ernst, aber keinem entfuhr ein Laut.

»Wer hat ihn getötet?«

»Mein Bruder«, antwortete ich. Darauf folgte Schweigen. Sie betrachteten mich – voller Nachdenklichkeit, wie ich spürte. Hielten sie mich für ungeeignet, unzuverlässig oder für einen Feind?

»Er wußte nicht, was er tat«, sagte ich mit leiser Stimme.

»Wovor beabsichtigst du Atlantis zu warnen?«

Ich zögerte. Zuerst vermeinte ich, er spotte über meine Unwürdigkeit.

»Vor dem Einfall, der bevorsteht ... hinter seiner jahrhundertealten stillen Abgeschlossenheit kann Atlantis nicht ahnen, daß die Welt nun endlich ihren Stoßkeil gebildet hat. Vielleicht hat man dort alle anderen Mittel und Wege der Verteidigung vergessen.«

»Du glaubst, Atlantis bedürfe einer Warnung, um bereit zu sein?«

»Natürlich ...«

»Habt ihr euch eigentlich alle damit beschäftigt, neue Lungen zu entwickeln?« erkundigte sich der Junge.

»Mehr oder weniger. Die Nordländer haben einen Weg entdeckt, um die Luftleere mit Luft zu fluten.«

Der angebliche Händler stand ruhig, die sanfte Brise streichelte ihn. Der Knabe starrte mich an. Er war höchstens ungefähr dreizehn Jahre alt, hoch und gerade gewachsen, aber er besaß noch junge, geneigte Schultern und ein Grübchen im Nacken. Ihm – und mehreren anderen, glaube ich – verriet ich eine Neuigkeit. Doch es war bezeichnend für sie, daß sie auch diesmal nicht klagten, keinen Laut äußerten.

»Die Nordländer sind jene, die der führt, den man den Drachen nennt, nicht wahr?« fragte der Knabe.

»Ja«, sagte ich, und es hob seine Stimmung nicht.

»Weiß dein Bruder, daß du hier bist?« wollte ein anderer Mann erfahren.

»Er hat keine Ahnung«, murmelte ich.

»Setz dich«, befahl der Händler. Ich tat es; alle anderen auch.

»Habt Ihr etwas zu essen?« Ich vermochte die gierige Frage nicht zu unterdrücken. »Und entlaßt meinen Vogel – er wird nicht länger böse sein.«

»Bist du dessen sicher?« fragte der Händler und lächelte mir grimmig zu, doch bevor ich herausfinden konnte, wie ernstlich er's meinte oder was ich darauf erwidern sollte, schnappte er unter Ums' Schnabel sorglos mit den Fingern; Ums zitterte plötzlich und war für eine Weile sichtlich damit beschäftigt, seine Fassung wiederzugewinnen. Er richtete den Blick seines entflammten Auges für eine Weile auf den Händler, dann auf mich. Mein Anblick bewog ihn zu einer Entscheidung. Er kam zu mir, indem er sich bewegte, als streife jeder Muskel den Schrecken der vorübergegangenen Lähmung ab, und stellte sich hinter mich. Dann hub er eine Reihe von Grunz- und heiseren Krächzlauten an.

Der Händler begann große Muscheln zu sammeln – es gab ringsum eine solche Menge davon, daß er sich kaum zu rühren brauchte, obwohl ich zuvor nur wenige bemerkt hatte; jede öffnete er mit seinem Dolch und fand unweigerlich Muschelfleisch oder andersartiges Weichgetier darin. Ein anderer Mann begab sich unaufgefordert ans Fischen, er fing Fische mit den Händen, selbst unter günstigsten Umständen eine naßkalte Tätigkeit. Dennoch hatte er nicht weniger Glück als der Händler. Die anderen saßen im Sand und unterhielten sich mit gedämpften Stimmen, dann machten wir uns über die Mahlzeit her. Natürlich verzehrten wir alles roh, denn selbstverständlich wurde vermieden, mit dem Wind den Rauch eines Feuers landeinwärts zu schicken.

Der Händler saß friedfertig neben mir, aber ich empfand dennoch ziemlich starke Furcht vor ihm.

Außerdem fiel mir beim Essen auf, daß meine Arme reichlich dreckig waren, sie hatten eine Art von fleckigem Grauton. Ich hatte mich seit einer Ewigkeit nicht gründlich gewaschen, genau gesagt seit meiner durch Kaselm ermöglichten Flucht vom Hofe der Übermächtigkeit; ich vermochte mir gut vorzustellen, was der Händler von mir dachte. Ich hätte auf dem Weg zur Küste wahrhaft genug Gelegenheit gehabt, mich zu waschen. O ja! Oder so ähnlich.

»Würdest du Atlantis jemals erreichen«, meinte er nach einer Weile, »wie möchtest du's anstellen, die dortigen Oberhäupter zu warnen?«

»Natürlich würde ich mich in die nächste Stadt begeben. Danach wäre es einfach.«

»Offenbar besitzt du unerschöpfliche Kräfte.«

»Ich habe ein sehr ungewöhnliches Leben geführt, eins voller verzweifelter Abenteuer«, entgegnete ich mitteilsam. »Zwar habe ich allerhand durchstehen müssen, aber bisher bin ich ziemlich ungeschoren davongekommen ...« Ich machte eine etwas aufrichtigere Ergänzung. »Nun, ich habe mich durchgewunden.«

Er lachte, es klang wie eine Art kurzen Aufhustens, ein Hach-hach! »Woher kommst du? Anscheinend bist du völlig allein, ohne Familie, ohne Hüter, oder? Und wonach oder wohin hast du gestrebt, bevor du in dieses neue Abenteuer gerietest, das sich um die Sache von Atlantis bewegt?«

»Ich glaube«, sagte ich nachdenklich, »ich wollte immer nach Atlantis. Als ich den Namen das erste Mal vernahm, hörte ich ein Singen, das mir selbst entsprungen sein muß, denn die Stimme, welche es aussprach, kann unmöglich dafür verantwortlich gewesen sein ...

Wißt Ihr, daß man Atlantis von dieser Küste aus sehen kann, aus einiger Höhe, von dieser Klippe aus? Das hätte ich nie für möglich gehalten, daß man es zu sehen vermag, obwohl es der Welt so unerreichbar ist, so ähnlich wie dies vorzeitliche Ding, der Mond ... Viel konnte ich nicht sehen, die Sonne sank schon, aber es ist lang und flach und leuchtet ...«

»Ich weiß«, sagte er und legte einen starken honigbraunen Arm um mich. »Und wie ich's sehe, werden wir dich wirklich dorthin weisen müssen.«

»Mi-mich … dorthin …?«

»Sicherlich hat ein so kluges Kind wie du bereits gemerkt, daß wir von dort stammen?«

»Mir war nicht klar …«

Ich schwieg einen Moment lang, dann überschüttete ich ihn mit Fragen. »Wie gelangt ihr an diese Küste? Seid ihr hier geboren? Verfügt ihr über Mittel, um ein Heer zu schlagen?«

»Wir haben einen Weg, um von dort nach hier und wieder zurück zu gelangen. Wir besitzen ein Heer – aber es ist klein und unerfahren. Natürlich besteht es ausschließlich aus Atlantiden – und so hoher Mut und große Weisheit dürften einem Heer zweifellos sehr helfen. Aber wir haben noch nie einen Krieg führen müssen … unsere Väter, die Väter unserer Väter und deren Väter haben keinen erlebt. Und jeder von uns empfindet eine tiefverwurzelte Abneigung gegen jedes Blutvergießen.«

»Aber habt ihr denn keine überlegenen Waffen?«

»Überlegene *Waffen?*«

»Ihr seid doch so weit überlegen, daß ihr diese Luftleere schaffen konntet … habt ihr keinen Stoff wie die Südländer, der in die Luft ein Gas entläßt, das sich wie von selbst entzündet und einfach … einfach in gewissem Umkreis alles verbrennt?«

Ich bemerkte, daß alle verstummt waren; sie starrten mich bloß an. Der Knabe musterte mich ohne Furcht, aber mit Abscheu und voller Entsetzen. Seine Augen waren golden, sogar in der Nacht.

»Der künftige Herrscher von Atlantis«, sagte der Händler, indem er ihn unvermittelt vorstellte. »Ich bin Seiner Hoheit Regent, bis er die Reife erlangt hat.«

Ich betrachtete den künftigen Herrscher mit einiger Verwirrung. »Seine Hoheit möge meine scheußlichen Worte verzeihen. Mancher mag es als angenehmer empfinden, in einem flüchtigen Feuer zu verbrennen, denn durch die

Arten von Pestilenz zu sterben, welche sie mit Dünsten zu verbreiten vermögen. Doch natürlich sind dies wertvolle, ausgeklügelte Waffen, und sie haben sie allein für den Krieg gegen Atlantis aufgehoben, weil sie glauben, dessen Wissenschaftler hätten noch viel gewaltigere Waffen entwickelt.«

»Wir haben keine Wissenschaftler.«

Wie konnte ich das glauben? Und doch, es stimmte auf Anhieb mit meiner beharrlichen Vorstellung von Atlantis als einem weltlichen Paradies überein.

»Aber die ganze Welt hält Atlantis für das Land mit den allermächtigsten Waffen!«

Diese Äußerung nahmen sie unterschiedlich auf. Einige zeigten Abscheu; der Händler/Regent schaute belustigt drein, aber ihm erzählte ich natürlich nichts Neues; der Herrscherknabe wirkte für einen Moment beinahe geschmeichelt. »Dann wird man uns vielleicht bedachtsamer entgegentreten«, mutmaßte er.

»Ja«, pflichtete ich ihm bei, »sehr bedachtsam und – sehr grausam.«

»Auch der Drache hat's auf uns abgesehen«, sagte er.

Meine Fingernägel preßten sich in die Ballen meiner Hände. Sie waren schweißnaß. Ich erbebte, doch verwunderte es mich kaum, als ich die Wollüstigkeit meiner Furcht erkannte.

Daraufhin berieten sie sich. Ich entnahm ihren Gesprächen, daß der hohe Regent von Atlantis den Namen Juzd trägt und sich während des vergangenen halben Jahrs im Südreich aufgehalten hatte. Was er über die Umtriebe der Welt im Hinblick auf Atlantis zu berichten wußte, reichte aus, um die atlantidischen Oberhäupter in große Sorge und Bestürzung zu versetzen. (Ich persönlich hielt das noch für sehr behutsam ausgedrückt.) Nun aber befand er sich vor der Heimkehr, und diese edlen Herren waren an der Küste des Südreichs erschienen, um ihn heimwärts zu geleiten. Bezeichnend für angeborenes Vertrauen und ihre Unschuld, welche seit Jahrhunderten keine Enttäuschung erlitten hatten, war die Tatsache, daß sogar ihr künftiger Herrscher gekommen war, um dem Regenten einen angemessenen Empfang zu bereiten. Doch Juzds Bericht teilte ihre Meinung in gewissem Umfang; eine Mehrheit neigte dazu, ernsthaft zu erwägen, ob man den kleinen feindlichen Horden, die Atlantis zu unterjochen strebten, schon an dieser Küste widerstreiten solle.

»Dürfte ich wohl sagen«, mischte ich mich drein, »was ich für einen prachtvollen Einfall hielte? Wenn ihr keine Waffen besitzt, so dürfte doch eure Fähigkeit jemanden zu versteinern, indem ihr ihm in die Augen blickt, von sehr großem Nutzen sein.«

»Keine Waffen?« wiederholten sie. Wären sie keine Atlantiden gewesen, ich hätte geglaubt, sie verspotteten mich. Aus den Falten ihrer Gewänder und Umhänge holten sie kurze Speere, deren Spitzen anscheinend alle Bestandteile einer Vorrichtung enthielten, die Lähmung verursachte; ich sah keine Absonderlichkeiten, doch vermutlich waren sie elektrisch geladen oder sonst irgendwie unheimlich, und kleine Schilde, die aus den Panzern von Schildkröten bestanden. Ich kam mir vor wie eine Närrin. Wie ich nun begriff, so schnell, wie ich die Unschuld der Atlantiden erkannt hatte, mußte man sich hüten, sie für Kinder zu halten.

»Liebes Kind«, sagte Juzd zu mir, »du bist schwach und müde. Leg dich nieder. Morgen werden wir dir den Weg nach Atlantis weisen, du darfst mit deinem Vogel dorthin, wir erlauben dir, ihn mitzunehmen. Du brauchst nicht länger irgend jemanden vor irgend etwas warnen. Du wirst in Sicherheit sein und glücklich.«

Endlich nach Atlantis! Mir angeboten!

»Aber braucht ihr nicht meine Unterstützung im Kampf?« fragte ich. »Ihr seid wenige, ihr braucht jedermann, selbst im Gefecht gegen kleine Abteilungen, denn eure Feinde sind kampferprobt, und auch mein Vogel eignet sich sehr zum ...«

»Nein, wir brauchen dich nicht«, antwortete Juzd. Ich

weiß nicht, warum ich ihm sofort glaubte. »Dagegen brauchst du endlich einen Zufluchtsort. Wie oft hast du innerhalb der letzten Jahre in Frieden geruht?«

Man weckte mich vor Tagesanbruch. Wir saßen im Sand und verzehrten ein Mahl gleich dem vom gestrigen Abend. Juzd und ich hockten nebeneinander.

Ich beobachtete diese Männer sehr genau, die sich auf ein kriegsähnliches Abenteuer einließen. Keiner von ihnen wirkte erregt oder erfreut, nicht einmal der Knabe. Sie waren ruhig und furchtlos. Als künftiger Herrscher hätte er sich wohl eigentlich, wie ich, außerhalb der Gefahr begeben müssen, aber er bestand darauf, im Lande zu bleiben. Dieser Wunsch jedoch entsprang nicht dem Begehr, seinen ersten Feind zu töten, um als Mann anerkannt zu werden, sondern daraus, daß er an Ort und Stelle sein wollte, wenn jemand sein Reich bedrohte. Auf jeden Fall erstaunte es mich sehr, daß die anderen ihm seinen Willen ließen. Anscheinend war ihnen nicht klar, daß sie ihn verlieren konnten. Smahil hätte gesagt: Vielleicht ist es ihnen gleichgültig.

Ich überdachte mein Verhältnis zu Schlachten und Blutvergießen. Sie widern mich an, das steht fest; aber aus einer Mischung von Gewissensnot und Einsicht; ich bin stets bereit, mich mit Gewalttätigkeit abzufinden, es sei denn, mir drohte Gefahr oder Freunden. Gewöhnliche natürliche Grausamkeit erschreckt mich nicht im geringsten, ich bin damit sehr vertraut, doch ich unterscheide mich von den Atlantiden in anderer Beziehung: ich bin stärker gewohnt an Ekel und Zorn.

»Bist du, die du anscheinend soviel gesehen hast, jemals dem Drachen begegnet?« fragte Juzd.

»Gewiß«, antwortete ich zögernd, »ja, ein- oder zweimal.« Darauf erwiderte er, so weit habe er nie vordringen können. Wie er denn sei?

»Auf jeden Fall«, sagte ich, »ist er trotz seiner Gerissenheit und Härte menschlicher als die grausamen südländischen Herrscher. Das dünkt mich wahrhaft seltsam, da nur sein Vater – einst selbst ein großer Feldherr – eine menschliche Natur besaß. Anscheinend war er ein weitaus höhergesonnener und edelmütiger Führer als sein Sohn, der sich im Verlauf seiner Feldzüge allerlei schmutziger Mittel bediente, um sich den Weg zu ebnen und beiläufig sinnliche Erfahrungen auszukosten – indem er nämlich, abgesehen davon, daß er unaufhörlich lügt, jede heiratet, die seinen Zwecken auch nur im allergeringsten förderlich sein könnte.«

»Das ist die natürliche Folge einer Verbindung zwischen niedrigen Rassen«, merkte Juzd an. »Seine Mutter, so hat man mir erzählt, war eine dieser blauhäutigen Riesenfrauen aus dem hohen Norden.«

»Und ich bin sicher, daß er sie, obwohl er sie begehrte, immer zu gering geschätzt hat«, sagte ich. Plötzlich stellte ich mir Zerd als scheußlichen, kleinen, schuppigen Knaben vor, und ich wußte nicht recht, ob ich darüber lachen sollte. Dann dachte ich daran, wie er am Hofe seines Vaters gelebt hatte, alle wegen seiner Haut kicherten und tuschelten, die Edlen, die Edelfrauen, deren Dienerinnen, und gar seine eigenen Brüder und Schwestern, die sich, wiewohl womöglich außerehelich gezeugt, als höhergeboren betrachten durften.

»Wenn höhere Wesen sich mit niedrigen Geschöpfen paaren«, sagte Juzd langsam, »schlägt es immer zum Schlechten aus. Das Niedrige steigt nie zum Höheren empor, im Gegenteil, es zerrt es herab. So wie damals, als Götter den irdischen Reizen erlagen und mit Menschentöchtern das Lager teilten, und wie dann, wann immer Menschen es mit dem Vieh treiben.« Er starrte mich an, bis ich mich peinlich berührt fragte, ob er mein Verhältnis zu Ums, Zerds Geschenk, womöglich für zu eng erachtete. Ich fühlte mich zu sagen versucht: Oh, wir sind bloß gute Freunde.

Aber ich wußte, daß schon Ums' Begleitung sich für mich sehr nachteilig auswirkte. Wenn jemand seine Liebe allem schenkt, nur Krieg und Grausamkeit verdammt und alle anderen unliebsamen Tatsachen verspottet, mag er sich aus der Sicht des Himmels im Recht befinden; doch man liebe alles – und das habe ich noch immer vor –, wirklich alles (und es muß *Liebe* sein), und man besitzt sein *Recht* auf der finsteren, selbstgerechten Erde. Dies waren die Gedanken, zu welchen die Freundschaft meines Vogel-Dämons mich veranlaßte.

Juzd musterte mich mit der ganzen grauen Schärfe seiner Augen; er schien zu wissen, was ich dachte.

»Diese Welt durchmißt drei Abgründe«, erklärte er. »Wiewohl deren Anfänge und Enden ganz andernorts liegen, nämlich Hölle, Erde und Himmel. Und indem wir die Welt durchwandern, wandern wir zugleich durch sie. Zuerst scheinen sie ineinander verwirrt zu sein. Doch wenn wir endlich unsere Sinne zu gebrauchen lernen, erkennen wir, wie scharf sie voneinander getrennt sind. Dann erkennen wir, daß jeder Mensch wählen muß – zwischen Gut oder Böse – und der Erde.«

»Ich wähle die Erde«, sagte ich impulsiv.

Er lächelte, doch traurig. »Bedenke es gut, meine Liebe. Denn wisse, daß auch die Erde am Ende vor dieser Wahl stehen wird, dies Einzige Heiße Element, wem sie sich verschreiben will. Für einige Zeit kann sie eine Dreifaltigkeit sein, doch nicht für ewig; einmal muß sie in einer Einheit verschmelzen. So ist es gefährlich, der Erde zu dienen, denn am Ende können all deine Dienste sich zum Nutzen der Hölle erweisen.«

»Glaubt Ihr nicht, daß die Erde dem Himmel zu dienen vermöchte?«

Er hob die Schultern.

»Oder Himmel und Hölle im Dienst der Erde stehen könnten?«

»Nein, nicht am Ende«, sagte er. »Dieser Gedanke, meine Liebe, wäre Lästerung.«

Alsbald war's höchste Zeit für mich zum Aufbruch, und sie verabschiedeten mich grimmig, aber doch gefaßt. Juzd fragte, ob ich schwimmen könne, und meinte, er habe mich bisher nicht gefragt, weil der Priester wohl niemanden geschickt hätte, der's nicht vermöchte; aber er wollte sich vergewissern. Und Ums? »Selbstverständlich«, sagte ich.

Ich sagte allen Lebewohl und bestieg meinen Vogel. Ich war sehr glücklich, den Weg nach Atlantis antreten zu dürfen, doch es stimmte mich bedenklich, daß Juzd zurückblieb. Die Morgendämmerung zog herauf. Bei Tageslicht mußten wir verschwunden sein. Ich riß Ums herum und sah voraus das dumpfe Rollen und helle Zischen der Brandung am hellgrauen Strand. Die Wellen enthaupteten einander mit zurückrollender Gischt. Ums stürzte sich hinein.

Als ich mich zum erstenmal umblickte, glich die Küste einem dünnen Strich, auch die Klippe.

Ich war klatschnaß. Ums brauchte nichts zu tragen als den Sattel, mich, mein Tagebuch und ein Säckchen mit Vorräten, aber ich ließ ihn von Zeit zu Zeit auf Felsen steigen, um Meerwasser aus meinen Kleidern zu wringen. Bald erhob sich ein Dunststreifen über den Horizont, diesmal gold-grün, aber es würde Tage dauern, bevor wir dort eintrafen.

Es bestand keine Gefahr, daß wir den entscheidenden Felsen verfehlten. Er war der letzte, dahinter lag nur der weite, leere Meeresspiegel, und er schimmerte dunkel unter den Wellen, die ihn beständig überspülten. Wir erreichten ihn und glitten dabei fast aus, denn die Wellen waren stark, und es gab so gut wie keine Böschung. Ich stieg ab und führte Ums zum Riff, das am höchsten herausragte. Er war … oh, manchmal könnte ich aufschreien bei den Gedanken, die ich mir über ihn mache, er war mir ohne Zögern gefolgt, als ich ihn ins Meer lenkte, hatte nicht das leiseste Widerstreben gezeigt.

Als ich nun das Riff untersuchte, wurde mir jedoch ein wenig unwohl zumute. Die Pforte war in der Tat gut getarnt. Ich hätte geschworen, das Riff bestünde aus nichts als solidem Stein. Dann, als ich einen Fetzen Seetang fortschob, fand ich den Griff; er war noch viel wirksamer getarnt, als man's mir erzählt hatte, wie der Panzer eines kleinen Seetiers. Ich hing am Riff, während ich an diesem Ding drehte, und siehe, ein rauhes Kratzen ertönte, und eine dunkelgrüne Höhle klaffte. Nicht ganz bedenkenlos krochen Ums und ich hinein – und verharrten in halber Höhe. Dort unten war nichts, unterhalb dieses schrägen, in den Fels gehauenen Stollens – nichts als grünes Wasser, durch das Fische glitten. Wo war der Tunnel, den ich benutzen sollte? War er nach der letzten Benutzung der Zerstörung anheimgefallen? Ums knurrte und versuchte mich wieder nach oben zu drängen.

Doch ich bemerkte, daß am Ende des kurzen Stollens, der ins Meer mündete, dessen Spiegel oberhalb lag, seltsamerweise kein Wasser stand. Ich stieg den Stollen hinab, bereit zur Flucht, sobald ich Wasser berühren würde; ich kam ans Stollenende und trat direkt ins Meer, es war über mir und ringsum. Ich stand darin und atmete und blieb trocken, doch als ich den Blick senkte, schrie ich beinahe auf. Genau unter meinen Füßen schwamm ein großer, weißer Hai, Bauch und Rachen nach oben gekehrt, mir zugewandt. Dann endlich begriff ich, daß ich in einem durchsichtigen unterseeischen Tunnel stand; Wände, Dach und Boden waren völlig unsichtbar. Ich stieg nach oben und führte Ums entschlossen hinein; ich zeigte ihm, daß ich ungefährdet durchs Meer schreiten konnte, und er folgte mir, obwohl er zitterte und sein einziges Auge starr dreinblickte. Ich verschloß den Zugang hinter uns, wie man mich geheißen hatte. Wir waren allein in einer grünen, unterseeischen Welt.

Langsam führte ich ihn. Jedesmal, wenn ich einen Fuß aufsetzte, ergriff mich ein schreckliches Gefühl, obschon ich wußte, daß der Tunnel mit Wasser gefüllt wäre, gäbe es irgendwo einen Bruch. Ich weiß nicht, wieso die Luft so gut war, denn es konnte keine Luftschächte geben; sie war nicht unbedingt frisch, aber keineswegs schlecht. Mir fiel ein, wie dick das Glas sein mußte (falls es sich um Glas handelte), um alldem widerstehen zu können – der jahrhundertelangen Zudringlichkeit von Schwertfischen, Riesenkraken und Haien, die daran ihre Zähne schärften, und Tintenfischen, die sich gelegentlich dagegen warfen; allerdings nehme ich an, daß die meisten der heimischen Fische es mittlerweile gelernt haben, dem unsichtbaren Hindernis auszuweichen. Und dennoch war das Glas so klar, als sei es nur ein Bruchteil einer Fingerbreite dick, es verursachte keine Verzerrung.

Als Ums sich wieder gefaßt hatte, stieg ich auf. Ich habe keine Vorstellung, wie viele Meilen weit wir unterm Meer ritten, aber er galoppierte so schnell, wie's nur ein sehr kraftvoller Vogel vermag.

Wir befanden uns ziemlich tief unter dem Meeresspiegel. Droben mußte es heller Tag sein, doch hier unten bemerkte man davon nur eine schwache Helltönung des Grüns.

Obwohl der unterseeische Ritt einen ganzen Tag, eine Nacht und fast den vollen nächsten Tag beansprucht haben muß, schien er mir seltsamerweise nicht lange zu dauern. Es war eine so ganz und gar neuartige Erfahrung. Unsere Vorräte reichten uns, da wir uns einschränkten. Wir hatten Austern, Krabben, verschiedenartige Fische – es sättigte, aber nicht auf schmackhafte Weise, denn alles war roh – und zwei Lederschläuche mit frischem Wasser. Ich trank natürlich mühelos daraus, wogegen Ums seinen Schnabel hineinschieben und schlürfen mußte.

In bestimmten Abständen fanden wir in der Tunnelwand ziemlich gewöhnliche Latrinen, die irgendwie Abflüsse ins Meer besaßen, vielleicht durch Schleusen. Von drei Seiten waren sie vom Tunnelinnern abgeschirmt, doch an der Seeseite vermochten die Fische nach Mutwillen zuzuschauen. Ich fühlte mich bei der Benutzung, wiewohl es bloß Fische waren, reichlich irritiert. Ums konnte die Latrinen nicht benutzen, so daß ich ein bißchen ein schlechtes Gewissen hatte, aber ich ging davon aus, daß Juzd diese

Folgen in Kauf nahm, als er mir gestattete, ihn mitzunehmen, und möglicherweise reinigte man den Tunnel manchmal.

Als das Grün sich stark verdunkelte und ich sehr ermüdete, sagte ich mir, daß es Nacht sein mußte. Ich legte mich ganz einfach auf den harten, durchsichtigen Boden, Ums hockte sich neben mich nieder, und ich schlief inmitten eines großen Schwarms silberner Fische.

Streckenweise war der Tunnel an der Außenseite von Seeanemonen bedeckt oder von Korallengewächsen, in denen winzige Fischlein schwebten. Streckenweise ritten wir unter einem Dach ineinander verflochtenen Seetangs dahin, blau und grün und rosig, das ständig in Bewegung schien.

Wir wurden Zeugen zahlloser Verfolgungsjagden, wovon einige mörderisch endeten. Einmal wollte sich ein riesenhafter Krake gierig auf uns stürzen, das arme Vieh, und er gab und gab nicht auf, schwamm am Tunnel entlang und versuchte immer wieder anzugreifen, glotzte aus ungeheuren ovalen Augen über einem gräßlichen orangefarbenen Schnabel, tastete erregt mit den Fangarmen in alle Richtungen und umschlang bisweilen den ganzen Tunneldurchmesser. Er muß schrecklich verwirrt gewesen sein. Ums, der sich unterdessen mit den neuen Umständen abgefunden hatte, fand das lustig, hob den Kopf, nickte auf höhnische, triumphierende Weise und bellte gackernd. Schließlich stieß der Krake aus bloßer Wut und Enttäuschung eine Wolke dunkler Tinte aus und verschwand.

Später kreuzte weit über uns ein Schwarm großer Fische, womöglich Delphine; sie spielten unbefangen und trotz ihrer Größe beileibe nicht schwerfällig miteinander. Einige von ihnen wiesen unter den Bäuchen irgendwelche Auswüchse auf, deren Bedeutung ich zunächst nicht verstand. Dann sah ich, daß es ungeborene Jungtiere waren, bereits halb aus dem Mutterleib hervorgetreten, mit dem Schwanz voraus, so daß sie in den letzten Wochen vor der Geburt das Schwimmen erlernen konnten.

Selbst wenn große, lebhafte Geschöpfe vorüberschwammen, ließ sich kein Geräusch des Wassers vernehmen, und wäre nicht Ums gewesen, ich hätte geglaubt, taub geworden zu sein. Wir ritten schnell, dennoch verloren in der Betrachtung dieser unterseeischen Welt, die alles umschloß, aber es war für mich eine ungeheure Anstrengung, meine Beine ermüdeten vom Reiten, vor allem jenes, in das ich gebissen worden war. Doch ich bin an ausgedehnte Ritte gewöhnt und Ums besitzt solche Kräfte, daß es schier unmöglich ist, ihn zu ermüden.

Vor einer gewaltigen unterirdischen Höhle verbreiterte sich der Tunnel. Rasch gerieten wir in Dunkelheit, eine trübe Düsternis; eine regelrechte Düsternis, denn sie vermittelte mehr ein Gefühl von Schwermut als von Gefangensein. Eine Strecke weit sah ich noch Felsspitzen in den absonderlichsten Formen, bizarr unter und hinterm Wasser, Fische glitten hindurch wie Edelsteine in seltsamem Muster, Geschöpfe in der Form von Schmetterlingen, Flossen ruderten, doch manchmal konnte ich nicht unterscheiden, ob es Flossen waren oder Pflanzen. Doch wir eilten weiter, durch die Dunkelheit, nur unser Verstand flößte uns noch Vertrauen ein. Schließlich erschienen helle Augen, beobachteten uns, glitzerten, trieben vorbei oder schossen auf uns zu; ich hätte schwören können, sie seien bei uns im Tunnelinnern, nur durch Dunkelheit von uns getrennt.

Der Anstieg war so sanft und unmerklich, daß ich nicht weiß, wann er begann. Aber als wir aus dem Düstern der Höhle kamen, war das Grün unvergleichlich heller und klarer, wie die Schale eines unreifen Apfels, und das konnte nicht bloß eine Täuschung sein, die vom plötzlichen Gegensatz herrührte.

Die schwimmenden Edelsteine über uns wandten sich nun alle aufwärts, Fische und Pflanzen und die Dinger, die irgend etwas dazwischen oder etwas von beiden waren, alle schwebten empor oder schwammen mit Flossen und Schwänzen oder ähnlichem, und es wirkte, als seien sämtliche Kreaturen dieser Tiefe plötzlich vom Bestreben erfaßt, die Höhe zu erklimmen. Ein gewaltiger Schwarm winziger Fische, die halb durchsichtig schimmerten, nicht größer als ein rosa Fingernagel, doch jeder mit einer langen Rückenflosse und einem Schwanz wie ein Schleppnetz, wimmelte beiderseits des Tunnels, über und unter uns, nach oben, und es waren so viele, daß wir trotz unseres Galopps fünf Minuten brauchten, um ihre Mitte zu verlassen.

Das Wasser verwandelte sich in einen Schleier von Flocken flüssiger Kristalle; hier gab es jede Schattierung und jede Tönung von Blau, hellem Violett, Grün; während wir höher und höher stiegen, wurde manches Blau leicht silbrig, das Grün wirkte ölig. Gelbe Lichtspeere tauchten herab, scharf oder verwaschen. Die Steigung wurde steiler, doch wir ritten mit nahezu unverminderter Schnelligkeit.

Und dann war ich ganz plötzlich geblendet. Wir kamen hinaus in ein zunächst grelles Licht, doch schließlich begriff ich, daß es nichts anderes war als das Tageslicht überm Meer. Begierig spähte ich voraus. Dort war es – vor mir erstreckte sich eine Kette hoher, zerklüfteter Klippen, die sich in mächtigen Blöcken gen Himmel türmten und den Ausblick aufs Innere des Inselkontinents versperrten. Die Küste war bewachsen mit Bäumen, die den Fontänen von Springbrunnen ähnelten, und sie besaßen einen seltsamen, eigentümlichen Glanz, als sei jedes siebte oder achte Blatt von hellerem Silber oder Gold als alle anderen Blätter. Das funkelnde Blattwerk bewegte sich leicht, nahezu gleichmäßig, als wehe ein nicht allzu starker, aber beharrlicher Wind. Da und dort rührten sich Flecken flammender Farben, welche Vögel sein mußten. Ich wünschte mir, den Wind, die Vögel und die Wellen hören zu können – plötzlich empfand ich die Stille, die mich während all der Stunden unterm Meer nicht bedrückt hatte, als entsetzlich. Ja, Wind – denn als ich rundum schaute, sah ich die Meereswellen gepeitscht und ringsum landwärts rollen, all ihre

Mähnen spritzen und schäumen; zwischen ihnen tauchten und sprangen schlanke silberne Leiber: die Delphine, deren Bäuche ich kurze Zeit zuvor noch von unten betrachtet hatte.

Den Strand vermochte ich nicht anzublicken, er funkelte und schimmerte in solchem Glanz, als sei ein Regen von Sonnenfeuer auf ihn niedergeprasselt.

Von der Küste schob sich eine Zunge kahlen, schwarzen Felsens ein Stück weit ins Meer. Der Tunnel, in dem es uns nun, im Sonnenschein, sehr heiß wurde, beschrieb einen Bogen und führte an der Felszunge vorüber, eher er wieder unterm Wasserspiegel verschwand. Der laue Schatten der Felszunge fiel auf uns – aber niemand stand auf der Anhöhe. Ich begriff, daß es sich um eine Art von Beobachtungsposten handelte, von dem aus man die hilflos den Blicken preisgegebenen Ankömmlinge in dem Tunnelstück oberhalb des Meeresspiegels begutachten konnte; aber so lange schon lebten die Atlantiden in Frieden, daß sie den Posten nicht länger zu besetzen pflegten.

Noch eine kurze Strecke unter Wasser – dann lag vor uns eine schlichte Tür. In plötzlicher Panik packte ich den Türknopf, aber sie öffnete sich sofort. Ich vermochte kein Schloß zu entdecken. Die Tür war niedrig, Ums mußte den Kopf senken. Wir betraten einen Strand, uneben, schroff und blendend hell. Er war mit großen Kristallen übersät, die das Licht zurückwarfen, so kräftig, daß über manchen Regenbogen schimmerten. Und so, von niemandem gesehen, erreichten wir Atlantis.

Ums gab keinen Laut von sich, aber er bebte bei unserer Ankunft. Bevor wir den Weg landeinwärts einschlugen, blickte ich noch einmal zurück. Nichts als Meer. Ich ging hinab, bis die Wellen an meinen Zehen leckten, beugte mich vor – und fiel. Ich keuchte, aber keine Luft drang in meine Lungen. Ich hätte mein eigenes Krächzen hören müssen, während ich um Atem rang, aber es war kaum vernehmlich. Ums klemmte einen Zipfel meines Umhangs in seinen Schnabel und schleifte mich zurück zwischen die Kristalle, bis der Stoff riß.

Also spielten die Delphine draußen Haschen mit der Gefahr: Über dem Meeresspiegel gab es keine Luft zum Atmen.

Kein Wunder daher, daß keine Vögel über den Wogen kreisten. Ich wußte nicht, bis in welche Höhe die Luftleere reichte, doch mußte ein unvorsichtiger Vogel zweifellos stets mit einem plötzlichen Sturz rechnen, sobald seine Schwingen ihn nicht länger tragen konnten. Atlantis den Atlantiden – seinen eigenen Rassen, den Inselbewohnern, Mensch und Tier; es gab keine Vogelzüge nach oder von den Küsten dieser Welt.

Später erfuhr ich allerdings, daß an anderen Abschnitten der Küste die Luft weiter hinaus aufs Meer reicht und zwar zum Wohle der Fischer.

Wir brachen landeinwärts auf, durchquerten behutsam den Streifen von Kristallen, mieden ihre scharfen Spitzen und Kanten. Wir hatten keine Eile, nicht einmal ein Ziel. Endgültige Muße – denn ich brauchte niemanden zu warnen, niemanden aufzusuchen.

Jenseits der Klippen ging's hügelan; die Bäume standen nicht dicht genug, um ein Blätterdach zu bilden, doch unter den einzelnen Bäumen lagen ihre Schatten wie duftender, türkisfarbener Samt auf dem lockeren Erdreich. Ich konnte nun die Vögel sehen, und Ums schnarrte sie ärgerlich an; aber sie beachteten uns nicht. Sie flogen niedrig und besaßen wundervoll lang geschwungene Brustkörbe und prachtvolle Schwänze. Hören konnte ich sie nun ebenfalls, und das bereitete mir eine Überraschung. Sie kreischten schrill und schienen sehr aufgeregt zu sein. Ihre Körper erinnerten mich, wenn auch nicht bezüglich der Farben und der würdevollen Zerbrechlichkeit, an die winzigen Fische, deren großen Schwarm wir unterm Meer durchritten hatten.

Schließlich erhoben sich zwischen den anderen Bäumen

immer häufiger Bäume, die blühten, und zuletzt wichen die anderen ganz. Nun sahen wir ringsum nichts als Blüten über Blüten. Ich bemerkte flüchtig ein anderes Geschöpf, das erste Säugetier, welches uns in Atlantis begegnete; zwei große mandelförmige Augen glühten, es waren dunkle feuchte Augen wie die einer Gazelle, aber in ihrer Länge beinahe erschreckend widernatürlich, sie mußten bis an die Ohren reichen – nein, der Kopf des Wesens erschien nicht, doch mit einiger Mühe vermochte ich zu erkennen, daß er grau und gelb gestreift war, vielmehr zog es sich zurück – anscheinend aber ohne Furcht. Während es zwischen den blühenden Bäumen untertauchte, erhaschte ich einen Blick auf eine goldene Mähne und den Schwanz. Eine magere, gestreifte Stute – daneben ein winziges, gestreiftes, häßliches, goldschwänziges Tierchen, das auf seinen dünnen Beinchen schwankte und mit der Mutter zog, ohne das Maul von ihrem Bauch zu lösen.

Wir erreichten den Waldrand und überblickten eine weite blaue Wiese, die zu einem anderen Wald abfiel; ich sah nur die Wipfel, aber diesmal waren es dunkle Bäume. Die Sonne stand tief; wir waren bereits seit mehreren Stunden in Atlantis. Haarige Insekten, die glitzerten, hatten wir noch gesehen; aber sonst nichts. Unsere letzten Vorräte hatten wir bereits im Tunnel verzehrt – was mochte es hier Eßbares geben? Aber noch verspürte ich keinen Hunger.

Als wir hinaus auf die Wiese ritten – sie fiel so steil ab, daß es Ums geradezu Mühe kostete, nicht zu rennen –, erkannte ich, daß sie knöchelhoch mit mir seltsam vertrauten, blauen Blumen bewachsen war, vieltausend Blumen jener Art, wovon ich eine im Innern der Statuette erblickt hatte, welche der Plünderer in der Hauptstadt des Südreichs mir geschenkt hatte; sie mußte in einer kleinen Luftleere gelegen haben, ein heiliges Andenken für die ausgewanderten Atlantiden, unverwittert seit der Zeit der großen Trennung vor vielen Jahrhunderten …

Nun, nicht hinter Kristall verborgen, konnte ich sie riechen, sie dufteten in aller Frische, waren samtsanft.

Ums ließ ungeniert Kot zwischen die Blumen plumpsen, zermalmte sie unbeeindruckt mit seinen Krallen. Plötzlich empfand ich Schuld, ich schämte mich.

Ich fühlte mich wie ein Fremder, der roh Schmutz verbreitete; ich besaß kein Recht, mich an der Schönheit Atlantis' zu erfreuen, während ich ihm so etwas bescherte. Aber was hatte ich denn getan? Es gab Tiere in Atlantis – und damit auch Blut und Kot.

Dämmerung sank herab, als wir viele Wiesen, Hügel, Felshänge und Wälder mehr hinter uns liegen hatten, aber es war nicht kühl. Der Himmel war violett wie die Blumenkelche: bläulich bis purpurn; und in den Ausläufern meeresblauer Wolken hing ein fahler Schein.

Von einer Felsenhöhle inmitten eines Walds stürzte ein Wasserfall. Im sinkenden Licht funkelte der Guß nur schwach. Er gurgelte, plätscherte, sandte einen Schleier von seinem Fuß bis empor zu seinem Scheitel und über Steine und Geröll aus purem Kristall. Auf einigen davon wucherten Flechten und Moos, und die so getrübten Kristalle warfen dunkle Schatten auf ihre klaren Nachbarn. Unterm Wasserfall gediehen Orchideen, Blumen der Art, wie ich sie während des Marsches mit dem Drachen in den Dschungeln des Südens gesehen hatte. Die Dämmerung vertiefte, verfinsterte sich, senkte sich über diese wilde Pracht, die mir ein Gefühl … ja, ein Gefühl prachtvoller Wildnis vermittelte, die mich dennoch nicht zu erstaunen vermöchte, erwiese sie sich als gefährlich.

Hier bildeten die Bäume ein Durcheinander aus grünem Laub und Blüten, die Blüten vermochte ich im Dunkeln kaum noch zu erkennen, aber ich roch ihren schweren Duft. Geräusche verrieten irgendwelche Bewegung, aber ich spürte keinen Wind. Dennoch schien es mir, als schwanke und schaukle das Laubwerk. Mein Vogel begann zu grunzen und hackte mit dem Schnabel nach allem, was ihn störte, wie klein oder geringfügig es auch sein mochte. Bisweilen zeichneten sich vor uns die Umrisse besonders riesenhafter Bäume ab, deren Wipfel sich oben zuspitzten wie Pyramiden; sie wirkten pechschwarz, als könne kein Licht sie erreichen. Aber der Wald war durchaus nicht dicht. Er besaß kein Unterholz, nur Gras und Farngarben. Hier und da war der Himmel sichtbar, der über uns violett schimmerte; im Erdreich wuchsen weiße Blumen, die dem Widerschein von Sternen glichen.

Gelegentlich erblickten wir das sternenlichte, kühle Blau und Weiß von Wasser, oder wir hörten es über Steine gluckern. Zuweilen sah ich gegen die sichtbaren Stellen des Himmels in der Luft wahre Ströme von Faltern, Käfern und Fliegen, alle Schwärme flogen in dieselbe Richtung, die auch unsere war, aber sie hielten sich ein wenig weiter nach rechts. Sie mußten es sein, die im Blattwerk jene merkwürdigen Geräusche verursachten.

Dann drang mit einem Auf- und Niederschwellen, als trennten ihren Ursprung allzu viele Bäume von uns, zu viel Waldleben, das zu viel von ihrem Klang aufsog, eine leise Melodie an unsere Ohren, sie hallte leicht, eine Art von eindringlichem, seufzendem Pfeifen wie von einer Flöte.

Ich hielt den Atem an. Ums warf den Kopf zurück, er hustete; wäre er kein Vogel gewesen, er hätte gegeifert. Ich stieg ab. Meine Haarwurzeln fühlten sich an wie Quecksilber. Wir eilten nun endgültig in dieselbe Richtung, in welche die Insekten flogen, aber wann wir uns ihnen anschlossen, dessen entsinne ich mich nicht. Das Erdreich bebte, wenn mein Fuß es berührte, oder vielleicht war's umgekehrt. Die Flöte säuselte lauter, dann erscholl daraus so etwas wie ein gedämpftes Heulen.

Göttlicher Himmel, dachte ich, wie kann ein einziges Instrument so vielerlei Klänge erzeugen? Dann erfaßte ich, daß es sich um andersartige Laute handelte – Quieken, Zwitschern, Piepsen, Kläffen, wahrscheinlich rings um die Flöte in Bewegung. Plötzlich übertönte ein Brüllen alle anderen Laute; es steigerte sich, sank von einem Röhren zu einem Jaulen herab und verstummte mit so etwas wie einem Schluchzen. Die Erkenntnis, daß es auf seine Weise das Anschwellen und Heulen des Flötenklangs begleitet hatte, linderte das Prickeln meiner Kopfhaut nicht im mindesten. Was stand uns bevor? Ich hastete weiter – ich konnte nicht zurück, ich lief mit einem Pochen von Begierde, in einer Art von entzücktem Schauder weiter.

Dann waren wir dort. Ich traute meinen Augen nicht. Durch das seidene, niedrig hängende Laub sah man Tiere spielen. Fortgesetzte Bewegung, Schaukeln in unregelmäßigem Ausschreiten, sie wimmelten durcheinander, tanzten und jagten durchs Gehölz der Bäume, hüpften, gehorchten dem seufzenden Klang der Flöte. Unsere Freunde, die Insekten, flatterten, surrten über uns hinweg. Ein Löwe brüllte, schritt achtlos an einem Hirsch vorbei, mengte sich unter eine Gruppe von Schwänen, seine Augen und die Mähne waren feurig wie Bernstein. Eine Ziege sprang quer durch eine Herde von Tieren, anscheinend Ameisenbären. So tanzten diese Geschöpfe ohne Arg, ohne jede Kenntnis dessen, wie es schien, daß sie eigentlich Feinde sein müßten, Jäger und Gejagte: sie waren wie benommen und verzaubert von der Musik. Die Erde schien plötzlich mit einer Kraft zu glühen, die ihre augenscheinliche Festigkeit mit einer Durchscheinbarkeit zersetzte, so daß ich darin kleine Eidechsen mit Schuppen wie erleuchtete Smaragde, Rubine und Amethyste sah, gespreizte Krallen, das Zucken von zinnoberroten Zungen, die zuckten, dahin und dorthin schnellten, ein Starren aus schmalen Augen, und die Zunge schoß hierhin; Würmer, nackt und bleich wie rosa Seide, Käfer, fast unsichtbare Spinnenbrut und hastige, blaufleckige haarige Spinnen, Irrgärten aus den Wurzeln der Gräser und Blumen.

Kein Tier, so schien es, bemerkte mich. Falls sie mich sahen, so galt ich wohl nicht mehr als eins der zahlreichen anderen Geschöpfe ringsum, mit denen sie sich gewöhnlich nicht zu vertragen pflegten.

Wo die Musik am lautesten erscholl, war das Tanzen am dichtesten. Doch ich erhaschte, wiewohl selten, gelegentlich durch das Gedränge einen Blick auf den Flötenspieler.

Seine Flöte war lang und mit Grün umrankt; Trauben von Insekten hockten darauf. Er saß nackt auf einem kleinen Erdhügel, seine gelbliche, geschmeidige Haut fing weder Sternenlicht noch etwas vom Glühen des Erdreichs ein, die umbrafarbenen Brustwarzen seines Brustkorbs hoben und senkten sich kaum, doch blähten seine Wangen sich ein wenig, wodurch seine schmalen, verträumten, schwarzen Augen noch schräger geschnitten schienen. Sein Haar war glatt und lang, es fiel bis zu den Hüften hinab. Ich glaube, seine Brauen verliefen bis über seine Schläfen, als wären sie die Fühler eines Falters. Über seine Schultern lag eine kleine gefleckte Gazelle mit zierlichen Hörnern.

Neben mir rührte sich Ums und sprang vor. Seine gespreizten Klauen krallten sich sehnig in den Grund und warfen schwarze Schatten auf die schimmernden Insekten und Eidechsen darunter.

Ich sah, wohin sein Auge starrte. Ein weißes Vogelweibchen, etwas kleiner als er, mit einem ungleichmäßigen Rand aus Blau und Grau an den Schwingen. Es besaß bläuliche Augen und eine bläßliche Brust, das Gefieder aus Hingerissenheit gesträubt. Brustkorb und Sporne waren kleiner, der Schwanz kürzer als bei Ums.

Es hatte ihn noch nicht bemerkt.

Er ließ mich stehen, näherte sich ihm. In diesem sanften, regenbogenartigen Glanz wirkte er so schwarz! Die Gewalt seiner Begierde würde sich nicht beherrschen lassen. Ich erkannte, allerdings kaum überrascht, daß er es nicht als besonders zauberhaftes Geschöpf betrachtete – es war einfach ein Weibchen. Und er wollte es nehmen.

Es sah ihn. Es kam ihm entgegen, die silbrig rosafarbenen Klauen – in der Gesamterscheinung war's ein märchenhafter Vogel – knickten Gras. Es wollte an ihm vorbei, in einer Art von unpersönlicher Lieblichkeit im Tanz an ihm vorüber, wie er – so glaubte es – an ihm. Seine Schritte fielen im Klang der Flöte, so wie die aller anderen Tiere, außer denen Ums, den die Musik störte. Ohne jede Anmut stürmte er vorwärts, oder bloß mit der Anmut von Macht, nicht zum Vorübertänzeln, sondern zur Begegnung. Das Weibchen fand seinen Weg von ihm versperrt, betrachtete diese Tatsache als Bestandteil des allgemeinen Treibens, und trat zur Seite, um ihm auszuweichen. Er stieß einen kurzen, rauhen, ungeduldigen Laut des Unwillens aus und stellte sich ihm erneut in den Weg. Seine Brust wölbte sich ruckartig, brachte eine schwere rote Traube von Beeren in der Größe einer Rebe ins Wanken, zugleich scheuchte er eine Wolke von Mücken daraus auf, die verärgert sirrten. Verwundert, bereits ein wenig beunruhigt, starrte das Weibchen seinen Schädel an.

Ums hob seine Flügel, schlug damit, hob sie nochmals. Das Klatschen durchdrang die Musik, in einem Maße, wie das laute Brüllen der größeren Tiere es nicht getan hatte. Die Tiere in unmittelbarer Nähe wandten sich um und musterten ihn wie jemanden, der einen Tempel entweiht. Das Weibchen wich ihm wiederum aus, als sinne es darauf, diesen Eindringling baldmöglichst abzuschütteln.

Ums folgte, vertrat ihm bei jeder Wendung den Weg; er hegte nicht die Absicht, es sich entgehen zu lassen, seine Flügel schlugen noch aufgeregter. Sein rotes Raubvogelauge glühte. Ein topasfarben gestreifter Tiger, entsetzlich lang und hager, der inmitten eines Schwarms auf würdevolle Weise fröhlicher Flamingos einherschlich, wandte sich ihm zu, erstarrte und begann mit seinem Schweif zu schlagen.

Das Weibchen, nach wie vor im Takt der Musik, versuchte hinter der Ziege zu entweichen. Es war beunruhigt, aber furchtlos. Ums folgte. Die Ziege, aus der mißbilligenden Abneigung, die sich ausbreitete – überall wandten sich Köpfe –, wagte nicht mehr als den Anflug einer Drohung zu meckern und senkte ihre Hörnchen; Ums, den Blick seines glühenden Kohleauges nach wie vor auf das Weibchen gerichtet, hob einen Fuß und zerfleischte den Schädel der Ziege, stieß sie beiseite.

Blut troff und dampfte; wohin es fiel, verdunkelte sich das Gras, wurde undurchsichtig.

Schließlich stand das Weibchen ihm erneut gegenüber. Er drängte seinen Hals an den des Weibchens, ein primitives Vorspiel, eine Bemühung, es zu gewinnen. Er schob sich hinter das Weibchen, das sich linkisch drehte und mit einem Flügel schlug, dessen Flattern seinen Kopf streifte, eine Warnung. Diese Beleidigung, diese zusätzliche Zimperlichkeit nach all dem vorherigen Getue, veranlaßte ihn zu einem heiseren, tiefen Schnarren der Wut, er packte den Flügel mit dem Schnabel und zerrte das Weibchen abseits vom Tanze. Es folgte ihm notgedrungen, stieß ein kehliges Schnattern des Schmerzes aus, weiße und blaue Federn segelten umher. Ums fegte mit der Klaue einen Pfau aus dem Weg, und weitere Federn wirbelten empor.

Die Tiere hatten ihren Tanz eingestellt. Sie waren wieder wilde Tiere geworden. Auf Ums' Schnarren antworteten das Grollen des Löwen, des Tigers, das Röhren eines mächtigen Stiers mit gelblichen Hörnern, das schrille kriegerische Keifen von Füchsen und Nagern. Der Blutgeruch hatte den Bann der Flöte gebrochen. Schwänze und Schweife peitschten drohend, unsicheres Knurren ertönte, das alsbald nicht länger unsicher sein würde; aller Tiergesang war verstummt. Hartnäckige Augen starrten Ums an, der das Weibchen hinter sich drängte und hochaufgerichtet in kampfeslustiger Überheblichkeit sich stellte. Pfauenaugen aus dem Schwanz des Pfauen lagen im Gras und starrten erschrocken empor.

Durchs Laub raschelte ein leiser, frostiger Wind. Ich bemerkte, daß die Flöte schwieg. Ich sah mich um und erblickte den Mann, der nackt auf dem Erdhügel verharrte, die Flöte hielt er in der einen, gesenkten Hand, mit der anderen streichelte er die kleine Gazelle auf seinen Schultern, die leise winselte. Ich konnte seine schmalen Augen nur undeutlich erkennen, ohne das Glühen des Erdreichs, inzwischen erloschen, war es erheblich finsterer, doch ich glaube, sein Blick ruhte aufmerksam auf dem Kreis von Geschöpfen, der Ums umgab – dann wandte er sich mir zu. Ich begegnete seinem Blick mit Neugier und Bereitwilligkeit, er war der Hüter seiner Tiere und ich der Besitzer meines Tiers, die nun in Streit geraten waren, wie es unter Tieren vorkommt. Mein Blick prallte von seinen Augen ab, die nichts als tiefsten Abscheu ausdrückten. Dann war er fort, als habe er mich nicht gesehen.

Ein dunkelblauer Vogel mit geblähter rötlicher Brust und rötlich gerändertem Gefieder verließ den Kreis der Tiere und trat meinem schwarzen Vogel entgegen. Die übrigen Tiere, so nahm ich an, würden es dabei belassen, ich hielt den Vogel für den Vorkämpfer ihres Grimms, erwartete einen Zweikampf, Vogel gegen Vogel.

Die beiden umkreisten sich einige mit Spannung erfüllte Augenblicke lang, aber Ums war ein geborener Kämpfer, sogar unter einer so wilden Rasse wie seiner; er gehörte dieser besonderen Rasse von Kämpfern an, so wie Zerd, der ihn mir geschenkt hatte, und wie Ael, jener Bursche mit den kalten Augen. Und sogleich machte er dem Zaudern ein Ende, er griff an und hieb seinen Höckerschnabel dem anderen in den Nacken. Der blaue Vogel war kein Kämpfer. Er quietschte vor Schmerz und Trotz und hackte ebenfalls, verfehlte jedoch seinen Gegner. Er besaß Mut. Aber als das erste Blut des blauen Vogels floß, war Ums noch unversehrt. Ringsum weiteten sich all die dunklen Nüstern. Ein tiefes Knurren erscholl, der Schweif des Löwen peitschte das Gras und die eigenen Flanken.

Der blaue Vogel hob eine Klaue.

Götter, dachte ich, laßt Ums nicht auch sein anderes Auge verlieren!

Doch der blaue Vogel, wie unzureichend auch immer, hatte das seine getan. Dies war kein Zweikampf, Ums galt nicht als ehrenhafter Gegner, sondern als Eindringling. Der Tiger sprang noch ein wenig früher als der Löwe. Ihre Zähne und Pranken gruben sich gleichzeitig in Ums' Leib. Ums brach in die Knie, sank auf den Bauch, die Beine verdreht. Dunkles Grollen ließ die Luft erzittern. Weitere Tiere stürzten sich auf Ums, ohne den blauen Vogel zu beachten, der hinüber zum Weibchen torkelte. Einen Moment lang sahen die beiden zu, dann verschwanden sie zwischen den Bäumen. Auch die kleineren Tiere trollten sich; ein paar drehten sich im Schutz des Waldes um und beobachteten, wie man Ums bei lebendigem Leibe fraß.

Aber kein Lebewesen, auch keins mit dem starken Herzen Ums', hätte lange unter dem Anfall der reißenden Bestien überleben können. Als ich mein Messer zog, fast unverzüglich, obwohl mir seine Nutzlosigkeit bewußt war, doch ich wollte ihn, der mich durch so vieles begleitet hatte, nicht im Stich lassen, erkannte ich im gleichen Moment, daß mein Eingreifen sich erübrigte; der Kämpfer schüttelte sich nicht, zitterte nicht länger unter dem Reißen der Fänge. Die Bestien fraßen mit Knurren. Ein grauer Wolf hob seinen Wolfsschädel zum Himmel empor und heulte. Ein kleines Beuteltier mit rattenhaften Zähnen sprang auf seinen Hinterbeinen hinzu und entwich mit einem verkrümmten schwarzen Flügel wie mit einem Schild. Und wie oft waren seine Schwingen mein Schild gewesen! In einer großen Blutlache, das Gras ringsum zertreten mit den Abdrücken von Hufen und Klauen, Pranken und Pfoten, lag ein Steigbügel. Die Radspore, welche ich so selten benutzt hatte, glänzte. Mein Fuß schmerzte bei der Erinnerung daran, wie oft er auf dem Metall geruht hatte, das nun nutzlos war.

Ich stolperte weiter. Aufblickend sah ich im Sternenschein Regen wie Ghirzasaiten schräg über die Hügel fallen. Ich wußte nicht, wohin ich ging, ich wollte nur so weit wie möglich weg vom Ort, wo Ums gestorben war, dessen Tod, nach dem so manches zeitweiligen Gefährten, mich besonders hart traf, er hatte mir wirklich am nächsten gestanden, es war beinahe wie der Tod eines Teils von mir, und wiederum war ich *allein.*

Plötzlich verwandelte der Himmel selbst sich in einen Wasserfall. Donner folgte auf Blitzschlag. Die Bäume stöhnten.

Ich schrieb es nicht meiner Einbildung zu, als ich den

Eindruck gewann, daß der Wind mich hetzte. Ich war *tatsächlich* ein neuer Keim in Atlantis. Ich hatte die Luft und die Vorstellungen meiner Welt eingeschleppt; ohne es zu wollen, war ich eine Krankheit, und ich fühlte mich auch so.

Atlantis haßte mich.

Die Finsternis war vollständig; dicke Wolken wälzten sich auf ihrem Weg zwischen Atlantis und den Sternen vorüber.

Unmittelbar vor meinen Füßen erhob sich ein starker Wind, blähte meinen Umhang. Ich verharrte. Mit Anstrengung, indem ich die Lider zusammenkniff, erkannte ich unter mir einen bodenlosen Abgrund, in den schon meine Zehen ragten.

Mit einem Schrei sprang ich zurück, der Wind blies mir den eigenen Schrei mit betäubender Lautstärke in die Ohren. Ich wandte mich nach links und rannte zurück in den Wald.

Ich durchquerte den Wald und gelangte auf die einsamste Hügelkuppe, die ich jemals gesehen habe. Schwarzer Wind fegte an mir vorbei und ins Tal. Wunderliches Getier eilte vorüber, verhielt kurz, schielte mich an und verschwand, bevor ich's recht zu erkennen vermochte.

Durch das Tal trommelte im Galopp dumpfer Hufschlag.

Ich erreichte die beschwerlich wirkende Straße. Sie wand sich in die Ferne, bisweilen durch das Zucken von Blitzen erhellt und neben dem Galopp der Pferde vernahm ich das Schleifen von Achsen, das Knarren von Holz, das Knallen von Peitschen. Streitwagen! Ich mußte mich verbergen; denn in Atlantis, dem ich soviel Liebe geschenkt hatte, war für mich jeder ein Feind.

Voraus jagten Reiter über den regennassen Schimmer der Straße, ihr flachsfarbenes Haar wehte, der Wind hatte ihnen die Kapuzen längst in die Nacken geblasen. Sie waren Atlantiden, und sie eskortierten die Streitwagen.

Man führte keine Fackeln mit, aber im Zucken der Blitze erkannte ich die stattlichen Männer in den ersten Streitwagen. Mein Händler – und Juzd, der Regent! Doch ich zögerte, zu ihm zu laufen. Finstere Männer in den nächsten Streitwagen, es war eine lange Kolonne, die eilends über die Straße rollte. Und einer, der mächtig hinter seinem Wagenlenker stand, das Gesicht unter einem bronzenen Helm verborgen, der die Augen schmal und die Nase lang und gerade machte, über den wuchtigen Schultern den kleidsamen Glanz eines goldenen Fells …

Ich sprang auf die Straße, als die hohen Räder vorüberdröhnten, sie überschütteten mich mit einem Schwall von Wasser, der mich nochmals im Maße durchnäßte wie zuvor schon der Wolkenbruch.

»Wartet! Bleibt!«

Der Wind zerfledderte und verwehte meine Stimme.

Ein Reiter riß sein Pferd herum, es bäumte sich auf. Ein Huf streifte meine durchtränkte Kapuze, das Haar der Fessel wirbelte. Eine Stimme fluchte.

Weitere Streitwagen rumpelten vorbei, und ich sah, daß Vögel sie zogen. Ich krümmte mich und würgte.

»Na, und nun, wer bist du, was ist los?« fragte die Stimme und fügte neue Flüche hinzu.

»Ihr seid keine Atlantiden!« schrie ich.

»Mächtige Überraschung, was? Ja, endlich sind wir durch, wir von der anderen Seite, und euer Regent mit uns, auf seine Einladung sind wir unterwegs zur Hauptstadt. Ihr habt uns ausgesperrt, aber jetzt seid ihr froh, daß wir hier sind, da ihr uns braucht. Aus dem Weg. Fragen werden später beantwortet. Der ganze Kontinent kann seine Fragen später stellen.«

»Ist das der Feldherr mit dem goldenen Schaffell?«

»Eins muß ich sagen, du hast scharfe Augen, wenn du gesehen hast, daß es ein Schaffell ist. Ja, er hat sich in Prunk gekleidet, bevor er in Die Große Stadt einzieht. Ein neuer Herrscher muß sein Volk beeindrucken.«

»Herrscher!«

Der Mann kicherte. Er streckte mir eine Hand entgegen. »Steig auf. Deine Stimme klingt anmutig. Ich will wissen, wie atlantidische Mädchen sind – und der erste sein, der eins in unser neues Hauptquartier mitbringt! Eine kleine Entschädigung dafür, daß wir Atlantis in einer so finsteren, verregneten Nacht betreten haben – sehen wir soviel, daß wir ebensogut noch jenseits des Meeres sein könnten. Ich erkläre dir alles auf dem Ritt.«

Ich stieg hinter ihm aufs Pferd, klammerte mich an ihn, und wir galoppierten weiter.

»Nun denn, so erzähle mir alles.«

»Wie lautet dein Name?«

Ich wollte, er unterließe die Höflichkeiten und spräche endlich. »Den wirst du zur Belohnung für deine Worte erfahren.«

Gutmütig grollte er, wir Atlantiden schätzten uns selbst ganz schön hoch ein. »Ihr dürft nicht glauben, wir hielten euch für Leute von seltenem Wert, bloß weil ihr euch so lange von uns ferngehalten habt. Für eine Weile werden wir noch mehr als genug mit euresgleichen zu tun haben, bis der Rest unseres Heers übergesetzt hat und ihr an die Zusammenarbeit gewöhnt seid, oder vielleicht sogar länger – womöglich beschließt Blauschuppe, daß die Luftleere bestehen bleibt und das ganze Heer muß durch diesen Tunnel marschieren. Ich würde viel dafür bieten, erleben zu dürfen, wie unser Scharführer sich von einem Hai angegriffen glaubt!«

»Wie ist es dazu gekommen? Wieso ist der Drache der neue *Herrscher?* Was hat er Juzd angetan?«

»Ach, ihr habt unflätige Geschichten über ihn vernommen, sogar hier? Alles erlogen! Er würde keiner *Fliege* ein Leid antun. Fürchte dich nicht, er wird Atlantis nicht mit dem Schwert unterwerfen. Dies ist *unser* Land, und wir werden es gut behüten. Nein, es sind die Südländer, die Atlantis bedrohen, und die Nordländer, jene, meine ich, die uns ausgeschickt haben, in dem Glauben, man würde uns abschlachten wie eine Herde Gänse, vor allem unsere tapfere Blaulende, sie wagen es, unsere Feinde zu sein, und wir werden ihnen beibringen ...«

»Aber *wie ...?*«

»Das ist eine lange Geschichte, die ich dir lieber erzähle, wenn wir heraus aus diesem scheußlichen Regen sind und im Warmen. Am Ende jedenfalls, nach der Schlacht gegen die Südländer inmitten dieses verdammten Erdbebens, waren wir alle zersplittert, Schar von Schar getrennt, die Scharen zersprengt und uns stand keine Zeit zum Sammeln zur Verfügung. Ah, sie nutzten den Vorteil. Ihre Verstärkungen, die nicht zersplittert waren, jagten uns bis an die Küste. Sie hofften darauf, uns zwischen den eigenen Kräften und ihrer Flotte aufreiben zu können. Aber wir hatten's ohnehin eilig, die Küste zu erreichen. Mannen! sagte unsere Blaunase, wir haben noch ein paar kleine Vorteile, sagte er, ich weiß mehr als sie glauben. Denn infolge schlechter Instandhaltung lag mehr als die Hälfte ihrer Flotte auf Kiel, als wir zur Küste kamen, und sie führten dort ein gutes Leben und soffen Tag um Tag an warmen Feuerchen statt auf dem Meer zu kreuzen, und bei einer solchen Gelegenheit marschierten wir auf. Sehr flüchtige Kerle, diese Flottensoldaten, was?, sagten wir zueinander, denn es war wirklich komisch, eben saßen sie noch herum und grölten, im nächsten Moment rannten sie ums Leben. Sie flohen so schnell wie sie's konnten, und wir brüllten vor Lachen. Dann erschien dieser vornehme Herr mit seinem Häuflein. Ihr schlagt unsere Feinde in die Flucht, sagten sie, als hätten wir's bloß für sie getan. Nun, der feine Herr war ein bißchen verstimmt, aber die anderen waren sehr eifrig, mit unserem Blauöhrchen ein Palaver zu veranstalten. Und Blaukinn erzählte ihnen, in welcher Gefahr sie schweben, wie die Südländer und der nordländische König und unterdessen auch der Hohepriester Kaselm an der Spitze eines Heers von Kanalratten und Höhlenaffen, wie man fürchterlicher noch keines gesehen hat, alle zum Sturm gegen das edle Atlantis antreten, daß sie alle das Geheimnis wüßten, wie man die Luftleere beseitigt – das ist, soviel ich weiß, eine Lüge, kein Südländer kennt bloß ein Wort davon; und Blauzehe sagte ihnen, wie edelmütig, ja, wie tapfer und ritterlich wir sie alle aufgehalten hätten, wie sehr sie uns nun haßten, ach, sogar der nordländische König, der uns fortgeschickt hat, damit die Südländer uns zertreten sollten, bevor er seine Günstlinge aussandte, damit sie ihm Atlantis zu Füßen legten, er traute unserem Blaubein nicht, o nein, er bangte um seinen Thron, und nun ist Blauschuppe weit mächtiger als er! Ei, sprachen darauf diese feinen Herren, Ihr seid ein großer Feldherr, Ihr seid unsere Rettung. Wehe! erwiderte unser Blauknie, mein Heer ist zerstreut, ich besitze keine Feste, um meine Mannen zu sammeln und zum Kampf zu ordnen. Nehmt Atlantis, sagten die edlen Herren, die guten Zeiten gehen zur Neige, unser Geheimnis ist verraten, wir sind von allen Seiten bedroht, und allem zufolge, das wir vernommen haben, seid Ihr ein gewaltiger Feldherr und vermögt unser Heer und Eures siegreich zu führen und das Geschmeiß zu zerschmettern. Wohlan, meinte darauf unser Blausack, doch bin ich's gewohnt, einen hohen Rang innezuhaben. Und ihr Herrscher, der Augen und Mund aufriß, seit er ihn zum erstenmal gesehen hatte, der klarste Fall von Heldenverehrung, den man sich nur vorstellen kann, sagte zu ihm: Ihr seid der Neue Mensch, Ihr seid die Neue Welt. Ihr seid mein Herrscher!«

Ich zitterte.

»Ihr seht also, daß ihr uns willkommen heißen müßt«, versicherte mein Reitersmann. »Es wird keine Verheerungen geben, keine Brandschatzungen, man wird keine kleinen Mädchen durch ihre schönsten Körperteile pfählen … sondern Gerechtigkeit, vernünftig, klar und unteilbar.«

Seine erstaunlich dumme Hoheit, der Knabe mit dem sonnenfeurigen Haar; die edlen unschuldigen atlantidischen Räte – hocherfreut fuhren sie uns voraus. Das Land, älter und weiser als seine Bewohner, bebte und klagte und dröhnte unter den donnernden Rädern der Streitwagen in großem Grimm und großem Gram.

Während der letzten Nachtstunden lagerten wir in einer reichlich feuchten Senke am Fuß eines Hügels jenseits des Tals. Jeder Mann trug einen Beutel mit Vorräten bei sich; das meiste hatten die Atlantiden geliefert, sobald die Nordländer den Tunnel verließen, auch die Pferde; woher, das weiß ich nicht; falls es im Gebiet an der Küste irgendwo ein Lagerhaus gab, so hatte ich's verfehlt. Mein Reitersmann – Gastgeber, Entführer, was auch immer – teilte Fleisch und getrocknete Erbsen mit mir und erwartete dann, ich solle mich mit ihm in seine Decke einrollen. »Nein«, sagte ich fest, »so sind atlantidische Mädchen nicht. Wieso auch, ich habe dich noch gar nicht anschauen können, so wenig wie du mich.«

»Deine Stimme klingt süß genug«, meinte er freundlich. »Alles andere wird schon stimmen. Wir werden schon zurechtkommen. Verlaß dich drauf.«

Oh, das war wirklich die allerletzte Art von Unterhaltung, die ich in Atlantis zu führen gedacht hatte! »Leider habe ich mir keine ähnliche Meinung von dir gebildet«, sagte ich, restlos entschlossen, mich zu weigern. Ich verfolgte eigene Absichten. Es rührte nicht an mein Gewissen, daß ich von seinen Vorräten gezehrt hatte; in seiner Eigenschaft als Gast und Eroberer würde er in der Großen Stadt schon genug zu essen bekommen. Wie es mir erschien, war Atlantis nicht länger Atlantis, noch bevor ich mich darin einen vollen Tag lang aufgehalten hatte.

»Komm und fühl mal«, schlug er vor, sehr von sich überzeugt. »Abgesehen von einigen Bartstoppeln bin ich fürwahr ein hübscher Kerl. Ich bin einundzwanzig, braune Augen, fünf Fuß und zehn und mein ...«

»Oh, du verdirbst ja den ganzen Reiz der Nacht«, sagte ich, stand auf und entfernte mich, ohne seine Rufe zu beachten. Ich wußte, wie man Lager anzulegen pflegte und wo ich den Feldherrn finden konnte, und ich stellte fest, daß ich mich nicht geirrt hatte. Niemand kümmerte sich um die Gestalt in einem Umhang, die durch den dunklen Regen stolperte, den Tränen von Atlantis' Himmel. Ich sah ihn. Er sprach mit Juzd. Ich wartete, bis Juzd ihn verließ. Ich wollte nicht, daß Juzd mich so bald wiedersah, vor allem nicht dabei, wie ich zum Drachen kroch.

Unter einem kleinen Umhang, von dem Wasser auf seine Stiefel spritzte, lehnte er sich zurück, um nach der Fahrt sein Haar trocknen zu lassen.

Leise näherte ich mich. Durch das Trommeln und Plätschern sprach ich ihn an. »Zerd.«

Er fuhr auf und prallte beinahe mit dem Kopf an den Felsüberhang, war mit einem Satz bei mir und packte meine Handgelenke. »Du!« entfuhr es ihm.

»Ja, ich bin's – Herrscher.«

»Ein Mädchen«, sagte Zerd, »du ... was machst du hier? Woher weißt du, wie man mich nun nennt?«

»Oh, ich bin mit einem Eurer Männer geritten«, sagte ich heiter, »nachdem ich Euch in Eurem Streitwagen vorüberfahren sah, und er hat mir alles erzählt. Ich wäre Euch dankbar, müßte ich nicht im Regen stehenbleiben.«

»Ich habe schon immer gesagt, daß du der beste Spion wärst, den ich ...« Er zog mich unter den Felsüberhang. Gefaßt setzte ich mich, froh, daß er nicht das freudige Lächeln sehen konnte, welches nicht von meinen Lippen wich. Er kauerte auf den Fersen und starrte herüber.

»Seit wann bist du schon hier?«

»Einen Tag lang. Ich kam gerade noch zur rechten Zeit, um das alte, das wahre Atlantis kennenzulernen, ehe Ihr die Macht ergriffen habt, um es in ein zweites Nordkönigreich zu verwandeln. Seid Ihr erfreut mich zu sehen?«

Er wollte nach mir greifen, dann jedoch verharrte er. »Du hast dich verändert.« Seine Stimme klang unsicher. »Ich wußte immer, daß du's würdest, und doch ist es jetzt ... du hast mich außer Fassung gebracht, Cija.« Er bat beinahe um Verständnis. Erregung wallte in mir wie ein Fieber. »Bist du endlich mein?«

»Endlich bin ich dein.«

Er tat einen tiefen Atemzug. Noch immer griff er nicht nach mir. »Du hast mich lange genug warten lassen«, grollte er. »Was hat es bewirkt, daß du zu Verstand gekommen bist?«

»Vor einer Stunde geschah es. Und ich habe mich nicht dafür entschieden. Es geschah einfach. Selbst in Atlantis verfolgst du mich.« Dann drückte ich mich vornehmer aus. »Oder vielmehr, du weichst nicht. Es ist sinnlos, sich dagegen zu wehren. Ich glaube, daß ich dir gehören muß.«

»Ach, ja, deine Schicksalsergebenheit ... dies Atlantis; dir mißfällt, daß man's mir übergeben hat ... bedenke, daß es ein Geschenk ist, ich habe es nicht erobert.«

»Ich bin davon überzeugt, daß dir das gleich ist, es sei denn, du wolltest jemanden wie mich beeindrucken.«

»Du mißbilligst die Schenkung?«

»Du bist ein hervorragender Feldherr«, erklärte ich, »ein Meteor, der immer am Himmel sein wird, doch stets in Bewegung, stets entflammt. Deine Flamme ist Macht, doch du selbst bist Machtgier. Ich sehe dich ... alt dann tot, aber du wirst die Welt nie verlassen, stets wirst du den Kolonnen der Heere voranziehen, deren Stiefel und Streitwagen die Erde aufwühlen und die Herzen der Menschen mit Furcht und Schrecken erfüllen, und du bist ihr Stoßkeil, ein grinsender Totenschädel, der nach Macht giert, der um der Macht willen die Heere antreibt.«

Einen Moment lang musterte er mich schweigend.

»Ja«, sagte er dann. »Du hast recht.«

Seine Augen teilten sein halbherziges Lächeln kaum.

»Dennoch«, ergänzte er schließlich, »wird es dir wohlergehen als meine Herrscherin. Du wirst sehen, wir haben ...«

»Herrscherin?« Ein würdeloses Quietschen.

Sofort war er wieder Herr der Lage. »Also bist du nicht durch meine neue Stellung bewogen worden«, meinte er mit einem Anflug seiner vertrauten Belustigung in der Stimme, »zu mir zu kommen? Du wolltest meine liebevolle, unterwürfige Sklavin sein? Aber dir muß doch klar gewesen sein, daß ich keine andere zur Herrscherin erheben würde?«

»Ich weiß von wenigstens zwei Gemahlinnen, die du hast«, sagte ich entrüstet, und diese Entgegnung allein kostete mich ungeheure Mühe, denn mein Herz pochte wie wahnsinnig; es erschütterte mich nicht so sehr, daß ich eine Herrscherin sein sollte, keine Prinzessin oder Königin, sondern eine *Herrscherin* – und obendrein von Atlantis –, sondern vielmehr, daß ich seine Gemahlin werden durfte, die erste, die er nicht im ausschließlichen Interesse seines Machtstrebens zur Frau nahm.

Er gähnte lautstark. »Was, die beiden, diese Prinzessin am südländischen Hof und die im Nordkönigreich, zwei Länder, die ich in Kürze erobert haben werde? Als Herrscher macht man, was Frauen betrifft, einen neuen Anfang.«

Ich störte mich nicht an dem Plural, den er benutzte. »Glaubst du wahrhaftig, daß ich dieser Ehre wert bin?«

Mein Spott entging ihm völlig. »Wäre es mir jemals eingefallen«, erläuterte er ernsthaft, »mir eine besondere Art von Mädchen zu wünschen – aber das ist mir nie in den Sinn gekommen –, dann hätte ich mir eins wie dich gewünscht.«

»Und du wirst mich nicht abschieben, wenn ein höhergestelltes Weib deinen Weg kreuzt? Doch wie ich vermute, kann niemand wesentlich höher stehen als die Herrscherin von Atlantis, des Südreichs und des Nordkönigreichs.«

»Und du wirst nicht vergessen haben, daß du obendrein eine Göttin bist, oder? Für dich werde ich sogar den Goldmünzenboden des nordländischen Königs herschaffen lassen.«

»Smahil hat zu mir gesagt, das sei ein Märchen. Gold sei so weich, meinte er, daß die Münzen nach kurzer Zeit ihre Prägung verlieren müßten und man daher die Münzen alsbald gar nicht länger als solche erkennen könne.«

Er lachte. »Dieser vielversprechende junge Unterführer ist doch viel zu gerissen! Alle Goldmünzen enthalten eine Legierung, die ihnen Härte verleiht. Sieh – es beginnt zu hageln.« Er streckte eine Hand hinaus in das Funkeln und Prasseln. »Mach den Mund auf.« Ich dachte an die Klage, an das Herz von Atlantis, das eisige Trauer ausgoß, sein letztes leidenschaftliches Aufbegehren, aber ich ließ es zu, daß er mich mit Hagelkörnern fütterte. Es tat gut, nun mit ihm albern zu sein, das Leid zu vergessen, das er über mich und so viele andere Menschen gebracht hatte, denn er würde mich weit darüber erheben. »Darf ich dich umarmen?« fragte er schließlich mit zärtlicher Stimme.

So fand ich heraus, daß Zerds Hals acht Küsse lang ist.

Er hat gewonnen. Alles ist vorbei, alle Gegenwehr, alle Verzweiflung, der Sinn unserer alten Feindschaft ist dahin und damit die Feindschaft. Und der Totenschädel hält mich in seinen Armen, stark und fest, von seiner Verderblichkeit nur getrennt durch seines jungen Körpers und seiner jungen Seele Unkenntnis der Verderblichkeit, welche die Zeit ihn lehren wird, getrennt von der Verderbnis des weltlichen Krieges nur durch Zeit und seine gegenwärtige Friedfertigkeit und seine Herrlichkeit, die Flamme seiner Schönheit und seines Hochmuts und seines Körpers Unwissenheit von alldem, und ich liebe ihn.

Nun bin ich auf den letzten Seiten angelangt und werde mich kurzfassen müssen. Ich bin sehr hübsch mit allem versehen, das ich mir nur wünschen kann, Goldmünzenboden und allem möglichen, wohne im Palast der Großen Stadt, der in einen Berg gehauen ist (man hat all die natürlichen Brücken und Höhlen, gar nicht zu reden von den vielen Stalagmiten und Stalagtiten, beim Bau der Terrassenstraßen und größeren Gebäude und der Plätze nach bester Möglichkeit ausgenutzt, und es ist ein schöner weißer, blau durchäderter Berg), und dieser Berg erhebt sich inmitten der innersten Insel all der kreisförmigen Landstreifen, voneinander durch schmale Kanäle getrennt, die den Kontinent Atlantis bilden.

Der Palasthof hat einen gläsernen Boden über einem tiefen, grünen See. Wenn ihre Herren sich verspäten, oder sie fühlen sich vom Erscheinen eines Tintenfischs unter ihnen gestört, schlagen die Pferde schnaufend mit ihren diamantenen Hufen auf den Glasboden – ihre Hufe sind mit Halbmonden ganz aus Diamant verstärkt –, und wenn sie das tun, ritzen und zerkratzen die Diamanten das Glas, und daher ist es so rauh, daß man nicht darauf ausrutscht.

Ja, all die anderen Länder sind uns untertan, und zwar nach einem ziemlich mühelosen Feldzug. Die endgültige Erniedrigung des nordländischen Königs zählt zu den heißesten Triumphen meines Gemahls.

Ich bestand darauf, ihn zu begleiten, da ich als Geisel schon so vieles durchgehalten hatte, daß ein Feldzug mir als Geringfügigkeit erschien, wenn ich in der überaus vorteilhaften Stellung der Herrscherin daran teilnahm, wir verbrachten gemeinsam diese und jene wundervolle Zeit, denn es lief ohnehin alles so einfach ab, daß ich kaum behaupten kann, wir hätten irgendwelche Abenteuer erlebt. Ich glaube, eins der bemerkenswertesten Ereignisse war der Anblick einer Vogelscheuche am Straßenrand, geschmückt mit einem Totenschädel und gekleidet in die Roben Seiner Übermächtigkeit.

Aber ich bekam einen Schrecken, als meine Mutter mir in die Arme stürzte. Ich hatte sie fast vergessen. »Schlaues Kind, ihn an dich zu fesseln! Aber du wirst ihn doch nun hoffentlich nicht noch ermorden wollen.« – »Ich denke nicht im Traum daran.« – »Braves Kind! Ich lege ihm mein Land zu Füßen … vorausgesetzt, er erlaubt mir, als Regentin zu herrschen … und erteilt dem Hohepriester eine Abfuhr. Dein Vater wächst mir über den Kopf.« Der alte Zank, dies alte Ringen um einen winzig kleinen Machtbereich war die ganze Zeit hindurch fortgeführt worden? Es glich der endlosen Mühe, welcher Seelen in der Hölle unterworfen sind, wie man behauptet, die sich immer wieder plagen, das Wasser zu erreichen, das stets im letzten Augenblick entschwindet und so geht's unaufhörlich weiter.

Nun endlich ist mein kleines Heimatland berühmt und bedeutend, denn von seinen Zinnen aus wacht man über die Treue des Nordkönigreichs.

Und die Prophezeiung anläßlich meiner Geburt, worum man soviel Aufwand betrieb … ja, sie ist in Erfüllung gegangen, ich habe mein Land unter Fremdherrschaft gebracht, wiewohl auch, der Himmel weiß es, auf eine sehr abwegige Weise, man könnte sagen, bloß dadurch, indem ich mich dem Fremden vermählt habe.

Ich nutzte die Gelegenheit, um meinen Turm zu besuchen. Meine Betreuerinnen waren fort; in dem alten Versteck, in den Büchern, die ich unbemerkt gelesen hatte, aus denen ich von Männern und Frauen erfuhr, als ich noch glaubte, die Männer seien vom Antlitz der Erde verschwunden, herrschte der Schimmel, nur grüne Flecken hielten die Seiten mit meinen Lieblingsstellen noch zusammen; mein kleiner Gang war ohne meine liebevolle Nutzung in Trümmer zerfallen und wirkte weit kleiner, als ich ihn in Erinnerung hatte. Ich trat an sein Ende, an die Stelle, von wo aus ich meinen ersten Mann überhaupt erblickt hatte, und starrte wieder hinaus auf die Berge. In meinem ganzen Leben waren immer Berge in meiner Sichtweite gewesen. Und diese, die ich während meiner ganzen Kindheit sah, wirkten nun auf mich wie jene drei großen Schritte in meine Freiheit. Der erste, ein schreckerregender Kegel, glich dem Moment, da man meinen Käfig öffnete, damit ich meine Aufgabe erfülle; der zweite, der stets so aussieht, als schöbe er sich näher: das Südreich; der dritte, unwirklich fern und in verwaschenen Farben: Atlantis, das unbekannte Ziel.

Nachdem wir wieder daheim waren, redete ich mir noch für eine ganze Weile ein, ich sei furchtbar glücklich, bis ich endgültig einsah, daß Zerd und ich tatsächlich kaum noch beisammen waren, und daß es ebenso stumpfsinnig ist, schwelgt man in beständiger Wonne, die Gewohnheit geworden ist, wie wenn das Elend zur Gewohnheit wird.

Sein Verlangen nach mir ist eher krampfhaft, doch unverändert heftig. Ich versuche zu vergessen, daß vielleicht auch das nicht so bleibt. Natürlich ist sein Verlangen sehr befriedigend für mich; es befriedigt mich, daß er mich begehrt, doch ich wünsche mir mehr von ihm als dieses sein Verlangen, das in Wahrheit selbstsüchtig ist, ein Teil seiner Gier nach Macht, die mich einschließt. Ja, er hat mich geliebt. Gut, nun hat er mich. Und – ja, er ist jetzt gelegentlich untreu. Es gibt da ein Mädchen mit hellem Haar – seit fast einem Jahr schon hat es seine Zuneigung zu erhalten verstanden. Er beginnt sie zu lieben, dazu hat sie's mit der Zeit gebracht.

Bevor ich vernahm, daß die südländische Unsitte, Nahrung mit Chemikalien anzureichern, sich in Atlantis ausbreitete, hatte sie bereits zu weit um sich gegriffen, um sie noch eindämmen zu können. Ich versuchte es, aber man sah mich an wie einen Narren. Ja, ja, erhielt ich zur Antwort, aber niemand hörte auf mich, es war zwecklos. Die Wirkung war die gleiche, als hätte ich geschwiegen, bloß sank mein Ansehen bei meinen Untertanen ein wenig; ich wandte mich an Zerd, flehte ihn an, doch er lachte.

Die Atlantiden sind begierig auf alles Neue, das wir ihnen zeigen oder beibringen. Mit Begeisterung gehen sie Ehen mit unseren Leuten ein. Eifrig helfen sie das Gelände zu roden, wo ich die Tiere zur Flöte tanzen sah, damit man dort Werkstätten errichten kann. Die Nordländer, jeder einzelne ein Herr über jeden von ihnen – jeder besitzt einen Haushalt mit bis zur Anbetung ehrerbietigen Atlantiden als Bediensteten –, brauchen nicht zu arbeiten und verbringen ihre Zeit damit, die Einhörner zu jagen, die vorzüglich schmecken. Bald werden sie ausgerottet sein.

Ich bin Herrscherin in Atlantis. Zwei weiße Palmenroller spielen zu meinen Füßen, ein weißer Pfau stolziert über meinen Rasen, in meinem Stall wartet ein weißes Einhorn. Es hat keinen Namen. Ich kann nie wieder einem Reittier einen Namen geben. Das kleine Mädchen hat seine Abenteuer überstanden und ist fertig damit; doch keine reife, ausgeglichene Frau hat es abgelöst. Ich bin ein Beobachter, ich kenne keine Neigung zu irgendwelchem Treiben. Ich bin gleichmütig, vielleicht schwermütig.

Ich bin am Ende dieses Buches angelangt.

Das dicke Abrechnungsbuch meiner Betreuerin Glurbia ist ganz mit kleiner, enger Schrift gefüllt, jede Seite bis an den Rand. Nun werde ich ein neues Tagebuch beginnen – denn ich *muß* stets solch einen kleinen Platz meiner Persönlichkeit vorbehalten –, aber es wird diesem niemals gleichen.

Um jeden Preis *muß* ich den innersten Kern meiner Seele bewahren. Alles andere, das mich ausmacht, gehört ihm, meinem Geliebten, nur ihm.

Und manchmal liebt er mich.